献给中国原生文明的光荣与梦想

——题记

大秦帝国

点评本

第一部 黑色裂变

上卷

孙皓晖 著

谢有顺 胡传吉 点评

河南文艺出版社

图书在版编目(CIP)数据

大秦帝国点评本/孙皓晖著;谢有顺,胡传吉点评. —郑州:河南文艺出版社,2014.8(2019.7 重印)

ISBN 978-7-5559-0104-4

Ⅰ.①大… Ⅱ.①孙…②谢…③胡… Ⅲ.①长篇历史小说-小说评论-中国-当代 Ⅳ.①I207.425

中国版本图书馆 CIP 数据核字(2014)第 142513 号

出　版　河南文艺出版社
地　址　郑州市郑东新区祥盛街 27 号 C 座 5 楼
邮　编　450018
开　本　787 毫米×1092 毫米　1/16
印　刷　河南瑞之光印刷股份有限公司
版　次　2014 年 8 月第 1 版
印　次　2019 年 7 月第 5 次印刷
总印张　352.25
总字数　5800 千字
定　价　598.00 元(全六部十一卷)

目 录

序 …………………………………………………………… 谢有顺 1
中国文明正源的强势生存
——序长篇历史小说《大秦帝国》 ………………………… 孙皓晖 1

楔子 …………………………………………………………………… 1

第一章 六国谋秦

一 上将军庞涓的秘密使命 …………………………………… 20
二 五国君主同一天到达逢泽 ………………………………… 29
三 接风小宴公开了会盟秘密 ………………………………… 46
四 分秦大计在会盟大典上敲定 ……………………………… 53

第二章 国耻昭昭

一 金令箭使者飞驰栎阳 ……………………………………… 63
二 秘密流言震动了秦国 ……………………………………… 71

三　政事堂憋出了一条奇计 …………………………………… 77
四　秦国君臣在老霖雨中感谢上苍…………………………………… 91
五　国耻刻石血泪斑斑 …………………………………… 99
六　逢泽猎场中阴谋与财富较量 …………………………………… 108

第三章　安邑风云

一　洞香春众口纷纭说魏国 …………………………………… 116
二　荐贤杀贤　公叔痤忧愤而死 …………………………………… 121
三　庞涓乔装　考校中庶子卫鞅 …………………………………… 131
四　安邑王街的神秘商人 …………………………………… 140
五　奇人名士　洞香春波诡云谲 …………………………………… 150
六　棋室里的六国角逐 …………………………………… 160
七　卫鞅庞涓　智计周旋 …………………………………… 168

第四章　秦国求贤令

一　车英出奇计　洮水峡谷大血战 …………………………………… 174
二　秦国特使来到了洛阳王城 …………………………………… 182
三　求贤令应时而出 …………………………………… 191
四　神秘的布衣小弟突然变身 …………………………………… 203
五　求贤令激发了卫鞅 …………………………………… 218
六　申不害要和卫鞅较量变法 …………………………………… 223

第五章　卫鞅入秦

一　神秘客栈的布衣少年 …………………………………… 236

二　卫鞅韬晦斡旋艰难脱身 …………………………… 242
三　茅津渡两情惜别 ………………………………… 258
四　初入秦地谨慎探询 ……………………………… 262
五　秦孝公奇策试真才 ……………………………… 272

第六章　栎阳潮生

一　失望的景监大为惊喜 …………………………… 289
二　卫鞅两面君　招贤馆大起波澜 ………………… 295
三　肝胆相照　卫鞅三说秦孝公 …………………… 310
四　世族元老们惶惑不安了 ………………………… 319
五　政事堂发生了尖锐对立 ………………………… 326
六　奇特的故事震动了秦国民众 …………………… 334

第七章　瓦釜雷鸣

一　左庶长开府震动朝野 …………………………… 341
二　疲民与贵族竟有了愤怒的共鸣 ………………… 352
三　老秦世族顶风仇杀 ……………………………… 359
四　七百名罪犯一次斩决 …………………………… 363
五　哑巴武士做了贴身护卫 ………………………… 372
六　两样老古董:井田和奴隶 ……………………… 379
七　白氏老族长搬动了大靠山 ……………………… 384
八　渭水刑场对大臣贵族开杀了 …………………… 390

第八章　政侠发难

一　黑色鸽子飞进了神农大山 ……………………… 404

二　老墨子愤怒了 …………………………………………………… 413
三　黑篷车主与神秘的工匠 ………………………………………… 422
四　荆南突然失踪　刺客突然出现 ………………………………… 430
五　墨家剑士受到了意外袭击 ……………………………………… 437
六　陈仓河谷的苦行庄园 …………………………………………… 443

序

谢有顺

一

中国人的文字传统中，一直有着对历史、土地和文学的三重信仰，其中又以对历史的尊崇为核心。尽管林语堂说“中国诗在中国代替了宗教的任务”，但就一种精神信仰而言，历史叙事比文学表达还要重要。哪怕像“春秋笔法”“史记传统”这种用来形容文学书写的说法，其背后参证的也是历史——在很多中国人看来，文学的最高成就，就是把作品写成《春秋》和《史记》。所以，《三国演义》《水浒传》，包括《红楼梦》，名为小说，很多读者也是作为历史文本来读的，这些小说所塑造的曹操、诸葛亮、宋江等人的形象，即便与历史中的人物大有出入，多数读者仍然愿意相信小说所写的就是历史真实。钱穆先生说，中国文化是一种向后看的文化，中国人“很少向未来的热恋，却多对过去之深情”，这是确实的。对历史、土地和文学的信仰，正是这种向后看的文化心理的表现。

中国文化以经、史、子、集四部相传，其实各部均通于史，即便先秦诸子之学，也都源自史学。史有正史与稗史之分：正史多为史官所为，一代一代下来，记录完整；稗史则流传于乡野传说之中，后来也散见于《左传》等著作。后世所说的小说家言，虽多依凭稗史，但也并不是全然没有价值。文学也是一家之言，此一家之言，其实是一人之心迹，也是一人之史，自有其特殊的意义。像《离骚》《出师表》《桃花源记》这样的文学作品，照史家之见，既通于子也通于史；这种一人之史、一人之精神自传，照样可纳入一个民族、一个国家的文化道统之中，甚至文学所昭示的，比一些机械的历史记载更有见地。

中国的史学，强调要有治史的心情和抱负，甚至一度把史学称为圣人之学，不仅在于史学重要，更在于像《西周书》《春秋》这些最早的史书，都出自周公、孔子这些圣人之手。它们不仅记录史事，更寄托史家之精神、史家之生命观——个人的小生命，寄托在历史的大生命之中，每一个人都生在历史中，也死在历史中，所谓的人生不朽，其实就是你的人生与历史联系在了一起。中国人的历史，记人重于记事，原因也在于此。

历史的写法，大体有几种，或记言，或记事，或记人。此三种，构成了中国人的历史观。近三千年来，中国人都以这种方式记载历史，从未中断，这堪称人类历史中的人文奇迹。《西周书》记言，《春秋》记事，《左传》既记言也记事，但这些似乎都不如司马迁所开创的以记人为主的《史记》，也就是所谓的列传体。列传体后来成了正史，自西汉至今，共积存了二十五史，蔚为壮观。史学一路演进下来，虽有伪造、美化之处，但后来者也有辨别、考证、纠错。治史和疑史之风并重，使得中国历史即便不全是信史，也迹近信史，自有其书写的传统所在，即便是小说，源自虚构，在讲述历史的时候，也不得不参证《史记》，而不能全然信口开河。

所以，中国历史的主体精神就在于人，也重在写人，所谓"人事之外，别无义理"（章学诚：《文史通义·浙东学术篇》）。明史，既明天人之际，也知古今之变。宋代写史最多，明代略少，清代多考证历史，唯有章学诚写的一部《文史通义》，但传承的仍是经世明道的史学精神。只是，章学诚有感于《文史通义》偏于理论，"空言不及征诸实事"，后又撰《和州志隅》二十篇。他在《志隅自序》中说："郑樵有史识而未有史学，曾巩具史学而不具史法，刘知几得史法而不得史意，此予《文史通义》之所为作也。"章学诚之"史意"，也可理解为通常所说的"史识"，实为一种精神，一种见地，近世的史学大家钱穆则用"史心"一词名之，似乎更为准确。"培养史心，来求取史识，这一种学问，乃谓之史学。"（《史学导言》)有了这种研究历史的心情,才会真正关注国家、民族、个人的当下处境,才会在记录历史的公正中,贯注一种历史精神。

而诠释历史精神最好的方式,仍然是以人写事。虽然中国的历史也写自然风俗、制度礼仪,但终归是以人为中心,强调是人在做事,事无论大小,都在于人为。"不论一切事,先论一个心。"这是钱穆的话。他之所以反对笼统地说中国的历史都是帝王之家谱,就在于他能因人见事,以心论史。事实上,二十五史写的人物千千万,简单地称之为帝王家谱,确实是偏见。每一段历史,除了讲帝王,也讲群臣,讲各类贤达,甚至也讲小人物。写忠臣,也写奸臣,写圣人事迹,也记草民之乐,并不全然是政治或宫廷之事。《史记》分十二本纪、十表、八书、三十世家、七十列传,既编年纪事,也为历史群像作传,有褒有贬,据义直书,后人也不能轻易推翻前人,这种史识、史心,并不是一味地逢迎或谄媚,而是有自己的坚持和标准。按照《左传》的写法,孔子的篇幅也不比别人更多,而写宋史不避写文天祥,写明史不避写史可法,这些例证,也足以说明中国历史的写法,在知人论世上,已形成自己秉直、公正的传统。

二

因为历史以人事为中心,所以历史学也可称为生命之学。如果我们把历史看作一个生命的过程,就会发现,由人的生命而有的生活,构成了真正的历史基础。而描绘这种生活最好的方式不是史著,不是史学,而是小说。尽管小说家所编集的诸书,比孔子创立儒家还早,但在中国,小说一直是被藐视的文体。即便在二十世纪初,梁启超发表了那篇著名的论文《论小说与群治之关系》,把小说当作改造社会、启蒙民众的一个重要的文体,但在鲁迅开始写小说之前,小说还是不入流的文体。鲁迅是真正把中国小说从一种渺小的文体壮大成重要文体的奠基者。

小说是一人之历史,也是想象之历史,它未必处处征诸实事,但它的细腻、传神,它所创造的想象之真实,也非一般史著可比。譬如,我们读历史著作,会明白明代、清代是一个什么样的社会,有什么样的制度和官品阶级,但我们很难通过历史学家的论述,真正明白明清时代的人是怎样过日常生活的,他们穿什么衣服,唱什么戏,吃什么样的点心,用什么样的器物,等等,这些都是历史著作所不屑,也无意用力的。因此,小说能补上历史著作所匮乏的彼时代的生活脉络、生活细节，从而使历史变得更丰满、真实。有论者说，小说比历史更可靠，至少马克思就说，自己从巴尔扎克的小说中所了解的法国比历史学家笔下所描述的要丰富得多。莫洛亚在分析托尔斯泰的《战争与和平》时也说，没有任何历史文献会像托尔斯泰那样去描写一个皇帝，皇帝的手又小又胖，像“又小又胖”这样的词汇，在历史文献里是肯定不会出现的，但它会出现在小说里面。小说就这样把历史著作所匮乏的肌理和脉络给补上了，从而有效地保存了历史的肉身部分。

历史小说首先是小说，但它也对话历史、旁证历史，因此，历史小说作家，若无卓越的史识、温润的史心，必定写不出好的历史小说。这些年来，做历史小说者众多，但多限于传奇、演义一类，或是对史实并不高明的改写，真正有创新、有洞见的历史小说，并不多见。他们多看见人物、时事那客观、物质的一面，而少有关注到中国历史中文化精神的演变；概言之，历史中既有物质生命，也有文化生命，而后者才是重点。如果把中华民族看作一个大生命，每一个个体都是寄存其中的小生命，那所谓的生命之学，就是关于民族的兴衰和精神的熔铸。在当代中国，有此志向的历史小说，据我阅读所及，唯有二月河的帝王系列、唐浩明的晚清三部曲以及孙皓晖的《大秦帝国》。

其中，孙皓晖的《大秦帝国》尤为突出。它是目前国内篇幅最长的小说，凡十一卷，五百余万言，不仅描写了一个帝国的繁荣与衰落，也探溯了一种文明的气象与脉络，思力深厚，气势壮阔，语言庄重，有大格局、大气象。遗憾的是，该书出版多年来，在读者中和史学界的影响，远甚于文学界。

现在是给《大秦帝国》正名的时候了。

我读《大秦帝国》，印象最深的是一个字：通。确实，这是一本通书，通历史，通人文，通人，也通物。由于《大秦帝国》是小说，不少史实，尽信书不如无书，因此，为了叙事之方便，错用、改写、合并之处，也不在少数，有些甚至和《史记》大相径庭；但大体而言，孙皓晖不违主要的历史真实，同时敢于辨正历史迷误。他并不掩饰自己为一段中国历史、一种中国文明重新立传的野心，毫无顾忌地在小说中伸张自己的历史观和文明观，这构成了《大秦帝国》精神激荡的核心。

通历史，不仅在于熟识历史，更在于通历史之常道与变道。世运兴衰的内在成因，人物成败的幽微转折，如果只有事件的叙写，那不过是表面的观察，唯有细致考证、深入分析、以心感悟，才能有所新见。如果把历史只看作过去，而无现在和将来，则此历史就是死历史。历史之过去，说的是事已经过去了，但历史之道、历史之经验，并没有过去，它还在影响现在和将来。孔子说："执其两端，用其中于民。"死生存亡，即人生两端，一过去，一将来，现在居于其中，正是从过去中走来的。从死中认识生，从亡中洞彻存，这就是"通而为一"的历史智慧。因此，历史从来都不曾过去，而是一边过去，一边积存。孟子说"所过者化，所存者神，上下与天地同流"，历史即便过去的部分，也有一种神化的作用，有所化，必定有所存，通为一体，正是过化存神的结果。以此历史观看六国之兴衰，尤其是看秦国之起伏，就会有很多惊人的发现。而孙皓晖是史学教授出身，深知历史之常与变，他对历史研究的用力之巨，在当下的小说家中，极为罕见。

通人文，在于承认历史是一部文化史、精神史，而所谓人文，其实就是花样，就是要知历史之变、天地之变、人生之变。四季寒暑、山川湖泊、花鸟虫鱼、人生百态，均有花样，均有变化——小说在物质层面，首先就要写出这种变化的样态。《大秦帝国》篇幅庞大，是百科全书式的小说，不同民族、不同地域、不同国家，时间跨度之大，空间纵深之广，为一般小说所远不及，但作者事无巨细一一道来，其中有大量笔墨，写的正是一种人文景况，或宫廷，或乡野，或盛大朝会，或日常生活，从习俗到饮食，从建筑到兵器，处处见细节，也见功力。更重要的是，作者不仅看到了器物之变、生活之变，他还写出了人文之变，把中国历史还原成了人文史、文明史，且最终把历史的书写，变成了一种文明的较量和辨正。

写历史小说，通史固然重要，但通物有时更不容易。各色人等的用度、膳食，他们佩带的玉器、刀剑，建筑的用材、风格，兵器、战车的数量、规格，商人之间的交易、用语，凡此等等，都属物的范畴。年深日久，物的光泽已经不再，物的形质甚至都灰飞烟灭了，但小说要写得生机勃勃，就必须复现这些物的形与质，让它的出现合乎历史的情境。历史小说一旦没有坚实的物质外壳，真实感就会大打折扣。《大秦帝国》的作者在这些方面有惊人的造诣，小说所涉器物，均有详尽考证，以及精准的描述，展现出了令人敬佩的写作的专业精神。

通过物变以济人文，通过人文成就物变，而这一切都以人为中心。通物最终是为了通人。

孙皓晖历经十六年写成的这部恢宏之作，最令我感佩的是，他对于秦史的描绘，不是依托于小聪明，也不是出于那种枯坐书斋的苍白想象，而是花一般人所不愿花的笨工夫，把虚构和想象，融入广博的学识、严密的历史论证之中，去在史实中辨识一个帝国的面影。写历史小说，如果没有这种实证精神，而一味地胡编乱造，就会缺乏叙事的说服力。小说当然不是信史，但作家所用的材料若不可信，人物性格演进的线索若破绽百出，他就无法说服他的读者相信他所写的是真的。好的小说家，往往能够把假的写成真的，所谓虚构，其实是达到一种更高的、想象的真实。而如何在小说中建立起一个可信的物质外壳，有时比在小说中建立起一种精神更难。所以，我看重孙皓晖的写作中那种实证、专业的品格，他的小说，既贯彻着一个作家的情怀，也不乏一个专家的谨严。他研究秦代的法律、风俗、思想、战争，涉及这些方面时，都谨慎下笔，即便从饮食和兵器这样细小的地方，也能见出他的专业造诣。照沈从文的解释，专家就是有常识的人。以常识写人物，人物才可能被还原，才会显得饱满，进而在历史的幕布中真正站立起来。

通人，就是有人物，并且让这些人物都雄浑饱满、神采飞扬起来，这是《大秦帝国》的另一个特色。作者孙皓晖显然是秦帝国的辩护者和膜拜者，他的写作激情，源于他对一种业已消逝的大精神、大风骨的向往，而关于这种精神和风骨的塑造，如果不落实于人物，就会显得虚浮。小说的精神，往往是通过人物来担当的，人物饱满了，精神也就挺立起来了。许多小说，之所以显得枯涩、失血，根本原因还是没能写好人物。《大秦帝国》是有人物的，当商鞅、白起、王翦、王贲、蒙恬、嬴政，包括李斯、赵高、扶苏这样一大批人物从孙皓晖笔下有血有肉地站起来时，他关于秦帝国的想象也就有了坚实的载体。

这些人物，寄寓着他的写作理想。在他们身上，我们看到的是一个野生的、活力四射的中国，它意气风发，思力旺盛，理想高迈，气度庄严，用人、断事不为人伦俗见所限，这些，连同那活跃在大争之世的血气和雄心，令人读之，感之，往往心潮澎湃。与这个野生的中国所固有的气象比起来，汉唐之后的中国，更像是圈养的、饲养的、家生的，少了许多野气、血性和活力，从这个意义上说，孙皓晖穷多年之功为这个远逝的、野生的中国立传，实在算得上是一个壮举。

三

《大秦帝国》既是对一种真精神的召唤，也是对一个气势磅礴的时代的怀念，为达此写作目的，孙皓晖甚至不惜以大篇幅的议论、抒情、感慨来助力于自己的小说叙事，他这种自由主义的文风,若是用之于普通的小说,或许是失败的,但在长达五百万言的写作里,这种旁逸斜出、不拘一格的写法,反而有效地舒缓了整部作品的叙事节奏。《大秦帝国》作为小说是笨拙的,野性的,它的历史观也不乏可探讨之处,但它的确创造了一个强大的精神气场——它写的是历史,但对话的是历史中的人,以及这群人的心所能达到的宽度和高度。

人心即史心。并不是每一部历史小说都能为人物立心的,但《大秦帝国》是有心、有精神原创力的。作者说,"大秦帝国是中国文明的正源","大秦帝国所处的时代是中国五千年文明史中最重要的一个时代","秦帝国兴亡沉浮的五百多年(从秦立诸侯国到帝国二世灭亡),是中国历史上最为自由奔放、充满活力的大黄金时代",这些并不是意气之词,而是作者在长篇幅的小说中所着力论证和书写的,目的是要把那个千古疑问推到每一个人的面前:这个统一的帝国只有十五年生命,像流星一样一闪而逝,但这个帝国所编织的社会文明框架及其所凝聚的文化传统,今天仍然规范着我们的生活,并构成了中华民族的巨大精神支柱,这一切如何解释?它所创造的万里长城、兵马俑、郡县制、度量衡以及我们每天都在使用的方块字,这些文明成果,至今还在我们的生活中存在着,可为何在很多人的印象中却仍旧只有"暴秦"一说?是历史欺骗了我们,还是我们在篡改历史?这本来是一个巨大的历史难题,但孙皓晖想通过小说叙事来做出回答。他以史实为据,又不拘泥于史实,目的是要写出那个"凡有血气,皆有争心"的大时代,写出"大争之世"里人的风采、骨气、生命力、精神爆发力,写出文明在原生阶段那荡气回肠的思想光芒。《大秦帝国》确实做到了。而且,在一些根本史实的辨正上,作者也做出了令人信服的解释。譬如,"焚书坑儒"的真相到底是什么?以二十万囚犯作为主力作战部队而不阵前倒戈,这又说明了什么?小说的最高境界应该是描写人性中暧昧、昏暗、模糊的地带,它并不适合对历史的真相做出清晰的回答。小说的答案应该是无解的。但孙皓晖似乎要反其道而行之,他并不满足于小说只是讲述个人私事或发表个人私见,他想恢复一种文学的品格,让文学重新获得一种重量,重新担负起一种对话历史、介入现实的责任。

我甚至认为,《大秦帝国》最大的成功,不是因为作者把历史写成了小说,而是把小说写成了生命的学问,从而成了历史是生命之学的最好诠释。

说小说是生命的学问,表明它对生命的活动和展开有一套自己的勘探和论证路径,但它也遵循学问的一般法则。什么是学问？清代有一个著名学者，叫戴震，他在乾隆年代，把学问分为义理、考证、辞章三门。同时期的文学家姚鼐也持这一观点。在当时，这是对宋学的纠偏，宋学重义理，清代学者所讲的汉学则倾向于考据，而戴、姚二位，则强调义理、考证、辞章三方面的统一，这就好比大学的文、史、哲三个专业，应有内在的联系。但戴震认为，学问有本末，文章之道当有更高的一面，他把这称为“大本”，不触及“大本”，学问就仍属“艺”之一端，而未闻“道”。“夫以艺为末，以道为本，诸君子不愿据其末，毕力以求据为本，本既得矣，然后曰‘是道也，非艺也’……求其本，更有所谓大本。”(《与方希原书》)也有同时代人评价戴震此论，“通篇义理，可以无作”，不仅章学诚，甚至连钱大昕、朱筠等人，都认为戴震作《原善》诸篇，“群惜其有用精神耗于无用之地”，意思就是反对戴震过分强调义理这种空虚无用之说。但我觉得，任何的学问，包括历史小说的写作，若失了义理，不讲大道，也可能会把学问引向干枯和死寂。王阳明形容这种无根本的学问，“如无根之树，移栽水边，虽暂时鲜好，终久要憔悴”(《传习录卷下》)。如果都在讲专门之学，而不讲生命之学，学问的现状，终究是晦暗、残缺的。以前的理学家把学问分为“德性之知”和“闻见之知”，虽然不能说“闻见之知”就不重要——王船山就认为，“人于所未见未闻者不能生其心”，但“德性之知”肯定更为重要。在中国的学术传统中，“尊德性”本是首要的议题，不强调“德性之知”，就无从接续和应用中国自身的学术资源。因此，我认同戴震所说的“德性资于学问”，这是一条重要的学术路径，至少，它更贴近我对学问的理解。

借用义理、考证、辞章这三分法，或能更清晰地理解《大秦帝国》的写作之道。后来的曾国藩，又在这三者以外，加了另外一门，叫经济。所谓经济，是指学问要成为实学，要有经国济世之用，不能光是空谈。《红楼梦》里，史湘云曾嘲讽贾宝玉是懂“经济”的人，亦取此意。小说作为一门学问，面对的研究本体是生命本身，它是对生命的解析，也是对生命的考证。既然是学问，自然就有义理、考证、辞章这三方面的讲究。

《大秦帝国》是有义理之作，他的义理，概括起来就一句话：“大秦帝国是中国文明的正源。”这个义理，未必是正见，也不一定是正统的历史观，但因为有此高度，很多历史疑问都得到了重释，很多历史人物、历史场景也都有了新的观察角度。一些学者或评论家，习惯性地用历史的正见来要求作家，这就违背了文学的立场。小说家笔下的历史和《史记》的写法肯定会有不同，用《史记》的历史观来审核小说家的历史观正确与否，这是对小说创造性的否定;把小说写成《史记》了,那还要小说家干什么?况且,《史记》也未必都是信史,它也常用小说笔法,里面也不乏虚构的事实和段落。比起历史的正见,小说更看重个体真理。小说就是讲述个体真理的哲学。只要这一个体真理足够深刻,足够强劲有力,它就可以在叙事中成立,并说服读者相信这一切都是真的。其次,《大秦帝国》有许多考证。考证即实证,这种实证,其实是一种笨功夫,它要求作家做大量案头工作,查找大量历史资料,核实小说中的每一个细部,以熟悉他所要写的生活和人事。考证是对生命的辨析,也是对历史的还原。最后是看小说的辞章。辞章是指小说的文体、文采、语言、形式。古人说"修辞立其诚",又说"直而不肆",这就是辞章之学,说话要真实、诚恳又不放肆,用词要有分寸,口气要有节制,讲义理,也要讲艺术。语言上尤其如此。《大秦帝国》的语言不做作,没有刻意的文艺腔调,记述、对话都简洁有力,而在小说中随处可见的思想论辩,更能见出作者的深沉思力和语言机锋。《大秦帝国》选择了一种与它的篇幅相匹配的叙事方式和语言风格,在众多历史小说中,它的思想含量和精神张力都是最大的。

义理是大道,考证是知识,辞章是情感和艺术的统一,对于好的小说而言,必须三者兼备,缺一不可。《大秦帝国》正是通过这三方面的努力,把小说还原成了生命的学问。一部生命力飞扬的作品,必定会让另一个生命受到触动,正如一部有灵魂的作品,一定会把另一个灵魂卷走。《大秦帝国》的价值信念如此坚定,叙事气魄如此宏大,真正读进去,你很容易就成为《大秦帝国》的信徒。但这次我和青年学者胡传吉女士所做的点评,本着客观、诚恳的态度,从义理、考证和辞章这三方面,做出了我们的解读。在义理上,我们一方面认同作者追寻、辨析原生文明的勇气和胆识,另一方面,我们也对其中可能有的粗陋之见、以偏概全提出了我们的质疑;在考证上,我们一方面惊讶于作者所花心力之巨,另一方面,也对一些人物的出场、情节的剪辑、史实的准确与否,找了不同的历史文献作为参证,也指出了其中一些明显的谬误;在辞章上,我们一方面感佩于学者出身的孙皓晖有如此出色的叙写故事的能力,另一方面,也对作者一些单调的用词、不当的描写做了直接的批评。

我们所遵循的点评原则是,和作者对话,和人物对话,和历史对话,并时刻秉持着一个文学人的艺术教养来读小说,不讳言我们的热爱,也不掩饰我们的不同意见。

特别需要指出的是,点评《大秦帝国》涉猎甚广,所需查找的资料达数百本之多,我们点评文字中所引资料均来自纸质书的权威版本，个中的工作量之大可想而知，即便如此，错谬之处也在所难免，还请读者见谅。这项点评工程，前后耗费了我们整整一年多时间，但比起孙皓晖耗时十六年之功才写就的《大秦帝国》，我们的付出可谓微不足道，借此机会，再次向孙皓晖先生致以崇高的敬意，并希望有更多对中国历史、中国文明有忧戚之情的读者能读到这部巨著。

2014 年 7 月 8 日于广州中山大学

中国文明正源的强势生存

——序长篇历史小说《大秦帝国》

孙皓晖

一

大秦帝国是中国文明的正源。

大秦帝国所处的时代是中国五千年文明史中最重要的一个时代。

不幸的是，作为统一帝国的短促与后来以儒家观念为核心的官方意识形态的刻意贬损，秦帝国在“暴虐苛政”的恶名下几乎湮没在历史的沉沉烟雾之中。有限史料所显示的错讹断裂且不必论，明清通俗小说《东周列国志》《二十四史演义》等通俗史话作品，对秦帝国的描述更是鲁莽灭裂，放肆亵渎，竟然将这段历史涂抹得狰狞可怖面目全非。这种荒诞的史观，非但是官方正统意识形态的形象化，而且流布民间，形成了中国民众源远流长的“暴秦”口碑。事实上，对于酷爱说古道今的中国老百姓而言，话本小说、评书戏剧、民间传说等对民众意识所起到的浸润奠基作用，远远大于晦涩难懂的史书。两千年来，在对秦帝国的描绘评判中，旧的正统形态与旧的民间艺术异曲同工，或刻意贬损，或肆意涂抹，悠悠岁月中竟是众口铄金，中国文明正源的万丈光焰竟然离奇得变形了。

这是中国历史的悲剧，也是中国文明的悲剧——一个富有正义感与历史感的民族，竟将奠定自己文明根基的伟大帝国硬生生划入异类而生猛挞伐！

悲剧的深远阴影正在随着历史的进步而渐渐淡化，儒家式的恶毒咒骂也已经大体终止了。但是，国人乃至世界对秦帝国的了解，还依然朦胧混沌。尽管万里长城、兵马俑、郡县制、度量衡以至我们每日使用的方块字（请注意，人们叫它“汉字”），都实实在在地矗立在那里，人们观念的分裂却依旧如斯。

秦为何物？老百姓还是不甚了了。即或在知识阶层，能够大体说叨秦帝国来龙去脉与基本功绩的，也是凤毛麟角。

于是，就有了将秦帝国说叨清楚的冲动。

在漫长艰苦的写作中，这种冲动已经慢慢淡了下来，化成一个简单的愿望——将事实展现出来，让人们自己去判断。

虽然如此，还是想将研究与写作过程中形成的一些基本思想大体说说，给读者与研究家们提供些许谈资，以做深究品评。

二

通常意义上，“帝国”是一个历史概念。它一般包含三个基本标准：其一，统一辽阔的国土（小国家没有帝国）；其二，专制统治（民主制没有帝国）；其三，强大的军事扩张（无扩张不成帝国）。秦在这三个方面都表现得极为鲜明，可算是典型的古典帝国，而不是一个普通的王朝。

所以，这部描述秦兴亡生灭过程的长篇历史小说，就叫了《大秦帝国》。

秦之作为大帝国，略早于西方的罗马帝国，但大体上是同时代的。在古朴粗犷的铁器农耕时代，大秦帝国与西方罗马帝国一起，成为高悬于人类历史天空的两颗太阳，同时成为东西方文明的正源。但是，大秦帝国与罗马帝国的历史命运却是截然不同的。这里有两个基本方面特别值得注意：其一，秦帝国统一大政权存在的时间极短，只有十五年;而罗马帝国却有数百年大政权的历史。其二,秦帝国创造的一整套国家体制与文明体系,奠定了中国文明的根基,而且绵延不断地流传了下来;具有数百年历史的罗马帝国,却在历史更替中变成了无数破碎的裂片,始终未能建立一脉相承的统一文明。

一个是滔滔大河千古不废。一个是源与流断裂,莽莽大河化成了淙淙小溪。

历史命运的不同,隐寓着两种文明方式内在的巨大差异。详细比较研究这种差异,不是文学作品的任务。《大秦帝国》所展现的,只是这个东方大帝国的生灭兴亡史的形象故事。与罗马帝国的比较只是说明,秦帝国是一个具有世界意义的东方帝国,是创造了一整套不朽文明体系的大帝国。在整个人类文明史中,这样的大帝国是独一无二的。

这是我创作《大秦帝国》的信念根基。

我对大秦帝国有着一种神圣的崇拜。

三

先得说说那个伟大的时代与伟大的时代精神。

秦帝国兴亡沉浮的五百多年(从秦立诸侯国到帝国二世灭亡),是中国历史上最为自由奔放、充满活力的大黄金时代。用那个时候的话说,那是一个“礼崩乐坏,瓦釜雷鸣,高岸为谷,深谷为陵”的剧烈变化时代。用历史主义的话说,那是一个大毁灭、大创造、大沉沦、大兴亡,从而在总体上大转型的时代。青铜文明向铁器文明的转型,隶农贵族经济向自由农地主经济的转型,联邦制国体向中央统治国体的转型,使中华民族在那个时代达到了农业文明的极致状态。

这个辉煌转型的历史过程,就是秦帝国生灭兴亡的历史过程。

春秋战国孕育出的时代精神是强力竞争,强势生存。用当时的话说,就是“凡有血气,皆有争心”的“大争之世”。所谓大争,就是争得全面,争得彻底,争得漫长,争得残酷无情。春秋近三百年的纷争组合,就像春水化开了河冰,打碎了古典联邦王国时代的窒息封闭,铁器出现、商业活跃、井田制动摇、天子权威削弱、新兴地主与士人阶层涌现,整个社会的生命状态大大活跃起来。于是,旧制度崩溃了,旧文化破坏了,像瓦罐一样卑贱的平民奴隶雷鸣般躁动起来,高高的山陵塌陷了,深深的峡谷竟然崛起为巍巍大山!进入战国,这种纷争终于演变为大争,开始了强势生存的彻底竞争。弱小就要灭亡,落后就要挨打，成为几乎没有任何缓冲的铁血现实。彻底地变法，彻底地刷新自己，成为每个邦国迫在眉睫的生存之道。由此引发的人才竞争赤裸裸白热化。无能的庸才被抛弃，昏聩的国君被杀戮，名士英才成为天下争夺的瑰宝，明君英主成为最受拥戴的英雄。名将辈出，大才如云，英主迭起。中华民族的所有文明支系都被卷进了这场全面彻底的大竞争之中！经济、政治、军事、文化，举凡社会生活的所有领域，都在这种大争之中碰撞出最灿烂的辉煌。战争规模最大，经济改革最彻底，权力争夺最残酷，文化争鸣最激烈，民众命运与国家命运的联系最紧密，创造的各种奇迹最多，涌现的伟人最多……所有这些，都是后来的时代无法与之比肩的，甚至是无法想象的。

在这样的历史土壤中成长的秦帝国，是那个伟大时代强力锻铸的结晶。

秦帝国崛起于铁血竞争的群雄列强之林，包容裹挟了那个时代的刚健质朴、创新求实精神。她崇尚法制、彻底变革、努力建设、统一政令，历一百六十余年六代领袖坚定不移地努力追求，才完成了一场最伟大的帝国革命，建立起一个强大统一的帝国，开创了一个全新的铁器文明时代，使中国农业文明完成了伟大的历史转型。

作为时代精神汇集的大秦帝国，最集中地体现了那个时代中华民族的强势生存精神。中华民族的整个文明体系之所以能够绵延相续如大河奔涌，秦帝国时代开创奠定的强势生存传统起了决定性的作用。

这种强势生存精神，可以概括为六个基本方面：其一，彻底的不断的变法革命，以激发民众最旺盛的活力与国家最强大的实力为生存之本。“求变图存”，此之谓也。其二，对外部野蛮民族与愚昧文明的冲击，实行“强力反弹，有限扩张”的战略。其三，整合统一，霸气巍巍。其四，统一架构文明载体，使不同习俗的民族分支在同一文明载体下凝聚起来。其五，兼容并蓄，消解融会外部流入的不同文明。其六，崇尚法制，实行英才治国。

这种强势生存的基本精神，已经在中国文明的历史发展中一以贯之地表现了出来。否则，我们这个幅员辽阔人口众多的国度根本不可能在统一文明中顽强地生存数千年而成为世界唯一。

大秦帝国又是中国历史上的一个黑洞，一个巨大的兴亡之谜。她只有十五年生命，像流星一闪，轰鸣而逝。

这巨大的历史落差与戏剧性的帝国命运中，隐藏了难以计数的神奇故事以及伟人名士的悲欢离合。他们以或纤细，或壮美，或正气，或邪恶，或英雄，或平庸的个人命运奏成了这部历史交响乐。帝国所编织的社会文明框架及其所凝聚的文化传统,今天仍然规范着我们的生活,构成了中华民族的巨大精神支柱。

这些就是《大秦帝国》要用故事去表现的最基本内涵。

四

虽然我们没有忘记秦帝国,但也淡漠了那个时代的勇气与创造力。

在这种民族精神衰退面前,欧洲人的复兴之路是我们的镜子。

当欧洲社会被中世纪的死海将要窒息时,欧洲人发动了文艺复兴,力图从古希腊与罗马帝国勃勃生气的文明中召回强大的生命力。历史没有辜负欧洲民族。正是古希腊与罗马帝国原生文明的光焰,摧毁了中世纪宗教领主文明的藩篱,引发了波澜壮阔的启蒙运动。一个新兴的资产阶级破土而出,开辟了人类历史的新纪元。

被尘封的历史竟然有如此巨大的力量?

原生文明是一个民族的根基。一个国家、一个民族,在她由涓涓溪流汇成澎湃江河的历史中,必然有一段沉淀、凝聚、升华、成熟的枢纽期。这个时代所形成的文化文明,如同一个人的生命基因,将永远以各种各样的方式影响或决定一个人的生命轨迹。这便是原生文明。对其原生文明的深刻反思,从来都是各个民族在各个时代发挥创造力的精神资源宝库。

当许多人在西方文明面前底气不足时,当我们的民族文明被各种因素稀释搅和得乱七八糟时,我们淡忘了大秦帝国,淡忘了那个伟大的时代,淡忘了向伟大的原生文明寻求"凤凰涅槃"的再生动力。

与西方原生文明相比,秦帝国开创的中国原生文明更加灿烂,更加伟大。

与中国春秋时代大体同步的古希腊文明,温和脆弱娇嫩。虽然开放得多姿多彩,却缺乏一种强悍的张力与坚忍的抵抗力。所以,在罗马军团的剑盾方阵面前倏忽崩溃灭亡。这是一个文胜于质的民族的必然悲剧。幅员辽阔的罗马帝国,则是铁马剑盾铸成的刚性社会。他没有汲取希腊文明融会改造自身,本民族又缺乏丰厚渊深的原生文明。所以,他在岁月侵蚀中无声无息地解体了。这是一个质胜于文的民族的必然悲剧。

大秦帝国则不然。她既创造了博大精深的文明体系,又具有强悍的生命张力与极其坚忍的抵抗力。自然条件的严酷、内部整合的激烈、野蛮部族的蚕食、强大外敌的入侵、意识形态的较量、各种文化的渗入，都远远未能撼动她的根基。秦帝国兴亡沉浮的五百多年中，华夏文明历经千锤百炼而炉火纯青，具有无可匹敌的独立性与稳定性。秦帝国时代创造的原生文明，使中国人在两千多年中历经坎坷曲折而没有亡国灭种。

我们可以骄傲地说，在这个地球上，只有中国人创造的原生文明在自己的国土上绵延不断地生存发展到今天！

这绝不是“地大物博，人口众多”所能解释的。

罗马帝国不大么？奥斯曼帝国不大么？拜占庭帝国不大么？成吉思汗帝国不大么？一个一个，灰飞烟灭，俱成过眼烟云，这些帝国所赖以存在的民族群也都淹没消散到各个人类族群中去了……唯有中华民族，一个黄皮肤、黑头发、写方块字、讲单音节的族类，所建立的国家始终是以其原生文明为共同根基的国家。

还得感谢大秦帝国，我们那伟大的原生文明的创造者。

还得感谢这种原生文明所蕴含的奋争精神与生命张力。

这是在写作《大秦帝国》中经常涌动的骄傲与激情。

否则，我是无法坚持这么多年的。

五

从文学艺术的角度说，大秦帝国无疑是一个世界性题材。

这不仅仅在于秦帝国对中国历史的奠基作用，从文学艺术的角度讲，更重要的在于这个时代本身的故事性。产生中国原生文明的春秋战国时代是中国人心中的圣土。政治的、经济的、军事的、科学技术的、文学艺术的、法学的、哲学的、神秘文化的……举凡基本领域，那个时代都创造了我们民族在自然经济时代的最高经典，并当之无愧地进入了人类文化的最高殿堂。仅以战争规模论，秦赵长平大战，双方参战兵力总数超过一百万，秦歼灭赵主力大军五十余万(坑杀二十万)！如此战争规模，即或在当代也仍然放射着炫目的光彩而难以逾越。而创造这些奇迹的各种人物以及这些事件的曲折艰难，都构成了作家无法凭空想象的戏剧性故事。展现这些人物，展现这些故事，展现那些令人感慨唏嘘的历史血肉，是文学艺术的骄傲，是文学艺术的使命。

在元代以前，中国是世界文明中心，西方世界是当时的“周边文明”。秦帝国及其之后的一千余年，中国的强盛衰落总是居于世界的中心潮流，无不对世界其他文明发生着深远的冲击与影响。中国文明具有悠长内力的根源，在于秦帝国，而不是别的任何时代。从这一点说，帝国时代创造原生文明的过程与史诗般的兴亡幻灭，是当今世界具有最大开采价值的文化矿床。文学艺术对这段历史的开发，更具有特殊的意义和特殊的价值。因为只有文学艺术，才能形象地告诉人们，那个时代人的生命状态是何等饱满、何等昂扬、何等自信、何等具有进取精神！

六

遗憾的是，正面表现秦帝国时代的文学艺术作品始终没有问世。

虽然学力浅薄笔力不济，还是勉力上阵了。

时常觉得，不做完这件事情，我的灵魂将永远不得安宁。1993 年冬天进入案头工作以来，其中的艰难周折无须细说。完成一个大工程，种种艰难几乎都是必然会发生的，也只有硬着头皮不去理它了。

作为作者，我想告诉读者的一点，仍然是有关作品的一点儿体会。

《大秦帝国》最艰难的是剪裁，也就是理出一个故事框架来。帝国时代是一个气象万千而又云遮雾罩的时代。浩瀚而又芜杂的典籍资料，无数令人不能割舍而又无所适从的故事与结局，常常使人产生遍地珍宝而又无可判断的茫然与眩晕。鲁迅先生曾感慨系之，说三国宜于做小说，而春秋战国不宜于做小说。其实质困难也许正在这里。以秦帝国为主体，以帝国兴亡为主线（古话叫“国运”吧），以人物命运与事件冲突为经纬，虽然是能想到的一条较好路子，但依然不能包容伟大帝国时代的全部冲突，甚至不得不割舍许多重要素材（譬如诸子伟人的许多故事）。这种遗憾可能将是永远难以弥补的。为了使读者更为深入地透视帝国命运，我欲另将早秦部族的故事专门写成一部《马背诸侯》，完成后另行出版，以完整展现那个曾为中华民族文明做出伟大贡献的古老部族的历史命运。

——2008 · 春修订

楔子

* * *

写《大秦帝国》最难是将史变成文。可信者往往不可爱,可爱者往往不可信,将可信者与可爱者集合在一起,难上加难。关于春秋战国的原始史料,非常匮乏,《左传》《国语》《史记》为史家必参考之典籍,《战国策》虽名“战国”,但史家多认为不可靠,诸子典籍可窥一二,《汉书》以下之史籍可观各朝对秦的“意识形态”。文言文行文简约,要从史籍中编出故事来,不仅考验眼光、耐心,还考验想象力。原始史料少,大局又不能动,细节完全靠想象,语言要“穿越”于古今之间,难度大。后续评价多,理解秦之兴亡又需要海量的阅读,《史记》必精读,《汉书》《后汉书》《淮南子》《三国志》《隋书》《宋史》《元史》《明史》等,即使是泛读,也需极多的时日,另需查看历史学家对春秋战国及秦汉的研究,这一过程,也是不易。孙皓晖耗时十六年有多,写成六部十一卷的《大秦帝国》(五百多万字),这期间经历多少磨难,投入多少心力劳力,付出多少代价,旁人及常人均难以想象。

金圣叹曰,“楔子者,以物出物之谓也”。《大秦帝国》之楔子,意在设置悬念,以引出故事。生死未卜之际,最为惊心动魄。孙皓晖选取秦魏少梁之战,以秦献公为帝国转折关键人物,发现自献公而始的称霸端倪,孝公而始的发奋图强,略嬴师隰即献公之前诸公事迹,尽述献公以下秦之存亡继绝,取舍果断,实有刀笔之力。孙皓晖十六年功成《大秦帝国》,欲为史称“暴秦”正名。可正名乎?且拭目以待。秦之“暴秦”声名太显,以至于任何试图肯定秦朝之“创世纪”功劳的言论,都有可能被大众斥为迎合专制。孙皓晖欲斥“暴秦”说,为原生文明辩护,此论成与不成,均为大事。民间推崇“暴秦”说,恰恰是专制思维下的民众反应。实学术界早已认可秦原生原创之功,但在民间则很难扭转“暴秦”说。除去政变等偶然性因素之外,六国亡秦实为真相,成也六国,败也六国,二世立,六国亡族卷土重来,是以六国亡秦。

《大秦帝国》之难,不仅仅在于编故事的难,更在于承担道义风险的难。

公元前362年秋，黄河西岸的少梁[①]山地，打了一场罕见的恶仗。

据《史记·秦本纪》："（献公）二十三年，与晋战少梁，虏其将公孙痤。二十四年，献公卒，子孝公立，年已二十一岁矣。"《史记·六国年表》："二十三（年），与魏战少梁，虏其太子。"二十三年与二十四年之异说，钱穆认为是逾年改元或不逾年改元所致。孙皓晖取前362年为献公死亡年份，当属可靠。献公死因不详，是以有大的想象空间。公孙痤，又称公叔痤、公叔座。正文采用公叔痤，点评从《史记》。

战事已经结束。秋天的暮色中，红色衣甲的步兵骑兵已经退到主战场之外的南部山头，大纛旗上的"魏"字尚依稀可见。主战场北面的山头上黑蒙蒙一片，黑色旗甲的兵团整肃地排列在"秦"字大纛旗下严阵以待，愤怒地望着南面山头的魏军，随时准备再次冲杀。南面山头的魏军，也重新聚集成步骑两阵，同样愤怒地望着北面山头的秦军，同样准备随时冲杀。血红的晚霞在渐渐消退，双方就这样死死对峙着，既没有任何一方撤退，也没有任何一方冲杀。谷地主战场上的累累尸体和丢弃的战车辎重也没有任何一方争夺。就像两只猛虎的凝视对峙，谁也不能先行脱离战场。

这是一次奇特的战争，没有胜负，两败俱伤。

嬴师隰，灵公太子。曾亡魏多年，出子二年，于河西而立。献公立时，秦衰微，河西地尽被晋夺。

黑色军团由秦献公嬴师隰亲自统率，半日激战中斩首魏军五万。嫡子[②]嬴渠梁率死士三百，直突敌阵中心，一举俘获了魏军统帅公叔痤。按照战国初期的用兵规模和评价标准，这算是一场特大胜利了。出人意料的是，魏军在统帅被俘后非但没有溃散，反而拼命回卷，力图抢回统帅。秦献公眼见公子嬴渠梁的三百死士陷入红色魏军的汪洋大海，情急之下，长剑挥动，亲自率领五千精锐骑兵冲入敌阵接应。两军会合，士气大盛。嬴渠梁一马当先，率死士冲出重围。秦献公断后阻击，眼见要脱离魏军，却被一支冷箭射中背心。秦献公痛彻心肺，一声低吼，几乎跌落马下。此时嬴渠梁已经将公叔痤交与后军大将，率死士反身杀回。秦军在嬴渠梁

① 少梁，古邑名。在今陕西韩城市南。本西周梁国，春秋时为秦所灭，称少梁邑。战国属魏，魏文侯筑城于此。屡为秦魏战地。后又入秦，秦惠文王十一年（公元前327年）改名夏阳。

② 嫡子，嫡指正妻，正妻所生的长子为嫡子，是法定的继承人。

率领下大举冲杀，一气将魏军杀退到三里之外。回来再看公父，秦献公背心的箭头竟深入五寸有余，周围已经渗出一圈黑晕。随军太医急得大汗淋漓，却不知如何下手。

秦献公面色蜡黄，伏在军榻低声道："渠梁，撤军……栎阳①。"便昏了过去。

"是否毒箭？"嬴渠梁满眼泪光，却没有慌乱。

太医急忙点头："这是魏国的狼毒箭，一时难解。"

"敢拔除么？"

"近箭疾射，铁镞深入五寸有余，断不可拔。"太医摇头。

嬴渠梁环视厅中大将，向一员威猛的将领拱手道："大哥，断箭吧。"

自周公建制后，嫡庶之别及大宗小宗之别日渐分明。宗法制度强调血缘的亲密及血统的纯正，其善的出发点是要兄弟同心，但相应的等级制度却往往让兄弟离心。毕竟，家天下的世界里，家长只能是一个，所谓"天无二日，土无二王，家无二主，尊无二上"（《礼记》）是也。

青年将领是秦献公的庶出子②，嬴渠梁的长兄，叫嬴虔。他手中那柄弯月形的长剑极为奇特罕见，听得嬴渠梁招呼，他走到公父身后，拔出长剑立定，双手不禁微微颤抖。要知道，箭镞深入肉体，箭杆的受力处便在背心伤口，稍不留神使箭杆晃动带动箭镞，公父立时便有性命之忧。况且魏国的兵器打造得极为精细，长箭杆用上好的硬木制作，又反复刷过几遍桐油大漆，锃亮光滑，寻常刀剑根本难以着力。纵然这柄弯月长剑是神兵利器，可也没斩削过此等箭杆，安知没有万一？嬴虔紧张得头上冒汗，内心暗暗祷告："天月剑也天月剑，救公父一命了。"凝神定力，扬起天月剑轻轻一挥，只见一道光芒闪烁——剑刃尚未触及，箭杆已被剑气悄无声息地切断！嬴虔左手疾伸，凌空抓住断开的箭杆，再看公父，竟是丝毫没有察觉。嬴虔长嘘一声，不禁跌坐地上。

厅中大将们也同时轻轻地"啊"了一声。

---

① 栎(yuè)阳，古县名。秦置。在今陕西临潼北渭水北岸。公元前 383 年，秦献公都此。

② 庶出子，妾所生之子，亦称庶子。

嬴渠梁镇静如常，吩咐道："立即班师。谁愿断后？"

嬴虔一跃而起："断后我来。不杀暗箭魏狗，嬴虔提头来见！"

"大哥，"嬴渠梁低声道，"公父重伤，目下当以大局为重，不能恋战。敌不追，我不动。坚守一夜，明日立即撤回，万莫意气用事。我在栎阳等你。"

嬴虔猛然醒悟："好。大哥明白了，明日回军。"

嬴渠梁立即吩咐幕府诸将："前军子岸开路，长史公孙贾领中军护卫国君，其余诸将皆随中军护卫，我自率三千骑士殿后。立即拔营班师。"

众将一声答应，大步出帐，少梁北面的山地顿时紧张忙碌起来。

乌云遮月，秋风萧瑟。秦军壁垒依然是军灯高挑，刁斗声声。对面山头的魏军也是篝火军灯，一片严密戒备，等着在明日的激战中夺回主帅。魏国军法：主帅战死，将士无罪；主帅被俘，三军大将并护卫兵士则一律死罪。如今丞相兼统帅的公叔痤被秦军生擒，不夺回主帅，谁敢撤军？魏国将军们判断，秦人好战，国君受伤后定然是恼羞成怒，来日一定会进行复仇大战，绝没有乘胜撤军的道理。今夜第一等大事是养精蓄锐，明日大战，才是真正的你死我活。那时候，人们还不大擅长偷营劫寨之类的雕虫小技，还延续着春秋车战时期堂堂之阵正正之旗的正面决战传统，休战就休战，绝少有一方会乘着黑夜休战之机偷袭对方营寨。戒备归戒备，那是大军驻扎的必然形式，魏国军营还是迅速淹没于无边无际的鼾声之中。

太阳初升，秋霜晶莹。魏军埋锅造饭饱餐一顿后，剩余的八万铁骑出营结阵，准备向秦军发起抢夺主帅的死战。按照规则和传统，秦军也应该结阵而出，双方同时向中央谷地开进，一箭之地时双方扎住阵脚，主将出马对话宣战，然后发动冲锋，决胜当场。今日事却颇为蹊跷，秦军营寨炊烟袅袅，战旗猎猎，却迟迟不见出营结阵。魏军副将，目下的代理统帅，是魏惠王的庶出弟魏卬，时称公子卬，不到三十岁，虽是第一次带兵打仗，却自视极高。此刻他身披大红斗篷，在马上遥望秦军营寨，冷冷笑道："再等半个时辰，让那些穷秦做一回饱死鬼！"

半个时辰过去了，秦军营地还是没有动静。公子卬举剑大喝："大魏军已经仁至义尽，冲上山去，诛灭秦军，杀——"牛角号凄厉长鸣，公子卬一马当先，红色铁骑潮水般卷上北面山地，片刻间踏破了秦军营地的壁垒屏障。

可是，所有的魏军骑士都愣住了，怒吼和杀声骤然冻结，一片可怕的沉默。

秦军营地空荡荡一无长物。土灶埋了，帐篷拔了，唯有枯黄的秋草和虚插的旗帜在萧瑟的秋风中摇曳。秦军唯一的弃物，是营寨边缘的旌旗和一堆堆湿柴冒着浓烟。

虚晃一枪，败阵而走，重点不在败，而在走。战争残酷，人命关天，兵不厌诈，是为常道。只不过，在以当兵为荣的时代，阳谋与阴谋并行，不似后世，阴谋压倒了阳谋，文武分离，“诈”成为人心的常道。张仪之舌头，亦能搅动世局，可见心术之“权势”日盛。

“嬴师隰！胆小鬼！”公子卬愤怒的吼声在山谷回荡。

魏军想不到的是，秦军主力早已经在入夜时分从容撤退，回到了栎阳。嬴虔的断后骑兵也在黎明时分悄无声息地退出了战场。太阳升起时，嬴虔的五千轻骑已渡过了洛水，向西南的栎阳纵马疾驰。魏军纵想追赶，也是为时已晚了。

嬴虔心急如焚，不断猛抽坐下战马，只想早点儿赶回栎阳。按照他的心性，一定要打一场硬仗，抓住那个施射冷箭的魏狗回去在公父面前祭旗。然嬴渠梁的一番叮嘱却使他悚然警悟，仔细一想，更是后怕。公父重伤，危在旦夕，嬴渠梁的太子地位又没有明确，安知不会在瞬息之间生出肘腋之变？如果没有他们兄弟联手，说不定五十三年前的秦国内乱将会再度上演。

秦国从被周平王封为西部诸侯四百多年来，极少发生内乱。但是在五十三年前，秦灵公逝世，嫡子嬴师隰只有五岁。灵公的叔父嬴悼子倚仗兵权，借口国君嫡子年幼，便夺位自立为国君。本该继位的嬴师隰，被放逐到陇西河谷去了。嬴悼子就是秦简公，他在位十五年就死去了。简公的儿子继承了国君，史称秦惠公。秦惠公做了十三年国君，又死了。他的儿子继位，就是秦出公。出公即位第二年左庶长[①]嬴改发动政变，将出公和太后沉到渭水溺死，迎接被放逐的嬴师隰回国都雍城做了国君。嬴师隰这时已经三十五岁了，长期远离权力中枢，在雍城的根基已经很是薄弱。但嬴师隰却在边陲游牧的粗犷生活中磨炼出坚

皆不离史实。

---

① 左庶长，秦官名。总揽政务，相当于后来的丞相。

韧的意志和深沉的性格，并结交了秦军中许多将领。他即位后决意改变秦国的贫弱国势，第三年便将国都东迁到栎阳，引起举国震惊。一则是世族上层觉得嬴师隰有意摆脱他们的控制，二则是国人觉得离魏国大军的锋芒太近。朝野惶惶的时刻，嬴师隰却没有丝毫退却。他祭奠宗庙，慷慨立誓：东迁栎阳，就是要夺回秦国在数十年中失去的河西之地，将魏国赶回黄河东岸，赶出函谷关[①]！嬴师隰的复仇壮志使秦国军民大为振作，国人同仇敌忾衷心拥戴，世族上层悻悻沉默。也是，世族能有何理由反对这种顺应民心的复仇壮举呢？魏国从魏文侯任用李悝[②]变法后，国力大增，又用吴起[③]做了上将军对诸侯作战。三十余年间，吴起率领魏国铁骑攻下函谷关，大小六十四战，夺取了秦国黄河西岸的五百多里土地，将秦国压缩到了华山以西的狭长地带。函谷关失守，少梁山地的龙门渡口同样失守，秦国的门户洞开。若非吴起被魏国群小陷害而被迫逃到楚国，秦国真有可能被魏国吞灭。虽然如此，魏国仍然没有停止对秦国的蚕食。秦国面对魏国的攻势，没有丝毫的还手之力。秦出公刚一即位，便商议放弃关中，退回陇西重新做半农半牧的边陲部族。

献公以前，“数易君，君臣乖乱，故晋复强，夺秦河西地”（《史记·秦本纪》）。献公立，献公之治，实有秦国中兴之象。

当此之时，秦献公嬴师隰振聋发聩，一扫阴霾，岂能不获得举国拥戴？

---

① 函谷关，在今河南灵宝东北。战国秦置。因关在谷中，深险如函得名，号称天险。

② 李悝（kuī）（公元前455—公元前395），战国时法家代表人物。魏文侯时为相，主持变法，使魏国成为战国初期强国之一。他汇集当时各国法律编成《法经》，是我国古代第一部比较完整的法典，现已失传。

③ 吴起（？—公元前381），战国时兵家代表人物。初为鲁将，继为魏将，屡建战功，被魏文侯任为西河守。文侯死，遭陷害，奔楚。佐楚悼王实行变法。楚悼王死，被旧贵族杀害，变法失败。

东迁栎阳以后，嬴师隰宵衣旰食励精图治，亲自率领秦国军队和魏国大军展开了长期恶战。二十年中打了大大小小三十多仗，竟然没有一次败绩。最大的一次胜利是前年黄河西岸的石门[①]之战，一战消灭魏军六万，将魏国人赶出了函谷关，收复了秦国东部门户。那次要不是赵国出兵救援魏军，秦军完全有可能一举收复河西全部土地。石门大捷，天子周显王派遣特使庆贺，赏赐给秦献公一套高贵的战神礼服——黼黻[②]，那是在最名贵的彩丝上绣出青色战斧和黑白神秘图案的统帅斗篷与一套盔甲。这次的少梁大战，秦献公的本意是收复龙门渡口，彻底将魏国人赶出河西。若非秦献公突然中箭重伤，少梁大战就是又一个石门大捷，秦国将一举恢复秦穆公时的大国地位。

上天啊上天，莫非你有意亡秦？心念电闪，一阵凉意渗进嬴虔的脊梁。

嬴虔的马队是秦国久经锤炼的精锐骑士，长途奔袭是行家里手。渡过洛水后，嬴虔命令一个千人队在洛水西岸埋伏，若魏军万一追来，则半渡击之，迫使魏军撤退。他自己则率领四千轻骑马不停蹄地向栎阳奔驰。

栎阳是栎水北岸的一座小城堡，距离东北方向的洛水只有二百余里。两个时辰后，栎阳东门的黑色箭楼已经遥遥可见，再翻过一道山梁，就可进入栎阳城了。这时，嬴虔扎住马队，将他的副将和四个千夫长召到马前慷慨陈词道："国君箭伤甚重，生死不明，栎阳城内难保不生变故。为防万一，我决意留下三千骑士，连同洛水退回的一千骑士，隐蔽驻扎在这道山梁之后，余下的一千骑士随我入城。三日内的任何时候，但见城内升起狼烟，便立即杀入栎阳。诸君可有他意？"

"但听将军号令！"副将和四个千夫长齐声应命。

"好！副将景监听令：自即刻起，你便是城外驻军总领。若栎阳有变，你可持此兵符调集栎阳之外的任何兵马，包围栎阳，直至新君嬴渠梁平安即位！"

"景监遵命！"年轻英武的副将双手接过兵符，激昂高声道，"赳赳老秦，共赴国难！"

"赳赳老秦，共赴国难！"四个千夫长异口同声。

嬴虔慨然拱手："诸君以我老秦民谚立誓，嬴虔感奋之至。若国中平安，诸君大功一件。就此别过，后会有期。"说完，向身边一个千夫长一招手，"随我进入栎阳，快！"话音

---

① 石门，在今陕西三原县西北，一名尧门山。相传尧凿山为门，因以为名。

② 黼黻，音 fǔ fú。

落点，胯下战马已经电掣而出。身后千夫长长剑一挥，一千轻骑暴风骤雨般卷向栎阳。

到得栎阳东门，嬴虔见城门大开，吊桥长铺，城头安静如常，便知公父尚在，不由长嘘一声，缓辔入城。但是，嬴虔还是多了一层心思，将马队直接带到国府门外列队等候，他自己手持天月剑大步入宫。嬴虔比嬴渠梁大三岁，是秦军著名的猛将，虽然性格如霹雳烈火，却是个极为内明的有心之人。秦献公只有这两个儿子，一嫡一庶，但都视为国家干城，同样器重。秦献公也从来没有明确谁是太子。只是在人们眼中，因为嬴渠梁是正妻嫡出，加之气度沉稳，文武兼备，所以自然地认为他是国君继承人。嬴虔虽然已经隐隐然是秦军统帅，但对弟弟嬴渠梁钦佩有加，认定他是太子，任何时候只要公父不在场，一定推出弟弟嬴渠梁主事，而且非常注意维护嬴渠梁的威权。当此微妙之时，嬴虔自感比嬴渠梁年长，责任重大，许多事嬴渠梁不好出面，必须由他一力承当，所以才不顾“宫门不得驻军”的严令，将一千死战骑士留在宫门守望，自己独自携带天月剑入宫。

栎阳的宫室很小，也很简陋，只是一座六进大庭院而已。且不说与山东六国的宫殿不能相比，就是和自己的老国都雍城[1]相比，也是粗朴狭小了许多。唯一的长处，就是坚固。嬴虔不想在第二进的政事堂遇见国中大臣，他希望大臣们以为他此刻不在栎阳。他绕过正门，从偏门直接进入了第四进寝宫，他知道，重伤的公父此刻一定在寝宫疗伤。果然，刚进偏门，就见院内岗哨林立，戒备异常，显然与城门和宫外的松弛气氛迥然不同。

嬴渠梁手持长剑在院中踱步，看见嬴虔身影赳赳而入，连忙大步迎上。

“大哥，你回来得正好，少梁没事吧？”

“没事。魏狗们一定在跳脚大骂了。哎，公父如何？”

“精神好了一些。太医正在设法起出箭头。你快去看看。”

“走，一起去。”

“不。公父吩咐，大哥一回来，立即单独去见他。”

嬴虔惊讶：“这——却是为何？”

“大哥，不要想这些。公父自有道理。你去。”

---

① 雍城，春秋时称雍邑。秦德公元年（公元前677）迁都于此。在今陕西凤翔南。

"好,你等着,有事我即刻出来。"嬴虔大踏步走进了门槛。

半个时辰后,嬴虔走出寝室,右手用白帛裹着,脸色苍白,额头上冒着津津细汗。嬴渠梁惊讶地迎上去:"大哥,如何有伤了?"嬴虔微微一笑:"没事。洛水渡河时蹭掉了一块皮,太医顺便包扎了一番。"嬴渠梁一怔,正要说话,却见白发苍苍的老内侍黑伯匆匆走来低声道:"仲公子,君上宣你即刻进见。"嬴虔挥挥手催促道:"快去。我办件事就来。"说罢疾步走了。嬴渠梁不及思索,跟着黑伯走进寝宫。

寝宫里空荡荡的,太医们一个都不见,母后和妹妹也不在。秦献公伏在榻上,赤裸的背上盖着一块大白帛,头伏在枕上,素来黧黑的面孔此刻是苍白潮红。嬴渠梁疾步走到榻前低声问:"公父,要否太医?"秦献公将大枕挪到胸下,双肘撑在榻上,抬头道:"渠梁,这厢坐下,听公父说话。"嬴渠梁答应一声"是",便拉过一个木墩坐到榻前道:"公父,儿臣渠梁,聆听教诲。"

"渠梁啊,公父的路,已经走完了。公父原未立你为太子,是不想让你过早招风树敌。目下,你已经过了加冠之年,二十一岁了。公父确认你为太子,即刻即国君之位……不要说话,听公父说完。"秦献公粗重地喘息了一阵,晶亮的目光盯住儿子,"我要叮嘱你三件大事:其一,不要急于复仇。二十年来,秦国已经打穷了,留给你的,是一个烂摊子。要卧薪尝胆,富国强兵。像公父这样老打仗,不行。其二,要善待臣下,尤其是世族元老,不要轻易触动他们。其三,也是最要紧的一条,要兄弟同心,不得交恶。这是我让嬴虔立的血誓。他若有二心,你可将血誓公诸国人,使人人得而诛之。"说着,秦献公拉开榻头暗屉,拿出一卷血迹斑斑的白帛。

此三件大事乃"韬光养晦",古今无异。

嬴渠梁双手接过抖开，血红的八个大字赫然入目——若负君弟，天诛地灭！

“公父，渠梁兄弟素来同心同德，何故如此折磨大哥？”

秦献公摇摇头：“渠梁谨记：同德易，同心难，大德大节，求同更难。历来公室内乱，几曾不是骨肉相残？嬴虔内明之人，你要倚重他。这血誓，唯防万一也。”

誓言在阳谋与阴谋并行的时代，还是相对可靠可信的。嫡庶有别，嬴虔无话可说。

“渠梁谨记公父教诲：富国强兵，善待臣下，兄弟同心。若有负公父苦心，儿臣无颜见列祖列宗。”

秦献公静静端详着儿子，突然嘶声大笑：“好！好！好！公父在九泉等你……”言犹未了，一口鲜血喷出，双手扑在大枕上，溘然逝去。

春秋时贵族以当兵为荣，战国时则几乎全民皆兵，凡有血气，必有争心，是以勇者多，怯者少。天子、国君，都会披挂上阵，身先士卒，战死沙场者，不足为异。正史中的献公，死因不明，虚构是小说的特权，小说正好可以借题发挥。嬴师隰之死，对小说格局，恰如牵一发而动全身，很关键。

“公父！”嬴渠梁一声哭喊，扑在公父身上。

白发苍苍的老内侍轻轻走进，扶住嬴渠梁低声道：“太子节哀，大事要紧。”

嬴渠梁呜咽起身，静神拭泪，思忖有顷道：“黑伯，速请嬴虔将军。”

秦献公安排后事的时候，一个大臣都不在身边。作为久经锤炼的国君，秦献公当然知道这是安排后事的大忌，自然不会有意如此。他的本意，是想将两个儿子的事安排妥帖，再召见几名重臣元老，申明并布置辅佐事宜。但是，他没有想到自己的箭伤骤然发作，夺去了他在最后时刻召见大臣的唯一机会。

秦献公骤然死去，国君继位的大事未及公诸世族大臣，原本简单明朗的朝局便顿时错综复杂起来。若拥戴嬴虔的势力借机发难，第一个疑团目标便是孤身伴君的嬴渠梁。同时，大臣们没有任何人接受辅佐重任，也会使权臣疑虑重重，有可能凭空生出诸多变故。嬴渠梁冷静思索，虽则兄弟二人在最后时刻都见到了公父，且兄长嬴虔先见，但嬴虔见公父时公父尚在;嬴虔走后,自己独对公父时公父却骤然逝去,无疑对自己不利。况且,公父只是口书申明,尚未给自己留下书写遗命就猝然去了。若有人借机发难,非但自己有弑君之嫌,而且发难者可以宣布公父的口书是编造。此刻的关键人物是嬴虔,只有他可以力排众议。嬴虔无事,则国中无事。嬴虔有事,则内乱必生。大哥嬴虔究竟会如何?嬴渠梁竟然一下子拿不准了。虽说嬴渠梁素来与嬴虔兄弟情义甚笃,但想到嬴虔此刻一念实系国家安危,不禁闪过一丝警觉——公父为何要大哥立下血誓?莫非真有蛛丝马迹被公父察觉了?

人心隔肚皮,不得不防,怪不得嬴渠梁心惊惊。嫡庶不同母,血缘之"亲",实在是大打折扣,唯有智慧与运气才能缓解嫡庶之争心。"兄弟阋于墙,外御其务。"(《诗经·小雅·常棣》)小说家有意设置兄弟之"墙",虚张声势,故事才好看。

嬴渠梁脊梁骨悚然发凉,果真如此,局面将如何收拾?

此刻的政事堂中,秦国的大臣元老们更是等候得焦灼不安。既不知国君伤势如何,又不知国君是否确定了继任人;既要思谋国君伤愈无恙的对策,又要思谋国君崩逝新君即位后自己如何应对。所有这些,都因为国君的伤势不明与储君的不确定而变得扑朔迷离,无从商讨。大臣们都在厅中默默踱步,谁也不知道该商议些甚事。虽然如此,却也没有一个人离开政事堂。稍有阅历的大臣都知道,国君病危期间,是庙堂权力最容易发生倾覆的时刻,随时都有可能发生意料不到的巨大变化。春秋以来四百多年间,这种朝夕倾覆的故事太多太多了。且不说赫赫威名的齐桓公病危被困而导致奸佞夺权,就是目下国君秦献公的父亲秦灵公,也正是在病危期间被叔父夺位自立的。所以,大凡国君伤重病危,国中大臣几乎无一例外地推开一切国事,寸步不离地守在距离国君最近的位置。包括在外领兵的统帅与地方大员,只要有可能,同样都尽可能地赶回国都,守在中枢要地。庙堂权力的变数愈大,朝臣们的心弦绷得就愈紧。这种躁动与紧张,要一直延续到新君确立形势明朗,方有可能结束。

目下，秦国的大臣们正处在这种焦灼不安之中。

长史公孙贾有意无意地踱到上大夫甘龙面前，拱手问："上大夫可有见教？"

上大夫甘龙白发苍苍，清瘦矍铄，是国君倚重的主政大臣，门人故吏遍于秦国朝野。可是在这最要紧的关头，竟未被召进寝宫，而是和所有大臣一样，只能在政事堂守候，这本身就是一种令人不安的变化迹象。长史公孙贾请教，显然是想探听甘龙对这种变化的反应。甘龙却是淡淡回答："长史常随国君，有何见教？"

这是一个微妙的反击。长史执掌国君机密，是左右亲信，然此时也在政事堂，这比主政大臣在危急时离开国君更为异常。公孙贾请教，显然是受不了内心紧张的折磨。甘龙淡淡的反诘，却分明表示出一种言外之意，不用试探，你比我更心虚。这使公孙贾感到尴尬，只好拱手笑道："公孙贾才疏学浅，何敢言教？"

大臣们正在紧张焦躁，都想听谁说点儿什么。见上大夫甘龙和长史公孙贾两位枢要大臣对话，便纷纷聚来，却又无从问起。此刻像"国君伤势如何""储君会是哪一位"这样的问题决然不能问，因为那意味着问话者有二心。所以大臣们虽然围拢了过来，却都只是默默地看着甘龙而已。

不料甘龙此刻却没有沉默，他向围过来的大臣们拱拱手，高声道："上天佑护秦国，国君箭伤已经大有好转。我等大臣当共商大计，上书国君，大举复仇，讨伐魏国。"

真是高明老到。既避开了忌讳，又给了大臣们聚集政事堂一个最好的议题。大臣们如释重负，纷纷呼应："上大夫所见极是，该当讨伐魏国，收复少梁！""对。为国君报一箭之仇！"话题一开，大臣们顿时活跃起来，三五成群地开始纷纷议论少梁之战，同时以各种巧妙的方式试探着其他人的回应。

正在这哄哄嗡嗡的时刻，一队铁甲武士踏着整齐沉重的步伐开到政事堂外，铿锵列队，守在门外庭院。盔甲鲜明，长矛闪亮。带队将军正是嬴虔的部将子岸。

政事堂骤然沉默。大臣们额头冒出了晶亮的汗珠，张口结舌，相互目询。莫非国君骤然崩逝了？嬴虔要夺位自立？果真如此，大约没有谁能够阻挡。嬴虔虽然不是名正言顺的秦军统帅，但他率领的五万骑兵几乎就是秦国的全部精锐。加之嬴虔体恤士卒，善待将领，又是身先士卒打恶仗的猛将，在军中威望极高。他要夺位，嬴渠梁还真难找出一支力量来抗衡。非常时期的权力对抗，最见真章的就是看谁握有重兵。嬴渠梁虽说也是智勇兼备的骁将，但毕竟在军中资望尚浅且经常辅佐国君政务，与嬴虔直接掌握兵决定权，权领导兵，古今定律。拥兵者，未必能得天下，但失兵者，则必失天下。嬴虔的表态，至关重要。

精锐骑兵是不能相比的。兄弟俩真要刀兵相见，秦国可就大难临头了。

一时间，政事堂的紧张气氛达到了顶点。

甲士列队方完，又一阵沉重急促的脚步声，嬴虔手持天月剑率领两排带剑将领大步走进政事堂。嬴虔一摆手，顶盔贯甲的将领们在政事堂后边肃然站成两排，个个双手拄剑，沉默挺立，恰似两排石雕武士。嬴虔则往政事堂大门口一站，高声道："朝臣列班就座，听候国君书命。"

大臣们迟疑缓慢地按照往常排位序列，坐入自己的案几前。刚刚坐好，只见老内侍黑伯带着两名年轻内侍走进政事堂前方正中央。黑伯从小内侍捧着的铜盘中拿过一卷羊皮展开，高声念道："秦国臣民人等，少梁之战，本公箭毒重伤，自感无期，立仲公子嬴渠梁为太子，继任国君。国中臣等须竭力辅佐，有二心者，人人得而诛之。嬴师隰二十三年九月十六。"

随着黑伯的念诵，大臣们又是疑云大起，竟然一片沉默，连惯常的领命呼应都没有人敢开口。从君书看，国君已经崩逝无疑。然则国君若果真如此清醒，册立储君这等大事却为何没有一个大臣知晓？再说，嬴虔也始终没有正面表态，万一其中有诈，是嬴虔的试探手段，积极呼应君书岂不是立惹杀身大祸？不呼应，不说话，至多是不敬之罪，且法不治众，至多贬黜罢了。若不小心出头领命，惹恼嬴虔，那可是祸及三族的大事，后悔也来不及了。人同此心，心同此理，政事堂一时出现了宣示国君书命后从来没有过的奇怪沉默。

站队最难，决定个人死生大事。

沉默中，政事堂响彻嬴虔粗哑的声音："恭请新君即位——"

随着喊声，两名内侍前导，嬴渠梁一身布衣，头戴黑玉冠，从容进入政事堂。大臣们又是惊愕，又是迷惑，深深地恐惧和疑虑还在延续，竟然期期艾艾地忘记了拥立新君的大礼，还是一片沉默，政事堂陷入大为尴尬的局面。

骤然间，嬴虔脸色变得铁青，高声怒喝："国君遗命，新君即位，谁人不从，有如此石！"大步回身，天月剑青光闪烁，无声地拦腰掠过政事堂门前的一根石柱。嬴虔冷笑一声，左手一挥，石柱上半截"咚"的一声大响，摔在台阶上滚落院中。石柱下半截平滑如镜的切口闪着青森森的光芒，令人不寒而栗。

两排将领齐声高呼："拥戴新君！新君万岁！"

政事堂大臣们这才从惊惧怀疑的噩梦中醒悟过来，参差不齐地伏地高呼："恭迎新君即位！新君万岁！"

上大夫甘龙高呼："嬴虔将军拥立有功，将军万岁！"大臣们也忙不迭跟着高呼："嬴虔将军万岁！"

嬴虔大吼一声："岂有此理！嬴虔如何与国君并论？若再非礼，嬴虔无情！"

政事堂立时肃然沉默。经过这几番验证，大臣们已经明白无误地清楚了，大局不会动荡，嬴虔是真心实意地辅佐弟弟嬴渠梁继任国君。但是，新君没有说话，大臣们还是一片沉默。一朝天子一朝臣，新君将如何动作，谁也不摸底细，贸然开口，吉凶难料，还是等待为好。

嬴虔走到前边，深深一躬，高声道："请新君宣示国策。"

嬴渠梁一直站在中央国君座前，坦然自若，丝毫没有局促慌乱。此刻，他平静清晰地开口道："诸位大臣，公父骤然崩逝，嬴渠梁受命继任国君。当此危难之际，本公申明朝野：其一，国中大臣，各司其职，一律不动，国政仍由上大夫甘龙统摄。其二，嬴虔将军少梁之战有大功，擢升左庶长，总领秦国兵马。其三，由上大夫甘龙、长史公孙贾主持公父之国丧大礼。"

嬴渠梁立，是为孝公，"年已二十一岁矣"(《史记·秦本纪》)。

大臣们长长地嘘了一口气，齐声高呼："臣等遵命！"

嬴渠梁走到甘龙面前，深深一躬："上大夫年迈苍苍，又做国丧大臣，嬴渠梁深感不安。国丧期间，若有滋事生乱者，上大夫请行生杀予夺之权。"

甘龙感动振奋，躬身颤声道："老臣受先君大恩，又蒙君上重托，敢不从命！"

嬴渠梁环视政事堂高声道："其余诸事，按既往成规办理。散朝。"

大臣们既有国丧哀礼的制约，又有对新君即位的兴奋激动，却既不能喜形于色，也不便于此时大放悲声。于是便以职权范围三三两两地聚在一起，肃然正色地商议起国丧期间必须做的诸多事情。

喜怒不形于色，乃安全的为官之道。

嬴渠梁却已经离开了政事堂，匆匆赶往栎阳西南的骊山军营。

他要办一件大事。在他看来，这件事甚至比安定朝臣国人还重要。他只带了黑伯和一百名与他经年并肩作战的轻锐骑士，马不停蹄地赶到骊山军营。这时天色已暮。也是刚刚赶回军营的前军主将子岸出来迎接时，惊讶莫名："君上刚刚即位，如何便离开栎阳？"

"子岸，公叔痤如何？"嬴渠梁没有理会子岸的惊疑。

"老匹夫！哼，一句话不说，一口饭不吃，牛顽得很。该拿他在先君灵前祭旗。"子岸气狠狠地禀报。

"带我去见他。"嬴渠梁命令子岸。

公叔痤被囚禁在骊山军营的山根石屋里。他是魏国二十多年的丞相了，自吴起离开魏国，他便时不时兼做统帅领兵出征。他打败过韩国赵国楚国和韩赵联军，也算得当世文武兼备的赫赫人物。可就是在与秦国的大战中两次惨败，一次是三年前的石门之战，丧师六万，丢失函谷关。再就是这次少梁之战，竟莫名其妙地做了秦军俘虏。他已经是六十一岁的老人了，自感少梁之战一世英名付之流水，羞愤交加，不说话，不吃饭，不喝水，他要饿死自己渴死自己，为自己的无能赎罪。连续三天的自我折磨，他已经苍白干枯得在草席上气息奄奄。当囚室的石门隆隆推开时，他眼睛也没有眨一下。

“公叔丞相，嬴渠梁有礼了。”嬴渠梁向蜷卧在墙脚的公叔痤深深一躬。

公叔痤闭上了眼睛，既没有坐起来，也没有开口应答。他钦佩这个生擒他的年轻将军，可是不愿意和他在这样的场合对话。

子岸气得大声吼道：“老公叔，这是秦国新君，你敢牛顽！”

公叔痤微微一动，依然没有睁眼，也没有开口。

嬴渠梁拱手道：“公叔丞相，请勿为少梁之战羞愧。这一战，谁也没有赢。老丞相虽然被擒，我的公父也被你军冷箭所伤，猝然崩逝了。认真说起来，魏国还算是略胜一筹。丞相以为如何？”

公叔痤不禁惊讶得睁大了眼睛，嬴师隰这个令人生畏的劲敌死了？真的么？果真如此，自己连自杀的可能都没有了。依秦人习俗，一定要在秦献公灵前杀掉自己祭奠国君的。能与劲敌嬴师隰同战而死，也算得其所哉，又有何憾？心念及此，公叔痤冷冷一笑：“既然如此，公叔痤的人头就是你的了。何时开刀？”

“老丞相差矣。嬴渠梁不是杀你，是要放你回安邑[①]。”

公叔痤哈哈大笑：“嬴渠梁，休得嘲弄老夫。士可杀，不可辱也！”

嬴渠梁正色道：“嬴渠梁何敢轻侮前辈？放老丞相回归魏国，乃嬴渠梁一片苦心。秦魏激战多年，生灵涂炭，死伤无算。嬴渠梁继任国君，图谋秦国庶民安居耕牧，不想两国交恶。嬴渠梁素知老丞相深明大义，欲与老丞相共谋，两国休战歇兵，不知老丞相意下如何？”

“秦公，果然不记杀父之仇？”公叔痤迷蒙混沌的老眼渐渐明亮起来。

“父仇为私，和战为公。嬴渠梁若非真心，甘受上天惩罚。”

公叔痤打量着面前这个神色肃然的青年君主，觉得他竟有一种令人折服的真诚与

---

① 安邑，古邑名。在今山西夏县西北。战国初为魏置。

自信，一句话便公私分明，将大局料理清白，不禁暗暗赞赏。与秦国罢兵是他多年的主张，无奈秦献公连年攻魏，发誓要夺回整个河西，不想打也得奉陪了。在他这个魏国丞相看来，秦国被压缩得已经可以了，魏国的真正劲敌是东方崛起的齐国与南方的楚国，老是被秦国缠住不能脱身，实在是魏国很头疼的一件事。每与秦国作战，他都不赞同上将军庞涓领兵，怕的就是庞涓对秦国赶尽杀绝，与秦国的血仇越结越深。他很了解老秦人的剽悍顽强，认定这个在戎狄部族包围中拼杀了几百年的部族诸侯绝非轻易能够消灭的，能够将秦人压缩到荒凉的一隅之地，就应该满足了。魏国的目标是中原沃土，而不是西陲蛮荒。但经过石门之战与这次少梁之战，他却觉得这种罢兵愿望似乎根本不可能，秦献公好像一个疯子一样仇恨魏国，有他在，魏国是无法摆脱这种纠缠的。被俘这几天他已经思谋妥当，自己自杀殉国，荐举上将军庞涓与秦献公决一死战，彻底解决与秦国的连年纠缠。然则骤然间竟是峰回路转，秦献公死了，秦国新君主动提出罢兵休战，岂非天意？

老公叔一时感慨中来："好！老夫信你，一言为定。只是这疆界，却不知秦公如何打算？"

"以石门之战以前的疆界为定，河西之地还是魏国的。"

"噢？秦公不觉吃亏太多？"公叔痤大为惊讶，不禁靠墙坐起。

"二十年后，我会夺回来的。"嬴渠梁一字一板。

"一言为定？"

"一言为定。"嬴渠梁微笑，"老丞相，该进食了。"

公叔痤豪爽大笑："然也！吃饱了，好上路。"

"且慢，"嬴渠梁笑道，"老丞相徐徐将息，三日后嬴渠梁派人护送老丞相回安邑，不言俘获，而是魏王特使。"

公叔痤又一次惊讶，不禁挣扎起身笑道："秦公，老公叔阅人多矣，以公之气量胸怀，数年之后，必大出于天下。"

嬴渠梁恭敬地拱手行礼："渠梁才疏学浅，如何敢当老丞相嘉勉？"

公叔痤仰天叹息："只可惜老夫来日无多，不能和英杰并世争雄了。"一阵拊掌长笑，竟昏倒在地。

三天后的清晨，嬴渠梁亲率三百铁骑，护送着一辆青铜轺车①驶出函谷关。

白发苍苍的公叔痤在函谷关外和嬴渠梁殷殷道别，向魏国都城安邑疾驰而去。

秋霜白露，草木枯黄。嬴渠梁站在函谷关城头凝望着远去的轺车，那面鲜红的“魏”字大旗已经与天边的原野融在了一起，他依然伫立在那里，任凭寒凉的秋风吹拂着自己。

按照战国之世的规矩，一个两次兵败的大臣是很难继续掌权的，即或公叔痤是魏国两朝元老，深得魏王倚重，这丞相之位也未必能保。果真如此，秦魏罢兵的和约岂非空言？而如果魏国继续对秦国用兵，秦国能支撑多久？嬴渠梁很清楚，公父连年对魏国激战，本意是想夺回河西后再封锁函谷关休兵养民。可是，秦国越打越穷，河西五百里土地还是没有夺回来，秦国如何再打得下去？这种战争对于魏国这样的富强大国，纵然失败几次，也无伤元气。可是，秦国不行，秦国已经不起再一次的失败了。辎重耗尽了，存粮吃光了，精壮男子死伤得几乎无人耕田了。再有一次失败，秦国就真得退回陇西河谷重做半农半牧的部族去了。当此之时，秦国虽然表面上打了两次大胜仗，但国力却到了崩溃的边缘，成了一战即败的风中纸鹞。在刀兵连绵的战国，这已是极为危险的最后境地。若能罢兵数年，缓得一缓，秦国也许还有重振雄风的希望，否则，秦国将从战国列强中消失。目下又是国丧，朝局未安，若魏国乘秦国内乱而来，岂非灭顶之灾？

嬴渠梁觉得肩上担子如大山一般沉重。

如果罢兵成功，函谷关月内就要重新交割给魏国了。自从秦部族立为诸侯国，多少年来，这函谷关就是秦国的国命

小不忍则乱大谋。智者与智者之间的交手，并不需要刀刀见血、动辄要命。秦公放还公孙痤、舍河西之地，可以说是深谋远虑，也可以说是以退为进。双方其实都没有更好的选择，大家喘一口气的双赢局面当然比拼个你死我活好。因为，这边厢你死我活，那边厢就渔人得利，春秋战国时期，少一个心眼儿都可能被渔人置于死地。阳谋与阴谋下的钩心斗角，在春秋战国时期，达到极致，这构成了国人的重要性格基因。

国丧在前，嬴渠梁懂得节哀，知道分轻重。其临危不惧、临危不乱，兄弟同德同心，明君、贤者的形象，成功被打造。

① 轺（yáo）车，古代轻小便捷的马车。

之门。有函谷关在手,秦人就坦然自若。丢失函谷关,秦人就像袒露胸口迎着敌人的长矛利剑一般举国紧张不安。如此命脉一般的函谷关,公父与秦人浴血疆场夺了回来,自己却又交给了魏国,那些世族元老能答应么?朝野国人能理解么?虽然嬴渠梁是深思熟虑的,认为只有如此,才能使魏国觉得不动刀兵而重占河西是一个巨大的利市,才有可能放秦国一马。如原地现状罢兵,那是几乎没有可能的,魏国绝不会在两次大败后让秦国封关修养。虽然如此,但毕竟函谷关对秦人太重要了,国中臣民能接受么?

上天啊上天,莫非秦国要灭亡在我嬴渠梁手里?

后人虽已知公元前221年秦灭六国实现大一统之结局,但回顾其生死存亡之关头,仍觉惊心动魄。生死存亡即悬念。整个楔子,所截取的,就是一个危局,没有危何来机?没有悬念,不成故事,这是历史小说的取胜之道。

第一章　六国谋秦

一　上将军庞涓的秘密使命

暮霭沉沉，大河上下一片苍茫。

在刀兵连绵的岁月，这正是晚号长鸣城堡关闭的时分。坐落在黄河北岸的魏国都城——安邑，却打开已经关闭的南门，又隆隆放下吊桥，放出了一队没有任何旗号的铁甲骑士和一辆青铜轺车。暮色苍茫中，这队人马越过山地，飞驰平原，在朦胧月色下从孟津渡口摆渡黄河，上得南岸，便乘着月色星光，向苍茫大平原上的著名都会——大梁①城飞驰而来。

此刻的大梁城，正沉浸在浓浓的兴奋与狂欢之中。

《大秦帝国》写景，极精练，留白甚多，往往不闻车马声，就有杀气到，数语即能得其全境。扬长避短的写法，明智。

“没有任何旗号”，强调车队主人的不事张扬。“胸有城府”之城府，表面上不拘小节，实际上是处处精算，步步为营。

---

① 大梁，战国时魏国都城。在今河南开封市西北。魏惠王三十一年（公元前339）自安邑迁都于此。

大梁是魏国的第一大城，与大河北岸的都城安邑遥遥相望。虽说不是都城，大梁的城池规模与街市气势却比安邑大得多。论地利之便，大梁地处丰腴的平原，北临黄河，南依逢泽①大湖，水路陆路四通八达，便成了中原地带最大的物资集散地。魏国当年之所以没有将大梁作为都城，仅仅是因为韩赵魏三家分晋时，魏氏势力范围内的南部平原尚是贫瘠荒芜的原野，大梁还只是一座小城池。而当时的安邑却是魏氏的势力中心，地处黄河汾水交汇处，农耕发达，城池坚固，自然便做了都城。不想自魏文侯起用李悝变法，尽地力之教，全力在黄河南岸发展农耕，大梁大大地得了一回天时地利与人和，竟是迅速富庶了起来。随着农耕兴旺，工匠商贾也纷至沓来，大梁便在一百多年间蓬蓬勃勃地变成了水陆大都会，重筑大城池，工商云集，店铺林立，形成了天下第一大市——魏市。更兼列国名士纷纷前来定居开馆，文风昌盛，私学大起，隐隐然便成了中原地区的文明中心。

据《资治通鉴·周纪》：威烈王二十三年，“初命晋大夫魏斯、赵籍、韩虔为诸侯”。成王二十六年，“王崩，子烈王喜立。魏、韩、赵共废晋靖公为家人而分其地”。韩赵魏史亦称三晋。三晋分立，被一些史家视为春秋战国之分界，另一更为广泛的说法为公元前476年。

虽则如此，大梁人心里总觉得缺少点儿东西，尤其见了安邑人，总是心里酸酸的不是滋味儿。安邑是王城，是国都，纵然不比大梁富庶文华，却自有一种王城国人的优越感，动辄便是“天下大势如何如何”的高谈阔论，或是“近日魏王赏赐上将军六进大宅”“前几日丞相纳了一名美妾”等等王侯将相的隐私逸闻。大梁人听得一边羡慕，一边泛酸。大梁人可以在任何外地人面前高谈大梁的享受讲究和精到至极的生意经，但就是在王城安邑人面前羞于开口。这也是没办法的事，财富与享受如果远离权力，人们只会说你是个富商而已。

说到底，大梁人缺的是一种贵气。富而不贵，心里总悻悻不是滋味。

孙皓晖擅长借古说今。大梁于安邑，有如日后南蛮人于皇城人也。卫鞅未出山，工商尚未算末利。但有钱之威，比不上有权之威，积习如此，无可奈何。富而不贵，乃暴发户所最忌讳。《论语·学而》载，“子贡曰：‘贫而无谄，富而无骄，何如’？子曰：‘可也。未若贫而乐，富而好礼者也’”。礼一定是“贵”的，无“贵”无礼，无礼无“贵”，礼与贵，是捆绑在一起的。

---

① 逄(páng)泽，古泽薮名，在今河南开封市东南。

然而，月余之前魏王特使带来的一道王书，却使大梁人看到了富贵双至在安邑人面前挺起腰杆的希望，全城沸腾了起来。

魏王特使的宣谕是：以魏国为盟主的六大国会盟将在逢泽之畔举行，大梁城定为六国会盟的后援基地；大梁要迅速在逢泽大湖边修筑起六国兵营和六国行辕，在这里囤积大梁佳酿，云集大梁美女。如果仅仅是这样，自然还不会使见多识广的大梁人激动起来。要紧的是几乎就在同时，安邑商人酸酸地传过来一则王宫秘闻：魏王喜欢大梁，所以在逢泽会盟，是有意将国都迁往大梁城！

旬日之间，秘闻不胫而走，人人都在兴奋地议论。随着安邑商人不断地向大梁转移财产和各国商贾的探询证实，大梁城的兴奋激动终于蔓延成了狂欢。谁也不知道何时何人开的头，原本中夜收市的夜市变成了彻夜大市。各色酒肆饭铺灯笼高挑，幌旗招摇，高谈阔论与喝彩之声溢满街市。原本是盛典大节才举行的社舞也拥上了长街。那由四十多个壮汉抬在特大木车上的社神雕像缓缓行进，和善地看着在他脚下狂欢劲舞的彩衣男女，总角小儿也一群群拥上街头又唱又跳。外商们则站在街边檐下兴奋地指点议论，或面带微笑地听身边老人感慨地评价大梁的民俗和社舞的优劣。起先，最令外商们心跳的是，大梁的所有物价都大跌五六成，有的甚或跌了八成。每家铺面前都高高挂起大幅红布，大书一个“欢”字，下面便是“跌八”或“跌五”“跌六”。外国外地商人们心惊肉跳，但又不能开罪于天下第一水陆大市的父老，只好随行就市地跌四跌三。然则，更令外商们惊讶的是，大梁人根本不屑于趁此喜庆之日抢占小利，他们彬彬有礼地走进大店小店，只买些喜庆之物或酒食甜饼之类。就是这些，也是尽量在大梁人开的店里买，极少光顾外国商人们和外地商人们的店面。一时间，外国外地商人们钦慕不止，相顾惊叹“文哉大梁”！惊喜之余，不知哪国大商带头，外商们竟是大跌九成以谢大梁父老。一家齐国大商，竟然将喜庆之物与酒食甜饼摆在店门口馈赠市人，一天竟没送出几件去。外商们既惭愧又高兴，便将店面生意交给账房先生们看管，纷纷走上街头与大梁人同欢。

在大梁的狂欢喜庆中，唯独一个地方冷清如常，这就是上将军庞涓的行辕。

庞涓和他的马队于四更时分到达大梁城外。城中的狂欢喜庆，使庞涓感到意外和惊讶。六国会盟是一件实实在在的大事，需要尽量地秘密进行。如今被大梁张扬铺排得惊天动地，有何秘密可言？一时间，他感到大梁人很是浅薄，令人厌恶，断然拒绝了大

战国前期列国形势示意图

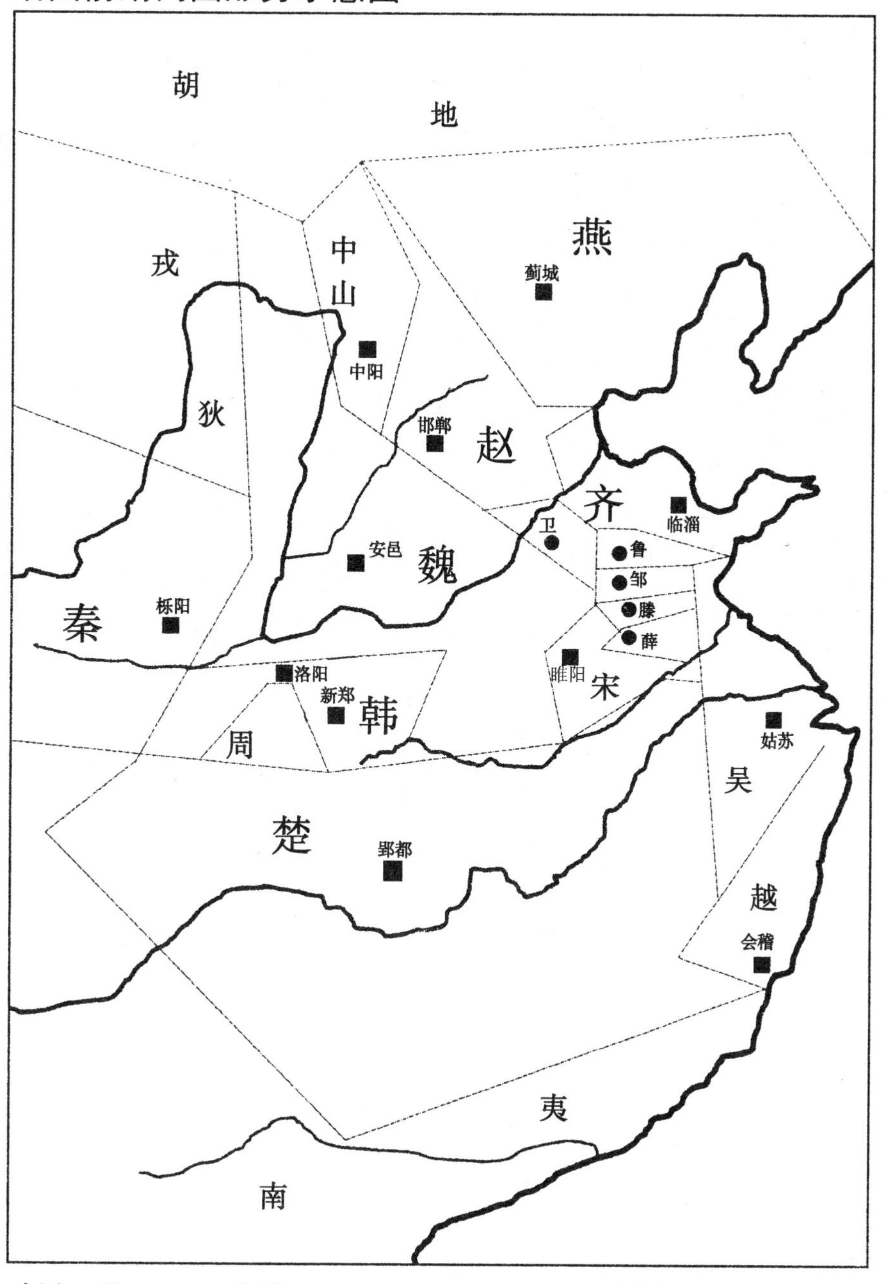

大国：■　　小国：●　　国界：------

梁守请他从正门入城接受万民拜迎的恳切请求，命令打开城外秘密通道，隐蔽进入城内事先准备好的上将军行辕。

进入行辕的第一件事，庞涓便派人打探城中各种传言。他要知道，六国会盟的秘密究竟泄露出去多少？及至各路密探在一个时辰后报齐，都说大梁人庆贺的是迁都消息，几乎没有人议论六国会盟，他才长长松了一口气，仔细一想，却又感到疑惑不解。迁都大梁是何等重大的国事，他身为上将军，何以竟然一无所知？谁提出的立即迁都？魏王何时赞同的？为何不预告于他？一时理不出头绪，他也不再纠缠。他相信如此重大的国事总是绕不过他这个手握重兵的上将军，迟早一切都会明白，瞒他的人也会付出代价的，目下最要紧的是准备六国会盟。

会六国，布大局，图天下，庞涓野心大，可惜胸襟有限，终归竖子耳。孙子曰，“主不可以怒而兴师，将不可以愠而致战”，甚是。

五鼓时分，庞涓已经在大铜镜前梳洗完毕，一身细软干爽的贴身白绢衣裤使他觉得分外舒适。吃下一陶碗肉羹，他轻轻地咳嗽一声，贴身侍卫便捧进了上将军的全副装束。那是一身用上好精铁特殊打制的甲胄，薄软贴身而又极为坚挺，甲叶摩擦时便发出清亮的振音。还有一顶青铜打制的上将头盔，一尺长的盔矛在烛光下熠熠生辉，径直五寸的两只护耳弧度精美，耳刺光滑异常。再就是一件等身制作的丝质大红披风，一经上身，光洁垂平，脖颈下的披风扣便大放光华。穿戴完毕，铜镜中立即出现了一个威严华丽且极有气度的上将军。庞涓稍事打量了一下自己，抚摸了一下披风扣上的两颗大珠，却微微皱起了眉头。作为战阵大将，他很不喜欢这种浮华招摇的东西。但这是他被拜为上将军时魏王亲自赏赐的，两颗当作披风扣的海珍珠是魏惠王的心爱宝物，这身甲胄则是魏王派专使在大梁著名的作坊定制的。这一身装束可真正是价值连城。除了魏国，大约哪个诸侯国的上将军都不会拥有这样豪华名贵的衣甲。对于魏王的特意赏

人靠衣装，每个人都有一个价，那一身“贵”极的披挂，就是身价。

赐，如果在六国会盟这样的重大场合不装束起来，魏王肯定会不高兴的。当今的魏国大臣中，只有丞相公叔痤和他这个上将军得到了这一特殊赏赐，酷爱珠宝名器且又特别讲究衣着威仪的魏王能不在意么？

装束停当，庞涓摘下剑架上的金鞘长剑，低声威严地命令："护卫十名，随我从小街出南门。三千铁骑走大街，午时赶到逢泽。"

"遵命！"侍立在大帐外的军务司马答应一声，疾步走出。

庞涓走出大帐时，他的三马轺车已经轻快地驶到帐口。十名铁甲骑士也已经整装上马立于车后。庞涓走到车前，右手一搭车轼，利落地跃上轺车，挺立于六尺青铜车盖下，剑鞘轻轻一点，轺车便辚辚驶出行辕。

因为大梁的喜庆和六国会盟关联不大，庞涓对大梁人的厌恶也消退了许多。他决定不再从秘道出城，而是直出南门，顺便看看大梁人的狂欢情景。他相信从小街走，又是黎明时分，耽搁不会太大。按照大梁人惯于夜生活的风习，清晨时分正是安睡之时，街上行人最为稀少。但庞涓没有想到，今天这条无名小街竟然也是火把成片，人头攒动，社舞鼓乐热闹非凡。庞涓在高高轺车上眼见人头火把望不到尽头，微微皱眉，沉声命令："改道。"

但就在这时，突然有人喊："上将军……上将军到了！"

"上将军是国家干城！给上将军让道！"一个白发老人在社舞队列中高声大喊，连连挥动手中的红色小旗。街心参与社舞的男女老少和蔓延到街边的看社舞人众，呼啦啦向两边闪开，"魏王万岁！上将军万岁！"之声喊成一片。

亲见大梁民众如此敬重自己，庞涓心中不禁涌起一股热流。虽然他没有提出立即迁都，但他却是魏国上层主张迁都

"万岁"在战国期间，有如百姓口头禅，欢呼皆称"万岁"，红白事皆可称"万岁"，红事欢呼，白事讳称。汉武帝以前，"万岁"并非"老大"的专用词。"万岁"之呼，《史记》及《战国策》皆有载。由此细节亦可见孙皓晖为著作出力甚巨。

大梁最坚定的一个，精明灵通的大梁人岂能不知？然则大梁人绝不会公开喊上将军为“恩公”，而只喊上将军为“干城”。就是连续不断的狂欢，大梁人也只是高呼：“魏王万岁！”“魏国大业，大梁当先！”没有一个人喊出埋藏于内心的真正冲动——大梁即将成为王城！庞涓自然明白其中道理，但对大梁人的狡黠老到总有一丝不安与不快。数十万市井之民竟能如此默契地借机宣情，如此忍耐地在狂欢中深藏不露，这在目下战国大都会中决然没有第二个大城庶民可以做到，包括齐国临淄和魏国安邑。面对这样的民众国人，庞涓总有不踏实的感觉。他本来想对敬重他的大梁父老们说上几句热情的敬谢话，但这种不踏实的感觉却使他紧紧地抿起厚阔的嘴唇，脸上一片庄重。他在轺车上拱着双手不断向两边民众作礼，在欢呼声中辚辚驶出了大梁南门。

“城府”之道、“城府”之王帅，必育“城府”之民。

厚阔二字，突出庞涓之性格，有霸道无贵格。

清晨卯时，庞涓到达逢泽。

他的轺车直驶魏国营区的上将军幕府，匆匆吃下一鼎逢泽黄羊肉，便到会盟行辕区做最后一遍视察。明日六国的国君便将陆续到达，一切差错都要消灭在今天。本来，这会盟营区是由掌管地方民治土地的都司徒府督察，由大梁守具体实施建造的。大梁对这件事的兴奋与重视，应该是没有差错。但庞涓还是不放心。庞涓太清楚这次会盟成功对于他这个发端者的重要性了。说起来，六国会盟是他向魏惠王提出的，总体方略也是由他秘密制订的，就连会盟的地点时日也都是他提出的。魏王对他提出的具体谋划几乎是全盘接受。如果成功实行，庞涓就将是魏国霸业的奠定者。从近处说，他至少将成为魏国的丞相兼上将军，名副其实的出将入相，一改与公叔痤将相分权的局面；从远处说，他将远远超过名将吴起在魏国建立的勋业，若魏国统一了天下，那他毫无疑问将名垂千古。庞涓想得很深很远也很细，他绝不允许六国会盟出一丝一毫的差错。正因为如此，他禀明魏王，自领三千铁骑星夜奔赴大梁做最后的督察。

一整天巡查的结果，虽然查出了几处小纰漏，但总算没有大的差错，庞涓还算满意。他以上将军名义，赏赐给大梁守三名技击武士做护卫。大梁守诚惶诚恐地接受了，立即向上将军献上十名大梁美女和十桶大梁美酒。庞涓坚决回绝，并严厉斥责了大梁守私自动用会盟舞女和会盟王酒。大梁守慌得打躬不迭，连连辩解说舞女和美酒绝非官品，只是受大梁父老的重托而表示的一番敬谢。

心怀天下者，美色美酒皆蝇头小利，不是不享，是到时候再享。

“既非官品，即刻返还大梁父老。下去。”庞涓的声音没有透出一点表情。

“是是是……”大梁守一看庞涓冷若冰霜，忙不迭擦着汗退出幕府。

庞涓没有因为这件小事影响谋划。用罢晚餐，他将上将军府掌管文书的三名大主书与掌管杂务的八名少庶子全部召来，秘密布置他们以会盟执事的身份分别加入五国君主的侍从行列，探听五国君主的动态。庞涓特别严厉地叮嘱，任何重大消息只能向他单独禀报，否则杀无赦！分派完毕，大主书立即发下执事吉服和出入令牌，各人便出帐准备去了。

庞涓松了一口气，信步踱出帐外。已经是月上中天了，虽是初夏，逢泽水面吹来的风还是略带寒意。庞涓望着一天星斗与逢泽岸边的连绵灯火，油然生出一腔感慨。他已经出山三年了，虽然打了几场还不算小的胜仗，但在刀兵频仍的战国还远远达不到名动天下的地步。必须有一举牵动天下格局的功业，才算真正达到了名士的最高境界。譬如李悝在魏国的变法，一举使魏国成为超强大国而举世闻名。譬如吴起，除了是战场上的常胜将军，还是执政变法的名臣。只有这样的名士,才是庞涓的人生目标。他常常觉得自己的才能与吴起相似,既是兵家名士,又是治国大才,该当是出将入相天下敬畏的摄政权臣。也许,正因为对自己如此评价,正因为有如此远大的目标,庞涓的目光从来都没有仅仅局限于兵事,从来都没有满足于做个能打胜仗的带兵将领。他对治国权力,对涉及天下格局的邦交大事更为关注。一个既能够统率三军驰骋疆场,又能够谋划长策捭阖于天下诸侯之间者,方得为真名士也。这一切,都将因为六国会盟的实现而使庞涓迈出第一步,尽管很艰难,但庞涓是满怀信心的,他一定会成功,一定会改变老师对他当初的评价。

庞涓心不能宽,通身才华受制于此。看来为师者,亦须喜怒不形于色,否则,弟子之间会因争宠而引发血案。庞涓要超越李悝吴起之成就,就要由将才变成将相。将才尚武,将相讲究文武双全,可惜心比天高者,往往难寿。

二　五国君主同一天到达逢泽

逢泽的清晨分外壮美。浩渺的水面在火红的天幕下金波粼粼。一轮红日涌出水天相接处,山水风物顿成朦朦红色剪影,苍茫苇草翻滚着金红的长波。连绵不断的各式军帐、战车、幡旗、矛戈结成的壮阔行营,环绕水面形成一个巨大的弧形。悠扬低沉的号角伴着萧萧马鸣此起彼伏。岸边官道上,一骑红色快马飞驰而来,在苇草长波中恍如一叶飞舟。

庞涓刚坐在长案前准备开鼎用餐,就听见大帐外骏马嘶鸣。他微微一怔间,帐口护卫已经高声宣呼:“安邑信使到——”

未及庞涓站起,信使已经匆匆进帐,从背上抽出一个铜管双手捧上禀报:“魏王急命,交上将军开启。”庞涓拱手接过铜管,拧开顶端铜帽,抽出一卷羊皮打开,两行大字赫然入目:“庞涓我卿,公叔丞相有疾难行,今着庞涓我卿为特命王使,以代本王迎接五国君主,预商会盟事项。八年四月初六日。”庞涓心中涌起一阵冲动，面上却是不动声色道：“请告我王，庞涓当鼎力维持，不负我王。”说着拿起公案上的一支六寸长的青铜令箭，交给信使作为回执。信使拱手道：“回执如信，本使告辞。”大步出帐，上马疾驰而去。

庞涓握着羊皮高声命令：“悬挂特使纛旗。备车出巡！”

半个时辰后，庞涓幕府外两面大纛旗迎风舒卷。一面大书“六国会盟特使庞”，一面大书“魏国上将军庞”。百名铁甲骑士护卫着一辆青铜轺车辚辚驶出帐外，轺车前三名骑士护卫着一面“六国会盟特使庞”的红色大旗，组成了迎接会盟国君的特使仪仗。中军司马一声高报，庞涓身着华贵的上将军甲胄，外罩光芒四射的大红披风，大步走出军帐。身后是一名红色长衫的主书，手捧一柄金鞘长剑，当先跃上轺车辕木，肃然站立。庞涓扶轼登车，低声命令：“出巡。”大旗当先，轺车发动，仪仗队从容向会盟营区出发。

庞涓遥望行辕相连的广阔营区，一种豪情油然而生。上天对他真是庇护极了，恰恰在他最需要公叔痤消失的时候，公叔痤就突发恶疾，若非天意，真是没有解释。六国会盟原是庞涓一手策划的，可就是因为公叔痤是老丞相总摄国事，硬是要挤进来做了魏惠王的会盟特使，代表魏王迎接五国君主并事先磋商六国盟约。庞涓内心对此是一百个不服气一百个不放心。六国会盟本来就是针对公叔痤提出的魏秦罢兵谋划的，如何能让这个老迈无能的权臣搅进来？少梁大战，公叔痤本来是被秦军俘获的，然而却鬼使神差地与秦国达成了罢兵和约。庞涓坚决反对，力主对秦国继续用兵，一战根除这个心腹大患。但是魏惠王却认为公叔痤与秦国议定的罢兵和约对魏国大大有利，不用打仗便重新占领了秦国的河西五百里，何乐而不为？公叔痤也算将功补过了。庞涓自然拗不过国王丞相的一致主张，

“将者，智、信、仁、勇、严也”（《孙子兵法·计篇》），勇、严不难求，智、信、仁难求，将才难成将相，就是因为此五者难全。战国以后，兵制大变，当兵者的“出身”，决定了将相、将才皆难求。眼光短浅之尚武者，能勇、能严，少智、信、仁，功业终难长久，吴起，即是一例。远古时代的战争，激发了兵法及统治术的灵感，培育了心术、法术、阴阳术等，但始终没能启蒙实用科学，工商沦为末利，此为这种原生文明的遗憾。

便谋划出六国会盟这着妙棋，要借六国之手灭掉秦国。魏惠王对庞涓的谋划也是大加赞赏，魏国既未负约，又得到了更大的利益，何乐而不为？然则如此一来，公叔痤却大大地不高兴，竟直谏魏王，斥责庞涓是使魏国失信于天下。魏惠王哈哈大笑一番，没有理睬公叔痤的劝谏。老公叔无奈，便硬要挤进来参与六国会盟。庞涓极力否定，魏惠王却笑着答应了。气得庞涓直骂老贼可恶，埋怨魏王懵懂。公叔痤有何才能？论将兵打仗，一败于石门，再败于少梁，却老着脸皮把着相位不松手。若非庞涓收拾局面，一败楚，再败齐，三败赵韩联军，魏国只恐怕丢尽脸面了。论治国，公叔痤恪守李悝吴起的法令，三十年不做任何变通，眼见魏国府库渐空，也是束手无策。这样的昏聩老人做了一回俘虏，竟然还高居他庞涓之上，做总摄国事的丞相，魏国能重振霸业统一天下么？但这种官场上的不公平，庞涓是不能公开理论的。虽然庞涓是立足实力竞争的名士，也必须忍耐，必须等待时机。目下，正当六国会盟扭转战国格局之际，老迈无能偏又喜欢搅和的公叔痤竟然发暴疾，岂非上苍有眼，给予他庞涓一个大大的机会？

谋事在人，成事在天。庞涓真要相信这句老话了。

既然做了名正言顺的会盟特使，庞涓就要将会盟礼仪搞得非同凡响。本来他向魏王提出了一整套接待方略和会盟规格，偏偏公叔痤不以为然，说是不能教五国感到魏国有霸气。此等迂腐之见根本不解六国会盟的真正意图，魏王却是不置可否，庞涓也不好执意反对。今日绊脚石自动让道，庞涓的勃勃雄心陡然重新振作，决心将会盟形式恢复到以魏国为轴心的格局上来。他知道，魏王其实是很赞成他的，作为一个国王，谁不想称霸天下主宰别人命运？只不过魏王不是他的父亲魏武侯和祖父魏文侯那样的铁腕君主，往往在遇到此亦可彼亦可的选择时就会失去主见，听任办事臣下的左右。公叔痤病了，他庞涓的主张没有人反对了，魏王更不会拒绝做天下霸主，还有何理由不放开手脚？

庞涓的第一个动作，是将六国行辕的位置重新排列。公叔痤原本安排的是六国行辕排成环状，不分尊卑主次。庞涓下令将六国行辕的位置变成方形，魏国坐北面南独居盟主尊位，东侧为齐赵两国，西侧为燕韩两国，楚国是仅次于魏国的强国，行辕在南面和魏国遥遥相对。第二个动作是按照这一格局，改变会盟大帐内的王座位置，同样将环形座次变成了方形座次。为了快速有效，这两项急务庞涓都没有让大梁守率领民夫完成，而是由他训练有素的一千精兵去做。日上三竿时，大格局的改变便已经全部就绪。

礼法里有“大学问”，排座次是面南术的重要内容。环状改方形，实为摆阵，显王者之相，定尊卑之别。阴阳家兴于战国后期，阴阳五行说大盛于汉代。唐虞商周虽有东南西北中之观念，但尊南之观念恐怕要迟至战国后期才开始。此时提到的坐北朝南，当视为经验上的先行先践。

庞涓的第三步，是派出了他的两千铁甲骑士，在行辕区外的大道上排列成一里长的甲士甬道。两骑一组，一面红色大旗，一柄青铜大斧。行辕区外红旗招展，斧钺生光，声威比原来壮盛了许多。

就在庞涓的轺车做最后的巡查时，一骑探马飞进大营禀报：韩国君主韩昭侯带领一千卫队并随从大臣，已经进入行辕区大道。

庞涓从容命令：“韩侯车驾进入行辕外一箭之地，鼓号齐鸣。出迎。”

当庞涓的特使仪仗驶出行辕外甬道时，遥遥望见大道上一面绿色大旗迎风招展，悠悠而来，显然便是韩昭侯的会盟车队。车队驶入一箭之地的石刻标志时，甲士甬道外鼓声大作，两排长号仰天而起，呜呜齐鸣。庞涓在轺车上肃然拱手，高声报号：“六国会盟特使庞涓，恭迎韩侯车驾——”

迎面而来的王车上，肃然端坐着一位三十余岁的国君。他就是韩国第六代君主，史称韩昭侯。这位君侯是战国时代著名的节用之君，惕厉自省，处处简朴，全然不怕列国哂笑。目下他乘坐的王车，是一辆铁皮包裹的木车，车轮哐啷嘎吱乱响，车厢中的伞盖也是木制的，稍有颠簸便摇摇晃晃。驾车的只有两匹灰斑马，且显然不是名马良驹。韩昭侯本人身穿一领极为普通的绿色布袍，头戴一顶高高的竹冠，长须飘拂，神色散淡，似凝重又似愁苦。若是平白在道边相遇，别说庞涓，任谁也只将他认作一个寻常的游学士子。

性格塑造的必要手法，不能千人一面。小说中庞涓眼中，五国国主，每人一“罪”。韩侯穷酸固执。

庞涓嘴角露出一丝轻蔑的微笑，但又立即变为肃然庄重。他可以哂笑韩昭侯的寒酸，甚至认为这是矫情做作，但他绝不能轻视和魏国同出一源的韩国，绝不能哂笑拥有天下最大铁山和最好铁坊的“劲韩”。庞涓轻轻咳嗽一声，轺车缓缓迎了上去。

韩昭侯早已经听见了迎风传来的庞涓声音，只是没有作答。他看着这位邻邦上将军总觉得别扭，打了几场胜仗便不可一世，浑身珠光宝气的大不是正道滋味儿。然而，他只是微微皱了皱眉头。两车迎面时，韩昭侯拱手淡然道：“上将军荣任会盟特使，可喜可贺。”

“淡然”“淡淡”等词复用多次，虽为实情描写，于人物心理变化而言，却显得不够隐忍、丰富。

“公叔丞相有疾在身，魏王命庞涓代行特使，敢请君侯见谅。”庞涓知道公叔痤和韩赵两国的渊源极深，所以谦恭地自贬为“代行特使”，以示对韩昭侯与公叔痤交谊的敬重。

“敢问上将军，本侯是第几家到达？”韩昭侯岔开话题，淡淡微笑。

庞涓拱手笑答：“君侯先声夺人，第一家。君侯请。”

韩昭侯又微微一皱眉头，脸上却是淡淡漠漠：“韩魏近邻，自然早到。请。”

“君侯先请。”庞涓一挥手，身后一名导引骑将走马而出，高举一面绣有“韩”字的绿色大旗到韩昭侯车前高声报：“末将导引君侯车驾——”拨转马头，走马行入甲士甬道。

韩昭侯闭目养神，既不看落后半车的庞涓，也不看红旗林立斧钺生辉的铁甲骑士。庞涓却是始终微笑地看着韩昭侯，默默护送，绝不主动找话，心中却在暗笑这位君侯的迂腐——明是心虚偏又自做轻蔑状。

穿过甲士甬道，进入行辕大门后走马急行里许，来到烟波浩渺的逢泽北岸。一片绿色军帐围成一个巨大的环形，环形军帐内又是兵车围成的一个环形，一座绿色铜顶大帐被兵车围在中央，辕门口一杆“韩”字大纛旗迎风舒卷。庞涓拱手道：“君侯请看，这便是贵国行辕。行辕外军帐可驻扎君侯带来的一千军士。”

“尚好尚好。上将军请忙公务。本侯奔波困倦，欲休憩片刻也。”

庞涓本以为韩昭侯至少要邀他进帐稍事寒暄，他也很想借此机会和各国君主先行磋商试探一番，给魏王打好基石。没想到韩昭侯竟丝毫不作姿态，公然拒绝了他。刹那之间，庞涓感到了这位寒酸君主颇难对付。正在此时，一骑探马飞来，高报燕公驾到。庞涓就势拱手笑道：“君侯车马劳顿，理当休憩，庞涓告退。”

逢泽大道上重新卷起烟尘，隐约可见红蓝两色的大旗翻卷飞来。庞涓思忖，燕国究竟是老牌诸侯，国弱势不弱，看这车速，显然是燕文公率领燕山精锐亲赴会盟。时人眼里的七大国——魏、楚、齐、赵、燕、韩、秦，其中唯有燕国是周武王灭商后直接分封的“公”字号老诸侯国，第一任国君是周武王的弟弟召公奭，一脉延续六百余年竟未失政。另外六国，楚国是蛮夷部族自立为诸侯国，西周第三代天子周康王才予以正式册封，迄今五百年历史。秦国是周平王东迁洛阳后册封的诸侯，迄今三百多年。现下的齐国也不是周武王分封的老齐国，那个齐国的君主是姜姓，第一任国君是赫赫有名的姜尚，世人称为“姜齐”。目下这个齐国，是老齐国的田姓大臣田乞在势力坐大时杀掉了姜姓国君，自立为国君，至今已经传了六代，世人称为“田齐”，时下也就一百多年。魏赵韩三国，原是老牌诸侯晋国的三家大臣，势力坐大后，三家共同瓜分了晋国。周威烈王于魏文侯四十三年不得不正式册封魏赵韩三家为诸侯国，迄今不过四十余年。这就是说，七大国中，有四个是坐大夺权建立的——齐魏赵韩；一个是山高水远先自立而后被王室认可的——楚；只有燕秦两国是正式册封立国而一脉相延的诸侯国。燕国是西周的开国诸侯，秦国是东周的开国诸侯，燕国比秦国恰恰老了整整一个时代。正因为如此，燕

燕公，傲。

国是七大国中最为孤傲的一家,而眼下这位燕文公又是燕国历代国君中最为桀骜不驯的一个。

庞涓之心理,由作者议论出,简明清晰。就小说论,多点暧昧不明,更能吸引人。

对这种老牌诸侯,庞涓却丝毫没有敬畏之心,倒是觉得十分可笑。一方诸侯六百余年,静悄悄无所作为,竟然还心安理得趾高气扬地苟活于天地之间,真真的无可救药。你看这燕文公,铜车驷马,金顶车盖,黑玉天平冠,手执金鞘剑,长须飘拂宛若天神般站在车中,哪有一丝一毫的羞愧之情?

鼓声大作长号齐鸣时,庞涓已经从遐想中恢复常态,不卑不亢地在轺车上遥遥拱手报名,原地迎候这唯一具有西周王族血统的老牌贵族君主。

燕文公早已经看见行辕区外的甲士仪仗和庞涓的车骑,对如此隆重的迎候颇为满意。尊重周公礼制的姬姓王族,凡事都很讲究,越是细节就越是讲究。渐行之间,他已经发现了迎候仪仗不合礼制的十多处纰漏,最显眼的是没有郊迎的乐队而只有长号大鼓。庞涓作为盟主特使,理当出车迎接,而却只在原地迎候。魏国号称天下第一强,如何如此亵渎礼乐有失大雅?然则又能如何?燕文公长叹一声,就像多年来蔑视一切礼崩乐坏和僭越行为一样,又一次蔑视了魏国的无知和愚昧。

“魏国上将军、六国会盟特使庞涓,恭迎燕公车驾。”庞涓毕恭毕敬。

燕文公矜持地拖长声调:“上将军,魏王安在?”

“回燕公,盟主魏王明日驾到,今日本使代我王行迎候大礼。”

“盟主?尚未会盟公推,何来盟主?”燕文公冷冷一笑。

“回燕公,本次会盟事关重大,各国均已先行回书,拥戴我王为盟主。燕公何其健忘也?”该挑明处庞涓也不会虚与

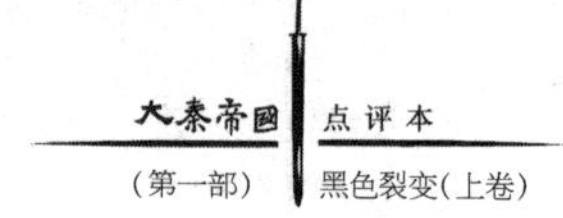

周旋的。

“既为会盟大典,何以如此不通礼法?燕国不是韩赵,本公解盟。”手中长剑一挥,“回燕!”

庞涓并没有情急之色,拱手高声道:“燕公六百年贵胄之身,竟以些须礼法琐事置大计于不顾,气量何其狭小也?魏王迟到,非为不敬重燕公,乃是为燕国谋划一份重礼也。”

“上将军所言何意?”燕文公弯回轺车,口气显然温和。

庞涓微微一笑:“中山国,可是一块肉也。”

“中山侯去了魏国?”

庞涓点点头:“此刻,魏王只怕正为中山侯洗尘接风。”

燕文公默然有顷,爽朗大笑:“好!本公且看看魏王才具。”

正在此时,逢泽大道上烟尘大起马蹄如雷。探马飞报:赵国君主赵成侯率领两千精兵赴盟。庞涓笑道:“敢请燕公一同迎接赵侯如何?”

“有上将军迎接赵种足矣。本公不劳上将军相陪。”燕文公望着遥遥而来的“赵”字大旗,轻蔑地冷笑。

庞涓高声命令:“导引官,领燕公入行辕歇息。”

红衣骏马的导引官高擎红蓝两色的“燕”字大旗,在燕文公车驾前走马前行,燕文公车队辚辚进入了行辕区。

庞涓自然清楚,燕赵两国为争夺河东太行山地区的中山国已是势如水火,若非魏国从中斡旋,两国早就该兵戎相见了。在燕赵之间,庞涓是喜欢赵国的。倒不是因为赵国与魏国同属“三晋”,庞涓本来就不是魏国人,没有老魏人的这种俗念。庞涓看中的是立国不到五十年的赵国的英锐之风,蔑视的是六百年燕国的老朽之气。论实力,赵国吞灭中山国并打败燕国是完全可能的。但魏国却不能支持赵国,因为那样一来,赵国就会成为堪与魏国匹敌的一流强国。为了使其他六大国的实力维持现状并始终和魏国强大的实力保持较大差距,庞涓向魏王提出了“扶燕抑赵”的策略,将魏国斡旋燕赵之争的基点定在防止赵国强大上。虽然这与庞涓的认知倾向相违背,但这是庞涓身为魏国上将军所必须具有的忠诚谋国的精神。否则,他庞涓何以堪称赫赫鬼谷子先生的第一高徒?

赵侯，豪。

“上将军，别来无恙?”赵成侯豪放地大笑着，手中带鞘长剑直指庞涓。

庞涓恍然醒过神来，大笑着跳下轺车，深深一躬:“赵侯大驾莅临，庞涓思慕走神，惭愧至极，敬请见谅。”

“思慕？啊哈哈哈哈哈哈……”赵种长剑拄车，目光电一般向庞涓射来，“又给我赵种设套子了，啊?”

“再大的套子，也套不住赵国的二十万铁甲骑士。”庞涓微微一笑。

“说得好！赵种相信实力，素来不怕套子。知赵种者，上将军也!”

“我却要说，知庞涓者，赵侯也。”

“啊哈哈哈哈哈……”

庞涓也大笑一阵，一跃跳上轺车，“赵侯先行，庞涓陪送行辕。”

赵成侯一捋连鬓大胡须，转头向后一努嘴笑道:“还有比赵种厉害者在后，上将军等着迎接人家好，你我就免了虚套，我自走了。”

庞涓慨然拱手:“若蒙赵侯不弃，庞涓来生做赵国将军。”

赵种诡秘地一笑:“来生？赵国只缺耕夫，不要将军了。走!”一跺脚，车马大队隆隆驶进了行辕。陡然，庞涓清晰地嗅到了深藏于赵种心中的那个远大目标——统一天下，放马南山！瞬息之间，庞涓一阵冲动，竟觉得自己错投了魏国。悠悠思忖，又不觉失笑，赵国连身边的一个小小中山国都拿不下，统一天下岂非痴人说梦？豪气是一回事，实力又是一回事，自己一以贯之的认定怎么会被赵种的豪气冲得走了形?

“禀报特使大人，齐王车驾已入三箭之地。”主书高声报告。

庞涓精神一振，他已经看见迎面而来的紫色大旗上的“齐”字了，立即高声命令：“一箭之地，迎接齐王。”话方落点，训练有素的驭手丝缰一抖，三匹火红色良马已碎步走蹄轻快驰出。

第四位到达的是齐威王，叫田因齐，是田氏齐国的第六代君主。他年龄不到三十岁，即位刚刚两年，却已经是令天下刮目相看的英主。在两年的时间里，田因齐整顿吏治、减少赋税、招贤用能、兴办学宫，齐国一片生机勃勃；又南却强楚，西退燕赵，宣布称王，使齐国陡然间声威大振。庞涓对齐国的事态非常关注也非常了解，他很是佩服这个年轻君主的霹雳手段，惊叹为天赋奇才。在七大国中，楚国春秋初期就已经称王，魏国是八年前称王，而齐国则是这位年轻君主即位一年宣布称王的。这样，天下就有了四个王国：名存实亡的中央王国——周，以及三个诸侯王国——楚、魏、齐。齐威王敢于大胆称王，无疑向天下宣示了齐国敢于抗衡天下的信心和决心。庞涓作为即将统一天下的魏国上将军，其实内心最没底的就是这个齐国。齐国地处大海之滨，土地肥沃，民风强悍，非但涌现了孙武这样的兵学世家，且近年来又文风大盛、工商业昌隆，临淄[①]已经成为仅次于大梁的商业大都会，号称“齐市”。目下，又出了这样一个大有作为的国王，要消灭齐国真是心中没底。但归根结底，庞涓也并不看好齐国。齐国田氏的立国根基远远没有魏国牢靠。魏氏历经百余年流血争夺，才和韩赵两族共同瓜分了晋国，其后又变法改制，军民一统，如臂使指。齐国则不然，田氏主要靠上层篡夺杀戮之方式夺得姜齐政权，旧贵族盘根错节势力极大，田

齐威王，英。

① 临淄，古邑名，亦作临菑，以城临菑水而得名。在今山东淄博市东北。春秋、战国时，齐国均都于此。

氏在齐国执政后又没有彻底变法改制，世族封地的势力依然很大，根基自然不坚实可靠。对于这样一个大国，庞涓提出的策略是“重和轻战，静观待变”，期待齐国出现战国屡见不鲜的“其兴也勃焉，其亡也忽焉”的大起大落，其时一鼓击之，天下可定。

远远而来的齐威王却没有庞涓这样的复杂思绪，他瞭望行辕气势格局，只是在想，齐国如何能搜寻到一个像庞涓这样的大才？齐国不乏战阵名将，但像庞涓这样统筹全局出将入相的扛鼎人物还真是没有。这位年轻国王的过人之处，正在于他全然没有寻常少壮派常有的浅薄狭隘，却是酷爱人才，大有容人之量。此刻，他望着轺车上华贵威武的魏国上将军，不禁感慨赞叹：“国有良将如庞涓者，安得不兴？”

庞涓却早已经遥遥拱手报号，且利落下车，迎上前来躬身作礼道：“齐王驾到，庞涓有失远迎，多请恕罪。”

齐威王也几乎是同时跳下王车，爽朗大笑：“上将军当世英杰，何以如此官话客套，将我田因齐做俗人待也？”

“庞涓敬重齐王奋发有为，何敢造次？”庞涓谦恭笑答。

“上将军，”齐威王握住庞涓的手微笑道，“田因齐请你到齐国一游，对齐国将军们教诲一番，如何？”

“齐王言重了。”庞涓笑道，“庞涓焉敢妄为人师？若能有幸到齐国，定当聆听齐王治国高论。”

“上将军，别说谁听谁，你若到齐国，就做我齐国三个月丞相，田因齐封你天客侯，三个县做封地，如何？”齐威王满脸笑意中透着真诚。

“天客侯？齐王好才具！也许魏王有一天会派庞涓做国使赴齐，庞涓定当领教天客侯滋味儿了。”

“好！一言为定，上将军静候佳音。”齐威王用力握了握庞涓的手。

“齐王请登车，庞涓陪送行辕歇息。”庞涓不想再继续这个话题。

齐威王转身上车，向庞涓拱手笑道：“不劳上将军，田因齐还想借此机会游览一番逢泽。导引官，起行。”

庞涓只有拱手相送，对这种天马行空的非凡君主，过分拘泥只会自讨无趣，莫若随其自便来得稳妥。那么，就只有楚王没到了。庞涓看看天色，已经是午时已过，未时有半，按照各路探马所报行程，五国君主在午时前均可到达逢泽行辕，为何楚王车驾如此迟缓？庞涓是大将之才，这次盟会的行止调度全是以兵法谋划的，一切都安排得紧凑有序，绝不会误算或漏掉任何一位君主的行程。庞涓望望动静全无的逢泽大道，略一思忖，已经料到变故原因，暗暗哂笑，高声命令道："仪仗鼓乐收回，全军开饭，酉时出营列队！"

主书轻声道："上将军，万一楚王酉时前来到，该当如何？"

庞涓冷冷一笑："不知楚人，不用多言。"

回到行辕，庞涓照旧是一鼎逢泽黄羊肉，不要汤饼，也不要其他菜，更不要酒。在大山中修习十几年，常跟老师风餐露宿，庞涓对简朴粗犷的生活已经形成习惯。用冗长的时间去消磨烦琐的酒菜，他很是不以为然，觉得那简直是浪费大好光阴。对于庞涓，每顿饭只要有一鼎肉或一盆汤饼就很满意了。行军打仗，则只要有干肉干饼水袋三样就行，从来不在中军大帐开小灶。出山到魏国做官以来，庞涓最感头痛的就是频繁的官宴和奢靡的应酬。但凡大小宴饮，庞涓都是简单吃饱，然后静观形形色色人等的诳语醉态。久而久之，他这种习惯也为魏国上层和军中将士所熟悉。贵胄们似乎对他有些微妙的冷落隔膜，军中将士对他却是衷心拥戴百般景仰，对他严格的军令与严酷的训练方式自然也乐于服从。庞涓根本不在乎那些纨绔膏粱者如何蔑视他，也不在意将士们对他简朴起居的赞颂，他深深懂得，在连绵刀兵你死我活的战国时代，立足的根本点是功业，是胜利。作为三军统帅的上将军，若果丧师失地，将士们的拥戴赞颂会在一夜之间变为咒骂或叛乱。若果能破国拔城，那些纨绔膏粱也会在一夜之间跪拜在他的脚下。成者王侯败者贼，在刀兵铁血的年月，这是一条永远的铁则。

立德、立功、立言，所谓三不朽。

匆匆用完黄羊肉，再用盐水漱漱口，庞涓立即走进内帐。

和寻常统帅不同的是，庞涓的中军幕府，前帐小而后帐大。前帐聚将厅只有一丈左右，简单得只有安置虎符、令箭、王剑的一张大案，再就是将领议事坐的十三个青石墩。后帐却足足有三丈见方，除了一张仅可容身的军榻，整齐堆积的竹简占去了后帐的四分之三空间。除此之外，就是一幅丈余见方的巨大的列国地图。这幅图不是绘制在羊皮上，而是刻制在十块木板上用卯榫拼成，行军时拆开装成木箱，扎营时拼起展开。这幅木图，是庞涓从师修习游历天下的心血结晶，其准确度曾得到老师鬼谷子的极高评价。这幅木图安置在后帐且蒙着一层白布，可知庞涓是将它作为军事秘密对待的。平日里后帐也是不允许任何人踏进来的，除了庞涓的贴身侍卫。

此刻，庞涓拉开白布，就势坐在身后的书案前打量着图上的七大国，眼光扫过，盯住了大河西部的秦国凝神沉思。论本土，秦国北部和燕、赵、中山三国接壤，东南部与魏国接壤，南部与韩国接壤，西南部和楚国接壤，除了齐国远在海边与秦国不搭界外，五大国均与秦国有领土利害关联。而秦国西部，是深远难测的高山草原与大漠，没有任何可作为后援的盟友力量。七大国之中，秦国地处西陲，接壤的邻国却最多，目下又最弱最小……

“报！”帐外遥遥传来探马临帐时的尖锐喊声。

庞涓走到前帐，斥候已经掀帐而入，躬身高报：“启禀上将军，楚王早已进入逢泽，在三十里外行猎饮酒，不入官道，不知何故。”

“一个半时辰后，楚王必到。”庞涓吩咐，“探马远走，不要再管楚王。”

楚王，奸。

“遵命！”斥候高声领命，昂然疾出。

对楚王的狡黠，庞涓是太清楚了。后来的中原士人讥讽楚人是沐猴而冠[①]，虽是刻薄，倒也确实神妙。猴子精明，然终不成人器。说到底，这是讥笑楚国人精于算计而缺乏大器局。就说目下这楚宣王芈良夫，明明是按行程于清晨时分到达逢泽的，可就是不入行辕区，全部的心思就是为了最后到达以显示尊贵。为此在三十里外停留行猎，煞费苦心地派出斥候打探，非要等到韩赵齐燕各国之后再进入，也许还等待着庞涓到三十里外去隆重迎接。庞涓对这种乖张的精细算计，历来嗤之以鼻。一个国家，不在根本实力上下功夫，专在这些琐细礼节上较真儿，能有何出息？楚国自春秋末期吞并吴国之后，地阔五千里，民众近千万，江淮水网纵横如织，湖泊星罗棋布，虽有连绵高山密林，然平原地带却是土地肥沃易于耕作。山重水复，疆域纵深，任哪个强国也休想一口吞下。楚国上层若有高远器局，变法图强，北进中原，何愁不能完成统一霸业？可惜这个国家就是固守蛮夷陋习，极少汲取中原文明的精华，官制军制民治均是自己的一套，从来不学中原各国的文明法制。丞相叫作“令尹”，上大夫叫作“左尹”，王族事务大臣叫作“莫敖”，上将军叫作“大将军”，还有登徒、柱国、执圭、三闾大夫等种种莫名其妙的官名。这个由山地部族自立而后获得周王朝认可的诸侯国，有许多地方是中原文明所难以理解的，这也正是中原名士难以在楚国建功立业之所在。魏武侯时期，文武全才的吴起因奸佞排斥不被国君信任而逃到楚国。当时的楚悼王任命吴起为令尹（丞相），立志变法图强。吴起以铁腕强力变革楚国落后愚昧的旧制，却几乎将自己弄成了孤家寡人。楚悼王一死，吴起立遭惨杀，楚国就成了一个“三分新七分旧”的奇特国家，始终是萎靡不振难有作为。庞涓当初为了选定自己要报效的国

沐猴而冠，难成大器。秦灭六国，六国亡秦，秦末逆反地，楚地最强。

太史公称吴起“刻暴少恩”，极是。孙皓晖并不认同《史记》之史识，然基本史实，须暗合史之记载，才能取信于读者。“及悼王死，宗室大臣作乱而攻吴起，吴起走之王尸而伏之。击起之徒因射刺吴起，并中悼王”（《史记·孙子吴起列传》）。按今日网络用语言，悼王是“躺枪”了。悼王“躺枪”后，连坐而死者七十余家。

---

① 沐猴而冠（guàn），沐猴即猕猴。猕猴戴帽子，比喻虚有仪表。

家，曾对楚国做了深入的游历探究，认为楚国和中原文明尚有百年距离。吴起在楚国的失败，不是变法本身有误，而是这个国家的落后愚昧封闭，和变法所需要的基础还有很大一段距离，任谁在短期内也难以扭转。其中一个重要的原因，就是楚国的上层贵族始终偏安封闭的山国，没有放眼天下竞争存亡的大器局。中原诸国凡有大事，都离不开楚国参与，但也没有一个国家将自己的存亡谋划寄托于联结楚国。中小诸侯国更是极少主动寻求楚国的保护。在七大国中，楚国与秦国的附属国最少。秦国是因为被山东六国封闭在函谷关以西，不可能东出争夺中原附属国。但秦国在秦穆公时代就吞灭兼并了几乎所有的西部戎狄部族邦国，没有被化入的草原部族也几乎全部臣服于秦国。秦国也是一个积极向中原文明靠拢的诸侯国，不管中原大国如何蔑视秦国，秦国都始终以中原文明为楷模。楚国对南部蛮夷部族之所以缺乏有效统合，则泰半是不思进取所致。譬如岭南的百越，楚国就仅仅满足于松散的"称臣纳贡"，而没有将这支繁衍旺盛人口众多的部族纳入整体国力。楚国名义上有千万人口，能够动员的兵力却只有数十万，还不如只有数百万人口的赵国可能动员的兵力。说到底，也是这种有名无实的庞大臃肿造成的。

在深入的查勘中，庞涓还发现楚国上层对中原文明有一种自卑而又不甘屈服的躁动。时时涌动着一种要求中原文明承认他们、接纳他们的强烈心志，又时时处处与中原文明警惕地保持着一定距离。如果不被重视，他们就会寻找机会和理由向中原示威，显示力量。如果中原大国敞开胸怀，他们又会自动退避三舍，害怕被中原同化。三百年前楚庄王时，谁都知道楚国的力量尚远远不及中原一个晋国，更不要说众多诸侯的联合力量。楚庄王却要借联兵抗戎之机，陈兵洛阳郊外，向东周王朝的劳军使者王孙满挑衅，问洛阳九鼎轻重几多。那时候，九鼎可是天子王权的象征，问鼎天子等于是向天子的王权挑战。王孙满回答："周德虽衰，天命未改。"楚庄王也只好悻悻而归。从此以后，楚国对中原的野心大白于天下，惹来与中原王室及诸侯国的种种麻烦。

后来，楚国有一段称霸时期，又缺乏谋略，不懂像齐桓公和管仲那样树起"尊王攘夷"的大旗，而是凶巴巴急吼吼地号令中原。结果惹来和晋国的城濮大战，一败涂地，从此两百多年萎靡不振。庞涓认为，这些都是因为楚国缺乏大器局所致。在庞涓看来，这样的国家最好对付，最难对付的是那些不拘小节，甚至不计一城一地之得失却又雄心勃勃的国家，譬如赵国，譬如齐国，甚至秦国也同样。刚继位的这位秦国新君，竟将已经夺回的大部分河西土地拱手相送以求休兵罢战，简直匪夷所思。这种人不是懦弱昏聩，就是机谋深沉。他们对这些先来后到、座次排列之类的邦交细节绝非迟钝，可是在表面上浑不计较，一心只在大事上做文章。一个国家，若处处在这种细节游戏上较真儿，无疑已经是衰老了，因为他们已经没有更大价值的东西去计较了。楚宣王正是这样，给他一个尊贵的座次，再给他一点看得见的好处，他就会大喊大叫地用难懂的楚语为盟主捧场。这一点，庞涓早就算定了。

酉时一到，魏国的铁骑仪仗准时在行辕区外展开，漫天晚霞中整肃威武，一片灿烂。庞涓的轺车驶出行辕时，逢泽大道上也卷起了阵阵烟尘。

担任司礼的主书轻声笑道："上将军，果真妙算！"

庞涓嘴角掠过一丝轻蔑的微笑，缓缓举起右手。骤然间，鼓声大起，长号向天呜呜齐鸣，声势很是雄壮。一箭之地处，黄色大旗上的"楚"字已经清晰可见，王车上青铜伞盖的熠熠闪光也已经映入仪仗铁骑的眼里。

"上将军，王车上如何不见楚王？"主书困惑地问道。

庞涓没有搭理主书，只是恭敬地深深一躬，低声命令："报号。"

主书醒悟，连忙以司礼身份高声唱道："六国会盟特使、魏国上将军庞涓，恭迎楚王大驾——"

王车上，楚宣王芈良夫特别兴奋。一路上，他都是躺在特制的大型王车中想心事。因生得特别壮硕高大，兼之做国王后又日渐肥胖，寻常轺车根本容不得他坐，更别说躺下睡觉。为此，郢都的王室作坊受命专门打造了这辆异乎寻常的王车——车厢丈二见方，高三尺六寸，青铜车盖盖高八尺，直径一丈，车轮几乎比寻常车轮大两圈。中原王车是四马驾拉，这辆王车是六马驾拉，一旦启动便辚辚隆隆气势慑人。这辆王车的最大不同，就是车中永远有两个侍女为常年挥汗如雨的楚宣王把扇、拭汗、喂水。行进到距行辕一箭之地时，楚宣王推开给他喂水的侍女，趴在车厢前方的望孔上瞄向魏国仪仗。瞄来瞄去，没有看见魏王的迎接车驾，心里顿时觉得空落落的又有些恼火。转而看见了魏国上将军庞涓车前的"六国会盟特使"旗号，也看见了庞涓肃然躬身的谦恭姿态，才颇感欣慰地喃喃自语："魏王不迎我，暂且作罢，谁教人家是盟主啦。"

一刹那，楚宣王芈良夫已经打定一个讨回尊严的主意，六国会盟特使庞涓迎接他时一定要讲出"代魏王迎接楚王"的话，否则他立即回马。想到这里，他精神一振，扶着两个侍女的肩膀霍然站起。两个黄衫侍女差点儿被压趴下，却又连忙同时用力扶起庞大的国王。

要突出楚王的蠢笨。蠢笨总是跟肥胖联系在一起，西人视肥胖为罪，也许，世俗偏见并非毫无道理。我国唯唐代以肥为美，审美趣味最大气。

隆隆驰来的大型王车伞盖下，突然冒出了天神一般的楚宣王！

魏国仪仗骑士与鼓号手死死忍住大笑，却将一股喷然之气弄成了一片喷嚏吹进呜呜咽咽的号声。司礼的主书也连连打了几个响亮的喷嚏，憋得眼泪流到了鼻端也不敢擦。若非魏国军士训练有素，非弄成一团儿戏大笑不可。

庞涓知道身后发生了什么，却沉静得浑然不觉。待楚宣王的超大王车嘎嘎吱吱地刹住，楚宣王目光盯住他却不说话时，庞涓庄重清晰地遥遥拱手道："六国会盟特使庞涓，代魏王迎候楚王大驾，楚王万岁！"

楚宣王心中大感快慰，一双大手拱成了斗大的拳头："魏王大礼，芈良夫何敢承受？魏王康健万岁。"硬是不涉庞涓而只提魏王。

"魏王恭请楚王，先入行辕歇息。晚来戌时，魏王为楚王接风洗尘。"谦恭的庞涓也始终只提魏王而不涉自己。

楚宣王依旧摇晃着斗大的拳头，满脸笑意："魏王忒得多礼，芈良夫何敢叨扰？"

"请楚王入营，魏王特使相陪。"

"芈良夫谢过魏王，忝为先车，入营！"

各具性格，好一个出场仪式，把人物全写活了。小说家的偏爱也表露无遗，要写"大秦帝国"，小说家很难做到不"偏心"。

马蹄嗒嗒，车声隆隆，楚国的车队人马器宇轩昂地开进了会盟行辕。楚王芈良夫扶着高高的车轼，庄重肃穆地巡视着行辕，脸上充满了尊严。

三　接风小宴公开了会盟秘密

夜晚，逢泽变得分外美丽。六大行辕区的各色灯火，在浩渺的逢泽水面倒映出一个流光溢彩的灿烂世界。军旗猎猎，刁斗声声，有军营的壮美，却没有战场的萧瑟杀气。初夏尚有凉意的微风中，逢泽弥漫出一片华贵的侈靡。

逢泽是两条大河滋养的。西北有黄河，东南有济水，中间地带就聚成了苍苍茫茫的逢泽。战国时期，独立入海的江、河、淮、济被称为天下四大名水。这四大名水，黄河在北，长江在南，中间是济水与淮水。北河南江之间，正是华夏文明的中心地带。而逢泽恰恰又在河淮之间，西北又紧靠繁华文明的大梁城，是中原腹心地带最具盛名的大湖。论水面规模，逢泽远远不及楚国的云梦泽，但论当时的名气与文明内涵，逢泽却是远远高出于云梦泽。魏国作为天下第一强国，选择逢泽做六国会盟的地点，不仅仅因为逢泽是魏国最好的形胜之地，而且还因为是当时整个中原文明的精华所在。

六国会盟的总帐，设在逢泽北面依山傍水的山腰草地上，地势略高出于其他五国的行辕驻地。以灯火区域看，五国行辕对盟主行辕的总帐恰好形成五星捧月之势，使总帐地位十分突出。时下，盟主行辕所在的山地岗哨林立，山腰总帐内灯火通明。

大帐内没有乐舞和侍卫。先到的五国君主默默坐在各自案前目不斜视，等待庞涓的开场白。庞涓的座案设在平地上，背后是暂时空置的魏王盟主的长案。庞涓刚刚走进来，他没有落座，肃立案前向君主们所在的三个方向深深一躬，拱手朗声道："六国会盟特使、魏国上将军庞涓，参见楚王、齐王、燕公、赵侯、韩侯。各位国君安然到达逢泽，盟主魏王委派庞涓代为五君接风洗尘。庞涓不善饮酒，然则六国精诚会盟、安定天下，庞涓愿以卑微之身敬五国君主一爵。"说着双手捧起案上青铜大爵，抱爵拱手，"敢请接受庞涓敬意。"说完一饮而尽，憋得满脸通红，连连咳嗽。但庞涓丝毫没有慌乱，用白帕拭去嘴角酒水，又是真诚一躬，"庞涓失态，敬请见谅。"

赵成侯爽朗大笑："上将军破例饮酒，我赵种奉陪！"举爵豪饮而尽。

"上将军当世名将，田因齐奉陪！"齐威王也一饮而尽。

"奉陪。"韩昭侯面无表情地举爵饮尽。

“本公，也就循例了。”燕文公矜持地徐徐饮下。

楚宣王一拍长案：“魏王特使，为我等接风。盛情难却，本王饮啦！”一爵落肚，两旁跪坐的侍女忙不迭挥扇送风。

“上将军，请入座。”韩昭侯向庞涓做了个手势，淡淡漠漠地开口，“上将军，天下皆知三晋一家。然本次会盟，魏王密简只说了‘安定天下’四个字。本侯愚昧，尚请上将军明告，如何安定法？”

“韩侯所言极是。”赵成侯笑道，“会盟总得有盟约，所约何事啊？”

年青的齐威王炯炯有神的双眼扫视全场，脸上却是一片微笑。他心中有数，齐国远处海滨，除了南部和楚国交界外，因为鲁国隔在中间，和中原各国很少有直接的利害冲突。他应邀而来，看中的是魏国提出的“六国定天下”的大方略，想明确的是齐国在其中的地位；至于实际利益，他目下没有奢求，而只是静观待变。所以他只是冷静观察，决不会主动询问什么。

矜持的燕文公对庞涓华贵逼人的装束直皱眉头，内心暗骂。表面懦弱实则坚刚的韩昭侯先行发难，他感到欣喜，对赵种的呼应他却感到腻烦。自韩赵魏三家分晋，燕国和韩魏两国一直保持着友善，偏偏和相邻的赵国龃龉不断。燕国忍受不了赵国这个后起之秀的逼人气势，却又奈何不了他。中山国本来是燕国的附属国。可是自从赵氏立国，中山国就倒向了赵国。恼羞之下，燕国想吞灭中山，却又没有实力啃动这块带肉的骨头。眼看中山被赵国蚕食，又妒忌得眼红滴血，于是只有秘密请魏国向赵国施加压力，遏制赵国。三番五次，就和赵国结下了难分难解的恩怨纠葛，双方都恨得牙根发痒，可实际上谁也奈何不了谁。这次会盟，燕文公有个铁定的主见要拿出来，但必须有魏国支持方能实现。韩赵与魏国始终暗斗不休，三晋龃龉，魏国为了寻求支持，必然会倾向于结好燕国。如此一来，燕文公的谋划就极有可能实现。但是他必须等待最好的时机，而且必须和魏王密议。目下，他想耐住性子看看这个魏国新贵上将军如何处置眼前的棘手题目。

楚宣王芈良夫内心很是冲动，极想质询庞涓几件事情。但他有一种不可动摇的大国地位感，但凡开口，必须在列国之后、盟主之前，虽不能说一言九鼎，也须得是排解纷纭，否则何以昭彰楚国的尊严？芈良夫对楚国的实际利益很清楚。楚国东北和齐国交界，正北和魏国、韩国接壤，西北和秦国相邻。在七大国中，楚国的接壤大国仅仅次于秦国，秦有五大邻国，楚有四大邻国。对于齐魏韩三国，楚国当然无法问津，但对于秦国，楚国的觊觎之心则由来已久。秦国东南部和楚国西北部，均是层峦叠嶂山重水复的艰险地区，道路崎岖，易守难攻，秦国一个武关卡在东南要冲，楚国顿时没有办法向西北伸展。这一片广袤山区里隐藏着几块丰饶的绿色盆地，汉水盆地、丹水盆地、漾水盆地，都是肥美家园。一旦拿下这一带山水，就会顺利越过蓝田塬，进入渭水平原，秦国就可一鼓而下。以楚国的实力，挑战其他大国虽力不从心，但对付秦国这个日益萎缩的西部诸侯，还是有力量的。但有一个先决条件，就是其他大国必须不干预，尤其是魏国不干预。要实现这个心愿，六国会盟正是最好的时机。楚宣王打定的主意是，只要魏国赞同或默许楚国对秦动手，楚国就在任何盟约上画符盖印，否则便不承认任何盟约。魏王给楚国的密简上有“六国会盟，楚有大利”八个字，似乎比对韩赵的密简实在了许多。所以楚宣王没有急于开口，他要看庞涓如何拆解这个谜团。

庞涓看看齐威王、燕文公和楚宣王，拱手微笑道：“敢问齐王、燕公、楚王，有何指教？”

三人神色各异地默默摇头，齐威王微笑，燕文公矜持，楚宣王冷漠。

实际上庞涓早就料到了五国君主急不可待的心情，对由自己亲自揭开会盟主题并代魏王进行先期磋商，更是感到骄傲。他清清嗓子，再次向五王拱手道：“五位国君，庞涓既蒙魏王委做六国会盟特使，自当代魏王向五国之君阐释此次会盟主旨，并行先期磋商。魏王以为，方今天下，周室衰微，诸侯纷争，弱肉强食，春秋时期的一百多个大小诸侯已经减少到三十余个。而这三十多个诸侯国，实在是由七大国主宰乾坤。自春秋以来，天下兵连祸结业已三百余年，魏王体恤天下苍生，披肝沥胆，谋划天下和平之道。道在何方？在六大国会盟定天下。”

说到这里，五国君主的眼睛一齐盯住了庞涓，凛凛生威。他们根本不相信魏国会披肝沥胆谋划天下和平之道，他们关心的是六国定天下如何定法？利害冲突如何摆平？魏国想得到何等利市？自己得失如何？

庞涓对五双震慑天下的目光并没有在意，继续从容道来：“六国定天下，如何定法？大要有三：其一，六国盟誓，互不为敌，永不犯界；其二，对其余三十余个诸侯小邦，划定各自势力圈，圈内小邦由宗主国吞并，他国不得干预；若宗主国三年内无力吞并，则任他国吞灭；其三，也是本次会盟要害所在，肢解秦国，将这个西部蛮夷抹掉！何以要六国分大国谋略及定律：瓜分、称霸、均衡。千古不变。

秦？因秦国之大，不能划给任何一国独吞，否则将破坏天下均势。魏国军力最强，也不想独吞秦国，此乃魏王的天下为公之心，请诸位深解我王苦心。如此三条之实施，可保天下纳入王道，长久和平。”庞涓戛然而止，有顷，四顾笑问，“魏王之意，诸位以为如何？”

大帐中安静得唯闻喘息之声，良久，没有一个人讲话。矜持沉默的表面下，五大国君主的头脑里都是车轮飞转，权衡利弊得失。对第一条，没有一个人当真。盟誓罢兵，那只是得到些许喘息时日，缓过神来照打不误，魏国还不是打出来的？若没有吴起和诸侯的数十次大战，没有眼前这个庞涓的几次战绩，就是有十个李悝变法，魏国也将领土扩大不了三倍。魏国说不打，那只是不让别人打罢了，它自己则是想打就打，谁也拿它没办法。但也有一条，别人要打，它也不一定有办法。所以人人都在想后两条。这两条可是非同小可，非但瓜分所有小国，而且还要瓜分大大的一个秦国，这可是任何一国都从来没有想过的大胃口大谋划。乍一听，这个谋划非但宏大，而且人人得益。然则仔细一想，这里边的文章多得竟是一下子理不出头绪。作为争雄天下的战国君主，谁都在波涛汹涌中沉浮过几回，一旦涉及根本，他们绝非易与之辈。没有理清，他们就不讲话，不置可否，决不会在节骨眼上轻率表态。

庞涓没有料到会有这样的僵局。按照他的设想，谋划一端出，就会立即引起争吵，这些人君是经不起些微利益诱惑的，如同狗对骨头的争夺一样。如今看来，他们却是在细加揣摩，并没有急吼吼争抢。如何打破僵局？庞涓略一思忖，向楚王遥遥拱手，恭敬地微笑道：“敢问楚王，魏王欲将秦国西南交由楚国处置，不知楚王肯接纳否？”

因为脑子里车轮飞转，楚宣王竟忘记了自己“王言必于后”的尊严铁则，见庞涓问话直指预想目标，不由脱口道：“秦国西南么，自当由楚国接纳啦。然则秦国腹地在渭水平川，沃土六百里，难道不分一勺羹与我大楚啦？”

庞涓淡淡一笑：“兹事体大，请楚王与魏王面商，楚国定会满意。”

韩昭侯冷冷道：“韩国四周没有小邦可吞并，秦国的渭水腹地，理当全部由韩国接纳。”

齐威王“啪”地一拍长案：“齐国距秦国千里之遥，无意分秦寸土之地。然则鲁国、宋国、薛国须得全境交由我齐国处置，魏国楚国不得染指。”这是公然向两个最强的大国要价，举座不禁侧目而视。

楚宣王大皱眉头，摇着头拉长声调道：“齐王呀，你的胃口太大啦。鲁薛两国姑且不说啦，宋国可是楚魏之间的地盘噢。”语气词极多的楚国话呜里哇啦成一片。

齐威王田因齐终究年轻气盛，冲动的脸扭成一种狞厉的笑，又是“啪”地一拍长案：“楚王所言差矣！百年以来，楚国吞灭小诸侯几多？二十一国！晋国几多？十二国。其余大国呢？齐灭四国，秦灭三国，越灭两国。数一数，哪国胃口最大？楚国。”齐国话却是声沉语慢，字字如板上钉钉一般。

楚宣王“唰”地冒出一头大汗，一时被噎得反不上话来。

半日沉默的燕文公悠然开口：“齐王这笔账算得甚好。春秋三百年，恪守王制，未灭一国者，唯我燕国。今日会盟，却不知列位何以报偿？”

赵成侯厌恶地向身旁铜盆中“啪”地吐了一口痰，冷冷一笑：“三百年寸土未得，竟然也算得一个大国？”

燕文公向以六百年王族贵胄自居，自视极高，这种赤裸裸的嘲讽使他恼羞成怒，立时拍案而起：“赵种，休得欺人太甚！天下九州，唯有道者居之。燕国不堪，却也是六百年安如泰山。赵国如何？区区五十年诸侯，有何资格对本公说三道四恶语相加？”

赵种一阵哈哈大笑：“姬凡，别泛酸。赵氏子孙素来不吃祖上功劳，讲究个赤手空拳打天下。有本事别找靠山，燕赵两国堂堂正正摆战场，看谁个安如泰山？上将军以为如何？”谁都知道，燕国若非魏国长期庇护，可能早就被悍勇善战的赵国活吞了。赵种面向庞涓征询，实际上显然是一箭双雕，嘲弄燕国，试探魏国。

庞涓期望着这种争吵，没有五大国相互争夺，魏国衡平天下的霸主地位就无从谈起。所以他一直微笑着面对争吵，对他们开始的沉默感到好笑。见赵成侯话锋转向他，庞涓拱手笑道:“赵侯笑谈。六国会盟,亲如手足。天下未定,自相酣斗,岂不惹天下笑话?庞涓以为,今日大计,还是以分秦为要,那些蕞尔小国的存亡划分,完全可另行商定。庞涓所言,乃魏王之意。诸位高见?”

又是一阵沉默。庞涓所言的确有理,要在一次会盟中商定对三十多个小诸侯国的分割,牵扯出来的数百年恩怨纠葛未免太过复杂,几乎不可能人皆认可。然五国君主默认庞涓的更深理由,还不在于怕发生恩怨纠葛,几十年几百年打打杀杀都不怕,还怕宴会上面红耳赤?即或拔刀相向,又有何妨?谁都明白的更深的理由是,对战国势力范围的划分和消灭小诸侯权力的确定,仅靠一张羊皮盟约是根本不可能的。谁灭谁?能不能?完全要靠实力。这是春秋战国四百多年历史铸下的铁则,在这里口头争吵最多出出气,实在没有实际着落。

矜持尊贵的燕文公先开了口:“列位,本公以为上将军所言甚是,分秦大计是消除一个心腹大患,吞灭蕞尔诸侯则是毛发之疾。本公以为,秦国北部与林胡、楼烦相接的三百余里,当归燕国所有。”

赵成侯瞄一眼燕文公,大手一挥笑道:“赵国力薄,得秦国洛水以东、河水以西之二百余里足矣。”

“韩国嘛,”韩昭侯愁眉苦脸地摇摇头,“让让,只要秦国腹心的渭水平川,其余不计了。”

楚宣王大摇其头:“如何如何?只给我剩下穷山恶水啦?不可不可,我还要渭水平川之东半,函谷关至骊山二百里啦。”

韩昭侯淡淡道:“楚王何其健忘?函谷关至华山,早已经是魏国土地了。难道楚王连吴起也记不得了?”

“啊啊啊?这讲了半日,分的不是老秦国啊。”楚宣王惊讶地摊开双手。

满座哄笑。赵成侯高声道:“哈哈,楚王想分秦穆公时的秦国啊。”

庞涓向楚宣王拱手笑道:“楚王,秦国近百年来,土地萎缩,本次会盟,六国分秦,以秦国现有土地为本。”

“真是啦。”楚王长长地叹了一口气,“好好好,我大楚就再让几分啦,秦国西部,泾水河谷三百里加上啦。那里给楚国养马也蛮好噢。”

这一阵唯有齐威王始终沉默。秦国最西,齐国最东,中间相隔千里之遥,分一块地还不是别人的肥肉？所以齐威王对分秦话题毫无兴趣，面色冷漠，一言不发。对此庞涓岂能不清楚？他早已是成竹在胸，站起来环座拱手道：“诸位王公侯，分秦大计，六国有份，不能使齐国无所得益。魏王之意，齐国当得秦国二百里土地。然齐国秦国相距遥远，有地难立。为今之计，其余五国各割地四十里归齐。赵韩魏与齐国不交界，就由楚国燕国各割一百里归齐，再由赵韩魏三国补足楚燕两国土地。如此转补，以求地利均得，诸位以为如何？”

此言一出，齐威王顿感宽慰，炯炯有神的大眼扫瞄全场，看国君们如何应对。

沉默有顷，楚宣王耸耸肥硕的肩膀，干声笑道：“好啦好啦，楚齐两国手足睦邻，割地一百里情理之中啦。”实则楚宣王在一刹那间已经盘算清楚，楚国和齐国相邻的几百里全是茫茫盐碱滩地，只生苇草不生粮，而魏国韩国转补给楚国的土地却只能是相邻的淮水平原。这一转，就给楚国转出一个小粮仓来，有此好事，不亦乐乎？

燕文公却是颇费踌躇，沉吟道：“衡平地利也是正理，燕国自当勉力而为。”他的艰难，也是因为太清楚而感到心痛。燕国与齐国相邻地带，全是济水两岸的湖泊鱼塘和耕耘沃土，齐国屡屡求之而不得，两国常常为此发生摩擦。而赵国魏国转补的土地则只能是老晋国北部的山地，显然是得不偿失。然则此次会盟是魏国主盟，魏王既然提出，燕国何能拒绝？没有魏国这棵大树，燕国可真是步履维艰，想一想，不答应也得答应。

楚国燕国既然表态，韩国赵国自是欣然呼应。庞涓向齐威王拱手笑道：“齐王意下如何？”齐威王爽朗笑道：“上将军纵横捭阖，斡旋得体，田因齐领受。”且不说燕国的一百里沃土齐王求之不得，就是楚国的一百里盐碱滩，齐威王也另有

会盟实为争利。作者借庞涓之眼，纵观天下大势。各王虽各有打算，各有机心，但在庞涓眼中，皆缺少帝王之象。

想法。田因齐的勃勃雄心是觊觎楚国的，他看准了楚国是个肥大中空的邻邦，终有一天齐国要吞灭楚国，而得地一百里，等于齐国向楚国纵深靠近了一大步。盐碱地虽不生五谷，却是最好的战场，凭谁说没有价值？

齐威王的表态，等于宣布六国分秦再没有了异议。

庞涓抱拳环拱，朗声笑道："如此，分秦大计已定，请各位君主尽兴游览逢泽夜色，明日魏王一到，即行会盟大典。"

四 分秦大计在会盟大典上敲定

压轴出场者，或气势逼人，或终沦为笑柄。魏惠王最后出场，符合"霸主"身份，但惠王未能审时度势，成就真正的霸业。魏李悝变法，惠及魏之子孙，但魏终失势矣。《汉书·艺文志》载："《李子》三十二篇。名悝，相魏文侯，富国强兵。"《汉书·食货志》曰："李悝为魏文侯作尽地力之教。"《晋书·刑法志》："悝撰次诸国法，著《法经》。以为王者之政，莫急于盗贼，故其律始于《盗》《贼》。盗贼须劾捕，故著《网》《捕》二篇。其轻狡、越城、博戏、借假、不廉、淫侈、逾制，以为《杂律》一篇。又以《具律》具其加减，是故所著六篇而已。然皆罪名之制也，商君受之以相秦。"《史记·货殖列传》曰："当魏文侯时，李克务尽地力。"梁启超疑《法经》为后人所撰，非李悝本人撰。

清晨，大梁城的南门隆隆洞开。

魏国王室的全副仪仗整肃拥出，引来早在城外等候的大梁民众的四野欢呼。当一辆光彩闪烁的青铜王车在三千铁甲骑士之后辚辚驶出城门时，这种欢呼达到了山呼海啸般的高潮。"魏王万岁！六国盟主万岁！"的呼声漫山遍野，大梁城竟是万人空巷倾城出动了。

魏惠王兴奋极了，在高高的青铜车盖下不断向四野的民众父老拱手行礼。自即位以来，他从来没有想到民众会对他如此拥戴。这种隆重盛大的夹道欢呼，数百年以来肯定没有一个国君享受过，他的祖父魏文侯和父亲魏武侯更是想也不敢想。究其竟，还是我魏罃功业宏大，使魏国在我手中鼎盛起来了。国富民强疆土扩大自不必说，单是这会盟六国分定天下，百年以来谁能做到？即或是春秋齐桓公的"尊王攘夷，九合诸侯"，能比得今日的六国会盟？齐桓公会盟诸侯还要打天子的旗号，六国会盟则视天子为粪土，完全是依靠实力安定天下，齐桓公能比么？再说，六国会盟之后魏国将成为天下霸主，按上将军庞涓的谋划，数年内将逐一消灭六大国而统一天下。不，该是五大战国了，秦国在这次会盟后就要被抹掉了。那时，我魏罂将成为一统四海的天子，魏国的民众又该如何对我景仰拥戴？想到魏国和自己的煌煌未来，魏惠王猛然觉得眼前的红色人海变成了匍匐跪拜的各国诸侯，六国宫殿在人海中漂浮移动，洛阳的周天子也在人海中向他战栗跪拜；他的灿烂王车从他们身上碾过，飘飘地升向天帝的宫殿，他回头怜悯地望着大地上的芸芸众生，竟有一丝恋恋不舍——大梁民众太好了，也许做他们的主人比做天神还要神气。

“禀报我王，五国君主已在行辕外迎候，臣庞涓先行接驾。”

庞涓？魏惠王揉揉眼睛，王车已经停在苍茫苇草掩盖的逢泽大道中，王车前站着一个顶盔贯甲的大将，一件大红披风分外鲜亮，不是庞涓是谁？魏惠王从梦幻中猛然醒来，脸上却还保留着醉心的笑意：“噢，庞卿啊，你说何事？他们在迎候？些许小事了。大事如何？”

“禀报我王，大事已定，臣已经与五国之君磋商成功。”

“好！上将军首功一件，请上王车，与本王同行。”魏惠王完全醒过神来，在高高王车上向他的上将军伸出尊贵的手。

庞涓在地上深深一躬：“启禀我王，为臣当恪守礼制，伴驾而行。”

“也好。”魏惠王一挥手，“车驾起行，会见诸君。”

庞涓跳上自己的轺车，紧随魏惠王的青铜王车之后，向行辕区浩浩而来。

魏惠王在高车上瞭望，已遥遥可见行辕区外飘扬飞动的各色大纛旗，看来五国君主确实是在行辕外恭敬地迎候。战国时期，阴阳家学说甚盛，各大战国的旗帜颜色与服饰主色都是极有讲究，有据而定的。讲究的依据就是该国的天赋国命。阴阳家认为，任何一个王朝和邦国，都有一种上天赋予的德性，这种德性用五行来表示，就是金木水火土五种德性。这个国家与王朝的为政特点，必须或必然与它的德性相符合，它所崇尚的颜色即国色，也必须与它的德性相符合。只有如此，这个国家才能在上天佑护下安稳顺畅地运行。黄帝政权是土德，就崇尚黄色，旗帜服饰皆为土黄。夏王朝是木德，崇尚青色。殷商王朝为金德，其兴起时有白银溢出大山的吉兆，是以崇尚白色。周王朝为火德，先祖得赤乌之符，自然便崇尚红色。当时天下对这种五德循环说无不认可，立政立国之初，便已经确定了自己的国命德性。七大国更是无一例外。魏国从晋国而出，自认承继了晋国正统，而晋国是王族诸侯，当然是周之火德，魏国便承继火德，旗帜服饰皆尚红色。韩国也出于晋国，但为了表示自己有特立独行的德性，便推演出木德，旗帜服饰皆为绿色。赵国亦出于晋国，却推演出更加特殊的“火德为主，木德为辅，木助火性，火德愈烈”的火木德，旗帜也就变成了七分红色三分蓝色。齐国较为微妙，论发端的姜齐，并非周室的王族诸侯。且春秋中期以前的天下诸侯，尚没有自立国命的僭越行为，所以姜齐仍然以天子德性为德性，旗帜服饰皆为红色。即或称霸天下的齐桓公，也是尊王的，自然也是红色。但到了田齐时代，战国争雄，齐国既不能没有自己的天赋德性，又不能从传承的意义上接受火德，于是齐国推演出“火德为主，金德为辅，金炼于火，王器恒久”的火金德，旗帜服饰变成了紫色。其中唯有楚国是蛮夷自立而后被册封，很长时间里楚国是旗有五色而服饰皆杂，中原诸侯嘲笑楚国是“乱穿乱戴乱德性”。进入战国，楚国便推演出“炎帝后裔，与黄帝同德”的土德，旗帜服饰变成了一色土黄。不过最为特殊的还是燕国。论本体，燕国是正宗的王族诸侯，承继火德顺理成章天下没有非议。然燕国久处幽燕六百年，对周室王族不断衰败的历史刻骨铭心，独立之心萌生已久。燕国公族认为，先祖的火德已经衰败，作为王族旁支后裔的燕国若承继火德，这把火必然熄灭，要兴盛，须反其道而行之，于是推演出“燕临北海，天赋水德”，确定了燕国的水德。燕国之水是烟波浩渺的蓝色大海，于是燕国的旗帜服饰就选定了蓝色。在七大战国中，唯有秦国没有确定宣示自己的国命德性，却是举国尚黑，令列国百般嘲笑，说秦国蛮荒之地不懂王化。秦国却是不理不睬，依旧黑色不改，在各国眼里成了一个乖戾怪诞充满神秘的西部邦国。

取自驺衍五德终始说。“秦始皇既并天下而帝者，或曰：‘黄帝得土德，黄龙地螾见。夏得木德，青龙止于郊，草木畅茂。殷得金德，银自山溢。周得火德，有赤乌之符。今秦变周，水德之时。昔秦文公出猎，获黑龙，此其水德之瑞。’于是秦更命河曰‘德水’，以冬十月为年首，色上黑，度以六为名，音上大吕，事统上法。”（《史记·封禅书》）。“自齐威、宣之时，驺子之徒论著终始五德之运，及秦帝而齐人奏之，故始皇采用之”。“驺衍以阴阳主运显于诸侯”（《史记·封禅书》）。秦人尚黑，此时虽不能与驺衍之说完全吻合，但在这里，权当小说家的千里伏线。王制说可以解释王朝更替，风水堪舆说亦能“建构”历史，面对变化，王官与百姓，各有不同的解释，各有不同的叙事趣味。

行辕外，六国各色大纛旗在微微晨风中特别平展，旗面上的国号大字在魏惠王的高车上清晰可见。每面大纛旗下都整肃排列着本国的铁甲骑士，五色缤纷，斧钺生光。六国会盟，实际上也是六国军容的无声较量，国君们带来的都是精锐之旅，目下在行辕外全部展开，气势分外雄壮。五国君主高车骏马，各自立于本国的纛旗下，东侧是楚宣王、齐威王，西侧是燕文公、赵成侯、韩昭侯。当魏惠王那一片红云般的车驾仪仗缓缓推进到一箭之地时，鼓号齐鸣乐声大起，肃穆祥和，气势宏大极了。

“听见了么？奏的天子雅乐！”赵成侯高声向韩昭侯道。

邻车的韩昭侯淡漠一笑：“战国了，《大雅》凭谁都奏，何足道哉。”

“战国了”——名号古今混称，穿越似乎无法避免。

赵成侯摇摇头，对韩昭侯的迟钝报以轻蔑的微笑。

“大魏国大魏王驾到，五大国君参见盟主！”司礼高亢地宣颂。

五大国君在高车上一齐拱手高诵：“参见盟主……”

魏惠王一阵冲动，连忙咳嗽一声，庄容拱手：“列位君主，魏罃有礼了。”

红衣司礼高声诵道：“盟主携五大国君，入行辕！”

“列位君主请。”魏惠王拱手谦让。

“魏王盟主请。”五国君主也同声拱手谦让。

宏大祥和的乐声中，魏惠王的车驾徐徐进入行辕。五国君主紧随其后，也徐徐进入了行辕。

这时，庞涓的轻便轺车早已经驶出国君行列，与司礼大臣来到逢泽岸边的祭坛下等候。这是一座三丈高的木架祭坛，依岸边土丘搭建，虽然是临时急赶，但在大梁城能工巧匠的手中却也是非常的坚固雄伟。祭坛下，魏国的两千铁甲骑士围成了巨大的环形骑阵，将祭坛围在中央。按照春秋战国的传统，举凡重大的诸侯会盟，一定要举行祭天大礼，否则不能得到上天的庇护。但逢泽是一片大水，实在难以觅到一方

有水则灵，古人智慧令人赞叹。有水则填，今人死蠢，亦可得一声叹。

祭天的高地。庞涓反复揣摩,独出心裁,向魏王提出在逢泽岸边水天共祭。庞涓认为,逢泽居天下四大名水之中央,聚河济淮江之精华,实乃魏国之德水,自当与天相通。六国会盟祭逢泽,将使魏国逢泽变成和鲁国泰山一般的圣地,魏国威德也将大昭天下。魏王极是受用,大为赞同。

六国君主的车驾隆隆开到祭坛下时,朝阳下的逢泽水面已是金波粼粼,壮美异常。三丈余高的祭坛上五色旌旗猎猎招展,祭坛下烟波浩渺的逢泽一望无际地伸展开去,水天相连共一色,分外壮阔。黄钟大吕奏起庄重肃穆的祭天雅乐,魏惠王踩着红毡直上祭坛,丝毫没有感到胖大身躯的累赘,三十六级台阶竟然一口气登了上来,连自己都觉得惊讶。这时,一个奇怪的念头闪过心中——愿上天佑护,使他在榻上折腾狐姬时也能如此轻捷。这个念头很离谱,却又很实在,他想到回去告诉狐姬时她的娇嗔模样,不禁"噗"地笑了出来。正在这时,"啪"的一响,翻卷飞动的五色幡旗的一角重重打在了他的脸上,就像被人响亮地掴了一巴掌。"罪过也。"他的脸腾地涨红起来,连忙向正中央长案上的三牲祭品深深一躬,展开竹简,高诵庞涓为他写下的那篇长长的祭文。

祭坛下五车并列,五国君主仰头望着高高的祭坛,不约而同地冷笑了。

"祭文完了? 讲了甚话?"赵成侯见魏王走下祭坛,忙问左手的齐威王。

齐威王微笑:"回去问问太祝,自然知晓。"

"祭祀大礼成!"司礼大臣亢声高诵,君主们一齐回过神来。

庞涓轺车驶到,拱手高声道:"敢请各位君主回行辕歇息,午时会盟大典。"

君主们回到各自行辕并没有休憩,而是不约而同地招来各自的谋臣,琢磨庞涓昨晚公布的分秦谋划,反复敲定利害得失,计议如何在最要紧的会盟大典上提出被疏忽的重大利害。庞涓也向魏惠王详细禀报了五国君主的表态,剖析了各种可能出现的要求,并一一提出了自己的对策。魏惠王十分满意,大大褒扬了庞涓,而后又饱睡了半个时辰,起来时精神分外饱满。

正当午时,逢泽北山坡上的总帐在初夏的阳光下血红鲜亮。三十六面牛皮大鼓隆隆雷鸣,六通过后,会盟君主的各色车辆依次到达总帐行辕之外。

总帐前横排四辆兵车,车上甲士各持一方红色大木牌,组成"六国会盟"四个大字。兵车左右各有三面大纛旗,东侧魏(红旗)、楚(黄旗)、齐(紫旗),西侧赵(红蓝旗)、燕(蓝旗)、韩(绿旗)。六面大纛旗之外,二百余辆兵车组成环形车阵围绕着行辕总帐。环形兵车的中央，由八辆兵车排成一个巨大的辕门。辕门入口处，六排六色持戈甲士列成纵深甬道。道中红毡铺地，直达总帐深处。总帐入口处有一方乐队肃然跪坐，守钟抱器，端严异常。

总帐中，六张王案摆成一个方形结构——北南各一，东西各二。北面的王座高出平地三尺有余，非但造型宏伟，而且镶满珍珠宝玉，豪华辉煌。与之相对的南面王座高出地面二尺许。其余四案均贴地而设。每张王案上均有两只铜鼎热气蒸腾。二十四名侍女分为六组六色，分列于六案之后。此时帐中六座皆空，气氛静谧肃穆。

大钟轰鸣六响，正是午时首刻。辕门入口处，红衣司礼大臣悠扬高宣："韩国韩侯到——燕国燕公到——赵国赵侯到！"

钟鸣乐动。礼宾官引导着韩昭侯步入辕门。他依旧身着绿色大袍，头戴一柱青竹冠，似凝重又似愁苦地悠悠而来，虽在豪华的场面中显得寒素注目，却坦然自若，目不斜视，直入大帐。

相继跟进的是燕文公，瘦削的脸上三绺长须，蓝色大披风，头戴一顶高高的蓝玉冠，一派老贵族的矜持气度。他踏着极有节奏的步伐，有意与前行的韩昭侯拉开距离。

再次跟进的是赵成侯，一领红蓝披风，一顶高高玉冠，连鬓胡须，气度威猛。他是六位国君中年龄最长、掌权最长的长者，在甲士甬道中信步而行，随意打量着甲士的服饰兵器，嘴角永远流露着轻蔑的笑意。

乐声稍停，三位国君被礼宾官引导入座。韩昭侯坐于西侧末位，燕文公坐于西侧首位，赵成侯坐于东侧末位。燕文公对与之并座的韩昭侯侧目一瞄，轻蔑而又无奈地闭上眼睛。赵成侯则对相邻虚空的首位嗤之以鼻，仰脸望着帐顶。唯韩昭侯平淡似水，肃然端坐。

这时，辕门入口处的司礼大臣突然提高声音："齐国齐王到！"

年青英挺的齐威王身披紫色大披风，头戴没有流苏的天平冠，腰系长剑，大步穿过甲士甬道。帐口礼宾官未及引导，他已径自走到东侧首位入座，将长剑摘下，横置案头。先入三君的目光一齐瞄向齐威王，各自带着含义不同的淡淡微笑。

辕门入口处的司礼大臣又是高亢宣诵："楚国楚王到！"

四名黄衣壮汉用状如滑竿的抬椅，抬进肥大壮硕的楚宣王。他那肥硕的大腹凸出在扶手之上，双手不断在肥腹上抚摩。一顶黄色无流苏的天平冠下，肥脸上细汗闪亮。椅旁随行两名侍女，不断用精致的大圆绸扇向他送风。今日祭坛下，他见魏惠王威风十足风头出尽,心中很不是滋味,揣摩会盟大典时要来一番非同寻常的气度,否则颜面何存? 于是就有了这“非走”入帐的杰作。帐口礼宾官引导抬椅入帐,被庞涓早已经分派好的四名壮汉抬扶入南面王座。两名纤细的侍女轻盈地跪坐两侧,时缓时急地摇动绸扇。楚王转动肥颈,打量四国君主,情不自禁地大笑拍案,悠然道:“会盟大典,盟主何在呀?”

先入四君对楚宣王的乖张做作不约而同地显出蔑视。赵成侯和齐威王同声大笑,燕文公矜持地皱着眉头,嘴角抽搐,韩昭侯则不屑一顾地转过头望着大帐入口。

司礼大臣突然抬高了嗓音:“大魏国大魏王到!”

在宏大的乐声中,身着软甲披风的庞涓和一员顶盔贯甲的大将,护卫着健壮而又略显肥胖的魏惠王缓步而来。精神饱满的魏惠王身着一领大红披风,头戴一顶前后流苏遮面、镶嵌一颗光芒四射宝珠的天平冠,脸色凝重,目不斜视。礼宾官连忙趋前引导魏惠王进入正北王座,两员大将侍立于后。

五国君主座中一齐拱手:“参见盟主魏王。”

魏惠王自信平淡地点头受礼,环视全场有顷,右手一伸:“列位,这位是六国会盟特使,我的上将军庞涓,列位想是很与他相熟了。本盟主命庞涓上将军为会盟大典之掌笔大臣。”

东侧的庞涓肃然拱手:“庞涓参见五国君上。”礼罢,即走向魏惠王主案右前方摆有笔砚、羊皮的长案前入座。

魏惠王左手一伸:“这是我的王弟公子卬,本盟主命他为会盟护军。”

西侧大将挺胸拱手:“魏卬参见五国君上。”礼罢,傲慢冷漠地持剑肃立于魏惠王身后。

五国君主相顾探询,却都是不动声色,面色矜持。

司礼大臣高声宣诵:“六国逢泽会盟,盟主开宗——”

魏惠王轻轻咳嗽一声,气度威严地开口:“六大国会盟,磋商有年,终归同心。会盟之宗旨:罢兵息战,安定天下。安定方略之大要有三:其一,六国盟誓,互不为战,若违盟誓,五国共讨;其二,议定六国边界,并划定诸侯小邦的处置归属;其三,六国分秦,首定西土。本盟主以为,分秦为当务之急,其余事项若有争端,可徐徐图之,不知列位意下如何。”讲完环视全场,并向司礼大臣示意。

司礼大臣高宣:“盟主开鼎,鸣钟!”

钟声悠扬而起。魏惠王伸出铜钩,肃然搬下案上食鼎的鼎盖:“钟鸣鼎食,礼仪之要。列位请开鼎畅饮。”随着魏惠王微笑着伸手做请，五位国君肃然开鼎，热气腾出，缭绕帐中。每座后的侍女跪行座侧，用小铜勺将鼎中红亮的方肉盛到铜盘中。

“列位，鼎中佳味乃逢泽鹿肉极品，保长元神。”魏惠王巡视四周微笑道。

古人食鹿肉，相当于今人享特供。吃的是“高贵”，“贵”不可言。

座中唯有楚宣王身手不动，由侍女将肉送到口中。他细嚼一阵鹿肉，悠然开口：“盟主所定分秦大计，我等竭诚拥戴啦。然则秦国近年情势如何，我等不甚了了啦。魏国与秦国经年征战，尚请见告，秦国果能一鼓而下么？”语态俨然以五国代言者居之。

燕文公矜持地说：“楚王过虑了。秦国何足轻重？牧马起家，西蛮而已，国力贫弱，礼仪不修，何堪六国一击也。”

赵成侯最腻烦这个燕国，冷冷笑道：“不堪一击？只怕我赵种也得费劲也。”言外之意明显不过，你燕国只怕是力不从心。

韩昭侯很怕这时争吵起来，温言圆场道：“分秦大计，原本便无争端。然则中原各国和秦国来往甚少，近年秦事的确知之不多，此为楚王、燕公、赵侯担心之所在。盟主若有切实的分秦良策，尚请见告。”齐威王只是悠然饮酒，一言不发地看着场中微笑。

“啪”的一声，魏惠王拍案大笑：“本王实不曾想到列位竟在此处担忧。本次会盟何以要六国分秦？究其竟，秦国正在最小最弱最混乱之时。秦国始封诸侯时，有整个八百里渭水平川，再加上河西三百里和后来夺取的西戎之地，地广两千余里。当其时也，秦国是除晋国以外的第二大诸侯。此皆因为秦族对平王东迁有大功。然自战国以来，我大魏国非但将秦国的河西三百里夺了过来，且又将崤山地带与函谷关以西三百里夺了过来。赵国夺了秦国西北部一百余里，燕国也夺了秦国北部将近一百里。如此一来，秦国已经龟缩到华山以西，地不过七八百里，人众不过一两百万，可用之兵不超过十五万。如今我六大强国能容其苟安，已是大仁大义了。今六国联手，一鼓而下岂非易如反掌？”

楚宣王按捺不住，推开向嘴里喂鹿肉的侍女，肥厚的大手一拍长案：“言之有理啦！我大楚国有可战之兵五十万，魏国三十万，齐国二十五六万，燕国二十万，赵国二十多万，韩国十八九万，任哪国也比秦国强出许多啦。会盟之后，我大楚国当先出兵啦！”

韩昭侯冷笑：“楚王要先下手为强？”

楚宣王尴尬地呵呵一笑：“岂有此理？韩国与秦国可是近在咫尺啦。”

齐威王一直默然观察，此时淡然道：“若以楚王算法论战力，楚国是当今第一强国了？”

楚宣王又是一阵尴尬：“齐王笑谈啦，不是说秦国么？”

赵成侯悠然笑道：“齐王之言有理，我等不要大意。六国分秦，务在一鼓而下，耽延时日，必生变故。而论陈兵决战，秦国虽弱，必做困兽之斗，急切未必能下。以赵种愚见，必得双管齐下，方能一鼓分秦。”

“双管齐下？何意？”魏惠王大感兴趣。

“一则，六国各出兵五万压向秦境。二则，策动秦国西部后方的戎狄部族叛乱。内外夹击，秦国纵有回天之力，也当不战自溃。六国坐收渔利，岂不妙哉？”赵成侯从来没有如此自信悠闲地讲过话。

兵家最忌腹背受敌，秦国凶多吉少。

“妙也！”一席话落点，满座拍案拊掌，大笑不止。六国君主终于在双管齐下的谋划中，一扫最初疑虑，在眼看到手的利益面前达成了一致，也使会盟大典终于产生出所需要的热烈高潮。

魏惠王兴奋地举爵："列位，为赵侯妙算奇策，干此一爵！"

"干！"六国君主第一次同声相应，一饮而尽。

魏惠王仿佛想起了什么，满脸笑意地看看庞涓："上将军以为如何？"

庞涓心中很不是滋味。平心而论，赵种的谋划的确老辣，对于一个衰败小国可谓是内外霹雳。庞涓感到不是滋味的是，自己为何没有想到这条奇计？如今由赵种提出，赵国在六国分秦中的分量无疑将大大加重，这对魏国的利益和盟主权威必然有所减弱。以兵法而论，庞涓出了谋划，赵种出了一支奇兵，最多打了个平手，这对自己也不利。魏王素来疏于智计，还兴高采烈地为赵种喊好。不行，必须压压赵种。想到这里，庞涓肃然站起，恭敬地环场拱手道："列位君上，灭国战胜，奇正相因，正道为主，奇术为辅。六国分秦，实力第一，没有破国摧城之威，纵然奇计百出，也无以奏效。庞涓以为，六国首要之点，仍在大兵压秦。赵侯谋划，辅以奇计，为六国分秦增一树之木，诚可贵也。"

一席话落点，偌大帐中静得出奇，连魏惠王也困惑地看着庞涓不说话。赵种却是突然间爽朗大笑："高明，上将军高明！六国分秦，自当靠魏国的三十万铁骑当先，我赵种那点东西，算个鸟！"

一句粗俗，竟使这大雅之堂哄然大笑，庞涓的正告顿成子虚乌有。

魏惠王微笑着举起手中铜爵："列位，会盟大典异常圆满，甚合本王之意。来，为六国分秦，安定天下，干此一爵！"

五国君主一齐举爵相向："六国分秦，安定天下。干！"

此际的六国会盟，乃小说家虚实相间之法，实为突出秦国处境之凶险及尴尬。史书是考证中验证史实，小说是虚构中寻找真实，两者不能完全等同，读者也无须苛求事事坐实，从书写的角度看，历史也是无法真正还原的。战国中后期，合纵连横术盛行，小说挪至战国前期，可看成是虚构之必要。会诸侯之事常有，会诸侯与合纵术放在一起，亦不觉突兀。秦国虽凶险，但招来六国"合纵"，从另一面也可以看出秦强——虽穷但意志强，六国虽欲吞秦，但亦视秦为心腹大患。"孝公元年，河山以东强国六，与齐威、楚宣、魏惠、燕悼、韩哀、赵成侯并。淮泗之间小国十余。楚、魏与秦接界。魏筑长城，自郑滨洛以北，有上郡。楚自汉中，南有巴、黔中。周室微，诸侯力政，争相并。秦僻在雍州，不与中国诸侯之会盟，夷翟遇之。"（《史记·秦本纪》）孙皓晖能由这"夷翟遇之"小小细节，推演出"六国分秦，安定天下"的故事，想象力不一般。

"国耻"二字，抓得尤其好。无论是因为"六国分秦"还是因为"夷翟遇之"，皆为秦国奇耻大辱。耻为孝公发奋之因。

第二章 国耻昭昭

一 金令箭使者飞驰栎阳

黄河南岸的大道上，一个红衣骑士向西飞驰，渐渐进入两山夹峙的谷口。

正是夕阳西下时分，幽暗漫长的峡谷仿佛大山之中开出了一个抽屉，这就是闻名天下的函谷险道。因其纵深有如一个长长的匣子，时人称其为函谷。这条函谷险道地处黄河骤然折成东西流向后的南岸，东起崤山，中间穿过夸父逐日大渴而死的桃林高地，西至潼水渡口，莽莽苍苍长一百余里。峡谷两岸高峰绝谷，峻拔迂回，一条大道在谷底蜿蜒曲折，是山东（崤山以东）通往关中的唯一通道，号称函谷天险。千余年后，北魏郦道元的《水经注》这样记载古函谷关："邃岸天高，空谷幽深，涧道之峡，车不方轨，号曰天险。"后世东汉名士王元雄心勃勃地为当时的西部豪强隗嚣策划云:“请以一丸泥,东封函谷关,图王不成,其弊足霸矣!”战国之后百千余年,函谷关尚有如此的险峻雄姿与要塞功能,足可见战国时代函谷天险的荒绝险峻。

西周时期,函谷本无关隘。周平王从镐京东迁洛阳之后,将原来是周室王畿之地的渭水平川全部封给了秦部族。秦成为诸侯国后,天下进入动荡不宁的春秋时代。为了防止山东诸侯西侵,秦国在函谷天险的东口筑起了一座砖石城堡,顺着函谷的地名,便称了函谷关。不想这座简陋的关城,却在兵戎相向的数百年间大大起了作用,山东诸侯的隆隆战车总是无法逾越这道狭长险峻的山谷。随着秦穆公称霸,秦国扩张,函谷关便也闻名天下。进入战国初期,魏国率先变法而强大起来,对穷弱秦国开始了长期的蚕食。名将吴起训练出的轻装骑兵与重甲武卒大显威力,二十多年间,秦国在黄河西岸的数百里土地被魏国一仗仗全部夺去。作为天险屏障的函谷关与崤山桃林高地丢失了,石门要塞、潼水渡口等东部屏障也被魏国尽数占领了。若非吴起后来被迫离开魏国,这位和天下诸侯大战七十四次无一败绩的著名统帅,决不仅仅只将秦国压迫到华山以西。

沉重的牛角号在城头响起,红色的“魏”字大纛旗完全消融在晚霞之中。

当红衣骑士风驰电掣般飞到关下时,函谷关城门正在隆隆关闭。那匹神骏的黑色坐骑通灵至极,长嘶一声,从行将合拢的石门中腾越而过,引起城头兵士的一片高声喝彩。

“过关者何人?”城头将军高声喊问。

“华山营斥候。”一声长长的回答飘在身后,骑士早已在一里之外。

函谷关对于秦国是国门咽喉,而对于时下的魏国,却是国土内的一座寻常关口而已。所以魏国函谷关的盘查,远远

天险亦失守,可见秦之困“冏”(窘),魏之显达嚣张。函谷关为天险,相关的故事传说亦多。《史记·老子韩非列传》载:“(老子)居周久之,见周之衰,乃遂去。至关,关令尹喜曰:‘子将隐矣,强为我著书。’”有人说此关即为函谷关,无定论。《列仙传》称:“老子西游,关令尹喜望见有紫气浮关,而老子果乘青牛而过也。”此为“紫气东来”之传说。奇险之处,总有传说附和。

不如秦国函谷关时的盘查严密。城头守军见出关者是魏国军士装束，又报号华山营斥候，也就没有派飞骑追赶盘查，反而聚在城头高声议论赞叹这个斥候的高超骑术和罕见良马。

在太阳落下的余晖中，骑士骏马像一朵红云，向西掠过空旷的原野和滔滔的河流。眼见左手的华山已经遥遥落在身后，骑士脱下身上的红色披风用力向地上一摔，顿时变成了一个黑衣劲装的秦国骑士。他愤怒地高声骂了一句什么，向座下马大吼一声。神骏的黑色战马突然间人立，一声长长的嘶鸣，展开四蹄腾空奔驰，箭一般向西而去。

渐行渐西，遥遥可见苍黄透绿的原野上矗立着一座黑色城堡。从远处看，这座城堡很小。在太阳余晖中，城堡的剪影像一只黑色巨兽。随着黑衣骑士的骏马飞驰，渐渐可见背向夕阳的东门箭楼上有黑衣甲士游动，猎猎飞动的黑色大纛旗上大书一个白色的“秦”字。

献公二年，迁都栎阳。栎阳乃献公养精蓄锐之地，亦是孝公发愤图强并得卫鞅之地，此地对秦国，实为福地。

这就是秦国都城栎阳。它坐落在渭水的一条小支流——栎水的北岸。这座小城堡是秦立国四百年以来的第三座都城。当初秦国始封诸侯时，周平王已经东迁到洛阳去了。关中的镐京、沣京已经在戎狄入侵中化为焦土废墟，根本不可能做秦国的都城。秦国第一任国君秦襄公，便将都城设置在靠近自己西部根据地的陈仓山东口。第二代国君秦文公又将都城东迁三百里，设在了渭水北岸的雍城，一直稳定了三百多年。到了战国初期，秦国被魏国屡次攻城陷地，秦献公壮怀激烈，决然将都城东迁到距离魏国华山军营不到三百里的栎阳小城，向天下宣示从此誓死不向西后退一步。这座栎阳小城作为都城，实际上也是作为最前方的军事要塞建立的。城方虽然很小，每边只有一里，方方正正四里多，正是春秋战国时代常说的那种典型小城“三里之城，五里之郭”。但全部用大石条砌成，城墙也比寻常城墙高出三丈有余，连箭楼也是石板垒砌的。作为进出口的城门，则是两块巨大厚重的山石。也就是说，整个城堡的外部防御构造没有一寸木头，寻常的火攻根本无伤城堡之毫发。然则使人更有强烈印象的是，这座城堡的城墙和箭楼全部都用黑色的山漆厚厚涂抹，黑亮光滑，非但威猛可怖，而且爬城偷袭者也决然无计可施。这座高高耸立在栎水岸边的险峻城堡，因为临近魏国的华山大营，所以防范很是严密。在这暮色苍茫的时分，高高的城头上已经吹起了呜呜的牛角号，城门外原本稀疏的行人已加快了脚步。三遍号声之后，栎阳城门就会隆隆关闭。

栎阳乃秦国兵器的主要产地，且冶铁、制陶、刻石皆精，栎阳工师闻于世。栎阳被设想为固若金汤之城，亦合情理。

快马渐近，黑衣骑士并没有减速，却伸手在怀中摸出一支足有两尺长的金制令箭高高举起。虽是傍晚，长大的金令箭依旧在马上划出一道闪亮的弧线。

权力之信物。

“金令箭使者到，行人闪开！”城门将领举剑大喝，两列甲士肃然立定，城门内外的行人“哗”地闪于道旁。

黑衣骑士高举金色令箭，飞驰入城。

马在中国古战场上居于十分重要的地位，秦据西戎、灭六国，马当记上大大的功劳。相传秦之先善御，“大费拜受，佐舜调驯鸟兽，鸟兽多驯服，是为柏翳。舜赐姓嬴氏”，“造父以善御幸于周缪王，周缪王得骥、温骊、骅骝、騄耳之驷，西巡狩，乐而忘归”，“非子居犬丘，好马及畜，善养息之。犬丘人言之周孝王，孝王召使主马于汧渭之间，马大蕃息”（《史记·秦本纪》）。景监以骑兵形象飞驰而来，有如“救星”而至，是个好兆头。史书越模糊处，越利文学之想象。马可以看成是秦之吉祥物。

栎阳城内，街市萧条冷落。和大梁城繁华锦绣的夜市相比，这里简直就是荒凉偏僻的山村。店铺灯火星星点点，街边行人疏疏落落。幽幽摇曳的灯火下，可见市人衣着粗简，时有担柴牵牛者在街中匆匆穿过。在这条直通秦国国府的短街上，既没有一辆哪怕是简陋的牛拉轺车，也没有一个衣饰华贵的人物。店铺前的人们进行着简单的交易，或钱货两清，或物物交换，都在默默进行，没有任何讨价还价的争执。小城短街，静而有序，一切都是静悄悄的，没有一点儿慌乱。所有这些都在无声地表示，这座小城堡经历了无数惊涛骇浪，已经不知道恐惧为何物了。当骑术娴熟的金令箭使者纵马从街中驰过时，马不嘶鸣人不出声，也没有任何一个市人

穷秦之穷，反倒是秦发力之因。穿鞋子的怕光脚的。历史学家钱穆也强调过穷秦之穷在对抗富赵之富时的优势。

高声呼喝,街中行人迅速闪开,一副习以为常的坦然神色。

瞬息之间,黑衣快马逼近短街尽头一片高大简朴的青砖平房。

这片砖房被一圈高高的石墙围起,仅仅露出一片灰蒙蒙的屋脊。正中大门由整块巨石凿成,粗犷坚实。大门前两排黑衣甲士肃然侍立。金令箭使者骤然勒马,骏马人立,昂首嘶鸣。石门前带剑将领拱手高声道:“君上有令,金令箭使者无须禀报,直入政事堂!”

黑衣人从马上一跃飞下,甩手将马缰交给将领,大步匆匆地直入石门。不想几步之后却一个踉跄倒在地上爬不起来,他嘶哑地摇手:“快,扶我,政事堂。”四名护卫军士立即抢步上来,抬起使者疾步进入国府宫。

说是国府宫,实际上是一座九开间的六进大宅院,外加一片后庭园林。如果放在魏国,充其量不过是一个中大夫的住宅规格。在齐国也不过上卿规格。府中房屋一律是特大方砖块砌成,地上则是一色青石板,没有一片水面,没有一片花草,唯一的绿色是政事堂后边的一片胡杨林与几株松树。简单实在得冷冰冰的。第一进是国府各文书机构,第二进是国府中枢政事堂。这政事堂是一座六开间的青砖高房,坐落在院落正中央,两边是通向后进的偏门。政事堂本身分为两大部分,东侧为国君聚集大臣商议大事的正厅,西侧为国君处理日常政务的书房。以实际作用论,西侧书房才是国府的灵魂与中枢之地。

此刻,西书房已经亮起了灯光。这是一间陈设整肃简朴的书房,地上没有红毡,四周也没有任何纱帐窗幔之类的华贵用品。最显眼的是三大排书架,满置竹简与羊皮书,环绕了三面墙壁。正对中间书案的墙面上悬挂了一幅巨大的列国地图,画地图的羊皮已经没有了洁白与光滑,乌沉沉的显示出它的年深月久。地图两旁挂着长剑与弓箭。所有的几案书架都是几近于黑的沉沉紫红色,使政事堂颇显得威猛神秘。房间只有一盏粗大的牛油灯,不是很亮,风罩口的油烟还依稀可见。一个人站在地图前沉思不动。从背面看,他身材挺拔,一领黑袍上没有任何装饰,头发也用黑布束起。端详片刻,他一声长嘘,一拳砸在羊皮大地图上,忧愤而沉重。

一名白发老内侍守在政事堂门口,没有表情,没有声息。

急促沉重的脚步声从院中传来。白发老内侍警觉,立即轻步走下台阶。四名军士抬着黑衣使者匆匆而来,放在老内侍面前。黑衣使者艰难地向老内侍一扬手中金令箭。

老内侍立即高声报号："金令箭使者晋见——"

"咣"的一声，书房内好像撞倒了物事，只听一阵急促脚步声，书房主人已经快步迎了出来。窗户透出的微光下，可见他是一个相貌敦厚的青年，眼睛很细很长，嘴唇很厚，嘴角隐入两腮极深，厚重中透出刚毅英健与从容镇静。他不是别人，正是书房的主人，秦国新君嬴渠梁，后来人说的秦孝公。他疾步来到黑衣使者面前，蹲下身一看，一句话没说便伸手扶住黑衣人要抱他进去。

老内侍拱手拦住："君上，我来。"说着两手平伸插入黑衣人身下，将黑衣人平平端起，步履轻捷地走上台阶，走进书房。秦孝公对四名军士匆匆说一声："你们去吧。"军士们躬身应命间，他已经大步走进书房。

黑衣使者被平放在书房的木榻上，灰尘满面，大汗淋漓，胸脯急速起伏。他见秦孝公进来，连忙挣扎起身："君上，大事，不……不好。"秦孝公摇摇手："你先别开口。"回头吩咐："黑伯，热酒，快！"话音落点，老内侍已经从门外捧来一铜盆冒着微微热气的米酒。秦孝公接过，双手捧到黑衣人面前。黑衣人热泪骤然涌出，猛然捧住铜盆，咕咚咕咚一气饮干。秦孝公接过铜盆递给老内侍，回头拉住黑衣人的双手："景监，辛苦你也。"

一盆热酒使金令箭使者景监面色红润，脸上的汗水泪水一齐流下。他撩起衣角就要擦拭，秦孝公却已经递过来一条绢帛汗巾，景监接过拭去脸上汗水泪水，精神顿时焕发，却是一个英挺俊秀的青年，若没有久经风尘的黧黑肤色，当算是一个丰神俊朗的美男子。他费力站起深深一躬："君上如此待臣，景监如何报答？"

秦孝公爽朗大笑："你为国舍命，嬴渠梁又如何报答？老秦人不说虚话，来，说说你带回来的消息。"

诸侯与卿大夫之间，仍然多靠礼法宗法维持，彼此互相倚重。孙子斩吴王爱姬，吴王无话可说。可见威权独裁，尚不严密。诸侯与卿大夫之间，尚可推心置腹。怪不得后世野史会为君臣之间安设亲密昵称，如爱卿，就既呼美人又唤大臣，暧昧得紧。

景监原本是充满惊恐长驱赶回的。他本能地感到，秦国已经到了真正的生死存亡的关头。从逢泽到栎阳两千余里，他两天两夜只是在三次喂马的空隙里吃了几块干牛肉。他的大腿内侧已经被粗糙的马鞍磨出了红肉，疼得他一路上不断咬牙吸气。那匹罕见的西域良马，平时根本不用马鞭，可是这次竟然被他抽得遍体血痕，景监痛心得不断咒骂自己，可是还是不由自主地猛抽战马。他只有一个愿望，赶快飞到栎阳。可是当他见到和他一样年青的国君时，秦孝公那种异乎寻常的定力却使他深为惊讶。景监和大多数秦国臣子一样，对这位刚刚即位半年多的国君知之甚少。少年时代，景监还曾经和这位当时的公子在战场上共同打过几年仗，两个少年骑士交情甚密。有人嘲讽说，嬴渠梁如果当了国君，景监一定是国君的"弄臣"。然则秦国连年打仗动荡不定，景监早早就随父亲转移到了西部战场，嬴渠梁却一直留在东部与魏国作战。只是在去年的少梁之战前夕，他才奉命东调，做了前军副将。戎马倥偬，倏忽十年已经过去，两人几乎没有谋面的机会。年前新君即位的动荡时刻，景监奉嬴虔之命，率四千铁骑隐蔽驻扎栎阳城外做紧急策应。虽说因局势未乱没有派上用场，但这位前军副将的耿耿忠心却因此而尽人皆知。一个月前，风闻六国将在逢泽会盟，新君嬴渠梁竟然直接点将，派景监为金令箭使者赴魏国秘密活动探听消息。景监感到，国君肯定已经嗅到了六国会盟的异常气息。因为在秦国的历史上，没有非常特殊的重大差遣，是从来不启用金令箭的。但凡持有金令箭者，不但在秦国可以通行无阻，而且在外国遇见秦国人，也可以命令他们做所需要做的任何事情。新君首次启用金令箭，足见其对六国会盟的警觉和重视，足见对他这位少年挚友的信任。可是，当这位新君看到景监风尘仆仆地拚命赶回来时，竟然阻止了他

自夸不足信，他人眼见方为实。

的挣扎禀报，以异乎寻常的细心和真诚，关照着他的鞍马劳顿。景监身为军旅子弟，从小见过不知多少王公贵族，那种颐指气使的架势几乎是所有贵族难以克服的痼疾。而这位青年君主却是那样的质朴厚重，举止言谈间没有一丝一毫的夸张浮华。一刹那间，景监想起了一句老话："刚毅木讷，可成大器。"

虽则感动，景监还是着急，喘口气沉重急促地道："君上，山东六国会盟于逢泽。盟主是魏惠王，会盟主辞是六国定天下。更要紧的是，六国订立了三条盟约：其一，六国互不用兵。其二，划定吞并小诸侯的势力圈。其三，六国分秦，共灭秦国，而后对齐国转补土地二百里。"

秦孝公就站在景监对面，脸色越来越阴沉。听景监说完，他半晌没有说话，也没有挪动，双眼只是盯着窗外的沉沉夜色。

"君上？"景监有些惊慌，轻轻叫了一声。

秦孝公默默踱步，转到书架前突然发问："六国准备如何分秦？可有出人意料的谋划？"

"臣买通了一个护卫逢泽行辕的千夫长，化装成他的随从在魏惠王总帐外巡查警戒。但在会盟大典时，那位千夫长被派遣到猎场准备会猎事务，臣也只得同去。是以会盟的细务谋划，臣无法于仓促间得知。会盟次日，臣假装围圈野鹿，逃离猎场，星夜奔回。"景监话语中有深深的歉疚自责。

"无关大局。想想办法，继续探听。"秦孝公语气很平淡。

景监拱手道："是，君上，臣立即再赴大梁！"

"不用了，你留在栎阳，打探之人你另派干员就是。"

景监似乎还想再度请命，却终于说出了"遵命"二字。

秦孝公还在踱步，几乎是一步一顿，停比走多。景监站

孙子兵法专设用间篇，称"相守数年，以争一日之胜，而爱爵禄百金，不知敌之情者，不仁之至也，非民之将也，非主之佐也，非胜之主也"。用间是否得当，直接影响成败。战国期间各国剑拔弩张，人才要用在刀刃上才能发力。小说中的景监乃俊才，担任"用间"之重担。景监刺探敌情，获六国会盟之图谋，立下大功。血肉之战，必有情报之战。以上智为间，乃显孝公明君也。史书中的景监，《史记·正义》解，"监，甲暂反，阉人也"。

在厅中一时不知如何是好，看到这位年轻君主沉重的步子，他真切地感受到了国君内心的压力。面对灭顶之灾，任何惊慌失措都可能是正常的。如果面前这位新君流泪哭喊或无所措手足，景监反倒知道该如何安慰他，会给他讲述秦国屡次渡过的危难，会给他提出路上想好的各种主意。可是面前这位年青的君主，竟是从一开始就没有哪怕是瞬间的惊慌。这种定力，这种静气，反倒使景监感到了无所措手足，不知道该说什么该做什么，甚至不知道该不该把自己的对策讲出来。

“景监，”秦孝公终于回过头来，平静如常，“你且先回去大睡一觉。我得静下来，好好思谋一番。明日清晨政事堂朝会，你也参加，我等君臣共商化解之策。如何？”

“君上保重，臣，遵命。”景监激动得声音颤抖。

二　秘密流言震动了秦国

这一小节，关键词为流言、商贾、淡定。流言为商人散播，这一设计，尤为巧妙。工商至卫鞅后，进一步沦为末利。商人的形象，自此一落千丈。商贾善见机行事、反应灵活，他们是造谣生事、从中获利的最合适人选。战国用间虽无所不在，但疯传至此，仍有点匪夷所思。

这天夜里，栎阳城弥漫着一种莫名其妙的躁动和不安。

金令箭使者带回的消息尚来不及从国府中传出，按说这座久经风浪的小城堡应该是安静如常的。但让秦国人想不到的是，山东六国为了在瓜分秦国的行动中争得各自利益，先行摸清秦国底细，各国在会盟之前便已经向秦国要地派出了大量的商人间谍。他们潜入秦国，一是搜集军情政情，二是散布流言制造混乱。这些渗透秦国各地的密探，千方百计地结交国府重臣和地方官员，将六国分秦的消息秘密透漏给他们，图谋能分化秦国上层，能瓦解那些顽固的老秦人。

那时候，秦国由于长期被魏国封锁在骊山以西，财货匮乏，国弱民穷。所以对这些以经商为名且带来罕见财货的商人格外宽厚，压根没有想到他们会是六国坐探，对他们传播的消息也认为是民间传言，从不在意。按照庞涓事先的秘密指令，六国会盟一结束，便是密探们在秦国各地制造散播流言的发动日。金令箭使者黄昏进入栎阳，是谁都知道的大事。它给了间人们一个信号，他们出动的时机到了。在夜幕落下的时候，零零星星的店铺里开始有了游荡的神秘生意人，一边买点儿东西一边漫无边际地和店主与客人攀谈，无意中说到"听说"的坏消息；还有一些和栎阳老秦人有来往的客商，便带着几条干肉登门拜访老友，在有意打探老友是否知道坏消息的同时，无意地说出六国大兵压境的更坏消息。不消两三个时辰，坏消息便在栎阳城弥漫开来。小小栎阳城只有五六万人口，居住的都是老秦国的本土之民，他们世世代代都和山东打仗，本来对哪国要打秦国这样的消息从来只当作没听见。可这次不同，这次是山东六大国同时对秦国用兵，秦国岂不是面临灭顶之灾了么？那要死多少人？城池、土地、店铺、牛羊、老人、孩童，难道都要毁于一旦么？人群之中的慌乱恐惧是相互感染的，弥漫感染中又无形夸大着这种恐惧和慌乱。素来镇静自若的栎阳城，一夜之间竟陷入了惶惶不安之中。

这一切，秦孝公和秦国重臣都无从觉察。慌乱在黑夜继续弥漫着加重着。

天交四鼓时，政事堂书房依旧烛火通明。秦孝公一直在羊皮大图前转悠沉思，时而停下来在竹简上写几个字，便又开始转悠。老内侍黑伯将那一鼎炖羊肉已经烧了五次，还是依旧放在书案上。黑伯只是一遍又一遍地重热，绝不去出声打扰他的年青君主。相反，看见君主沉重地思虑，他白发苍然的老脸上倒是分外安详。先君献公箭伤发作行将辞世前，曾指着他对这位未来君主说："黑伯历经秦室三世，忠贞高义，渠梁善待之。"为了这一个嘱托，老内侍黑伯打消了回归西域故土的念头，仍旧留在了新君身边。久经沧桑的黑伯对新君有一种奇特的感觉，这位年轻人竟然具有和他这样的老人一样的深沉，说话极少，大多时间都在书房翻阅那无穷无尽的竹简，忘记吃饭决然比准时吃饭的次数多。凭经验，黑伯知道对这样经常皱眉深思的主人绝不能唠唠叨叨地提醒什么，打碎一件器皿他会一笑了之，可搅扰打断了他的沉思默想，他一定会大发雷霆的。当国君沉浸在冥思苦想中时，黑伯永远耐心地肃立在书房外的阴影里，等待着满足他醒悟过来的任何需求。

突然，黑伯听见了轻微的异响，一个纵跃，轻轻落在了院中。

“黑伯，雍城来使么？”秦孝公平静的声音从书房传出。

话音落点，宫门将领已经大步走入，向亮灯窗户拱手道：“禀报君上，雍城令星夜东来，从秘道入城，请求紧急晋见。”

“快请。”秦孝公已经走出书房，站在了檐下。

将领飞步而出。片刻间，满脸灰土的一个黑衣人站在了秦孝公面前：“雍城令嬴山夜半唐突，尚请君上恕罪。”

秦孝公走下台阶，打量着须发灰白的雍城令笑道：“看来，栎阳秘道太窄了，竟使老叔变得土鼠一般。”说着拉起雍城令的手，“来，到书房说话。黑伯，来一鼎炖羊肉。”

刚进书房坐定，雍城令便急促拱手道：“君上，雍城流言四起，都说山东六国要一起攻打秦国，吞并秦国！雍城已经有民众逃亡了。我连夜东来的途中，见到沣镐之地的民众也在稀稀落落地向东逃亡。老臣不知究竟出了甚事，再不制止，秦国腹地就要不战自溃了！”

秦孝公霍然站起，略一思忖断然命令：“黑伯，即刻办理几件事。一、立即命得力护卫到栎阳城内探听动静。二、宣栎阳令立即来见。三、速持兵符调遣两千骑士，半个时辰后在国府门前待命。四、请左庶长即刻选派二十名干员待命。”

刚刚走进书房的黑伯，放下食鼎，答应一声，轻步去了。

雍城令霍然站起：“君上有何差遣？臣当万死不辞。”

秦孝公压压手：“你先吃完这鼎羊肉，攒点儿劲力再说。”

这时庭院中响起急促的脚步声。秦孝公眼睛一亮，一员顶盔贯甲的将军已经站在面前，“栎阳令子岸奉命晋见。”

“子岸，好快也！”

“臣巡查到国府门前，恰遇宫使宣召，即刻来见。”

“好。”秦孝公面色骤然严峻，“可曾察觉栎阳城有何动静么？”

栎阳令沉吟摇头：“臣并未觉察到异样。只是，只是感到今夜街上的行人多了些，往日四更天街中很少碰到行人。”

秦孝公微微冷笑：“你也忒迟钝了些。栎阳雍城乃至整个秦国，已经谣言四起了，已经开始有人逃亡了。一夜之间，谣言遍布秦国，这只能是山东六国的秘密坐探所为，绝非有他。秦国不怕大兵压境，最怕内部山崩，今夜就是秦国生死存亡的关口，明白么？”一席话语气严厉，神色凛然。

“是！臣下愚钝，请君上惩戒。”栎阳令躬身请罪。

“给你增派两千公室亲军，限你天亮之前，将栎阳城的六国商贾全部拘禁起来。然则不许触动财货，不准打杀一个，要他们衣食如常全部存活下来。死伤一个，唯你是问！能办到么？”

“能！臣下若有半点差池，提头来见！”栎阳令激昂领命。

小不忍则乱大谋。秦人最忌的是冲动。嬴渠梁深知秦人要害。不杀商贾，在这里，有如不杀来使，乃理智之举。弱者不能逞强，唯见机行事，摸着石头看着桥。

这时，白发苍苍的黑伯已经无声地站在书房门口，双手捧着兵符道：“君上，两千亲军骑士已在宫门列队等候。”

秦孝公点头：“黑伯，将兵符交给栎阳令。子岸即刻起动。”

栎阳令子岸接过沉甸甸的青铜兵符，双手一拱：“臣告退。”大步而去。

“君上，老臣想即刻赶回雍城，拘禁六国商探。”雍城令已经在秦孝公向栎阳令布置时，感到了事情的急迫和严重，也从新君的论断中知道了危险的根本所在。刹那之间，他对这位年青国君的刚毅果决与迅疾处置由衷钦佩，匆匆吞下一鼎肥羊肉，便霍然起身请命。

秦孝公拉起雍城令的双手殷殷叮嘱：“老叔，雍城是老秦根基所在，也是镇守西部之大本营，决不能被六国商探搅乱。为了老秦国不断送在我辈手中，辛苦老叔了。”

“君上，”雍城令眼中泪光闪闪，“老秦族百炼精铁，嬴山决然不辱君命！老臣告辞了。”

“老叔且慢。”秦孝公回头对黑伯吩咐，“立即将我的彤云驹牵来等候。”又回头道，“老叔，我再派二十名特使跟你一起出发，沿途城池各留一名，宣谕公室急令，搜捕拘禁六国斥候坐探。沿途各城若有阻碍抗拒者，老叔有先斩之权。”说完，回身在剑架上取下那柄铜锈斑驳的古剑，双手捧到雍

公孙贾

城令面前，“这是先祖穆公留下的生死剑，请老叔持此剑西行。”

雍城令当然知道这柄穆公铜剑的巨大权力，也分明感到了新君将稳定西部的重任像山一样压在了他的肩上。他恭敬地接过青铜生死剑抱在怀中，向秦孝公双手一拱，大步走出书房。

国府大门外，黑伯牵着一匹火焰般的雄骏战马在静静等候，见雍城令出来，躬身道：“大人，左庶长府二十名特使在此等候。”雍城令嬴山眼睛一扫，二十名特使人人身穿软甲，背上各背一个长长的竹筒，知道他们已经准备就绪，便高声命令：“全体上马！”二十名特使齐刷刷跃上马背。

古来恩威并施者，必得忠臣，必成大业，甚至得天下。尤其是各朝各国开创者，往往深谙此理。

此时，雄骏的彤云驹看见了宫门台阶上的主人，不禁前蹄刨地咴咴喷鼻。秦孝公大步走下台阶拍拍彤云驹的头，一指雍城令：“彤云，你跟老叔跑一趟雍城，有劳了，啊。”彤云驹短促嘶鸣着蹭了蹭主人的脸，便安静下来。秦孝公双手将马缰递给雍城令：“老叔，请上马。”雍城令接过马缰，翻身上马，一抖马缰，彤云驹向秦孝公一声嘶鸣，驰向长街。

秦孝公正欲回身，却闻马蹄如雨，又一匹快马飞到。来人翻身下马，拱手高声道：“左庶长嬴虔，晋见君上。”

“大哥？好！我正要请你来。走，进去说。”

“君上四更天需要二十道特使册命，事非寻常。我自当立即赶来。”

秦孝公显然感到高兴——左庶长嬴虔来得正是时候。进得书房，秦孝公将六国会盟与夜来的危机情势以及自己的部署，匆匆说了一遍。嬴虔听完后，大刀眉拧成了一窝疙瘩，拍案骂道：“魏罃！狗彘不食！秦国那么好吞？崩掉肥子满口狗牙！”秦孝公忍不住一笑：“大哥啊，目下是我们腹心疼痛，可有良药？”

嬴虔似乎感到方才有所不妥，肃然正容道：“君上莫担心，且先使国中安定，而后再议对付山东六国。栎阳与雍城老秦人居多，不易大乱。目下应急之策，当在拘禁六国奸商与秘密斥候之后，即刻派出数十名文吏，到城内国人中宣谕辟谣，大讲六国分秦乃虚张声势，公室自有应对良策等。栎阳国人久经风浪，一经国府挑明，人心自安。雍城与渭水平川的安定当也不难，只有北地、陇西、商於几县山高路远，要费些许功夫。”

嬴虔乃将才，非君才，所以难登大位。

“大哥所言甚是。此事需要即刻部署。就请你在国府选出干员，半个时辰后到民众中宣谕，务使人心安定。山区边地，国府另派特使星夜前往。”秦孝公起身，郑重地拱手叮嘱，“大哥，兹事体大，务请不要假手与人。”

嬴虔肃然拱手：“君上放心，嬴虔当亲率吏员到城中宣谕。”说完大步匆匆出门去了。

秦孝公送走左庶长嬴虔，沉思有顷吩咐道：“黑伯，给我一身平民衣服，我要到城中走走。”

“君上，你可是一天一夜没吃没睡了。”黑伯终于忍不住轻声劝阻。

“黑伯，你不也一样么？”年青君主笑了，“六国亡我之心不死，吃睡何能安宁？去吧。”

黑伯无声无息地去拿衣服了。这中间，派出去探听城内动静的内侍和文吏纷纷来报，栎阳城的确是人心惶惶，有人甚至收拾家当，准备天亮借出城耕耘之机逃走别国；栎阳令率领两千军士正在搜捕六国商人密探，密探们哭哭闹闹，城中鸡鸣狗吠，国人民户很害怕，几乎家家关门了。秦孝公听得心中不安，更是决意走出国府看看国人乱成了何等模样。栎阳可是秦国和山东六国誓死抗争的根基，栎阳一乱，秦国岂能安宁？

这时，黑伯捧来了一身粗麻布衣服，他自己也变成了一个寻常的布衣老人，矍铄健旺的神色从脸上神奇地消失了。

“黑伯？你？也去么？”秦孝公颇感惊讶。

黑伯点点头：“赳赳老秦，共赴国难。先人留下的老话。”

刹那之间，年青君主的眼眶湿润了。他默默接过粗布衣穿好，声音喑哑地说了一句：“黑伯，走。”便大步出门。当一老一少两位布衣秦人走进曲折狭窄的小石巷时，栎阳城中的雄鸡开始打鸣了，高高耸立的栎阳城箭楼已经现出了一线微微曙光。

百姓最爱君王微服出访。有微服，则有野史。

三　政事堂憋出了一条奇计

景监走出家门的时候，太阳还没有出来，东山却已经是红灿灿的了。

凭多年栉风沐雨的战地经验，他知道今天一定是非雨即阴，不由加快脚步向国府走来。秦国连年打仗，已经打得很穷了，像他这样仅仅职同下大夫的将军，是不可能有一辆牛车可乘的。骑马吧，战马缺乏。为了节省马匹马力，秦献公时已经下令禁止秦人在城内乘马，禁止使用战马耕田驾车。几十年来，秦国官员对栎阳城内的安步当车已经习惯了。所有的大臣都没有轺车，只是几位年届古稀的元老，才有国君特赐的走骡作为代步。在这样的都城中，人们是无法想象魏国大梁、齐国临淄那种车水马龙的富庶繁华景象的。栎阳的早晨从来很安静，洒扫庭除的市人也是疏疏落落的。虽说对栎阳城这种平静已经习以为常，但景监还是察觉到了今日清晨的异常迹象。国府大街上有五六家山东商贾开的店铺，他们的货品丰富，殷勤敬业，从来都是黎明即起打开店门洒扫庭除，今日却如何全都没有开门？再看看，往日清晨出城耕耘的牵牛农夫，也是一个没有。国人开的几家小铁铺也没有了叮叮当当的打铁声。不对，一定发生过自己不知道的异乎寻常的事情！昨夜，挑选并派定去大梁的秘密斥候后已经是二更天了，景监几乎是被人抬上卧榻的，一夜酣睡直像战场野宿一样深沉，又能知道何事？猛然想到六国分秦，景监一下子紧张起来，放开脚步便向国府跑来。

赶到政事堂前，景监却听到东侧正厅传出一阵哄然大笑，心中好生疑惑，急赶几步走上台阶高声报道："前军副将景监晋见。"

正厅传出秦孝公声音："景监将军，进来，就等你了。"

景监跨进大厅，见黑红两色的宽阔房间里，秦孝公在长案前微笑走动。三级石级下的大厅中分两边坐着四位大臣，分别是左庶长嬴虔、上大夫甘龙、中大夫杜挚、长史公孙贾。栎阳令子岸则站在中间正比比画画地学说着什么，君臣几个显然是因为他大笑的。景监感到疑惑，看看秦孝公，又看看大臣们，嗫嗫嚅嚅不知如何是好。秦孝公招招手，指着长史公孙贾后边空着的一张书案："景监坐那里。子岸，你把夜来的事再说说，让景监也明白。"

子岸就把昨夜谣言如何流传、君上如何下令、他自己如何率领军士搜捕拘禁六国商贾密探的事说了一遍。说到那些以商人面目出现的六国密探在被拘禁后的狼狈丑态时，子岸绘声绘色："有个长胡子大肚子的楚国商人，正在一个老秦户的家里低声吹嘘魏国上将军庞涓的厉害，我带着三个军士跃墙进去，命令他跟我们走。他扑通跪在地上，拉长声调就哭：'老秦爷爷，我是商人啦，不是斥候啦，你们不能杀我啦。'我说谁要杀你啊？跟我们去住几天就行了。他又哭，'不杀我叫我去何处啦？我有地方住啦。'我心中气恼，大声喊他，换个地方，叫你对着墙吹嘘魏国！他一听吓得浑身乱抖，不断叩头打拱，'求求你老人家放了我啦，我有十六岁的小妾送给你啦，你马上跟我去领走啦，不然我马上送到将军府上去也行啦。'……"

还没说完，君臣们就又一次同声大笑，景监笑得眼泪都流了出来。

上大夫甘龙摇头感慨："危难当头，人心自见也。此等人竟然也立于天地之间？怪矣哉！"

甘龙与杜挚，不主张变革。

“上大夫以为，该如何处置这些奸商？”中大夫杜挚虽是文臣，却颇有粗猛之相，问话高声大气。

甘龙冷冷一笑：“秦自穆公以来，便与山东诸侯势不两立。秘探斥候太过阴狠，唯有一策，斩草除根，悉数杀尽。”

秦孝公本来正准备将话题引入沉甸甸的秦国危机，却不想杜挚无意一问，竟使他心念一动，也想听听大臣们对这件事的想法，就没有急于开口。待甘龙讲完，他想到昨夜自己的命令，心中不禁咯噔一沉。秦孝公没有想到他和元老重臣之间竟然会有如此之大的差异，他静下心来，准备再听听其他臣工的说法。

甘龙话音落点，杜挚立即高声呼应：“上大夫高见。山东奸商是我秦国心腹大患，不杀不足以安定民心！”

长史公孙贾看看厅中，微笑道：“兹事体大，当先听听左庶长主张。”

左庶长嬴虔自然知道国君昨夜的部署，平静回答：“嬴虔尚无定见。”

“栎阳令如何？你可是有功之臣啊。”公孙贾又问。

栎阳令子岸却直冲冲回答：“长史为文章谋划，咋光问别个？你如何说法？”他当然也知道新君的命令而且也忠实执行了，但见左庶长不说，他也就不愿说。春秋战国几百年血的教训比比皆是，大凡居官之人都明白，新君即位初期是权力场最动荡的时候，君主越年轻，这种动荡就越大。这时候，谁都会倍加小心。这位赳赳勇武的栎阳令，虽然在昨夜的动荡危机中被年青君主严厉斥责为“迟钝”，但对这种权力场的基本路数却绝没有迟钝。

白面细须的公孙贾显然很精细，沉吟有顷平静作答：“我亦尚无定见。”

此中大约只有景监对秦国面临的严重危机最清楚，他对这些元老重臣云山雾罩的回答摸不着头脑。只有一个上大夫甘龙态度明确，但景监却又极不赞同。然则不管他有何种想法与主张，他都不能抢在前面讲话。在座的每一个人都比他年长资深，也比他位高权重。上大夫甘龙原是山东甘国的儒家名士，又是秦国的三世元老，秦献公连年征战在外时，从来都是甘龙主持国政，学生门客遍及秦国，景监连给他当学生的资格都没有。左庶长嬴虔是公室贵族、国君的庶兄，更不必说他是统率三军的实权重臣了。长史公孙贾职掌公室机密，常在国君左右，虽然没有兵权，可也是屈指可数的几个枢要大臣之一。栎阳令子岸是秦穆公时名臣由余的后裔，职掌都城军政大权，虽不是国府枢要大臣职位，但其实际权力却是足以颠倒乾坤的，否则他如何敢对长史公孙贾直言相撞？就连那个高声大气职位最低的中大夫杜挚，景监也不能与之相比。且不说杜挚是甘龙的学生，仅以职权论，景监虽然也是职同下大夫的前军副将，职位比杜挚只低了一等，但实际上却是军中朝中都没有任何实际职掌范围的一种职务——副将。杜挚却不同，他这个中大夫有一串后缀，叫作“辅上大夫视事兼领大田太仓”。辅上大夫视事，是确定他是上大夫的处政副手；兼领大田太仓，是说秦国的农耕、粮食与仓储都由他兼管。那时候，这可是两个最要紧的命脉权力。周王室将这一职务的大臣叫作“司土”，后来称为司徒，是与司马（掌兵）、司空（掌工程）、司寇（掌刑）并列的重臣。这样的中大夫，景监如何能比？要不是新君亲点他做了金令箭使者，又特命他参加今日廷议，他是不可能有机会和这些重臣坐在一起的。然而正因为如此，景监是无所顾忌的。他心中只有一个想法，做了一回秘密特使承担了重大使命，就要将自己所知道的全部情势和想法，真实地告诉国君和大臣们，使他们尽最大所能拯救秦国，否则愧对国君重托。至于

等级森严，连说个话都要论资排辈。

说出来后是否被采纳,那不是景监此刻所想的。

公孙贾的笑容还没有完全收敛,景监就霍然站起拱手道:“列位大人,景监以为,六国商人密探不能杀,杀则对秦国有害。”

“啪”的一声,中大夫杜挚拍案呵斥:“尔是何人?竟敢驳上大夫主张!”

“在下乃赴魏国探秘的金令箭使者景监。秦国面临灭顶之灾,决不能再给六国亡我之心火上浇油!”

“哈哈哈,同类相怜。”一阵大笑,景监的话又被杜挚的尖刻嘲讽打断。

秦孝公眼睛一亮,但终于没有说话,他还是要看一看。这时,左庶长嬴虔却开了口:“杜挚无理。危难当头,群策群力,听景监说完有何不好?”嬴虔本是带兵大将,性格深沉暴烈,平日又极少讲话,他一开口便全场肃静。

杜挚出语刻薄,景监本想还以颜色,但他生性宽厚且见左庶长斥责杜挚,也就不再计较此事。他再度向厅中君臣拱手作礼,亢声道:“秦国弱小,六国强大,这是不争之事实。六国会盟,要共同起兵瓜分秦国。当此危急之际,若秦国诛杀六国商人密探,只会更加刺激六国,使他们以拯救六国商贾为口实,迅速举兵进逼。以秦国目下实力,我能抵挡几时?”

问得好。

公孙贾淡淡问道:“以你之见,不杀密探,六国就不举兵么?”

景监正色道:“不杀密探,自然也不能使六国罢兵。然则,至少可使六国急切间找不到口实大举进兵,我秦国也可在此期间谋求对策。”

杜挚哈哈笑道:“啊,景监将军大有谋略嘛,谋划个办法出来。”

景监没有理会杜挚的嘲讽,自顾将一路的思索一口气说了出来："如今天下虽连绵征战，然但凡举兵，都必找一个堂而皇之的理由。否则，师出无名，士气民心必然低落，联兵作战也会很是困难。我秦国对密探若拘而不杀，那就是向天下昭示，秦国愿意同六国和解。若拘而尽杀之，那就是公然和山东六国立时结下血仇。六国朝野都会对秦国恨之入骨，纵然我尽力斡旋，怕也难逃兵灾。正因如此，六国密探非但不能杀，还要保护其财货，善待其人身，照常让他们在秦国经商，去留自便。此中轻重，请君上与列位大人权衡。"侃侃道来，有理有据，显然是一路苦思的结果。

小人物一席话，大厅中无人反驳，良久静场。秦孝公大感欣慰。他没有想到，这个少年时期的小友竟然在大事上和自己如此不谋而合。作为老秦人，刚烈忠直恨则恨死爱则爱死的汉子比比皆是，但要找一个既坚刚又柔韧懂得忍耐与等待的汉子，却比铸剑还难。要老秦人誓死抗争宁为玉碎不为瓦全，那是一呼百应。但要老秦人迂回曲折韬光养晦，那可是阳春之曲和者甚寡。连那些山东儒家名士如甘龙者，久居秦国，也都变成了固执倔强宁折不弯的牛脾气。作为国君，年青的嬴渠梁有一种超越年龄的深厚和宽广，自然深深懂得老秦部族的这种坚刚性格是弥足珍贵的，否则，秦国四百年间何以立足天下称霸西戎？然则，秦国上层的庙堂人物们假若也都是这种人，秦国何以能成就大业？即如面临的这场灭国危难，逞血气之勇不难，难的是冷静忍耐顾全大局而后化险为夷。老秦人谁不恨六国密探？杀掉他们定然是举国拥护。在这时候能够想到不杀自己最痛恶的敌人，反而要善待他们，这需要多么宽广的视野？需要克服多少老秦人性格中的痼疾？更不要说景监还是个沙场征战的年青将领了。当秦孝公昨夜想到这些时，他觉得自己是沉重的孤独的。可是当景监慷慨冷静地讲出这些时，他是激动的欣慰的，觉得自

借景监之口道出，而后群士附和，最能服众。武断能行一时之令，但难服众人之心。

己已经不再孤独了。

刹那之间，年青的国君对年青的将军产生了深深的感激之情。

这时候，左庶长嬴虔粗重的声音响起："景监将军言之有理。以秦国目下实力，一个魏国已经难以抵挡，岂能和六国同时为敌？"

栎阳令子岸也跟了上来："子岸赞同左庶长所言，不杀密探。"他内心很清楚，国君本来就命令不杀不掠，左庶长一讲话便等于此事敲定。因为甘龙平日里多主内政，对这种外事并没有多少决定权，涉及邦交的大权在左庶长。

公孙贾在每个人说话时都不断点头，此时平静地笑道："大局已经清楚。究竟如何？还是君上抉择。"

甘龙面无表情，一言不发。杜挚只是微微冷笑，也不说话。

秦孝公这时轻轻一拍书案："六国密探，暂且不杀，财货不动，人身不伤。若六国动静有变，再杀之亦不为晚。彼在我手，何惧之有？然栎阳令须得对六国密探严加监视，不许任何人在半年内离开秦国，更不许逃走一个。否则，斩首无赦。"年青国君在政事堂第一次显示权力，却是不怒自威。

"臣下遵命。"栎阳令子岸肃然站起，高声领命。

"诸位，"秦孝公环视大厅神色肃然道，"今日廷议，实则已经开始。山东六国会盟，提出六国定天下，企图吞并小诸侯，划定势力范围。然则更为要紧的是，山东六国要瓜分秦国，将天下七大国变成六大国。六国将在何时用何种手段实施其分秦野心，目下尚不清楚。可以确定的是，秦国已经面临百年以来最为深重的灭国危机。赳赳老秦，共赴国难。这是秦国妇孺皆知的一句老誓。当此存亡之际，我等君臣应同心谋国，群策群力，如此方能谋划出稳妥的对策与方略。"说完悠悠巡视一圈，"诸位不要有任何顾忌，哪位先说都行。"

场中又一阵沉默。在此之前，这些大臣也都风闻了六国会盟的种种消息，其中不乏六国密探有意透漏给他们的各色流言。今日国君郑重提出且要征询存亡大计，大臣们顿时感到了强大压力，打打不过，逃逃不脱，投降不可能，一定要拿出一个能够不打不逃不投降的对策，方能消解这场危机。可是，危机迫在眉睫，仓促间如何思谋得周全？一时间竟是谁也没有话讲。

上大夫甘龙博学多识且长期主持国政，为在座资深老臣，眼见众皆默然，沉吟思忖了一番，谨慎开口：“老臣以为，六国会盟，吞灭诸侯，瓜分秦国，此举不合于礼，亦不合于道。我秦国本是平王东迁的开国诸侯，对王室居功至伟。秦国有难，天子不会坐视不理。老臣以为当上书洛阳周王，以天子名义下书，驳斥六国会盟谬误，真相自会大白于天下。与此同时，我秦国以王室名义联结若干中小诸侯，组成一支数十万之大军抗衡六国兵马。若能如此，则危难可解，国家幸甚。”甘龙字斟句酌，一番话很是持重谨慎，绝不是明确决断据理力争，而只是以“老臣以为如何如何“的商榷口气说话。然则这恰恰是他的身份、权力与资望形成的一种矜持，绝不意味着暧昧含糊。

景监对国中权臣的习惯、风格与错综微妙的关系一概不清楚，认为自己只要把自己想好的说完便不负国君所托，谁的脸色也不看。此刻他听完甘龙的对策，不禁“噗”地笑了出来，却又使劲儿憋住。见无人说话，他咳嗽一声正容发问：“上大夫对策，太过迂腐。周王室衰落到一片孤城，自身尚且难保，六国谁会认这个天子？且不说周王不敢发，即或发了，一片王书有甚用处？至于以王室名义联结中小诸侯，更是无法行通……”

“景监大胆！”杜挚面色涨红，打断话题高声道，“上大夫所言极是。名正则言顺，六国会盟，周天子与秦国并天下诸侯同受欺侮。我秦国唯借天子名义声讨其荒谬，方可号召天下诸侯，组成多国盟军！得道多助，如何能说迂腐不通？”

“杜大夫，”嬴虔冷冰冰道，“君上有言，群策群谋，言无顾忌，你急个甚来？”

杜挚顿时语塞：“好好好，教……教他说。”

公孙贾破例插了一句：“行则可行，然也确实无大用。君上明断。”

景监老老实实：“在下不赞同上大夫主张，但也还没有想到好的对策。”

杜挚冷冷一笑，狠狠瞪了景监一眼，张张口欲言又止。

左庶长嬴虔不断轻叩书案皱眉沉思，这时抬头道：“上大夫之策，天子下书一则，可行而无用。联兵抗衡一则，有用但难行。且不说仓促拼凑的盟军根本没有战力，仅仅建立多国盟军这一则，就极难做到。六国之外，天下尚有三十二个中小诸侯国，军马总计在三十万左右，的确是一个很大数目。但他们却被六国分割在各个零碎夹缝中，兵马根本无法越过大国而集结。即或越过，也无法进入函谷关。还有，六大国本来就虎视眈眈地要吞灭中小诸侯，这些小国又岂敢激怒大国自送虎口？捉了秦国的使者去向大国邀功，倒是实实在在有可能。上大夫，嬴虔以为，还得再谋良策为是。”

甘龙有些尴尬，但还是呵呵一笑：“然也。若有高明良策，自当受教。”

栎阳令子岸冷笑道:“这些小不砬子诸侯,哼,教他们跟在六国大军后面分秦块肉倒是可能。要和秦国联兵,嘿嘿嘿,他们躲都躲不及。”

“那足下倒是有甚高明主张?拿出来也。”杜挚面红耳赤,仿佛自己的主张被驳了一般。

“要我说,就和六国拼个你死我活!”子岸霍然站起,手中短剑呛啷拔出,噌地插进地上方砖,咬牙骂道:“鸟!怕甚了?老秦人的血就是往战场流的。当年老秦族还不是硬硬在戎狄包围中杀出了一块地盘?既没退路,又没办法,说来说去还不是个打?还不是死战到底一条路?请君上下令,做二十万孝服,血战六国!子岸请命做先锋大将,不斩十万首级,誓不生还!”这个名臣后代慷慨激昂,声泪俱下,显然对这种庙堂廷议的絮叨极为不耐,竟忘记了这里是政事堂。然则他这一番激昂怒骂与慷慨请战的确是老秦人的本色,吓得从来没有打过血仗的杜挚和公孙贾瞠目结舌。

老秦人胸口亦是个“勇”字。

左庶长嬴虔变色:“子岸,把剑收回去。这里是政事堂,不是战场。”嬴虔是秦军统帅,又是威震三军的猛将,也只有他才能震慑住老秦人特有的本色冲动。

子岸默默拔出插在地上的短剑,沉着脸重重坐回案前唏嘘拭泪。

秦孝公面色如常,对子岸的激烈慷慨仿佛没有看见,丝毫没有责怪之意。他此刻只是感觉到,有嬴虔这位庶兄,他省了一半力气。有嬴虔挡一挡,他便对每个人的主张都有充分思谋的余地。当然,对子岸那样的主张是不用思谋的。那是一条悲壮的殉国之路,退无可退时,也只有拔剑而起浴血疆场与国家共存亡了。只要有精神准备,那是用不着多想的。危难之际,主战将士的勇烈刚猛永远是最可贵的。作为一国之君,可以不纳其言,却无论如何不能伤其心。他从座

“兄弟同心同德”,是小说的“意识形态”之一。

伤其心,激反心,万万不可。

中站起，走到子岸面前，递给他一方绢帛汗巾，慨然一叹："子岸哪，果真秦国无路可走时，我也会和你一样血战到底的。在座大臣们，也都会拔剑而起的。"

"哇"的一声，子岸放声大哭。

一时间，厅中君臣人人拭泪，个个唏嘘。

秦孝公站在厅中，缓慢沉重地问："诸位，秦国真的是无路可走了么？"他看着唯一没有讲话的景监。只要有一个人没讲话，秦孝公就不会讲出自己的想法，他要最大限度地将自己的决断建立在臣下主张的基础上，如果臣下阐述充分，他自己宁可不说而全盘采纳。新君即位，要大臣们齐心协力，最好的办法就是使每个人都觉得自己是在推行自己的主张。除非像昨夜那样的紧急关头必须当机立断，秦孝公宁愿让臣下来断事。这样做，既是他的思谋结果，也是他的性格所致。

权威是要站得高看得远断得准，无须事事亲力亲为，这才能让卿大夫等，各尽其用，各尽其长。

"君上，列位大人，"景监站起来沉吟着，"我有一策，恐有失大雅，不知当讲不当讲。"

秦孝公爽朗大笑道："生死存亡，无所不用其极。只要有用，就是大雅。说，我等听听这不雅之策。"杜挚憋不住"扑哧"一笑，又连忙捂住嘴低下头。

景监却是落落大方，朗声说道："景监思谋，目下唯有一计可用：秘密游说六国，重金收买权臣，分化六国，延缓时日，使六国分秦盟约自行瓦解。六国之中，齐国与我秦国不搭界，不会主动当头羊。韩国燕国最弱，也不会单独攻秦。魏楚赵三国分秦最力，也是最有实力最有可能单独攻秦的。而魏楚赵三国，均有酷爱财色的权臣。尤其魏国，因魏王酷爱珠宝名器，大臣多有贪风。我只要以重金美女贿赂，并许以其他好处，此等权臣决然不会令我失望。若此三国不动，六国分秦自然拖延，拖则盟约自溃。"

妙计。齐不搭界，自然会权衡利益及风险。韩燕弱，须随大流，不敢单独行动。魏楚赵强，但难齐心，强国自有权臣，以财色等"糖衣炮弹"攻之，有出其不意之战果。地利、人和，尚缺天时。

“诸位，果然不雅之策也。”秦孝公不禁一笑。

厅中大臣一齐大笑。杜挚笑得眼泪鼻涕拭抹不及，连连咳嗽。甘龙则皱着眉大摇其头：“美女重金？成何体统？岂不令天下耻笑？”公孙贾则只是大笑，却不说话。栎阳令子岸啧啧撇嘴：“景监哪景监，亏你想得出！”左庶长嬴虔微微一笑，却是默然沉思。

唯有景监没有一丝笑意，一脸茫然地看着国君和大臣们。

嬴虔霍然站起：“景监之策，丑归丑，有大用。话说回来，方今天下，哪国不是阴狠歹毒挖墙脚？赵种铮铮一条汉子，为了争取魏国，硬是将自己的美妾送给了魏王。楚国还不是贿赂齐国大将田忌三千金，才使齐楚罢兵？庞涓那小子号称名士，为了做丞相，还贿赂魏王的狐姬。国家生死存亡之际，有何忌讳？说到底，老秦人以往只知道兵来将挡水来土掩，想不到使阴招罢了。目下六国逼我用阴招，我就用，怕他何来！”

战国“用间”，无所不用其极。

公孙贾沉吟道：“敢问上大夫，府库有金几多？秦国有美女几多？”

甘龙冷笑：“老夫只知道金不足五千。美女几多？哼哼，大约只有长史知晓。”

公孙贾仿佛没察觉甘龙的嘲讽，自顾道：“五千金？设若魏楚赵三国各有两名权臣，那就是六人。除去特使的秘密活动金、搜罗美女金，大约每个权臣只能得到三百金。魏楚赵三国的权臣从国王那里得到的赏赐，动辄就是数百金，胃口极为贪婪。三百金，彼等可能看都不看。如果没有万金之数，此计难行。景监将军，以为如何？”

作为一个鏖战沙场的低级将领，景监确实不知道国府拮据到如此地步。公孙贾所说，又的确是实情。一时间景监愣在厅中，无言以对。

杜挚一副颇为认真的神情："我倒是可以将先君赏赐的三百金，送给景监将军周旋，可也是杯水车薪，难以为继啊。"

甘龙冷笑："老夫也可拿出几百金，够么？"

突然之间，一直在踱步沉思的秦孝公却眼睛发亮，似乎因此而悟到了什么，站在案前良久未动，似乎又在盘算什么。一时间，他目光炯炯地扫视厅中道："诸位，六国利剑已刺我咽喉，国家危亡决于旦夕之间，我等君臣不能拘泥。春秋宋襄公恪守仁义，不击半渡之兵，败师辱国贻笑天下。然则，宋襄公失去的毕竟只是小霸主地位。今日不然，一旦自缚手脚，老秦人就要亡国灭种。六国要灭秦分秦，最为歹毒的就是前后夹击。东方大兵压境，同时策动西方戎狄叛乱。那时候，老秦人只怕连回到陇西河谷的退路都没有了。他们要将老秦部族斩草除根，我等连投降都不会被接受。这就是亡国灭种，请诸位掂量。"猛然，他背过身子，肩膀一阵微微地颤动。

一时间举座动容，一股凛冽的冰凉骤然渗透每个人的脊梁骨。

公孙贾亢声道："君上抉择就是，臣等赴汤蹈刃，死不旋踵！"他本是极少鲜明表态之人，此刻却是满面通红地喘着粗气。"赴汤蹈刃，死不旋踵"是流传天下的墨家誓言，说的是墨家弟子追随墨子，每临危局，人人争先赴险，死也不会转过脚跟逃跑。今日公孙贾将这句誓言用在这里倒是分外令人感奋。众人不禁齐声慷慨："赴汤蹈刃，死不旋踵！"

秦孝公已经转过身来，声音略显喑哑："嬴渠梁的血，会与老秦人流在一起的。"

"君上——"几位大臣连同景监，一起匍匐在地，哽咽不止。

春秋战国，形势剧变。春秋可苟存，战国唯死生。史学家雷海宗的判断，很贴切，"战国时代的战争非常残酷。春秋时代的战争由贵族包办，多少具有一些游戏的性质。我们看《左传》中每次战争都有各种的繁文缛礼，杀戮并不甚多，战争并不以杀伤为事，也不以灭国为目的，只求维持国际势力的均衡。到战国时代，情形大变，战争的目的在乎攻灭对方，所以各国都极力奖励战杀，对俘虏甚至降卒往往大批地坑杀，以便早日达到消灭对方势力的地步"。（雷海宗：《中国的文化与中国的兵》，长沙：岳麓书社，2012 年，第 13 页）

秦孝公长长地出了一口粗气，语气转为平静："诸位请起，老秦人也不是好欺侮的，我等还是得拿出个主见来，否则，无颜面对国人。"

"但凭君上抉择！"大臣们异口同声。

"就实说，景监之计不失为应急奇策。"秦孝公走下三级台阶，缓缓地踱着步子，"重金美女，重金是要害。至于美女，有则也好，没有也无伤大局。国府所存五千金，不能动用分毫，那是秦国十万大军的命脉。另则，也不能向民众紧急征收。百年动荡征战，秦国民众逃亡过半，留下来的都是老秦人。他们已经快被榨干了，家徒四壁，一贫如洗，只剩下老秦人的一腔热血了。国府再艰难，也不能打他们的主意。"年轻君主说到这里，已经是两眼含泪，沉重得停下来低头喘息。有顷，秦孝公抬起头激昂地开口，"国难当头，金从何来？嬴渠梁身为秦国之君，愿将国君私库的两千金拿出，再将公室所存的周王室历代赏赐的宝物珍品一并献出。其余尚有缺额……"突然，他不再往下说了。

五千金，十万大军，如何养？数目有点蹊跷。

刹那间，政事堂大厅肃然无声。大臣们被这位年轻君主深深震撼。自古以来，国君启用私库并献出所有库藏珍宝者，闻所未闻。国君私库，其实也是国库的一种变相形式。这些金钱珍宝主要有两大用途，一是用来供国君宫室日常支用，一是赏赐有功臣民。因为这两种用途都由国君决定，而无须通过国家财政大臣，所以历来的习惯便将宫室府库认作国君私库。秦国宫室历来简朴，国君的护卫、内侍、侍女、作坊工匠以及各种文吏官署，加起来也只有不到一千人。秦国国君的嫡系宗族也历来不住宫室，而是与所有的秦国大宗族一样，除了老幼女人在封地耕作，男子几乎全部在军旅之中，不要宫室供养。这样一来，秦国宫室私库的金钱的主要用途，实际上就是赏赐和抚恤战死的将士。对于一国之

舍私财，赚天下。这笔账算得过。此事亦须有大格局之人方能做到。场面极有煽动性。血气与争心，在大场面中更加旺盛。官场中与战场上，身先士卒是建立个人威信的不二之法。宗法制的社会里，培养出忠心，才能齐国。牺牲小我，成全的是大局。

君，治下的威权少不得官与禄两个字，更少不得赏与罚两个字，国君府库没了金钱珍宝，意味着一国之君将沦落到对功臣赏无可赏的惨状，任谁想来都会心底发虚。臣下天职，是与君分忧。国君家徒四壁，大臣颜面何存？

厅中六位臣子唰地站起，一齐跪倒哭喊："君上，不可啊——"

白发苍苍的甘龙浑身颤抖："君上一国之君，岂能一贫如洗？请君上收回成命，甘龙愿献千金！"

"左庶长嬴虔愿献三百金，并家传蚩尤天月剑！"

"长史公孙贾献三百金！"

"栎阳令子岸献五百金，外加家传嫘祖软甲！"

"中大夫杜挚献三百金！"

景监大哭："君上，景监唯有五百刀币……"

秦孝公静静地站在厅中，没有一滴眼泪。他再次向跪倒的大臣们深深一躬："如此，嬴渠梁谢过诸位了。上大夫请起，诸位请起。"待大臣们唏嘘起身，他平静地向厅门吩咐，"黑伯，今日之内，辟出专库，接纳诸位大臣的献金。"黑伯答应一声，疾步而去。秦孝公环视厅中微笑道，"诸位且莫伤感。金钱乃人世流火，生不带来，死不带去，用得其所，方为无价至宝。不得其所，铜臭如粪土。纵然一国之君，概莫能外。秦国若有富强之日，嬴渠梁当十倍偿还诸位。公孙长史，请记下嬴渠梁今日诺言。"

公孙贾拱手正色道："遵命，臣将转于太史，刻简留存。"

"诸位以为，何人堪当秘密特使？"秦孝公收敛笑容，转了话题。

甘龙慨然道："此策乃景监将军谋划，将军必有成算，当以景监为使。"

"嬴虔亦赞同景监为特使。"左庶长嬴虔立即支持。

"我等赞同。"公孙贾、子岸、杜挚齐声表态。

秦孝公点点头，似乎对大臣们出乎意料的一致并没有感到意外。他看着景监："景监以为如何？"

景监躬身，肃然回答："赳赳老秦，共赴国难。"

秦孝公默默注视着景监，泪水骤然溢满了眼眶。

四　秦国君臣在老霖雨中感谢上苍

暮春初夏，虽说已经是草长莺飞，但渭水平川的早晚还是颇有凉意的，尤其是河谷山口，早晚时分的凉风尚有些许寒冷。太阳距离西山尚有一竿之高，出城劳作的栎阳秦人便开始络绎不绝地回城了。但在城南栎水岸边的高坡风口上，却有一个人久久站立，一任河风吹得他的长衫啪啪作响，仍旧没有离开。两丈之外的洼地里，一个白发苍苍的老人默默地守候着。

秦孝公已经这样一动不动地站了一个时辰。河中碧绿明亮的波涛已经变得金黄幽暗了，风中的暖意已经消退，暮色苍茫的原野弥漫出凉如秋水的萧瑟寒气。这一切，二十二岁的年轻君主都没有察觉，他只是遥望着已经淹没在暮色中的东方远山，长长地沉重地叹息。分化六国所需要的万金之数虽然凑齐了，他却没有丝毫的轻松宽慰，反倒被一种无地自容的羞愧折磨得寝食难安。一想到母亲那慈和平静的笑容，他心中就像刀割般难过。

那天政事堂廷议之后，他忙于听匆匆赶来的雍城令禀报民情，又商议确定了继续安定民心的方略。雍城令刚走，景监又急急赶来禀报派赴大梁的密探传回的急报，说魏楚赵三国大军按兵未动，详情不知。两人商议了半天，还是揣摩不透发生了何种变故，决定继续筹集重金，不管发生何种变故，分化六国的方略不变。景监走后，已是午夜，他正要站起来端详羊皮大图，却一头栽倒在书案上。醒来时分，白发如雪的母亲正坐在榻旁静静望着他。母亲没有流泪，甚至没有叹息，见他醒来睁开眼睛，反而向他慈祥地微微一笑，还是没有说话，只是回身端过铜鼎打开鼎盖，将热气腾腾的羊肉汤端过来就要喂他。在嬴渠梁的记忆中，母亲从来没有喂过他吃饭，即或在孩提时候生了病，母亲也要看着他自己坐起来吃饭。目下自己已经做了国君，年迈苍苍的母亲却端起了食鼎要喂他吃饭。嬴渠梁霍然坐起，掀开毛毡：“娘，没事，我自己来。”母亲又是微微一笑：“没事就好，也该没事。”待嬴渠梁大口吃喝完毕，汗津津站起来时，母亲也从绣墩上站了起来，静静地看着儿子：“渠梁，娘有两千金，还有几件珠宝，都给你准备好了，让黑伯来搬走。”骤然间，嬴渠梁泪水夺眶而出：“娘！你，你都知道了？”母亲微笑着点点头：“这两千金，是秦国后宫四百年星星点点留下的，今日也派个正当用场。”嬴渠梁肃然跪在了母亲面前：“娘，渠梁无能，使秦国蒙受耻辱，使一国太后蒙羞。渠梁请受责罚。”霍然脱去长衫，露出汗津津的脊梁。母亲扶起了他，替他穿好长衫，又为他拭去脸上的泪和汗，温和地斥责他：“渠梁大错了。娘岂不知能屈方能伸？都像你公父那样硬打硬挣，秦国未必成得大器。渠梁，娘知道你，老秦人就是缺乏个‘忍’字。你有，娘信你。”二十二岁的年轻国君第一次感到了白发亲娘的亲和温暖，忍不住抱住母亲哽咽起来。母亲抱着他的头，抚摩着他的长发，一任他痛哭流涕。最后，娘对他说：“渠梁，娘对你只有一个规矩，按时辰吃饭，最迟四更天睡觉。秦国的重担在你肩上，要有后劲。能答应娘么？”嬴渠梁记得自己是认真点了头的。

当黑伯带领内侍从太后庭院搬出两千金和珠宝时，秦孝公派景监查点登记，竟发现母亲头上的金钗和平日须臾不离的一只珠玉枕也在里边！景监无论如何不能接受，执意要送回给太后。黑伯在旁边看得直擦眼泪。秦孝公默默挡住了景监，咬着牙吞回了自己的泪水。他知道，送回去才会真正令母亲伤心。但是，这两件弥足珍贵的东西对母亲毕竟是太重要了。那支剑形的金钗是周天子赐给先祖穆公夫人的，上面有王室徽记和“洛阳尚坊”的古篆刻，是历代秦国第一夫人的标志，绝非一支寻常的金钗。那只珠玉枕，更是公父秦献公着意为母亲精工打造的。那是一块晶莹碧绿的蓝田玉，两端各镶嵌了一颗红得像火焰一样的珍珠，夜来入睡，小珍珠的幽幽微光总是将母亲的脸映衬得分外艳丽。更重要的是，公父将他的一把短剑重新熔铸，镶嵌在了两端枕顶。母亲告诉儿子，那是父亲在时时守护着她。小妹之所以取名荧玉，正是据此荧荧玉枕而来。母亲虽是秦国太后，但毕竟也是个女人，而且是个失去了夫君的寡居女人。这两件东西对于任何一个女人，都是不可能舍弃其中任何一件的，一件象征着她的尊贵身份，一件寄托着她的悠悠思恋。可如今，母亲是两件一齐拿了出来，而且还是那样平静地拿了出来。但是，嬴渠梁却从母亲那带有笑纹的眼睛里看见了晶亮的泪光，看见了母亲心田流淌的血。

“昔我往矣，杨柳依依。今我来思，雨雪霏霏。行道迟迟，载渴载饥。我心伤悲，莫知我哀。”这是母亲年轻美丽的时候最爱唱的《小雅》，那是妻子等待长久出征的夫君归来的一首歌儿。那时候，嬴渠梁不明白母亲为何总是唱这首让人直想哭直喘不过气来的歌儿？当他后来跨上战马挥动长剑冲锋陷阵归来时，他终于听懂了母亲的歌儿。奇怪的是，公父战死后，母亲就再也不唱这首歌儿了。那时候，嬴渠梁依然不懂母亲的心。这一次，年轻的国君觉得自己终于懂了——母亲的心田被犁下了那么多的伤口，却要给自己的儿子留下博大温暖的胸怀。

正史省略极多，日常生活基本无。小说无法回避日常生活，必须"编造"细节。

身为人子，秦孝公感到了从未有过的强烈愧疚。

不愿多想，又不能不想。年轻的国君在寒凉的晚风中不能自拔了。

猛然，一阵急骤的马蹄声惊醒了他。一回身，景监已经丢掉马缰疾步爬上高坡。秦孝公心中一惊，莫非六国发兵了？

景监上坡站定，气喘吁吁道："君上，北地令遣使急报，赵国一队商旅越过肤施①，从我西北部穿过，向陇西戎狄部族聚居区进发。北地军士抓住了一个掉队商人，严刑拷问，商人供出商旅是赵国派出的秘密特使，他是特使护卫，使命如何还不知晓。"

秦孝公沉思有顷："商旅目下能走到何处？"

"大约已经进入陇西大山，追是来不及了。"

"景监，这赵国，为何要向戎狄部族派出特使？"

"君上，景监无从知晓，只是觉得赵国举动极不寻常。"

秦孝公看着东山上的一钩新月，悠悠道："景监，我觉得这里边有一个大阴谋。六国分秦的具体方略虽然还不清楚，但我这几天总在想，假如我是魏王、庞涓和赵侯，我当如何一举使秦国溃败？他等我等都知道，仅仅靠战场用兵，很难吞灭一个毕竟还没有丧尽战力的秦国。几百年兴亡证实，没有内乱，一个大国很难崩溃。如果他们也是如此想，那么吞灭秦国最狠的手段就是内外夹击。前日得报，魏楚赵三国按兵

① 肤施，古县名，战国时魏置。在今陕西榆林东南。

不动，我不解其中缘由，然则我内心总是觉得不对。仔细琢磨，六国似乎是在等待。等待何物？说不清楚。今日北地令的急报，倒使我茅塞顿开了。”

景监急问：“君上是说，赵国要在秦国策动内乱？”

“你以为不是？”秦孝公回过头来。

景监醒悟，惊出一身冷汗：“若果戎狄生乱，那可是洪水猛兽，如何得了？”

秦孝公冷笑：“戎狄部族三十多支，岂能全部生乱？目下急务，是要确定哪些部族有危险，方可有备无患。”

“君上，对戎狄事务，左庶长最熟。”

“对，立即回城商议。”秦孝公说着已经向坡下疾走。

回到栎阳政事堂，已经是月上柳梢头的初更时分。左庶长嬴虔急急来到国府时，秦孝公刚刚用过一鼎汤饼。黑伯添了灯油，盖好灯座上的大网罩，便轻步退出，静静地守在门外阴影里。

景监首先向左庶长嬴虔禀报了北地令的急报，秦孝公又讲了自己的推测判断。嬴虔听完，阴沉着脸没有说话。半晌，他起身走到书房的大图前，用手中短剑敲着秦国西部，又画了一个大圈道：“戎狄部族三十四支，聚居在泾渭上游六百余里的河谷山原。自先祖穆公平定西戎以来，戎狄部族除部分逃向阴山外，大部成为秦国臣民。自那时起，老秦人逐步迁到了渭水平川，将泾渭上游河谷全部让给了戎狄部族定居。两百多年来，西部戎狄一直没有滋生大的事端。厉公、躁公、简公、出子四代一百余年，荒疏了对西部戎狄的镇抚约束。献公二十年，又忙于和三晋大战，也无暇顾及西部戎狄事务，又将驻守陇西的三万精兵东调栎阳。如此一来，西戎各部族和国府就有所淡漠疏远。但赋税兵员年年依旧，并无缺少。秦国十万大军中，目下还有三万余名戎狄子弟。从根本上说，戎狄部族不至于全部大乱。但是，据我带兵驻守西戎时所知，戎狄部族有五六支原来在九原、云中一带游牧，和燕国赵国关系甚密。要说生乱，可能这几支危险最大。”

“这是哪几支？定居何地？”秦孝公目不转睛地盯着地图问。

嬴虔指点着地图道：“阴戎、北戎、大驼、西貘、义渠、红发几族，所居地区在洮水夏水流经的临洮、抱罕、狄道这一片。”

“大约有多少人口？多少兵力？”

“先君献公曾下令实行户籍相伍。那时初查，六部族人口在三十余万。兵力不好说，戎狄部族从来是上马做兵，下马耕牧。若以青壮年男子论，当有近十万不差。”

“哪个部族最大？最危险？”

“西貘最大，部族有十万之众，青壮当有三四万之多。其部族首领曾经自封为王，和燕赵来往也从未间断。”

秦孝公大是皱眉，沉思不语。栎阳城箭楼的刁斗之声清晰传来，听点数，已经是三更天了。

“二位以为当如何应对？”秦孝公终于抬头问话。

“六国在西部策反，委实狠毒。西戎若乱，我不打不行，打又力不从心。目下秦国的兵力分散在东部四国的边界，若集中西调，又恐六国乘虚而入。”嬴虔沉重踌躇。

景监也是忧心忡忡：“我，一时间也没有主张。”

“咚”的一声，秦孝公一拳砸在书案上，霍然起立道：“不怕！我们也来利用他们的空隙，走一步险棋。”他大步走到地图前，“你们看，六国在函谷关外等待。西部戎狄纵然叛乱，必然也有等待六国先动之心。戎狄毕竟较弱，很怕被秦军先行吃掉。况且急切间也难以一齐发动。这就有一段两边等待，谋求同时动手的空隙。我们目下就要钻这个空隙，且要迅雷不及掩耳！”

“咋个钻这个空隙？”嬴虔景监齐声急问。

“我意，大哥立即秘密调动东部兵力，向西开进到戎狄区域的大山里隐蔽。戎狄不动我不动，戎狄若动，我必先动，且必须一鼓平定。同时，景监立即携带重金到魏国秘密活动，至少拖延其进兵日程。只要打破任何一方，秦国就有了回旋余地。”他喘了一口气，“假若大哥西进期间，六国万一进兵，那就只有拼死一战，玉石俱焚了。”

嬴虔霍然起身拱手道：“给我三万轻骑，嬴虔踏平戎狄！”

“不，五万！不战则已，战必全胜。”

兵行险着，有反败为胜的机会。

景监沉吟道："君上，东部太空虚了。我们只有五万骑士。"

秦孝公慨然道："老秦人尽在东部，嬴渠梁也是百战之身。存亡血战，举国皆兵，何惧之有？"说完，回身到书架旁的一个铜箱中捧出一个小铜匣打开，双手郑重地递给嬴虔，"左庶长，这是上将兵符。"

嬴虔双手颤抖着接过青铜兵符，两眼含泪，哽咽出声了。作为统兵大将，他自然知道这上将兵符意味着什么。它是只有秦国国君才能使用的无限制调动全国兵力的最高兵符。三百年中，只有秦穆公曾经有一次将它交给了荡平西戎的统帅由余。而今，年轻的君主将上将兵符亲自交到他手，无疑是将秦国的生死存亡交给了他。而这位年轻的弟弟，留给自己的却是孤城一片和准备最后一战的悲壮。老秦国有这样的国君，嬴虔有这样的兄弟，岂能不感奋万端？

君臣三人心里都清楚，秦国虽然有十余万军马，但半数是步兵和老旧的战车。只有这五万骑兵是由清一色老秦人组成的精锐轻骑。在战国初期，笨重的车战已经渐渐隐退，快速灵动而又冲击力极强的骑兵渐渐成为最有战力的新兵种。这种骑兵就是当时闻名天下的"铁骑"。所谓铁骑，就是战马和骑士均用当时上好的精铁马具与盔甲兵器装备起来的集团骑兵。马蹄装有铁掌，使战马能够在任何粗糙的地面奔驰而不惧荆棘尖刺；马头装有铁片与皮革相连的面具，使步兵弓箭对战马的威慑大大减弱；马具也用重量轻硬度高韧性好的精熟铁，代替了又重又厚又软又脆的铜质马具；马上骑士的兵器也从长大的矛戈演变为轻型刀剑，这种刀剑普遍用精铁铸造，长短一般在三尺左右，锋锐轻捷，便于集团冲锋格杀。面对笨重缓慢的战车与步兵结合的古典方阵，这种铁骑发动的狂飙一样的集团冲锋，具有摧枯拉朽般的威力。战国初期，这种铁骑以魏国最为精良，韩国赵国次之，楚齐秦燕四国不相伯仲。秦国崛起于西陲，久有马上作战传统，本来就没有战车兵种。然而秦国成为大诸侯国之后，春秋时期力图模仿中原大国的军制，将原来大部分装备粗简的骑兵变成了战车兵。进入战国初期，铁骑涌现且战法发生了重大变化，秦国却因为精铁缺乏和人口减少而不可能拥有真正的精锐铁骑，而只是装备了少量铁马具铁兵器的轻骑兵。这五万轻骑所需要的精铁，大部分都是从韩国买来，辗转偷运进入秦国的。当初秦献公精选出五万老秦子弟兵组成的秦国"铁骑"，实际上成为秦国唯一一支可以随时开出与山东诸侯作战的防卫力量。如果全数开赴陇西，秦国东部只剩下千余辆老旧战车和两三万步卒，一旦强敌入侵，后果何堪设想？然则面临两面铁骑之各国强弱悬殊情况，基本属实。马蹄之铁掌等细节，虚实相间。写战争，必写装备，小说作者避不开。

夹击的绝境，不如此孤注一掷，西部叛乱东部大战，后果又何堪设想？

君臣三人默然相视间，天边隐隐电闪，轰隆隆一阵闷雷从屋顶掠过，细密的雨滴打在书房窗棂上唰唰作响，犹如万蚕食桑，又如清风过竹。

"万蚕食桑""清风过竹"之喻，简洁而富文学味。

景监一惊："老霖？不好！"他闪过的念头是，道路泥泞，数万骑兵何以行军？

嬴虔却是眼睛一亮，大步走到廊下。仰望夜空，但见云厚天低，栎阳城一片漆黑，万籁俱寂，唯闻天地间无边无际唰唰雨声。这种雨声，不急不缓不疏不密不间不断，其徐缓舒展有如上天撒开一幅细纱覆盖大地。这是恍若春雨却又比春雨更厚实的初夏之雨，正是关中年年难免的四月老霖雨。其时春耕方完，播种已了，上天的绵绵细雨来得正是妙极。它既不是能够冲开地皮暴露种子的暴雨，又能够徐徐滋润土地彻底消解春旱，堪称关中大地的时令好雨。渭水平川，撒种皆收，正是因了这种天下难觅的风调雨顺。每年四月初，秦国民众都要祈祷这一场霖雨及时降落。不想今年的老霖雨来得竟是比往年早了半个多月，确实是有点儿异乎寻常。嬴虔仰头望天良久，猛然间仰天大笑。

秦孝公泪水盈眶，大步走到院中向黑沉沉的夜空深深一躬："上苍有知，若秦不当灭，嬴渠梁当永不负天！"刹那之间，景监恍然大悟，激动得冲到庭院中双手向天挥舞："上天啊，好雨！秦国有救了！"

天助我也，天不亡秦。

君臣三人同声大笑，一任绵绵细雨将他们淋个透湿。

这场早到的老霖雨当真抵得上千军万马。它既迟缓了六国进兵的时日，又给了秦国五万骑兵一个秘密运动的绝佳机会。大雨连绵的日子，任何一国的骑兵和步卒都不会做长途跋涉，更别说笨重的战车。一个显而易见的道理在于，粮草辎重的跟进是根本无法解决的。所以，雨季不用兵几乎是整个古典战争时代的铁则。然而秦国面临生死存亡的两面夹击，这场连绵霖雨却成了最好的掩护。老秦人是从西周末年和春秋时代的戎狄海洋中杀出来的部族，其勇猛剽悍与顽强的苦磨硬斗是天下所有部族都为之逊色的。那时候，汪洋大海般的蛮夷部族从四面八方包围蚕食中原文明，若非齐桓公九合诸侯、尊王攘夷，中原文明将被野蛮暴力整个吞没。正是如此，孔子才感慨地说，假如没有管仲，中原人都将成为袒着胳膊的蛮夷之人！其时戎狄部族和东方蛮夷气势正旺，他们剽悍的骑兵使中原战车望而生畏。虽然是依靠一百多个诸侯国同心结盟最终战胜，却也使中原诸侯大大地伤了元气。但就在那血雨腥风的数百年间，秦部族却独处西陲浴血拼杀，非但在泾渭上游杀出了一大块根基，而且在戎狄骑兵攻陷镐京时奋勇勤王，以骑兵对骑兵，杀得东进戎狄狼狈西逃，从而成为以赫赫武功立于东周的大诸侯国。老秦人牺牲了万千生命，吃尽了中原人闻所未闻的苦头，也积淀了百折不挠傲视苦难的部族品格。秦孝公和他的臣子们都知道，雨天行军对于山东六国是不可思议的，但对于老秦人却是十分寻常。而且目标就在本土之内，根本不用携带粮草辎重，沿途城池便可就近取食。以秦军的耐力，旬日之间便可抵达陇西大山。如果战事顺利，秦军班师之后立可全力防范东部，由两面受敌变为一面防御。

雨季用兵、苦寒用兵，皆是兵家大忌。

中原文明，自古以来，皆受夷蛮狄戎威胁，但这原生文明生生不息，不断同化夷蛮狄戎，是以民族不断壮大。

《论语·宪问》："子贡曰：'管仲非仁者与？桓公杀公子纠，不能死，又相之。'子曰：'管仲相桓公，霸诸侯，一匡天下，民到于今受其赐。微管仲，吾其被发左衽矣。岂若匹夫匹妇之为谅也，自经于沟渎而莫之知也。'"

这就是一场老霖雨将要造成的战事格局。

左庶长嬴虔冒雨匆匆走了。他要立即调兵遣将，当夜便要派栎阳城的骑兵以千人队为单元陆续上路。斥候要出动，粮草使者要出动，兵器马具要检查，行军的秘密路线要确定，集结地点要预先警戒等等，事情是太多了。更重要的是，嬴虔第一次以左庶长之身担任全军统帅，身边尚没有久经锤炼的一班军务司马,事无巨细几乎都要他一个人独立决断了。

“君上,能否给左庶长派出一个副将?”景监轻声道。

秦孝公重重地叹息一声:“有当然是好,可人在何处?你倒是堪当此任,可又派谁做秘密特使?子岸也可,可这栎阳城守将又派谁?你不见政事堂一班大臣,青黄不接,文武不济,有几个堪当大任者?无法之法,只好勉力支撑了。好在五万骑士久经战阵,统军大将或可顺当一些。”

景监一阵沉默,拱手道:“君上,我也去准备了。若无意外,我当后日出发。景监告辞。”

秦孝公微微一笑:“景监啊,你这不能露面的密使可是个用心思的活计,我倒想派个帮手给你,如何?”

“景监谢过君上,但不知何人为副使?”景监很是兴奋。

“别忙,不是副使,是个帮手。人嘛,我还得想想。”年轻的君主露出罕见的神秘笑容。

景监不由自主地一笑,却也不好再问,便告辞而去。

五 国耻刻石血泪斑斑

天地苍茫,细雨霏霏,清晨的栎阳城秋天般地冰凉。

栎阳城内有一条狭窄的无名小街。这里住着一个有名的老秦人,他便是做了四十年石工的白驼。老人清早起来,抬头望望黑沉沉厚腾腾的乌云,低头看看小院中还没有泛出光亮的夯土地,虔诚地跪在石板屋的浅檐下向天祷告:“上天有好生之德,好好地下吧,一个春上都没有雨了。甚时这院子泛亮了,上天再晴不迟。”这时,老人听见了“啪,啪,啪”的拍门声,不轻不重,很有节奏。老人小心翼翼地向

栎阳工师,闻名于世。

门口走来，极力不让自己滑倒。老秦人的民谚，男跌晴，女跌阴。男人雨中跌倒了，天就要放晴，如何得了？待老人小心翼翼地一步步走到门口，拉开石门，却惊讶地站在那里怔怔地说不出话来。

一辆牛车拉着一方用黑布包裹的大石，牵牛赶车的是一位和他一样白发苍苍的老者。车后站着的是一位粗黑布衣的后生。赶车老者拱手作礼道："敢问足下，可是白驼老人？"

栎阳城有牛车的绝非寻常人家。老人连忙拱手："石工白驼，见过大人。"

"我想请足下刻一大石，一百老刀币，不知可否？"

刻石①？老石工感到惊讶。连年征战，死者无算，暴尸荒野寻常事，何曾有人给死者立过刻石？他已经二十年没有给人刻过石了。今日此人要刻石，莫非国府里有大人物崩逝了？况且工钱高出寻常三倍之多，寻常平民谁有如此气魄？又觉不对，公室石刻，历来是栎阳令派遣里长传令他进宫服徭役的，何曾有上门做请的？老石工惶惑中不及多想，深深一躬道："粗使活计，何敢当一请字？请大人站过，我唤街邻前来搬石。"

"不劳不劳，我自搬进来便是。"老者从容拱手，一转身从平板牛车上将大石横着翻起，微微蹲身背靠大石，轻轻地"嗨"了一声，已经将大石背起。白驼老人慌得连忙让路，惊讶面前老者竟有如此大力，一不小心，脚下打滑，已经跌倒在院中。白驼老人慌得忙不迭跪在泥地里向天叩头，高声祷告："上天哪上天，小民不意滑跌，你可不能不下雨啊！"牛车后一直没说话的黑衣后生快步走过来扶起老人："老人家，男跌晴，女跌阴，老人家跌得下连阴。你怕老天不下雨么？"白驼老人禁不住嘿嘿嘿笑个不住："后生啊，我看你是个贵相。你这个咒解得好，解得好啊！老人跌得下连阴？亏你想得出！老秦国不能没有雨啊。"黑衣后生笑道："民心就是天心，上天还能另一套？老人家，进屋，院子里淋雨。"这时，背大石的老者已经稳步走到了中间没有门的石刻坊，小院中留下了足足有半尺深的一串脚印！老者似乎对这里很熟悉，一蹲身便将大石板搁在了最适合凿刻的木座上。等黑衣后生将白驼老人扶进来，黑衣老者已经气定神闲地站在那里了。老石工上下打量，惊讶得合不拢嘴，深深一躬："老哥哥，真道天人神力。"

---

① 刻石，碑在先秦时代的称谓，汉以后称碑。作为识别日影与拴牲畜的竖石，先秦时也有"碑"之名号。郑玄注《仪礼》云："宫必有碑，所以识日景（影），引阴阳也。"但作为刻字的石碑，先秦时叫作"刻石"，而不叫作"碑"。

黑衣老者笑道:“白大哥,不敢当。看看这块石板了。”

老石工走到石架前一瞄,已经从黑布没有包严实的角落看出这块石板并非新采的山石,而是一块很难打凿的老青石板,不禁拱手问道:“老哥哥几时来取?”

“请白大哥目下就做,我等在此守候,刻完搬走。”

“老朽多年未动斧凿刻刀……”白驼老人有些忐忑,实在怕对不住面前这两位贵人。

“老人家,国人说你是鬼斧神工,不会有差池的。”

看着这年轻人的信任目光,白驼老人顿时精神抖擞:“行,请两位稍坐片刻,我看看字文。”说完熟练地抖开布结,一眼看去,顿时脸色大变。老石工虽远不能称为读书人,但石工长久与刻文打交道,字还是识得些许的。青石板上这斗大的两个字分明是“国耻”二字!一时间老石工心惊肉跳——谁敢刻这样的石文?将“国耻”刻在石上流传?刹那之间,老石工似乎明白了什么,回头打量一老一少,却见黑衣后生向他深深一躬,默默注视着他。

白驼老人也是默默转身,褪下沾上泥水的衫裤,换上石工劳作时穿的破旧羊皮裤,拿过铁锤凿子和斧子走到青石板前。蹲身跨在石板上时,老人双手颤抖,将铁凿凑近大字,却迟迟不敢下锤。那个黑衣后生站在他身旁温和地问:“老人家,老秦人都是这样想的,对么?”

白驼老人饱含热泪,默默点头。

“那就下锤,老人家。”

“当!”这一开锤声震屋宇,余音久久回荡。老石工大滴大滴的泪水随着铁锤之声在石板上飞溅,赤裸的脊梁渗出了汗珠,一双胳膊青筋暴起,满头白发瑟瑟抖动。老人觉得这不是刻字,而是一锤一锤地将自己的儿子、妻子、女儿和族中战死者的灵魂镶嵌在这永远不会衰朽的石刻上。锤凿打到石旁一行小字时,老人已经不认识了,只是本能地感到这是老秦人世世代代的血泪和仇恨,是灭绝刀兵血火的上天咒语。一锤一锤,老人虽是泪眼蒙眬,却当真是鬼斧神工,分毫不差地将石刻文字打了出来,青石白字,力道奇佳。

丢掉锤凿,白驼老人猛然扑在石刻上,老泪纵横,泣不成声。

黑衣老者默默地蹲身扶起老石工。黑衣后生却转过身去,仰望着无边雨幕。

“白大哥,这是一百魏国老刀币,请收好。”黑衣老者从怀中拿出一只皮袋递给老石工。那时候，天下称魏国老刀币为“老魏钱”，那是魏文侯时期铸造的刀型铁钱。因为笨重携带不便，魏国已经不再铸造了。但这样一来，反而使这种刀币成了兼具古董意义的名钱，走遍天下皆视为珍品。白驼老石工是居住在栎阳城里的“国人”，也在官府管辖的“百工”之列，比起穷乡僻壤的耕夫虽然好一些，但也是穷得叮当作响。这一百老刀币对于一个栎阳老工匠来说，无疑是一笔大钱。何况老石工白驼一辈子也没有见过这种名贵的老刀币。

谁想老石工却瞪起眼睛，声音嘶哑道：“老哥哥哪里话？这两个大字能由老白驼锤凿出来，死也安宁了。给钱，却将老白驼看得贱了。老哥哥，可知一句老话？”

“赳赳老秦，共赴国难。”黑衣老者正容回答。

“赳赳老秦，共赴国难。”铿锵入心，沉郁悲凉，可谓小说之底色也。

“着！钱为何物？要它做甚？”

说话时分，黑衣后生走出门去，从牛车上拿回一个布袋，向老人肃然躬身道：“老人家高义大德，无以为敬，请收下这两条干肉，略表后生敬老之心。”

君子爱财，取之有道。

老石工泪眼婆娑：“后生啊，你是大贵之人，托福了。我老白驼就收下这两条干肉了。”老人猛然跪倒，向黑衣后生叩头不止。

“老人家……”骤然间黑衣后生语音哽咽，跪在地上扶起老人，“秦国百工，尚且难以食肉，这也是国耻啊。”

老人流着眼泪哈哈大笑道：“有贵人石上两个字，老秦人吃肉的日子不远了！”

“老人家，说得好。老秦人终究有得肉吃。”

当哐啷咣当的牛车驶出狭窄的石板小街时，淅沥雨丝依然连绵不断。牛车拐了几个弯儿，便从一道偏门驶进了国府大院，直接进了政事堂前的小庭院。

秦孝公脱去淋得透湿的夹层布衫，换上了一件干爽的布袍，又喝了一鼎热腾腾的羊肉汤，便来到政事堂东厅。略显幽暗的空旷大厅中，黑伯已经将高大的石刻安放在事先做好的基座上。秦孝公端详沉思一阵，低声吩咐："黑伯，一个时辰内，不许任何人进入政事堂。"

黑伯答应一声，出去守在了庭院唯一的石门前，却总是心神不宁。想了想，他招手唤过一个带班护卫的武士低声叮嘱几句，便匆匆向最后一进走去了。

距日落还有一个时辰，国府大院第六进大厅已经是暗幽幽的了。但是，厅中闪动的红色身影与剑气光芒，却给沉沉大厅平添了一片亮色。练剑者纤细高挑的身影，飘飘飞动的长发，连同一身火焰般的红色劲装，都在显示着这是一个洋溢着青春气息的少女。

这是一间摆满各种兵器的大厅，往后两进就是秦国的后宫，往前五进则是国君的政务诸室。这间摆满兵器的大厅隔在国君与后宫的中间，叫短兵厅。厅中兵器架上是各种各样的短兵器。非但有中原各国流行的骑士厚背短刀和阔身短剑，还有已经灭亡的吴国的弯剑——吴钩，其他诸如韩国的战斧、戎狄的战刀、东瀛的打刀、越国的细剑、魏国的铁盾、赵国的牛皮盾等等，几乎包容了当时天下的种种常用短兵器。练剑少女在厅中不断选择各种短兵器演练，无论快慢，却都是一点儿也不花哨的基本格杀动作。当她从剑架上拿下一柄吴钩弯剑演练时，挥剑斜劈，却怎么也没有凌厉的剑风啸声。她不禁皱皱眉头连劈数次，还是不行。停下来想了想，她掏出汗巾擦擦，提着吴钩向前院匆匆而来，步履轻盈，步态柔美，风一样掠过了一道道门槛。

政事堂的院子里静悄悄的，只有唰唰唰的雨声。少女轻手轻脚地走进庭院，走到书房门口，轻轻叫了一声"黑伯"。见没有人答应，她顽皮地一笑，伸长脖子向书房里张望，也没有人。她拍拍自己的头，忽然一笑，便从长廊下向政事堂大厅轻盈走来。走到门口，她又伸长脖子顽皮地笑着向里张望。忽然间，她屏住了气息，美丽的脸上充满了惊愕和恐惧，急急捂住已经张开的嘴巴，轻轻退出几步，转身向后院飞跑而去。

片刻之间，红衣少女扶着白发太后来到政事堂门外。黑伯疾步在前打开政事堂虚掩的厅门。白发苍苍的老太后没有说话，只向黑伯摇摇手，径自走进政事堂。

黑沉沉的政事堂里，嬴渠梁躺在地上，身上沾满了片片点点的鲜血。身前五步之外，立着一座高高的石刻，石上的血迹在沉沉大厅中发着幽幽红光。

"二哥！"一声哭喊，少女扑到嬴渠梁身上。

刻石铭志，自残铭志，其志不下于卧薪尝胆。

太后站在刻石前一动不动。大石中央是触目惊心的两个大字——国耻！大字槽沟里的鲜血还没有凝固，细细的血线还在蜿蜒下流。大石右上方是一行拳头大的字——国人永志六国分秦是为国耻天下卑秦丑莫大焉。左下方是"嬴渠梁元年"五个字。石上血迹斑斑，血线丝丝，令人不忍卒睹。

一回头，太后见儿子还在妹妹怀中昏迷未醒，两根断指还在淌血。刹那之间，太后脚步踉跄，几乎要昏倒。她咬紧牙关，扶住大柱终于站稳，嘶声吩咐："黑伯，背渠梁到后宫，快！"

黑伯一个箭步冲来，两手平伸插进国君身下，平端起国君飞步向后院的太后寝室而来。

嬴渠梁悠悠醒来时，天已经大黑了。无边雨幕潇潇落下，风铃铁马叮叮有声。烛光下，他面容苍白得没有一点血色，眼睛却亮得没有半点儿衰颓气息。他闻到了一股浓浓的药味儿，也看到了瓦罐前木炭火映出的少女泪脸。

"荧玉？"他惊讶地轻声呼唤。

"二哥！醒来了？"少女惊喜异常地跑过来，坐到榻前边擦眼泪边笑，"疼不疼？饿不饿？吃不吃？手别动。"

嬴渠梁哈哈笑道："不疼。不饿。不吃。"

"对！你就睡觉。娘说了，今晚不准你走出这里半步，若有违抗，拿我是问。"

"噢？娘呢？"

"娘，娘出去了。不教给你说。"

"出去？何处去了？阴雨天，如此的黑。"年青的国君一下子坐起来，推开妹妹就要出门。

"哪里去？我回来了。"太后板着脸走到门口，显然是刚刚拿掉雨布，鬓边还有水珠，衣裳还有水渍。

"娘,你到外边去了?"秦孝公急问。

"你先给我坐回去。"荧玉一见母后,立即来了威风,将二哥推到榻上。

太后笑笑:"没事。我出去转了转。渠梁啊,坐,和娘说说话。做了国君,见你一面都难了。"老人幽幽一叹,脸上却挂着慈祥的微笑,仿佛什么事也没有发生过。

"娘,渠梁不孝。"秦孝公眼中含泪。

"哪里话来?"太后坐到绣墩上,"渠梁啊,娘知道你心气高远,有担待。可娘还是要说,你太过激切,又自责过甚。忧国忧民是好君主,若过甚伤身,得失可是难料也。"

秦孝公沉重地叹息一声,默默点头,又默默摇头。

这时,黑伯用铜盘托着一只热气腾腾的铜鼎进来,默默放下,轻步退出。

"荧玉,给二哥盛鹿龟肉,鼎中肉汤也全教他喝完。"

"是!"荧玉高兴地拿起小陶碗和长木勺从鼎中盛肉舀汤。

秦孝公惊讶道:"娘,何来鹿龟肉? 龟肉可吃么?"

太后微笑道:"娘和黑伯去猎到的。这龟龙麟凤,乃四大灵物,寻常时自然是不能食它的。然圣贤绝境,万物可食。我儿渠梁既受天命为一国君主,忧国伤身,上天自会体恤的。"老人又是轻轻地叹息了一声,"半月之内,你要把这只野鹿和十只山龟给吃下去,一分一毫都不许留。荧玉,你替娘看着。"

"是! 遵母后命。"荧玉高兴地端着陶碗走到榻前,"二哥,即刻就餐。"

黑伯走进来拱手道:"君上,太后入山前设坛祭天,进山后第一道山口就撞上了这只鹿。射杀野鹿,山石后就爬出了这十只小山龟。此乃天意,君上安心进食无妨。"

神秘的天意,几等同于天命。神秘之物,为权威增添合法性。

秦孝公不再说话,默默地吃肉喝汤,脸上渐渐渗出汗珠。太后和荧玉一直守候在房中,又逼着嬴渠梁喝下了太医配的草药汁。

“娘,”秦孝公精神振作,微微一笑,“我想给小妹派个事做,你看如何?”

“好也! 我也能派上用场了。”荧玉先自高兴起来。

“娘不赞同不行的。”秦孝公正色道。

太后笑道:“说来听听,何事?”

秦孝公诡秘地一笑:“娘且附耳来。”摇手让荧玉回避。荧玉大急叫道:“莫非想卖我不成?”孝公与太后大笑。太后走到榻前,孝公一阵低语,太后沉吟良久:“赳赳老秦,共赴国难。公室子弟岂能例外,去吧,她也长大了。”

荧玉高兴地摇着太后胳膊:“娘答应了? 好也!”

“不知何事,高兴个甚来由?”太后板着脸。

荧玉笑道:“无论何事都是好事,反正荧玉有用了。”

“将你卖到魏国去。高兴?”孝公正色道。

“啊!”荧玉尖叫一声,“真的?”

太后孝公一阵大笑,荧玉也清脆地笑起来,向秦孝公狠狠地扮个鬼脸。

五更起来,秦孝公精神大好,在短兵厅练了一回剑术。他心思细密,昨日书写血石时斩断的是左手两指。右手对他太重要了,至少提笔执剑是决然要用的。所以虽然左手吊着布带,依然没有影响他的晨练。练完剑天色已经是蒙蒙发亮,老霖雨暂时停了,天上黑云却是向西疾飞而去。秦地谚云,云向西,水滴滴。看来上天的老霖雨还得下。秦孝公来到书房时,恰逢左庶长嬴虔遣使急报:先头两万骑兵已经逼近陇西,后续两万骑兵三日内也可抵达,戎狄方向还没有动静。嬴虔申明,四万骑兵足以镇剿叛乱,决定不再向西调兵。

祭祀、誓盟,诸如此类的庄严时刻,见血有“牺牲”奉献之意。《关尹子》称,“爱为精,为彼生父本,观为神,为彼生母本。爱观虽异,皆同识生,彼生生本在彼生者。一为父,故受气于父,气为水。二为母,故受血于母,血为火。有父有母,彼生生矣”。“国耻”二字,须溅上鲜血,才能增加誓言的分量。

秦孝公思忖有顷，对军使写了回书，赞同嬴虔部署并在最后重重写了八个大字：万勿懈怠，务须全胜。封好密札，军使疾速而去。秦孝公看看天色，已是大亮，便唤黑伯牵马，带了两名护卫出栎阳城东门去了。

出城十里，道边一片杨柳新绿，细雨方停，微风摇曳，直是青翠欲滴。新绿中掩着一座用石柱石板搭成的石亭，虽是粗拙古朴，倒也宽敞干净。亭中石案上摆着两只大陶碗，碗中盛满清亮的米酒。亭外引道上停着一辆锃亮的青铜轺车，虽只有两马驾拉，但雄骏的马姿一看便绝非凡品。轺车旁肃立着十名红衣壮汉，身旁各有一匹纯色良马。还有四辆被牛皮苫得严严实实的篷车停在道边。杨柳新绿下，站着一个华贵锦绣的人物，红色的绣金披风和头上的六寸白玉冠，使他的背影也显得丰姿英华。寻常人看来，这一行人马只能是山东的巨商大贾，贫弱的秦国如何有得如此的富商车队？

华贵的主人身在杨柳之下，眼睛却不断地向栎阳东门瞭望。终于，他的嘴角露出了一丝微笑。渐渐地，栎阳东门的三骑快马从较为干硬的草地上飞驰而来。到了十里亭，三骑士走马进入杨柳林中翻身下马，为首者大笑：“好！这摇身一变，还真是一派大富大贵，成事吉兆。”

丰姿华贵的青年深深一躬：“君上，道边不便久留，若无叮嘱，景监便告辞起行。”

“自当如此。来，你我共干一碗老秦酒，为你壮行。”说着拉起景监的手进入石亭，“还记得我说过给你派个帮手的事么？”

“记得，君上却是一直未派，臣也疏忽了。”

“今日我将此人交给你。黑林，过来见过特使。”

“遵命！”只听一声脆亮的回答，秦孝公身后的一名武士走来向景监拱手一礼，“千夫长黑林，见过特使大人。”

景监一瞄，此人年青俊秀，声音脆亮，心中便闪过一个念

女扮男装的巾帼英雄，百姓最是乐意接受。

头:如此女气,竟能做千夫长？却又立即想到既是国君推荐,想必不是平庸之辈,便笑道:“好,你就给我做总管。”年轻的黑林又挺胸高声道:“遵命!”大步站到了景监身后,俨然一个贴身总管。

秦孝公叮嘱:“黑林是黑伯的长孙,缺乏历练,黑伯托你要严厉督导。”

“景监明白。”

秦孝公端起陶碗,肃然站起道:“为君壮行,干!”

景监双手举碗:“臣万死不辱使命。干!”陶碗相碰,两人一齐举碗,咕咚咚一饮而尽。

“臣告辞。”景监深深一躬。

“走吧,我看你们上路。”秦孝公肃然拱手,“与虎谋皮,善自珍重。”

“君上保重,后会有期。”景监踏上轺车,最后一拱,辚辚而去。年青俊秀的黑林回头向秦孝公望了一眼,也上马飞驰而去。

青翠欲滴的杨柳林中,秦孝公遥望着渐行渐远的红色车马消失在霏霏雨雾中,打马一鞭,回身驰出柳林,向栎阳城急急去了。

六　逢泽猎场中阴谋与财富较量

逢泽猎场艳阳高照,和风带暖,正是围猎的大好时光。

逢泽岸边是连绵起伏的山,尤其是北面的芒山砀山,遥遥相望恍若一体,时人统称芒砀山。这片山泽密林苍苍苇草茫茫,其中又不乏起伏舒缓的大片草地,是各种野兽生存的上好水草之地,也是便于驰突狩猎的佳场胜地。芒砀山之所

借围猎,说逐鹿之事。

以成为中原围猎的胜地，还在于它有两种极为珍贵且奔跑如飞的灵物，一是麋，二是麋鹿。麋，后人称为獐，似鹿却没有角，非但善于奔跑跳跃，而且可以逢水游泳，正是对狩猎高手极具刺激的对手。麋鹿，当时人称四不像，其角似鹿非鹿，其头似马非马，其身似驴非驴，其蹄似牛非牛。这四不像温顺通灵，若能捕到驯养，那真是善解人意的罕见珍品。然而更吸引狩猎者的是，四不像的肉是天下难觅的补阳神物。会盟大典上魏惠王所说的“逢泽鹿肉”正是此物。

有天下闻名的猎场，六国会盟这样的盛典，岂能没有一场大型围猎？

魏惠王是个非常精于享乐之道的君主，更是大型围猎的个中高手。祖父魏文侯和父亲魏武侯已经创下了强盛基业，他的青少年时期都是在华丽的宫廷中度过的，既没有带兵打仗，也没有出使奔波。虽不能说沉溺于声色犬马，却也是实实在在地浸透了富贵奢华。三十年前，父亲魏武侯病逝时，要不是弟弟公子缓密谋篡夺他的继位权力，他也决不会打起精神与公子缓势力周旋最后将其全部铲除。即位以来，他一直以这次夺位大战为骄傲，认为自己是天生奇才，自当统一天下。即位第二年他即宣布称王，向天下显示了他的勃勃雄心。列国嘲笑他“继位八年，一事无成”，他哈哈大笑。在他看来，真正的王者是大气挥洒，关键处一战定乾坤，何在乎整天计较些许胜负？像六国分秦这样的大谋划，如果不是他这个魏王，谁能聚盟六大国？大计一旦确定，实施交给丞相和将军们就行了，王者气度在于挥洒富贵使天下仰望如万仞高峰，始能震慑天下。正因如此，魏惠王对会盟围猎异常重视，昨夜在王帐中与公子卬谋划到四更天方睡。其间上将军庞涓紧急晋见，报告赵国策动秦国叛乱迟滞和秦国阴雨连绵的事，意欲请魏惠王敦促六国从速集结兵马等候机会。魏惠王大手一挥：“上将军，明日再议可也，围猎大事须得谋定。”庞涓闷闷不乐。他要庞涓坐下出谋划策，庞涓却说：“臣不通狩猎。臣告辞。”他知道庞涓出身寒门，确实不懂大型狩猎，也没有挽留。之后魏惠王又和公子卬琢磨了围猎的每个细节，才打着哈欠去了后帐，扑到已经酣睡的狐姬身上。

早晨醒来，晴空艳阳，魏惠王的心情特别舒畅。

围猎总帅公子卬一声令下，魏国的三千铁骑和临时增调的七千步卒共一万之众，分作三面浩浩荡荡地向芒砀山猎场进发。漫山遍野，鼓号震天，旗幡飘扬，场面蔚为壮观。魏惠王戎装甲胄，身背硬弓长箭，踏上大梁工匠特为六国围猎打造的王车，隆隆出动了。明亮的阳光与王车镶嵌的极品珠宝交相辉映，使车中的魏惠王天神般灿烂威武。环视原野的壮阔气势，他觉得自己比周穆王神游西天还要有气魄。在他的王车后面，是狐姬的一辆小巧精致的青铜轺车。狐姬内穿紧身红裙，外罩一领价值连城的红底金丝披风，在金灿灿的铜车盖下尽显妩媚的风采。这是魏惠王的精心杰作。他没有让狐姬乘坐篷车，而是让她乘一辆特制的轺车。这种轺车是天下通行的车辆，轻巧坚固，有一顶车盖立在车厢中央。若是官车，则车盖的高低以车主人品级的高低而定，最高六尺，最低三尺。狐姬的车盖自然是六尺极品，站在车中亭亭玉立，裙带招展，比坐在四面遮挡的篷车中倍显风姿。再后并行的是上将军庞涓的战车和围猎总帅公子卬的华丽轺车。只有庞涓固执，自己亲自驾驭一辆战车，腰系短剑，背负弓箭，脱下了会盟大典时那身华丽的装束，换上了一领黑色披风和战场甲胄。正是这一点魏惠王奈何不得庞涓，也正是在这一点上魏惠王隐隐约约地有点儿不喜欢庞涓，觉得他有时莫名其妙地让自己扫兴。按照本心本性，魏惠王不大喜欢这种一天到晚国事不离口的死板僵硬人物。身边一个丞相公叔痤，一个上将军庞涓，恰恰都是这种人，令魏惠王经常感到很不自在。若非公叔痤和庞涓目下是魏国柱石，魏惠王可能根本不想见他们。

忠言逆耳，是以弄臣总得势。各朝皆有且皆需要弄臣与忠臣，平衡好弄臣与忠臣之间的关系，不容易。

辚辚隆隆的车声和马蹄声、鼓号声、脚步声、四野驱赶野兽的呼喝声混杂弥漫，等闲之人耳音闭塞，讲话也不由自主地高声大气。车上的魏惠王却是耳聪目明，不断向四野瞭望。猛然，他眼睛一亮，长剑向高坡后一指，高声命令：“四不像！快！”驭手一抖马缰，四马展蹄，王车便隆隆冲上高坡。坡下绿色的苇草中正有被军士驱赶出来的几头四不像奔跑跳跃。王车向坡下冲锋间，魏惠王已经取下硬弓搭上长箭，看看飞驰的王车渐渐接近四不像百步之遥，魏惠王一箭射出，领头的那只四不像悲鸣一声，倒在苇草中挣扎。

“魏王万岁!”四面山头上围观的军士一齐欢呼。

欢呼声中,王车已经冲到,魏惠王左手抓着车轼,俯身一个鱼鹰掠水般的动作,将那头带箭的四不像捞上王车。

“万岁! 万岁! 魏王万岁!”漫山遍野又是一阵欢呼跳跃。

魏惠王对着刚刚赶到的狐姬大笑:“这只四不像赏给狐儿!”

“狐儿谢过我王。”狐姬艳丽柔媚地笑了。

公子卬在轺车上拱手赞叹:“我王不愧猎场高手,臣弟钦佩之至!”

突出魏惠王的骄纵。骄纵者,难守江山。

魏惠王大笑:“逢泽逐鹿,鹿死我手,吉兆也!”

庞涓瞭望着北面的广阔山原,指着隐隐约约的红蓝色旗帜:“魏王,山后赵侯正向这边围过来了。”

魏惠王豪气大发:“好啊! 翻过山去,会会赵种。”

围猎总帅公子卬高声命令道:“猎场北移,会合赵国!”

大队人马轰轰隆隆向北面的山头围来。翻过山头,只见苇草茫茫的山坡上奔驰着赵国的三千骑兵,他们是驰马围猎,赵成侯也是弃车换马。若不是那一件翻飞舒卷的红蓝斗篷和那面随他飘移的“赵”字大旗,偌大猎场还真是难以找到他的准确位置。魏惠王向庞涓一挥手:“走,追上赵种!”说完轻轻跺脚,王车向长长的山坡俯冲而下。庞涓一抖马缰,两马战车隆隆跟进。

手搭凉棚一望,魏惠王眼见赵成侯在飞马追赶一头奔走如飞的獐子,便高声命令:“斜插过去,截住那只獐子!”但是,魏惠王的王车尚在赵成侯的战马之后大约三箭之地,要斜插跃前,首先就要追上赵成侯。驭手一声长啸,四匹火红色的西域良马一齐嘶鸣飞奔,直逼赵成侯的白色战马。

赵成侯久经沙场,视野宽阔,早看见魏惠王驾车来追这头獐子。假若这头獐子果真被魏惠王截取猎获,赵国颜面何存?他自然知道魏惠王的王车宝马皆是天下极品,寻常战马根本无法与之争先。但他这匹白马却大非寻常,原是阴山草原的野马驯化而来,非但有一日千里的长腿耐力,短程冲击的爆发力更是霹雳闪电。他冷冷一笑,打一个长长的呼哨,雄骏异常的白马长嘶一声,凌空展蹄,贴着茫茫苇草几乎是飞了起来!虽然如此,魏惠王的王车也已经从三箭之外赶了上来,驷马嘶鸣,车轮隆隆,气势非凡。堪堪接近,王车企图斜插超前。岂知白马灵动异常,赵成侯外侧的脚轻轻一贴,白马箭一般蹿出半头截住了斜插之路。狩猎竞赛,魏惠王的王车自然不能去硬撞赵成侯战马。王车驭手一声尖啸,驷马鼓勇飞起,要靠更快的速度迂回超前。一旦超出,魏惠王便可一箭射中三丈之外的獐子。千钧一发之时,前面突然现出一条小溪,王车驷马不避溪流,隆隆冲入水中。此时白马却是一声长嘶,腾空而起,飞过小溪。在白马下落的瞬息之间,赵成侯也从马上凌空飞跃,一只大鸟般疾扑獐子,活活将飞纵的獐子一把抓住。赵成侯双手提起獐子哈哈大笑:“魏王,承让了!”

魏惠王也哈哈大笑:“赵侯该当此鹿,可喜可贺。”

这时,庞涓的战车也已经赶上,向赵侯拱手笑道:“恭贺赵侯马到成功。”

赵成侯提起獐子笑道:“上将军,送你做个坐垫。”正欲掷出,低头一看哈哈大笑,“惭愧惭愧,竟教我给整死了。”说完双手向前突然一抛,獐子便向庞涓凌空飞来。庞涓双手接住,端详笑道:“没有伤痕。它与良马竞跑,活活累死了。”

魏惠王与赵成侯同声大笑一阵。笑罢赵成侯拱手道:“魏王,我的密使已经派出,不日将到陇西。魏国大军也该出动了。盟主不动,他国不敢争先也。”

庞涓笑道:“赵侯不以为太迟缓了么?”

“不缓。”赵成侯笑道,“关中正逢阴雨,恰好给了我策反需要的一段时日。六国兵马应该乘此时机即刻着手集结,开进各自位置。魏国韩国在函谷关内,楚国在武关内,赵国在离石要塞,燕国当在云中以西。假若集结迟缓,西部一旦起事,就会孤立无援,东部也会失去机会。”

魏惠王很不愿意在艳阳高照的猎场说这种事,觉得简直是浪费大好时光,但又不便直说,皱着眉头问庞涓:“上将军之意如何?”

庞涓拱手笑道:“臣以为赵侯就不必思虑大军集结的事了,庞涓会教你满意。赵国只要把西部的事办妥足矣。”

“好，有上将军一诺，赵种安得不放心？”又转头笑道：“魏王啊，这齐国不出兵还要分一杯羹，公平么？赵种以为，齐国至少当出粮草兵器和一些军饷。”

魏惠王沉吟点头：“有理。好，找齐王说去。”说着一指东边山后的紫色旗帜，“在那里，走！”一跺脚，王车从草地上平稳滑出。赵成侯飞身上马，庞涓催动战车，一齐向东边山头而去。翻过山坡，但见起伏不平的茫茫苇草中，舒卷的紫色大旗四面飘扬，显然在从四面围赶鹿群。两支队伍轻骑驰突，倒更像是战场操练。年青的齐威王亲自驾着一辆战车追杀猎物。看阵势，他显然已经发现了魏惠王赵成侯，驾着战车迎了过来，齐国将士也从四面聚拢而来。

齐威王遥遥拱手：“魏王，赵侯，田因齐有礼了。”

魏惠王和赵成侯同时拱手：“齐王猎物丰厚，可喜可贺。”

齐威王笑道：“魏王赵侯，可愿下车稍歇，品尝一番齐酒？”

“正合我意，齐王可人也！赵侯，来。”魏惠王大笑着跳下王车。

赵成侯抚须大笑：“赵种酒命，岂有躲酒之理？”当即翻身下马。

齐国军士已经在草地上铺下了一张巨大的白色羊皮毡，又从一辆车上抬下三个木酒桶。毡旁草地上也支起了铁架，齐国军士利落地宰杀了一只四不像，吊在铁架上烤了起来。齐威王又郑重地请庞涓、公子卬和狐姬入座，六人开始了热烈的饮酒谈笑。

魏惠王转动着手中粗朴的盛酒陶碗笑道：“齐为大国，简朴若此？”

齐威王大笑：“魏王谬奖了，田因齐何敢当简朴二字？魏王想说我寒酸也。”

众人一齐大笑。赵成侯道：“哪里话来？总比我赵种还强一些。”说着摘下腰间的皮酒袋一晃，“老兵一个也。”

众人笑声中，魏惠王咳嗽一声道：“齐王啊，六国分秦，齐国有一份。你不出兵，能否出点儿财货粮草？”

齐威王沉吟道：“但不知盟主想让齐国承担几多？”

“军粮十万斛，马草五万担，盔甲兵器五万套，另加万金。”

齐威王思忖有顷：“魏王，粮草兵器我出。万金之数，齐国无力承担。”

魏惠王大为惊讶：“万金也无法承担？齐国财富何处去了？”

齐威王看魏惠王惊讶的样子，不禁大笑道：“国有财货，安得无处可用？奖励垦荒、更新兵器、开办学宫、赏赐将士，何处不用金钱？田因齐粮草兵器有一些，金钱，可是拮据得很。”

魏惠王睁大眼睛，一副匪夷所思的样子大摇其头：“齐王何须搪塞？一个几百年大国，任何一件国宝便价值连城，如何能拮据若此？”

“国宝？不知魏王所指何物？”

魏惠王哈哈大笑：“对也！齐王国宝还是很多，本王何知你物哉！”

齐威王摇头微笑：“惭愧得很，田因齐不知魏王所指国宝为何物？”

魏惠王霍然站起高声道：“天下财货，聚于王室。天下富贵，莫过国王。王富而国富，王有宝而天下安。这王室藏宝就是国宝，国宝就是国力。目下魏齐并称王国，田齐又是继姜齐之后的老牌大国。你田氏在一百年前就是姜齐的公卿首富了。国老多财，齐国岂能没有国宝？”

“国宝就是国力？魏王之意，谁的国宝多，谁的国力便强？”

魏惠王颇为矜持地笑道：“多宝强国，自古皆然。”

齐威王摇摇头：“齐国没有这种国宝。”

魏惠王慨然一叹：“不管齐王所言真假，本王都让你看看我的国宝。你来看，”他用手一指那辆光华四射的王车，“我大魏国虽然立国刚刚百年，却有镇国之宝，十颗夜明大珠！你知道这种大宝珠么？每颗直径一寸，其光芒在夜晚可照亮十二辆战车。若一百二十辆华车相连，简直一条彩龙！你看，眼前我这辆王车镶有两颗宝珠，足使这辆车价值连城，超过楚国和氏璧！”话音落点，外围的魏国军士一片欢呼。

魏惠王轻蔑笑道：“齐国曾富甲天下，难道可怜得没有一件国宝？”

齐威王依旧微笑：“盟主，我的国宝不一样。”

魏惠王一怔：“噢？还是有嘛，请道其详。”

齐威王爽朗笑道：“田因齐以为，国宝者，国家栋梁之材也。田因齐不才，数年来寻觅这种国宝，筑起稷下学宫召集天下名士，也才堪堪觅得几位可称镇国之宝的人才。目下的齐国，南有大将檀子镇守，南部十二小国对齐称臣，楚国亦不敢北犯我边界。西有郡守田盼镇守高唐关，赵国人再也不敢随意到齐国水面捕鱼，反而与我修好。赵侯，对么？北边有能臣黔夫镇守滕城，民众安居乐业，燕国七千民户迁入齐国，我增加人口十万。临淄都城有仲首做司寇，齐国盗贼消失，夜不闭户。另者，我齐国还有当世名将田忌镇抚四方——田将军，见过魏王。”

外围战车旁肃立一员大将，正是昨日赶到逢泽的齐国大将田忌。他上前拱手作礼：“田忌拜见魏王。魏王康健。”

魏惠王面色难堪，却又不得不点头示意。

齐威王愈发直抒胸臆：“齐国至宝，光耀万里，岂止照亮十二辆兵车而已。本王以为，财货应交于商人，换来粮食兵器充实国力。珠宝藏于王室，徒然四壁生辉，有何价值可言？魏王头上一颗明珠，虽价值连城，然顶于王冠，与国何益？与民何益？魏王爱姬身上这一领金丝斗篷，更是价堪抵国，然系于一身，与国何益？与苍生何益？”

一席话，齐魏赵三边人马肃然静场。猛然，齐国军士欢呼雀跃起来，“万岁”之声震于四野。魏惠王脸色尴尬，公子卬不知所措，庞涓默然低头。

是攀比，亦是争斗。

突然，马蹄如雨，两骑飞至。“报”声未落，两人已在魏王面前拜倒。

“何事惊慌！”魏惠王无端地声色俱厉。

骑将高声报：“禀报大王，公叔丞相病势危重，请大王回宫陈明大事。”

魏惠王颇为不耐：“久病在床，有何大事可言？”

齐威王正色拱手：“魏王国务繁忙，会盟也已经终期，田因齐告辞。”

突然，魏惠王觉得此话应该由他先讲，如何你便先讲了？脸一沉不睬齐威王，大步转身：“回宫！”跳上王车，隆隆而去。

赵成侯纵声大笑：“不想齐王奇兵突出，快哉快哉！”

“三军可夺帅，匹夫不可夺志。赵侯不也一样么？”两人同声大笑，互相道别，一东一西，分道扬镳而去。明媚的阳光下，茫茫苇草像金色的波浪，隐没了远去的旌旗战车，悠长的牛角号呜呜卷走了万千铁骑。

鹿死谁手，定论为时尚早。天下何时归仁，更是难说。

逢泽猎场沉寂了。

第三章　安邑风云

一　洞香春众口纷纭说魏国

魏国都城安邑纷纷传闻，老丞相公叔痤病入膏肓快要死了。有人惶惶不安，有人弹冠相庆①。惶惶者说，公叔痤是魏国的德政，他一死，魏国人可要吃苦头了。弹冠者说，公叔痤是魏国的朽木，他一死，魏国就要大展宏图了。

无法急流勇退的老臣子，晚景总令人唏嘘。

近百年来，安邑人已经养成了谈论时政秘闻的习俗。大街小巷，坊间邻里，举凡有三两人之地，便会有宫廷秘闻在口舌间流淌。若是酒肆春楼茶室乐坊这等市人如流名士穿梭的场所，就更是高谈阔论，争相对目下最重大的国事传闻发布真知灼见。其间若有语惊四座之高论，便会获得众人一片

① 弹冠，语出《楚辞・渔父》："新沐者必弹冠。"意为弹去帽子上的灰尘。"弹冠相庆"成为成语，虽为《汉书》所出，然其意在战国时已有。宋代苏洵曾以"弹冠相庆"描述春秋故事。

风流场所与风雅场所，其实并没有严格的界限。

喝彩声。若一个人屡屡有这等高论，这个人便成了风雅场所的名士，身价便倏忽大增。这种论政名士，也不是等闲场所都能造就的，而必须是安邑市井和上层名流共同认可的大雅之所。这种大雅之所，其场地楼馆的华丽名贵自不必说起，更重要的是必须具有三个非同寻常的优势：一是具有悠久的历史，即坊间所谓的名贵老店；二是曾经有过几个大人物在这里成名的皇皇足迹；第三最难，就是这店主人也须得是世家名人或风雅名士。能三条凑在一起，自然便是凤毛麟角了。安邑人共同的口碑是，这样的大雅之所，安邑只有一个，天下也只有这一个。这便是安邑人的骄傲习性——魏国的文明中心便是天下的文明中心。

宫廷秘闻通常由高档的风流场所流出，民间闻之则添油加醋，此为"八卦"之乐趣。"洞香春酒肆"之名，香艳至极。

在安邑最幽静的一条小街——天街上，坐落着洞香春酒肆。

东南西北中的格局。

这条小街南北走向，北口是王宫，南口是丞相府和上将军府，东西各有两条小巷通往繁华的街市。虽然说是小街一条，却是城中的通衢之道，毫无闭塞之感。更为引人注目的是，这条小街没有民户和店铺，只有三十多个大小诸侯国的驿馆建在这里。街边绿树成荫，街中石板铺地，行人衣饰华贵，馆所富丽堂皇；安邑人称这条小街为天街，是说它没有尘世的粗俗喧嚣，处处透出天堂般的富贵宁静和风雅。就在天街的中段，有一座绿树葱茏流水潺潺的庭院，院中有一座九开间的三层红色木楼，这便是名满天下的洞香春酒肆。

天上，红楼。《大秦帝国》要古今对照着读。

说到洞香春，安邑人如数家珍。它是魏文侯时期的大商人白圭的产业。如果是纯粹商贾也还罢了，偏这白圭非但是名满天下富可敌国的大商，且在魏武侯时期做过多年丞相。魏国人认为，白圭是与陶朱公范蠡相伯仲的旷代政商。白氏一族本是商贾世家，白圭的父亲在三家分晋前已经是魏氏封地的大商了，这洞香春便是那时候兴办的。其时这条天街的

白圭乃商祖、商圣。自古以来，巨贾便与"娱乐"事业撇不清干系。孙皓晖将洞香春酒肆归为白圭的产业，这种安排，倒也奇绝。《史记·货殖列传》载，"白圭，周人也。当魏文侯时，李克（即李悝，点评者案）务尽地力，而白圭乐观

一半还是魏氏族众的商业街市，另一半则是魏氏家臣的住宅。三家分晋后，魏文侯变法震动天下，列国官吏名士纷纷到安邑探询底细。坊间交往，这些列国士子和官员们便向白氏抱怨，偌大安邑竟没得个好去处清谈饮酒。白氏心思机敏，立即拿出一半家财办起了这座洞香春。开张之日，白氏立下定规：非读书士子、百工名匠、富商大贾与国府官吏，不得进入洞香春。这便将洞香春明确地当作了上流人群的清谈聚饮之所。幽静的院落酒楼，精美的器皿陈设，诱人的珍馐美味，名贵的列国老酒，还有温雅艳丽的侍女，每一样都是天下难觅的精品。一时间，名士吏员列国使臣趋之若鹜。上卿李悝经常在洞香春和名士们论战变法利弊，上将军吴起也多次在洞香春论战用兵之道。更有周王太史令老子、儒家名士孟子、自成一家的墨子、魏国奇士鬼谷子，都曾在洞香春一鸣惊人，后飘然而去。后来白圭继承父业，又对洞香春屡加修葺，改进格局，名贵珍奇遍置其中，雅室密室酒室茶室棋室采室，错落隐秘。更有宽阔舒适的论战堂，专供客人们聚议重大国事。曾有楚国猗顿、赵国卓氏等著名巨商愿以十万金为底价竞买洞香春，白圭都一笑了之。后来白圭做了魏国丞相，将白氏累代聚集的财富大部分捐了国用，唯独留下了洞香春。谁想他在魏武侯末年郁郁病逝，洞香春也一时顿挫。后来，坊间传闻白圭的小女儿执掌洞香春，名流士子们更增好奇之心。虽然传闻这个小女儿丽质多才文武兼备，但从来没有客人在洞香春一睹国色。这样一来，洞香春倍添神秘，更为诱人了。

自从公叔痤老丞相的病危消息传出，洞香春便大大的热闹起来。

名流要人聚集的论战堂原本设有一百张绿玉长案，一人一案，当坐百人。寻常时日，这是绰绰有余的。大多数时

时变，故人弃我取，人取我与。夫岁孰取谷，予之丝漆；茧出取帛絮，予之食。太阴在卯，穰；明岁衰恶。至午，旱；明岁美。至酉，穰；明岁衰恶。至子，大旱；明岁美，有水。至卯，积著率岁倍。欲长钱，取下谷；长石斗，取上种。能薄饮食，忍嗜欲，节衣服，与用事僮仆同苦乐，趋时若猛兽挚鸟之发。故曰：‘吾治生产，犹伊尹、吕尚之谋，孙吴用兵，商鞅行法是也。是故其智不足与权变，勇不足以决断，仁不能以取予，强不能有所守，虽欲学吾术，终不告之矣。’盖天下言治生祖白圭。白圭其有所试矣，能试有所长，非苟而已也”。白圭“秘诀”，今人仍效行之，譬如“人弃我取，人取我与”，另如观天象懂四时之术，今人亦争相效仿，可惜效颦者众，得其仁智者寡。

有上流，必有下流矣。贵族社会，必有森格等级，战国后期，等级方始重新洗牌。

卫鞅未出，作者已交代白圭之死，有点心急，早了点。白圭虽认同卫鞅变法的力量，但法家与商家之间的价值观冲突，在卫鞅之后，难以和解。白圭弃政从商，卫鞅不舍利禄，早已注定。远古圣贤能人，生卒年难确定，小说唯有模糊处理，虚晃几枪，接着——且听下回分解。

间里，名流士吏们总是三三五五地聚在各种名目的雅室密室里尽兴饮谈。纵是大事，也未必人人都认为大，所以论战堂很少有人满为患的时候。近日却是异乎寻常，雅室密室茶室棋室反倒是疏疏落落，连那些酷爱豪赌的富商大贾最钟爱的采室，竟也是空空如也。显然，到洞香春的客人都聚集到论战堂来了。虽则如此，洞香春也还是井然有序。侍女们轻悄悄地抬来了精美的短案，又将平日里摆成马蹄形且有疏落间隔的长案前移接紧，在空阔的地毡上摆成一个中空很小的环形，外围又将短案摆成两层环形座位，唯在四角留出侍女上酒上菜的小道。如此一来，错落有致，堪堪可容三百人左右。这里没有等级定规，先来者都坐在中央一层长案前，后来者则都在外围短案前就座。满座锦绣华丽，铜鼎玉盘酒香四溢，侍女光彩夺目，当真是满室生辉。天下名士大商口碑相传："不到洞香春，不知钱袋小矣！"说的就是这种豪华侈靡的氛围之下，贫寒士子也会倾囊挥霍的诱人处。

采室。委婉之笔。权钱总须风流来"附庸"。

豪华侈靡处，必有极端的七情六欲。

华灯初上，大厅门口走进两个一般年青的红衣人。一个是肤色黧黑，坚刚英挺。一个却是面白如玉，丰神俊朗。座后环立的侍女们眼中大放光彩，立即有两名侍女飘到客人身前，轻柔地解下他们的大红金丝斗篷，款软有致地将两人扶进短案前就座。瞬息之间，又有两名侍女捧上铜鼎玉爵，向爵中斟满客人指定的天下名酒。两名客人对雅致的侍女仿佛视而不见，只是目光炯炯地环视场中。

"诸位，我乃韩国游学之士。今闻魏国丞相公叔痤病危身艰，不知座中列位对此有何高见，足使在下解惑？"后座中一个绿衣士子拱手高声道。

"我且问你，惑从何来？"前座长案一中年高冠者矜持发问。

绿衣士子笑道："公叔痤三世名臣，出将入相，多有德政，且门生故吏遍及国中，对当今魏王有左右之力。若柱石骤然摧折，魏国内事外事安得不变？我之所惑，魏国当变向何方？霸中原乎？王天下乎？安守一隅乎？”

红衣中年人矜持笑道：“君自远方来，安知魏国事？且听我为足下解惑。魏国三世以来，富国强兵已成既定国策。公叔痤虽为三世名臣，然主持国政也只是二十余年事。公叔丞相为政持重，恪守李悝之法与文侯之制，对内富民胜于对外用兵。当今魏王即位八年，无改丞相一策。即或丞相一朝崩逝，魏国依然安如泰山。此所谓人去政留，千古不朽，足下有何惑哉！”

“哈哈哈……”后座一位紫衫士子站起大笑，“人言安邑多有识之士，偏足下何出荒谬之辞也？魏王即位八年，魏国日益变化，足下竟视而不见么？变化之一，称王明志；变化之二，用兵图霸；变化之三，重武黜文；变化之四，会盟诸侯。有此四者，公叔痤旧政何在？魏国安得不变哉！”

“好——彩！”厅中一片喝彩叫好声。

不容红衣中年人开口，又有人高声道：“足下之言貌似有理，实则差矣！魏国之变，变在其表。魏国根本，坚如磐石。魏国为政之根本何在？民富国强，天下太平也。称王图霸，会盟诸侯，其意皆在息兵罢战安定天下。此变与先君之道殊途同归，却是变末不变本，有何不好？疑惑何在！”

“变末不变本。好！”又有人一片喊好，却毕竟没有刚才的热烈，也没有加“彩”。这是安邑酒肆论战场所的通常习俗。辞美理正者为上乘，听者一齐喊好喝彩。辞巧理曲为中乘，喊好不喝彩。辞理皆平，不予理睬。这种评判方式简短热烈，凭直觉不凭理论，往往反倒是惊人的一致。如方才一个回合，前者准确概括出魏国新君即位以来的变化，令国内外名流刹那警觉，兼简洁锋利，自是上乘。后者虽说剖析名实颇见功力，然距离人们对魏国的直觉判断总有游离之感，所以只有“好”而没有“彩”。

这时，最后进来的黧黑年轻人微笑道：“敢问方才‘四变’之士，这第三变重武黜文，却是何意？魏国可是领天下文风之先也。”

紫衫士子爽朗大笑：“足下之说何其皮毛耳？重武黜文者，非重山野之武，亦非黜市井之文也。重武黜文，是重庙堂之武，黜宫廷之文。细微说之，公叔痤之文治日见消退，上将军之武功日见崛起，文衰武长，福也祸也？此当为魏国国策变化之前兆，安得小视！”

“好——彩！”一片哗然，厅中已有嗡嗡哄哄的议论之声。

“如此，敢问变化之走向如何？”黧黑年轻人没有笑容。

这一问，大厅中顿时肃然无声，众人一齐注目紫衫士子。

紫衫士子也是一个没留胡须的青年人，相貌平庸却是气度不凡。他向黧黑青年目光一闪笑道：“足下穷追不舍，非散论之道。然则洞香春乃文华之地，直抒块垒谅也无妨。以在下远观诸端，魏国雄霸之志已定，三年内将谋求荡平天下。其间契机，就在目前。公叔痤病逝之日，正是上将军铁骑纵横之时！”

话音落点，大厅中惊人的安静，人们竟然忘记了评判的惯例。黧黑青年向紫衫士子遥遥拱手，平静入座，又和身旁的白面青年低语几句。

“足下何方人士？竟如此危言耸听！”静场中站起一个红衣带剑的士子，面色红涨，亢声问道：“听足下之言，似乎魏国该当无所作为，方称足下之心。然则我大魏之国人是这样想的么？非也！公叔痤主政二十年，文治不图富民，武功连遭败绩。倘非上将军庞涓力挽狂澜，三战皆捷，魏国颜面何存？今公叔痤行将谢世，正是魏王摆脱牵绊、锐意精进之日。天下虽大，唯有道者居之。难道战国争雄夺地，我大魏国统一天下，值得如此惊怪么？”

将相病危，魏国前程难卜。魏看似强盛，实则停滞不前，变与不变，都面临巨大的风险。士人表面是清淡，实则静候出仕良机。

“好！彩！”骤然间，大厅中响起一阵暴风雨般的掌声喊好声喝彩声。

黧黑青年也兴奋地鼓掌叫好。紫衫士子却甩袖而去。

二　荐贤杀贤　公叔痤忧愤而死

天街之南的丞相府，门前车马冷落，府内弥漫着沉重和忧伤。

白发如雪的公叔痤躺在卧榻上气如游丝，连睁开眼睛的气力都没有了。要不是他硬挺着一口气要见魏王，早已经撒手归天了。作为魏国出将入相的柱石人物，他觉得自己这次真的要去了。他已经顾不得计较卧病以来门前车马渐稀、魏王很少探望以及各种离奇的流言蜚语了。他目下唯一的希望，就是魏王赶快回来，听他交代一生中最后一件事，也是最重要的一件事。他的心中非常清楚也还非常自信，无论是论功劳论威望甚至论苦劳，他都是魏国当之无愧的三朝名臣，更别说魏王的父亲魏武侯和他的君臣莫逆之情了。魏惠王即位以来，他的丞相地位并没有动摇。虽说打了几次败仗，还被秦献公俘虏过一次，没有给魏王增添武功的光彩，但他依然是丞相，在魏国朝堂的地位依然那样显赫，魏王对他的亲密和信任也没有改变。他的忠诚和德行是有口皆碑的。在魏国朝野，嘲笑他才能平庸者大有人在，但诋毁他德行操守者却没有一句流言。从心底里讲，他的确认为自己是个中才。但他对许多才华之士却也看不上眼，原因只有一个，那就是这些人缺乏一种养才成事的大德。他相信自己有大德，却没有将大德化为政事的卓绝才华，立身有余，却愧对国家。多少年来，他内心一直深藏着一个愿望，就是给魏国寻觅一个足以扭转乾坤的经天纬地之才，同时此人又必须具有高绝的为政品德，不至于给国家酿成后患。寻寻觅觅二十年，他曾经沧海却难觅一瓢之饮。谁想在政事日少的这几年中，他却惊喜地发现自己踏破铁鞋无觅处的大才竟然就在自己身边！国之大运，可遇难求也。

他为此不知感慨过多少次，奋激过多少次，也不知谋划过多少次推荐方式。可最后还是一次一次地失败了。他真不知如何来办好这件大事，一直陷在深深的彷徨苦闷之中。依魏王说法，上将军庞涓是当世奇才，似乎有了庞涓就可以

才德兼备之人，难寻。公孙痤看中的卫鞅，在他亦非才德兼备。太史公曰：“商君，其天资刻薄人也……亦足发明商君之少恩矣。”（《史记·商君列传》）此论未必公允，为当时贬商君者惯用口气。后人记商君苛严之事多，却少有人去悟商君之心。以一人而罪天下，为何？为国，也为心中法之理想也。此是后话。

一了百了。公叔痤却不这样看。论为政才能,他自认中常。论相人,他却自认是万不失一的天眼。庞涓所缺乏的是成大事的器局和大德大谋,如同他公叔痤所缺乏的是成事的才华一样。同是名将,庞涓与魏国初期的吴起相比,明显地逊了一筹。这一筹,就是高远的志向与绝不向衰朽陈腐妥协的坚韧意志,就是老晋国时候祁黄羊那种内举不避亲外举不避仇的大公和开阔。庞涓可以为将为帅,但不可以为相总国。否则,魏国必然要倾覆在他的谋划中。但对这些道理,魏王总是哈哈一笑。后来公叔痤也就不再说了。国家稳定,在将相之和,他老说庞涓,与心何安?目下,公叔痤已经不想这些了,他只想一件事,就是最后一次向魏王推荐继承他丞相职位的大才。他相信,魏王无论如何也会在最后时刻来看望他,他还有最后一次机会。寝室中一片沉静。榻边侍女环立,面色紧张。坐在榻前的公叔老夫人,束手无策,垂泪无语。

上将军庞涓,虽有勇有谋,但器局不够,无容人之心,肚里撑不了船。传说中的鬼谷子,真乃神人也,庞涓难逃其法眼,孙膑、苏秦、张仪、毛遂,皆在鬼谷子的"五指山"中。

公叔痤突然睁开眼睛,费力问道:"魏王,回大梁了么?"

"魏王昨夜回宫,说今日正午来府探你病情。"老夫人急忙回答。

"你说,如何?昨夜回宫?"公叔痤惊讶了。

老夫人扶公叔痤坐起:"莫急莫急,魏王会来。"

公叔痤失望地叹息一声,想说什么却又打住了。停顿许久,猛然问:"卫鞅,在哪里?"

一侍女上前:"丞相,中庶子在书房整理丞相的竹简。"

公叔痤气喘吁吁道:"请,请他,来见我。"

"是。"侍女应命,急忙去了。

丞相府书房在前院第二进,在国事厅的跨院内。国事厅是公叔痤处理政务的正厅,也是丞相府的中心。国事厅向西有一个月门,进得月门是一座精致的小院。院内一片水池,绿树亭台，分外幽静。过了水池，有一排六开间的砖石大屋，这便是丞相府的书房。战国时代丞相的权力非常大。这种“大”不是代替君主决策，而是独立开府行使日常的行政权力。所谓开府，是指丞相的府邸就是独立的国府官署，丞相有权不入王宫而在府邸召集官员议事并发布指令。而其他官员，除了国君特许外，都必须在自己所属或执掌的官署处理公务，府邸只是单纯意义上的住所。公叔痤是魏国老丞相，而魏国又是最强大富庶又文明的大国，丞相府更是非同一般。就说这丞相府书房，非但藏有天下有名的上古典籍和春秋战国以来各学派名家的文章抄简，而且藏有洛阳王室、各大战国、诸侯国的政令抄简，至于魏国变法以来的政令典籍更是应有尽有。所谓学在官府，说的便是官府拥有民间所无法比拟的藏书和主要的知识阶层。公叔痤的丞相府书房设有六名少庶子和一名中庶子管理。少庶子多是年轻的文墨吏员，实际上是做日常大量的整理、修缮和书简事务。中庶子是成年的文职吏员，通常是开府重臣的属官，可掌开府大臣指定的任何具体事务。在公叔痤的丞相府，中庶子历来专门掌管书房。

贵族在战国虽渐渐走上末路，但余威犹存，士大夫逐渐上位，分享部分权力，中央集权尚未成气候，丞相还是有发言权的。

侍女来到书房时，长大的书案前坐着一位白衣人，低着头神色专注地翻动竹简。侍女走进来他根本没有察觉。

“中庶子，丞相请你即刻前去。”

伏案白衣人闻声抬头，恍然点点头霍然站起。他身材修长，一领长长的白布袍几乎要盖住那双轻软的白布鞋，连头发也是用白色丝带扎束，一支白玉簪横插在发束中。他虽很年轻，却有锐利深邃的目光，脸庞棱角分明，与中原人常见的浑圆脸庞大是不同，沉稳的举止中透出一种冷峻高贵，与丞相府小吏的身份相去甚远。他便是公叔痤所请的卫鞅，执掌书房的中庶子。站起来时他低声问了一句：“魏王

人皆有格，有贵格，有贱格，有卑格，等等，庸俊不一。贵格不因人处微时而减弱。苏秦、韩信，皆为有贵格者，皆经历过微穷时。小说家要突出卫鞅的气宇不凡，尤其要捕捉其“格”。

来过了么?"侍女道:"回中庶子,魏王尚未来过,说午时驾临的。"他没有再说什么,默默走出了书房。

从第二进书房到丞相的寝室小院,要穿过三进院落。年轻的中庶子走在冷冷清清的院落里,不时轻轻地发出一声叹息。曾几何时,这里还是官吏如梭热气腾腾,老丞相一病,偌大的丞相府竟变成门可罗雀的冷清所在,连寻常时日最热闹繁忙的出令堂大院也生出了青苔。难道这就是人世沧桑宦海沉浮么?

人情恶,世情薄,白居易诗云"暮去朝来颜色故""门前冷落车马稀",当属此类。

匆匆来到丞相寝室,卫鞅拱手作礼:"卫鞅参见丞相。"便不再说话。

公叔痤挥挥手,侍女们退了下去。"夫人,你也回避。"公叔痤向来不愿夫人与闻政事,凡有大事,必嘱夫人回避。公叔夫人也知道老夫君的讲究,起身离座,幽幽一叹出门去了。

公叔痤看着面前的年轻人,语调迟缓但非常清晰地道:"鞅啊,你来我这里五年了,名为求学,其实老夫并没有教给你学问,反倒是你给我打开了一个新天地也。朝闻道,夕死可矣。看到魏国拥有你这样的英才,老夫死也瞑目了。"

"公叔丞相,卫鞅在府中五年,读遍天下名典,且跟从丞相精研政务,受益匪浅。卫鞅铭记丞相大恩大德。"卫鞅神色有一种淡淡的忧郁。

公叔痤微微摇头:"鞅啊,不说这些。我要叮嘱你,希望你能留在魏国,成就魏国霸业。魏国之势,当一统天下也。"每说到魏国霸业,老公叔就激动喘息。

"公叔丞相,魏国气象不佳,魏王不会用我。"卫鞅显得很淡漠。

"何以见得?"公叔痤苍老浑浊的声音中透着惊讶。

"一则,魏王即位以来好大喜功,不务国本,醉心炫耀国力。如此国君，对魏国衰退并无洞察，对治国人才也不会有渴求之心。二则，魏国官场腐败过甚，实力竞争之正气消弭，趋势逢迎之邪气上长。魏王被腐败奢靡浸淫，如何能超拔起用一个小小中庶子？三则，上将军庞涓已经成为魏王的股肱重臣，他的战功使魏国朝野已经被表面强盛所迷醉。连同魏王，没有人会想到魏国的实力正在日渐萎缩，更没有人想到魏国需要第二次变法，第二次登攀。时势如此，魏国如何能急迫求贤？”说到这里，卫鞅沉重地叹息一声，“公叔丞相，魏国不会强大很久了。卫鞅留下，也是无用。”

魏惠王“眼力”不行，倒是事实。

公叔痤紧紧盯着卫鞅，老眼中闪着一种奇特的光芒：“鞅啊，你总是有特异见识。这也正是老夫要鼎力荐举之理由。然则，请你实言相告，魏王若能真心用你，委以重任，你将如何？”

“二十年之内，魏国一统天下。”卫鞅的语气陡然变得坚定而自信。

人治时期，得一人，可得天下，这是权威之治。

公叔痤长长地嘘了一口气，满脸泛着兴奋的红光：“鞅啊，老夫将不久于人世了。你能告诉我，你真正的授业恩师是何人么？我真想见这位高人一面也。得天下英才而育之，人生一大乐事也。我渴慕这位高人有你这样的弟子。”

卫鞅：“公叔丞相，先生与我有约，永远不说出他的名字。我应凭自己的真才实学立足于天地之间，而不能以先生名望立身。我之善恶功过，均应由自己一身担承。我当信守约定。”

公叔痤默然良久，慨然叹息：“世间有你等师生这般特立独行，人世才有五色当空，丰沛多彩矣！”

侍女走进来低声禀报：“丞相，魏王驾到。”

公叔痤眼中显出兴奋的光芒，低声道：“鞅啊，你先下去。”卫鞅点点头，从侧门从容地走了出去。

这个想象极巧妙。卫鞅的师傅，隐君子也。卫鞅的“不说”，更添神秘。高人的师傅，多为隐者。他们神秘莫测，生卒无考。高人出于世，但高人的师傅不出世不出山，传说中的鬼谷子，小说中孙悟空的传道者，皆隐者。

"魏王驾到——"寝室外护卫一声长长的报号。

魏惠王来了。轻车简从,朴实无华,与往常大相迥异。他很是知道,老公叔不事奢华且很厌恶珠光宝气高车驷马那一套,有几个王室子弟都曾因这个原因被老公叔罢职。魏惠王自己虽说是一国之王,老公叔也不能拿他如何,但对这个资深望重的三朝老臣,魏惠王总是有点儿莫名其妙的顾忌。这与对庞涓的隐隐约约的不喜欢不同。庞涓是布衣名士,并无盘根错节的根基渊源,魏惠王无须在庞涓面前掩饰心迹。但老公叔不同,且不说公叔一族是三家分晋前的魏氏世族,族中子弟遍及魏国官署,仅仅老公叔这个德操口碑满天下的老权臣就够你消受。他要总是唠叨你的短处,你就肯定安生不了,因为那很快就会被国人当作权威评判,你也自然就名声大跌。对这样一个老古董式的名臣,纵是国王,也得收敛收敛。每见老公叔,魏惠王都要刻意朴实一次,弄得很不自在,这也是魏惠王很少到丞相府的原因。公叔痤一病经年,他只来探望了一次。他宁可不断派内侍送来名贵药材和种种礼物,也不愿和老公叔直面叙谈。昨日在逢泽猎场听到老公叔病危的急报,他甚至有点儿隐隐约约的高兴和轻松。这种不合时宜的老臣子,罢官会招来国人非议,听任他掌权又确实碍手碍脚,最好的结果是他不要像长青果一样结在世上。看来老公叔终于是要让道了,魏国君臣新锐放开手脚的日子也就要到了。今日,魏惠王是特意换了一套半旧的冠服,坐了一辆普通的轺车来的。唯一的特殊是车中带了五千金,准备赐给公叔夫人后半生安度晚年。同时,魏惠王已经决断,要隆重举行老公叔的葬礼,让天下都知道魏王敬老尊贤的美德。

"半旧"二字极好,反映出小说中的魏惠王对老臣子的顾忌。如换成"簇新",效果大不一样。面对公孙痤,魏惠王还是不能过于放肆。事实上,正统史书中的魏惠王,对公孙痤敬重有加,只是觉得公孙痤老糊涂了,并无不敬之意。孙皓晖对史实的发挥,暗示了魏国的败象。

魏惠王走进寝室时,脸上溢满了沉重和哀伤。

公叔痤在榻上欠身拱手:"魏王恕老臣重病在身,不能起身相迎。”

魏惠王疾步走到榻前扶住公叔痤，关切又亲和：“老丞相不必多礼，病体要紧也。本王昨晚急急赶回，本当即刻前来，奈何国务烦冗一时难了，来得迟了。”这时，侍女捧来一个绣墩置于榻侧，魏王落座道，“老丞相一病经年，安心静养为是，魏国不能没有老丞相支撑也。”

公叔痤老眼中闪着泪光哽咽道：“老臣……这次，只怕凶多吉少。”

“吉人自有天相。老丞相但放宽心，本王派太医日夜守护老丞相。”

公叔痤摇摇头喘息挣扎着坐起身子：“臣以余息，等候我王归来，是想向我王推荐一个治国巨子，继我相位。此人乃扭转乾坤之大才，足以扫灭诸侯，一统天下，成就魏国大业。”

魏惠王认真地点头，急迫问道：“他是何人？可是大将之才？庞涓是该换换了。”

“卫鞅……目下，就在我府。”

“卫鞅？”魏惠王恍然，顿时显得轻松了许多，”是否老丞相几次提起的那个卫鞅？老丞相也，他才二十余岁，你不觉得太稚嫩了么？再说，他是何人学生？如何堪称扭转乾坤的大才？”

“我王和他一论便知。看人何须一定看师？”

“名师出高徒也。他能无师自通？”魏惠王大度地笑了笑。

公叔痤艰难地拱手，老脸肃然：“魏王，且听老臣最后一言。老臣深知卫鞅。此人殷周血统，父周母商，天赋极高，跟一个不愿透露姓名的高人，修成经天纬地之才。卫鞅辅臣处理国政五年，诸多见解，使臣深为震惊。此人若不能为我王重用，将是魏国千古遗恨。”

魏惠王很能体察这个年迈老臣的殷切絮叨，人之将死，

《史记·商君列传》载，“会座病，魏惠王亲往问病，曰：‘公叔病，有如不可讳，将奈社稷何？’公叔曰：‘座之中庶子公孙鞅，年虽少，有奇才，愿王举国而听之。’王嘿然。王且去，座屏人言曰：‘王即不听用鞅，必杀之，无令出境。’王许诺而去。公孙座召鞅谢曰：‘今者王问可以为相者，我言若，王色不许我。我方先君后臣，因谓王即弗用鞅，当杀之。王许我。汝可疾去矣，且见禽。’鞅曰：‘彼王不能用君之言任臣，又安能用君之言杀臣乎？’卒不去。惠王既去，而谓左右曰：‘公叔病甚，悲乎，欲令寡人以国听公孙鞅也，岂不悖哉！’”魏既失公孙鞅，亦失孙膑矣。有地利，但无天时人和。《史记·商君列传》为“公孙座”，《史记·秦本纪》《史记·魏世家》为“公孙痤”，笔误还是另有其人，为疑案。

其言也善哉。但这种病话他却不能当真。沉吟片刻,他站起身来扶住公叔痤,以关切的口吻道:“老丞相啊,你重病在身,安心歇息为上了。”

公叔痤闭上眼睛,苍老而痛苦的脸上涌出两行热泪。

魏惠王心中有些不耐,不想继续絮叨一个无名年轻人,拍拍公叔痤,依然是倍加关切的口吻:“老丞相,你以为庞涓和公子卬,谁更适合做丞相?”

公叔痤却没有接这个话题,眼神冰冷地说:“请我王实言相告,魏国真的不用卫鞅么?”

魏惠王无可奈何地笑笑:“老丞相,将一个大国命运,交给一个不明底细的年轻人,你就放心么?”

公叔痤沉默了,长长地叹息一声,陡然两眼放光:“我王不用此人,就必须杀了此人!为魏国长远大计,绝不能让他到别国去。”

魏惠王惊讶地看着公叔痤,觉得一个堂堂大魏国丞相,竟如此固执地纠缠在一个无名小辈的身上,一定是得了失心病。刹那之间,他有些可怜起这个发如霜雪枯瘦如柴的老功臣来,觉得不能让他再失望了,于是释然笑道:“好了,好了,明天就杀他,啊。”

公叔痤无力地倚在榻垫上,老泪纵横,一句话也不愿意再说了。

魏惠王默默地走出寝室,吩咐内侍抬来大铜箱,将五千金赐给公叔夫人,又说了一篇关切的话,坐着轻便的轺车走了。

公叔痤艰难地摇摇手:“卫鞅,请他来,快。”侍女闻言,飞快地去了。

公孙痤有大德,可没有办法力挽狂澜。

卫鞅来到寝室,明显感到了公叔丞相的失望和伤心。但他没有说话,只是默默站立着。公叔痤长长地叹息一声:“鞅啊，你快逃走，晚了，就来不及了。”卫鞅却是淡淡地一笑：“为何逃走？逃到哪里去？”公叔痤脸泛红潮，一阵喘息：“鞅啊，为了国家大义，老夫尽最后力量推荐你担当大任。然则，魏王不用你。老夫就劝了魏王杀掉你。杀你用你，都是为国家尽责。劝你逃走，是了却师友情分。你快走，走吧——”

“丞相，若为此因，不用逃。”卫鞅没有丝毫的惊讶，更没有立即要走的样子。

“你……甘心死在魏国？”老公叔大是惊诧。

“公叔丞相，魏王既不听你用我之言，又何能听你杀我之言？他不会将我放在心上的。老师莫忧心。”卫鞅淡淡地微笑着。

卫鞅淡定，静候明君。

公叔痤昏花的老眼死死盯住卫鞅。他显然感到出乎意料，却又顿时觉得明白了其中道理。同是事理，自己一个饱经沧桑的老人，如何竟没有面前这个年轻士子见地透彻？大智天赋，岂有他哉！老公叔不禁长长地出了一口粗气：“鞅啊，你的见识总是高人一筹……看不到，看不到你建功立业了……你会到哪国去？……你，你会让魏国灭亡的，是么……”

他伸出枯瘦的双手，紧紧拉住卫鞅，眼中一丝光焰渐渐熄灭，沟壑纵横的老脸渐渐舒展开来——老公叔走了，心灰意冷地走了。

卫鞅默默站在榻前，冰冷的悲哀涌上心头，大滴眼泪滚到脸颊。他向公叔痤的遗体深深一躬：“公叔大人，感谢你知我至深。可你没有回天之力，只能眼睁睁看着魏国滑进深谷。大人，你无愧于魏国，你安息也。”

这天夜里，公叔府挂起了白色灯笼，府中上下人等皆是麻布孝衣大放悲声。消息传出，安邑城有人欢喜有人忧，洞香春论战堂挤得水泄不通，通宵达旦的辩驳诘问却依旧是众说纷纭,莫衷一是。魏惠王当夜赶赴公叔府,身穿白布孝衣,在公叔痤的灵位前放声大哭。魏王的祭奠惊动了安邑的权臣和官场,高车骏马一时间挤满丞相府门前的停车拴马场,高官重臣们一片白衣,一片痛哭。但在洞香春论战堂却有一个传闻:只有上将军庞涓没有去公叔府祭奠。消息引得列国客人和安邑士子们又是一番激烈争辩与诸般猜测。

祭奠礼之后,公叔痤被隆重地安葬在安邑城南的灵山巫真峰下。孤峰为陵,南眺盐泽,建造得与魏文侯陵园所差无几。魏惠王与公叔夫人商议,鉴于老丞相膝下无子,决定选派府中一个得力干员守陵三年。正在仔细挑选时,不想侍女来报,说有人自请守陵。夫人一问,竟是中庶子卫鞅!

魏惠王释然一笑:"老丞相好像说到过这个人。教他去,也不枉老丞相赏识他一场也。"

三　庞涓乔装　考校中庶子卫鞅

庞涓匆匆向王宫走来。

此刻他是既高兴又烦恼,高兴的是公叔痤死得其时,给他空出了一个巨大的权力位置。战国之世,上将军虽然也是位高权重,独立开府,但毕竟不能总揽国政,使他无法展现自己为政治国的出色才能,也无法使魏国在自己全面运筹下完成大业。若能做了魏国丞相,非但位极人臣,达到名士为政的权力最高峰,而且出将入相,达到文治武功两方面的功业极致。但是,就在他雄心勃勃地拒绝参加祭奠公叔痤,以显示自己不与老朽同流的时候,他的军中掌书却从洞香春带回一个传闻:魏王对丞相的人选未定,将在他与公子卬之间确定。这使他大感意外,内心莫名其妙地忐忑不安起来。平日里他不大瞧得起洞香春,认为那是浅薄士子附庸风雅的地方,多次拒绝了到洞香春论战天下大势和用兵之道的劝告。但是他对洞香春的神秘传闻可是从来不敢小视,那个鬼地方从来都是空穴来风,许多要害的转折都将洞香春的传闻变成了事实。庞涓曾经大义凛然地向魏王进言,请求取缔这个滋生事端的酒肆,认为那是魏国糜烂腐败的渊薮,是列国密使刺探魏国机密的最好渠道。可魏惠王总是哈哈大笑:"上将军,洞香春大有根基,天下闻名,文侯武侯都视为安邑文华之明珠,我辈如何取得也?”显然对他的主意感到匪夷所思,甚至有些不悦之色。这个讨厌的地方如今传出了这样的消息,至少证实魏王向某个亲信透漏过这个想法,宫廷之内已经有人知道了。一时间,他感到很有些悲哀与忿忿然。公子卬何许人也?浮华纨绔的王室子弟一个,除了精于声色犬马,没有一样正经本领。如此之人,也在丞相人选之列,简直是滑天下之大稽。然则有何办法?他庞涓在魏国没有任何根基,平日里也不屑于和那些尸位素餐的王室人物交往,唯一的根基就是他自己的实力才具和已经建立的功劳。但是细细一想,本领才具这种东西,凭它谋生那是绰绰有余,凭它建功立业也可能大有可为,唯独要凭它在官场周旋,那可是最不可靠的东西。自古以来,才华之士比比埋没沉沦,谁来理论?尤其是魏国这种已经开始渗透腐败的国家,要靠才能功劳获取更大权力,随时都有可能跌进深渊。一时间,庞涓对魏国几乎丧失了信心,对魏王似乎一下子触摸到了平日没有觉察的东西,沮丧了很长时日。

孙皓晖的小说,既看历史,又看今天。每个朝代都至少有一个“洞香春”,这是宫廷秘闻的重要出口,这些地方传出去的消息,通常八九不离十。

白手起家之人,对出身总是很介意。对含着“金钥匙”出生的人,多少都有点偏见,庞涓眼中的贵公子,当然是“浮华纨绔”。公子卬曾与商鞅交好,后因商鞅使诈,大败被俘。

然而能退却么?显然不能,建功立业原本就是要百折不挠,何况还并没有丧失最后希望。经过几天的辗转反侧,庞涓想清楚了两点:一是今后要改变对官场交往的冷漠,结束自己鹤立鸡群般的孤立。二是要主动晋见魏王,探听魏王的真实想法再做对策。今日清晨他处理完军务,午间便向王宫而来。他知道早去也没用,魏王的晚睡晚起是有名的,没有哪个大臣清晨去王宫晋见的。本来这也是庞涓准备劝谏魏王改正的大事之一。经过几日思虑,庞涓不但决定放弃在这种事情上进言,而且决意学会迁就宫廷某些不成文的贵族准则。

为官之道。

魏王宫很大,大得占了安邑城的几乎四分之一,比同时从晋国分出去的赵国韩国的宫殿大过两三倍。其所以如此，是因为魏国的宫殿是三代国君扩建了三次。魏文侯分晋立国成为诸侯后，将父亲魏桓子原有的简陋宫室大大扩展。魏武侯即位国力增强，又将魏文侯时的宫室大大扩展了一番。魏惠王即位称王，觉得原先的宫室和王号不配，就在即位第二年大兴土木，在原有宫室外重新建了一大片金碧辉煌的王宫。三代宫室相连，层层叠叠望之无边。

庞涓的轺车辚辚驶进宽阔的白玉广场，在巍峨灿烂的正殿前没有停留，直驶东侧火德门前停下。他跳下轺车，第一次向护卫领军微笑拱手，慌得领军忙不迭躬身高报："上将军入宫——"庞涓笑笑，大步走进火德门。

绕过巨大的影壁，第一进是环形排列的二十三座官署，每座官署六开间。第二进是魏王专门召集重臣议事的两座小型殿堂，东西各一。第三进是魏王处理日常国务的书房、出令厅、掌书厅等枢要重地。这一进不能从中间穿过，而必须从东西两侧的拱门进入再向后。第四进是一座精美的庭院园林，亭台楼榭，绿荫幽幽，池水粼粼。穿过园林，最后一进才是占地三百多亩的魏王后宫。往昔庞涓从来不到后宫晋见魏王，原因简单得会令安邑官场的任何一个小吏失笑，那就是他对这些曲曲折折的穿廊过厅感到很不舒服，所以他是魏国重臣中唯一没有来过后宫的。尽管如此，他凭着一流将领兵法战阵的直觉一眼便明白了路径结构，轻车熟路般直入后宫。

是气派，也是规矩。

后宫一大半是一片湖泊，魏王的寝宫在湖中半岛的树林中。初夏艳阳，绿树碧水映衬着金黄的屋顶，幽静得恍入梦境。庞涓走进林中小道时，一个侍女走来恭敬地躬身道："上将军，大王在寝宫。"庞涓略一点头，径自向寝宫而去。这魏惠王在行止起居上颇为豁达，后宫从来不要护卫甲士而只要侍女,也没有大臣不许进入后宫的迂腐规矩。他经常将大臣召到后宫议事,而且命令侍女,凡大臣来见不许阻拦也无须通禀。在战国时代,魏惠王待臣下之宽是很有名的。

尽管庞涓对魏王的侈靡已经有所预料,但当他走进寝宫时,还是被深深震撼了。

宽敞豪华的寝宫,格调奇特,华贵侈靡,具有一种神秘的诱惑力。最显眼的是一面巨大的铜镜立在卧榻对面,卧榻区的一切活动都在镜中呈现出来。卧榻的左方是一根酷似男根的挺拔闪亮的铜柱,显赫而孤立,右方是一个几类女阴的高高的卷边铜花盘,使人一望即生非分之想。四周各色纱帐长垂曳地,风吹纱动,扑朔迷离,使人飘忽神醉。透过飘忽朦胧的纱帐,庞涓看见半裸的狐姬正偎在魏王大腿根上……骤然之间,庞涓热血奔涌,举步维艰。

狐姬是魏惠王最为宠爱的妃子,也是以种种逸闻趣事闻名于魏国朝野的风流女人。她原本是晋文公时代名臣狐偃的后代。韩赵魏三家分晋时,狐氏早已经衰落了。魏文侯眼光非同寻常,将老晋国大部分名臣的后裔争夺到了魏国。五十年后,狐氏部族出了一个艳名四播的少女,就是这个狐姬。当时还只是贵公子的魏惠王与亲信谋划良久,在狐氏部族所在的绛城东部的白马山紫谷河扎营狩猎一月,以他在猎奇猎艳方面特有的耐心与机敏等待着机会。有一天,美艳的猎物终于出现在紫谷河畔的绿树野花中。这时,一只山猪突然从嶙峋怪石后扑向美艳的猎物。又是突然之间,魏罃匹马长剑冲到,奋力杀死了山猪,用带血的双臂抱起了昏迷的美艳女子。在山月高照的紫谷河畔,美艳的猎物感激不尽地扑进了公子魏罃的怀中。黎明时分,河谷中的帐篷和美艳的猎物一起神秘地消失了。三年之后,魏罃称王册封,人们才知道那美艳的狐氏少女竟然成了王妃。从此,她便成了安邑人茶余

在写史者眼中,红颜总是以“祸水”的面貌出现的。

酒后的谈资，色彩缤纷，荤素皆宜。坊间传闻，说她柔若至水，媚若野狐，娇若婴儿，妖若鬼魅，魏王一天也离不开她。

庞涓在逢泽猎场见过狐姬。不过他对女人从来很迟钝，竟看不出这个女人有何过人之处，甚至连她的样子也记不清楚了。目下正当午时，炎炎白昼，如何竟让他遇上了如此难堪？

狐姬正蜷伏在魏惠王面前，柔媚地为魏王捏脚，间或伸出细长湿润的舌头舔吻他的脚趾，小嘴儿娇声叨叨："还国王也，整天忙乱，多累也。"魏惠王情不自禁，一把拉过狐姬搂在怀中摸弄狐姬脸颊，又从腰间摸出一颗随身夜明珠在狐姬雪白的裸胸上滚抚。狐姬娇声昵语，尖声笑叫着钻进魏惠王怀中。魏惠王不禁大乐起来。

庞涓终于忍不住咳嗽了一声，刚咳嗽完又大大后悔，这不是说自己看见了不堪么？然也无法，不能再迟延了，一拱手高声道："上将军庞涓晋见我王。"

魏惠王却浑然无觉，哈哈笑道："上将军啊，进来。"

庞涓大步走进，目不斜视，深深一躬："臣有要事禀报我王。"

魏惠王搂着狐姬没动，微笑问道："庞卿，有何大事？"

庞涓一时沉默。魏惠王恍然大悟，笑着拍拍狐姬的屁股："乖乖卧去吧，等会儿再射箭，啊。"狐姬嘤咛一声，狗一样爬到高大的玉石屏风后去了。

庞涓心中一阵腻歪，竟自忘记了来时的心思，不禁深深皱眉。

魏惠王却是哈哈大笑道："上将军啊，今日你来我后宫，本王可是很感欣慰也。我也知道，上将军乃鬼谷子之高徒，不喜奢华。然简朴也好，奢华也好，总当以时世定准。魏国若贫弱如秦国，本王也会苦行奋发。然则魏国富庶强大，若一味拘泥苦行之道，岂非让列国小瞧？上将军，人生一世，要建功立业，但也不能固守一理。魏国强大，我等君臣就要做一番大事。魏国富庶，我等君臣就要尽兴享受这富庶。否则，岂非暴殄天物？譬如这狩猎、饮宴、把玩珠宝、高车骏马、锦衣玉食、湖光山色、宫殿广厦，哪一件不是人生之乐？更有这女人，乃上天赐给男子之尤物，不把玩更是虚度一生。上将军看见我这狐姬了，柔媚驯顺得像一只母狗，跟她在一起，可真是妙不可言，大是消愁解乏。庞卿，你日后再来，大可不必咳嗽紧张，就走进来看看她是何等卑贱，岂不好事？本王这后宫，只许你和公子卬进出随意，可惜你不知道，也没来过。公子卬要是来了，可要躲在后面看个够，然后还要和本王品评一番也，啊——哈哈哈哈哈……"魏惠王侃侃开导，大笑不止，觉得这是改变庞涓的一个绝好机会。

庞涓听得头皮发麻喉头发干，身上直起鸡皮疙瘩。魏惠王这一番高谈阔论当真令他匪夷所思。他也知道，要想和魏王融洽起来，目下正是最佳的机会，何况他几日思虑，为的本来就是达到这个目的。他应该笑，应该迎合，应该表示茅塞顿开，甚至应当欣然请狐姬出来品评一番，就势成为魏王不避任何嫌疑的玩伴与股肱大臣，如此君臣一定会信任有加其乐无穷；然后再加上自己的才华实力，战胜公子卬当是易如反掌……可就是不行，庞涓笑不出来，更迎合不出半句，反倒是脸色铁青嘴角抽动，一副要呕吐出来的难堪和尴尬。刹那间他一身冷汗，很后悔自己到后宫里来。然而，庞涓毕竟有刚毅的忍耐力，他咬紧牙关强迫自己平静下来，拱手徐徐道："魏王明鉴，臣久居山野，孤陋寡闻如村夫一般。我王之高论，容臣假以时日，慢慢品味领悟。"

魏惠王开心地大笑："上将军，今日难为你了。说说，何事？"

庞涓拱手道："魏王，臣昨日去探视了公叔夫人，一则抚慰老夫人；二则想听听老丞相可否有过对兵事的叮嘱。不想，老丞相竟对我只字皆无。"

魏惠王慨然一叹："老丞相久病无治，去了也好。他弥留之时已经失心了，不会有任何话留下的。"

"莫非他对后任丞相的国事都没有提及？"

魏惠王恍然想起似的笑道："庞卿，你可知丞相府那个中庶子？名字？噢，对了，好像叫卫鞅。"

"中庶子？臣如何能知道一个小吏？不知我王所问何意？"

魏惠王哈哈大笑："上将军说，老丞相是不是失心病发昏了？他派特使请本王从逢泽火急赶回安邑，竟然就是为了这个中庶子。人之将死，其言也昏矣！"

庞涓一怔："臣推测，老丞相要我王重用这个中庶子。"

魏惠王点头："还真让你说对了。老丞相劝本王重用这个小吏，说让他做魏国丞相。还说，不用他就要杀掉他。你说，堂堂大魏的国王丞相，折腾一个小小中庶子，岂不贻笑大方？"

庞涓正色道："人才难得，我王当对老丞相之言三思而后行。"

魏惠王豁达自信地笑道："不用人才，大魏国能有今天么？可人才，尤其是宰辅之才，就那么容易得到么？那是可遇不可求也。"

“魏王,臣请查核丞相府这个中庶子。”庞涓一脸肃然。

“算了,算了,一个中庶子还用你上将军出面?大魏国要有点儿胸怀天下的气度,要走就走。你要留他,反倒使竖子成名也。”

“臣请大王不要忘记孙膑逃齐的旧事,不能让奇智之士逃到他国,反为魏国树敌。”庞涓颇有些固执。

“啊哈哈哈……”魏惠王一阵大笑,“好好好,上将军自便可也。”

“臣谨遵王命。”庞涓深深一躬,转身大步走了。他觉得在这样的后宫再谈国事,未免不伦不类,连自己都觉得滑稽。

仔细思忖,庞涓总觉魏王不可能起用公子卬做丞相,但对他却也没有任何暗示。丞相人选究属何人?一下子总是想不清楚。庞涓对军旅之事极为自信,但对宫廷官场的纵横捭阖总是感到有些不得要领。譬如目下他就难以决断自己该如何争取主动,甚至连窥探魏王心意的办法也没有。但他对平民士子在魏国的动向,历来却很敏锐。魏惠王不经意说到的中庶子使他蓦然警觉起来。公叔痤的识人慧眼是天下闻名的,只有老师鬼谷子笑他是“识人有眼,用人无胆”。魏王今日既没有透露丞相人选的蛛丝马迹,安知没受老公叔的影响?安知不用这个中庶子是魏王真心?庞涓蔑视贵族阶层,觉得在贵族如林的庙堂之上,自己有他们决然不能取代的位置和才能,纵然自己不能总揽国政,可是贵族永远也无法淹没他。因为这是战国,离开他这样的名将,贵族们有可能自己也变成丧家之犬。但他永远不能蔑视那些像他一样锐意进取的风尘士子。这些人周游列国,以真才实学求官入仕,一旦掌权往往便迅速崛起。庞涓本能地觉得,只有这种人才是自己真正的竞争对手,真正不可小视的敌人。正因为很早就有这种自觉,庞涓才对和自己同来魏国的同门师

终归不放心,要试试卫鞅的深浅。

弟孙膑用尽机谋，将孙膑逼到齐国去了。当然，庞涓决不相信这个中庶子会有孙膑那样的旷世才华，但这个中庶子既然能被公叔痤作为丞相推荐，定然也非寻常之辈，对这样的人一定要做到心中有数。

庞涓决意要亲自掂掂这个中庶子的分量。

次日清晨，一个三十来岁普通吏员模样的中年人骑着一匹黑马，来到安邑郊外的公叔痤陵园。刚进石牌坊有一排石屋，住着二十个看护陵园的步卒，此时正在屋前扑跌作乐，看见黑马吏员来到，小头目惊讶得直揉眼睛。他怎么看也觉得这个人像上将军庞涓，可又拿不准，也不敢问，期期艾艾道："大、大人，有何贵干？"来人冷冷道："丞相府主书，找中庶子卫鞅。"小头目急忙道："就在陵前石屋里，小人领道。"来人挥挥手道："不用，我自去便了。"说罢走马嗒嗒而去。

公叔痤陵墓是按照当时"依山为陵"的阴阳家理论修建的。一座苍翠的巫真峰做了天然的陵墓。巫真峰之后是九座连绵起伏的小山，正是零山十巫。南望盐池，北依十巫，陵园恰在幽静的山谷。守陵的石屋正在陵前三丈开外，屋前是疏疏落落的高大石俑与一片松柏树林。中庶子卫鞅从相府里带来了整整一车有用之书，整日便在这里细细研读品味。今日他正在重读李悝的《法经》，读到酣处，不禁吟诵起来："善为国者，使民无伤而农益劝。国当善籴粜。小饥则发小熟之所敛，中饥则发中熟之所敛，大饥则发大熟之所敛而粜之，则虽遇饥馑水旱，籴不贵而民不散，取有余而补不足也。行之善者，国以富强也！"慷慨之中，拍案思忖，竟是深为感慨——李悝号称"以法为教"，不想于商道治国却也如此精通，魏国安得不富？安得不强？他日自己若在一国为政，李悝的《法经》当是不朽之师……正在深思遐想，忽闻门外马蹄之声，便警觉地将《法经》卷起

"警觉"二字好，到处都有杀机。

插入木箱，摆上一卷《阴阳家》竹简，未及坐定，已闻轻轻拍门之声。

“客人么？请进。”卫鞅淡淡地回答。

“吱呀”一声，厚厚的木门被推开，一个红衣长须者抱拳一拱道：“敢问足下，可是中庶子卫鞅？”

卫鞅眼睛一亮，一下子就看出了来者是上将军庞涓。在丞相府的五年中，他很少露面。然庞涓每年总有几次，是必须去丞相府调拨军粮协调军务的。他虽只远远瞄过庞涓一次，然卫鞅眼力极好，记忆力更是过目不忘，如何能将此等人物疏忽了？瞬息之间，他决意以静制动，随机而变，随即笑答：“在下正是卫鞅。”

庞涓笑道：“在下上将军府掌书，素闻中庶子才名，今日路过，特来拜望。”

“掌书大人，请入座赐教。”卫鞅很是谦恭。

庞涓哈哈大笑：“高才名士，素不拘礼，中庶子如何忒多俗气？”

卫鞅脸上堆满惶恐的笑容：“卫鞅小吏，何敢当高才名士？大人请。”

庞涓坦然坐在粗糙的书案前，瞥一眼展开的竹简：“中庶子对《阴阳家》情有所好？”

“回大人，在下正在参详公叔丞相的陵园风水。”卫鞅毕恭毕敬。

“足下哪国人氏？祖上官居何职啊？”

“大人，卫鞅是卫国濮阳城外山里人。祖上经商，从未做过官。”

“何处修学？恩师何人也？”

“大人，在下濮阳修学，恩师是子思的高足子前。”卫鞅露出满足的笑容。

庞涓不禁爽朗大笑：“子思乃孔子后裔。你是子思的徒孙，看来是儒家一派了。儒家素称博学，你读过哪些书啊？”

卫鞅掰着手指认真道：“《论语》《大学》《周礼》《易经》《尚书》《农经》《乐经》《诗经》，还有六艺——数、书、礼、乐、射、御。大人，儒家之学，卫鞅尚算通达。”

庞涓不禁笑道：“卫鞅，你很有学问也。我来问你，法家、兵家、墨家、道家的书读过么？还有鬼谷子，听说过么？”

卫鞅木然摇头，又深深一躬：“小吏才疏学浅，尚请大人栽培。”

“卫鞅，你读书如此之多，可给老丞相谋划过几件大事么？”

“回大人，卫鞅曾向公叔丞相上书多次，皆言及魏国根本。”

“噢？”庞涓眼睛炯炯有神，“是何根本？”

“大人,都是事关魏国文明昌盛之大计。在下以为,魏国当大办学宫,广召天下贤士,大兴私学,与我儒家祖师在鲁国一般。卫鞅自请领一学馆。公叔丞相文治武功皆为第一,就是没有大兴文风之功业。为此,公叔丞相很是嘉许在下之谋划,屡次向魏王提及,惜乎魏王尚未采纳。”卫鞅不胜遗憾地叹息。

庞涓大笑一阵:“也许魏王会采纳,何急之有哉!”

卫鞅却是叹息一声道:“魏国不用我大计,我要走了。”

庞涓觉得很开心,一个仅有几分精明几分死学的儒家士子竟让老公叔如此推重,未免太可笑了;看来老公叔的确是老眼昏花,看走水了,想想又转为真诚微笑:“卫鞅啊,我看你尚算读书有志,谦恭谨慎。我回安邑,向上将军荐举你做个书房缮写如何?老丞相过世了,你总得有个出路也。魏国如此富庶,何须奔走他乡?”

卫鞅伪装成迂儒者,可保全性命。装疯卖傻,皆是保命之道。可是,庞涓乃聪明人,卫鞅演戏,他就一点都看不出来?

卫鞅又是深深一躬:“多谢大人提携栽培。”

庞涓起身离座,看着卫鞅,不禁又一阵哈哈大笑。

卫鞅惶恐道:“大人笑从何来?小吏是否有不妥之处?”

“我笑世人有眼无珠,庙算歪打正着也!”大笑间出门上马扬长而去。

卫鞅在松柏林中望着庞涓远去的背影,若有所思,突然间放声大笑。

四 安邑王街的神秘商人

安邑有一条街很是特别,处在王宫的最后面。说它是条街,又在王宫的老红墙之内,说它是王宫,却是车马如流而没有任何护卫甲士。这便是安邑城最特殊的王城街,也就是魏文侯最早建造的宫殿区域。魏武侯时,这片老宫殿区还用做国府各种官署。魏惠王的新王宫落成后,官署迁走,这两层旧宫殿便闲置起来。后来在主管王室事务的官宰谋划下,魏惠王将这片最老的宫室区域分赐给了王族大臣和王族近支的后裔,这里便成了王族贵胄们集中居住的地方。经过一番合乎时宜的改造,几年之间这里变成锦绣豪阔的一条长街,安邑人称为“王街”。

这条街的最特别处是高车驷马川流不息,鲜有车马冷落的时日。且不说王族贵胄们多有车辆,便是天下诸侯特使和魏国官员们到这里来拜访的车辆,就已经是往来如梭了。如果说洞香春所在的天街是魏国的文华之地,那么这条王街便是魏国的阴谋渊薮。魏国虽然经过了大变法,但在王族权力上却没有任何触动,依旧和老晋国时代没有多大差别,和同时代的其他战国与中小诸侯更没有什么差别。这些王族贵胄表面上很少出任国家重臣,更没有显赫的功业可言,但他们的权力伸展却大得惊人。一则,他们依然有自己相对独立的世袭封地,虽然这种封地只能收缴赋税而不能治民建军,但毕竟使他们有了雄厚稳定的财富基础。二则,他们在宫廷盘根错节,渗透力极强,对国君的牵制与影响很大。三则,他们有高贵的身份,却没有实际执掌的官署权力,好像一个清流阶层。这使得他们伸缩自如,既能对任何掌权做事的重臣寻隙发动攻讦,又决不会因为没有权力而受到轻视或罢官黜职,更不会有问斩杀头的威胁。对这样一个王族阶层,任何官员都必须将它划进自己所必须计较的势力架构。同样,任何外国特使密使想要达到比较艰难的目标,也必须到这里投送财富寻求变化。魏国是最强大的战国,其内政外交的些微变化都会波及列国。所以,这条王街事实上是天下闻名的阴谋交易之地。

贵族,权贵,是可以架空或左右王的阶层,不可小视。

目下，一辆六尺车盖的华贵轺车正挤在车流中向王街深处而来。

夜幕已经降临，王街虽然没有商家店铺，街边风灯却是二十步一盏，照得川流车马一片灿烂。随着华车一辆辆流进两边府邸，王街渐渐到了尽头，车流也渐渐疏落下来。最后，便只有这辆六尺车盖的轺车了。

王街最深处，住着公子魏卬，确切说，应该是王子魏卬。战国时，只有对诸侯国国君的子弟，也就是"公"或"侯"的子弟才能称"公子"。大约秦汉之后，"公子"才与其实际身份脱离，化作了一种普遍的尊称。公子卬是魏武侯的庶出子、魏惠王的同父异母弟。就现下官职说，公子卬是白身。然而就实际影响力说，那可是一言九鼎。凡魏国官吏名士，都对公子卬的权力地位非常清楚，对他的为人做派更是心中有数。

公子卬之所以为商鞅欺骗，就是因为其为人仁。魏之一败涂地、再难翻身，商鞅使诈、公子卬被擒最关键。

六尺车盖的华丽轺车在大门前刚一停稳，便有一个白发红衣的老者碎步走来迎接。这是府中总管，魏国人称为家老。老人笑意殷殷拱手道："敢问先生，可是薛国贵客？"华车的主人已经下车，却是一位面色黧黑气度高贵的年轻人，身后跟着的一个仆人也是面白如玉，俊秀英武。客人向总管老人拱手道："家老安好。在下正是薛国猗垣。"家老道："公子已在府中等候多时，先生请。"猗垣从容笑道："家老，我猗氏老族有个讲究，首次遇家老必得送一件薄礼，叫一路通吉。不成敬意，请家老笑纳。"说话间，身后俊仆已将一个精致的小木匣捧到家老面前。家老一看木匣四边包铜，便知里面决然是名贵珠宝，惊喜得深深一躬："先生大富大贵，小老儿三生有幸也。"怀抱木匣忙不迭道："先生请。"

猗垣笑道："在下有件小事相烦，不知家老肯赏方便否？"

"先生有事但讲，小老儿在公子府尚算通达。"

“在下有一爱妾，心慕公子夫人已久，托在下为夫人带来一件礼物。因在下行程匆匆，未必有幸一睹夫人风采。相烦家老代在下转呈夫人，在下他日再专程携小妾拜见夫人。不知可否？”一席话温文尔雅，给人好事却像求人一般，教人好生受用。

豪爽体面，巨贾精明。什么来历，还得以后分解。

家老脸泛红光，抱匣拱手道：“能代先生为夫人效劳，小老儿深为荣幸。”

猗垣从俊仆手中接过一个在风灯下发着幽幽绿光的玉匣，双手捧起：“家老，这是西域雪山之国的一件貂裘，消融大雪于三尺之外。匣内尚有小妾一柬，请转呈夫人。”

家老毕恭毕敬道：“先生真乃大雅之士，小老儿即刻去见夫人。”又回身高声道：“典门何在？”一个将领模样的守门将官跑步而来。家老肃然吩咐：“领先生去见公子，对公子说夫人唤我有事，即刻就来。”

典门将官一声答应，谦恭地领着主仆二人向正厅而来。

公子卬正在厅中欣赏一口名剑。在剑架上看来，这把剑的剑鞘铜锈斑驳，剑身长二尺许，显然是一口名贵古剑。凡在厅中等候贵客时，公子卬都在赏玩这口名剑。在他看来，府中所有珍宝的价值都不如这一口名剑。战国兵争之期，拥有一口名剑非但使身价地位倍增，且其实用价值更是异乎寻常。目下他之所以在这里耐心等候，是因为叔父公子梁向他竭力推荐一个薛国巨商，说这位商人如何有古人之风、如何有名士情怀、如何拥有天下罕见的珍宝且性格又如何豪侠，说这位商人就常住洞香春最有名的雅室，已经成为名士官员们争相结识的人物等等一大串。公子卬本来生性好奇，听叔父公子梁如此一番绘声绘色的介绍，不禁想见见这个神秘的大商人。公子梁慨然为他相约，说定今晚来访。如何掌灯已有三刻，客人还未到来？当然，最大的可能是王衔塞

塞车二字，让人联想丰富。一笑。

车，否则见他公子卬的客人是不敢在酉时首刻之后到来的。说起来，王街这车流真是叫人无可奈何，看来还得和魏王提说一番，最好是将老红墙拆掉，将王街再加宽三丈，否则还真不方便。

这时典门将官走了进来：“禀报公子，薛国先生猗垣到。”

“家老何在？”公子卬隐隐不悦。

“禀公子，夫人唤家老有事，家老特命末将先行领引先生，说他片刻即来。”

公子卬本想到厅门迎接，想想未动，挥挥手道：“去请先生进来。”典门出得正厅，恭恭敬敬地将客人领入，悄悄退了出去。

“在下薛国猗垣，久闻公子贤明高义，特来拜望。”

公子卬眼前一亮！面前这个黧黑的年轻人一领大红金丝斗篷，一顶六寸高的墨玉冠，英挺威武，气度不凡，就连他身后的仆人也是丰神俊朗明目流盼。公子卬不禁暗暗称奇，商人中竟有如此人物？心思转动间拱手笑道：“魏卬不敢当先生高辞，先生请入座叙谈。”这时家老轻步进入正厅，公子卬当即吩咐：“给先生上茶。”

猗垣在西侧的客位坐定，俊仆肃然立在身后。家老捧来茶器，俯身操作时向客人递过去一个兴奋的眼神。华贵的客人会意地笑了笑。

公子卬在主位坐定，举起茶盅道：“先生请。”

猗垣恭敬地举起茶盅：“吴茶名贵，多谢公子。”微呷一口，品味得很是雅致。

“先生识得吴茶名贵，也算经多见广也。”公子卬没有忘记对方只是个商人，很是矜持。

“在下别无所长，唯对天下器物略知一二，公子见笑了。”

“噢？”公子卬微笑道，“听安邑传闻，言先生为商道奇人，多有才具。我有一口古剑，安邑无人识得，先生若能论定，也算得名器方家了。家老，拿古剑过来。”

猗垣摆摆手道：“不用。赏剑在架，方显其神韵也。”说话间起身离座走到剑架前端详沉吟有顷，笑道：“公子这口古剑，当真天下名器，价值不菲。”但凡品评剑器，通常总是持剑在手先看剑鞘形制，再拔剑出鞘观察剑身。偏这位贵公子般的商人却只是站在剑架前端详，丝毫没有取剑在手的意思。

公子卬心中颇为不悦，觉得这个商人未免托大，走过来淡淡笑道：“先生好眼力，相剑堪比薛烛了。”薛烛是春秋末期秦国闻名的相剑大师。越王勾践灭吴称霸后，寻觅搜薛烛，秦客，曾游历越国，相传是善相剑者，阅剑无数。《越绝书》有载其事迹。

求天下名剑十二口，请来薛烛评定真伪等次。十二口名剑并列于大厅剑架，薛烛一路走过，便指出其中五口是后来铸剑师仿制。经越国铸剑师开剑公议，证实薛烛所言无差。一时间，薛烛相剑名闻天下，称为剑器神相。公子卬这样比，显然是在嘲讽这位商人班门弄斧。

先抑后扬。

猗垣却似浑然不觉，再度端详，还是没有动一动剑身，凝思有顷道："此剑当是工布古剑，剑身之曲纹有如大河奔涌，连绵不绝。剑身当长二尺二三寸，连带剑格，长约三尺。"

"噢？先生如何得知此剑纹状？"公子卬大是惊讶。

"公子，在下祖上极喜收藏古剑名器与兵器图籍，实乃在下从书中学来也。就实说，在下还没见过这工布剑。"猗垣谦恭豁达地笑答。

公子卬开始对这个商人刮目相看了，一拱手作礼道："以先生眼光，这口古剑在当世名器中价值若何？"

"工布剑自然是名剑极品。寻常人看来，自当是价值连城了。"

"先生以为如何？"

"尚非天品神品，只能屈居第三等。"

露一手真"功夫"，才能让对方刮目相看。

"如何？第三等？！"公子卬又一次感到了无可名状的惊讶，摇头大笑道，"先生何其夸张也！请问，天下何剑堪称一、二等？"

华贵的商人并未局促，不卑不亢道："神品者，非干将、莫邪雌雄剑莫属。"

公子卬无奈地点点头，这干将、莫邪一对雌雄剑，可是几百年来当世公认的神剑，品格自然比工布剑高了一等。他不禁问道："难道还有比干将、莫邪更名贵的剑器么？"

凡事依附于圣贤，托圣贤之名，古之惯例，不必深究。如要事事凿实，小说就没办法写了。

"堪称剑器天品者，当非天月剑莫属。"

"天月剑？"公子卬轻轻冷笑着，"未尝闻也，却不知何人何时铸造？”

“天月剑，蚩尤所铸。”华贵商人庄重地回答。

“你，可是说的……与黄帝大战的蚩尤？”

“自古以来，只有一个蚩尤。”

公子印不禁哈哈大笑：“尔等商人，专一的子虚乌有！蚩尤？蚩尤铸剑，那是坊间传闻，明白么？你还可说天帝之剑，真是！”刹那之间，公子印对华贵商人的敬意全消，现出了王族子孙蔑视一切的傲气。

客人却平静得一如止水，淡淡地微笑道：“在下对公子久有景仰之心，无以为敬，特将先祖收藏的蚩尤天月剑献赠公子。”

“且慢且慢！你，你有蚩尤剑？”公子印收敛笑容，露出冷冰冰神色。他觉得荒诞得可笑，他素来自视为天下剑器收藏的名家，最不喜欢有人在他面前公然卖弄玄虚。一个商人纵然有钱，纵然是剑器收藏世家，也不至于如此神奇，竟然搞出一口蚩尤剑来，简直匪夷所思！他目光一扫门口，忍不住就要下逐客令了。

“小家老，打开天月剑，请公子品评。”客人依旧淡淡地微笑着。

公子印一怔，终于没有开口。他要看看这个名动安邑的豪客，究竟要拿一件何等物事来搪塞他。目不转睛地看去，那个丰神俊朗的仆人手里拿着的，原来是一支形状怪异的竹杖。此刻这个俊仆闻声将竹杖两端一扯，“嗒”的一响，赫然显出一支黑沉沉的弯月形物事，双手捧到公子印面前。

出于习惯，公子印单手一托，只觉沉甸甸凉冰冰大是异常！莫名其妙地，他心中随着这冰凉的感觉便是一阵不由自主的震颤，连忙双手托住，发现这黑沉沉物件竟是通体一根，恍若天生一段生铁，细看之下竟大是困惑。通常，纵然是名贵剑器，剑鞘剑身之分也是决然鲜明的。剑鞘以木制居多，讲究者无非是包裹一层皮革、镶嵌几颗珍珠，但皮下终究须以木壳撑持，方有可容剑身的空隙。正因为如此，任何剑器一上手，剑鞘剑身的形制就会很清晰地感觉出来。但眼前这个沉甸甸凉冰冰的物件——目下公子印还不能认为它是一口剑——却大是怪异。寻常剑鞘的外形，总是或多或少地对剑身有些许装饰作用。譬如剑鞘顶端有可能是方形的，但剑尖却一定不会是方形。这物件既称之为“剑”，搭手一托却丝毫没有剑鞘的感觉，简直就是一根冰凉的生铁包裹了一层皮革，将那物件的怪异弧形逼真地显露出来。看这皮革，却是质地细密，黑得发亮,却看不出是何种皮质。厚重一端当是剑格护手与剑柄,这是剑形之常理。但这物件却是怪异,通体几乎没有差别,三尺之外难以看出剑柄与剑身之分。上手之间,才会感觉到弧形稍小的一端有一段寸余宽的浑圆突起,之后便是一段圆柱。这便是剑柄么?几乎与剑身通体生成一根黑沉沉物件,令人感到怪异之中有一种威猛与神秘。

纵是公子卬见多识广,也对这物件不敢轻易开口。沉默一阵,心中还是难以相信,不由将剑捧起道:"先生说是蚩尤剑,如何证实?"

猗垣笑道:"这口工布剑,公子可曾实地用过?"

"试过多次,削铁如泥,锋利无匹。"

猗垣沉吟道:"只是有些可惜……"

公子卬恍然笑道:"先生是说,与我的工布剑一试?"

"工布剑天下极品,若有损伤,只怕暴殄天物。"

公子卬傲然大笑:"若真是蚩尤剑出世,工布剑何足道哉!"将黑沉沉物件递给猗垣,便对着剑架深深一躬,上前双手捧下工布剑。

"恭敬不如从命了。"猗垣双臂架剑,拱手道,"公子,请开工布剑。"

公子卬缓缓抽出工布古剑,但闻隐隐振音,一股清冷的幽幽光芒在灯下弥漫开来。猗垣却是将天月剑置于长案之上,深深三躬,而后右手持剑,左手一抹,便悠然扯去了黑沉沉的剑鞘。明亮的灯光之下,但见这物件似灰似黑长三尺有余,形如新月,完全没有工布剑出鞘时的龙吟之声与青芒之势,端的是淡淡漠漠。但令人惊异的是,就在蚩尤剑出鞘的刹那间,工布剑竟是光芒尽敛,变得与刚刚出土一般!公子卬揉揉眼睛,细看剑身,大是奇怪,如何一点儿刺眼的寒意都没有?寻常时工布剑出鞘,眼睛是根本无法直视的,今日却大为怪异。沉吟有顷,他伸出剑锋:"来,一试便知。"

猗垣肃然将天月剑缓缓搭在工布剑上。两剑一搭,天月剑便发出一阵长长的清亮振音,宛若两军阵前的萧萧马鸣,剑身陡放光华,如长空一道闪电掠过,大厅中明亮的烛光顿时幽暗下来!工布剑却是瑟瑟发抖般一阵金铁之声。

公子卬强自镇静:"来,还是剑锋相抵为好。"在他的记忆中,这工布剑无坚不摧,斩金断玉比砍瓜切菜还来得容易。

猗垣笑着点点头道:"在下举剑不动,公子可任意砍来。"

公子卬缓缓举剑，突然发力，向天月剑剑锋猛然挥去——未闻金铁交锋之声，只觉手中一轻，工布剑竟是无声无息地断为两截！断金触地，“噗”的一声没进白玉大砖之中。名震天下的工布剑，刹那之间变成了一段剑根。

玄妙，借用了神话及武侠小说的手法。

公子卬大惊失色，怔怔地看着手中剑根发呆。工布剑不锋利么？那半截断剑尚能没入玉砖之中，可知锋锐依然。终于，他深深一躬道：“如此天兵神器，魏卬何敢受之？”

客人已经将天月剑套上黑鞘，伸手扶住公子卬，肃然庄容道：“方今刀兵岁月，此天兵神器藏于家库，何如出世效力？久闻公子高义，力促魏王罢兵息战。天兵神器赠予公子，愿公子建功立业，青史不朽。”说完，恭敬地双手捧上天月剑。

君子之爱，最难捉摸，但若摸准，行事则十拿九稳。战场永远有两个，一个是前线，一个是后方。后方之战，防不胜防。公子卬傲气又敦厚，太大意，易中计。小说对公子卬的致命弱点把握准确。

公子卬惊喜至极，慌忙接过黑沉沉天月剑，再度躬身一礼：“先生如此大德，魏卬何以报答？”转身高声吩咐，“家老，上酒。我要与先生痛饮一番！”家老一直侍立在厅中，闻言比主人还要兴奋，高声应命，急急而去。

宾主小宴，公子卬频频劝酒，自己也饮得面色涨红。他一再询问客人可有何事让他效力以报，客人则屡屡大笑说没有，有事时一定会来相求公子。公子卬沉吟思忖，突然问道：“先生是薛国人？”客人答曰：“正是。”公子卬大笑：“好！无功不受禄，魏卬保先生之国十年内安然无恙。”

谁知客人却无所谓地笑笑：“公子，在下虽是薛国人，却是少小离家，奔走天下在各国经商。近年来，财货之利则主要在秦国。”

这才是重点。

“哎呀！先生如何偏偏到秦国经商？那里可是危邦也！”

得意忘形，吐露真言。

“如何？秦国危邦么？”客人大为惊讶，不禁诉说起来，“公子有所不知，富商驻穷邦，这是家父的经商秘诀。秦国穷弱，才更需要商贾，更容易牟利。十年来，在下从秦国牟利多矣。如何公子却说秦国是危邦？”

至理。商贾皆在穷邦，穷邦逐利，可浑水摸鱼。水至清者，则无鱼。孙皓晖深谙商家之道。

“先生何其糊涂！目下，六大国就要起兵灭秦了。”公子卬一脸关切地告诫客人。

“六国灭秦？那，该当如何？”客人惊得冒出汗来，起身一躬，“敢请公子教我。”

公子卬沉吟半晌道：“先生从秦国脱身，须得多长时日？”

客人思忖：“脱身过急，秦人必会大起疑心，杀人夺财。走得太慢，又会毁于刀兵。这却如何是好？”想想又道，“此话休要再提，在下不能为公子分忧，何能再添烦心事体？还是容我再想想出路。”

公子卬笑道：“除了我，谁能在如此大事上帮你？休得谦让了，还是我来设法。”略一沉吟，断然道，“这样，我先答应你，两个月内，秦国无事。若还不够，我再设法。”

缓兵之计得成。

客人爽朗笑道：“些许财货之利，竟让公子为难了。然则，公子若能保全在下财货之利，在下终生所获，均与公子共享。”

“那好啊！我最喜欢豪侠高朋。然则，何以为报？”

“公子若能将魏国对诸侯的兵器交易，教在下来做，你我就祸福与共了，谈何报答？”

公子卬哈哈大笑：“先生可人！快人快语却不失商家本色。日后有事，我派家老约你。先生有事，就派这位小家老来我府，如何？”

两人一起放声大笑，再度痛饮，直至子时方散。公子卬要留客，客人坚持不给公子添麻烦。公子卬要送客人出门，客人笑道：“公子待客常规人人皆知，从不送客。破例送一个商人，坊间传闻对你我不利也。”公子卬恍然，连赞先生高明，便也未送。

家老领引客人出门，来到树荫处低声道：“先生稍待，夫人有几句话。”说完咳嗽一声，树荫中转出一个纱裙拖地的高挑妇人。华贵客人忙深深一躬道：“薛国猗垣参见夫人。”

妇人微微一礼笑道："多承先生与爱妾美意。先生爱妾所言之事，我当尽力为之。若有佳音，家老会即刻报于先生。"说完又是微微一礼，飘然而去了。

孰敌孰友，莫能辨。

华贵客人望着夫人背影深深一躬。家老低声道："先生放心，公子夫人是老晋国郗克元帅的玄孙女，比公子的神通还广大。夫人从来不见客人，先生真是天命财星也。"

"多谢家老关照，猗垣告辞了。"说完，客人与俊仆登车而去。

辚辚轺车行驶在昏黄幽暗的王街，驾车的俊仆猛然抽泣起来。

这"哭"，有讲究。伏笔。

华贵主人低声严厉地斥责："这是何等地方？不许哭！"

俊仆的抽泣声戛然而止，打马一鞭，驾车驷马展蹄飞起，轺车隆隆驶出王街。

五　奇人名士　洞香春波诡云谲

公叔痤陵园里，潜心读书的卫鞅忽然间感到了烦乱。

庞涓走后，卫鞅默默思忖了一整天，判定庞涓不会再打自己的主意，纵然打主意，也绝不会将自己当作对手陷害。然则以后如何？守陵之后该去何处？数遍天下战国，竟是无一满意处。最后想到了齐国尚算差强人意，然而对齐国近年来的情势却是不甚了了。反复思虑，卫鞅觉得自己应当回安邑一趟，尤其应当到洞香春去走走听听，那里是天下传闻聚会处，对想得到任何一种消息的人来说，那里都是好去处。想定主意，便对守陵总管说要回丞相府拉一车书来。总管自是欣然应允。卫鞅便骑了一匹闲置的白马，向安邑城从容而来。

回到丞相府，卫鞅先见过了老夫人，禀报了陵园安然无事的诸般消息，又说了一车书的请求。老夫人抹着眼泪连连点头，叮嘱他在府中多住几日，莫要急着回陵园去受苦。从夫人房中出来回到自己的小院，卫鞅脱去守陵孝衣，换上了一身吏员士子通常穿的长布衫，出门对家老说自己去拜望一个友人。家老要派一辆官车送他，却被他婉言谢绝了。

出得丞相府，卫鞅信步向天街而来。

洞香春依旧是灯火通明，门外车马场华车云集，一派富贵兴旺气象。洞香春的特别之一，便是大门前的两名侍者，永远都是白发苍苍而又矍铄健旺的老人，给人一种高贵府邸的感觉。白发侍者看见卫鞅虽然安步当车而来，却显然是个气度高华的士子，谦恭地点头笑迎，问要不要领引？卫鞅微笑摇头，径自进入庭院。

此处写得好。“老人”二字，洗尽暴发户的味道。

洞香春的布局，中央一座三层主楼，后面的园林中则隐藏着几十幢精致至极的庭院雅室。主楼是聚酒清谈、饮茶交友、传闻论战的场所，也是洞香春的轴心。庭院雅室则是达官贵人和学问巨子、外国大商常住或隐秘聚谈的地方，寻常时日似乎冷冷清清的，然而恰恰这里才是洞香春真正的生财之地。对卫鞅来说，庭院雅室没有多大意义，和绝大部分来洞香春者一样，他是冲着主楼来的。当他踩着铜包楼梯上柔软劲韧的红色地毡从容走上二楼时，一名俏丽的侍女飘了过来，轻柔问道：“先生要茶座，还是酒座？”卫鞅淡淡回答：“酒座。”侍女便将他领到临窗的一张玉案前，轻扶着他在厚软的座垫上坐好，而后跪行案前轻柔问道：“先生是独酌，或是相邀共饮？”卫鞅道：“独酌消闲耳。”侍女莞尔一笑道：“先生真雅致之士也。敢问喜欢何酒？”卫鞅淡然道：“赵酒一桶，好肉一鼎，足矣。”侍女道：“请先生稍待。”便飘然而去了。

卫鞅打量一番这间宽敞明亮而又华贵高雅的大厅，厅中百余张长案疏密有致地错落着，非但不显拥挤，反而使每张长案都显得是好位置，除非慷慨激昂的说话，否则临座间绝不相互影响。卫鞅不禁暗暗赞叹洞香春主人的运筹才华，油然想到此人若治国理民，定会使国家井然有序。正思谋间，那名侍女右手高高托着一个铜盘，左手抱着一个考究的小木桶飘了过来。侍女膝行地毡，将铜盘安置在玉案正中，将木桶固定在卫鞅左手一个三寸余高的铜座上，然后用一支发亮的铜钥匙塞进桶盖的一个小方孔，只听一声清脆的铜振，桶盖开启，刹那间便酒香四溢。卫鞅虽然没有来过洞香春，但也知道洞香春移花接木的高妙手段天下第一。譬如这赵酒，酒质享誉天下，外卖却都是粗朴的陶罐封存装运。道边茅屋张一面幌旗，这陶罐泥封便显得天成谐趣。然则在这金玉满堂之所，便显得太过村气了一些。洞香春别出心裁，对买回的赵酒重新整治，精工制作了一种青铜包边、桶体雕刻、桶盖设置机关的三斤木桶来装这赵酒，桶身镶嵌了“赵酒”两个铜字。粗朴的赵酒经此一装，倍显华贵，顿时成了名贵的酒中极品，价钱自然也就高得惊人了。虽则如此，还是有许多吏员士子外国使臣甚至赵国商人，仅仅是为了带回一个酒桶装自家的赵酒而欣然来洞香春饮酒的。

更高的“品位”，不在贵，而在精。此各代潮流也。

俏丽的侍女用细长弯曲的木勺从木桶中舀出酒来，如一丝银线般注进玉爵；又轻巧地打开鼎盖，将红亮的方肉盛进一个玉盘中，柔声问道：“先生，这肉割得可算正么？”

卫鞅笑道：“割不正不食，那是孔丘一套。肉之根本，在质厚味美，何在乎方方正正的架势？”侍女嫣然一笑：“先生何以钟爱赵酒？”卫鞅抚爵道：“赵酒以寒山寒泉酿之，酒中有肃杀凛冽之气。”说完淡淡一笑，仿佛觉得不屑与语。侍女道：“先生，酒之肃杀凛冽，赵不如燕。”卫鞅惊讶大笑：

侍女不简单，也突出洞香春的特别，非一般的风月场所。

“你……也会品酒?”侍女微笑着摇摇头。卫鞅旁若无人地大饮一爵,慨然道:“燕酒虽寒,却是孤寒萧瑟,酒力单薄,全无冲力,饮之无神。赵酒之寒,却是寒中蕴热激人热血。知酒者,当世几人也?”一时不由自主地抚爵叹息。侍女再行斟酒,作礼笑道:“先生慢用了。”便飘然离去。

“敢问公子,可是宋国人?”邻座一位白发老人注目遥问。

卫鞅回头拱手,淡然道:“不,卫国人。”

“公子不喜欢宋国人?”白发老人问。

卫鞅揶揄地反问:“莫非老先生喜欢宋国人?”

白发老人举爵:“年轻人,我饮的正是宋酒,有何高见?”

卫鞅淡淡一笑:“宋酒淡酸淡甜,绵软无神,与宋人如出一辙,不饮也罢。”

老人爽朗大笑:“宋人为殷商后裔,深谙美食佳酿之道,所酿之酒,香气醇和,普天之下,无可与之比拟。以人而论,宋国人不务虚名,崇尚实力,素有商战遗风。公子如此蔑视宋人宋酒,不觉持论偏颇么?”

卫鞅大饮一爵,依旧是冷漠忧郁的神色:“宋酒之淡醇,与宋人之锱铢必较,适成大落差。美食佳酿,若非显示人之本色,皆为生僻怪异也。譬如生性好斗,却不食辛辣而嗜好甜品,岂非生僻怪异?前辈以为如何?”

“此言尚算有理。然则宋人如何?足下不以为商战遗风,将使宋人如龙归大海一般么?”

卫鞅冷冷一笑:“前辈明鉴,方今大争之世,远非宋人先祖稔熟的温平时世。精于商道而疏于达变,非但不会龙归大海,反之可能倾国覆没。前辈且拭目以待,宋国灭亡之日,近在咫尺也。”

老人抚须微笑:“宋国可以寿终正寝,宋人却未必。放眼三千年,国人风华何曾与国运盛衰等同?宋人英华聪慧,不等同于宋国称雄天下。魏国人才荟萃,亦不等于魏国终成大业。几多时日,恰恰相反。诚如卫国有公子这般英杰之士,不也是奄奄将亡之国么?根由何在?足下深思可也。”

卫鞅默然沉思有顷,大觉老人话语中隐含着无限深意,不觉离席向前,肃然拱手道:“敢问前辈高名上姓?”

白发老人笑道:“人生相逢,何必相识。足下可愿移樽共席?”

卫鞅在老人案前坐好，恭敬地拱手作礼："前辈洞察深远，以为当今天下何处可去？"此时俏丽侍女已经轻盈走来，将卫鞅的酒肉移放到老人案上，又轻盈而去。

白发老人："若求醇厚凛冽，天下唯一处可去也。"

"请前辈明示。"

"效法老子，西行一游。"

卫鞅略一思忖，用玉箸在长案上画了一个"秦"字，目视老人。老人点头微笑。卫鞅沉吟道："西方之国，中气虚弱，内外交困，谈何醇厚凛冽？不若魏国，若有道之人在位，十年内即可大成。"老人依旧微笑："天下大才，八九在魏。然魏国何曾用过一个？"卫鞅沉默，不由深重地叹息一声。老人淡淡缓缓道："况天道悠悠，事各有本。大才在位，弱可变强。庸才在位，强可变弱。春秋五霸，倏忽沉沦。由此观之，岂可以一时强弱论最终归宿？"

卫鞅眼睛一亮，问道："前辈以为，齐国气象如何？"

"老夫刚刚从齐国云游而来。齐国新近称王，国王田因齐志向远大，筑起学宫广招贤才，气象颇佳。然则齐国旧根基素未触动，齐王号令步履维艰。老夫曾与齐王有一面之晤，观齐王之相，一方称霸可矣，不足王天下。"

"然则，总比秦国有底气也。"

老人微微摇头："未必如此。且不说秦为久战之国，亡秦难于登天。单以秦国新君论，即有越王勾践卧薪尝胆之气概。栎阳城新近传闻，秦国新君嬴渠梁，在政事堂立了一座国耻刻石，自断左手两指，以鲜血涂写国耻二字。此君宵衣旰食，勤政爱民，兼刚毅果决，诚为战国以来闻所未闻之国君。老夫观之，只怕秦国崛起，就在今世。"

卫鞅听得怦然心动，正想发问，却闻邻桌议论喧哗之声大起。一个蓝衫士人高声道："知道么，魏王与齐王比国宝，

齐威王创稷下学宫，齐宣王时学宫达到鼎盛。《史记·田敬仲完世家》载，"宣王喜文学游说之士，自如驺衍、淳于髡、田骈、接予、慎到、环渊之徒七十六人，皆赐列第，为上大夫，不治而议论。是以齐稷下学士复盛，且数百千人"。稷下学宫对战国学术流派的发展，意义重大。

魏王说国宝是夜明珠，齐王说国宝是人才！”一紫衣剑士接道：“夜明珠是国宝？魏国可就要完了！”另一竹冠士人道：“我要到齐国去。齐国办了个稷下学宫，每个士子一所三进宅院，孟夫子都要去了！”那个剑士却高声道：“要去还是秦国，老子都曾在秦国讲学布道也！”又一个士人慷慨道：“六国分秦，你等不知道么？秦国就要完了。那个秦国新君登位，竟然不准国人庆贺，不准乡宴。你说哪个国君登位不大贺三月？不准庆贺，分明是无礼蛮夷之邦！”有人呼应道：“对！不克己，不复礼，亡国征兆！”另有士子愤愤喊道：“克己复礼有何用？秦国不误农时，反倒蛮夷了？你们儒生偏会不着边际！一个穷国，老百姓吃西北风乡宴哪！”又有人高声嘲笑：“难怪孔夫子周游列国没人敢用，你等就讲这种不吃饭的礼啊！”

高层往往默不作声，臣下则各自揣测，不一而论。醉翁之意不在酒，品酒实为论政。

众人哄然大笑。白发老人与卫鞅却都沉默着。

这时，一个红衣士人走进，在侍女引领下坐于卫鞅邻座。酒肉上案后，红衣人自顾饮酒，偶尔看看邻座的卫鞅和老人。卫鞅没有在意此人，向老人拱手问：“敢问前辈治哪家之学？”老人笑道：“生性散淡，驳杂无长，谈何治学？不若公子专精一学，躬行实践。”卫鞅笑笑问道：“既是杂家，前辈对天下诸家有何褒贬？”老人朗朗笑道：“诸子百家，无根不生。适者生存，何须褒贬？”卫鞅笑道：“前辈高洁，却未免过分出世也。”

红衣士人一直注意二人对话，此刻转过身来向卫鞅一拱手，笑问：“先生对前辈所答，似嫌不足，敢问先生对天下诸家有何褒贬？”

卫鞅心中原本郁闷，加之酒力冲击脸泛红潮，一时颇为兴奋。见红衣士人有意论战，直抒胸臆道：“诸子百家，务虚论理者多，经世致用者少；怀古念旧者多，推动时势者少；纠缠细目者多,紧扣大要者少。先生以为如何?”

“妙!”红衣人击掌笑道,“三多三少。看来先生推崇创新,注重致用了。但不知先生对天下大势可有高论?”

卫鞅大饮一爵,一泄胸中块垒道:“方今天下,战国争雄,诸侯图存,是为大势。争雄者急功近利,唯重兵争,却不思根本之争。是故争而难雄,雄而难霸,霸而难王,终未有大成之国也!三十余中小诸侯,或以守成图存,或以依附图存,或以斡旋图存,若郑庄公以小国求变图存而成小霸者,竟无一国。以此观之,中小诸侯难逃厄运,争雄之大国难有所成。先生以为如何?”

一篇慷慨,竟引来厅中聚酒者引颈相望。纷争之世,时世潮流的变化与每个人的归宿息息相关,人们自然是倍加关心,但有议论便想听个究竟。此刻见这个布衣士子出语大是不同凡响,士子商贾吏员人等便纷纷聚拢而来,自然围成了一个大圈。洞香春侍女对此等情景习以为常,从容地将每个客人的酒案就势转移,片刻间便形成了一个众人聚酒论战的氛围。转移之间有人鼓掌赞叹:“好!口辞简约,义理皆通,确为高论!”

“且慢!先生说争雄之大国难有所成,岂非一言骂倒天下?我看楚国就能大成!”

卫鞅见有人发难,雄心陡起,拍案笑道:“这位先生,未免太过一厢情愿也。楚国虽地广人众,但变法却是浅尝辄止,依然被世族封地分割得零零碎碎,法令不能一统,国力不能凝聚。时至今日,连一个奄奄一息的越国都奈何不得,谈何大成?谈何争雄?”

众人一片哄笑,显然是应和卫鞅,嘲笑那个拥楚士子。此时那个红衣人却向众人抱拳拱手高声道:“诸位且慢,容我问完先生。”转回身道:“六国分秦,事在紧急,何以时近一月,两边皆无声息?”这是刚刚传开的消息,又是实实在在的眼前大事,自然是人人关心,人人都要听听这言必出新的年青士子的说法,场中骤然安静下来。

卫鞅稍有沉吟,微笑道:“以在下推之,目下虽无巨浪掀起,水下却必有大动。然两边皆非阳谋,此处却不便道来。”

红衣士人傲慢的笑容一扫而去:“先生以为,六国分秦,魏国当持何策?”

卫鞅猛然举爵,却没有了酒。侍女飘然飞来,轻灵斟酒。卫鞅举爵饮尽,正色道:“大事不赖众谋,大功不赖联军。六国灭秦,不若魏国独当。合力虽则势大,然则裂缝亦大。若魏国独对秦国,强力敦促其回迁西部雍城,否则,逼迫秦国割让东部十城以保栎阳。若秦都西迁,东部必弱,魏国河西大军可一鼓破之!秦国若割让十城,则秦国沃土尽失，陷入西陲一隅，当有国破之危也。”

伯乐不常有，千里马实际上也不常有。孙皓晖存心要在这里为双方设一个机遇。

白发老人未动声色，身体却是轻轻一抖。红衣人揶揄笑道：“如此轻松，要大军何用?”卫鞅冷冷一笑：“先生若不知上兵伐谋为何物，也就罢了。”一副不屑与之再辩的神色。红衣人却非但没有不悦，反倒是爽朗大笑：“中庶子卫鞅果然不凡！佩服。”

有人高声问道：“这位是中庶子卫鞅，却不知红衣先生何许人也?”

“士人论政，时下风尚，何须留名？告辞。”红衣人起身一拱，大袖挥洒而去。

卫鞅默然，又举爵一饮而尽，低头默默思忖着。围观众人见骄傲的红衣人已去，年轻人似乎已经无心论战，便也纷纷散归原处，大厅中一时又静了下来。白发老人悠然道：“公子坚刚严毅，锋锐无匹，划策之精到实是罕见。然算划深刻者，阻力必大，望公子以天算为本，徐徐图之。”卫鞅猛然抬头，爽朗大笑道：“前辈，我更相信人为。”

不想红衣人报出卫鞅名字后，厅中已经议论纷纷。为卫鞅上酒的侍女轻步如飞，向后厅飘去。片刻之后，一个清秀异常的布衣士人来到大厅。此时白发老人正和卫鞅殷殷道别，布衣士人便站在厅口屏风一侧专注地端详卫鞅。卫鞅送走老人，回身来到自己案前，将一个金饼放到铜盘中便要出厅。却不想侍女捧着金饼轻柔笑道：“洞香春主人立规，客人但有高论，分文不取。敬请先生收回。”卫鞅一怔，却是爽朗一笑，也不推辞便将金饼收起。侍女低声笑问：“不知先生明日还来否?”卫鞅酒意犹在，揶揄笑道：“也是分文不取么?”侍女点头笑答：“也许永远都是。”卫鞅对这慷慨的回答似感意外，不禁又一阵大笑，径自出厅下楼去了。走到庭院树荫处，却听身后有人道：“先生留步。”

卫鞅回头。一个清秀的布衣士人拱手迎来："闻听先生颇通弈道，不知肯赐教否？"卫鞅惊讶道："你是何人？如何知我喜欢棋道？"布衣士人道："游学士子而已。安邑城对洞香春没有秘密。"卫鞅听说是游学士人，不禁释然笑道："今日无此心思，下次若邂逅，定当就教。"布衣士人道："洞香春既可手谈[①]，又可广闻博见，先生何不多多光顾？"卫鞅揶揄笑道："多多光顾？洞香春博金如海，只怕成了顾光。"布衣士人被逗得"噗"地一笑，忽然孩童般顽皮地笑道："怕它何来？洞香春棋室从来分文不取的。再说，店东请我谋划雅室改装，特许我有一个好友来访。"卫鞅见他少年般天真，童心忽起，哈哈笑道："那么我来就说，找这么一个布衣游学？"手中比画着他的清秀模样。布衣士人脸泛红晕笑道："用不着，你进门我就知道。"卫鞅笑道："也好，反正我近日要来一次。"布衣士人道："最好后日晚上。"卫鞅笑问："却是为何？"布衣士人笑答："后日我歇工。"卫鞅大笑："为人做事，身不由己也。好，我走了。"说罢扬长而去。布衣士人却站在树荫里静静地望着他的背影，直到卫鞅去远。

次日清晨，丞相府刚刚开始洒扫庭除，卫鞅骑着白马驰出城外。

沿着涑水[②]岸边一阵急驰，他身上已是微微冒汗。放马跑出三十余里，卫鞅走马而回。想到昨夜在洞香春遇见的白发老人，他便不能安宁，总是感到老人身上有一种说不清看不透的神秘。卫鞅油然想到古代姜尚、百里奚甚至自己的老师，这些年岁高迈却依然心怀天下的大才高隐，都是可遇不可求的奇人。昨日经他一番点拨，的确有茅塞顿开之感。自己原来何曾想到秦国？何曾想到这样的贫弱之国也可能有所作为？看来自己几年来专注于魏国，潜心于书房，对战国情势已经有所生疏了。洞香春看来还得去，那里那种赤裸裸的辩驳论战和毫无掩饰的秘闻传播，几乎就是一个消息海，一个不同形式的智慧战国。卫鞅相信再去几次，就能决断出自己的出路。想到这里，他眼前浮现出那个俊秀明朗的布衣士人，想到了他孩童般顽皮的笑容和为了手谈的良苦用心，不由"噗"地笑了出来。无垠宇宙[③]，茫茫人海，不期而遇一个毫无心机的棋友，也算一件舒心的事了。自己在陵园至少还得守一段时间，竟日苦读有时也感到枯燥难耐，若能将这样一个顽皮可人的小棋友邀去消磨消磨，也是快事一桩……突然，他看见涑水南岸码头停泊了

---

① 手谈，下围棋。

② 涑（sù）水，水名，在山西省西南部。源出绛县太阴山，西南流入伍姓湖。

③ 宇宙，语出战国早期名士尸佼论著，见《尸子》下卷："天地四方曰宇，往古来今曰宙。"

一只小船,船上的红衣人竟好像是昨日在洞香春的辩驳对手。卫鞅眼力极好,相信自己不会看错。一种莫名其妙的感觉,使他不想在此处遇见此人。他圈转马头,直上山坡,隐在树后向河边观望。

南岸边驶来一辆华贵的轺车,车后有一队骑士。从下车官员的步态看,好像上将军庞涓。卫鞅没有看错,这正是上将军庞涓为红衣人送行。两人的对话随风飘来,很是清晰。

"上将军,这辆轺车价值不菲也。"

"先生见笑了,此乃魏王所赐,迎送必得乘坐。庞涓不能违拗王命也。"

一阵大笑:"上将军,在魏王眼中,你与珠宝何者更重?"

"先生取笑。庞涓不解,先生法家名士,为何定要返回齐国?魏国更需要人才。"

"上将军,慎到志在学宫,不在朝堂。魏国若真的需要人才,眼下就有扭转乾坤的巨子,何不起用?"——啊,原来此人竟是名闻天下的慎到!

"但不知先生所指何人?总该不会是公叔痤荐举的那个卫鞅也。"

慎到一笑:"上将军请我考校卫鞅。我观此人器宇风骨,决然桀桀大才。他对实际政务的精到深刻,令人惊讶。此人若能在魏国为相,与上将军文武相辅,魏国无可限量也。"

庞涓大感疑惑:"噢?此事来得蹊跷!我亲自考校卫鞅,明见他平庸迂腐,几乎只读儒家之书。何以先生竟认为他是相才?"

慎到大笑:"安邑城三岁孩童都知道,上将军与公叔痤将相不和,卫鞅能相信你么?酒肆谈辩,自然是名士本色了。上将军以为如何?"

庞涓似乎停顿了一阵,又传来声音:"先生放心,庞涓当力保卫鞅入政。"

"好!如此我法家将会涌现一个名垂青史的大家了。"

"先生何以甘心将大位留给别人?自己不想名垂青史?"

慎到一阵笑声:"任谁都能名垂青史,何如烧了那堆史书?慎到碌碌中才,居相为政,平平而已,何须徒然费力?"

庞涓:"先生可知卫鞅师承?"

慎到:"慎到相人,不问师门,唯看真才实学足矣。"

庞涓:"多谢先生指教。"

"告辞。"慎到大袖一甩,小船顺水飘然而去。庞涓车骑也辚辚隆隆地走了。

看看小船飘远车马无影，卫鞅方从山坡下来。一路却是心思翻动，谁能想到此人竟是慎到？谁又能想到慎到受庞涓之托找到洞香春考校自己？如此一来，在庞涓面前的一番功夫岂非弄巧成拙？庞涓何以要这样做？难道他根本就没有相信自己？果然如此，岂非证明庞涓依然在怀疑自己？慎到在庞涓面前将自己如此褒奖，岂不是引得庞涓愈发不能放手？庞涓会如何对待自己？想到传闻广泛的庞涓孙膑之间的恩怨故事与庞涓的无情手段，卫鞅不禁心中发紧。庞涓不是公叔痤，永远不可能像公叔痤那样着力举荐自己。庞涓懂得铲除潜在的竞争对手，只要他认定你将是他真正的竞争对手……突然，卫鞅心中一亮——庞涓未必认定自己是潜在对手！但细细琢磨，一时却又吃不准了。凭他对庞涓的体察以及种种关于庞涓的传闻，庞涓自视极高，是极为自信的一个人，未必会因为公叔痤的举荐与慎到的评价而推翻自己的考校。但是，公叔痤与慎到，都以“相人”享誉天下，庞涓又岂能对这两个人的话当耳旁清风一阵？

虽名为六国角逐，实为设一个场面，让卫鞅大放异彩。

一段进城的路，卫鞅磨了整整一个时辰有余，终于打定了主意。

六　棋室里的六国角逐

洞香春的棋室永远都是诱人的。

好小说如百科全书。棋虽为道具，然不作研究，就无法细写、实写。作者的杂学之功，可圈可点。

主楼三层靠近庭院园林的一边，是安邑人人皆知的养心厅。养心厅者，专供客人纹枰手谈之清幽去处也。厅中疏落有致地排列着数十张绿玉案，每案各置做工考究的红木棋枰。北面墙上赫然挂一方特制的巨大木制棋盘，两侧永远站着两名女棋童。寻常时日，吏员士子们饮酒聚谈激烈辩驳之后，三三两两地来到养心厅安然对弈，将那无穷的机谋杀心尽显于黑白搏杀之中。若有特出高手或弈者请求，养心厅执事便会布置大盘解说。这时分散对弈的人们便会停下搏杀，仔细品评大盘棋势，遇到精彩处便喝彩叫好，遇到失算处便摇头叹息。如果说，论战与交流传闻是洞香春的立足根本，那么养心厅的博弈便是洞香春的灵魂。

养心厅中最显眼的，是大盘下立在玉石架上的一张厚厚的铜板。铜板上刻着八个大字——连灭六国者，赏万金！煞是惊人。战国士子无不知棋，棋道杀伐中，士子们每每将对方与自己比作相互交战的两国一决生死。大厅中常常有诸如"赵国死矣"的叹息或"楚国得三城"的叫好，便是对双方的大势评判。时日长了，洞香春便将这习俗变成了一种棋外的规则，使弈者竞争更加激烈。弈者进厅入座，棋童便捧来一个铜鼎，鼎中是刻着字的七大战国与三十余中小诸侯国的圆形铜板。弈者伸手抓出一枚铜板，上面的国号便是自己一方的代号。若双方都摸到了大国，围观者便会助兴高喊："燕楚大战，好！"若一方是大国而另一方是小诸侯，人们便会替小诸侯摇头叹息，若小诸侯一方胜了，人们则会加倍地兴奋喊好。若这时厅中恰恰有该国士子，他们便会高兴地请胜利者和客人们饮酒，而且会将这看作是国运的暗示。洞香春立下规矩，但有连灭"六大战国"而"统一"天下者，赏万金！然而数十年来，从来没有人在这里哪怕是连灭三大战国，所以那铜板镌刻的悬赏文告竟是始终不能拆除。正因为这种博弈规矩与风云动荡的天下大势隐隐暗合，所以那种国运与棋道交相刺激的诱惑，是其他聚谈甚或论战都不能替代的。

今日午后，养心厅来了一位非同寻常的客人。这便是那位面目黧黑的薛国商人猗垣。他和那个面白如玉的俊仆来到养心厅时，厅中已经有三十余座在捉对儿搏杀。华贵轩昂的黧黑商人微笑着对女执事道："何座胜多？"女执事恭敬地将黑白主仆领到中间一案前道："这位先生已连灭三家诸侯，格杀凌厉，无可匹敌。"猗垣拱手微笑道："在下愿与这位先生对阵，不知先生肯迎战否？"座中中年士人正在独坐饮酒，闻言矜持笑道："迎战何难？只是须得让子搏杀。"猗垣爽朗大笑道："一战若败，再让不迟。"中年士人点头笑道："然也。"猗垣回头对执事道："敢请安置大盘。"女执事兴奋地答应一声，回身向棋童道："伺候大盘，摆案。"

片刻之间，养心厅中央单列出一座晶莹碧绿的长案棋枰。待双方坐定，秀丽的女棋童捧来铜鼎请二人定名。中年士人伸手入鼎，摸出一个铜板"啪"地打到案上，不由兴奋大叫："好！楚国！"黧黑商人摸出一枚铜板一打，却是鲁国，围观者不禁轻轻叹息。中年士人道："大国让先，请先生执黑棋。"言下之意，自然是他选了白棋。黧黑商人笑道："恭敬不如从命了。"便伸手将一枚黑子清脆地打到左上三三位，手未缩回，中年士人已经将一枚白子"啪"地打在右下星位。商人略一思忖，再将一枚黑子打到左下三三位。此时大盘下的棋童已经变成了四个，两个在木梯上站立，两个在地上站立。棋案前女执事高声报棋："黑棋左上三三，白棋右下星位，黑棋左下再三三——"棋童便将带有短钉的特制棋子摁进所报位置。

三手棋一出，大盘下的围观者一阵嗡嗡议论，大部分是替"鲁国"叹息，一人高声道："鲁国守势太过！"年轻商人却是不动声色。

观棋不语真君子。

随着大盘棋子不断增多，只见"楚国"形势广阔，"鲁国"却是抢占了四个大角，中腹一队"鲁军"正在出逃。显然，"鲁军"若逃出，则"楚国"地、势皆失。"楚国"若擒获"鲁军"，则灭"鲁"无疑。养心厅中寂静无声，观者无不为"鲁国"担心。一个大红长衫的鲁国士子竟是额头冒汗，连连搓手。这时"鲁军"眼看山穷水尽，却突然掉头攻击"楚国"不甚整肃的追兵，且一举切断追兵归路，十余回合激战，竟将与大本营割裂的一队"楚军"歼灭。

"好——鲁国万岁！"那个额头冒汗的鲁国士人激动得嘶声大喊，厅中一片鼓掌喊好之声。几个楚国的黄衣士子不禁连声叹息，跺脚唏嘘，如丧考妣一般沉痛。鲁国士人高声喊道："执事，上酒！每位先生一爵，鲁国泰山老酒！"片刻之间，一队侍女飘来，每个士子手里都有了一爵红亮亮的泰山美酒。鲁国士人举爵笑道："为鲁国不衰不灭，干！"遵照为胜利者庆贺的规矩，所有人都举爵呼应："为鲁国不衰不灭，干!”全场一饮而尽。

中年士人向年轻商人一拱手道:“先生精通博弈,在下佩服,明日再请赐教。”转过身又对几个楚国士人深深一躬,大有羞愧之色,匆匆下楼去了。

这时,天色已近黄昏,养心厅已经灯火通明。兴奋议论的士子们纷纷和黧黑的年青商人商讨方才的激战。那个面白如玉的俊仆,却只顾站在棋枰前凝神沉思。这时,人群中出现了那个画工布衣士子,目光在厅中巡睃,似乎感到失望。突然,他眼睛一亮,快步向大厅门口走来。

卫鞅出现在养心厅口,依旧一身白衣,凝重飘逸。

布衣士子从背后轻轻一拍,低声笑道:“兄台来也。”卫鞅回头一看,高兴地笑道:“如何不称先生? 非礼也。”布衣士子笑道:“俗套。手谈友人,自应是兄台了。”卫鞅亲切微笑道:“甘做小弟,却是亏了。”布衣士子道:“得遇兄台,亏之心安也——”拉了一个长长的尾音。卫鞅不禁大笑:“还真是亏了啊?”转低声音道,“哎,回头到我的山里去手谈,如何?”布衣士子高兴得笑出一脸灿烂:“妙极妙极!”卫鞅道:“今日如何手谈?”布衣士子颇为神秘地笑道:“小弟听执事讲,方才有个大商棋道精湛,灭了‘楚国’,兄台先胜他一局如何?”卫鞅摇摇头笑道:“灭国棋战? 那你? 还是你我消磨了。”布衣士子道:“兄台不知,小弟最喜欢看棋。杀败那人,小弟为你庆贺。”卫鞅笑道:“输了如何?”布衣士子又露出顽皮的笑容:“小弟为你一哭。”卫鞅不禁哈哈大笑:“好,听你哭。”

布衣士子领卫鞅来到中央案前,只见面目黧黑的年青巨商正在若有所思地和他的俊仆摆方才激战过的那盘棋,一边摆一边品评讲解。卫鞅端详有顷笑道:“楚国何其蠢也?”主仆抬头,商人笑道:“先生对‘鲁国’不以为然?”卫鞅淡淡一笑道:“机敏有余,大局不足。”商人揶揄笑道:“如此品评,先生定是弈道高手了?”卫鞅笑道:“尚未见阵,何论高低?”商人豪爽笑道:“可否与先生对弈一局?”卫鞅点头道:“大盘?”商人豪爽道:“大盘。”

卫鞅回头笑道:“小弟,如何?”

布衣士子高兴地上前:“二位请入座。我识得执事,即刻安置。”说完轻步走向厅后月门。

两人刚刚坐定,侍女便捧上赵酒给二人斟起。卫鞅与商人同时举爵相向,一饮而尽。也就在这片刻之间,大盘与棋枰均已安置妥当,女执事肃然站于长案前三尺处,养心厅士子们也围拢在大盘下啧啧感叹今日的奇遇。布衣士子却只站在卫鞅身后，不断打量对面的商人。玉面俊仆站在商人身后，也不断注视对面的卫鞅，眼中大有光彩。棋童捧来铜鼎请二人定名，商人摸出一个“魏国”，厅中顿时哗然喝彩。商人却是一怔，又是淡淡的一笑。卫鞅随意一摸，却出来一个“秦国”。围观者不禁一阵叹息。卫鞅心中闪过白发老人，不由自主地大笑起来。

“敢问先生，笑从何来？”商人拱手正色，似乎特别在意对手为“秦国”的大笑。

卫鞅豪气勃发：“人言弱秦，安知不会在我手中变为强秦？”

商人长长嘘了口气：“先生，岂不知我手中的魏国更强大？”

“强弱之势，古无定则。强可变弱，弱可变强。变化之道，全在人为。安知魏国不会萎缩弱小？”卫鞅决胜心起，双目炯炯发亮。

世事如棋局局新，强弱胜负，事在人为。

年轻商人似乎也特别兴奋，慨然道：“秦为弱国，先生请。”

卫鞅盯着棋枰，也不谦让，一枚黑子“啪”地打到中央天元上。女执事高声报道：“秦国占据天元——”围观者一片哗然，竟一齐聚拢到棋枰四周。

黧黑商人惊讶地“啊”了一声：“先生何等下法？许你重来，莫将秦国儿戏了。”

卫鞅很是平静：“中枢之地，辐射四极，雄视八荒，大势之第一要点也。如何儿戏秦国？”

“我若占地，先生之势岂非成空？”商人拈一白子，打到右下角位。

女执事高声报道：“白棋第一手，右下三三位——”

众人一片赞叹，纷纷点头。卫鞅身后的布衣士子和商人身后的玉面俊仆却都一齐盯着卫鞅，似乎又紧张又兴奋。

卫鞅淡然道："势无虚势，地无实地。以势取地，势涨地扩，就地取地，地缩势衰。"拈一枚黑子，"啪"地打到右边星位。

"黑棋，右手星座——"

须臾之间，大棋盘上已落九手。黑棋五手均占上下左右中五星位，白棋四子占四方角地。年轻商人凝视棋盘，看黑子构成了一个纵横天地的大"十"字，正色拱手道："先生行棋，着着高位，全无根基，却是何以将秦国化为实地？莫非有意输掉秦国？"急切之情，似乎比对自己的"魏国"更在心。

卫鞅不禁笑道："岂有此理！若有高位，岂无实地？看好你的魏国便是。"

围观者多有魏人，立即一片呼应："先生但下便是！""魏国一定要胜！"

黑面商人不再说话，开始驱动"魏国"攻取实地。"秦国"却是腾挪有致，尽量避免缠斗。几十个回合后，"魏国"角边尽占，仔细一看，却都龟缩于三线以下。"秦国"却是自四线以外围起了广阔深邃的大势，莫名其妙地竟使"魏国"实地明显落后于"秦国"！

哄哄嗡嗡……养心厅整个骚动起来。魏国的吏员士子们急得连连叹息，故意以议论的口吻高声评点，以图给"魏国"一点儿启示和警告。黑面"魏国"却是不急不躁沉思默想，突然打进"秦国"腹地。

"好！"大盘一上子，厅中齐声叫好。布衣士子与玉面俊仆尽皆微微皱眉。

"秦国"没有慌乱，却突然向"魏国"边地切入。"魏国"若被渗透，实地就有可能被搜刮净尽。思忖良久，"魏国"只有回兵抵挡。但是如此回防，"秦国"本有些微缝隙的防线也因此而成了铜墙铁壁。卫鞅舍弃了渗透"魏国"边地的零散"秦兵"，抢得先手，突然向先前打入腹地的"魏军"发动猛攻。由于"秦国"起手占据了中央天元，一队"魏军"无论向哪个方向逃窜，都被从中央逼向四周的铜墙铁壁。堪堪数十回合，"魏军"被四面合围，终于陷入绝境。

养心厅一片愕然，一片沉寂，连叹息声也没有了。

"好——"一声脆亮，布衣士子和玉面俊仆两人不约而同地鼓掌高叫。

随着喊好声，一片沉重的叹息声终于哄哄嗡嗡地蔓延开来。"魏国气运不佳啊。"

“这种打法真教人匪夷所思。”“秦国有好运了，往前看吧。”

黑面商人站起身来肃然拱手：“先生棋道高远，在下输得心服口服。”

布衣士子笑吟吟高声问：“在座诸位，可有不服么？”

一片掌声，一人高声道：“战国讲究个崇尚实力，我等魏人也服了！”话音落点，养心厅一阵喊好喝彩。又一人高声道：“这位先生为棋道生辉，可否指点方才棋理，让我等以开茅塞？”

黑面年轻人也拱手笑道：“在下也有此意，愿闻高见。”

卫鞅心头又一次闪过白发老人的身影——奇怪，如何今日又一次贴近了秦国？对这种蹊跷之事他素来不以为意，今日却总是挥之不去。眼见厅中人等诚心请教，便抛开思绪微笑起身。战国风气，素来没有多余的自谦客套，胸有见解而遮遮掩掩，便会被人大为不齿，一班名士更是不屑于虚己。卫鞅从容上前，指着墙上的大棋盘道：“围棋之道，天道人道交合而成也。远古洪荒，大禹疏导，大地现出茫茫原野。于是大禹立井田之制，划耕地为九九扩大的无限方块。其中沟渠纵横交织，民居点点布于其上，便成人间棋局也。后有圣哲，中夜观天，感天中星光点点，大地渠路纵横成方，神往遐思，便成奇想，遥感天上星辰布于地上经纬，当成气象万千之大格局。神思成技，做经纬交织于木上，交叉点置石子而戏，是有棋道之始也。其后攻占征伐，围城夺地，人世生灭愈演愈烈，棋道便也有了生杀攻占、围地争胜之规则。久而久之，棋道成矣。此乃人道天道交相成而生棋道之理也。”

以棋论世，卫鞅之识见一览无余，作者之思力，亦是不凡。

举座无声，人们仿佛在听一个天外来客的深奥论说。

布衣士子问：“这棋，何以称之为‘围’？”

卫鞅侃侃而论：“人间诸象，天地万物，皆环环相围而生。民被吏围，吏被官围，官被君围，君被国围，国被天下围，天下被宇宙围，宇宙被造物围，造物最终又被天地万物芸芸众生之精神围。围之愈广，其势愈大。势大围大，围大势大。此为棋道，亦是天道人道。棋道圣手，以围地为目标，然必以取势为根基。子子枢要，方可成势。势坚则围地，势弱则地断。若方才之棋，若‘秦国’处处与‘魏国’纠结缠斗，‘秦国’则难以支撑。若以势围地，势地相生，则‘秦国’自胜。因由何在？棋若无势，犹国家无法度架构也。棋若有势，则子子有序，若民有法可依，兵有营规可循也。圣手治棋，犹明君治国，名将治军也。”

年轻的黑面商人离席深深一躬：“先生真当世大才。在下五岁学棋，至今已经二十余年，会过无数名家高手，却未闻此等精深见解。更无一人能像先生，讲棋而超于棋，将棋道、天道、人道、治道融为一体！今日得遇先生，当称三生有幸。不知先生可否与在下做长夜饮？”

庞涓对用间者失察，原因有二：实非治国之大材；为功名所蒙蔽，目不能视，心不能清。

卫鞅笑道：“既逢知音，自当痛饮。”

“好！请到我居所去。”年轻人拉起卫鞅，举步便走。

“这位先生，不能走。”突然，一个冷冷的声音从厅门口传来。

厅中所有目光都转向了养心厅大门。只见一位带剑将军昂昂走进，向卫鞅拱手道：“末将奉公叔夫人之命，请先生回府，商议要事。”卫鞅淡然道：“你是公叔府何人？”来者又是昂昂一拱：“末将新到，未能与中庶子相识，尚请见谅。”卫鞅思忖有顷，对年轻商人笑道：“不期相逢，甚感知音，若有机缘，容当后会了。”黑面商人大有遗憾，却也慨然笑道：“高人可遇难求，但愿后会有期。”卫鞅转身对来将道：“走。”举步间想到那位颇显天真的布衣小弟，想对他道别一声，抬头四望，却不见了他的身影，便不再犹疑，大步出厅去了。

那个玉面俊仆怔怔地看着卫鞅背影，轻轻地一声叹息。

七　卫鞅庞涓　智计周旋

天街之南有一条东西走向的长街，是魏国官员宅邸集中的区域。这里有两座府邸特别显赫，一座是丞相府，另一座便是上将军府。丞相公叔痤已经死了，按照魏国定制：开府丞相死后其眷属应迁出丞相府，搬到国君赏赐的纯粹住宅，这种官署与住宅两结合的官邸应当由继任丞相居住。目下继任丞相虽没有确定，但官场对上将军庞涓出任丞相还是看好的，认为他完全可能同时成为这两座显赫府邸的主人。安邑官场素来以灵动闻名天下，自然是纷纷找出各自的理由来向上将军讨教。就在这已近午夜的时刻，上将军府前还是高车骏马如流，进进出出不断。上将军庞涓近日也一改平素间疏于应酬的习惯，对任何一个拜访讨教者都热诚指点，愿做学生门客者也欣然接纳。这种兴旺热闹，与百步之外幽幽冷清的丞相府适成两端比照，在这锦绣华贵的长街显出了一段宦海沧桑。

十名铁甲骑士护卫着一辆铿亮的轺车辚辚驶来。车上的卫鞅却感到不是滋味。礼贤下士么？派来一个赳赳千夫长。保护贵客么？倒更像是防范他逃走。卫鞅一出洞香春看到这轺车甲士，就揣测到自己将要去的地方。所以他安然上车，也不问为何说到丞相府而不进丞相府，听凭轺车向上将军府驶来。到得车马场轺车未停，直接驶入西偏门，进入幽静的跨院。千夫长在跨院石门前下车，向卫鞅昂昂拱手道："到了，先生请下车。"卫鞅跳下车来，千夫长又向石门前肃立的军吏亮出了一支令箭，军吏肃然退后一步，两人进入幽静的庭院。

庭院正房廊柱下站着一位身穿大红斗篷者，千夫长高声报道："禀报公子，中庶子卫鞅带到。"廊下红衣人挥挥手，千夫长昂昂而去，红斗篷者大笑迎来："卫鞅何其风流，竟到洞香春消遣了，妙也！"卫鞅淡漠笑道："公子卬王族贵胄，竟无居室待客么？"公子卬又是一阵大笑："你啊，总是那么峻刻。来来来，进去就知因由了。"说着拉起卫鞅的手走入烛光明亮的正房。

正房里间是一个精致的小厅，竹简四围，剑架中立，两张长案上已经摆好了鼎爵酒肉，虚位以待。公子卬亲切笑道："卫鞅，请入座。"卫鞅也不说话便坐入南面的客位。公孙皓晖在这里为公子卬与卫鞅的交好大费周章，实为秦胜魏败铺设伏笔。所以，这一节，不可缺。

子卬坐了北面正位，举爵笑道："久未聚首，常怀思念。来，先干一爵。"卫鞅淡淡漠漠地笑着举爵，两人一饮而尽。公子卬慨然一叹道："卫鞅，你刚来安邑，我就与你相识也。五年了，魏卬虽说是王族贵胄，可没有将你做小吏看。你是我的高朋益友，我的军师也。我每有难处，你总是能给我谋划出个好办法。否则，我早被活吞了……来，再干！"

卫鞅笑道："权术谋划，卫鞅不以为荣，聊作游戏耳，何足道哉？"

"好！痛快。不过，我还是要报这个恩。"

卫鞅一阵大笑，只是不接话题。公子卬继续兴奋地说着："昔日，我也曾举荐你到魏王身边做舍人，锦衣玉食，何等贵气？可你就是不去，跟着老公叔泡了几载书房，这叫名士入世么？老公叔器重你么？连个都司徒都不给，最后搪塞，干脆举荐你做丞相！这不是痴人说梦么？丞相那么好做？分明戏弄人也！还说不用你就杀了你，老公叔何其阴狠！若非魏王睿智通达，你岂非大祸临头？终了如何，你还替他守陵，世上还有个公道么？"

公子卬说得慷慨激昂。卫鞅却是面色渐渐阴沉，片刻间连饮三爵，竭力压制自己胸中翻翻滚滚的愤怒之火。对公子卬这样的人他能如何说辞，此时此地此人，都不是自己应该辩白的，唯一要做的，就是忍耐，忍耐。公子卬却是另一番感受，他很是同情卫鞅，很是理解卫鞅的心绪——经他点拨，卫鞅醒悟过来，心里自然不好受。他便举爵陪卫鞅连饮了三爵，叹息一声道："卫鞅啊，不要难过。天无绝人之路。今日请你，就是好事一桩。上将军庞涓听我说到你的才具，十分器重，想委你做他的军务司马，职同中大夫，比中庶子那是天上地下了。如何？时来运转也。"他讲得兴致盎然，溢出浓浓的施恩救人了却心愿的快感。

“军务司马，职同中大夫，不小。”卫鞅淡淡一笑。

“有三进宅院，三尺轺车，十名甲士，年俸三千斛也。”

“又悠闲，又风光。人云：‘想舒服，中大夫。’对么？”

公子印大笑道：“鞅兄呵，你是说透了。再说，你到上将军府对我也好。”说到后半句，他压低声音神秘地一笑。

卫鞅摇摇头道：“公子高论，卫鞅不明。”

“你啊你，书房真将你给泡迂了？有你在此，这里的事我也清楚些许。你放心，有我在，没有谁敢动你。”

刹那之间，卫鞅的炯炯目光盯住了公子印，倏忽之间却又消失，脸上现出淡漠的笑容：“公子良苦用心，卫鞅感念不已。只是卫鞅与这做官无缘，如之奈何？”

“却是为何啊？”厅外传来浑厚的话音，随之走进一个红衫拖地长发披肩显得洒脱随意而又不失气度的人，赫然便是上将军庞涓。

公子印连忙道：“卫鞅，上将军到了，还不见礼？”

卫鞅离席而起，躬身一礼道：“中庶子卫鞅，参见上将军。”

“入座，入座。”庞涓坐到横置的长案前，抚着长须悠然笑道：“卫鞅啊，我的掌书说你博学强记，六经皆通。公子对你更是大加赞赏。军务繁忙，老夫没有亲自登门求贤，多有得罪，还请见谅啦。”

卫鞅谦恭道：“鞅区区小吏，何敢劳上将军大驾？”

“卫鞅啊，军务司马可是赞划军机的要职，你何以说与做官无缘？”

“禀上将军，公叔丞相新丧，我正在为师守陵，不宜入仕为官。”

公子印急切道：“非亲非故，连正宗学生也不是，你何须为他守陵？”

“公子此言差矣。公叔丞相教诲五年，待我不薄，卫鞅自当以师礼报之。我儒家素来以孝道为第一大礼，况我守陵为魏王亲点，岂敢半途而废？”一番话当真有儒家的认真执拗。

公子印情急道：“那有何难？我向魏王禀明实情，开脱守陵便是。”

庞涓一直静静地看着卫鞅，向公子印摇摇手，回头道：“当今名士，谁不想建功立业？卫鞅难道不想跟我征战列国，一统天下，名垂青史？”

“三年礼尽，卫鞅定到军前效力。”卫鞅恭敬地拱手回答。

甘 龙

突然,庞涓哈哈大笑道:"卫鞅莫非自命不凡,嫌官小职微?"

"小小中庶子,卫鞅做了五年,上将军自然知晓。"

"莫非想到他国求职?"

"若去他国,何待今日?"

公子卬满脸不悦,叹息一声:"上将军,让他自己慢慢参详去也。"

庞涓大度地笑道:"儒家之士,多有坚贞。卫鞅尽大孝之礼,名正言顺也。卫鞅,你若守陵期满后能来我军中任职,就算本上将军没有看错你。"

卫鞅深深一躬道:"多谢上将军成全。"

庞涓一拍手,走进那个昂昂千夫长。庞涓正色命令道:"卫鞅已经是我军务司马,守陵期满后赴任,你带一百名军卒护卫司马,不得出半点差错。"

"末将遵命!"千夫长昂昂应命。

公子卬拊掌大笑:"上将军求贤有术,真个高明,我看你卫鞅敢不做官?"

大智若愚巧周旋,王翦、萧何也曾用此招。

卫鞅沉吟有顷,期期艾艾道:"既然如此,上将军,预发我俸金么?"

庞涓心中顿时一松:当一个人计较官俸的时候,那就意味着没有威胁了,于是欣然道:"卫鞅所请有理,司马官俸、车马、府邸,一应从年后发放。"

卫鞅诚惶诚恐地一躬:"多谢上将军恩德。"

公子卬一阵大笑道:"你这卫鞅,却是前倨而后恭,只服上将军也!"

卫鞅略带愧色地笑道:"公子见谅,卫鞅原也敬服公子。"

庞涓与公子卬不约而同地大笑起来。

深夜，昂昂千夫长“护送”卫鞅到丞相府门前。卫鞅谢绝了车马入府，在幽暗冷清的丞相府门前下了车。望着轺车远去，他怔怔地站在树下，不禁一声沉重的叹息。

突然，身后有轻轻笑声。

卫鞅一惊，迅速回身，却见那个清秀的布衣士子笑吟吟站在面前。卫鞅生气道：“如何没个正形？夜半游魂一般。”布衣士子笑道：“你如何不问你走时我到何处去了？”卫鞅板着脸道：“你不说，我问你何来？”布衣士子道：“啊，我却知晓，中庶子卫鞅变吏为官，成了军务司马，明年就有官俸了。”卫鞅惊讶得一时无对，思忖间凛然道：“实言告我，你何许人也！”

布衣士子一笑：“无论我是谁，都不会有损兄台丝毫。我来，是提醒你一件事。”

“提醒我何事？说！”

“凶巴巴的，名士都这样么？”

卫鞅被他说得有些尴尬，想想也是没来由的声色俱厉，不由笑道：“好，向小弟致歉了。请问，要提醒我何事？”

“哼，像个老儒，还不如凶巴巴。”

卫鞅不禁哈哈大笑：“哎呀呀，你这小弟，难缠得紧。说话，别噘着嘴了。”

布衣士子看着卫鞅，脸色红布一般。卫鞅亲切地拍拍他肩膀：“莫紧张。有不好的消息么？”布衣士子身子轻轻一抖，又立即镇静下来道：“兄台，与你对弈的那个大商，是秦国密使。”

卫鞅闻言，惊讶得说不出话来。又是秦国？洞香春的种种巧合刹那间在他心中闪过——老人说秦国，下棋执“秦国”，对手又是秦国密使——莫非真是天意？倏忽间，一阵警悟从心头掠过，竟有清凉舒畅之感。卫鞅长长出了一口气，无论如何，他至少能明确断定，秦国密使至少对他没有恶意，不会是坏事。突然，他对这个短暂相识的布衣士子顿觉亲切，双手扶着他的肩膀释然笑道：“不问你是谁，多谢你了……哎，你身子为何发抖？凉风吹的？”卫鞅说着解下自己的长衫，给布衣士子披在身上。

布衣士子微微喘息：“略受风寒，不打紧。兄台莫要再去洞香春了，有大传闻我来告你。”

“又不让我去了？好，不去。哎，是否你不在洞香春做了？”

布衣士子摇摇头笑道：“你本该回陵园了，又牵挂消息不通，解你一难还不好？”

卫鞅没有想到这个邂逅的少年这般聪颖，竟然能想到他的处境，不禁涌上一种欣慰，轻轻一叹道："是啊，我不能老在上将军眼皮下转悠，我应当离开，也得好好思谋一番，许多事情我还得想透才是。"

布衣士子一拱手笑道："我走了。长衫给你。"

卫鞅笑道："下夜凉如水，给我何来？"

布衣士子又露出那种顽皮的笑容："兄台一件官衣，明日如何出门？"

卫鞅被他说破，不禁哈哈大笑："你也，鬼灵精！我这小吏无车，不能送你，不若到我的小屋痛饮手谈一夜，如何？"

布衣士子明亮的眼睛一扑闪，笑道："洞香春近在咫尺。我走了。"说完径自匆匆去了。

第四章　秦国求贤令

一　车英出奇计　洮水峡谷大血战

行缓兵之计，秦争取宝贵时间。无论是“卑秦”还是“惧秦”，秦弱、秦穷是事实。

终于，秦孝公接到了景监送回的紧急密报——两个月内六国不会攻秦。

这时，渭水平川的老霖雨缠缠绵绵地下完了，正是太阳刚刚晒干地皮的时候。他看完密报，打马出城，沿着栎水北岸向西飞驰出三十余里。遍野葱绿，阳光明媚，秦孝公心中的阴霾也终于淡开了一些。在飞驰的马背上，他的第一个念头就是，如何利用这两个月化险为夷？在弱肉强食的战国，任何诺言和盟约都是不可靠的。景监说两个月无事，肯定是费尽了周旋。即或如此，也难保魏国上层在两个月中不发生变化。秦国要消除这次灭国之危，秘密斡旋分化六国固然重要，但这绝不是消除危难的根本点。最重要最根本的是，秦国必须抓住斡旋分化所争取到的短暂时日有所作为，至少彻底解除西陲的后顾之忧,将两面受敌变为一面防御。但是,西陲的危险部族还没有公然发动叛乱,秦军能先发制人么?这些部族和山东六国不同,他们在没有叛乱的时候依旧是秦国臣民,无端进攻即或取胜也是后患无穷。西陲大大小小几十个部族方国,从此将不再信任秦国,从而酿成连绵不断的骚动叛乱,这是任何一个大国都难以应对的,况且秦国还是积贫积弱的时期。然则,若被动等待他们发动叛乱而后击之,秦国又必然陷入两面作战,即或取胜,也必须以东部的丢城失地大血战为代价。万一不测,秦国有可能尽失关中,重新被挤回到陇西河谷。无论哪个结局,都是秦国所必须避免的。可是,其中的兼顾之策在哪里?不妨派一个干员到陇西和左庶长嬴虔商议,看有没有一个尽速解困的好办法。

太阳偏西时分,秦孝公才走马回城。

来到国府门前,他正准备下马,却听到一阵隆隆之声从身后急骤而来。一回头,只见一队战车急匆匆驶来,驾车者竟全是少年兵士。秦孝公感到诧异,栎阳城的老战车早就废弃了,如何竟有如此多的少年兵卒驾战车上街?正在此时,为首战车上的一个年青将佐向后举手高喊:“停!”十余辆战车便辚辚隆隆地停了下来。秦孝公在街边大树旁下马,想看看这队战车究竟在做何军事?这时只见带剑小将军利落地跳下战车,到中间一辆战车前俯身察看车轮,又敲又打,竟一刻未完。秦孝公少年从军,对战车颇为熟悉,不禁走到战车前问:“病车么?”小将没有抬头:“行车声音不对,还没找出车病。”秦孝公道:“你起来,我来试试车。”小将抬头,见一个身穿软甲外罩斗篷,稳健厚重却又难辨年龄的将军站在面前,连忙拱手道:“是,请将军试车。”

秦孝公熟练地跨上战车,驾车向前疾驰一段折回,跳下战车道:“这辆战车,车轴磨损过甚,行将断裂,要换新轴。”小将露出钦佩神色,高声道:“将军,末将立即更换新轴!”秦孝公问:“这些老旧战车,你等驾出来何用?”小将肃然正色道:“禀报将军,秦国兵少力弱,末将想让这些未上过战场的新卒学会战车格杀,万一危急,这些老旧战车也可派上战场!”秦孝公大感欣慰,笑道:“你有此预想,堪称为将之才。今年多大?竟然是黑鹰剑士了?”秦孝公指着小将胸前的铁质黑鹰讶然赞叹。这种黑鹰徽记是秦军对剑术竞技中最优秀者的特殊标记,极难得到。

小将挺身拱手:“末将今年十八岁,十六岁时军中大校,得到黑鹰剑士。”

秦孝公惊讶笑道:“十六岁?比我还早一年?名字?”

“末将子车英，军中唤我车英。”

秦孝公心中一动，若有所思：“子车？子车氏？你，你与穆公时的子车氏三雄可有渊源？”

小将稍有沉吟，低声道：“穆公子车氏，正是末将先祖。”

刹那之间，秦孝公大为惊喜。子车氏三雄，那是秦穆公时候的三位名将贤臣。穆公将死时昏昧不明，竟下令这三位同胞英雄殉葬，引起老秦人的深刻哀伤，伤逝歌谣传遍了秦国的田野山村，又传到东方各国。三贤殉葬，子车氏一族泯灭，秦国也奇怪地就此衰落了。此后百余年间，秦国没有名将名臣出现。这是秦国的一段漫漫长夜，也是老秦人耳熟能详的悲惨故事。作为国君，秦孝公对这段历史熟悉得不能再熟悉了。常常是深夜时分，他会在书房里低哼着那首深沉忧伤的歌谣，默默地痛彻心脾地反省思索，激励自己不要重蹈先祖的覆辙。今日，竟然不期遇见子车氏后裔，他胸中顿时奔涌出一股热流，上前抓住小将的双手道：“车英，会唱那首《黄鸟》么？”

少年将军含泪点头：“将军，你也会唱《黄鸟》？”

“心祭先贤，我等一起唱。”秦孝公也是泪光闪闪。

车英颤声道：“将军，这是国府门前，还是莫唱《黄鸟》。”

秦孝公高声道：“车英，我就是国君嬴渠梁，唱……”

刹那之间，车英双泪奔流，扑身跪倒，哽咽一声道：“君上！”

这首《黄鸟》，寄托着老秦人对子车氏三雄的深深思念，也隐含着对秦穆公的重重谴责。今日国君要唱《黄鸟》，那是一种何等惊心动魄的预兆啊！年少睿智的将军如何能对自己家族的苦难无动于衷？一时间泪如泉涌。

这时，战车上的少年兵卒们也一齐下车跪倒高呼：“君上——”

孙皓晖巧借史实，想象出子车氏后人的作为，功力不浅。孝公正是用人之际，求贤若渴，得此勇士，是以大喜过望。

据《史记·秦本纪》：“三十九年，缪公卒，葬雍。从死者百七十七人，秦之良臣子舆氏三人名曰奄息、仲行、鍼虎，亦在从死之中。秦人哀之，为作歌《黄鸟》之诗。”另据《春秋左传·文公》：“秦伯任好（任好，穆公之名）卒，以子车氏（也即子舆氏）之三子奄息、仲行、鍼虎为殉，皆秦之良也。国人哀之，为之赋《黄鸟》。”车舆氏是殉死还是从死，不一而论。据唐代张守节正义，应劭云：“秦穆公与群臣饮酒酣，公曰：‘生共此乐，死共此哀。’于是奄息、仲行、鍼虎许诺，及公薨，皆从死。”后人多指责穆公“死而弃民，收其良臣而从死”，将秦不能东征的原因归咎于秦穆公（缪公）。又因《黄鸟》的流传，更使缪公“不善”的形象深入人心。汉人甚至认为三良是自杀而死。其实古代的不少贵族，豪迈善战，共乐共哀共赴黄泉，也并非皆为强迫所致。子车氏从死，不利秦国发展。

秦孝公扶起车英，又对少年兵卒们挥手道："来，我等唱起《黄鸟》，追念先贤，惕厉自省。"说着，便挽起车英和少年兵卒们，踏着秦人送葬时的沉重步伐，唱起了低沉忧伤的《黄鸟》：

交交黄鸟　止于棘
谁从穆公　子车奄息
彼苍者天　歼我良人
如可赎兮　人百其身

交交黄鸟　止于桑
谁从穆公　子车仲行
彼苍者天　歼我良人
如可赎兮　人百其身

交交黄鸟　止于楚
谁从穆公　子车针虎
彼苍者天　歼我良人
如可赎兮　人百其身
……

当秦孝公兴奋地拉着车英回到政事堂书房时，已经是黄昏时分了。秦孝公高兴地吩咐黑伯安置酒肉，与车英饮酒叙谈。黑伯看到国君从未有过的笑脸，也高兴得脚步特别轻快。车英含泪叙述了子车氏部族两千余口出走陇西的坎坷曲折，秦孝公听得唏嘘涕泪，不胜感慨。想到子车氏一门的根基仍然在陇西，不禁忧心如焚，那里大战将起，子车氏一门岂非有灭族之危？他满面忧急地问道："车英，你对西陲情势清楚么？"车英点头道："大体晓得。"秦孝公道："陇西已成危邦险地，子车氏族长晓得么？"车英摇头道："族中不晓得，然我军必能战而胜之，君上无须多虑。"秦孝公沉重地叹息一声，便将秦国目下面临的危境和陇西的左右为难，一一说给了面前这位睿智英俊的年轻人，最后正色道："车英，你带我一道手令，迅疾赶往陇西，我命左庶长嬴虔给你三千铁骑，将子车氏全族快速地秘密转移到陈仓地带。子车氏不能覆没！"

车英沉吟未答，有顷抬头道："君上，大军秘密开进陇西，本为对叛乱出其不意地痛击。若以大队人马迁移族人，必使叛乱部族警觉。车英以为，还当以国难为重，平乱为先。"

秦孝公不禁感慨中来——仅此寥寥数语，就显出了子车氏的大义本色。他对面前这个论年龄尚未加冠的少年竟有如此冷静的胆识，感到由衷地赞叹，点头沉吟道："车英，你说得甚好。然则，秦国如何能坐视子车氏再遭大难？"

"君上，末将有一计，可诱使叛乱早发，不知可行否？"

"好，快说！我正犯难。"秦孝公大为兴奋。

"君上派一干员，假扮为魏国使臣，试探陇西部族，若其当真做好了叛乱准备，可约定将叛乱发兵的日期提前。届时我五万铁骑埋伏在东进必经的要道峡谷，一鼓聚歼之。"

"啪"的一声大响，秦孝公拍案而起道："好！真乃奇思妙想！"大笑有顷，秦孝公回头道，"车英，今日不期遇你，上天之意也。就派你去做这件大事，如何？"

车英起身，肃然拱手："末将决然不辱使命！"

秦孝公慨然笑道："车英，自今日起，你就是左庶长嬴虔的前军主将！"

"谨遵君命！"车英英姿勃发，却无丝毫的浮躁气息。

"车英，你还得跟我去见见太后，她老人家要知道你是子车氏后代，不知该多高兴也。"

"君上，方今国家生死存亡之际，我想星夜奔赴陇西。战场归来，车英当对君上与太后报捷。"车英两眼闪着莹莹泪光。

"你欲今夜西行？"秦孝公感到惊讶。

"君上，既出奇计，便当兵贵神速。车英早到一日，我军便添胜算一分。"

秦孝公感慨万千，拍拍车英肩膀道："好将军。这样，我们即刻准备。黑伯，传谕栎阳令子岸，即刻调轻骑五十，到国府门前等候。"

"是！"黑伯疾步走出政事堂。

午夜时分，车英携带着秦孝公的手令并一应假扮魏使护卫的铁甲骑士，出了栎阳城西门，狂风骤雨般向西卷去。

这时的陇西，表面上依然很平静。但在这平静的表面下，却隐藏着即将爆发的巨大风暴。赵国特使的煽动和占据秦国西地的许诺，重新燃起戎狄部族沉睡了的草原战国梦。西獂、犬丘、大骆、大荔、红发、黄发等十六个部族首领歃血为盟，公推西獂头领刹云单于为盟主，约定在六国进兵之日大举叛乱，共同瓜分秦国。赵国特使代表中原六国宣布：消灭秦国后，六国永远不西出陈仓谷口，陇西、云中、九原、阴山以及漠北草原永远是戎狄部族的天下！整个戎狄区域都被这激动人心的许诺煽动了起来。牧民们纷纷收拾马具战刀，一队一队的赤膊骑兵重新在陇西山地与草原呼啸冲锋起来，疏疏落落的叛乱野火正在迅速聚集着。陇西大山里的左庶长嬴虔，自然嗅到了这股浓烈的血腥味。但嬴虔不是一个莽撞的统帅，他知道目下决不能出击，为了秦国西陲的安宁，他只能后发制人。虽然他对东部的压力感到焦灼不安，也只有眼看叛乱势力坐大而后再打硬仗。

就在嬴虔焦灼不安的时候，一队铁骑在漆黑的夜里飞进了陇西大山。秦军的秘密营地里，中军幕府的灯火通宵达旦地亮着。第二天黄昏时分，一队红衣骑士簇拥着一个华贵的魏国巨商，悄悄出了秦军山谷，向北飞驰，绕道北地西部沙漠而后急速南下。

几天之后，一个惊人的消息在草原和山地弥漫开来：五月初六山东六国将大举攻秦，草原戎狄部族也将在那一天举兵反秦，共同消灭秦国。赵国特使因为反对魏国盟主特使宣示的王命，被盟主特使和刹云单于斩杀祭旗。整个戎狄聚居区域，顿时活跃起来，参与叛乱的十六部族集合了八万骑兵，全部集结在洮水河谷，等待着大举东进的五月初六。

五月初四这一天，魏王盟主的特使再次赠送给头领们一批珠宝，带领他的十名随从护卫和刹云单于殷殷道别，回魏国复命去了。也就在这天夜里，左庶长嬴虔的五万铁骑开出渭水上游的狭长河谷，悄无声息地运动到东进要道——狄道峡谷的两岸密林中埋伏了下来。

五月初六，晴空艳阳。戎狄部族的八万骑兵，山呼海啸般向东开进了。按照他们的速度和骑士传统，一天之内便可以开到陈仓谷口，如果顺利，还可以捎带一鼓攻下雍城。赵侯特使、魏王特使都已经说明，秦国军兵全部集中在东部，栎阳以西没有驻扎防守。所以，戎狄骑兵连前方游骑斥候都没有派出，八万大军长驱直入。

洮水上游的广袤山原叫达坂山，向东数百里便进入了六盘山。两片连绵大山中，有一条大峡谷，洮水从峡谷中流过，两岸是马匹行人千百年踏出的小道。这是戎狄通往中原的必经之路，时人称为狄道。南北流向的洮水，进入峡谷后骤然变窄，却只是可着峡谷西边的大山满流而下，河道东边竟有两丈多宽的碎石山坡连接大山。所谓狄道，正是在这宽缓的斜坡上踏出的一条便道。这条狄道虽在峡谷之中，却是有水有草有遮盖，十分的便利行人歇息。所以，东来西往的商旅行人尽皆视狄道为福道，谁也没有想到这里会成为最险要的兵家要塞。

然则，秦军统帅嬴虔却是早早就盯上了这条峡谷。这里本来就是早秦部族的根据地，嬴虔又曾在陇西驻防三年，对这里的一山一水都很熟悉。只因为戎狄已成秦国臣民，更远的胡人也主要在阴山漠北游牧，秦国西部长期没有战事，所以这里的要塞意义已经被人们忽视了。这次要截击戎狄，嬴虔自然是毫不犹豫地选择了狄道峡谷。且不说这里是戎狄必经，仅说两岸广阔的高山密林，山坡不陡不缓，林木不稀不密，便于冲锋，便于隐蔽，当真是天下难觅的骑兵埋伏的妙地。嬴虔将五万骑兵分为四路埋伏，北边谷口埋伏三千人马，堵截退路；南边谷口埋伏五千人马，堵截出路；西边山高林密且有洮水滚滚，也只埋伏五千骑兵，专门截杀冒死泅渡过去的漏网敌人；其余三万余主力，全部埋伏在东岸十余里的山林之中。嬴虔下了狠心，要将戎狄骑兵一个不留全部铲除。他对各部发出最严厉的命令，谁敢放走一个戎狄骑兵，就用自己的头颅来换！

戎狄骑兵进入洮河峡谷，依旧是赤膊挥刀呼啸向前。当几近二十里长的峡谷装完了八万骑兵时，两岸密林中战鼓骤起，牛角号凄厉长鸣，滚木礌石夹着箭雨隆隆飞下，东岸山坡的黑色铁骑排山倒海般压顶杀来。戎狄骑兵猝不及防，潮水般回旋倒涌，无奈马前身后都是铁骑汹涌，迎头截杀。西边是波涛滚滚的洮河，退无可退，逃无可逃。东岸的秦军主力以五千骑为一个轮次，一波又一波地发动强力冲锋，轮番向峡谷中冲杀。

戎狄骑兵自古有名，素来令中原诸侯大感头疼。无奈碰上的是数百年的克星——老秦骑兵，顿时威风大减。自殷商灭亡，作为殷商弃儿的秦部族，便成为沦入戎狄海洋的唯一一支中原部族。为了生存，他们半农半牧，人人皆兵，死死奋战，竟是越战越强，非但占领了渭水泾水上游的几乎全部河谷地带，而且杀得戎狄部族竞相与他们罢兵媾和。到西周末年，老秦部族的五六万骑兵已经成为西部胡人谈虎色变的一支力量。时逢周幽王昏聩，宠信褒姒，要废长立幼；太子宜臼的舅父是郑国诸侯，便联结戎狄胡合兵东进，攻破镐京，杀死周幽王，拥立宜臼即位。不承想戎狄单于野心大发，非但赖在镐京不走，而且准备东进中原。新周王宜臼屡发勤王密书，无奈中原诸侯都是老旧战车兵，对戎狄骑兵畏惧怯战，迟迟不来勤王救驾。无奈之中，新天子宜臼不避艰险，秘密跋涉近千里，找到了老秦部族。秦人首领嬴襄（秦襄公）极是敏锐，看准了这个老秦部族返回中原的大好机会，亲率五万精锐骑兵秘密东进，在镐京原野与近十万戎狄骑兵展开了生死大战。激战三昼夜，戎狄胡骑兵溃不成军，仅余三两万残兵逃回西域。秦人自此声威大振，非但成为东周的开国诸侯，而且成为西部戎狄胡人各部族闻风丧胆的劲敌。从大处说，没有秦国守在中原西大门，戎狄胡完全有可能洪水猛兽般反复冲击中原。正因为这种历史形成的威慑力量，秦穆公时代的统一西戎才没有费很大力气，半打仗半劝降的也就成就了西部统合。自秦穆公后百余年，西部戎狄与秦人没有过真正的战争。秦国日渐衰落，戎狄部族也慢慢松懈了对老秦人的敬畏之心。此次叛乱，他们更是对赵国密使的“秦弱”评价深信不疑，举兵东进，志在必得。他们实在没有想到，老秦国竟然还有如此强大精锐的一支骑兵。当那隆隆战鼓雷鸣般漫山遍野滚动时，当老秦人激越高亢熟悉的喊杀声震耳欲聋地扑来时，当黑压压的骑兵群从高山密林中压顶而来时，戎狄骑兵们顿时陷入慌乱之中。刹云老单于和一群头领们无所措手足，简直不知道该下令向哪个方向冲杀。很快，他们便感到了绝望。秦国铁骑威猛的冲杀，显然是要痛下杀手斩草除根。否则，如何连中原人“围师必阙”的用兵典训都全然不顾了？

眼见必死，戎狄骑兵在各族头领率领下死命拼杀。从午时杀到黄昏，峡谷中被箭雨礌石滚木击杀者尸骨累累，南北两谷口被秦军铁骑杀得尸体封住了山道。紧靠西山的滚滚洮河，被鲜血染成了红河！随着暮色降临，秦军的铁骑方阵变成了散骑冲杀，火把漫山遍野，战鼓震天动地，不管戎狄骑兵叫喊什么，秦军只是轮番冲杀，眼看是不许一个人活在眼前。尸横遍野，鲜血汩汩。太阳落山以后，戎狄骑兵只剩下不到两万残兵。他们的斗志被彻底击垮，乱纷纷下马，丢下战刀，拥到河边一齐跪倒在地，哇哇啦啦地嘶声哭喊。

黑色铁骑围拢了，带血的战刀丛林般悬在头顶……

满身鲜血的车英颤抖了，低声道：“左庶长……放了，他们。”

黑色大纛旗下，左庶长嬴虔的左臂尚在汩汩流血， 右手提着第三把带血的长剑，面色狞厉地喊道："放了？他们都是狼！狼！——砍下每人右臂左脚，爬回去！"

火把下，黑色铁骑列成一条长长的甬道。万余戎狄骑士徒步缓缓进入铁骑甬道，每过一个，便有一道闪亮的剑光，一声凄厉的嘶吼。当月亮爬上山头时，洮河峡谷外的山原上到处蠕动着断臂残肢的血人，到处弥漫着绝望痛苦的嘶吼，连虎狼野兽都远远地躲开了这道恐怖的峡谷。

战国，不战则已，战则生死，实存不下妇人之仁。戎狄一败，西部压力顿时减轻，秦不再腹背受敌，生机大大增加。

极度血腥，连嗜血虎狼野兽皆不敢睹也，对照手法好。

二　秦国特使来到了洛阳王城

公子卬从上将军府中回来，高兴得直想大笑大乐一番。

庞涓接到戎狄全军覆没的消息时，震惊愤怒得竟摔碎了手边一只魏王亲赐的玉鼎。多少年来，无论遇到多么难堪的困境，庞涓都从来没有失态过，这次他实在是忍不住了。他在六国会盟时表面上虽然对赵侯的"两面夹击"不以为然，实际上却是非常重视的，甚至比赵侯本人还更清楚这步棋对灭秦的重要。他时时都在等待赵国特使的回音，准备一旦约定时日，魏国的十万铁骑就全数开到骊山大营，届时一鼓攻下秦都栎阳并占据整个渭水平川，让其他五国无可奈何。蹊跷的是，戎狄部族如何竟敢在没有约定的情势下举兵东进？他感到震惊的是，秦国军队又如何有如此强大的战力，竟一举歼灭了戎狄八万骑兵？他感到愤怒的是，魏王竟不让他全权调遣灭秦大计，以致延误时机。六国会盟之后，为了削弱赵侯的"两面夹击"的影响力，他曾对魏王提出早日进兵，魏国和秦国打到胶着状态时，戎狄从背后发兵同样是万无一失。可魏王偏偏不听，公子卬也竭力主张要等候赵侯约定的戎狄叛乱，说是魏国可以减少流血。结果如何？一脚踩空，

与史有别，小说中的公子卬无智慧，贪小便宜，成事不足，败事有余。

庞涓是个清醒人，可惜处处不被人信，拜师不被信，为臣不被信。疑人必被人疑，悲夫。

竟让秦国抢先消除了后患，腾出了兵力一面对敌，当真是莫名其妙。

思忖半日，庞涓雄心陡起，决意亲率十万铁骑和秦国大打一场硬仗，一举摧毁秦国主力。他对自己亲自严格训练的铁骑战力，有十二分的自信。但是要打大仗，必须有魏王的命令，可魏王目下能同意么？庞涓第一次感到对魏王失去了把握，隐隐约约感到了魏王似乎在限制自己：六国会盟，特使本来就是让公叔痤做的；会盟后对自己提出的快速进兵也莫名其妙地搁置了起来；丞相明明是自己的，偏偏又莫名其妙地模糊起来……那么，这次如果提出和秦国大打，魏王会同意么？蓦然之间，他感到了平日的谋划总是自己一个人提出似乎不妥，其他重臣总是默然不语，他们肯定会在背后千方百计地非议自己。这种非议日积月累，岂非一点一滴地销蚀着自己在魏王心目中的地位？看来，今后的大谋略必须找到共谋者一起动议。那么这次呢？反复思忖，庞涓想到了公子卬。他隐隐感到了这个貌似豪侠的王族贵胄，对自己的妒忌和对魏王的影响力，若能和他共谋，岂非一箭双雕？既消除了公子卬的妒忌，又增强了谋划的可行和自己在魏王心中的地位。好也，就该如此办理。

庞涓很为自己想到的这步棋骄傲，通权达变，士之本色也。

庞涓殷殷请来公子卬，热诚地为他摆上了隆重小宴，又衷心地提出了和公子卬合谋共力建起大魏霸业的意愿，而后仔细地描绘了与秦国大打的谋划，端的是煞费苦心。然而庞涓怎么也想不到，公子卬竟然不置可否，只是连连大笑，说秦国能消灭戎狄八万大军，证明秦国战力尚存，当徐徐图之，不可操之过急。庞涓惊讶得睁大了眼睛，会盟时公子卬对灭秦可是比他激烈坚定得多，曾几何时竟变成了“徐徐图之”？然后，公子卬就兴致勃勃地邀他去品评一把“亘古第一剑”。庞涓冷冷笑道：“国之第一利器，在良将锐士。”便默然静坐，不屑与语。公子卬却是哈哈大笑，扬长而去。庞涓忍无可忍，气恼得掀翻了长案。

公子卬舒畅得几乎要飘起来了。怎么就如此天从人愿，他正在为如何劝说魏王取消灭秦而发愁，戎狄叛乱失败的消息就传了过来，顿时就有了堂堂正正的理由。他整日为庞涓的不可一世蔑视自己而心中发恨，这个庞涓就盛情邀请他共谋大计，还要跟他共建大业。他原本对丞相大位只是缥缥缈缈的钦慕，压根就想不到会轮到自己做丞相。可偏偏的事有凑巧，戎狄起事兵败，他在此前又坚持劝说魏王推迟发兵谨慎从事，魏王对他的老成谋国大加赞赏，当面表示准备让他做魏国丞相。这一切都顺利得让他无法预料，他岂能不感到上天对他的眷顾？尤其今日看到庞涓的谦恭热诚和心事重重，他如何不开怀大笑？更要紧的是，他做了丞相，就可以将魏国的兵器买卖和盐铁买卖，名正言顺地交给猗垣去做，这样他就可以神鬼不知地坐拥猗垣一半财富，岂非妙不可言？

如此多的好事，如此充溢的舒畅惬意，公子卬觉得非要找个可以与语的人诉说一番方可。这个人不能是庙堂朋友，这些大事对于他们来说都是秘密；也不能是夫人亲戚等，这些大事对他们来说是保持尊严的光环。蓦然间他想到了猗垣，此人小国巨商，行事机密且善解人意，日后又是自己的财源，正可借此卖个大大的人情，一箭双雕美妙至极。他双掌一拍，命令家老立即备车去洞香春请猗垣来。

半个时辰后，家老却空手而返，带回的消息是：猗垣先生三天前已经到楚国去了。公子卬悻悻了半日，索性到涑水河谷狩猎去了。

就在公子卬兴奋寻觅的时候，那辆青铜轺车已经驶近了洛阳城的东门。轺车上，华贵的薛国巨商猗垣变成了一身黑衣的秦国将军景监，驾车的白面俊仆也变成了顶盔贯甲的秦国骑士，车后二十余名护卫则是一色的秦国铁骑。

景监一行遥遥可见洛阳时，正是仲夏清晨。广阔的原野上五谷苍黄绿树葱茏，洛阳城却像一个衰颓的老人蜷缩在洛水北岸，古老破旧的城门箭楼上竟然没有守军，只有一面褪色的“周”字大纛旗孤独慵懒地舒卷着。东门外的官道原本是天下通衢枢纽，车马竟日川流，如今却是车骑寥落，昔日六丈余宽的夯土大道萎缩得只剩下轮辐之宽，连道边高大的迎送亭也淹没在摇曳的荒草之中。景监心中不禁一阵苍凉酸楚。

老秦人对洛阳王室有着一种特殊的复杂情怀。三百多年前，在戎狄骑兵毁灭镐京诸侯无人勤王的危难时刻，老秦人举族东进，非但一战歼灭了戎狄骑兵，而且为周平王东迁洛阳护送了整整六个月。周平王感念老秦人力挽狂澜于既倒，将周王室的根基之地——关中盆地全部封给秦人，数百年流浪动荡的秦部族一举成为一等诸侯大国。若论封地形胜险要，尚远远优于晋齐鲁燕四大诸侯。周平王册封秦国时，曾万般感慨地说了一句话：“周秦同根，辄出西土，秦国定当大出于天下！”几百年来，周王室即便在衰微之际，也从来没有忘记秦国的任何一次战胜之功。五六年前，秦献公在石门大胜魏军时，周王室还派来特使庆贺，特赐给秦献公最高贵的战神礼服——黼黻。那是周天子对大捷归来的王师统帅颁赐的最高奖赏，上面有黑白丝线绣成的巨大战斧，有黑青花纹的周、秦皆黄帝之后，同根同源。

孙皓晖连“周赐秦以黼黻之类”这类小小的赐服之事都留意到，所下功夫之深，令人叹服。

几近“亚”字形的空心长弓。老秦人呢，在王权沦落诸侯争霸的春秋时期，虽说也做过几件向王权挑战的事，但比起其他诸侯毕竟是小巫见大巫。洛阳周室和自己的开国诸侯秦国，始终保持了一种源远流长的礼让和尊敬。令人惋惜的是进入战国以来，洛阳王室衰落得只剩下大小七座城池，秦国也是越打越穷，土地萎缩得比初封诸侯时少了一半。两个先后崛起于西陲的老部族，都衰落了，都挣扎在生死存亡的边缘。

景监从安邑急赴洛阳，是接到了秦孝公密函，告知他西陲大捷秦国危机稍减，嘱他从安邑迅速取道洛阳面见周王，看能否借出一批粮食和盐铁。目下的秦国，在山东战国和诸侯间几乎没有一个盟友。六大国限制本国商贾和秦国做生意，中小诸侯则迫于大国淫威，不敢和秦国做生意。这样一来，秦国所急需的粮食、盐、铁、麻布等便出现了长期的匮乏。只有洛阳王室和秦国始终没有断绝往来，残存着一缕先祖沉淀的情分。秦孝公的想法是，洛阳王室久无战事消耗，也无须向其他诸侯纳贡，多年积累也许还有些许剩余之物，能借多少算多少，好为抵御即将到来的六国进攻积蓄一点力量。

景监从来没有来过洛阳，传闻的三川形胜曾给他记忆中留下了天国般的洛阳王畿，留下了辉煌的王权尊严和无与伦比的财货富足的印象。在魏国安邑时，他想象洛阳至少应当和安邑的繁华相差无几。今日，当他走近这座赫赫王城时，他几乎不相信眼前的城池竟会是洛阳。作为一个军中将领，当他从遥远的地方感到王权的光环已经消失时，他无论如何想不到古老的王权圣地果真会如此的衰颓破败。眼前的洛阳，骤然之间打碎了他一个美丽的梦幻，顿时觉得空落落的。他颓然坐倒在车中，沉重地叹息一声，眼中热泪无声地涌流出来。

景监的轺车按照礼仪，先行到接待使臣的国驿馆安歇。这座国驿馆冷清得像座破庙，蛛网尘封，满院荒草。好容易找到一个白发苍苍步履蹒跚的老吏，不管来人说什么他都听不见，只是自顾嘶哑着苍老的嗓子高声道："上大夫，樊余。他管事。"

樊余上大夫的名字，景监倒是知道。就是这个樊余，三次以机智的说辞，斡旋化解了魏国楚国齐国觊觎洛阳的危机。有他理事，也许还有点儿用。景监一行便径直找到樊余府上。樊余很是惊喜，洛阳王室竟有使臣来访，说明天下还有诸侯记得天子，岂非大大的好事？樊余热诚地安置景监一行在自己府邸住下，又在正厅为景监小宴接风。当景监坦诚奉上秦孝公书简并说明来意后，樊余沉思无言，半日才问道："敢问秦使，一则，若有器物，如何运到秦国？二则，周若助秦，何以为报？"景监道："回上大夫，这第一件，我有魏国通秦的商贾令，可以以魏国官商名义运达秦国。第二件，秦国三年后加倍奉还，此间周室若有危难，秦国将决然勤王。"樊余沉吟有顷，长叹一声道："洛阳王室之政务，目下唯有太师颜率和樊余照拂。贵使已经看了，洛阳王城衰败破落，一班臣工无所事事，政荒业废矣。贵使既来，也是周室振作的一个机会。我即刻便知会太师颜率，明日樊余陪贵使晋见周王便了。"

小宴后，樊余匆匆去找太师颜率商议，直到掌灯时分才回来。樊余说，颜率太师赞同助秦，然他卧病在榻不能视事，樊余顺道察看了洛阳府库方才赶回。景监躬身大礼，连表谢意。樊余道："洛阳府库囤积了十余万件旧兵器、一万辆老战车、十五万斛粮食。铁块不多，只有万余，青盐也只有一万三千多包。太师与樊余之意，每宗给秦国一半，如何？"景监

周室衰微，礼坏乐崩。其时之周室处处仰人鼻息，处处看人脸色，常要致胙（祭肉）、顿首受罪、献封土人口等，十分屈辱。据《史记·周本纪》："显王五年，贺秦献公，献公称伯。九年，致文武胙于秦孝公。"周秦同源，几经分合，秦逐鹿之心不绝。瘦死的骆驼比马大，秦公看中的正是这一点。

肃然正色拱手道："我秦国素重然诺，定然不负王室！"樊余郁郁一叹，苦笑道："只要秦国能在王室危难时鼎力撑持，足矣。今日周王，何有他求？"

次日五更，景监醒来梳洗整齐穿戴妥当，准备和樊余进入王城。他是第一次觐见周王，尽管自己是秦国臣子，但天子在他的心目中依然是神圣尊严的。他心中感奋，不由走到院中，只见碧空如洗残月将隐，硕大孤独的启明星已经在鱼肚白色的天际光华烁烁。景监正待练一回剑术，却见他的随从总管黑林匆匆走来道："大人，上大夫家老传话，觐见周王要到辰时方可，请大人安心歇息。"景监惊讶道："辰时？如何竟到辰时？"黑林笑道："可能是这周王喜欢睡懒觉？"景监低声斥责道："休得胡言，这是洛阳。"黑林偷偷做个鬼脸道："谨遵大人命，我这便去准备车马。"

也难怪景监惊讶莫名。一昼夜十二个时辰，子时起点，正是夜半；鸡鸣开始为丑时，黎明平旦为寅时，太阳初升为卯时，早饭时节为辰时，日上半天为巳时，日中为午时，日偏西方为未时，再饭为申时，日落西山为酉时，初夜为戌时，人定入睡为亥时。十二时辰中，卯时最重要。举凡国府官署军营，一日劳作都从卯时开始。官署军营甚或作坊店铺，都在卯时首刻点查人数，谓之"点卯"。对于国都官员和君主，事实上要开始得更早。所谓早朝，一般均在黎明寅时上下。遇到宵衣旰食勤政奋发的君主，黎明早朝更是经常的。至少七大国的君主，决然没有人敢到辰时才开始会见大臣。景监知道，秦国新君几乎是十二时辰中随时都可以觐见，入睡了也可以唤醒。如何这洛阳天子竟然到卯时还不处置国事？在景监看来，周室虽然不再可能以天子职权统辖九州，但王畿土地至少还是相当于一个宋国那样的中等诸侯国大小，若君臣振作励精图治，安知不会大有可为？如何竟衰败颓废到大梦难醒的混沌状态？早起晚睡，已经成了秦国君臣的习惯，要景监此时再上榻，无论如何是不能入睡了。他叹息一声，拔出剑来猛烈劈刺。

辰时，上大夫樊余不急不缓地来了，请景监用过早膳，方各乘轺车向王城而来。

洛阳王城是洛阳城中天子的宫殿区域。当人们在洛阳之外说"洛阳王城"，指的是整个洛阳；走进洛阳说"王城"，那便是天子宫殿区域了。洛阳的天子宫殿有着独立的红墙，是一座完整的城内城。虽然红墙已经斑驳脱落，绿瓦已经苍苔满目，但那连绵的宫殿群落在阳光下依然闪烁着扑朔迷离的灿烂，在无限的苍凉冷清中透出昔日的无上高贵。目下已是辰时，王城中央的大门还紧闭着，高大深邃的门洞外站着一排无精打采的红衣甲士，手中的青铜斧钺显得笨重而陈旧。看见两辆轺车辚辚驶来，甲士们轧轧推开厚重的王城大门，没有任何盘查询问，轺车便淹没进深邃的王城去了。

王城内宫殿巍峨，金碧辉煌，一片荒凉破败的气息扑面而来。地面巨大的白玉方砖已经处处碎裂片片凹陷，缝隙间竟长出了摇曳的荒草。宽阔的正殿广场，排列着九只象征王权的巨大铜鼎，鼎耳上鸟巢累累鸦雀飞旋。朝臣进出的鼎间大道上，同样是苍苔满地荒草摇摇。大道尽头，九级白玉阶上的正殿好似荒废了的古堡，透过永远敞开的殿门，依稀可见殿中巨大的青铜王座结满蛛网，时有蝙蝠在幽暗中无声地飞舞。昔日山呼朝拜的天子圣殿，弥漫着幽幽清冷和沉沉腐朽的死亡气息。景监情不自禁地一阵发抖。

唯一的声息，是从大殿东侧偏殿里传出的器乐之声。始终皱着眉头的樊余，向景监招招手跳下车，向东偏殿走来。偏殿周围倒是一片整洁，没有苍苔荒草，几株合抱大树遮出一片阴凉。门口没有护卫，樊余也没有高声报号就走了进去。景监却是小心翼翼地跟在后面。偏殿是里外两间，中间隔着一道碧绿如玉的细纱。景监不自觉间一抬头，竟惊讶得钉在了殿中挪动不得。

碧玉绿纱内竟然还点着几盏座灯，在户外明亮的阳光衬托下，显得一片昏黄，幽暗混沌。一个身穿绣金红衣长发披散胡须垂胸的庞大人物，斜躺在华贵的短榻上。显然，他便是王城的主人——周显王。他左右各有一名纱衣半裸的女子偎依着，她们随意在庞大人物的身上抚摸着，就像哄弄一个婴孩。庞大人物睡眼蒙眬，一动不动。还有几名纱衣透明的妙龄少女在轻歌曼舞，几乎是清晰可见的雪白肉体飘飘忽忽，无声地扭动着。编钟下的乐师们也似睡非睡，音乐节奏松缓，若断若续，缥缈得好像梦中游丝……这一片艳丽侈靡，当真使景监目瞪口呆。

樊余却只是紧紧皱着眉头，向一名舞女招招手，舞女疲惫蹒跚地跌出了落地绿纱。

“几多时辰了?”樊余高声问。

舞女伸了一番长长的细腰，打着哈欠昵声道：“三日三夜？白天晚上也不知道。”

樊余眉毛猛跳，一把推开舞女，径直走了进去。这舞女被推，身子竟如丝绵一样倒卧于宽大的门槛上，风儿吹起轻纱，露出了脂玉般的大腿。却没有一个人注意她，似乎连肉欲也被无休止的醉生梦死淹没了。舞女一倒地，殿中所有的嫔妃乐师内侍舞女全都像中了魔法，一齐就地歪倒大睡，睡态百出，鼾声一片。樊余走进内殿，快步带起的清风使座灯昏黄的光焰摇晃起来。他噗噗噗迅速地吹灭了座灯，撩起了内殿门的绿纱，偏殿中豁然显出了白日的亮光。

樊余走到庞大人物身侧,拱手高声道:“我王请起——”

周显王被惊醒,揉着眼睛惊讶道:“噢呀,上大夫也,三更天如何进宫?”

“我王睁眼看看,已是辰时了。”樊余指着窗外的阳光高声道。

“是么?”周显王惊讶地又揉揉眼睛,打了一声长长的重重的哈欠,摇头道,“如何刚睡着天便亮了?噢呀上大夫,你有事?莫非又是列国开战?打就让人家打,与我等君臣何干也?”

“启禀我王:六国会盟,意欲分秦,周室大有危难!”

“你这樊余,分秦也好,开战也好,洛阳有何危难?”

“我王不知,楚国、韩国起兵攻秦,须经三川要道,都想假道灭周也。”

周显王一声慵懒的叹息,淡淡漠漠地道:“灭就灭,又有何法?”

樊余似乎已经习以为常,平静拱手道:“秦国尚有战力,近日一鼓平息了戎狄叛乱,只是器物粮草匮乏,难敌山东六国大兵压境。秦公派来特使,请我王助秦些许,秦国许以周室危难时全力救援。我王以为如何?”

周显王喟然一叹:“给就给了,周秦同源也。秦国对周室有再造之功,算是滴水之报也。至于多少,上大夫与太师斟酌可也。”

“臣遵王命。再者,臣还带来了秦国特使——景监将军。”樊余伸手向景监做请。

景监已经被太多的惊讶失望与感慨搅得神思恍惚,虽然听见了周王的回答,却没有丝毫的兴奋愉快,也全然忘记了参见拜谢。此时恍然大悟,快步走过来深深一躬:“秦使景监,拜见周王,周王万岁!”

周显王哈哈大笑:“万岁?何其耳生也!”说着从短榻上站起,苦笑着叹息一声,“景监将军,回去传话秦公,秦国要强盛起来,要学文王武王,不要学我这等模样也。秦国强盛了,我也高兴。”两眼之中一时泪光闪闪。

刹那之间,景监激动得热泪盈眶,匍匐在地高声呼道:“我王万岁!”

樊余似乎看到了难得的机会,激动急切地道:“我王勿忧,周室尚有三百里王畿,数十万老周国人,只要我王惕厉自省,周室必当中兴!”

对樊余的劝谏激励,周显王似乎没有任何感觉,悠悠地踱着步子摇头一叹,仿佛一个久经沧海的哲人:“上大夫,卿之苦心,我岂不知?然周室将亡,非人力所能挽回也。平王东迁,桓王中兴,又能如何?还不是一日不如一日?周室以礼治天下,战国以力治天下，犹如冰炭不可同器。若仅仅是战国权贵摈弃礼制，周室尚有可为。然则，方今天下庶民也摈弃了礼制，礼崩乐坏，瓦釜雷鸣。民心即天心，此乃天亡周室，无可挽回也。武王伐纣，天下山呼，八百诸侯会于孟津，那是天心民心也。今日周室，连王畿国人都纷纷逃亡于列国，以何为本振作中兴？若依了上大夫与列国争雄，只会灭得更快。不为而守，或可有百年苟安……上大夫，你以为我就不想中兴么？非不为也，是不能也。”老天子疲惫松弛的脸上潸然泪下。

借周天子之口，道出孙皓晖对“天下”乱象的看法：礼治失势，力治当道；民失礼制，天下崩坏。

景监感到了深深的震撼。想不到这个醉生梦死的混沌天子，竟是如此惊人的清醒。他已经看透了周王室无可挽回的灭亡结局，却忍受着被世人蔑视指责的屈辱，默默守着祖先的宗庙社稷，苟延残喘地延续着随时可能熄灭的姬姓王族的香火。一瞬间，景监看到了至高无上的王族在穷途末路的无限凄凉，不禁久久地沉默，深深地同情这位可怜可悲的天子。

贵族及文明的末路，中国古典文化里最悲凉的一页。天下无共主可祭祀，诸侯各谋其利。

樊余默然良久，躬身一礼：“我王做如是想，臣下只有辞官去也。”

周显王笑了：“正当如此。上大夫，找一个实力大国，去施展才干也，无须守这座活坟墓了。我，不守不行。你，不守可也。去了……”

樊余扑身拜倒：“臣家六世效忠王室，一朝离去，是为不忠，我王勿罪樊余。”

周显王欠身扶住樊余：“上大夫请起。六百多年来，周室素以仁厚待臣下诸侯，知天命而自安，何忍埋没天下英才？上大夫不怪罪王室，我便心安也。处置完秦国的事，上大夫便可走……”他猛然回过身去了。

樊余默默走出了偏殿。周显王默默伫立着，始终没有回身。

景监陪着樊余走出王城的时候，暮色苍茫的广场上鸦噪雀鸣，巨大的九鼎像黑色的巨兽矗立在血红的夕阳下，那片粗重的鼾声和着周显王自己敲起的悠长编钟在王城回荡，为这个古老的王国唱着悲凉的挽歌。

“上大夫，到秦国去，秦国需要大才。”景监的声音在宫殿峡谷中共鸣。

樊余木然摇头：“将军，樊余的路只有一条，那就是山林茅屋。”

三　求贤令应时而出

秦国的灭顶之灾慢慢挺了过来，秦孝公稍稍松了一口气。

一连串的事情都发生在几个月之间。公子卬做了魏国丞相，对“薛国巨商猗垣”大开方便之门，非但特许将购买洛阳王室的老旧兵器，经魏国函谷关运入秦国“高价牟利”；而且将魏国囤积的过时兵器和战车也全数卖给了“猗垣”，特许他自由处置；只有铸铁和生盐两项遭到了上将军庞涓的强烈反对，公子卬只有作罢。当“猗垣”将洛阳和安邑的老旧兵器运送过境后一个月，“猗垣”再次回到了安邑，向公子卬奉上了一批价值连城的珠宝。公子卬十分满意，又从丞相府拨出两万金交给“猗垣”，委托他从阴山草原给魏国购买两万匹良马。进入秋季后，韩国、赵国、楚国、燕国都莫名其妙地发生了大小不同的内乱，一时竟无暇过问六国分秦。齐国本来就不热衷分秦之战，加之忙于整顿吏治，便明白宣示齐国不再参与攻秦联军。上将军庞涓力主魏国立即单独对秦国发动猛攻。可丞相公子卬强烈反对，说秦国已经在栎阳聚

若非有雄心壮志，军国大事总是会被“糖衣炮弹”瓦解。秦国志存高远，深以“卑秦”及“穷秦”为耻，所以能以“糖衣炮弹”瓦解敌方阵营。

集了全部十万步骑大军，上将军即便战胜，魏国也是元气大伤，他国若乘虚来犯，魏国何以防范？魏王原本犹豫不决，被公子卬一席话说得头上冒汗，终于决定搁置攻秦。上将军庞涓感愤激切，郁郁成疾，竟卧病在榻一月不起。公子卬觉得自己施展才具的时机到了，便向魏惠王提出着手实施迁都大梁的谋划。不想此举正中魏惠王下怀。这个魏王，原本就对享乐人生大有追求，立即和公子卬埋头寝宫，在狐姬的百般照拂下，反复琢磨大梁王城的建造格局和自己寝宫的新奇构想。之后，公子卬自任大梁新都的监造特使，开始了规模浩大的新都建造工程。魏惠王巡视大梁的次数也大大频繁了起来。从此，包括六国分秦在内的其他一切争雄谋划，尽皆泥牛入海，没有了踪影。

洛阳王室的援助真是雪中送炭。最主要的是粮食和青盐，至少支撑了秦国军队将近一年的军粮，避免了即将发生的粮草饥荒。对洛阳和安邑的老旧兵器，秦孝公和左庶长嬴虔商定，由前军主将车英带领军中工匠逐件核查，可用者则留，不可用者全部重新回炉冶炼，再加入洛阳援助的生铁块，重新打造新兵器。上大夫甘龙带领中大夫杜挚，征调了五千余名工匠，连同所有的军中工匠共一万余人，整整花费了三个月的时间，才将堆积如山的老铜斧钺、只能车战的笨重矛戟、潮湿变形的桑弓和锈蚀脱落的箭镞改造完毕，打造出清一色的骑兵长剑五万把、远射弩弓三千架、轻便硬弓一万张、箭镞十万枚。这时，从阴山购买良马的“猗垣”陆续赶着马群从秦国经过，给秦国一次就留下了五千匹雄骏的战马。两个月之内，左庶长嬴虔从“猗垣”手中“买得”战马两万匹。魏国丞相公子卬也得到“猗垣”送来的阴山良马一万匹和无数的草原宝物，兴奋地和“猗垣”痛饮了整整一夜。

粮草乃军国大事，粮草无忧，则民心不乱，军心凝聚。

栎阳城大大地忙碌了一阵，到冬日第一场大雪来临的时候，才稍稍平静下来。假冒“薛国巨商猗垣”的景监，在一个大雪纷飞的夜里秘密回到了栎阳城。秦孝公和左庶长嬴虔隆重地设宴为景监接风。席间，三人说到夏天的危机、魏国的内中腐败与洛阳王室的衰颓，都是不胜感慨。秦孝公三次向嬴虔和景监敬酒，激情地褒扬了两人化解秦国灭顶之灾的莫大功劳，当场册封景监为内史，职司都城栎阳之民治，兼为长史公孙贾辅助，共掌秦国公室政务。

嬴虔和景监离开政事堂时，已经是三更天了，大雪依旧纷纷扬扬。秦孝公原本想去看看小妹荧玉，听她说说几个月来的秘闻趣事，也看看这个小妹妹磨炼得是否精干了一些。可是，当他在廊下看到漫天大雪寒风呼啸时，心中一动，回身书房取下长剑，披上黑色斗篷，大步向国府外走去。黑伯早已经做好准备，远远跟随在后面踏雪出宫。

一场好大雪，城中街巷已经是雪陷踝骨了。秦孝公踏雪走向城墙，黑伯便知道君上要去看望瓮城中的军营工匠。栎阳城中征调的国人工匠已经在一个月前回家了，只留下部分军中工匠改制一批难度很大的精铁兵器。栎阳城不大，西门瓮城更小，进入瓮城的马道也只有一车之宽，里面却驻扎了一千多名工匠。秦孝公刚刚走到马道口，恰遇主管兵器改制的前军主将车英带一队兵士巡视过来。秦孝公详细询问了工匠们的防寒和军食，又走进瓮城，逐一查看了一百多顶军帐，才走出瓮城。远远跟随的黑伯注意到君上并没有原路返回，却拐进了一条小巷。黑伯猛然醒悟，君上莫非要去看望老石工白驼？

秦孝公刚刚走进巷口丈许，却突然停步，贴身一家门口的石柱后。这时，黑伯远远看见小巷深处一个黑影飞上墙头，倏忽不见了踪迹。黑伯久经沧桑，并不急于跟进，反而守在巷口不动。秦孝公从隐身处闪出，轻身向前滑行，没有半点儿踏雪之声。他来到那家墙下，纵身跃上屋脊，俯身向院中望去，只见庭院正房灯火明亮，窗棂白布上映出一个长发长须者正在翻动一本大书；窗下伏着一条黑影，显然正在倾听窗内动静。

突然，窗下黑影长身蹿起，一柄短剑飞向窗内读书之人。窗内读书人的身形未见移动，手中一支大笔微微一摆，传出一声清脆的铜铁交击之声，那支短剑飞出窗外没入雪地之中。黑衣人一击不中，飞身从院中跃上屋脊，要逃出院子。不意秦孝公长身站起，剑鞘平推而出。黑衣人惊呼一声，一个踉跄跌入院内雪地。秦孝公又伏在原处不动，想看看主人如何处置刺客。

屋内读书人听见声音，缓缓站起，开门而出。其人背着灯光立于廊下台阶，秦孝公看不清他的面目。只听他一阵大笑道："道不同不相为谋罢了，学派之间，谋杀劫书，岂非贻笑天下？屋顶高士请勿挡驾，教这位朋友去也。"

跌坐雪地狼狈不堪的黑衣人深深一躬，飞身上墙，倏忽消失于雪夜之中。

读书人拱手笑道："雪夜客来，不胜荣幸。请贵人光临寒舍一叙。"屋顶秦孝公像一只黑色大鹰，悄无声息地落入院中雪地。廊下读书人伸手作礼道："贵客请入内叙谈。"秦孝公拱手道："如此多谢。"抖抖雪花进入屋内。

屋内不算宽大，却是温暖整洁。主人将客人让进了木墙隔断的内间。明亮的灯光下，可见这是一间不大的书房。三面竹简木架，四壁俱白，没有任何饰物。中间一张本色木案，一只燃着粗大木炭的红亮燎炉设在长大的木案旁。木案上那本大书刚刚合上，从粗黑程度看，秦孝公知道那是一本抄写在羊皮上的书，书皮上三个拳头大的字——鬼谷子。书旁有一支两尺余长的大笔，却是罕见的青铜笔管。若非方才被短剑刺破的窗棂布洞透进飕飕寒风，这小小书房也算是温暖如春。秦孝公想不到，书房主人竟是一位白发白须白眉高耸的老人，他身着白麻布衣，高挑瘦削，明亮幽深的目光透出一种清奇矍铄的神韵来。秦孝公不禁深深一躬："雪夜唐突，敢请前辈见谅。"老人笑道："雪夜客来，拥炉聚谈，岂非佳境？公子请坐。"

"大父，方才有事么？"随着声音，一个白衣少女飘然走进书房。

老人笑道："不速之客造访，这位公子帮忙请走了。"

白衣少女士子一样微笑拱手道："多谢公子救急。"

秦孝公忙拱手回道："不敢当。前辈原是无事，我却当作盗贼了。"

老人道："公子，这是老夫孙女，名唤玄奇。孙儿见过公子。"

玄奇再度拱手道："玄奇见过公子。敢问公子高名上姓？"

孝公正欲开口，似觉不妥，便又打住。正在此时，老人爽朗笑道："不期而遇俊杰，此乃天赐，何须知名，奇儿上茶。"少女道："公子稍候。"便在燎炉上架起陶罐煮水，同时利落地收拾陶壶陶碗。

孝公恭敬道："方才前辈以一支大笔，便令强敌知难而退，堪称世外高人。后生不期得见前辈，幸甚之至。"

“公子谬奖了。老夫得遇公子，大约当是天意也。”

“前辈高人，果真相信天道天意？”

“天道玄远，人道直观。天道为本，人道为末。玄直本末，自有通关处也。”

“前辈莫非操道家之学？”孝公目光转向羊皮大书，老人不禁爽朗大笑。

这时，火盆陶罐中的茶水已经煮沸，玄奇轻柔快捷地将浓酽的茶水斟入两只陶碗，分置两人面前。老人举碗笑道：“雪夜客来，淡茶做酒，拥炉清谈，快哉快哉。”孝公举碗笑答：“雪夜闲走，得遇高人，快哉快哉。”玄奇一边补窗户一边添加木炭、煮茶斟茶，似乎还在倾听他们的谈话，却丝毫的不忙不乱。

孝公问道：“前辈夜读《鬼谷子》，后生揣测不速之客也是为《鬼谷子》而来。敢问前辈，可是鬼谷神生之高足？”

老人点头微笑：“公子对鬼谷子一门有何高见？”

“当今诸子百家，后生只是略知皮毛。闻听鬼谷神生深不可测，曾在楚国天门山洞中授徒。他的弟子似乎都很神秘。入世者，后生只听说了庞涓、孙膑。对孙膑知之甚少，不敢妄加评论。然则魏国上将军庞涓，似乎多有不敢称道处。鬼谷子究竟治何学问，后生更是一无所知，尚请前辈指教。”

老人慨然叹道：“说到鬼谷子，那真是大海汪洋，难以尽述。即以门人学生论，也是人各一学，且互不相识，其间难免鱼龙混杂矣。”

“人各一学？”孝公惊讶地看着老人，“世间有这等渊博奇人？”

老人点头微笑：“孔夫子虽说首倡因材施教，可他的学生几乎都是一个味道。鬼谷子不同。他的学生每人都是一家之精华，世人所知的庞涓、孙膑是兵家，还有即将出山的纵横家，更有法家、阴阳家、道家，诸多学生尚不为世人所知。这些士子，都是鬼谷子踏遍天下寻觅的天赋之才，甚或有小小孩童就被先生带进山者。所治何学，完全是先生根据其性情、志趣、意志、天赋确定，且都是单独或同门传授，非同门学问者从不相通。鬼谷子究竟有几多弟子，大约永远没有人知晓。”

“如此说来，鬼谷子没有自己的学问了？”

“非也，非也。”老人大笑摇头，“天下确无鬼学一家，然则鬼谷子却改制了每一家学问。鬼谷子门徒的法家，迥然不同于李悝、慎到、申不害，兵家亦迥然不同于孙武、吴起。何以如此？皆因了鬼谷子向每个学生渗透了一种求实求变、特立独行的创新之志。每治一学，必出新果。此点将在最为特异的法家、纵横家中得以光大。这大约就是鬼谷子学问了。”

“鬼谷神生，天下第一高人也！”孝公不禁悠然神往。

老人捋着白须悠悠道：“老夫所知，皆因与鬼门渊源极深，可又算不得鬼谷子门人。皆因老夫天性疏淡，对入世之学无法修至极致，只有追随先生奔波事务。若是专精治学，岂能知晓无关之事？”

孝公默然沉思，有顷道：“敢问前辈，对方才刺客何以不解到官府治罪，以求根绝后患，却反而将他放走？”

“人间万事，官府能管几多？老夫云游四海，动辄告官，多有不便。方才刺客并非劫财盗物，而是意在此书，且又未遂，告官何用？”

“前辈虑事旷达，后生受益匪浅。今日本当请教前辈一件大事，奈何夜色将尽，来日待后生郑重拜访请教，万望前辈休要推托。”

老人既不问何事，也不加推辞，只点头笑道：“有缘之人，终当相聚也。”

这时，大门外清晰地传来“咔嚓咔嚓”的踏雪之声。白衣少女玄奇笑道：“大父大父，又有客人来也。”孝公凝神细听，笑道：“小妹，这是我的老友。前辈，后生告辞。”走到院中，却见天色微微发白，大雪依旧纷纷扬扬。

玄奇在身后笑道：“哎，别急，还有剑。”抱着长剑跑到院中递给孝公，灿烂地一笑：“还算剑士也，起身忘剑。”孝公报之一笑：“看来没有剑士戒心，不够格。”三人在大雪中爽朗大笑。孝公拱手道：“请勿出门，我自来自去。”拉开院门又回身关好，便听踏雪之声渐渐远去。

玄奇笑问：“大父，这就是人说的不速之客么？”

老人沉吟道：“我在安邑遇到一个奇才，今日又遇到一个。半年两遇，非同寻常也。看来这秦国要有事了。”玄奇笑道：“我看啊，大父也要有事了。”一边顽皮地比画着客人的样子，板着脸道：“来日郑重拜访相求，万望前辈莫要推托。”老人被逗得大笑起来。

秦孝公回到国府，天色已经在茫茫大雪中透出一丝青色的亮来。

他来到书房，换上轻软宽大的羊皮长袍，坐到木炭燎炉前，细想夜来所遇，久久不能平静。那位颇有仙风道骨的老人，使他蓦然想到了垂钓渭水的姜尚[①]、为人牧羊的百里奚[②]。老人学问渊深，话语间寓意高远，又与高不可攀的鬼谷子有极深渊源，当是一个隐士高人无疑。就连老人的那个孙女也给了他一种从未有过的强烈感受。少女算不得一个丽人，她没有柔媚，没有娇态，一身布衣，一头长发，甚至连对人施礼都是士子式的。但她身上那种明朗那种聪慧那种本色那种纯真，以及那种英气之中时不时透出的一种妩媚，却是任何丽人都无法企及的。尤其是她那空谷鸟鸣般的声音和说话的语调，真是给人一种莫大的享受。孝公知道，她说的是寻常女子说不来的“雅言”，多少游学士子和官府吏员终生都难以说好。所谓雅言，是与各国各地的方言土语相对的官话。西周定都镐京，便确定以镐京王畿语音为准的官话为“雅言”。这种雅言，对山野民众是无法推行的，主要在官府、商旅、都城国人、士人阶层使用，尤其是书面文字必须使用雅言。孔子的学生们曾经不无骄傲地说，孔夫子诵读《诗》《书》，执行典礼，都使用纯正的雅言，而不用鲁国土语。后来的荀子将雅言看得更重，主张“夷俗邪音，不得乱雅”，而且认为说雅言还是说夷俗邪音，是有关士人荣辱的大事，“越人安越，楚人安楚，君子安雅”。就是说，越国人讲越国话，楚国人讲楚国话，但天下的君子都应当讲雅言。虽则如此，但由于种种原因，官吏商人士子国人事实上很难做到人皆雅言，更不用说那些很少外出交往，更不求学做官的女人了。一个少女有一口纯正流利的雅言，至少可以看出她出生在世代书香之家，且这个少女本人还要有周游和求学的阅历。孝公想到小妹荧玉至今还说不好雅言，不禁对这个少女由衷地欣赏，还隐隐感到了她身上的一种神秘气息，如同她的名字“玄奇”一样扑朔迷离。

“二哥，想心事耶，痴呆呆？”一个红衣少女跑着跳着进了书房。

“荧玉，吓我一跳。”忽然之间，孝公感到脸上一阵发热，故意板起脸道，“起这么早做甚？也不去好好读书。”

荧玉咯咯笑道：“谁让我每天早起的，还要练剑？还不是你？”说着蹲到孝公身边把着他胳膊，“二哥，这次去安邑、洛阳、阴山，我可长见识也。要不要听听？”

---

① 姜尚，即吕尚，周代齐国的始祖。姜姓，吕氏，名望，字尚父，一说字子牙。辅佐武王灭商有功，封于齐。有太公之称，俗称姜太公。

② 百里奚，春秋时秦国大夫。原为虞大夫，虞亡时为晋所俘，作为陪嫁之奴送入秦国。后出走到楚，又被秦穆公以五张羊皮赎回，用为大夫，助穆公建立霸业。

“小妹,你说给一个少姑送件礼品,何物最为相宜?”孝公突然问,连他自己也觉得意外,脸不由自主地涨红起来。

“吔!”荧玉惊喜地跳了起来,拍手笑道,“日出西方吔！二哥快说,是哪里的少姑？宫里的？大臣的？哪一家？谁呀？何时大婚?”

孝公板着脸:“乡姑。你就说,何物最相宜?”

荧玉做个鬼脸笑道:“哪个乡姑如此身价？吔,我想想。你得告诉我,她的喜好性情啊,少姑与少姑不一样。女子都不一样。”

“你说的这一串,我如何知晓?”孝公还是板着脸。

“吔,我的二哥。如何见了女人忒笨？一无所知,送个甚礼？礼有定制,诸侯可以娶九女。二哥是准备拿她做夫人,还是做媵妾?”

“啪!”孝公一拍书案,“胡扯个甚!”又觉得不忍,低声道:“我就是赞赏这个少姑,想给她留个念物,可不知何物为佳?”

荧玉知道二哥刚毅木讷的脾性,极少与人谈笑,更是不谈女人。母后几次问他对大婚的打算,他都默然不答。今日能说到一个少姑,简直是天大的好事。她后悔自己大喜之余唠叨过甚引得二哥生气,以后再对她不提这种事,岂非大坏？母后本来就让她多和二哥开开心的。目下见二哥诚恳坦率,荧玉很是感动。她跪坐在二哥身旁,低声体贴地说:“二哥,我想这个少姑一定是个非同寻常的女子。荧玉想,女子非同寻常,一定坚贞聪慧,对念物本身并无甚一定嗜好。要紧处是,她一定看重男子是否真诚,是否值得她思念？若值得思念,你就是送她一片树叶,一根茅草,她也会永远珍藏,不惜用性命去保护。否则,就是一座金山,她也会视若粪土。”

孝公听得认真,拍案慨然道:“小妹,你说得真好,二哥茅塞顿开。”他轻轻地叹息了一声,“不管她对我如何,我都会永远想着她。”

刹那间,荧玉惊讶地睁大了眼睛,半日无言。国中官员们都说,二哥坚刚严毅厚重稳健,可在荧玉和母后看来,二哥更多的是倔强执拗的牛脾气,想定了的事天塌下来也要做,有时还激烈得让人胆战心惊。譬如上次立国耻石自断两根手指,母后不知流了多少眼泪,气得在背后骂他“犟牛”,可又不能说他做错了,还得支持他抚慰他。像他这样的心性,今日能认真说出永远想念一个少姑的话,可见决然是深深地爱上了这个女子,而且永远都不会有丝毫的改变。荧玉感到奇怪,就这么一段时日,二哥又没有出城,在何处遇到了这个神秘的少姑？她思忖半日，觉得应当告诉母后，当然，得问问黑伯才能知晓。但是不管如何，荧玉还是非常兴奋。她从安邑的迷醉奢华和洛阳的颓废沉沦，更感到了二哥的清苦。几个月来，她在弥漫中原的卑秦气氛中几乎窒息，深深感受到了秦国蒙受的灾难和耻辱，多少次躲在被中涕泪交流。回来后，她对二哥严峻的黑脸开始有了新的体察，对他拒绝大婚专注国事，也有了一种深切的认同。她似乎清晰地看见了二哥的内心在流血，再看到沉沉血红的国耻刻石时，也第一次感到了心惊肉跳。如今，二哥心中有了一个极具魅力的少女，二哥阴霾笼罩的心田就有了一缕阳光，一片温馨。这种阳光和温馨，是她这个小妹和母后所永远无法给予的。荧玉内心感激那个从未谋面素不相识的少女，感激她接过了一副沉重的担子……想着想着，荧玉的泪水不由涌满了眼眶。

"小妹，如何哭了？是二哥不好，惹小妹生气。"孝公揽着荧玉，笑着哄她。

"二哥！"荧玉扑到孝公肩上，边哭边笑道："小妹高兴，为你。"

孝公哈哈大笑："我倒是为你着急，嫁不出去，让你哭个够。"

荧玉咯咯笑道："就嫁不出去！你大婚我才嫁，看你磨蹭到几时！"兄妹两人同声大笑。

黑伯进来道："禀君上，老人所居叫五玄庄，家中唯有老人与孙女两人。老人的来历没有人知道，只知他经年在外云游，极少回栎阳。"

孝公收敛笑容沉吟道："黑伯，找景监说说，备一份不俗的礼物。天放晴以后，即刻去五玄庄拜访前辈。"

"君上放心，我即刻找景监内史商议。"黑伯冒着纷纷扬扬的大雪出宫去了。

大雪初晴，整个栎阳城却还是埋在雪中。

太阳虽然无力，却是非常晃眼。按照景监的意思，最好是等几日再去拜访五玄庄。秦孝公却很是着急，认为不能拖延。于是在午后时分，孝公景监一行人踏着陷入膝盖的深雪来到那条小巷。到得五玄庄门前，只见大雪封门，毫无铲雪扫雪的痕迹，秦孝公心中一凉，莫非老人又走了？景监上前轻轻叩门有顷，粗简的木门"吱呀"开了半边。一个少女探出头来，正想问话，却看见孝公在后相跟，惊喜之情油然而生，脱口笑道："呀，忘剑士也，快快请进。"孝公素来庄重，却被玄奇这滑脱出来的俏皮称谓引得笑了出来："若那把剑不拿，就成了不拿剑客，我就整日来取剑了。"少女灿烂地一笑，侧身开门让进客人，转身向屋内高兴叫道：“大父大父，忘剑公子到了。”大家一齐笑了起来。孝公这才注意到玄奇背了一口短剑，外穿了一件白羊皮长袍，里边却是紧身束装，好像要出门远行的样子，心中不禁一紧。

这时，老人正从屋内走出，身背斗笠和一个青布包袱，一身短装粗布衣，显然是要远行了。孝公忙深深一躬：“大雪阻隔，渠梁来迟，不想却扰前辈远足，尚请见谅。”老人爽朗笑道：“故人临门，幸甚之至。云游远行，原无定期，请入内就座。”说话之间，少女玄奇已经进屋打开了苫在家什上的粗麻布，重新生起了木炭火，架起了煮茶的陶罐，不声不响却又热情亲切地关照孝公和景监入座，又立即到院中安排抬礼盒的黑伯一行到偏厢就座。片刻之间，一切都井然有序起来。老人也卸去行装，换上一件羊皮长袍，悠然坐到案前。

孝公指着景监道：“前辈，他是我秦国内史景监。”景监便对老人深深一躬。

玄奇正在煮茶，微感诧异地笑道：“他是内史，那你是何人？”

景监道：“前辈、小妹，他是我秦国新君。”

老人丝毫没有感到惊讶，微笑拱手：“贵客临门，茅舍添辉也。”玄奇怔怔地看了孝公一眼，明亮的目光渐渐暗淡下来。孝公笑道：“小妹妹莫待我以国君，当我是一个友人可好？”诚恳的目光中有着明显的期待。玄奇默然，继之一笑，悄悄退出房中。

孝公向老人再度一躬，庄重谦恭地开口：“前辈，前日雪夜仓促，未及畅叙，今日特来拜望，恳请前辈教我。”

“国君来意，我已尽知。秦国之事，老夫自当尽绵薄之力。然则只能略为相谋，不能身处其事，请万勿对老夫寄予厚望。”

“前辈，莫非罪我敬贤不周？”

老人大笑道：“非也。老夫闲散一生，不求闻达于诸侯，更不堪国事繁剧之辛劳。我师曾言，我是散淡终身逍遥命，强为入仕必自毁。另者，老夫从不研习治国之道，对政务国务了无兴味，确无兴邦大才也。”

“前辈对世事洞察入微，见识高远，却何以笃信虚无缥缈之学？莫非前辈觉我秦国太弱，不堪成就王霸之业？”

老人微微一笑，略顿一顿道：“国君可知晓我是何人？”

孝公一怔：“五玄庄主人。不敢冒昧问及前辈高名上姓。”

孙皓晖善借史实捕风捉影。这一节里有隐君子、红颜知己，前者是古典趣味，后者是现代趣味。其实古之王者，所谓知己，绝不限于红颜，宠臣、忠臣、能臣、监人，皆有可能是王者的知己。帝王诸侯皆是人，七情六欲人之常情。百里奚，时之高人。百里奚困于楚，秦缪公以五张羊皮赎之——百里奚因而得名五羖大夫，当时百里奚已七十多岁。秦缪公与之语国事，百里奚荐蹇叔，"于是缪公使人厚币迎蹇叔，以为上大夫"(《史记·秦本纪》)。百里奚、蹇叔助缪公霸西戎。取百里奚后代为故事，更添传奇色彩。为写故事，作者动了不少脑筋。

刹那之间，老人眼中泪光莹然，不胜感慨道："国君诚挚相求，老夫不忍相瞒。我乃秦穆公时百里奚的六世孙……我岂能对秦国无动于衷？"

秦孝公惊喜交集，肃然离席站起，扑地拜倒："百里前辈，嬴渠梁不肖来迟。"

百里老人扶起孝公，黑发白发交臂而抱。玄奇正走到书房门口，见状默默拭泪，明亮的目光久久注视着孝公。良久，二人分开，都是唏嘘拭泪。景监站起来肃然躬身道："百里前辈隐士显身，君上得遇大贤，可喜可贺。"

玄奇揉着眼睛一笑："大父知道自己忍不住，早早想走，又没走脱，天意也。"

百里老人悠然一叹："是也，天意使然。不瞒国君，穆公辞世后，先祖百里奚回楚国隐居修身。先祖临终前曾预言，秦国百余年后将有大兴，嘱后代迁回秦国居住，但不得任官任事。"

孝公惊讶："这却为何？"

老人道："先祖虑及后人以祖上功业身居要职，而不能成大事。是以百里氏六世治学，从不入仕，实为先祖遗训。久而久之，亦成家风也。"

孝公沉重叹息："百里前辈，而今秦国贫弱，国无乾坤大才。渠梁为君，孤掌难鸣。恳请前辈为渠梁指点迷津，使我国人温饱，兵强财厚。否则，渠梁何以面对秦国父老？何以面对列祖列宗？"

玄奇被孝公的诚恳感动了，摇着老人胳膊道："大父说也，你不是早有谋划么？"

老人缓缓捋着长长的白须："秦国之事，我思谋日久，时至今日，机缘到矣。兴国之道，以人为本，列国皆然。秦国要强大，就要找到这个扭转乾坤的大才。"

“然则世无英才，却到何处寻觅？”

“国君莫要一言抹杀。方今战国争雄，名士辈出，前浪未退，后浪已涌，风尘朝野，多有雄奇。只看求之是否得法？”

“渠梁派遣多人遍访秦国山野城池，何以大才深藏不遇？”

老人爽朗大笑：“治国求贤，何限本国？自古以来王天下者，哪个不是放眼天下搜求人才？穆公称霸的一班重臣，先祖百里奚是楚国奴隶，治民能臣蹇叔是宋国庶人，大将丕豹是晋国樵夫，理财名臣公孙支是燕国小吏，大军师由余更是流落戎狄的老晋人。此五人皆非老秦人，穆公却委以重任而成霸业。孔丘为此赞叹不已：‘穆公之胸怀，霸主小矣，当王天下！’由此观之，治秦者未必秦人也。自缚手脚，岂能远行？”

为卫鞅的出场作铺垫，越是高人暗示，越显神秘，神秘才能神化，这道理，古今一致。

孝公本是思虑深锐之人，一经点拨，不禁豁然开朗：“前辈是说，向列国求贤？”

“然也，向山东各国搜罗人才。”老人击掌呼应。

孝公不禁兴奋地对景监道：“景监，回国府即刻拟定一道求贤令，向列国广为散发，大国小国，一个不漏！”景监兴奋应道：“是，臣即刻就办。”

百里老人微笑着：“我将带公求贤令一道，去山东为秦国谋一大才。”

玄奇急切道：“大父，谁也？”

老人神秘一笑：“谁也？我也不知。”玄奇向爷爷做一个鬼脸，众人不禁笑了起来。

看看暮色将至，秦孝公站起来吩咐抬进礼盒。百里老人正色摆手道：“我观国君非是俗人，秦国目下正在艰难处，此等物事当用于可用之处，老夫岂能受国难之礼？”说得孝公无言以对，只有深深一躬：“大恩不言谢，嬴渠梁当对百里氏永志不忘。天色已晚，渠梁告辞，明日便将求贤令送来。”

百里老人送孝公一行到院中，寒风卷着雪沫打来，孝公坚持不让老人送行。老人便殷殷道别，嘱咐玄奇代为送行。

直走到门口，玄奇都没有说一句话。孝公已经踏出了门槛，却又像钉在那里一样默默沉思，猛然回身对玄奇拱手道：“小妹，我观你游历多于居家，谋面颇难。嬴渠梁欲送小妹一物，以作思念，不知小妹肯接纳否?”刹那之间，玄奇明亮的目光直视孝公，孝公真挚的目光坦然相对。两双对视的目光在询问，在回答，在碰撞，在融和，在寒冷的冬日暮色中化成了熊熊的火焰。良久，玄奇默默地伸出双手，脸上飞出一片红晕。孝公从怀中取出一支几近尺长的铜鞘短剑，双手捧到玄奇的掌中。短短剑身带着孝公身上的温热，玄奇双手不禁一抖，眼中闪出晶莹的泪光。孝公专注地看了玄奇一眼，转身大步而去。走了几步，玄奇却默默地赶了上来。孝公回头，玄奇从腰间解下自己所佩的一尺剑，双手捧到孝公面前，双眼中射出炽热的光芒。孝公缓慢艰难地平伸双手，紧紧抿着的嘴唇簌簌抖动，双眼坚定地融会着玄奇的目光。玄奇将短剑缓缓捧到孝公掌中，双眼蒙眬脸颊一片绯红。

夜色降临，寒风料峭，雪光映衬出两个久久伫立的身影。

“不移，不易，不离，不弃。”

“天地合，乃敢与君绝。”

有点穿越。句式是汉乐府。虽乐府始于秦朝，但乐府句式在秦孝公这里出现，还是早了点。

浑厚的誓言与深情的吟诵，在洁白的天地间抖动着燃烧着。

四　神秘的布衣小弟突然变身

银装素裹的原野上，栎阳城迎来了冬日大雪后初晴的阳光。

栎阳的庶民百姓们终于有了一片难得的欢畅。原本人人准备上阵杀敌的大血战，擦肩而过了。一场大雪深深覆盖了久旱干涸的麦田，又使人们看到了一个大熟之年就在眼前。两个多月的满城叮当结束后，老秦人的子弟们都换上了锋利的新矛新剑。上苍似乎又开始念及秦国了，否则，这些急难大险怎么就憋着气过去了？国人们对雪后初晴的阳光现出了从未有过的兴奋与新鲜。官府未及号令，人人走出家门，手执扫把锹耒扫雪清道。街巷中堆满了头戴斗笠红鼻子蓝眼睛的雪人，引得孩童们绕着雪人唱啊跳啊地打雪仗。最显眼的是扫雪者在栎阳城东门口堆砌的两个巨大雪人，高约三丈，手执长矛，威风凛凛若天神一般。雪人筑起，引来城门口一片“老秦万岁”的狂热欢呼。

这时，城门守军头目高喊：“行人闪开，快马特使出城！”欢呼的人群哗然闪开之际，一骑黑色快马箭一般飞出城门，越过吊桥。“一骑！”“又一骑！”“还有一骑！”“不对，还有！”人们惊讶地发现，三十余骑快马特使，竟在半个时辰内络绎不绝地飞出了东门。一片忧色，顿时浮上栎阳国人欢快未消的面容。多少年了，老秦人对打仗很熟悉但也很敏感，他们看到这非同寻常的如飞快马，立即意识到危险又在迫近他们，聚拢一片的人们开始默默疏散。

这时，守军头目又一次高喊：“国府大令到——”人们看见栎阳令子岸带着三名文吏大步赳赳而来。“又要招募壮士，征收粮草了，快看看如何分派？”人群中有人急切低声地对一个穿长衫的识字者嚷嚷。长衫识字者冷冷道：“再征，就只有人肉了。”嚷嚷者嘘了一声：“别胡说，快看。”

栎阳令子岸高声命令文吏：“张挂起来，高一点。”文吏站在大石上挂起了一张写在羊皮上的文告。子岸高声道：“父老们，谁识得字？出来给念念。走，到南门去。”人们哗地围拢过来，长衫识字者被嚷嚷者推出嚷道：“念，给睁眼瞎子们念念。”长衫识字者抬头向文告一看，却愣在那里半天不出声。人群鸦雀无声，一层乌云明显笼罩在脸上。嚷嚷者忍不住嚷道：“怕甚？念呀，大不了还是一场大血战，鸟！”长衫识字者却不住摇头，惊讶的脸上抽搐着，竟呜呜咽咽地哭了起来。嚷嚷者骂道：“哭个鸟！还算老秦人么？走，不听了，回家烙饼，明日打仗！”

人们默默散开。长衫识字者猛然醒悟，嘶声喊道：“回来！快回来！好事！我来念！”人们犹豫着重新围拢。嚷嚷者骂道：“鸟！仗都打不完，还有好事？念啊！”

长衫识字者擦擦鼻涕眼泪，高声道："这是国君的求贤令，就是要搜寻贤才，强盛秦国！这样写的：天下列国士人群臣庶民，凡能出奇计强秦者，吾将让他位居高官，且与他分享秦国之土地财富！若能荐举贤才者，也有重赏！"

人群愣怔片刻，猛然炸开，轰雷般高喊："好！秦公万岁！"

老人们掉了眼泪，相互一片点头感慨："对了对了，这就对了。"

"秦公睡醒啦，早该变。要不咱这破裤子何年能脱得？"

嚷嚷者拉着长衫识字者就走："鸟！咱老秦人也有大才。我荐举你做大官，我也得一堆赏金！走啊，愣怔个甚？"长衫识字者惶恐拱手："老哥哥，别乱来。那大贤之才等闲了得！我连一筐书都没读完，书吏都做不得，还做大官？"嚷嚷者急切道："鸟！那还不赶紧找一个出来？"

"我看你就能行！"有人高声喊道。

"鸟！我能做甚？"嚷嚷者笑骂。

"教训女人啊！教男人如何一天打三顿老妻！"

众人哄然大笑，嚷嚷者边骂边追那个"荐举者"，城门口又变得一片热闹。

在老秦人的欢笑中，秦国的快马特使像一颗颗流星，北上九原，东出函谷，南下武关，撒向天下六大国与三十余个中小诸侯国。他们以数百年来迁徙各国的秦国人为根基，以各种形式秘密散发着秦孝公的求贤令。数月之间，秦国求贤若渴的消息，便在天下城池乡野名山大川的士人们中间流传开来，成为比齐国稷下学宫招募学人更为令人振奋的喜讯。

这里的不同之处在于，齐国的稷下学宫旨在弘扬文明，虽然也不排除个别学宫士人出仕为官，但其主流毕竟是治学，所要求士人们的是黄卷青灯，是修身自励，是文章道德。而秦国则直截了当地请士人们去做官，去强秦，去建功立业，去出将入相，去名满天下，去光宗耀祖！相比之下，如何不令士人们怦然心动？正因了这一点，到齐国稷下学宫去的士人，绝大部分都属于有志于治学的各式士子。当时及后来的诸子百家在稷下学宫几乎先后都有代表人物。法家的慎到，儒家的孟子，儒法并体的荀子，名家的惠施与公孙龙，辩家的田骈，纵横家的鲁仲连与庄辛，阴阳家的邹衍，道家的宋钘与尹文，农家的许行，等等。然而，纯粹治学从来都不是春秋战国士人阶层的主流精神。自从"士"这个人群阶层出现以来，主流精神始终是经世致用，就是以学问入世奋争，以才能建功立业。优秀的士人应当做官！这是当时士人阶层毫不隐瞒的公开宣示和终生追求，而当了官后的目标也决不含糊，叫作“治国平天下”，就是要为国家为天下做一番事。正是这种坦诚直率而又奋发有为的入世精神，战国士人们将直接做官看得比终生治学重要一万倍。他们往往在入仕无望的情势下，才被迫治学著作和传授学问，这便是后人所谓的“强使英雄做诗人”。更有趣的是，即或无奈治学，所治也还是治国为政之学。孔子、墨子、庄子、孟子，都是求官不成无奈治学，而又在学问中建立为政经典的大学问家。这种相互促进相互激扬的士大夫精神，历经沧桑磨炼，厚厚沉积在华夏士子们的魂灵之中，一有火光，便会轰然爆发。

贵族衰微，士的势力崛起。士开始分享权力，但同时，中央集权也开始初现端倪。这是中国历史上的重大变化。

如今，秦孝公的求贤令就是一道耀眼的火光！

当这道求贤令秘密传播到安邑的时候，正是冰雪消融的三月。

安邑城外的灵山，已经是麦苗返青枯木新芽残雪变为淙淙溪水的春日了。山脚下的公叔墓地也从冰雪覆盖中走了出来，松柏苍翠，山花初现。墓前苍黄的衰草，也被春风在朦朦胧胧中摇绿了。此刻，与墓地遥遥相对的山腰小道上，走来了一个身披红丝斗篷的少女，在山野初绿中分外鲜亮夺目。少女手中拿着一把极为精致的细剑，身材颀长秀美，一头长发盘成一个高高的发髻，中间横插一支碧绿的玉簪，恍若士子头上刚刚加冠，透出一种高雅的书卷气息。当她遥遥望见公叔墓的石坊时，站在山道上静静地想了一会儿，又低头看看自己的装束，似乎平静了一下自己的心绪，方继续向墓地走来。

不用卫鞅不杀卫鞅，不听公孙痤言，魏惠王亏大了，但事后诸葛亮人人都会，当局者迷，实难避免。

石坊前的大道分外冷清，庞涓派在这里的步卒骑士也不知道如何不见了踪迹，坊下竟没有一个军士。少女显然感到了疑惑，边走边四下打量，终于看见了守护墓地的十多个兵士在营屋旁倚着墙角晒太阳。看见她进来，他们抬起了头，老兵头沙哑地问："又是找卫鞅的？"少女微笑着点点头。一个兵士惊叹道："看人家卫鞅福气，鸟！"老兵头低声喝道："作死！"又回头笑道，"姑娘请自进去，他整日守在陵下石屋里。"少女点点头，径自进去了。

陵墓前数丈之外的小屋，显然是粗糙搭盖的，很难说清它是一间石屋还是一间茅屋。墙是大石板拼起来的，缝隙也没有填塞，屋顶苫盖着一层绝不算厚的茅草，虚掩着的木门也已经破旧。按照丧礼，这种守陵的住所应该是最简单的茅庵草舍，以考验和磨炼守陵者的大孝之心。进入战国时期，摧残身心且耗费巨大的葬礼渐渐淡化，有关葬仪的一切礼节都在简化和变通。于是，这间守陵小屋就变成了既不能严实如常，又不能过分透漏，既要粗简，又要遮风挡雨的石板墙茅草顶。

少女在石茅屋前打量一番，摇摇头皱起眉头，似乎很不满意，却又略显顽皮地一笑，轻轻咳嗽一声，粗着嗓门高声道："中庶子兄台在否？布衣小弟前来讨教也。"虚掩的木门吱呀开了，依旧是白色长衫的卫鞅大步走出，分明一脸兴奋的笑意。突然之间，他却惊愕得后退几步，揉揉眼睛打量着面前美丽的少女，疑惑问道："这里，你，一个人？"

少女微笑着点点头。

"方才，是你在说话？"

少女还是微笑着点点头。

"你是何人？为何假冒我布衣小弟？"卫鞅正色问道。

少女脸上泛起一阵红晕，却又落落大方地拱手道："兄台见谅，布衣小弟就是我，我就是布衣小弟。"

卫鞅大是疑惑，不禁绕着少女打量了一圈。少女红着脸不说话，微笑着任他打量。良久，卫鞅哈哈大笑道："世间竟有这等事？我却不信。莫非少姑是布衣小弟的妹妹？"少女摇摇头，猛然又粗声道："我是来提醒你，与你对弈的巨商是秦国密使。"卫鞅近在咫尺，猛然听到面前这个美丽的少女说出布衣小弟夜半树下说的密语，突然一惊，竟然不小心跌倒坐地。少女大笑，忙去拉卫鞅，不想笑得岔气，一下子软在了卫鞅身上。卫鞅被这突如其来的变幻弄得云雾不明，又对自己方才的失惊感到滑稽，跌坐在地便大笑起来。少女笑软在他身上，他也笑得没有力气去扶去推。两人同时大笑着叠在一起，滚了一身泥土。

“你，真是布衣小弟？”卫鞅想正色说话，却又是禁不住开怀大笑。

少女笑得泪水长流，虽然已经坐起，却不断地抹泪，听卫鞅一问一笑，又禁不住咯咯笑道：“你请我来，又不认我，是何道理？”

“那……还叫你布衣小弟？”

少女笑着摇摇头。

“既是女儿身，何以装扮成一个游学士子？”

“不告诉你。”少女脸泛红晕。

卫鞅感到惊讶，他第一次听到“布衣小弟”的女儿本声，想不到同一个人的声音竟可以有如此大的差别。作为男子，“布衣小弟”的声音虽显细亮，但毕竟男子中也有这种声音，卫鞅并没有特别注意。但作为女子，少女的声音却与“布衣小弟”迥然有异。卫鞅对自己曾经严酷训练的听力非常自信，且相信人的音质是难以改变的。然而，面前的这个少女与冬天里那个“布衣小弟”，却怎么也看不出一点相同处，连声音也是截然两人……不想了，该知晓的迟早会知晓。卫鞅站起来拱手道：“少姑，请到屋内叙谈。”

少女将沾上泥土的红丝斗篷解下，现出一身白色紧身长裙，颀长的身材更显婀娜高雅。她笑着点点头：“兄台请当先。”

卫鞅推开被山风吹得闭合的木门，笑道：“请进。我得给你找一个坐处。”

少女笑道：“不须找了，榻上正好。”说完走到书案旁的木榻前，将斗篷搭在榻边木栏上，回身笑道：“我来煮茶，你可先换件干衣，今日可是要消磨你也。”边说话边动手，也不问卫鞅何物放在何处妥当，眼睛只一扫，已经清楚了这间斗室的全部物事。先用火钩清理了燎炉木炭灰，重新燃起了一架红红的木炭火；又熟练地支起铁架，吊上陶罐煮水；再给干燥的黄土地面洒上水，从屋角拿来笤帚，将屋中灰土全部扫去；又将屋角木几上的冲茶陶壶饮茶陶杯全部洗干净；又利落地撕开了一块旧布，塞住了两条透风的石板缝隙。这时，木炭火已经熊熊燃起，陶罐中水也已经大响，整洁的小屋顿时温暖如春。

卫鞅换了一件长袍，对“布衣小弟”的轻柔利落欣赏至极。他注意到，几个书架和那张摊满竹简的书案，都抹去了灰尘，而书简位置却没有任何移动。而这两处也是读书士子最怕别人乱收拾的，若非熟悉书房生涯的女子，绝不会有这种细致的照拂。

少女煮好了水，斟好了茶，做了一个女儿礼微笑道：“请兄台入座。”

卫鞅开心地拱手笑道：“布衣小弟请。”

少女举起陶杯:“为重逢兄台,尽饮此杯。”将一杯清香茶水嫣然饮下。

卫鞅举杯笑道:“为布衣小弟变做女儿,尽饮此杯!”

少女脸上又飞起红晕,笑道:“还布衣小弟,我可是有名姓也。”

“敢问小妹高名上姓?”卫鞅收敛笑容。

少女跪坐到矮榻上,悠然笑道:“我姓白,单名一个雪字。”

“小妹在洞香春做何事?”

“洞香春是我的,时不时去看看。”

卫鞅恍然大悟,似乎证实了他隐隐约约的猜想,笑道:“如此,小妹当是名满天下的白圭丞相的女儿了?”

白雪出身名门,财富、胸襟、才性、相貌皆有,贵不可言。在这里,孙皓晖挪移了白圭与卫鞅所处的时空,借白雪之口,道出白圭对卫鞅的认可。才子佳人,符合百姓趣味。

白雪微笑着点点头:“也还是你的布衣小弟。”

卫鞅淡淡一笑:“小妹今日找我,意欲手谈?”

“不是,有大事。不过你先猜猜看。”

“那个白发隐者露面了?”

“不是。”

“秦国特使来了?”

“不是。”

卫鞅沉吟道:“总是与秦国有关联的事了?”

白雪点头笑笑:“看来你开始想秦国的事了。我呀,给你带来两则消息。一则,韩国开春后可能起用申不害,筹划变法;二则,秦国国君向天下列国发出求贤令,搜求强秦奇计与治国大才。兄台以为如何?”

卫鞅肃然拱手:“多谢白雪姑娘。”

“先别谢,我可有所图也。”

卫鞅爽朗笑道:“有所图最好,最怕无所图。”

“对我讲讲你对这两件事的评说。喜欢听你谈政论棋。”

卫鞅沉吟点头道：“这两件事耐人寻味。韩国原本是仅次于秦国的第二弱国，在山东六大国中座次最末。但韩国虽小，铁山却是最多，农耕平原也最多。所以，韩国兵器锻造天下第一，粮食贮藏也是天下第一。然则为何成为弱国，因由皆出于旧贵族根基未动，人力财力分散于豪强封地。若能法令统一，激励民心，韩国将成为中原令人生畏的强国。申不害被韩侯重用，这一天为期不远了。”

白雪钦佩点头，又问：“秦国颁发求贤令，是否也想变法？”

卫鞅默然有顷，叹息一声道：“自古求贤有虚实，奋发图强者求贤，沽名钓誉者亦求贤。秦国求贤之真意，我得见到求贤令方可有断。”

“我已经安排妥当，明晚将有求贤令送到洞香春。我来，就是要请你去。”

“这座陵园近日看管松弛了许多，我明晚一定来。难为白雪姑娘了。”

白雪笑道：“如何俗了起来，不叫我小妹？”

卫鞅肃然道：“姑娘襟怀高洁，卫鞅岂能失敬？”

白雪悠然一叹：“老父给我留下三桩物事，一笔财富，一张大网，一种志向。我生为女儿之身，难以充裕利用这些财富、这张大网，来实现这种志向。我想扶助一个有襟怀、有抱负、有经纬之才，更有远大志向的人成就大业。我不希望这个人将我的扶助看作恩赐，而折损他的心志。因为，我也想在他的大业中实现我的梦想。”

“敢问姑娘，何为父亲留下的志向？”

“以财图大计，以才治国家。老父商家入相，正是如此。”

卫鞅点头沉吟：“姑娘之梦想如何？”

白雪略显羞涩地笑道：“不告诉你。但愿它已经开始了。”

卫鞅觉得面前这个少女当真是个奇人：论财富难以计数，论襟怀志不可量，论才识堪称名士，论心性明亮豁达，论聪慧天赋极高，论相貌绝然佳丽。如何她就没有些许瑕疵？然而如果只有这些，也许他反倒会敬而远之。只因为这些方面他也许更强更高。如果这些非凡的东西生在一个男子身上，他一定会和他成为生死至交，会毫无顾忌地使用他的财富，就像管仲和鲍叔牙一样①。然而生在一个女子身上，这些非同寻常的光彩

---

① 管仲和鲍叔牙，都是齐桓公的大臣，二人交情极深厚，管仲曾说：“生我者父母，知我者鲍子也。”

处恰恰就成了他和她必须疏远的根源。倒不是他畏惧这种女子的才华和财富，而是他觉得问心有愧。一个心怀天下志向高远才华卓绝的男子，内心天地更需要一种灵动一种柔情一种照拂一种具有渗透性的知音，如果一个女子只有前者而没有后者，他的人生就会产生僵硬的枯燥的裂痕。内心没有激情，却要为了种种外在的制约长期相处，这就是他所感到的惭愧。但是，面前这个少女却不是只有前者而没有后者的女子，非但是两者兼备，且在她身上的糅合简直奇妙得令人难以相信！才华中显出自然与风情，操持中显出雅致与书香，特有的才华与志向深深隐藏在美丽的风韵之后，又处处显露在她的一举一动之中。她还是“布衣小弟”的时候，卫鞅就不由自主地喜欢了那个布衣士子，当“他”变成光彩照人的少女时，卫鞅内心流过的激情与舒畅是难以自制的。他那从未有过的开怀大笑是情不自禁的，也是油然而生的。他的心灵告诉他，他已经很是喜欢这个少女了。原因只有一个，她让他怦然心动，她让他奔放燃烧，她让他从心底里流出轻松与欢畅。

但是，他能接受她么？他的心灵在问自己。

卫鞅对任何事情都喜欢正面作为。这也是战国士子做事的普遍喜好——说就说个彻底，做就做个彻底。这时候，他的第一个念头就是：把自己想说的话说出来，不要遮遮掩掩。他从书案旁站起，肃然向白雪深深一躬：“白雪姑娘，感谢你对卫鞅的赞赏和寄托。我知道，姑娘的赞赏和寄托，也包含了姑娘的那个梦想。然则，卫鞅秉性不群，一生注定是孤身奋争命蹇事乖，只能给身边的人带来不幸。姑娘名门之后，与一个中庶子交往并行，只会使姑娘身败名裂。是以，卫鞅既不会成为姑娘成就志向的并肩之人，也不会走进姑娘的梦想。”

白雪明亮如秋水般的眼睛充满了惊讶与疑惑。她默默沉思，突然爽朗大笑道：“卫鞅，你扪心自问，说的可是心里话？假若你真是如此之想，白雪这双眼睛也算徒有虚名了。”她深深地叹息一声，“你说得何等痛快？我听得却何等酸楚？说孤身奋争命蹇事乖，说秉性不群身败名裂。君为名士，岂不闻‘人生得一知己足矣，斯世当以同怀视之’？白雪既能与君相知，且不说君不会命蹇事乖，我亦不会身败名裂，纵然有之，又何惧之？以此为由，拒相知于千里之外，卫鞅也卫鞅，君是怯懦，还是坚刚？是熄灭自己，还是燃烧自己？请君慎之，请君思之。”她说得真诚痛切，明亮的眼睛却始终看着卫鞅。

片刻之间，卫鞅感到了一种前所未有的震撼。他是个自信心极强且词锋极为犀利的人，从来没有谁准确洞察他的内心并一击而中。今日，就是面前这个少女，却说得他内心一阵发抖。她不激烈，不尖刻，却有着一种对回避者高贵的审视和对脆弱者至善的怜悯，有着冰冷淡漠的对心灵的评判，更有一种无可抗拒的消融冰雪的暖流。卫鞅第一次感到，自己气短起来，默默的半日沉思不语。

白雪微微一笑，岔开了话题："兄台，说正事。记住明晚了？"

卫鞅一怔，恍然笑道："我倒是云雾中了。好，明晚看秦国求贤令。"

"哎，猜猜，我还给你带来何物？"白雪顽皮地笑了起来。

卫鞅打量着她身上似乎没有口袋一类的累赘之物，笑道："还有好消息？"

"如何忒多好消息？闭上眼睛，闭上嘛。"

卫鞅从来没有和少女有过如此亲昵，自己先红了脸，却也是不由自主地闭上了眼睛，只觉得心里暖烘烘的舒畅极了。听到一声："睁开了，看看。"便睁开眼睛，却是哈哈大笑起来："好，好物事！"

书案上摆着一个小小扁扁极为精致的红木匣，上面一个大铜字"鹿"，旁边是一个金黄锃亮的雁形樽，樽身两个红字"赵酒"。卫鞅一看便知，木匣中是烤鹿肉，金樽中是他最喜欢的赵酒，如何不高兴地叫好？只是他不明白，这两件东西如何能随身带着却丝毫不显痕迹，便问道："这，却如何带在身边？"白雪笑道："你来看。"拿起雁形樽，将雁喙的上片轻轻一拍，只听"当"地一震，雁喙便严丝合缝；又伸出两根脂玉般的细长手指将背盖两边一捏，背盖也严丝合缝地扣在一起；又平伸手掌将雁蹼向上轻轻一托，那原本是底座的雁蹼也悄无声息地缩回了雁腹；再用两根手指捏住雁喙一推，细长的雁颈竟也缩回去不见。如此一来，一个雁形樽便成了一个圆鼓鼓的金球。白雪将金球托在手中，单掌从上向下徐徐一摁，金球竟又变成了一个圆圆扁扁的金饼。白雪嫣然一笑："就这样，带在我腰扣带上的，方才放在披风里。"

卫鞅对这般精巧多变的酒樽见所未见，连连赞叹造物者之神奇。白雪笑道："这雁形樽材质极薄极韧，能装两斤酒也。老父当年商贾远行，就带它随身。"说着摇摇雁形樽，"你看，一点不会漏也。"又拿过红木匣道："这个木匣只装一斤干肉，六寸长，五寸宽，三寸厚，不妨身的。"说完，又一阵捏、揪、挤、拍，雁形樽便稳稳立在书案上放出酒香；又一按红木匣铜扣，匣盖轻轻弹开，轻巧地揭去一层白纱，一方红亮亮的烤鹿肉便散发出悠长浓郁的香味。

卫鞅不由咽了咽口水笑道:“如此口福,神仙难求也。洞香春有么?”

白雪微笑摇头:“这是家传物事。白氏家计从来与洞香春不牵连。”

“如此巧惠,府中炊师能治大国了。”卫鞅赞叹。

白雪明朗顽皮地一笑:“不敢当,这可是我自己动手做的吔。”

刹那之间,卫鞅又看到了“布衣小弟”的可爱神态,不由“啊”了一声,却转口笑道:“你……会下厨?”

白雪悠然道:“下厨有何惊讶?有人要吃饭,就得有人下厨了。”

卫鞅大笑道:“好,那我就吃将起来。”

时而娓娓侃侃,时而感慨叹息,卫鞅吃酒,白雪饮茶,两人竟不知不觉间谈到了斜阳夕照,才一齐笑着叫道:“呀,太阳偏西了!”

白雪回到安邑城内时,正是日落黄昏时分。她没有走显眼的天街,而是从一条小巷进了洞香春。这是白氏主人进洞香春的专用密道。

白氏祖传的经营传统,是尽量少干预所开店铺、作坊、酒肆的日常生意。白氏遍及列国的商贾字号,都有一个总执事,呼之为“总事”,日常交易一概由总事掌管。白氏主人只是在月底年终查账决事,或大的时令节日来听听看看而已。这种奇特的松散的经营方略,却使白氏的商贾规模在三代人的时间里迅速扩大,且没有一例背叛主人或中饱私囊的坏事出现。白圭以商入相,魏武侯问其商道秘术,白圭回答:“商道与治国之术同,放权任事,智勇仁强。”魏武侯问其治国方略,白圭答曰:“与商贾之道同,人弃我取,人取我与。”正是在白圭掌事的三十多年中,白氏成为与赵国卓氏郭氏、楚国猗氏、齐国刀氏、韩国卜氏齐名的六大巨商。白圭的经商天赋独步天下,他曾经骄傲地说:“吾治生产商贾,犹伊尹、吕尚之谋①,孙吴用兵,李悝行法是也。”多少商贾许以重金请求他传授秘术,白圭以蔑视天下的口吻宣示:“为商之人,其智不足以通权变,勇不足以任决断,仁不足以明取予,强不足以有所守,虽欲学我术,终不告之也。”但是,对他唯一的一个女儿,白圭却从来不传授商贾之道。白雪曾经幽幽地问:“女儿不通商贾,父亲的生财秘术

---

① 伊尹,商初大臣。原为有莘氏女的陪嫁之臣,商汤任以国政,助商汤攻灭了夏桀。吕尚,即姜太公,见前注。

就失传了，悔不悔也？”白圭大笑：“日有升沉，月有盈亏。天生我女，不予我子，乃上天惧我白圭敛尽天下财富也，何悔之有？女儿冰雪聪慧，读书游历足矣，何须经商自污？”

正是白圭这种超凡脱俗的开朗秉性，滋润生长了白雪轻财货重名节的名士襟怀。然而奇怪的是，白氏产业却没有因为白圭的病逝而萎缩，增长扩大的速度虽然慢了一些，却是依旧在增长。白雪是更加宽松了，且不说从来没有去过开在列国的商号，就是安邑的洞香春她也极少来。巧的是，上次一来就遇到了谈政论棋意气风发的卫鞅，使她不由自主地多次秘密来到洞香春。她虽疏于办事，一旦办起事来却是思虑周密。为了经常性地掌握各种消息传闻，扶助卫鞅早日踏上大道，她派自己的贴身女仆梅姑守着她在洞香春的专用密室，专门做传递联络。她每次来也决然不问生意，只做她自己关心的事，仿佛这豪华的洞香春和她没有干系似的。

虽然天色还没有尽黑，洞香春已经是华灯齐明了。

“小姐，正等你，急死我了。”看见白雪走进密室，梅姑急忙迎了上来。

“如何？出事了？”白雪微笑问道。

梅姑低声道：“有个黑衣汉子不声不响，在外厅坐了两个时辰……”猛然感到身后有气息微微，一转身，发现一个黑衣男子悄无声息地站在她身后，身材高大，连鬓胡须，面色炭黑，不禁“啊”地惊叫了一声，“就，就是他。”

白雪笑道：“梅姑，你到外面去看看。”待梅姑匆匆出门，白雪向黑衣人拱手道：“壮士，可是侯嬴[1]大哥派来？”

黑衣人深深一躬，嘴里呜呜啦啦地比画一通，从背上抽出竹筒，恭敬地递给白雪。白雪利落地打开竹筒，抽出一束竹简，打开一瞄，简首“求贤令”三个大字赫然入目。她轻轻地“啊”了一声，露出灿烂的笑容。白雪已经知道来人是个哑人，打着手势笑道：“壮士请在这里安歇，住几日看看安邑。”黑衣人连连摆手，拱手转身，看来立即要走。白雪笑着拦住道：“壮士高义，敢问姓名？”说着指指书案上的笔砚。黑衣人略一沉吟，走到书案前拿起那支长长的玉管鹅翎，蹲下身来，在砚旁一摞竹简上抽出一条，歪歪扭扭写下两个大字。白雪笑道：“啊，荆南。楚国人？”黑衣人颇为拘谨地笑着点头。白雪转身从一个铜匣中拿出两个金饼递过：“壮士，路上茶水。”荆南面色涨红，呜呜啦啦连连摇手摇

---

① 侯嬴，战国时魏国隐士，极有谋略。后助信陵君窃符救赵。

头。白雪笑着将金饼塞进他背上的皮袋,拱手道:“谢壮士。也替我谢过侯嬴大哥。”荆南点头,再度一躬,转身大步出门了。

白雪给梅姑留下两个字,匆匆地从密道出了洞香春,回到了自己的庭院居所。

白氏的地产房产很多,但是自从白圭做了魏国丞相,白氏在安邑的房地产就开始慢慢地缩水。到白圭临终之前,安邑的庄园只保留了两处,一处是城内的一座四进庭院,大约只相当于魏国一个下大夫的住宅;一处是城外狩猎的一座小小山居。白圭在弥留之际,将女儿唤到榻前叮嘱:“雪儿,白氏的房地园林全部没有了,为父留给你的,只是涑水河谷的狩猎山庄和这座小院子,你埋怨老父亲么?”白雪笑着摇头:“钱财是父亲的脚印,抹去它,是父亲要解脱女儿。女儿岂能迂腐计较?”白圭喟然一叹:“雪儿,这只是其一。最要紧者,父亲要保护你永远不陷入钱财风浪,一生只做自己喜欢做的事。庄园地业,一部分是父亲捐赠了官署国府,一部分给了白氏部族的十四支支脉。父亲去后,不会有任何人来向你瓜分财产。”说着吩咐白雪从榻旁铁柜里找出一个小小铜箱打开,“这里有国府官署历次的书凭,还有十四族长分头与我立下的析产书契,你,收好了。”白雪含泪带笑地合上铜箱:“父亲,女儿晓得,钱财终是身外物事……”白圭轻轻摇头:“雪儿,莫要轻易这样说。金钱是一种力量,可成人,可毁人。为父没有处置者,就剩下安邑洞香春和楚国、秦国、赵国、齐国的几家生计。除了洞香春,其余各国的生计都是秘密的,没有人晓得。有一天,当你不需要这种力量支撑你时,它们才是身外物事。”白圭费力地向胸前一指,“雪儿,解开这里。”白雪笑笑:“世人说父亲算计天下第一,还真是,要将女儿算计到老

白圭的生前身后事,史籍记载甚少,唯有想象。

也。”白圭也笑了：“雪儿是老父的宝贝儿，自然要给一个万全。解开。”白雪解开父亲的长袍，不由吃了一惊——长袍衬里画满了各种图形、线条与密密麻麻的小字，就像一张没有头绪的蜘蛛网。白雪笑了：“老父啊，这分明是蝌蚪文天书也。”白圭神秘地一笑：“这是外国生计图，看好了，上面有主事人与联络之法。”说着精神奕奕地坐了起来，脱下长衫交给女儿：“雪儿，记住了，魏国未必是久居之地。收好了这件东西。老父的事完了，完了……”一阵哈哈大笑，从容去了。

十二岁的小白雪，没有一点儿惊慌与悲伤。她穿了一身大红吉服，将老父亲的丧事当作喜事来办，一时惊动了整个安邑。虽说白圭只当过短短的八年丞相，但毕竟是由名满天下的魏国巨商入仕，人望极高，送葬者不绝于道。人们惊讶地发现，白氏并没有国人传闻的那样豪阔，反倒是处处流露出士子世家一般的质朴实在。人们叹息白圭经商治国皆有术，却没有善始善终，竟清白寒素地去了，给小女儿留下的太少太少。一段时间过去，白氏部族也就渐渐地从国人心目中淡出了。小白雪平静地成长了起来。

白雪就住在这条小街的这座极为普通的小庭院里。小街多住燕赵两国的商人，所以叫了燕赵街这个名字。这条小街不繁华，不冷落，不在闹市，也不偏僻，倒确实是一处平凡得令人很难记住的地方。

庭院的第二进是白氏家传的书房。并排六间，分为西四东二两个隔间，中间一门相连，西边是书简文物收藏屋，东边是读书刻简屋。白氏家产中，唯独这书房完整无缺地保留了下来，连专司书房的两个仆人也保留下来，没有遣散。老仆是专门保管、修补文物书简的，他是白圭生前的一个书吏，因少小时骑马摔伤了腿，好读书不善奔波，白圭就让他做了书房总管。小女仆则是白圭生前专门为女儿物色的伴读，由于和女儿很是相投，白圭专门叮嘱将这两个忠仆留给了女儿。女仆叫梅姑，便是这些天来替白雪守在洞香春的那个少女。白雪每次从外边回到家里，都要先到书房将要办的事安排妥当，然后才去休憩消闲。

今晚回来虽然已经是二更时分，书房里还亮着大灯。白雪照例匆匆来到书房。老书吏瘸着腿进来禀报：“公子，今日无事，你去安歇了。”白府上下人等，只有这个老人坚持将白雪称为“公子”，似乎认定这个女主人与男子一般出色。天长日久，人们也都认可了老人的称谓，白雪也习惯了这样的女公子身份。

小处是为卫鞅，大处是为秦国。小说中的白圭，极具远见，政商不两离，有此意识且有此财力者，才可收集到各国变法的法令。这一伏笔极好，为卫鞅赴秦铺路。

“书翁，我有事。”白雪匆匆道，“你要将藏书间的各国法令，啊，不是全部，那太多了，主要是几个变法国家自变法以来的重要法令，收拾装成一个大木箱，要经得起颠簸才好。”

“公子，你要自己出门用？还是要卖了？要送人？”书翁惊讶道，“那可是老丞相最宝贵的藏简，有些连国府书库都缺失也。”

“我的书翁，”白雪笑道，“晓得啦。物有大用，方得其所，是么？”

“那是。我是给公子提个醒，莫要轻易许人。”

“多谢书翁，白雪岂能轻易许人？好了，去办，没错的。”

书翁瘸着腿去了。白雪在书案前坐了下来，打开案上一个红木匣，拿出一张一尺见方的黄白色的羊皮纸。这种羊皮纸很难制作，所以很贵重，即便在白氏这样的巨富之家，羊皮纸也不是轻易能用的。除了极重要的书信、命令等，一般书籍文章都是用竹简缮写誊刻的。白雪将羊皮纸轻轻用一方铜镇纸压住一角，从绿玉笔架上抽出一支新修磨得很是光滑圆锐的鹅翎，略一思忖，凝神“嚓嚓嚓”地一笔一画写了起来。①

片刻之后，白雪写好，将羊皮纸细心地卷成一个细筒，塞进一根精致的铜管里，“当”地合上盖子，轻轻扭了三圈，这支铜管便成了一支锁定的信管，非得有约定的钥匙才能开启。这是白氏部族传送商业秘密的特制信管，非重大事件不轻易起用。

钥匙与按钮，都是权力的象征。

白雪将信管笼在袖中，来到西跨院一间石屋前轻轻敲门。

“咕咚”一声，一块硕大的石板被搬开，一个精瘦的汉子

① 战国中期，成型毛笔还没有发明，书写工具多样化，战国晚期时蒙恬发明了毛笔。

走了出来："小姐？瘦柴衣衫不整，失礼了。"说着便往屋里走要收拾整齐自己。白雪笑道："瘦柴，莫烦了。原是我该唤你到书房的，又不想劳动书翁。来，有事了。"

"瘦柴听小姐吩咐。"

"相烦你去一趟秦国，到栎阳找……"白雪的声音突然低了下去。

"小姐放心。瘦柴这就准备，四更出城。三五日便赶回来。"

白雪回到寝室，已经是更深人静了。她看着庭院中明亮的月光，久久没有睡意。

五 求贤令激发了卫鞅

第二天傍晚，白雪趁着暮色从密道进了洞香春，来到自己那间密室。

刚刚饮罢一盏茶，梅姑轻步进来神秘笑道："小姐，那位先生到了，只饮茶，没饮酒。""哪位先生啊？"白雪板着脸。"喏，高高的个子，一身白衣，很有气度也。"梅姑笑着比画着。白雪笑笑，拿出一束竹简道："立即到写字房，将这卷竹简誊写十份，散到士子们聚集的案上。还有，那位神秘老人若是来了，立即领到那位先生案位。""小姐放心，不会误事。"梅姑拿着竹简出门去了。

白雪走进密室内间，片刻后走出，又变成了那个布衣士子，拉上密室的厚厚木门，从庭院绕到洞香春主楼下从容而入。她没有立即去见卫鞅，却先到各个厅室浏览了一遭，方才来到清幽高雅的茗香厅。

一个有屏风遮挡的雅室里，卫鞅正在若有所思地品茶。他感到洞香春今晚似乎有一种特异的气息，以往极为热闹的论战厅竟然没有一个"主战"的名士，甚至连"助战"的士子也不见踪迹，想看热闹听消息的吏员商贾走进来看看，便也出去饮酒博彩了。饮酒的开间大厅客人倒是不少，只是没有一个士子模样的饮者，座中几乎全是华丽的商人与矜持的官吏。以往相对冷清的茗香厅，今晚却是三三两两地不断来客，竟然大都是布衣士子。这茗香厅与其他厅室的不同处，在于这里都是一个一个清幽雅致的小隔间，以与品茶的境界相合。虽然如此，隔间之间还是能时时隐约听到高谈阔论与朗朗笑声。今晚却忒煞奇怪，一个个隔间分明都是三五相聚，却竟然都是静悄悄的。难道都在像他这样细心品茶？一阵思忖，卫鞅竟自笑了，洞香春原本就是无奇不生的地方，想它做甚？

于是，心念一动，揣测着秦国求贤令会是何等写法。假若不尽如人意，自己该怎么对白雪说明？白雪又会是什么想法？一时想来，纷乱得没有头绪。

正在此时，轻轻几声敲叩，屏风隔间的小门被轻轻移开。卫鞅心中烦躁，头也不抬挥挥手道："这里还有人来，请去别处了。"却听一个苍老的声音悠然道："足下品茶悠闲否？"

好熟悉的声音！卫鞅抬头一看，却是一个白发白须的老人，身后站着一个俊朗少年。卫鞅惊喜过望，站起身深深一躬道："前辈别来无恙？"老人爽朗大笑："人生何处不相逢也。"卫鞅笑道："前辈神龙见首不见尾，相逢岂是易事？请前辈入座。"老人微笑入座，少年便横坐相陪。老人道："这是我孙儿。来，见过大父的忘年好友。"俊朗少年向卫鞅默默行礼，卫鞅也微笑还礼。侍女装扮的梅姑微笑着上了一份新茶，轻轻退出，便急忙去找白雪了。

"冬雪消融，河冰已开，前辈又踏青云游了。"

老人哈哈一笑："疏懒散淡，漫走天下也，原不足道。却不想与足下再度萍水相逢，这却是天缘了。"

"蒙前辈启迪，卫鞅多有警悟，只是不知西方于年后有何变数？"卫鞅在委婉地试探老人是否知晓秦国求贤令，以便判断老人与秦国的渊源有多深。

"敢问足下，别来可有谋算？"老人微笑反问，对卫鞅的问话不置可否。

"不敢相瞒，卫鞅对何去何从仍无定见。读了几卷西方之书，毕竟对西方实情不甚了了，委实难以决断。"卫鞅实话实说。

老人微笑点头："很巧，老夫路过西方之国，恰巧知道些许消息。其灭国危难似已缓解，朝野颇为振作。新君似决意图强，向天下各国发出求贤令，寻求强国大才。老夫以为，此举创战国以来之求贤奇迹。只可惜，老夫已经力不从心了，否则，也想试试。"说完一阵爽朗大笑。

"先辈，"卫鞅并没有惊讶，"自古求贤之君多矣。向普天之下求贤，委实难能可贵，称奇可也，未必称得一个迹字。迹者，事实之谓也。能否招得大才？终须看求贤之诚意，之深切，否则，一卷空文而已。"

老人对卫鞅带有反驳意味的感慨，丝毫没有不悦，反倒是赞许地点头道："足下冷静求实，很是难得。老夫没有觅得求贤令请足下一睹为快，诚为憾事。然则，我这孙儿过目不忘，在栎阳城门看得一遍，已能倒背如流了。玄奇，背来听听。"

卫鞅忙拱手道："有劳小兄。"

俊朗少年笑着点点头，轻轻咳嗽一声，一口纯正的雅言念诵道：

求贤令

国人列国贤士宾客：昔我穆公自岐雍之间，修德行武，东平晋乱，以河为界；西霸戎翟①，广地千里，天子致伯，诸侯毕贺，为后世开业，甚光美。会往者厉、躁、简公、出子之不宁，国家内忧，未遑外事，三晋攻夺我先君河西地，诸侯卑秦，丑莫大焉。献公即位，镇抚边境，徙治栎阳，且欲东伐，复穆公之故地，修穆公之政令。寡人思念先君之意，常痛于心。国人宾客贤士群臣，有能出奇计强秦者，吾且尊官，与之分土。

孝公知耻，求贤若渴，气魄非凡。不拘一格，功名利诱（"吾且尊官，与之分土"），这才是真正的"海选"。

卫鞅听罢，一时久久沉默，胸中翻翻滚滚地涌动起来。

这时，布衣士子装扮的白雪轻步走了进来。卫鞅眼睛一亮，对老人笑道："前辈，这是我的手谈至交。小弟，这位是前辈高人。"布衣士子恭敬拱手道："晚生见过前辈。这位小兄的雅言好纯正也。"老人笑道："只是可惜，老夫没有盖官印的求贤令原件也。足下请坐。"布衣士子笑着向老人一躬，在卫鞅案头打横坐下，从怀中掏出一个青布包打开："前辈、兄台，这位小兄也请看，这便是秦国求贤令原件，发到魏国的！"说着拿出一卷竹简递给卫鞅。

原件！虽海选，但也须私下物色上上人选。

卫鞅道一声"多谢"，连忙打开，一方鲜红的大印盖在联结细密的竹简上，分外清晰。卫鞅细细地看完，不禁赞叹道："小兄背诵，一字不差！"又是不由自主地从头再看。良久，

① 戎翟（dí）：即戎狄，翟通"狄"。

方才抬头,长长地嘘了一口气。

老人微笑道:"足下以为,秦国这求贤令如何?"

"好!有胸襟!"卫鞅不禁拍案赞叹。

"就如此三个字?"过目不忘的俊朗少年笑问一句,脸上飞起了一片红晕。

卫鞅看了少年一眼,正色缓缓道:"这求贤令大是非同寻常。其一,开旷古先例,痛说国耻。历数先祖四代之无能,千古之下,举凡国君者,几人能为?几人敢为?其二,求强秦奇计,而非求平平治国之术,足见此公志在天下霸业。身处穷弱,被人鄙视,却能做鲲鹏远望,生出吞吐八荒之志。古往今来,除禹汤文武,几人能及?其三,胸襟开阔,敢与功臣共享天下。有此三者,堪称真心求贤也!"显然,卫鞅是被求贤令真正地激动了。老人平静的面颊突然抽搐了几下,那位俊朗少年竟像是对方在赞颂自己,变得满面通红。白雪盯着卫鞅,明亮的眼睛一直在燃烧。

终于,老人笑道:"足下以为,求贤令有瑕疵否?"

卫鞅慨然道:"秦公意在恢复穆公霸业,其志小矣。若有强秦之计,当有一统天下之大志!"

卫鞅之志,昭然若揭。

老人仰天大笑,拍案道:"好!山外青山,更高更远。然则敢问足下,今见求贤令,可否愿去秦国一展抱负?"

卫鞅笑问:"布衣小弟,以为如何?"

白雪拍掌笑道:"自然好极。我也想去。"

卫鞅向老人一拱道:"今见求贤令,心方定,意已决,我当赴秦国,一展胸中经纬。"

"人云上将军庞涓软禁足下于陵园,可有脱困之法?"

"庞涓只想卫鞅为他所用,并非以为卫鞅才堪此大任。否则,以孙膑先例,鞅岂能稍有出入之便?唯其如此,脱困尚不算难。"卫鞅颇有信心。

"能否见告，足下何以不做军务司马？此职亦非庸常也。"

卫鞅浩然一叹："鞅虽书剑漂泊，然绝不为安身立命谋官入仕矣！生平之志，为国立制，为民做法。寥寥军务，何堪所学？"傲岸之气，盈然而出。

"足下特立独行，他日必成大器。"老人赞叹罢拈须微笑，"老夫可否为足下入秦谋划一二？"

"敢请前辈多加指点。"

"我有一个像你这样年轻的忘年交，在秦国做官。老夫与足下几个字，你去见他，他可将你直接引见于秦公面前，也省去许多周折，之后就看你自己了。老夫忠告足下，老秦人朴实厚重，厌恶钻营，一切都要靠自己的才干去开辟，没有谁能帮你。"说完，从怀中掏出一个长不盈尺的铜管递给卫鞅，"请足下收好。"

卫鞅起身深深一躬："多谢前辈教诲。我等两次相逢，敢问前辈高名大姓？"

老人笑道："老夫因先祖之故，欠下秦国一段人情，是故想助秦国物色三二大才。此事一了，老夫就此云游四海了。世外之人，何须留名？"

卫鞅怅然一叹，默默点头。

白雪笑道："前辈说要为秦国物色三二大才，难道天下大才竟有与我兄比肩者？"

老人大笑："金无足赤，才无万能。汝兄治国大才也，然兵事战阵、理财算计等，岂能尽皆卓然成家？"

如此坦言，是为磊落。作者写出了战国的士子之风。

卫鞅诚恳道："前辈明锐衡平，是为公论也。"

老人站起一拱："老夫告辞了。"

白雪一拱手笑道："前辈，难道从此不再相逢？"

老人目光猛然在布衣白雪身上一闪，沉吟笑道："姑娘，二十年后，或许还有一晤。”

老人叫了一声“姑娘”，白雪惊讶地睁大了眼睛上下打量自己：“这……这……”

老人、卫鞅和那个俊朗少年一齐大笑起来。引得白雪也大笑起来。

老人向俊朗少年点点头：“走了。”说着向卫鞅白雪摇摇手，示意他们不须相送，径自回身去了。卫鞅白雪怔怔地望着老人背影，不禁叹息了一声。

老人和少年走过茶酒两厅的甬道，听见酒厅中传来悠扬的埙笛合奏，一个士子高亢明亮的歌声颇显苍凉。老人与少年同时止步倾听，只听那歌声唱道：

日月如梭　人生如梦
流光易逝　功业难成
大风有隧　大道相通
何堪书剑　歧路匆匆
国有难也　念其良工
嚶其鸣也　求其友声

俊朗少年听得痴了。老人轻轻叹息一声，抚着少年肩膀，少年恍然一笑，两人匆匆出了洞香春。

走到天街树影里，俊朗少年低声笑道：“大父，那个士子唱得好也。”老人笑道：“你知晓他是谁？”少年惊讶：“大父知晓么？”老人笑道：“走，我们这就去找他。”少年笑道：“人家在洞香春，你往哪儿走？”老人悠然道：“此人性情激烈，行止若电光石火。唱完这首歌子，他就不在这里了。我知晓他去处。”少年道：“这就去么？”老人道：“对，饱餐一顿，五更出发。”

六　申不害要和卫鞅较量变法

百里老人和玄奇昼夜兼程，快马疾进，第三日赶到韩国，还是迟了一步。

韩国都城新郑坐落在洧水北岸。城池不大，历史却是悠久得很。相传这里曾经是黄帝的都城，留下了一个有熊氏城墟。周宣王时封了他的弟弟姬友做诸侯，国号“郑”，封地在华山以东，史称郑桓公。这郑桓公眼光颇为远大，在周幽王时见西周国运大衰，便将封地轴心城池迁徙到华山以东近千里之外的颍水洧水之间，远远躲开了灾难即将来临的镐京。到了第二代，郑武公率领臣民，将黄帝废墟一带的荒芜土地全部开垦出来，并在黄帝废墟上建立了一座大城，定名为新郑。从此，小小郑国日益强大。到了郑庄公时，郑国称霸一时，天下呼之为“小霸”。谁想自郑庄公之后，郑国一代不如一代。到了战国初期，郑国第四百二十一年的春天，也就是公元前375年，终于被新诸侯韩国吞灭。韩国原都城在黄河西岸的韩原，灭郑后便将韩国都城南迁新郑，远远离开咄咄逼人的魏国安邑。到韩昭侯时期，韩国已经南迁新郑二十余年了。

《史记·老子韩非列传》：“申不害者，京人也，故郑之贱臣。学术以干韩昭侯，昭侯用为相。内修政教，外应诸侯，十五年。终申子之身，国治兵强，无侵韩者。申子之学本于黄老而主刑名。著书二篇，号曰《申子》。”故郑之贱臣，被拜为韩相，也说明战国时形势大变，庶人也有出头的机会。韩国小，因申不害之力，得以跻身战国七雄。

然而，天下事颇多迷惑处。韩国南迁后国力便渐渐衰弱，新郑也萧条冷落起来，连郑国时期表面的繁华侈靡也没有了。韩昭侯已经即位八年，眼见国力萎缩，深感寝食不安。韩国朝野仿佛受了国君的感染，无处不散发出一种萧瑟落寞的气息。就说这新郑街市，房屋陈旧，店铺冷清，行人稀少，车马寥落。百里祖孙走马过街，也成了行人关注的新鲜人物。玄奇笑道：“大父，这韩国忒冷落，比秦国也强不到哪里去也。”老人摇摇手，自顾寻街认路。

百里老人要找的人大大有名，他就是法家名士申不害。

申不害是个奇人。祖籍算是老郑国的京邑，在汜水东南的平原上。申不害的父亲曾经在末代郑国做过小官。他自己因了父亲的关系，也做了郑国的赋税小吏。谁知刚刚做了两年，申不害才十八岁，韩国便吞灭了郑国，申不害父子一起成为“旧国贱臣”，被罢黜归家耕田。老父老母忧愤而死，申不害则成为无拘无束的贱民。郁愤之下，他一把火烧了祖居老屋,愤而离开韩国,到列国游学去了。近二十年中,申不害游遍列国,广读博览,自研自修,从不拜任何名家为师。五年前他到了齐国的稷下学宫,一个月中与各家名士论战二十余场,战无不胜,声名鹊起,被稷下士子们称为“法家怪才”。其所以为怪才,在于申不害研修的法家之学很特别,他自己称为“术经”。说到底,就是在承认依法治国的基础上专门研修督察权术的学问,权术研修的轴心,是国君统驭臣下的手段技巧。对“术”的精深钻研,使申不害成为人人畏惧三分敬而远之的名士。他写的两卷《申子》,士子传抄求购,国君案头必备,但就是没有一个大臣敢举荐他,没有一个国君敢于用他。连齐威王田因齐这样四处求贤的国君,也有意无意地对申不害视而不见。

一气之下,申不害决然离开稷下学宫,又开始了于名山大川寻访世外高人的游历。

一次,申不害在楚国的神农大山寻访墨子不遇,却遇见了从山中出来的百里老人。两人在松间泉水旁的大石上摆开干肉醇酒闲谈,越谈越深,两昼夜风餐露宿不忍离去。百里老人的高远散淡,使申不害感到一种前所未有的清新愉悦。申不害的锋锐无匹,也使百里老人感到了勇猛精进的活力。老百里对申不害的求仕受挫做了析解,说他“杀气与诡秘皆存,人辄怀畏惧之心”;要一展抱负,须得“依法为进,以术为用。术,可用不可道”。申不害听得仰天大笑了半日,深感老百里指点迷津,使他悟到了人事龌龊的关键所在,说老百里道出了“术者之术,堪称天下大术”,说完后一跃而起大笑道:“此一去,申不害必当为相也!”便惊雷闪电般地消失了。

有趣的是,两人在两天两夜中始终不知道谁是谁。

百里老人后来在稷下学宫知道了申不害。申不害则依然不知道这高人是谁。

栎阳城与秦孝公雪夜相逢,百里老人心田里油然生出卫鞅和申不害的影子。在他看来,卫鞅是个正才,申不害是个奇谋怪才,两人若能同到秦国,相得益彰,再有一个兵家名将,安知秦国不会鲲鹏展翅?申不害这次去了魏国,一定也知道了秦国求贤令,也一定会去秦国效力的。

当百里老人寻觅赶到申不害的破屋时,却冷冷清清空无一人,只有屋角破草席旁有一口装满竹简的旧木箱。邻居告诉老人,先生进宫去了,三天三夜没回来,听说要做韩国丞相了。百里老人大为疑惑,便和玄奇在破屋里耐心等待。

入夜,破屋里蚊蝇哄嗡,屋外小院子里倒是明月高照,凉风宜人。老百里爷孙便在小院里纳凉等候。闲适之中,玄奇从紧身腹带上抽出那支短剑,在月光下端详抚摩,笑问道："大父，你说那卫鞅到了秦国，他会如何用？"老人笑问："他？他是谁也？"玄奇娇嗔道："爷爷，你知晓的嘛。"老人慈祥诙谐地笑着："我知晓何事？我甚也不知晓。"玄奇生气地噘起小嘴："你不说，明日我回总院了，不跟你瞎跑了。"老人哈哈大笑："好好好，爷爷说。他呀，定会重用卫鞅。"玄奇道："那这个申不害？"老人笑道："一样，也会重用的。"玄奇若有所思地摇摇头："未必。这申不害我听你一说，总觉得有点儿不纯不正，味道不对。他是个很纯很正的人，对异味儿肯定很烦。"老人大笑道："孩子气。为君者有'正'字，哪有个'纯'字？何况味道纵然有偏，只要能强国，何能不用？"玄奇却只是默默摇头。

这时，一阵大笑远远传来："谁还想着我申不害啊？"说话间，一个长大瘦削长须长发的青衣人已经走进破落的大门。

百里老人已经站起，拱手悠然笑道："谅你也不知老夫何人？何须问来？"

申不害闻声惊喜得"啪啪啪"连声鼓掌，深深一躬笑道："申不害天下第一糊涂，竟忘记了问高人尊姓大名。我回来骂了自己三天三夜！"

老人不禁大笑——这申不害骂了自己还是不问。既想逍遥洒脱，又想以世俗之礼尊重别人；既想问对方姓名，又想对方自报姓名，当真的有点儿味道不对。可谓术到尽头反糊涂。一时间老百里无心多想，也知晓申不害藏心不藏话的秉性，径直问道："申兄，恭贺你要做韩国丞相。"

申不害又一阵大笑："哎，高人兄，你何以知晓也？"

玄奇被这古怪称呼逗得"噗"地笑出声来。

老人笑道："许你做，就许人知。新郑城里都传遍了，何况我也。"

"这还得多谢高人兄那一番指点也。我这次面见韩侯，便是言法不言术，果然是一箭中的。哎，高人兄还没吃饭歇息，老说话如何行？来人！"

墙外疾步走进一个小吏，躬身道："大人何事？"

"即刻整治酒肉来，我要在旧宅款待好友。"

小吏答应一声，疾步走出。申不害回头笑道："高人兄，我今日是回来搬这一箱书的，不想得遇高兄。明月清风，我等再畅饮畅谈。"

说话间便将"高人兄"又压缩为"高兄"，玄奇又被逗得笑出声来。申不害这才注意到这个俊朗少年，惊讶道："这位是高兄仆人？"玄奇学着他口吻笑道："非也。我乃高人孙儿，此刻便是高孙也。"申不害仰天大笑："高孙？好！想不到我申不害遇到了如此睿智少年，竟片刻间学会了申术。知道么，这叫‘倚愚之术’！”

老百里揶揄笑道：“申兄终究是本色难改。”

申不害是人逢喜事精神爽，拱手笑道：“惭愧惭愧，我要管住自己不说术，那得清心一夜才能办到。”又转过身笑道，“哎，我说高孙，你拜我为师如何？我申不害没有拜名师，吃尽了苦头，你做我学生，申术便后继有人了。”

玄奇笑道：“你那申术，不学也会。”

“噫！”申不害一声惊叹，笑问：“你高孙能答上我申术三问？”

“申术请问。”玄奇依旧是盈盈笑脸。

“好。何谓倚愚之术？”

“不欲明言，装聋作哑，藏于无事，窜端匿疏。”

“噫！”申不害又是一声惊叹，追问道，“何谓破君之术？”

“一臣专君，群臣皆蔽，言路堵塞，则君自破。若一妇擅夫，众妇皆乱。”

申不害肃然正色：“何谓君不破之术？”

“明君不破，使其臣如车轮并进，莫得使一人专君；正名而无为，犹鼓不入五音，而为五音之主。此为明君不破之术。”玄奇答完，颇显顽皮地看着申不害。

申不害愣怔半日，疑惑问道：“你如此年少，何以对我申术如此详明？”

玄奇一笑：“法为大道，术为小技，收不到高徒的。”

“岂有此理？法无术不行，无术岂能吏治清明？”

百里老人笑道：“申兄不要和小孩子说了，他读你的《申子》不知几多遍了。”

申不害恍然大笑：“啊，高孙实在已经是我申不害的学生了！”

一问一答之间，道出申不害的法术。申不害乃法家的术派，其面南之术、权谋之术、专制之术，对后世的实际影响极大。

这时，小吏挑来一担食盒，将一张大布铺在地上，摆好酒肉并酒具食具，躬身道："大人请。"申不害伸手向面东尊位一指，笑道："高兄、高孙，请入座。"百里老人和玄奇便席地坐在大布上的宾位。申不害谦恭地坐到了面西主位，举爵笑道："高兄啊，你千里来寻，申不害无以为敬，只有这破屋、明月与官酒了。来，先干一爵！"

百里老人笑着举爵："申兄与神农山时相比，判若两人。恭贺申兄，干！"

"神农山的申不害若何？"

"穷途末路，破败苍凉。"

"今日之申不害若何？"

"一朝发达，激越锋锐。"

申不害大笑："哎呀高兄，你该不是说申不害沐猴而冠，成不得大器哉！"

百里老人笑道："申兄高才名士，何愁大器不成？然则大器之材，必得大器之国，方有大器功业。不知申兄将在何处归宿？"

申不害慨然叹道："不瞒高兄，我本想到秦国一试，然则我闻听卫鞅要去秦国，我就决意留在韩国了。"

"却是为何？申兄如何知晓卫鞅此人？"

申不害冷冷一笑道："慎到在稷下学宫将卫鞅之才广为传播，如今天下名士谁不知晓卫鞅？慎到说，卫鞅是法家大道。我申不害偏就不服。谁是大道？谁是小道？目下评判，岂非为时过早？卫鞅入秦，必得变法。申不害留韩，也必得变法。二十年后，再来说谁是法家大道！"

一山不容二虎。申不害明智。小说家有意设计申不害与卫鞅之争，既可衬托出卫鞅、申不害变法的区别，又可增加小说好看、刺激的效果。此乃一石二鸟之举。

百里老人惊讶沉默，突然大笑："申不害啊申不害，你就为如此理由不去秦国？"

"不能么？"申不害又是冷冷一笑，"申不害的学问才能，是自己苦修而来,真材实料。可二十年来,那些名家名士谁承认过我?若非在稷下学宫与那些名家名士连续的学问较量,申不害还不是泥牛入海?申不害要成名,要建功立业,就不能给他人做嫁衣裳。否则,申不害的功劳就会莫名其妙地没有了!和卫鞅同到秦国,变法的功业会有申不害么?没有,决然没有!不怕高兄评判指责,申不害必得独身创业,才能证明我自己的学问才能是自己发奋得来,而不是靠名门高足起家。高兄,名士们认定我荒诞无行,我认了。然则,不是申不害一类,何知申不害苦衷哉!"

百里老人沉思有顷,笑道:"如此说来,申不害是要和卫鞅较量变法?"

"然也!"申不害感慨激奋,"没有较量,何以证真伪?明高下?辨文野?若非实力较量,何有战国大争之世?"

玄奇诡秘地一笑:"高孙看先生,留在韩国必有另外思虑,非纯然为了较量。"

申不害哈哈大笑:"高孙不愧读我《申子》,一语中的!高兄试想,秦国穷弱之邦,变法之首要,当在富民强兵。做此大事,变法立制为第一,术有何用?而韩国不然,民富国弱。因由在贵族分治,官吏不轨,国君无统驭臣下聚财强兵之术。当此国家,整肃吏治为第一。唯其如此,术有大用。卫鞅若来韩国,定会捉襟见肘。申不害若入秦国,也会力不从心。高兄高孙,如何?申不害可是实言相告?"说完径自大饮了一爵。

申不害所言极是。国情不同,治术有别。

百里老人默默点头,仰望天中明月,怅然一叹。

玄奇笑道:"依先生之言,倒是各得其所了。"

申不害拊掌大笑:"然也,然也。"

百里老人面色平和,悠然笑道:"申兄为韩相,何以治韩?"

“吏治第一,强兵次之。”申不害正色答道。

“强兵之后,又当如何?”

“先灭秦国,再灭魏国,最终一统天下!”申不害慷慨激昂。

百里老人仰天大笑:“好!好志向。想没想过韩国若被人灭,君当何以处之?”

“杀身以谢天下!”申不害没有半分迟疑。

百里老人喟然一叹:“天道无私,是以恒正。老夫来迟一步,天意也。”

申不害大笑饮酒,院中大树上的猫头鹰惊得扑棱棱飞走。百里老人抬头看看天中一钩残月,悠然笑道:“申兄啊,老夫该告辞了。”说着站起身来。

申不害正色道:“二十年后,请高兄秉公评判,申不害、卫鞅何为法家大道?”

“你们俩,谁能做到二十年丞相,谁便是法家大道。”

“噢?你是说,申不害做不到二十年丞相?”

“天晓得。老夫如何晓得?”说完一拱手,“告辞。”和玄奇走出破院子扬长而去。

申不害望着爷孙二人走出院子,不禁怅然一叹,自言自语:“如此高人,如何就不知他姓名?如何他也不说?真世外隐士也。”

此时,雄鸡高唱,东方欲晓。申不害练了一趟自创的山跳功夫,脸上微微冒汗,顿觉精神抖擞。他喊进跟随小吏,吩咐将破旧大书箱搬到新宅去,将这旧院子一草一木不许动的封存起来。吩咐完毕,上马飞驰进宫去了。

今日清晨,是申不害动议的第一次朝会。韩昭侯要在朝会上正式册封他为丞相,而后由申不害以丞相之身份宣示韩国的变法步骤。这是韩国国策转折的重大朝会,也是申不害自己首次登堂入室,于国于己,均是关系重大。申不害虽然已经想好了种种预定方略,但还是有些紧张。

距离卯时还有一刻,申不害匹马驰进宫门车马场。他感到惊讶,如何竟没有一辆轺车开来?车马场如此冷清?他没有多想,将马拴好,大步往中门而来。

“站住。何人?何事啊?”一个轻慢悠长尖锐的声音从台阶上传来。

申不害抬头一看,须发灰白的内侍总管似笑非笑地盯着他。申不害知道,这是人皆畏惧呼之为“韩家老”的宫廷权奴。以他的权力与消息网,不可能不知道申不害即将出任丞相的大事,也不可能不知道申不害的长相特点。他拦在当道意欲何为?噢,是想给我申不害一个下马威,让申不害以后看他的颜色行事。

申不害心中憋气，正色道：“我是待任丞相申不害，进宫朝会。”

“丞相？有如此丞相么？还是待任？老夫还是待任国君也。”

上下打量了一番这个阴冷微笑的干瘪老人，申不害脸上迅即闪出一片笑容，一把扯下头上的丝巾笑道：“家老啊，你可知道这条丝巾的名贵？它是老郑国名相子产的遗物。送给你，日后我等就是老友了。”

老内侍接过丝巾，看到边上的金线绣字，顿时笑容满面：“好说好说，申丞相请，日后借光也。”

申不害早已经扬长进宫去了。

韩国仍然沿用了老郑国的宫室。这座政事殿虽然陈旧了些，但气势确实不小，坐落在六级台阶之上，红墙绿瓦，廊柱有合抱之粗。可是，眼见太阳已经升起，卯时将到，朝中大臣却没有一个到来。韩昭侯在廊柱下愁眉苦脸地踱着步子，不时望望殿前。看看无事，韩昭侯回到殿中，从正中高座上拿起那条换下来的补丁旧裤端详着。

座旁内侍见韩昭侯手捧破裤发愁，欲笑不敢，干咳几声捂住了嘴。韩昭侯回身道：“去，将这条破裤送到府库保管起来。”内侍笑道：“我说君上，一条破裤还要交府库么？你就赏给韩家老穿得了。他老人家会说，这是国侯赏给我的君裤哩，虽然破，然则破得有侯气也。”韩昭侯生气地脸一沉：“你懂何事？听说过英明君主必须珍惜一喜一怒么？皱眉发愁必须得为大事，欢笑时必须与臣民同乐。一条裤再破，岂不比一喜一怒要紧？本侯要把这条破裤收藏起来，将来赏给有功之臣穿。赏给家老，他值么？”内侍笑着连连点头：“国侯英明，臣即刻将破裤送到府库去，将来赏赐，臣一准手到裤来。”说完，憋住笑碎步跑去了。

这时，申不害大步匆匆而来，向殿中一看，面如寒霜，半日没有说话。

韩昭侯皱眉摇头：“申卿啊，臣子不尽臣道，该当如何？”

申不害向韩昭侯深深一躬，斩钉截铁道：“只要君上信臣，臣定为君上立威。”

韩昭侯摇头叹息：“难。盘根错节，难也。”

这时，韩国的大臣将军们方才陆陆续续三三两两地慢步走来，相互谈论着各自封地的女人猎犬奴仆护卫老酒之类的趣闻，不断哈哈大笑。有人看见老内侍站在廊柱下，便高声笑问：“韩家老，今日朝会，却是何事？”老内侍打哈哈道：“进去进去，朝会一开，自然知道，猴儿急！”臣子们爆出一片笑声：“我听说要换丞相？谁做新丞相啊？”“听说是申不害。”有人问道：“申不害是个甚东西？”有人高声答道：“申不害不是东西！是个郑国贱民！”

众人一阵哄然大笑。老内侍向殿内撇撇嘴，示意他们收敛些许。可这些臣子没有一个在意，依旧高声谈笑着走进政事殿。猛然间，众臣肃静了下来。政事殿内，韩昭侯在中央大座上正襟危坐，面无表情。申不害肃然站立在韩昭侯身侧，长发披散，不怒自威。这种场面在韩国实在罕见。但大臣们相互瞅瞅，又开始哄哄嗡嗡地谈笑议论起来。老内侍韩家老走进来站在韩昭侯另一侧，骤然尖声高宣：“列位噤声，听国侯宣示国策——”

待众臣安静下来，韩昭侯咳嗽一声，郑重缓慢地开口道：“列位大臣，我韩国民力不聚，吏治不整，软弱受欺，内忧外患不断。长此以往，韩国将亡矣。为此，本侯晓谕：任当今名士申不害为韩国丞相，主持变法，明修国政……”

政事殿“哄”地骚动起来。大臣们似乎根本不相信这是真的。

一个身穿紫衣的大臣高声道：“变法大事，涉及国家根本、祖宗法制，怎能如此草率？望国侯收回成命！”此人乃韩国上卿侠趁，其祖父侠累乃韩列侯时盘踞封地威慑国君的权相，被韩国名臣韩仲子所结交的著名剑士聂政刺杀。二十年后，侠氏家族再度崛起，成为韩国势力最大的旧贵族。

一个绿衣大臣道：“申不害是何东西？郑国贱民一个！如何做得我韩国丞相？又如何服得众望？该当收回成命！”此人乃韩国现任丞相公厘子，其部族五万余人占据着韩国老封地韩原一百余里，专横跋扈，遇事只和几个权臣谋断，根本不将韩昭侯放在眼里。

“韩国官吏质朴，民风淳厚，君上何故乱折腾？”这位黑衣大臣乃韩国功臣段规的三世孙段修，职任上大夫。段规在三家分晋时，力劝韩康子争得荒凉的成皋要塞，给吞灭郑国创造了根基。韩康子封段规成皋六十里封邑。四代之后，段氏部族发展到两万人，成为与侠氏、公厘氏相比肩的大贵族。

“申不害亡国妖孽，当杀之以谢天下！”

“对，杀！杀申不害！”

殿中一片混乱，大臣们交相乱嚷，吼声连连。

老内侍尖叫道：“嚷个鸟！国侯还没说完。再嚷回家去！”

申不害不动声色地走近韩昭侯身边，正色低声道："君上请授臣执法权力，整肃吏治自今日始。"

韩昭侯本是极为聪敏的君主，内心也极有主见，素来对这班大臣厌恶至极，偏又无可奈何。他内心很明白，韩国局面若由他亲自出面收拾，极有可能酿成举国祸乱，最直接的后果就是自己倒台。韩国要好，必须借助刚毅锋锐的强臣，自己只能在背后支持，相机行事。申不害有没有舍身变法的杀气，韩昭侯吃不准，又不能主动请他镇抚群臣。目下见申不害自请执法，韩昭侯大为振作，清清嗓子，似乎无奈地向殿中挥挥手道："列位臣工，申不害丞相开始宣示变法大义。从目下开始，一切国事由丞相决断。"

申不害已经为今日朝会做了周密准备，特意将忠于国侯且也有自己诸多朋友的三千精锐甲士从新郑城外调入宫中，将原来与大臣们里外沟通、由韩家老统领的宫室护军调出城外训练补充。他决意为变法祭旗，对旧贵族大开杀戒，震慑韩国旧贵族的气焰，为变法扫清道路。此举成功，变法成功。此举失败，变法失败。至于自己的安危存亡，他早已置之度外。此时，申不害双手捧定一柄金鞘古剑，凛然站立在三级石级之上，冷峻地开口："列位，申不害手里这把剑，是韩国定国诸侯的镇国生杀剑。它尘封多年，光芒已经被邪恶吞噬。君侯将它赐予申不害，由我仗剑整肃吏治。国无律法则国自乱，庙堂无治则吏自贪。今日庙堂朝会，群臣置若罔闻，卯时不到，到则闹市一般。更有甚者，小小侍臣也竟敢在庙堂之上污言秽语。国府若此，何以治民？为立律法威严，定要整肃不肖之臣。"

政事殿一片愕然。大臣们和老内侍都惊讶地看着申不害，认为他一定是想变法想疯了。老内侍嘻嘻一笑，轻慢无礼地尖声道："噢，数落到老夫头上来了？还丞相也，也不想想，你如何走出这六尺禁地？"

申不害举剑过顶，大喝一声："殿前武士听令！"

一千名重甲武士已经按照申不害事先部署，悄无声息地将政事殿四面围定。一百名重甲武士手持大斧站在殿外廊柱下，此刻轰雷似的齐吼一声："在！"

申不害手中金剑直指老内侍，厉声道："你污秽庙堂，守门索贿，勾结外臣，私泄宫室机密，实为奸佞污君，推出立斩！"

老内侍一看甲士阵势，便知大事不好，扑倒在韩昭侯案前大呼救命。韩昭侯背过脸挥挥手。八名甲士一拥拿下老内侍，架起走出。顷刻间，殿外传来一声苍老嘶哑的惨叫。一名甲士用大木盘托进须发灰白的一颗人头亢声道："请丞相验明人头。"申不害冷冰冰道："大臣传看，验明人头。"

甲士捧着血淋淋的人头，逐一递到每个大臣的眼前。这些大臣这才开始紧张起来。但他们依然相信这只是申不害杀鸡给猴看的小伎俩，决然不敢触动这些根基雄厚的大臣。另外一面，杀了这个阴阳怪气的韩家老，权臣们更多的是幸灾乐祸。因为这个老东西仗着统领宫室护军，谁也没少敲诈，杀了他既除一害，又给申不害种一恶名，何乐不为？虽则如此，权臣们还是嗅到了一丝慑人的杀气。上卿侠趁铁青着脸推开人头，声色俱厉地喊道："申不害，尔意欲何为？"

"申不害，尔休得猖狂！"大臣们愤激高叫。

申不害微微冷笑："尔等猖狂三世，岂不许国家律法威风一时？殿前甲士听令！"

"在！"又是轰雷般一阵轰鸣。

"将权奸佞臣侠趁、公厘子、段修押起来！"

"嘿！"甲士们一声回应，进殿将三名权臣捆绑起来，清冷的刀锋森森然搭在他们又肥又白的脖颈上。段修竟吓得噗噜噜尿流一地。

"申不害，侠氏亲军会将你碎尸万段！"侠趁嘶声大叫。

"国侯，你任用酷吏，国人不会饶恕你！"公厘子也颤声高喊。

申不害冷笑道："韩国衰弱，根源何在？就在尔等旧族权臣挟封地自重，私立亲军，豢养门客，聚敛财富，堵塞贤路，使民穷国弱，庙堂污浊。尔等非但不思悔改，反倒穷凶极恶，威胁国侯，图谋弑君。不除尔等奸佞权臣，岂有韩国变法图强之时？押出立斩！"

甲士轰然一声，将三名不可一世的权臣架出殿外。随着三声长长的惨叫，三名甲士用大木盘又托进了三颗人头！

这一举当真是惊雷闪电威不可挡。政事殿大臣们冷汗直流，不知几人软倒在地尿了出来。人头尚未传验，大臣们便一齐扑倒在地，涕泪交流地高喊："臣等谨遵变法国策，效忠国侯，听命丞相，绝不敢有丝毫异心！"

申不害冷漠地展开一卷竹简，高声道："列位既然服从国家法令，三日之内，须交出全部封地、亲军及数十年所欠国府赋税。日后有超越国府官俸而私收国人赋税者，杀无赦！"

"谨遵丞相令！"大臣们伏地齐应。

“这是列位的封地、亲军、应缴财货赋税的清单，传阅后立即写出手令，由国府派员接收。全部接收完毕后，尔等方可回归。抗命不缴者，杀无赦！”

“谨遵丞相令。”大臣们又是一片呼应。

申不害一摆手，一名中年内侍毕恭毕敬地低头双手接过竹简，捧给大臣们传阅。立刻便有人接过身后内侍手里的雁翎笔和羊皮纸写了起来。一时间，政事殿肃然无声，唯闻窸窸窣窣的写字声与折叠羊皮纸的声音。

申不害之法术，自上而下，上行下效，酷刑整肃吏治，税制富盈国库，严肃军令，令行禁止，国富兵强，莫敢侵也。

申不害向韩昭侯拱手道：“请君上回宫安歇，这里有五百甲士看守。臣当自领五千军马，接收侠氏、公厘、段氏三族封地。三日后与君上会于政事殿。”

韩昭侯一直提心吊胆地看着局面变化，此刻早已经大感快慰，向申不害深深一躬：“先生真乃不世奇才也。谨遵先生教诲。”

各国皆争相变法，得天下者，还看天时、地利、人和。韩非子曾论法、术得失，比较卫鞅与申不害的区别，认为二者皆未善矣。据《韩非子·定法》：“问者曰：‘申不害、公孙鞅，此二家之言孰急于国？’应之曰：‘是不可程也。人不食，十日则死；大寒之隆，不衣亦死。谓之衣食孰急于人，则是不可一无也，皆养生之具也。今申不害言术而公孙鞅为法。术者，因任而授官，循名而责实，操杀生之柄，课群臣之能者也。此人主之所执也。法者，宪令著于官府，刑罚必于民心，赏存乎慎法，而罚加乎奸令者也。此臣之所师也。君无术则弊于上，臣无法则乱于下，此不可一无，皆帝王之具也。’”主术失法，则多奸臣，主法失术，则多权臣，奸与权，中国政治之顽症也。

三日后，申不害凯旋，不但将三族封地的城堡摧毁、府库清理收回，而且将三族的两万多家族私兵收编为国家官军。此间，被扣押在新郑的其他贵族也纷纷交出领地、所欠赋税以及家族私兵。一个月内，韩国的府库就充盈起来，三万多私兵也大大增强了韩国兵力。申不害认为，整肃吏治后必须立即着手整肃军兵。他向韩昭侯主动请命，自任韩国上将军，将贵族私兵和原有国兵混编，开始了极其严酷的训练。

韩国开始激变，唤起了生机勃勃的活力，也引起了六大国和各种隐秘力量的警觉与密切关注。

第五章　卫鞅入秦

一　神秘客栈的布衣少年

离开韩国时，玄奇在洧水岸边的太室山峡谷中放出了一只信鸽。黑色的鸽子长鸣一声，振翼疾飞，箭一般冲上一线蓝天，向南飞去。

这“黑色”用得好，合传说中的墨子样貌肤色。

百里老人笑问：“墨家总院又盯上申不害了，对么？”

玄奇肃然道：“凡以杀戮为政者，在外弟子都要即刻急报，以便查实遏制。”

墨家有如“世界警察”，总认为公理在我。

“老头子啊，哪里有事就到哪里，也管得忒宽了。”百里老人叹息一声。

“大父，你给孙儿找了个好老师，如何又不赞同老师的信念？”

百里老人悠然道：“你师大义高风，然以暴易暴，终非良策。”

“对付暴政，除了诛杀，难道大父还有更高明的办法?”玄奇认真地问。

老人摇摇头：“没有。天下事原本也难。”

玄奇笑道：“那就莫想了。大父，该分道了。”

百里老人恍然笑道：“啊，已经到歧路口了。好，孙儿去魏，爷爷去齐。”

玄奇扬着马鞭笑道：“办完事，我来找大父，也见见那个孙膑。”

“好，爷爷在临淄等你。”说完，扬鞭纵马而去。

玄奇望着爷爷的背影消失，才打马一鞭，直向东北方的茅津渡而来。匆匆过河，便飞马直奔安邑。她到安邑城的目的，是暗中探听魏国近期有无侵吞别国的谋划，然后最快地报告总院，以便帮助弱国制订周密的防御方略。这是她的公事。还有一件私事，就是大父委托她暗中了解卫鞅入秦有无困难阻力，如果需要，她应该暗中全力帮助。这两件事对于玄奇来说，都很重要。前一件，是他们学派的信念所在，责无旁贷。后一件，则是她作为秦人后裔的情意所系。更何况，一想到能够为“他”的招贤暗中尽一份力量，她心中就有一股暖流涌动，情不自禁地脸上发热。为了行动方便，她仍然是在外游历的一贯装束，一领本色布袍，一顶六寸竹冠，快马短剑，简朴利落。如此男装士子，反倒衬得她愈显丰神英姿，引得道边少女常常驻足凝望。

安邑城南门内紧靠城墙的一条小街上，有一家简朴的客栈，门额上一块长方形青石刻着两个大字——莫谷。寻常时日里，这家客栈既不挑出灯笼，也不打开店门，更不像安邑城大多数客栈那样讲究，门口总是肃然站立着一个或两个仆人，似乎对有没有客人来住根本不在意。再加上所在偏僻，商旅游客难以发现，门庭异乎寻常的冷清。如此客栈若在别国，也许会教人觉得怪异反而引起注意。然而在安邑城这样人欲横流鱼龙混杂的风华都会，人们注目的是王室，是贵族，是名士，是巨商大贾，市井底层的任何怪诞诡秘都会变得平庸无奇，丝毫没有人愿意多看你两眼。譬如这莫谷客栈，没有谁能打听得到，甚至没有人知道它是何时开在这里的。

傍晚时分，玄奇入城，来到了这清净的客栈门口，在厚厚的木门上拍了三掌。

木门无声地开了。黑黝黝的门厅里传出一个苍老的声音：“行广无私。”

“厚施不德。”玄奇拱手肃然回答。

“欲生？欲富？欲治?”

“欲治。”

苍老的声音消失了。门厅里走出一个黑衣小童，接过玄奇手中马缰，拉马从侧门进入偏院。玄奇从容步入庭院，亮了一下手中的一块刻有“子”字的竹板，影壁前的一个白发老人便领她来到北面的三间正房。顷刻之间，有小童点上铜灯，打来热水。房间里陈设极为简朴，方砖铺地，一榻一几。老人拱手道：“子门师兄请净面濯足，一刻后用饭。”说完便拉上门退了出去。玄奇擦了把脸，便从宽宽的牛皮腰带上解下一个小皮袋，那里面全是女儿家必需的用品，她抽出一把小木梳，放开长发仔细梳理了一番。然后将洗过脸的热水倒入另一个木盆，将疲劳的双脚浸泡了片刻。这时小童用木盘将饭捧了进来，一陶罐牛肉炖蔓菁，两个黑面饼，半杯盐水。他们学派的简朴刻苦是天下闻名的，即或像她这样的高位弟子，出外公干也只能吃饱，绝不许有丝毫的奢华浪费。玄奇刚刚吃完，用半杯盐水漱了漱口，小童便进门收拾，几乎就像掐算好了时刻一般。

一个布衣中年人走进：“禀报子门师兄，我等探得魏国将有大的灭国之战，然则尚不知进兵何国？要否报回总院，请师兄定夺。”

玄奇思忖有顷，点头道：“知道了。容我权衡后再做定夺。”

中年人退出后，玄奇想了想，决意先到洞香春看看安邑的动静。

洞香春依旧是热闹奢靡，处处都在高谈阔论。玄奇在几个主要厅室都分别逗留了片刻，没有发现那个中庶子卫鞅。但在这个传闻的海洋里，她却听到了一种出乎意料的议论：中庶子卫鞅做了一家巨商的总事，忘恩负义，欺世盗名，是一个十足的小人！玄奇感到惊讶，又感到气愤。洞香春的议论不会是空穴来风，若果真如此，大父岂非大大看错了人？向“他”的荐贤岂非也成了无的放矢？卫鞅若果真是见利忘义的假名士，那一定是个大奸大恶之徒。他们学派有两个“必杀”信条：暴政必杀，奸恶必杀。卫鞅这种已被各种圈子确认为高才名士，而又被他自己的作为证明是小人者，谓之欺世盗名，若放任自流，必成披着名士外衣的大奸大恶之徒。他们学派对这种人和对待暴君酷吏一样，知之必杀。

玄奇在茶厅独自品饮，默默思忖，决意今夜先办另一件大事，卫鞅之事留待明日查实再说。想到这里，她丢下一个金饼，离开了洞香春向天街而来。

近日，上将军府前戒备森严，除了持有令箭的军中将吏，寻常官吏根本不许进入。当玄奇走到府门车马场时，带剑的护军头领远远高声呵斥：“不许近前！作速离开！”玄奇没有停步，昂然走到头领面前一拱手：“我是上将军师弟，千里来寻，相烦通禀。”头领疑惑道:“上将军师弟?以何凭据通禀?”玄奇从腰间宽带上摸出一物递过:“请报上将军自然知晓。”头领接过,却是一根拭摸年久而光滑发亮的白骨,中间刻有几个小洞,惊讶道:“这般怪异之物,我却如何通禀?给你,速速离开!”

玄奇接过白骨冷笑道:“足下不要后悔。”说着将白骨横起到嘴边吹动,乍然一股激越清亮的乐音破空而出,直上中天,竟比军中号角更有一番响遏行云的魅力,转而低沉婉转呜咽凄厉,使人顿时生出一阵酸楚。府门护军一时听得愣怔,不知如何是好。此时大门内一阵匆匆脚步,上将军府的总管家老遥遥拱手高声道:“上将军请贵客进府相见。”

玄奇撇下愣怔莫名的头领,从容进入上将军府。

庞涓刚刚在军务厅和亲信将领议完大事,便听见府门特异的骨笛声。这种乐音他在山中听了二十年,熟悉极了,纵然是万马军中,他也能捕捉到只有骨笛才有的那种破空之声。老师派人来找他了,是谁?为何要找他?正沉思间,一个布衣少年在阶下拱手笑道:“师兄别来无恙?”

骨笛这一细节编得像模像样。行走江湖,女子须女扮男装,这是中国几千年不变的文学趣味。

庞涓淡淡道:“你的骨笛吹得很好。老夫没见过你,谈何别来无恙?”

布衣少年笑道:“师兄修学时,我尚是小童,在老师坊中侍奉,师兄自然不识我。我却识得师兄也。”

庞涓恍然,拱手笑道:“如此请入座。我门规矩,同门间不相通连,你可知否?”

布衣少年点点头:“那是你等修习大学问的大弟子的规矩。我等杂务,兼修些许本领,可以例外也。我已经年满十八,在山中做了十三年杂务,老师特许我兼修兵学,却没有工夫指点,特命我来向大师兄求教。请大师兄代师教我。”

庞涓心中大感欣慰。代师教习是一种极为难得的荣耀,老师委托于他,是对他的极大信任和器重,自然也包含了对他的远大希望。他立即命仆人给小师弟上了茶，笑道："小师弟要兼修兵学，通达实战军务为第一，兵书韬略并战阵之法，日后从容研习可也。恰好我在年内要打一场大仗，你跟在军中，自然长了学问。"

"大仗？却不知师兄攻打何国？楚国？齐国？"布衣少年一脸的疑惑稚气。

庞涓哈哈大笑着摇头道："我要打的，是韩国。知道么，韩国近来有个申不害在变法强军，再有几年，韩国就强大了。目下打韩国，正是最佳时机。"

"我该如何熟悉军务，跟得上将军？"

庞涓摇头笑道："不。战前战中，我都没有时间指点你。我给你指定一个能干的军务司马，你给他做属吏，先走一遍军务。打完仗我再给你解析指点，如何？"

"好。"少年道，"如此则不误师兄大事。我明日便来拜见老师。"

庞涓摆摆手道："稍等两日。这位军务司马是个干才，原在公叔丞相府做中庶子，他已经答应做我的军务司马，我明日就要押他来任事。等他安于职事了，你再随他修习不迟。"

布衣少年笑道："当官还要押来，岂非咄咄怪事？"

庞涓冷冷一笑："你久在山中，岂知人世复杂？此人假托受聘于一家巨商，意在逃脱我的军令，我岂能被此等小伎俩蒙蔽？"

"师兄洞察人世，小师弟又长见识了。"

"你有此悟性，甚好。今日到此，三日后你再来。"庞涓一副师长口吻。

布衣少年拱手道别，飘然而去。

玄奇到得大街，心中很是高兴。她利用老师送给爷爷的骨笛和对学门规矩的了解，从庞涓口中片刻便搞清了两个疑

变法牵动全局，诸侯动，士人也动。凡有血气，必有争心，上一刻是师友，下一秒就可能变成敌人，人心难测。

团。按照规矩，庞涓不会查问她的姓名和住所，因为那骨笛和骨笛乐音是任何人也伪造不来的。对庞涓的欺骗，玄奇丝毫没有歉意。因为庞涓自做了魏国上将军，四处杀伐，早已经列为学派的必杀对象，只是因为他戒备森严常在军中一时无从得手罢了。他们设在安邑城的莫谷客栈，有一半原因就是针对庞涓的。目下的困惑是，韩国已经有暴政变法的迹象，魏国又要发动攻打韩国的不义之战，是两恶相斗，还是帮助韩国抵御灾难？玄奇一下子想不清楚。

回到莫谷客栈，玄奇决意将警报先送回总院，请老师判定如何处置。她写好密简，捆扎停当，装进铜管用蜡印封好，唤来客栈掌事的微子，吩咐他快马兼程直送神农大山总院。这“微子”，是团体最底层头目的称谓，相对于学派最高层的“巨子”，中间尚有大子、中子、介子几层。在外人员不管地位多高，只要住在学派所设的据点内，向上传递消息和就地采取行动，就必须通过各层掌事的“子”来完成。而这些“子”及其所辖学生弟子，绝对不得过问传递内容和行动目标，只许忠实地快速传递和达到行动目标。

莫谷微子接过玄奇的密件铜管，立即行动。此时本已三更，寻常人等自然出不得这高峻的城堡。然则“客栈”在城墙根的小街上已经秘密经营多年，早已做好在任何情况下出城的准备。只见大门无声滑开，三名黑衣汉子站在门厅，在黑暗中用劲力极大的弩弓“嗖嗖嗖”射出一串短箭，城墙上的风灯立即熄灭。一个黑衣汉子便迅疾冲过门前小街来到城墙下，用特制的手凿与脚刺灵敏快速地攀上城头。刹那之间，城头传来一声猫头鹰鸣叫，莫谷客栈的大门便无声地关闭了。这说明，那个信使已经缒城而出，骑上城外接应的快马走了。

玄奇自然知道，这一切都不会有任何障碍。目下她在想另外一件事，卫鞅的真相究竟如何？不查明真相，不可能决定是暗中帮助还是示以惩罚。洞香春传闻肯定事出有因，然则庞涓为何又坚决不信？明日强押卫鞅，若卫鞅被抓到上将军府，又当如何？看庞涓那阴冷的笑容，卫鞅若不屈服定是凶多吉少。卫鞅若真是个见利忘义的小人，为何又要拒绝做军务司马？对于一个布衣士子，相当于中大夫的官职难道还抵不上一个商家总事？况且这是魏国的军务司马，官俸比其他国家高出几倍，再说也还有建功立业一展志向的机会。既然如此，他为何要逃官而就商？啊！对了……玄奇心中猛然一道闪亮，翻身坐起，决定即刻出城。

玄奇唤来莫谷微子，简约地向他说明了独自行动的因由，约定了明日接应的方法，便牵马出了客栈向城门而来。她有庞涓给的出入上将军府的令牌，此时便做了最好的用场。懵懵懂懂的守门军士看见上将军府的令牌，忙不迭开了小城门让她出城。出得城来，打马一鞭，玄奇向灵山十巫峰的公叔痤陵园疾驰而来。

二　卫鞅韬晦斡旋艰难脱身

将近四更时分，公叔陵园一片漆黑，唯有卫鞅的石屋亮着灯光。

卫鞅在仔细琢磨申不害在韩国颁布的十道新法。这是白雪昨日送来的，他已经看了十多遍，反复思虑，感慨良多。应该说，战国初期魏国的李悝变法、楚国的吴起变法，是战国争雄的第一波变法。那么，目下申不害在韩国的变法，与已经在酝酿之中的齐国变法，将成为战国第二波变法的开端。从申不害颁布的法令内容看，这第二波变法开始的气势远远比李悝、吴起变法猛烈得多，而这也恰恰符合了申不害激烈偏执的性情。这使卫鞅感到了鼓舞，也感到了紧迫。光阴如白驹过隙，变法图强的大势已经是时不我待，自己却还羁留在风华腐败的魏国不能脱身，实在令人心急如焚。申不害对齐国稷下学宫的士子们公开宣示，要和法家名士慎到推崇的卫鞅较量变法，看谁是真正的法家大道？对此，卫鞅虽一笑了之，但内心却是极不平静的。一则，他生具高傲的性格，从来崇尚真正的实力较量，目下有如此一个激烈偏执的斗士向自己挑战，岂能不雄心陡起？二则，他已经积累了丰厚的法治学问，以他的天赋，对各国的法令典籍无不倒背如流，更不说自己不断地揣摩沉思，已经写出了十篇《治国法书》，若公之于世，一朝成名是轻而易举的。然则，卫鞅的心志决不仅仅在青灯黄卷的著书立说，他要将自己的思虑变成一个活生生的强大国家。十年磨剑，霍霍待试，枕戈待旦，跃跃难平。他甚至常常听到自己内心像临阵战马一般的嘶鸣。

利剑铸成，何堪埋没？

前几日，白雪为他谋划了一个脱身方略：由白氏商社出面聘他为总事，然后将这个消息散布出去，如果庞涓不在意，就立即离魏；如果庞涓阻拦，就买通魏国上层瓦解庞涓。这个办法虽然好，但代价却是卫鞅在魏国名誉扫地。战国之世，虽然商人的地位比春秋时期有了很大改观，但一个名士在未建功业的时日弃官从商，又中途离开尽孝守陵的大礼所在，必然被世人视为见利忘义的小人，在魏国失去立足之地。这样做的实际后果是，卫鞅再也没有了任何退路，如果在秦国失败，等于一生的为政壮志就此化为云烟，再也没有哪个国家可去了。想到了吴起因“小人”恶名带来的诸多后患，卫鞅确实颇费踌躇。

战国初期，有人推荐吴起做鲁国大将。但鲁国的旧贵族却因为吴起的妻子是“异邦女”而坚决阻挠。吴起妻子听到后愧疚万分，愤然剖腹自杀。旧贵族们便又说，吴起为了求得将军职位残杀了妻子，是个丧尽人伦的小人。就为了这“杀妻求将”的传闻，吴起连投三国，都被拒绝。若非魏文侯独具慧眼，力排众议，这颗璀璨的将星也许永远没有升起的机会。

史家与文学家对历史的解读有别。史家记载吴起杀妻（齐人）求将，《史记》《资治通鉴》皆如是说。文学家喜欢把事情搅成浑水，可见孙皓晖内心还是爱才。据唐代司马贞《索隐》：“李克言起贪者，起本家累千金，破产求仕，非实贪也；盖言贪者，是贪荣名耳，故母死不赴，杀妻将鲁是也。”吴起本有钱人家，“破产求仕”，说到底，还是为了三不朽：立德、立功、立言。尤其是立功，吴起最是看重。卫鞅择主而侍，也是有立功之想。吴起、庞涓、卫鞅皆同类人也，惜机遇有异。

整整想了两日，卫鞅还是同意了。他喜欢挑战，甚至喜欢背水一战，那样可以使他义无反顾地走下去，无须回头张望。吴起遇到了魏文侯，安知他卫鞅不会遇到一个英明的秦公？如果潮流命运注定要他失败，纵然是誉满天下，他也依然会失败，孔子不是最好的诠释么？如果潮流命运需要他的成功，虽万千诋毁，也不会掩盖他的光彩。他去秦国为了何事？为了变法。而变法是天下大势所趋。为了在天下大势中做一番不朽功业，一时被世人诋毁又有何妨？尽管这只是一种希望，而且渺渺茫茫远远没有开始，唯其如此，他觉得更具激发。是的，这是一场人生博戏，他押下的彩物是名士的声誉，而他期望获得的却是煌煌功业。如果得不到后者，那么前者也将被全部湮没，他将成为一个一无所有与一无是处的赤条条流浪者。如果得到了后者，那么押下的彩物照样可以收回，他将成为光耀汗青的胜利者。

如此的人生博戏，一生能遇几次？此时不搏，更待何时？

想透了，想定了，卫鞅就静下心来揣摩申不害的法令。

白雪和梅姑向他绘声绘色地学说关于他的"小人"传闻时，他竟开怀大笑了。他已经心无旁骛，一心只在静静地捕捉庞涓的动作。

万籁无声，唯有山风送来涑水河谷的阵阵蛙鸣。突然，卫鞅一阵警觉，好像听到了隐隐逼近的急促脚步声。他听力极好，仔细辨别，不禁迅速站起，拉开木门疾步而出。刚走到门前的大松树下，便见两个人影倏忽飘来。

"小妹么?"卫鞅低声急问，他想肯定是有了紧急事情。

白雪看见卫鞅，未及与他说话，喘息着低声吩咐道："梅姑，进去收拾一下。"待梅姑轻步进屋，方才轻声说，"事态紧急，马上走，详情回头再讲。"说话间，梅姑已经拎着一个包袱走出。卫鞅急道："哎，我的书!"白雪急道："有办法，回头取，先走人。"说着拉起卫鞅的手向后山走去。

这条山道卫鞅很熟悉，每天清晨都要从这条小道登山。白雪也和卫鞅在这条小道上漫步徜徉过几次，自然也熟悉了。卫鞅见从后山走，便想到肯定陵园大门已经走不通了。否则，白雪早已买通了那十余个守门军士，进出是极为方便的。思忖间已经来到小山顶松林中。白雪回头一指道："你看。"

卫鞅回头，只见山下陵园中飘进一片火把，急速地聚拢在守陵石屋前。

隐约可见有人推门进屋，出来高声喊："没有人，只有一信。"一人粗声答道："带回去复命，走!"此时却见又一支火把急速飘到，一个尖锐脆亮的声音喊道："慢走！卫鞅何在?"粗声者喝问："你是何人?"脆亮声音道："我乃公叔丞相府掌书，夫人有急事召他。"粗声者答道："卫鞅不在，你爱等就等。走!"脆亮声音喝道："慢！将卫鞅的信留下。"粗声者哈哈大笑道："今日公叔府能有何事？走!"

更像是武侠小说的趣味。

马蹄发动间，突见一片火把全部熄灭，黑暗中传来咴咴马嘶与人声怪叫。那一支火把却依然亮着，只听脆亮声音笑道："这样的信还不给我看。给你，拿回去向庞涓复命。"粗声者大叫："哎哟，好疼好酸。你，你好大胆子！"脆亮声音留下一阵笑声，一支火把倏忽飘走了。

梅姑低声惊叹："好功夫！"

卫鞅一直在静静观察，默默思索，摇头点头。

白雪道："我们走，到地方再说话不迟。"

三人下到山后，松林中已经有三匹骏马在等待。三人分别上马，白雪一抖马缰，当先驰出领路。卫鞅居中，梅姑断后，三骑向西北飞驰。

必须"夜奔"，白天奔就少了惊险的味道。

涑水河谷不阔不深不险不峻，有山有水有林有兽，河谷山原密林覆盖起伏舒展，是安邑贵族传统的狩猎地带。河谷离安邑城不远不近，便有酷爱狩猎的贵族在河谷中盖起了狩猎别居，守候在别居中消夏游猎。久而久之，仿效者日多，河谷中便星星点点布满了贵族别居。喜好品评的安邑人，便将是否在涑水河谷拥有一座狩猎别居做了老贵族的标志。否则，你就是富可敌国，也只是一个欠缺风雅的暴发户。白氏一门三代大商巨贾，白圭又做过魏国丞相，自然在这里有一座狩猎别居。涑水河谷的最特异处在于，这里永远都有人住，却永远没有任何官府管辖。春夏秋冬，白昼黑夜，任何时候都可能有激烈的马蹄声和装束怪异的人物进入谷中，谁也不会感到惊诧，谁也不会前来盘查。

五更时分，三骑骏马飞驰入谷，直奔河谷深处的山腰密林。

半山腰平台上亮起了三支火把，照亮了通往平台的四尺小道。飞驰而来的三骑骏马顺着小道直上平台。三位骑者下马，手执火把的两个仆人接过马缰，另一个仆人举着火把在前领道，向林中房屋而来。

火把照耀下，卫鞅看见这是一座建造得极为坚固的山庄。门厅全部用山石砌成，两扇巨大的石门竟然是两块整石。门额正中镶嵌着两个斗大的铜字——白庄。近两丈高的山石墙壁依着山势逶迤起伏，恍然一道小长城。手执火把的仆人向门上机关一摁，巨大厚重的石门便隆隆滑开。进得门来，庭院颇为宽阔，三排房屋摆成了马蹄形。正北面南的是一排六开间正屋，东侧是五开间的厨屋与仆人住房，西侧显然是猎犬和猎具房。整个院中没有一棵树，只有南边墙下几个高高的铁架，卫鞅想那定然是宰剥猎物晾晒兽皮用的。

白雪笑道："若非事出突然，我还来不了这里。"

"你不是个好猎手。"卫鞅笑了。

梅姑问仆人："准备好了么？"

仆人躬身回答："全部就绪，猎犬已经关好。请公子进正房歇息。"

梅姑道："姑娘、先生，请进。"说着当先走上台阶，推开房门，灯光明亮的正厅非常整洁精雅。白雪卫鞅褪下布靴，坐在几前厚厚的红色地毡上，都是长长地舒了一口气。梅姑上好茶，拿来一张羊皮大图和一串钥匙，笑道："姑娘，这是我在家老那里要来的山庄图。房子不少也，我先去看看道儿，拾掇拾掇。"白雪道："去吧。"梅姑便推门进了里间。

白雪呷了一口茶笑道："三更时分，家老紧急告我，说上将军府掌书透漏，庞涓明日要强逼你做军务司马，不做便即刻斩首。我突然心血来潮，觉得危险，便立即出城。没想到庞涓的人马就在后边，更没想到螳螂捕蝉，黄雀在后，后边还有一个诡秘人物。"

卫鞅点头沉吟："庞涓提前出动，说明他怀疑身边人了。后边那个诡秘人物，却猜不出来路。然则可以断言，绝不是公叔府的掌书。"

"看此人作为，不像对你有恶意。"

卫鞅笑道："不着急，迟早会知道。"

两人商议完明日的行动，已经是五更天了。白雪道："你先歇息，不要急着起来，左右是昼伏夜出了。我和梅姑再合计准备一番。"说完正好梅姑进来道："先生的寝室在东屋第二进，已经预备好了。"白雪道："那就过去。"梅姑便开了正厅左手的小门，领着卫鞅穿过一进起居室，来到寝室，指着一道紫色屏风道："屏后是热水，请先生沐浴后安歇。"

卫鞅道:“多谢姑娘。你去忙。”梅姑笑道:“有事就摁榻旁这个铜钮,我即刻便来。”拉上门出去了。卫鞅脱掉衣服,在屏风后的大木桶中热水沐浴了一番,顿觉浑身轻松,刚一上榻便沉沉入睡。

虽英雄儿女、女中豪杰,但尊贵如白雪,也亲手捧着一套新衣服来,小说的常用细节。

次日近午,卫鞅方才醒来,睁开眼睛,却看见白雪笑盈盈站在榻前,手中捧着一套新衣服道:“赶制的,试穿一下,看合适否?”卫鞅笑道:“还是旧的好,我穿不来新衣。”白雪笑道:“要做商家总事了,能老是布衣么?”卫鞅道:“好,尝尝商人滋味。”白雪道:“穿好了出来我看。”笑着走了出去。

卫鞅穿好衣服来到正厅,梅姑连声惊叹:“吔吔吔,先生天人一般!”白雪微笑着点头道:“可惜只是商家总事,委屈了。”梅姑嚷道:“总事哪行? 先生是个大丞相!”卫鞅大笑:“大丞相,可不知晓哪国有也?”白雪笑道:“秦国不是有大良造[①]么?”梅姑嚷道:“对,就大良造!”卫鞅揶揄笑道:“好,梅姑此话叫言卜,就做大良造!”三人笑谈间,仆人已经捧来饭菜,一鼎野羊萝卜羹,一盘饼,一爵酒。卫鞅道:“你们不用饭?”白雪笑了:“我们起得早,用过了,你自己用,我陪你。”卫鞅先饮了那爵酒,觉得那酒入口略冰,清凉沁脾,令人顿感精神,不由赞叹:“清凉甘醇,好酒! 再来一爵。”梅姑再斟满了一爵笑道:“三爵为限,不能再饮。”卫鞅道:“却是为何?”白雪笑道:“这是消暑法酒,性极凉,饭前不宜多饮。”卫鞅惊讶笑道:“法酒? 好名字,我却没听过。”白雪道:“这种酒的酿造极讲究,法度甚严,是以人称法酒。”卫鞅又饮了一爵,不禁笑问:“却是如何严法?”白雪道:“其一,只能春天三月三这天酿制。其二,用春酒曲三斤三两,用深井水三斗三升,用黍米三斗三升。其三,酒曲之糟糠不得让狗猪羊鸡鼠偷

话说酒过三巡,是有道理的。

① 大良造,官名。战国初秦最高官职,掌军政大权。同时又为爵名,亦称“大上造”。

食，水须至清至净，米须淘得洁白光亮，否则酒变黑色。其四，每次只许酿三瓮，然后于中夜三更三点入地窖，藏至次年三月三方可开封。其五，酒瓮饮至一半，再加黍米三升三合，不许注水加曲，三日后酒瓮复满。竟夏饮之，不能穷尽，所谓神异也。”

此曲（酒）只应天上有了。水好，酒好。水坏，酒坏。

卫鞅饮了第三爵，感慨笑道：“依法治酒，酒亦神异，况乎人也！”再看那盘饼，却是一面金黄，一面雪白，夹来咬了一口，酥香松脆绵软筋甜，无比可口，不由又是赞叹，“此饼肥美香甜得紧，也有讲究么？”白雪笑道：“这是梅姑的绝活儿，教她给你说。”梅姑咯咯笑道：“姑娘夸我，实则姑娘做得比我还好。这叫髓饼。用上好的牛骨髓与蜂蜜和面，圆成厚五分、径六寸的面饼，放于胡饼炉中半个时辰，不得翻动。这髓饼烤成，经久不坏不变，食之强志轻身也。”卫鞅爽朗大笑：“看来，我要变成神仙了。”

午后，白雪陪着卫鞅在山顶漫步一回。眺望山腰河谷星星点点的行猎别居，又看山外挥汗耕耘的赤膊农夫，卫鞅良久沉思，默默不语。白雪和他说了一会儿晚上的事，俩人便回到了白庄。

暮色降临，一骑黑马驰出河谷。在谷口树林中，骑者换乘一辆车厢像小房子一样的蓝色辎车①，直奔安邑城而去。

掌灯时分，丞相府所在的天街车流如梭。蓝色辎车一直驶到丞相府门前方才停下。丞相府的新主人是公子卬，公叔痤家人已经搬到魏惠王另赐的官宅去了。丞相府易主以来，比往昔是更加的热闹繁忙，整日间车水马龙达官贵人络绎不绝。奇怪的是，今晚丞相府门前却很是幽静，偌大车马场空荡荡的没有一车一骑。蓝色辎车刚在车马场停下，府门护军

---

① 辎（zī）车：古代一种有帷盖的大车，既可载物，又可坐卧。

头领便向内高声报号:“白门总事先生到——”报声落点,丞相府家老碎步跑出,来到车前深深一躬道:“小老儿代丞相迎接贵客,请先生安坐。”说着跨上辎车,请驭手坐到一边,亲自驾车从正门驰入。家老是丞相府总管,对寻常高官都是淡漠至极,今日却是殷勤有加,边赶车边回头笑道:“先生头面大得很也,丞相今夜谢客闭门,专门等候先生。”车中传出矜持的笑声,却没有说话。顷刻间,辎车驶到相府深处一片小树林旁停下,家老下车拱手笑道:“敢请先生下车。”车中人走出,从容向林中木屋走去。家老忙不迭领道,却被车中一个布衣少年叫住,递给他一个皮袋子笑道:“多谢家老照应。这是总事先生的些许答谢。”家老接过精致考究的皮袋子,知道这是白门特制的钱袋,沉甸甸的足有十多个金饼。家老心中高兴,连忙道谢,回身碎步跑着去追总事。

林中木屋灯火通明,遥遥可见廊柱下一人,红衣高冠大袖博带,分明便是公子卬。他看见道中来人,大笑迎出:“鞅兄,别来无恙啊?”

卫鞅拱手笑道:“公子荣升丞相,可喜可贺。”

“噫!士别三日,真当刮目相看。鞅兄真道步入风华富贵乡了也。”公子卬拉着卫鞅在廊灯下左右打量,发觉素来简朴高洁的卫鞅今日竟是锦衣玉冠,气度华贵,俨然换了个人一般。

“丞相何须惊奇,卫鞅弃学从商,入道随俗,惭愧惭愧。”

“鞅兄何出此言?大商巨贾乃当今风云人物,谁敢小视?我就最喜和商贾来往。来来来,请到内厅叙话。”公子卬拉起卫鞅的手,笑着走进正厅。

厅中酒菜已经铺排就绪,公子卬热情让道:“鞅兄请坐贵客尊位。”卫鞅一看座次摆法,明白公子卬已经不再将他当作官场中人对待,而当作民间客友对待了。战国之世,尽管礼制已经不再烦琐迂腐,但尊卑座次还是极为讲究的。但凡官场中人,包括名士交游,客人尊位必是坐北面南,主人则在对面或东侧相陪。若是非官场之客人,则客人尊位必是坐西面东,主人坐东面西相陪。今日座席面东,自然是非官场礼节。两种坐法,后一种自然比前一种低了一个规格,但后一种却不太拘泥,寻常师生朋友间饮宴待客,均是如此坐法。

卫鞅微笑入座。仆人上来酒具,却不是爵,而是觯。古礼之中,酒具比座次讲究更大。所谓爵位,即是酒具的等次。举凡大宴,最尊贵者用爵,盛酒一合;次等用觯,盛酒两合;三等用觚,盛酒三合;四等用角,盛酒四合;五等用杯,盛酒五合。也就是说,地位越是尊贵，酒具的容量就越小。各种酒具中又有材质、形制、精粗、铭文等诸多区别，即或是王室犒赏群臣的数百人大宴，繁多的酒具也会将每个人的身份等次丝毫不差地表现出来，绝不会出现尊卑混淆。上酒的大容器也有区别，三等以上用大尊，三等以下用大壶。春秋末期，这种烦琐酒礼大大地简化淡化，酒具的使用也变得随意起来。孔子大为感慨，曾惋惜长叹："觚不觚！觚哉！"觚已经不是觚了，觚啊！虽则如此，但在上层官场，酒具的尊卑讲究还是存在的。官吏聚宴，寻常全部用各种爵。民间聚宴，则全部用觯或觚。上酒容器则完全随意。今日公子卬用觯，再次表明对卫鞅的接待是民间友人，而不再将他当作名士小吏。

卫鞅笑道："丞相通权达变，鞅自愧不如也。"

"要说通权达变，那是卫鞅。当今名士，谁能弃官从商？卫鞅也！"

"卫鞅困窘，不得已做稻粱谋，已成天下笑柄，丞相勿得谬奖。"

公子卬发现，素来冷峻傲岸的卫鞅一朝富贵，竟变得柔顺了谦卑了，似乎对他这个位极人臣的王室贵族已经有了敬畏之心。公子卬大为欣慰舒畅，既往对卫鞅才气的钦佩和人品的景仰在顷刻之间荡然无存。他举觯笑道："卫鞅，来，为了足下富贵前程，先干一觯！"举觯一饮而尽。

卫鞅恭敬笑道："为了丞相功业兴隆，干！"也是一饮而尽。

"卫鞅啊，白门家老请我为你在上将军处开脱，此事可是难办也。庞涓要打大仗，正需军务司马，他如何肯放你走？再说，你原先慷慨应允，守陵期满后任事，我也在当场。此话教我如何去说？"公子卬一副为难的样子。

卫鞅笑道："丞相放得我一条财路，卫鞅自有报答。"

"噢？此话怎讲？"公子卬高深莫测地微笑着。

"白门有言，愿以洞香春十年之利金报答丞相。"

"十年几多？"

"大约三百万金，顶一个韩国府库了。"

公子卬沉吟道："卫鞅，白门用如此天价买你，却是为何？你修习学问尚可，经商为贾难道也是个中高手？一旦失手，白门无报，此事岂非大大麻烦？要知晓，白氏一门，和王室可是有千丝万缕关联也。"

卫鞅笑道:“丞相勿忧。卫鞅对陶朱公范蠡①的《计然》十策,早已经揣摩精熟,对商道颇有心得。不瞒丞相,卫鞅已经牛刀小试,为白门做成了一笔近十万金的大买卖。否则,以白门天下巨商,如何能教卫鞅做总事?又如何肯如此费力为我周旋?”

公子卬悠然点头:“鞅兄如此干才,此事尚可为也。”

“此外,卫鞅每年奉送丞相五千金,以做酒资。”

“好!富贵不忘旧交,果然是聪敏豪爽,啊!”公子卬哈哈大笑,却突然压低声音问道:“鞅兄,见过白门女主否?”

卫鞅摇摇头:“我只和白门家老共谋商事。”

公子卬沉吟笑道:“白圭的独生女,可是名动安邑的神秘丽人,然却谁都没有见过。我想请你疏通一件大事,不知可否?”

“不知何事使丞相犯难?”

“缘由在此——”公子卬起身走到卫鞅身旁坐下,低声道:“魏王一直没有立狐姬做王后,皆因狐姬风情太盛,艳事太过,有累魏王清名。白门乃天下望族,白圭女儿才貌双绝,若能使此女做了魏王王后,何愁你做不得上卿?届时你我同朝,又何愁对付不了一个庞涓?鞅兄意下如何?”

卫鞅淡淡一笑:“只是,我能做甚事?”

“好说。鞅兄只要将我意详明达于白女,约定我与白女一见,万事皆妥。”

“丞相能使白女成为王后?”卫鞅大是惊讶。

公子卬大笑:“后边之事,鞅兄不用管了。应对官场,兄不如我也。”

美女是稀有资源,买少见少,逐鹿之心与逐美之心,无异。

---

① 陶朱公范蠡,春秋末年越国大夫,助勾践灭吴。后游齐国,称“鸱夷子皮”。到陶(今山东定陶西北),改名陶朱公,以经商致富。据《史记·货殖列传》,计然是范蠡之师,而非他的著作。

“只是，”卫鞅沉吟道，“目下我还不能正式在白门任事。”

“此事鞅兄尽可放心，我明日即刻办理。”公子卬爽快明朗。

离开丞相府，卫鞅回到洓水河谷，已经是三更尾四更头了。他对等候的白雪没有详细讲述公子卬的叵测居心，他要等到公子卬有了明确结果再说。

此日午时，公子卬醒来梳洗，觉得精神焕发舒畅极了。

用午餐时，掌书和家老分别向他禀报了早晨的内外事务。他指点了几件事，又对午后要来的几拨官吏要办的几件事做了定夺，一天的公事大体了结。所余的时光，便是他用来斡旋各方的时光。公子卬做官，有他独到的办法，这便是“少做事，多走动”的六字诀。世间大凡喜欢实干做事的人，总是官运艰涩。原因只有一个，要做事就要出错，一出错就要遭非议，非议多了必然下台。公子卬对“少做事”又有独到方式——多议事，少做事，多做虚事，少做实事。作为丞相，凡事皆可参与议论，凡事皆不可亲自做，成则有决策之功，败则有推诿之辞。这是“多议少做”。但只要为官，永远不做事亦不可能。这就要尽量多做那些易见功劳而难查错漏的虚事，譬如接见使臣、祭奠天地、抚恤将士、救济灾民、编修国史、宫室监造、出使友邦、巡视吏治、主持国宴、遴选嫔妃、赞立王后，等等。对于那些易查罪责而难见功效的实事，非万不得已，则坚决不做。譬如修筑堤防、领兵出征、整肃吏治、制定法令、查究弹劾、出使敌国、决定和战、督导耕耘、剿灭盗贼、审理案件，等等。

多议事，少做事，多做虚事，少做实事，“多议少做”，孙皓晖的小说，既看古，又看今，难怪今人读了会拍案叫绝。会议多，税收多。这算不算统治“哲学”？

公子卬的大事只有一件，就是巩固地位，提高声望。要做到这一点，就要殚精竭虑地走动——对上斡旋，对下周旋，对官言礼，对士言义。仅以两端而论，公子卬就做得极有成效。对魏王，他是极尽投其所好，而又做得雅致有趣。魏王晚睡晚起，他也晚睡晚起，纵有军国急务，也绝不在魏王睡觉的时候去打扰。魏王精于玩乐享受，对珠宝鉴赏、狩猎游览、宫室建造、音律品评、美酒美食、美女美色、猛犬珍禽，等等等等，都有高深造诣。公子卬也便刻刻努力，一样不拉，成了魏王最高雅的玩伴。纵是魏王和狐姬裸体腻戏之时，他也能微笑着坐在三尺之外细加评点，使魏王大为感慨，称赞公子卬为"无拘细行，真名士也"！也使魏王和他成了无话不谈无密不谋的君臣莫逆。对于学问名士，公子卬则是"义"字当先，谦恭豪爽，不惜降尊纡贵地结交。五年前，他对多才冷傲的卫鞅就称兄道弟，传为安邑佳话，获得了"贤明好义"的一片声誉。

上下周施，中间敛财，如此为官，和平时期，倒也能平安荣休。遇上战争，绝对经不起打。

公子卬来到王城寝宫时，魏惠王正在湖畔对着大梁新都的王城建造图入神。湖中漂荡的小舟上不时传来狐姬和侍女们的嬉笑嚷闹，也没有使魏王抬起头来。

"王兄啊，又在为国呕心了，该节劳也。"公子卬摇着一把大扇，给魏惠王送去一缕清风。

"王弟，你来得正好。"魏惠王手指敲着摊开在玉几上的大图，"你看，大梁王城有如此大一片水面，却空荡荡没个可看可乐处。我想在湖心造一座可浮游漂动的寝宫，这湖面方能物尽其用。"

"好！王兄真道得奇思妙想，天下独此一家。即刻动工，我来监造！"

魏惠王皱皱眉头："你可知晓，浮宫要几多金？"

"百万之数大体不差。"

"百万？大梁工师已经算过，三百万金也。府库存金，除去庞涓的军费、官吏俸金和新都建造费用，只有一百万金

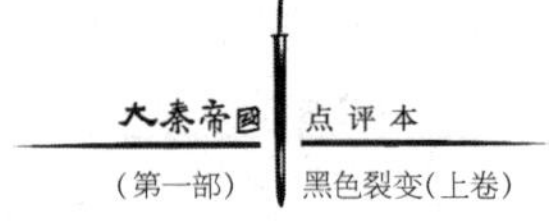

了，如何能够？”

公子卬爽朗大笑：“天意天意！偏巧我给王兄带来一笔重金，浮宫可造也。”

“你？你何能如此多金？”魏惠王惊讶地盯住了这位丞相。

“王兄知晓白圭否？”

“笑谈，白圭如何不知？”

“白圭死后，其独生女儿掌业，欲寻觅一位总揽商事的干才。王兄知晓否？”

“不知。”魏惠王摇摇头。

“王兄知晓卫鞅此人否？”

“卫鞅？何许人也？不知。”

“老公叔临终前举荐的丞相，王兄也忘记了？”

魏惠王哈哈大笑道：“啊啊，那个中庶子也。白门请他做总事？”

“王兄果然高明。正是此人。”

“此人与两百万金何干？”

“王兄不知，上将军庞涓急需卫鞅做他的军务司马，卫鞅原已答应，难以脱身从商。白门便请我出面与庞涓讲情，许以十年内两百万利金。小弟一片愚忠，不敢私吞，献于王室，岂非王兄有了浮宫？”

魏惠王高兴得拊掌大笑：“好好好！王弟忠诚谋国，真正难得。”却突然沉吟，“十年？远水解得近渴？”

公子卬微笑道：“王兄贵为国君，自不通贱商之道。此事可教卫鞅周转，浮宫用金先行从府库支付，卫鞅每年补入库金即可，何劳王兄担忧？”

“好谋划！”魏惠王笑道，“这卫鞅又没打过仗，不通军旅，做何军务司马？从商也算是人尽其才了，就教他去也。上将军用人不当，另当别论。”

“那，上将军的军务司马如何处置？”

“那有何难？本王从王族子弟中派出两个，让他们也磨炼磨炼，学学战阵生涯，也省却整日无所事事。”

“我王思虑深远，用人得当，臣即刻去上将军府处置此事。”

公子卬出得王城，立即驱车前往上将军府。见到庞涓，他简约地转达了王命，尤其具体转述了魏王对庞涓“用人不当”的评点。庞涓脸如寒霜，正想开口，公子卬却拱手告辞，扬长而去。出得上将军府，公子卬立即派人将消息送到白门，而后逍遥登车。他在车中大笑不止，觉得这几件大事处置得妙极顺极，真是一举三得。了结了长期以来欠卫鞅的情分，还从卫鞅处得到了极大好处；解了魏王浮宫急难，显示了极大的忠心，还落到了多余的一百万金；压制了庞涓的气势，挖了庞涓的墙脚，还给庞涓军中掺进了自己的王室子弟。在这三大好处之外，公子卬还保留了最大的一个果子，就是白氏女与魏王联姻的秘密谋划。此事若成，公子卬将权倾朝野，一来不愁封侯分地，二来不愁重臣依附，何亚于在魏国做第二国王？如此多的鸿运好事，公子卬如何不大喜若狂？但是，他绝不会将这种鸿运告诉任何人，也不会在任何人面前露出自己大喜过望的心情。在夫人家人亲友同僚面前，公子卬始终是忧国忧民豪侠仗义的王族英才，岂能如此有失体统？

庞涓却是胸口胀痛，忧气难消。丢了一个卫鞅，来了两个饭袋，还落了个用人不当，真道是莫名其妙！寻常时日，魏王从来不给军中随意派员，也不过问军中的具体军务，算是放得很开的君王了。一个卫鞅，弄得一切都变了样，真正是岂有此理！庞涓想进宫，又觉得为一个军务司马和国君理论，伤了和气就是因小失大。退回两个王族饭袋吧，饭袋还没开始做事，又有不够容人之嫌。和公子卬理论吧，他转达的是王命，尽可以推得一干二净只和你打哈哈。想来想去，庞涓觉得自己吃了个哑巴亏，不宜说，不宜动，只有闷在肚子里让胸口胀痛。庞涓长嘘一声，暗暗咬牙，决意灭了韩国后再来消磨这些小人。

此时天色将晚，一个细瘦的身影轻步走进了上将军书房。

庞涓没有回头便怒喝一声："出去！谁也不见。"

细瘦身影轻声笑道："大师兄，和谁生气？"

庞涓回头，却见幽暗中站着那个布衣小师弟，不禁觉得自己失态，回身释然笑道："小师弟，师兄正在思虑一个阵法，见笑见笑。坐了。"

布衣少年入座，拱手认真道："大师兄，小师弟前来修习，那位军务司马到任否？"

庞涓叹息一声："天有不测风云，人有旦夕祸福。那个军务司马出外访友，却在夜行时不幸摔死在山涧之中，真乃令人伤痛也。"

布衣少年大惊，脸上阵青阵白，却硬是以袖塞口，没有叫出声来。有顷，颤声问道："夜行？哪一日？"

"三日之前也。"庞涓悠然一叹。

布衣少年眼中涌出两行热泪，拼命忍住哽咽之声。庞涓不悦道："素不相识，何须如此女儿态？"布衣少年拱手道："小弟失去修习之师，命运多舛，安得不痛心？"庞涓正色道："代师教你者是我庞涓，他人安得算修习之师？"布衣少年含泪道："大师兄有所不知，临下山老师预卜，言我命中只有一师，此人若死，我须即刻回山，否则将短寿夭亡。大师兄，告辞了。"庞涓素来对老师这种神秘兮兮的东西不感兴趣，听此一言，顿感晦气，冷脸拂袖："你走吧。"

突然，门外家老高声报号："白门总事晋见上将军。"

话音落点，锦衣玉冠风采照人的卫鞅已经步入正厅，在书房外深深一躬高声道："白门总事卫鞅，参见上将军。"抬起头时，却与布衣少年惊讶的目光正巧相遇，电光石火间，两人眼睛均是一亮，却又同时岔开了视线，平静如常。

庞涓懊恼莫名，冷冷道："你来何干？"

"禀报上将军，卫鞅特来赴约，任职军务司马。"卫鞅神态谦恭。

"本上将军的军务司马已经死了，新的也有了，要你这商人做甚？"

"禀报上将军，白门有言，不敢开罪上将军，若上将军留任在下，白门即刻与在下解约。在下期望在上将军麾下建功立业。请上将军明察。"

庞涓气得脸色发青，戟指卫鞅，低声喝道："你这个言而无信反复无常成事不足败事有余的小人，老夫永远不会用你！给我送客。"

一日三气，妙。《三国演义》诸葛亮三气周瑜，亦是同理。

门外家老高声道："送客——"

卫鞅一脸沮丧，拱手道："上将军但有用人之时，卫鞅招之即来。告辞。"转身唯唯而去。庞涓转身，布衣少年却也不见了踪迹，气得高声喝令："关上府门，今日不见客！"

“关闭府门——”随着一声长长的传喝，沉重的上将军府门隆隆关闭。

此刻，卫鞅已经打马出城。这时他在魏国已经成了官吏士子皆曰不可交的小人，人人避之唯恐不及，没有人再暗算他，也没有人再威胁他，无须辎车掩盖，无须躲避行藏。一骑快马，大道疾驰，山风送爽，不禁仰天大笑。

装疯卖傻，是脱身妙计，百试百灵。

“敢问先生，笑从何来？”一个清亮而略显嘶哑的声音冷冷发问。

卫鞅一惊，勒马观望——此时月上梢头，照得道边山野间林木葱郁朦胧，却发现不了声音发自何处。卫鞅静静神，沉声问道：“阁下何人？敢请现身答话。”

“不涉利害，先生无须问我是谁？”

“难道阁下就这一句话么？”

“我要正告先生，危邦不可久留，须得即刻决定行止。”

卫鞅大笑道：“我已无人理睬，何须耸人听闻？”

“非也。先生三日内必有新的纠葛，若不趁早离魏，再想离开将永远不能。”

卫鞅惊出了一身冷汗，恭敬拱手道：“何方高人？鞅不胜感谢。”

“既非高人，先生亦无须言谢。我就在你右手山头，只是不宜相见罢了。先生请回。告辞了。”

卫鞅向数丈之外的右手小山头看去，只见树影微动，遥闻一阵马蹄声远去，四野又是一片沉寂。卫鞅猛然想到方才在庞涓书房见到的布衣少年，难道是他？不会啊，那个布衣少年分明是洞香春遇到的神秘老人的孙儿，他既在庞涓府中，必和庞涓大有渊源，如何又能帮我？方才他也显然明白不宜在那里和我表示认识，可见他和庞涓又有一定距离。有渊源，有距离，可能是何种人？再说，一个少年，如何能有如此奇异技能？是的，不可能。然则是谁？卫鞅又想到了公叔陵园那个单身骑士惊心动魄的搏击绝技，对，极有可能是他。然则他又是谁？卫鞅已经问过，公叔府已经交出了所有文职小吏，没有一个掌书。那人自称公叔府掌书，显然是假托。那么他的真实身份？他为何关注自己的行止安危？莫非是老师派出的使者？不会，绝不会。老师在他下山时与他言明，不许说出老师名字来历，自己的人生功过善恶，均由自己承担。老师是严厉的，也是明哲的，绝不会心血来潮派出一个人帮扶自己。一时间，卫鞅倒是理不清这团乱麻了，于是不再想它，打马一鞭，飞驰涑水河谷。

三　茅津渡两情惜别

太阳还没有升起，大河两岸的辽阔山原锦缎般灿烂。

大河从漠漠云中南下，一泻千里地冲到桃林高地，过蒲坂，越函谷，包砥柱，吞三门，在广袤的山原间铺开，浩浩荡荡向东而去。大河在南下东折的初段，鬼斧神工般开辟出种种险峻奇观。这“河包砥柱，三门而过”便是大河东折处最为不可思议的神奇造化。砥柱本是一片孤山，当道矗立，阻拦大河东去。大禹治水，举凡山陵挡水者，皆凿通水道。河阻砥柱山，大禹便从两边破山通河。中央主峰孤立水中，河水分流，包山而过，山在水中犹如通天一柱，人皆称为砥柱山。所谓中流砥柱，从此成为一个不朽的典故。大河从砥柱两边分流，中央砥柱与两边的山峰便如大河的三道大门，时人呼之为三门。

这砥柱以西函谷以东，却是大河在漫长岁月中冲积成的莽莽荒原。一眼望去，两岸苇草茫茫，渺无人烟，唯有一座古朴雄峻的石亭在苇草间时隐时现。石亭下不远处是一个小小渡口，两只木舟横在当作码头的大石旁，一群水鸟在舟中盘旋啁啾。苇草间可见红白两骑，走马而来，遥指渡口，相互讲说着什么。渐行渐近，正是卫鞅与白雪。

昨夜，卫鞅回到涑水河谷，白雪与梅姑正在整理他需要带走的书简，连同从陵园取回的一箱和白雪家藏的法令典籍，总共装了满满两大箱。见卫鞅回来，她们便收妥书箱，收拾晚餐。饭后，卫鞅对白雪讲了去庞涓府的经过，白雪不禁笑得流出泪来。梅姑在旁边高兴得直嚷：“该！气死这个小心眼儿。”高兴一阵，卫鞅讲了自己回来路上遇见的奇异告诫以及自己对此人身份的种种猜测。白雪很警觉，沉思一阵，提出今夜即刻离魏。卫鞅本想为白雪安排一番，迟走两日，然白雪却再三坚持，便也赞同了。一个时辰内，三人收拾好所有必备用品，梅姑留在后面从商路运送书简并准备船只。卫鞅和白雪仔细选择了西行道路，四更将尽时飞马出谷，直奔选定的渡口而来。红日将升时分，荒凉的古渡已遥遥在望。

这个渡口叫作茅津古渡，虽然荒凉破败，却是西入函谷关的最近渡口。

茅津渡处在橐水入河的交叉处。春秋早期，这里叫茅戎邑，是戎狄部族的一支——茅戎的游牧区域。后来戎狄部族在中原如洪水泛滥，齐桓公九次联合诸侯，合力驱逐从四面八方侵入中原的戎狄部族。几次血战，茅戎部族的残余人口也被赶出了中原。这块水草丰茂却不适宜耕种的土地，从此沦落为荒芜的草滩河谷。茅戎人开辟的渡口也变成了荒野古渡。有酷爱古迹的士子们感念齐桓公的驱戎大功，便在茅戎邑的古城堡废墟上建了一座茅亭，以作凭吊怀古之念物。茅津渡南岸数十里便是函谷天险。西入函谷关，半日便可到达秦国目下的控制疆域。

看看已到茅亭，白雪笑道："千里送君，终须一别。最后这段路，走走。"

"对，应该走走了。"卫鞅笑着下马，向白雪伸出一只手。

白雪搭着卫鞅的手跳下马来。此时夏日喷薄而出，朝阳照得白雪脸上细汗津津。卫鞅从怀中掏出一方白色汗巾递过来："小妹，擦擦汗。"白雪明亮的眼睛深情地望着卫鞅，脸上飞起一片红晕，睫毛敛起娇声道："你来擦也。"卫鞅看看白雪近不盈尺的秀美面庞，慢慢伸出颤抖的手，在她宽阔洁白的额头上轻轻沾拭。白雪微微眯着双目，身体却是轻轻一抖，依偎在了卫鞅肩头。一种生平从未体验过的奇异感受，如惊雷闪电般从卫鞅周身掠过，他猛然丢开马缰，伸开双臂

怪道仲尼名丘，世间总有野合传闻。小说总愿意为才子配佳人。俗笔。

将她紧紧抱在怀里，嘴唇不由自主地贴上了白雪滚烫的面颊与颤抖的双唇。白雪低低的一声呻吟，软软地倒在深深的苇草中。

两马交颈嘶鸣，茫茫的苇草绿浪淹没了它们的主人。

良久，两人从苇草长波中浮了起来。白雪眺望着朝霞照耀下的滔滔大河："真想化作大河之水，伴君而去。"

卫鞅揽着白雪的肩膀："多想留下，永远与你相拥相伴。"

"出息了你？真话么？"白雪扑哧笑了。

卫鞅大笑一阵："要我真是个商人，做你的白门总事多好？"

"真是个商人，要你何来？"白雪咯咯笑了。

"一介布衣，美人如斯。看来啊，造物主还算公平。"卫鞅夸张地做出一副陶醉的样子，逗得白雪大笑起来。

笑了一阵，卫鞅正色道："小妹，我还得告你一件大事。"白雪惊讶道："大事？我不知晓？"卫鞅点头道："这件事颇为麻烦，因我没想好妥善对策，所以没对你讲。公子卬有不良之心，意欲将你纳为魏王王后，还想教我从中与你达意。"白雪长吁一口气，笑道："你这不达意了么？"卫鞅哈哈大笑："你却意下如何？"白雪轻轻啐了一口，朗朗笑道："你就放心去也。我还以为何等大事，吓得人心跳。"卫鞅道："昨夜那人，说三日内有纠葛，我想定是公子卬要逼我扯出你来。你得谨慎应对也。"白雪笑道："你不走，我岂能不出来？你走了，我又何须出来？找我不见，这件事不就湮没了？白雪不想见谁，谁就休想找到她。是么？"卫鞅笑道："是啊，天火无焰，岂有寻常踪迹？"白雪脸一红低声笑道："只有你，知道我的秘密。"卫鞅揶揄笑道："其实，我倒是真心喜欢那个布衣小弟也。"白雪娇嗔道："哟！那就让他跟你了。"

说话间已是日上三竿，晨风摇动苇草，一艘小船向渡口悠悠漂来，梅姑在船上遥遥招手。

"梅姑来得好快，我该走了。"卫鞅不舍地叹息一声。

"稍等不妨，"白雪叮嘱道，"栎阳那家客栈的执事是老父的门客，实则是一位风尘隐侠。事有眉目之前，你就住在那里，他会帮扶你。我在那里存储了万金之数备你急需，不要吝啬了。"

卫鞅一怔："万金？如果秦国也要用钱活动，我马上离开。"

“离开？到何处去？”

“和你泛舟湖海，与范蠡西施一般，永远不涉政事。”

白雪悠然一叹：“君有此言，白雪足矣！古人云，冬有雷电，夏有霜雪，然则寒暑之势不易，所谓小变不足以妨大节。只要心正，金钱未必不能用于官场。君之内性，强毅刚烈，疾恶如仇，初入秦国，万莫以官场瑕疵萌生退意。”

卫鞅又一次感到了深深的震撼。这个女子似乎生来就是他的红颜知己。她对他心灵的沟壑波澜是那样的洞察入微，又对他精神性格的细小伤痕是那样的细心呵护。在公叔陵园中第一次现出女儿身，她就使他的孤傲冷峻与偏执自尊土崩瓦解，使他受到前所未有的心灵震撼。如果说那还是纯粹的情意天地，女儿家有天然的细心与深刻的话，今日却是为政之道，是卫鞅傲视天下的最强之处。这个妙龄女儿却提出了如此饱含人世沧桑的劝诫，恰到好处地抚摩到了他内心的弱点——坚刚有余而柔韧不足，冷静自省而海纳百川之胸怀尚有不足处。平心而论，卫鞅也知道自己还需要锤炼，然则生平第一次被人点出缺陷，愧疚之心油然而生。他向白雪深深一躬，坦诚真挚地说：“小妹一言，照我肺腑，使我顿生惊悟。此后当惕厉自省，深以为戒。”

古人谈起恋爱来，也如此文气！

“哟，”白雪扶住他含笑嗔道，“那是老父的话，记住可也，忒般认真？”

卫鞅慨然一叹：“知我医我者，唯小妹耳，安得不敬？”

“不要敬，要爱。”白雪低眉柔声。

“礼恒敬之，心恒爱之。”卫鞅双手轻抚白雪双肩。

白雪眼含热泪，轻轻偎在卫鞅怀中低声吟诵道：“绸缪束薪，大河在天。今日何日？见此良人。何堪所思，何堪所忆？子兮子兮，君在远山。”

河中小船已在渡口大石边泊定。梅姑没有相催，却对着大河流水唱起悠长的歌儿：“青青子衿，悠悠我心，纵我不往，子宁不嗣音？青青子佩，悠悠我思……一日不见，如三月兮——”歌声在河面飘荡，水鸟在身边盘旋伴舞。

卫鞅笑道：“梅姑相思了，走。”

“莫急。”白雪从腰间摘下那支精致的细剑，围在卫鞅腰间，一搭剑柄剑尖的铜扣，“叮”的一声振音，卫鞅腰间多了一条铿亮的腰带。白雪笑道：“这是老父留给我的素女剑，细薄柔韧至极，去鞘可做腰带，锋锐可断金玉。它在你腰间，就是我抱着你也。”

刺客游侠之风，时有之。

卫鞅猛然抱住白雪，深深一吻，转身大步而去。

晨风习习，大河在金色的阳光下连天而去，一只小舟向南岸起伏漂逝。卫鞅站在船头向岸上遥遥招手，白马在船尾向故土昂首嘶鸣。北岸渡口，伫立着凝望的白雪，化成了苇草绿浪中的一点猩红。

四　初入秦地谨慎探询

进入函谷关，到华山的魏国军营，快马只有半日路程。

卫鞅所乘白马，是在公叔府做中庶子时的寻常坐骑，这段路走了整整两日。也并非白马脚力太弱，实在是卫鞅并不急于进入栎阳。卫鞅想好好看看秦国，顺便查勘一番秦国的风土人情。毕竟，这个被魏国封锁在函谷关以西的战国，对他是遥远而陌生的。确切地说，所闻甚多，却从来没有踏上这片神秘的土地。这对他这个多有游历的士子，不能不说是一种缺憾。

卫鞅的祖国，是大河中段最肥沃地段的卫国。

卫国不是大诸侯，却是个最为特异的诸侯国。特异所在，是始封国君与初始臣民的“水火同器”。周武王克商之后，殷商族群虽亡国而几欲复仇复辟。历经密谋，终有了殷纣王之子武庚与周室监管势力管叔、蔡叔部的联结叛乱。于周武王之后摄政的周公旦，平定了这场大叛乱后，将殷商族群分而治之：残存的殷商王族遗民，悉数聚迁于淮水流域的宋地，以殷纣王的庶兄微子为国君，封成了宋国，以彰显周王室存续殷商社稷的宽仁大德；残存的殷商臣民族群，则悉数聚迁到大河中段的濮阳地带，以周武王最小的弟弟康叔为国君，封成了卫国。就实而论，宋国虽延续了殷商王族的社稷祭祀，然其王族人口在动乱中锐减，国人又大多不是殷商庶民，其殷商国风便大大淡化了；卫国不然，由于聚集了殷商七大族群，是故虽以周王族为国君，却始终弥漫着浓郁的殷商国风。殷商庶民多以商旅为传统生计，邦国兴亡的爱恨情仇渐渐抚平之后，又开始了实实在在的生计奔波，卫国便渐渐呈现出了一片蓬勃生机。在整个西周时期，卫国都是小邦土地而大邦财货，商贾发达，民生殷实，堪称实际上的大诸侯国。及至春秋，卫国依然是富庶大邦，其“桑间濮上”的开化民风，一时成为春秋之世极有魅力的文明风华旗帜。

只是到了战国的刀兵大争之世，卫国才渐渐衰落了，萎缩了。

卫鞅的祖上颇见特异，父系是卫国国君部族的周王族远支公子，历代母系却多有殷商女子。随着族群繁衍而血缘渐远，也随着卫国公族渐渐衰落，姬姓族群之后裔也在种种分化中大多沦为平民了。卫鞅一族，也走过了如此一条淡出贵族的路程：始以公族之“姬”为姓，再以“公孙”为姓，再以国号“卫”为姓，从王族血统渐渐地步入了平民。战国之世，卫鞅的曾祖父与祖父，虽然还顶着“公子”之名，然已经是实际上的“国人”了。出行谋生及结交之际，羞于对人提及“公孙”，更羞于对人言及王族姬姓，于是随了潮流时俗，以国为姓，采用了方便而不显痕迹的国号“卫”姓。到了父亲卫赫之时，卫姓已成了家族常用的姓氏，“公孙”几乎已经被族人遗忘了。

从曾祖时起，卫氏操持的是“文商”生计。所谓文商，是制作各种文具与书写用材，卖给官府和士人的文路商贾。其中，曾祖父卫嗣时期的“卫氏竹简”颇具盛名，被中原官府士子多呼为“卫氏简”。这种生计利金不高，却较为稳定，一代人下来，卫氏也算是既有贵族名号又有财货来路的殷实之家了。祖父卫桓一代又辛勤扩展，已经是占领近十个诸侯国竹简市场的大文商了。父亲卫赫，年轻时既顶着“公子”名号，又秉持着传统生计，家道虽无大进，却也在卫国颇具名望。其时，一个商旅人家的美丽女子，与父亲在

“桑间濮上”的春日踏青篝火中相识了，相爱了。这个女子是殷商后裔，嫁给父亲时，由于商人之女的身份，不能做一个具有王族血统的“公子”的正妻，只有做了妾。她便是卫鞅的母亲。以看重礼制尊卑的周人的说法，妾生子是庶孽之子——唯其庶出，唯其卑贱，故呼之为“庶孽”也。如此，卫鞅便是公族远支诸多“庶孽”公子中的一个了。

《史记·商君列传》：“商君者，卫之诸庶孽公子也，名鞅，姓公孙氏，其祖本姬姓也。”

卫鞅刚刚降生，一场突如其来的水患毁灭了卫氏田庄与文商作坊。其时，诸侯间动辄以邻为壑，或淹没欲图夺取的邻国良田，或威慑敌国以为惩戒。这场突然的大河水患，是魏国欲威慑卫国称臣，有意决开了大河堤防。在那场水患之中，母亲为了救出儿子，被滔滔大水吞没了，永远地埋葬在了一片汪洋的卫氏田庄作坊。父亲为这个从大水中存活的儿子取了一个特异的名字——鞅。鞅者，马颈下之坚韧皮革也。父亲的寓意是深远的，期盼儿子像马颈革一样坚韧，甚或，期盼他成为驯服烈马的勇士。

交代卫国的国势起伏及渊源，卫鞅的身世。士子可周游列国，择明君而侍，各诸侯国并不对其“国籍”有异议。加之有天下共主，周游列国，更是理所当然。卫鞅弃卫入秦，说明“国家”“民族”概念及主义，是后世才有的。

然则，陡遭变故的父亲没有精力教诲儿子，只有全副身心投入商旅谋生。父亲对文墨诸事颇见精熟，然对商旅经营之道却远不及先祖。父亲唯有一长，便是在商事来往中结交了诸多高人名士与风尘隐者。对辛苦游学的读书士子，或自己敬重的高士隐者，父亲一律赠送上品竹简，常常不收一钱。然则，也正因了这种“义利”不明，低价义卖，长相赠送，父亲一直是辛劳有加而获利微薄，几年之中一间小作坊始终不见起色。便在如此凝滞艰涩的岁月，一场水患之后的瘟疫又悄悄来临了。残存的卫氏家人一个个撒手去了，只留下了奄奄一息的父亲与奇迹般活下来的鞅——马颈革一样坚韧的鞅……孤独的父亲郁郁成疾，自感不久于人世，遂带着幼小的儿子跋涉入山，将儿子托付给了一个隐居深山的高人，便撒手西去了。

深山隐士一诺千金，将小卫鞅带进了莽莽苍苍的大山。

从此，卫鞅开始识字，开始练剑，开始读书，开始作文，开始修习法家之学。十三岁开始，卫鞅随老师周游天下，走遍了列国名山大川。十六岁时，老师将他秘密送到魏国丞相公叔痤府中，实际修习政务。五年之中，卫鞅为公叔痤收集法令典籍，又一次踏勘了中原列国，对各国的民生民治有了切实的体察与揣摩。即或是奔放多彩的战国之世，在堪堪加冠的年岁上有如此丰厚阅历的士子，也是极为罕见的。

遗憾的是，卫鞅却从来没有来过秦国。

在卫鞅成长的年代，东方列国将秦国列为蛮夷之邦，剔除在中原文明之外。这种蔑视，甚至远远超过了对另一个蛮夷之邦楚国的蔑视。这里的根源在于，秦部族长期与西方戎狄杂居，仅凭武勇之力成为大诸侯，所谓根基野蛮。但凡士人官吏相聚，总要大谈秦国的种种落后愚昧与野蛮。民风是"三代同居，男女同屋；寒食恶饮，好逸恶劳"；民治是"悍勇好斗，不通礼法"；民智则更是"钝蛮憨愚，不知诗书"。即便是对享有盛名的秦穆公，也有"人殉酷烈，滥用蛮夷"的恶名相加。在东方士人眼里，秦国是一片野蛮恐怖的土地，除了打仗，万万不要踏上那块恶土。在这种流播久远的议论传闻年复一年地弥漫东方的情势下，极少有士人流入秦国。数百年来，除了老子和个别墨家弟子踏进过秦国外，"秦国无士"一直是天下共识。在这种陈陈相因的共识中，卫鞅的老师和卫鞅也都未能免俗。他们甚至在另一个"蛮夷之邦"的楚国游历了半年，却从来没有想到过去秦国。若非那个神秘老人的启迪和那卷振聋发聩的求贤令，卫鞅真不知晓此生会不会来到秦国。

正因为陌生而神秘，卫鞅才决意寻访而进。他期望在进入栎阳之前，对这个在东方士人眼中面目狰狞的邦国，有个大约的了解。

一进函谷关，便是河西地带。战国时代，一提"河西"二字，人们想到的便是魏国秦国间的长期拉锯连绵杀伐。"河西"，是黄河成南北走向这一段的西岸地带，南部大体上包括了桃林高地、崤山区域，直到华山，东西三百余里；中部大体包括洛水中下游流域[①]以及石门、少梁、蒲坂等要塞地区；北部大体包括了雕阴、高奴、肤施，直到更北边的云

① 洛水有两条，一是流经洛阳、从平原入黄河的洛水；一是流经陕北、从潼关入黄河的洛水。这里指后者。

中①。这就是战国人所说的河西之地。黄河西岸这块辽阔的土地，纵横千余里，在秦穆公时代都是秦国的领土。后来日渐被魏赵韩三国蚕食。尤其是魏文侯时期的两个名将——吴起和乐羊，对秦国和其他诸侯展开大战七十六次，战胜六十四次，战平十二次，使魏国疆域大大扩展，其中夺过来最大的一块便是秦国的河西之地。那时候，正是秦国简、厉、躁、出四代国公当政，秦国最为混乱软弱的时期，根本没有能力与新兴的强大魏国对抗。卫鞅对这一块已经被魏国占领三十余年的区域，大体上还算熟悉。魏国对原本属于老秦国的这块河西之地，并没有实行相应的变法，井田制、隶农制依旧保留着。也没有封给任何功臣作为封地，确切地说，是没有一个重臣愿意被封到这里。魏国的办法是，将河西之地划分为十六县，由王室派出县令直接管辖，赋税通归王室；对河西之民课以重税与频繁徭役，却不许河西之民入军。魏国信不过这个“蛮夷之邦”的子民，只将他们当作耕夫和牛马看待，而不愿意教他们成为光荣的骑士。河西之民和魏国本土民众的富裕日子相差甚远，只是在温饱边缘苦苦挣扎而已。

在卫鞅看来，这是对待新领土最为愚蠢的方法，是逼迫河西庶民离心离德的苛政。他曾经几次向公叔痤上书，建言魏国对河西之地实行“轻税宽役，许民入伍”的“化心宽政”。公叔痤大为赞赏，却就是无法取得魏王与魏国上层的认同。魏王说，这是祖制，轻易不能触动，看看老臣世族们如何？老贵族们则说，秦人蛮贱，只配做苦役，岂能以王道待之？

卫鞅没有在河西地带耽延，进了函谷关打马向西，直到看见华山才缓辔而行。

他选择了渭水北岸的官道作为西行路径，要看看秦国的腹心地带究竟如何？这条路说是官道，实则是一条仅能错开车辆的坑坑洼洼的黄土路。仅此一端，可见秦国确实贫穷。卫鞅边走边看，又成了当年的游学士子。遇到道边农舍便走进去讨口水，和主人寒暄片刻。天黑时分，便在一家农舍歇了，和主人直说到三更。次日清晨，卫鞅和主人同时起来，殷殷作别，又上路西行。

走马半日，已是渭水平原地带。但见渭水河面宽阔清波滚滚，两岸却是白茫茫一望无际的盐碱荒滩，滩中野草灌木若断若续，恍如雪原中的片片绿洲。偶有大风吹过，荡

---

① 雕阴，县名，战国时魏地，故城在今陕西甘泉县南，富县北。高奴，县名，故城在今陕西延安市东北。肤施，见前注。云中，县名，故城在今内蒙古托克托东北。

秦孝公

起漫天白色尘雾，扑面而来，呼啸而过，一片荒凉，一片沉寂。直到盐碱滩外的靠山原处，方露出点点民居与缕缕炊烟。卫鞅不禁心生感慨，为这块肥美土地的荒芜贫瘠深深叹息。注目凝望，却看见前方不远处一群农夫在淘沟，夏日的阳光晒得他们黝黑的身上汗水晶晶发亮。卫鞅将白马拴在道边树上，拿下皮袋走了过去。

农夫们默默劳作，谁也没有抬头看他。

“敢问诸位父老，这里是何地方？”卫鞅恭敬地拱手相问。

一个中年男子抬起头，在强烈的阳光下眯起双眼，用腰带上拴着的一块脏污的大布擦擦汗水，打量着他喘息道：“回大人，这里是白里，属骊邑管。”

“父老们，夏日炎炎，在树下歇息片刻如何？”

中年人道：“也好，大人说了，就歇息片刻。”话音落点，沟中的十几个农夫带泥带水地爬上来，瘫坐在树旁地上喘息擦汗。

卫鞅举举手中皮袋笑道：“我是游学布衣，不是大人。来，喝一碗清凉米酒。”说着将树下农夫们饮水的一摞陶碗摆开，逐次注满了米酒，笑道：“莫要客气，来，一起干。”双手向那个中年人递过一碗，“请。”

中年人惶恐地接过，憨厚地笑笑：“先生请酒，大家就喝。”

农夫们纷纷端起碗来，齐声道：“多谢先生。”一饮而尽。

卫鞅也饮尽一碗，笑问：“敢问父老，你等这是合伙耕田么？”

中年人又是憨厚地一笑：“先生游学，有所不知。我等八家是一井，今日是合耕公田的日子。官府指派，淘这条水沟，我等便来淘了。”

“这儿没有耕地，水沟有何用处？”

“先生你看，”中年人一指白茫茫滩地，“这渭水两岸的盐碱滩，忒煞怪了，光长草，不长粮。那滩地上的汪汪清水，可是又咸又苦，不能吃，也不能灌田，害死人哩。淘几条毛沟毛渠，苦咸水慢慢从沟渠中流走，滩上便会生出几块薄田。你看，那几块长庄稼的都是。”

卫鞅一看，几块一两亩大的田中，摇曳着低矮弱小的大麦，不禁问道：“一亩地能打几斗？”

“几斗？能收回种子，就托天之福了。”一个老人高声插话。

“那还种它？加上人力，岂不大大折本？”卫鞅颇有疑惑。

中年人叹息道："新君下令垦荒，想多收点儿粮食。可他如何知道，这碱滩不生五谷哩。"

卫鞅看看农夫们，除了这个中年人，其余几乎全是两鬓斑白的老人，不禁问："这位大哥，我看尽是老人耕田，丁壮田力做甚了？"

"你说后生呀，都当兵了。"中年人淡漠回答。

"你是井正，没有当兵，对么？"

"对，一井留一壮。咳，还不如当兵战死，一了百了。"

"这位大哥，这里为何叫白里？和这白滩地有关么？"

一个老人面色涨红，粗声大气道："白滩地？扯！我白里是功臣儿孙。"

卫鞅连忙拱手笑道："在下无知，请老伯包涵。可是穆公时大将白乙丙？"

中年人微笑点头："白氏一族，祖居郿县。献公东迁栎阳，把西边的老秦人迁了许多到东边，白氏迁了一半，老根还在郿县。"

"白里距魏国大军如此近，你等怕不怕？"

"赳赳老秦，共赴国难。怕个甚来？"中年人憨厚地淡淡一笑，起身道："不敢说了，活计要紧也。"

卫鞅向农夫们深深一躬："诸位父老，多有叨扰，就此别过。"农夫们拱拱手，纷纷跳下了水沟，蹚泥踩水地又忙了起来。

卫鞅站在沟边，默默看了许久，两眼不由湿润了。他突然生出一种愿望——尽快到栎阳去，不能再耽延了。

白马放开四蹄奔驰，走走歇歇，暮色降临时终于到了栎阳。残留的晚霞映照着黑色的城堡，沉重悠扬的闭城号角已经吹了两遍，吊桥两边的铁索已经哐啷啷放下，未入城的归耕农夫们也加快了脚步。卫鞅远远打量了一阵这雄峻怪异的黑色城堡，终于在第三遍号角之前走马入城了。

进得城来，卫鞅牵马步行。栎阳城很小，大约只有魏国一个中等县城的样子。也不用问路，卫鞅凭着一路上农人对栎阳的点滴介绍，转悠了仅有的四条街道。这四条街都很短很窄，交织成"井"字形，秦国国府便在这"井"字的最上方口内，也就是最北边。在国府右手的南北街上，卫鞅没费力气便撞到了白雪说的那家客栈。

这条小街上只有五六家店铺和两三家作坊，都是低矮的青砖房。这家客栈虽然也是青砖房屋,却比其他店铺高出一大截。门厅用青石砌成,门口蹲着两只石牛。廊下高悬两只斗大的白丝风灯,“渭风”两字远远可见。门厅内迎面一道高大的影壁,挡住了庭院内的景象。听沿路老秦人说,这家客栈的大门从来不关闭,门厅下则永远站着一个面无表情的黑衣侍者。目下看来,果然如此。要在安邑,这家客栈只能算个末流小店,供小商贩们下榻而已。然则在这里,在这条街上,它却显赫突出,犹如鹤立鸡群一般。卫鞅打量一番,觉得住在这里似乎太过招摇,急切间却又无处可去,想想先住下再说,确实不合适,过几日再搬出不迟。

卫鞅牵马来到门前。灯笼下的黑衣侍者向他一瞄,脸上露出惊喜的笑容,抱拳一拱手,伸手接过马缰,又伸手示意卫鞅自己进去,他要牵马从边门进后院的马厩。一通比画,一句话也没有,可意思却是丝毫无差。卫鞅微微一笑,知道此人是个哑巴,便将马缰交到他手,自己进了院内。

绕过影壁,两排客房夹着深深的庭院,整洁异常,只是房间都黑着灯,显然没有客人。卫鞅正在打量,一个年轻侍者走过来问:“敢问先生,可是从安邑来?”卫鞅点点头。侍者恭敬道:“我家主人已经等候先生多日,请随我来。”便领卫鞅穿过客房庭院,来到最后边的小院。婆娑灯影下,可见这小院子方砖铺地,中有两棵大槐树,幽静整洁。侍者走到中间亮着灯的一间屋前高声道:“先生,安邑先生到了。”房内主人朗声笑道:“贵客来临,有失远迎了。”随着话音,人已掀帘而出向卫鞅拱手施礼:“先生请进,侯嬴等候多日了。”卫鞅也拱手笑道:“烦劳费心,卫鞅谢过了。”侯嬴笑道:“莫要客气,请进屋内叙谈。”又对侍者吩咐,“即刻准备肥羊炖,酒菜搬到屋里来,我与先生接风洗尘。”侍者答应一声,快步去了。

主人侯嬴的正屋是三开间两进,外间是一个小客厅,朴实得看不出任何特点,与客栈门面以及客房庭院的高雅古朴迥然相异。侯嬴则是那种说不准年龄的中年男子,须发黑中间白,举止谈吐皆刚健清朗。侯嬴稍稍打量了卫鞅一眼,拱手笑道:“一见先生,方知白姑娘慧眼不虚也。来,请坐。”卫鞅坐进木几前,侯嬴亲自捧了茶水送到卫鞅面前,卫鞅歉意笑道:“匆匆来秦,多有叨扰了。”侯嬴爽朗大笑:“鞅兄莫要见外。我原是白圭大人弟子,做过几日相府曹官。后因母亲过世,我回到故乡大梁守丧,便没有再回安邑相府。后来大人卧病,我重回安邑,不想大人却已经去了。我也便离开魏国,到秦国开了这家小店。十多年了,我一直未与白姑娘见过面。不想上月她竟星夜而来,我都不认识了。我在安邑时，白姑娘才四五岁，这么高一点儿。光阴如白驹过隙，一晃啊，人就老去了。能为你等后进尽绵薄之力，我委实高兴也。”卫鞅见侯嬴以朋友口吻称他为“鞅兄”，又主动讲述自己经历，心知是个胸无块垒的侠士，也不再客套，笑道：“侯兄弃官经商，却为何选在秦国？”侯嬴摇头苦笑：“一言难尽，日后细讲了。”

这时，侍者在门外道：“先生，酒菜齐备了。”

“拿进来。”侯嬴打起了布帘。

两名侍者托盘提篮而入，将酒菜摆上长大的木案，却是简单实惠，一派秦地习俗。中间一个大陶盆，盛着一整只热气蒸腾汤汁鲜亮的炖肥羊腿。旁边四大碗素菜，分别是绿葵、藿菜、鲜韭、一盆无名野菜。另有两只小铜碗，却盛着红亮的米醋和黄亮的卵蒜泥。边上一个大木盘，摆着一摞热腾腾的白面饼。酒器却是大大的陶杯。

侯嬴笑道：“秦人无华，大盆大碗，鞅兄莫嫌粗简。”

卫鞅内心大感欣慰，仿佛嗅到了山中与老师一起过的那段粗犷简朴的生活。他和老师一起种菜，务葵割韭摘藿挑蒜，至今记忆犹新。看到面前简朴的餐具和鲜绿的青菜，顿感一阵清新，不由慨然道：“秦风真本色，羞煞世间珍馐也。”

侯嬴大笑道：“好！看来鞅兄也是个秦人种子。来，先干一杯，为兄洗尘。”

卫鞅端起造型憨朴的陶杯，笑道：“好！干一杯。”俩人碰杯，一饮而尽。

“酒力如何？”侯嬴笑问。

卫鞅轻哈一气，啧啧惊叹：“这是秦酒？竟如此凛冽？”

“然也。正是秦国风酒，酒力胜过赵酒多矣。”

酒也有性。

“卫鞅正好烈酒，寻常以赵酒为上品，不想秦国竟有此等好酒！”

“人云,酒为民性之表。秦国有如此烈酒,可见秦人之凛然风骨。”

卫鞅一笑:“看侯兄模样,很是喜欢秦国了?”

侯嬴笑着指指大陶盆道:“鞅兄,来一块炖肥羊,将米醋和卵蒜泥调和,蘸食大嚼,味美无比。试试?上手,筷子不济事。”

卫鞅按照叮嘱,如法炮制,两手撕扯开一大块带骨肥肉,吞下热腾腾一口,竟是肥嫩浓香!不禁食欲大振,一阵撕扯,吃得两腮糊满汤汁,额头涔涔冒汗。侯嬴递过一方汗巾,卫鞅擦拭一番,悠然赞叹:“本色本味,痛快至极!割不正不食,孔夫子遇到此等本色,要气歪了嘴也。”

侯嬴见卫鞅毫无做作,大感对劲儿,不禁大笑道:“孔夫子岂有此等口福?鞅兄你看,这四盆素菜都是秦人做法,开水中一汆,油盐醋蒜一拌,更是本色本味。这盆野菜,秦人叫苦菜,是生在麦田里的野草菜。秦人多贫苦,这是寻常民户的家常菜。尝尝?”

卫鞅对葵、韭、藿这三种常见蔬菜很是熟悉。正在寻思这野菜名目,听见侯嬴指点,即刻夹了一筷入口。但觉一股泥土味儿中渗出嫩脆清香的野草苦涩,细嚼下咽,舌间犹苦,叹息道:“富家佐餐,可为美味。若做常菜,真是苦菜也。”

侯嬴大是精神,笑道:“鞅兄,来,喝起。你方才问我是否喜欢上了秦国?实言相告,我的确喜欢秦国。这个国家很穷,但穷得硬正。民风朴实厚重,买东西言不二价。虽不知诗书,不通风华,却极有古风。住在秦国,穷人富人都很坦然。我在秦国开店,还是异国人,却从未遇到过兵士强人的勒索敲诈,也不用向官府贿赂,只要你每年缴了税,万事皆无。打仗也不骚扰我。你说,舒心不舒心?你从安邑来,魏国是个甚味道?来,喝起!你看,我说话也带了秦音。秦人了不得,可惜太穷了。秦人有一句老话,知道不?”

“赳赳老秦,共赴国难。”卫鞅一字一字念出。

“着!”侯嬴一拍木案,“就是这句。来,喝起!鞅兄,你说秦国如此穷困,打了几十年仗还硬硬地撑在这儿,凭甚?还不就凭着老秦人扭成一股劲儿的牛脾气?你说,这样的国家,要有了魏国那样的财富,了得么?来,喝起!”

卫鞅跟着侯嬴一次又一次喝起,面色已是通红冒汗,心中却是痛快舒畅,笑道:“侯兄以为,秦国不好处在哪里?”

侯嬴拍拍头,思忖笑道:“真想不出来。还是一个字,穷,太穷。”

“不觉得缺人才么?”

“着！就是缺人才。我如何连这等大事都忘记了？不缺人才，发求贤令做甚？”

“侯兄可知，求贤令发出后，来了多少士子？”

“听说是一百多，我这客栈还住过二三十个。前日国府辟了一座招贤馆，他们都搬过去了。依我看，这些人做派不行。住在我这儿的那些人，天天嚷着给他们做魏国菜、齐国菜，私下骂秦国太穷，连个饮酒歌舞处也没有。前日搬到招贤馆的只有十三个，其余大半都跑了。来，喝起！鞅兄，别小看这个穷字，穷土不扎根啊。能在这天一黑满城黑的穷栎阳待下来，谈何容易？”

浓烈悠长的秦酒伴着侃侃夜话，使卫鞅到栎阳的第一夜便深深醉倒了。他看见了老师，看见了白雪，看见了公子卬和庞涓，还看见了渭水两岸漫天的白尘白雾，看见了生草不生粮的荒凉碱滩，看见了遍地涌动着的衣不蔽体的农夫……

五 秦孝公奇策试真才

景监起来得很早。城头的五更刁斗打完，他已在朦胧曙光中练剑了。

久在军中作战，他历来没有睡懒觉的恶习。目下虽说做了内史，依旧是勤奋谨慎。梳洗以后，他坐在小书房看一卷简册，时而在简册上用刻字小刀画个记号。这是进入秦国的列国士子名册，他要对每个人的基本面目有个大约的了解，以备国君随时问及。求贤令发布之后，一直是他在具体管这件事。按照秦国传统，日常的官吏安置由上大夫甘龙管辖。这次大规模求贤在秦国是史无前例，孝公派景监做甘龙副手，专门管辖求贤的诸种事务。甘龙对向列国求贤本来就很冷漠，让景监介入人事更是颇有微词，对求贤之事便很少过问。有几次景监登门商议招贤馆选址和来秦士子的俸金事宜，都被甘龙岔开话题，要么就是一句：“内史少年英锐，就相机而断了。”景监碰了软钉子，却从来不对国君奏报，只是兢兢业业地化解一个又一个难题，总算没有使求贤大计半途而废。在他谨慎周到的操持下，陆续来秦的二百多名山东士子，总算留下来了一百余人。其余一小半，都是忍受不了秦国的种种穷困，回头走了。剩下的这些人也还算不得稳定，这一点最叫景监头疼。士人们读书习兵，为的就是个功业富贵。论做官，到得秦国就是做了大夫，也不如魏国一个小吏富裕丰华。论治学，齐国稷下学宫给士子的待遇比秦国好过百倍。在这种积贫积弱的情势下，有士子入秦，已经是破天荒了。至于来了又走，也是无可奈何的事，只有尽心尽力地留几个算几个了。

景监连看了两遍花名简册，也没有发现他心中的那个名字。真奇怪，百里老人捎来书简，分明说此人已经入秦，却为何还没有到？一想到在安邑洞香春对弈的白衣士子，景监就有一种油然而生的冲动和敬慕。此人若能入秦，定可大有作为。可是，他为何不见？景监心里空落落的。想想还是先做眼下的事，那种可遇不可求的事想也没用。他起身离座，收拾好简册，准备到招贤馆等候秦孝公。今日，国君要到招贤馆看望入秦士子，还要宣布对士子们任用的办法，是最要紧的日子。

秦国招贤馆在南门内城墙边的一条小街上。

这里原是一座旧兵器库。实在没有现成的庭院房屋，景监找栎阳令子岸和卫尉车英商议，将旧兵器搬出，腾出了这座带有庭院的府库，经过紧急修葺，尚算过得去。大门前，临时赶起来一座石坊，门额正中是老石工白驼刻的四个大字——正国求贤。庭院内围成方框的四排青砖大房，分割成一百多间小屋，入秦士子人各一间。景监亲自督办招贤馆士子们的饮食，保证了招贤馆士子每日三餐皆有肉食和白面烤饼。这在当时的栎阳，已经是超豪华的食水了。因为在秦国，连七十岁的老人也不能做到日有一肉，即或国君秦孝公，也至多是三日一肉食，而入秦士子却是餐餐有肉，谈何容易？仅此一点，已经在栎阳城大为轰动。国人们每日闻着招贤馆飘出来的肉香，每个人都对自己的儿子讲这样的话："看见了么，想天天吃肉，就得有本事进招贤馆。"听见竟有士子逃走，栎阳庶民气得牙根发痒，纷纷大骂："鸟！全撵跑算了！""吃了个肚儿圆还跑，忒没良心！""没了士人有甚打紧？老秦国照样打胜仗！"骂归骂，气归气，栎阳老秦人终究还是非常敬重这些士子。但凡在城中遇到招贤馆的长衣士子，憨厚的秦人莫不垂手让道，在店铺买杂物，店主更是将价钱压得奉送一般。引得招贤馆士子们无不感慨，每日聚餐时大谈秦人的憨朴厚道。

景监来到招贤馆，正是太阳初升的卯时。吏员们已经在庭院中摆布好了国君会见士子们的露天场子。院中铺了两百张芦席，每席一张木几。正前方中央位置摆了两张较长大的木案，虚位以待。

卯时首刻，招贤馆掌事撞响了那口古钟，三响之后，士子们陆陆续续走出小屋，到芦席前就座。这时，一个白衣士子从偏门走进，坐到了最后排的中间，头上缠了一条宽宽的白布巾，显得面目不清。他便是卫鞅。昨晚虽然大醉，但他喜爱烈酒的习惯和非同寻常的酒量，却使他经受住了来得猛去得快的秦凤酒的冲击，一觉醒来倒是分外清醒。他不想按照神秘老人的书简先找景监，很想先到招贤馆看看再说。他和景监下过棋，怕他万一认出自己，便包了一块头巾不声不响地坐在议论纷纷的士子中间，倒真是没人注意到他。

士子们哄哄嗡嗡的，不是交谈相互见闻，便是对秦国新君做种种猜测。山东列国对秦国新君传闻颇多，乃至大相径庭。士子们入秦，许多人最感兴趣的，竟是一睹这位敢在求贤令中数落自己祖先的奇异国君，其中不乏见了这位奇异君主便要离开秦国者。可是，这位发出求贤令的国君一个多月来竟始终没有来招贤馆，许多士子熬不住，骂着“求贤不敬贤”一类的话，陆续走了不少。今日，这位国君终于要露面了，士子们的兴奋是显然的，猜测也是千奇百怪的。

士子越多，竞争越激烈，因此更能说明秦孝公求贤令之影响大。

这时，招贤馆掌事高声报号：“秦国国君驾到！”

景监前导，秦孝公嬴渠梁从容走到中央案前。他一身黑色布衣，腰间勒一条宽宽的牛皮鞶带，头戴一顶六寸黑玉冠，脚下是一双寻常布靴，面色黝黑却没有留胡须，眼睛细长，嘴唇阔厚，中等个头，一副典型的秦人相貌。如果不是在招贤馆而是在街市山野，谁也不会将他认作七大国之一的秦国君主，只当他是一个寻常布衣而已。场中士子们顿时一片叹息议论，显然是感到了失望。在大多数士子们的想象中，秦国虽穷，却是剽悍善战的蛮勇之邦，若是秦孝公生得膀大腰圆红发碧眼面目狰狞，他们倒是毫不足怪，甚至会啧啧赞赏。今日一见，却是如此的平庸无奇，没有一点儿逼人的英雄气概，如何不令人沮丧？这种失望的议论叹息，是谁都感觉得到的。奇怪的是，秦孝公却没有丝毫的窘迫难堪，镇静自若地站在那里，不笑不嗔，面无表情一般。

景监拱手高声道："诸位先生，国公亲临招贤馆，向先生们昭明任贤用能之国策，以定诸位去向。"又向秦孝公拱手道："君上请入座。"

秦孝公摆摆手，没有坐入大案，肃然站立，凝重开口："诸位贤士不避艰险，跋涉入秦，嬴渠梁与秦国臣民深为敬佩，谨向诸位贤士深表谢意。"说完向场中深深一躬。若在其他大国，士子们一定会感动呼应。但在秦国，他们似乎很自然地忘记了这一点，认为在穷乡僻壤受到如此礼遇是天经地义的。而且，这是虚礼，关键是看他后面如何说法。毫无反应的寂静中，只听秦孝公继续讲道："秦国僻处西土，积贫积弱，是以求贤图强。诸位入秦，当是胸中所学未展，平生抱负未达。秦国需要诸位治国图强，诸位也需要秦国一展大才。秦国将成为诸位一展才学的山河大场，诸位也将成为秦国的再造功臣。如此天地机遇，须当诸君与嬴渠梁共同珍惜……"

一位中年士子不耐，霍然站起拱手道："吾乃齐国稷下士子。秦公莫要虚言，我等做事来也，请即刻确认职掌，各司其职，治理秦国，莫得误了时光。"

如此公然要官，确实为不逊之言。士子们虽说心中着急，也感到此人过于桀骜不驯大为失礼。却不知这位国君如何发作？一时间全场紧张，默然无声。

秦孝公却是微微一笑，不紧不慢地道："先生之言有理。依列国惯例，士达则任职。然秦国与列国素少来往，山东士子对秦国也所知甚少，匆促任职，难展其能。国府对诸位的才能所长，知之不详，亦难以确任职掌。嬴渠梁之意，请各位带国府令牌，遍访秦国三月，而后各出治秦之策。国府视各位策论所长，而后确任职掌。诸位以为如何？"

话音落点，士子们感到大是新鲜惊奇，又是哄哄议论声四起。这些山东士子们能来秦国，自感已经是降尊纡贵了，内心企及着来到秦国便能立即做个高官，虽然穷些，好赖也是士子正途。不想这位国君非但不立即任官授爵，还要教士子们先到穷乡僻壤跑三个月。招贤求士，岂有此理！终于，还是方才的稷下红衣士子不耐，站起来拱手高声道："秦公此言差矣！秦国无士，天下共知。我等犯难历险而来，公却如此烦琐不堪，惜官吝爵，天下有如此待贤之道乎！"辞色锋利，引起一片赞叹附和。

秦孝公朗声大笑，踱步悠然道："惜官吝爵，人君大患。滥官滥爵，国之大患。今秦国欲求治国大才，共享秦国可也，何惜区区官爵权禄？然各位谁是大才？谁是中才小才？谁长于治国？谁胜于军旅？谁堪庙堂？谁可县治？岂能混沌间以寥寥数语定之？嬴渠梁对天明心，三月之后，各位若有任职不当者，尽可鸣鼓见我！"一席话慷慨明朗，掷地有声，全场静了下来。

稷下士子红衣大袖一摆，脸上露出轻蔑的微笑：“此等做法，闻所未闻。秦国之官，不做也罢！我等去也。”向秦孝公一拱手便走。同时有二十多个人站起附和：“君非信人，我等去韩国也。”

“诸位且慢。”秦孝公在士子们身后招手。

士子们回身，眼中重新流露出希望。秦孝公平静地一拱手：“诸位入秦不易，修业成才更不易。景监内史，发给每位先生五十金，资其前往他国。”又回身对场中士子们道：“列位，三月之后，若有不堪秦国贫弱艰难者，国府赠百金，车马礼送回乡，以使贤士不虚秦国之行。愿留秦国者，当与国人共度艰难，共享富强。”

全场默然肃然中，原先欲走的八九人又回到场中坐下，其余人终于拂袖而去了。

座中一个布衣士子站起高声问道：“在下王轼，请问秦公，士子所学不一，公欲以何种学说为治秦根本？”

“入秦士子，各有所学。至于以何家为本？嬴渠梁所学甚浅，尚无定策。然则有一条可明白告知诸位，秦国求实不求虚，无论何家治秦，必须使秦国富有强大。能使秦国富强者，哪家都行。”

“求实不求虚”，一语中的。春秋战国重实学，才造就了一个思想的黄金时代。

“好！”士子们终于一起认可了这最结实最无学派偏见的一条，喊起好来。

午后，士子们又聚在一起纷纷议论，交流的结果，又走了三十多个。招贤馆可可的剩下了九十九名士子。景监一边不断地发出返金，一边感慨地连连叹息。这些金钱是国君硬从宫室府库挤出来的，不送这些人，还可增加一点留下士子的访秦衣食零用。发给这些离开的士子，等于白扔了四五百金。对于步履维艰的秦国，这可不是一笔小数目啊。打理完这些事,又和留下的士子们盘桓了半日,景监才回到府中。这时,已经是掌灯时分了。

景监的父母和哥哥,都在跟随秦献公大战时阵亡。原先的旧宅也早早被他变卖了。那时候,他决意报仇雪恨马革裹尸,哪里能让一院房子拖累?不想人事无常,他却竟然做了内史,要住在栎阳城里了。秦国惯例,旧族子弟做官不封赐宅第,加之此事由甘龙上大夫管辖,自然是不可能对他这个“新贵”做特例处置。景监倒是常见国君,无话不谈,唯独对自己的私宅绝口不提。他咬牙变卖了父亲留下的一副上好的牛皮盔甲,加上原有的几百刀币,买下了偏僻小巷里这座小小庭院。两排房,共六间。景监二十余岁,虽然还没有来得及娶妻,家中却有一个十三岁的养女。这个女孩儿是他在军中一个生死朋友的独生女儿。老友是个千夫长,正当盛年时却惨烈战死。老友的妻子在埋葬丈夫的时候,向景监三拜叩头,将女儿推进景监怀里,跳进墓坑剖腹自杀了。景监含着眼泪将小女孩儿领回家认做了义女。小女聪慧伶俐,将家中收拾得井井有条,景监便也没有再雇用仆人。

听见门响,小女儿碎步跑来开门,笑道:“吔,回来这么早。”

景监笑着拍拍小女:“小令狐,叫爹,给你好吃的。”

小令狐顽皮地一笑:“不叫,你才多大?好吃的留给你自己了。”拉着他胳膊亲热地进了景监住的正房。景监无可奈何地笑了:“好好好,给你。哎,别急,读书了没有?”小令狐做个鬼脸儿笑道:“读了读了,都背过了。啊,肉饼吔!”跳起来抱住了景监。景监笑问:“你却给我吃甚?”小令狐顽皮地一笑:“莫急,就来。”无声地飘到厨屋,顷刻间又飘了回来,木几上便有了一盆香喷喷绿莹莹的藿菜羹和一盘面饼,另有一个小木盘,盘中放着切开成两半的一个肉饼。景监板着脸道:“肉饼是给你的,拿过去吃了。”小令狐娇嗔道:“不,你不吃我不吃。以为我不知晓,自家挨饿,整天给我吃好的。”亮晶晶的双眼中溢满了泪水。景监笑道:“你个小东西,知道甚?爹是大人,你是小儿,能比么?你要不吃完它,我今日也不吃饭了。”说着,认真地放下筷子就要站起来。小令狐着急道:“哎哎,一会儿凉了不好吃了。我吃我吃,不行么?”说罢捧起肉饼细嚼慢咽起来。景监吃完了晚饭,她竟还有大半个肉饼捧在手里。景监正要训斥,却听见“嗒嗒嗒”的敲门声。小令狐跳起来就要去开门。景监道:“坐下,天晚了,我去。”

栎阳不比安邑,天一黑就满城静寂,官府吏员也极少晚上走动。这时候会有谁登门?国君急召?为何却没有马蹄声?景监思忖间走到门口,隔门问道:“何人敲门?”

“故人来访，无须担忧。”门外声音颇为耳熟，景监却一下子想不起来。待他拉开木门，月光下却站着一个微微含笑的白衣人，似曾相识。景监打量端详有顷，惊喜地高声笑道：“中庶子卫——鞅？快哉快哉！”白衣人笑道：“安邑手谈，栎阳重逢，确是快哉。”景监拉住卫鞅的手：“鞅兄真乃天外来客，想杀我也。来来来，屋里坐。寒舍狭小，实在惭愧，这里这里。小令狐，上茶！”偏房一声答应，小令狐笑盈盈飘来：“先生，请用茶。”景监笑道：“鞅兄，这是我的义女，叫令狐丽元。小令狐，这是爹的挚友，快快见礼。”小令狐红着脸作礼道：“见过先生。”景监笑道：“去收拾酒菜来，爹与先生接风洗尘。”小令狐嫣然一笑道：“你们先说话，片刻就来。”轻捷地跑了出去。

“鞅兄，你来了就好，我明日即刻向国君禀报。”

卫鞅摆摆手笑道：“内史不知，我今日也在招贤馆，一切都明白。”

景监大是惊讶：“如何？你先去了招贤馆？不先来会我？”

“国家求贤，招贤馆是公道，内史举荐是私道。先公后私，入政大道也。”

景监钦佩地一拱手：“鞅兄人正心正，景监佩服。国君宣示的做法，是因了对士子们才具不清楚。兄之大才，景监已经领教，当由景监担保引荐，无须耽延时日。”

卫鞅笑道：“鞅初入秦国，得遇内史一片热诚，先行谢过。”

景监连连摇手：“哪里话来？为国举贤，职责所在，鞅兄何必拘泥俗礼？”

卫鞅正容道：“实言相告，鞅也曾想过请内史直接引见于国君。然则今日招贤馆所见所闻，领略了秦公之气度胸

《史记·商君列传》：“公叔既死，公孙鞅闻秦孝公下令国中求贤者，将修缪公之业，东复侵地，乃遂西入秦，因孝公宠臣景监以求见孝公。”《史记·秦本纪》：“卫鞅闻是令下，西入秦，因景监求见孝公。”卫鞅入秦，景监是关键人物，小说对景监着墨甚多、描写正面，实为对史实的大发挥。卫鞅与景监的交往，是小说书写的一个重点。公叔死后，卫鞅才入秦，说明卫鞅对魏，也曾有所期待，对公孙痤，亦有感恩之情，孙皓晖由此想出卫鞅护陵之故事，可谓绞尽脑汁。

襟，此念顿消。秦公思虑深远，透彻坚实，不为士人浮躁虚荣所动，提出的试贤奇策，令人心折。求贤令出自此公，绝非虚妄之笔。鞅虽学有所长，然对秦国民治尚无深彻体察，若依秦公之法，访秦三月而后对策，自显各人才具之高下。如此大道，鞅若刻意回避，岂是名士本色？”

“如此说来，鞅兄准备访秦？”景监终是有些困惑。

卫鞅点点头：“我自己原本也有此意，恰遇秦公如此明断，岂能错失良机？”

“鞅兄以为深入山野，乃士人之良机？”

卫鞅看着景监惊讶的神色，不禁哈哈大笑：“难道内史以为是坏事么？”

景监不禁大为感慨，叹息一声道：“我是说，招贤馆士子们却无人做如此想也。他们大都以为多此一举，甚至认为是折磨贤士。秦公苦心，唯君一人体察也，岂非是知音难求，神交难遇？”

此时，小令狐用一个大木盘上来了酒菜：一陶盆蔓菁炖羊肉，一盘鲜韭，一盘青萝卜，一盘野苦菜。小令狐摆好酒菜笑道：“请先生慢用。”便笑着走了出去。卫鞅笑道：“小女年幼聪慧，真乃罕见。”景监苦笑：“亡友孤女，我疏于督导，不知礼数，鞅兄见谅。”卫鞅大笑：“本色本性为天质，何苦拘泥礼数？我看，此女将成内史绝佳辅助。”景监略显窘迫地笑道：“鞅兄笑谈。此事一言难尽，容后细说。来，干一杯！”

卫鞅举杯饮尽，便去夹那苦菜。景监笑着阻止：“鞅兄啊，那是野苦菜，你吃不下的。来，炖羊肉。”

卫鞅笑道：“我已经尝过一次，苦中自有后味无穷。”说着吃下一筷，又大饮一杯，慨然笑道：“吾爱秦国，唯有两宗耳。”

景监笑问：“哪两宗？”

卫鞅笑答：“苦菜烈酒，尽皆本色。”

景监大笑，举杯一饮：“秦国别无所有，唯此两样，取之不尽。”

卫鞅笑道：“唯其如此，卫鞅可为秦人，是么？”

景监慨然高声：“然！为鞅兄之苦菜烈酒，干！”两人大笑碰杯，一饮而尽。

卫鞅连饮，满面红光：“鞅有一请，内史助我。”

“鞅兄请讲，景监当全力相助。”

“三月之内，不要对秦公言及卫鞅。”

景监惊讶:“却是为何?”

“三月后,秦公若对卫鞅不满,尚请内史保我与秦公连见三次,可否?”

景监更是困惑莫名:“鞅兄何出此言?以鞅兄大才,秦公何以不满?一次便可任职,此后同殿为臣,何故三次?”

卫鞅微笑摇头:“君若信鞅,便当为之,君若不信,亦可不为。个中因由,日后自当详告,此时却不便说明。此乃卫鞅拜会内史之故也。”

景监沉吟有顷道:“好!景监当勉力为君斡旋。”

卫鞅起身,郑重一躬:“君子重然诺,内史信人也。卫鞅告辞,三月后再会。”

“且慢。”景监举起大陶杯,“鞅兄当辛苦三月,景监以此杯为君饯行。”

“好!”卫鞅朗声大笑,“卫鞅若负苦菜烈酒,无颜见君。干!”

两人不约而同地伸手相握,举杯相碰,慨然饮尽。

第二天清晨卯时,卫鞅来到招贤馆。士子们还在各自的小屋里收拾衣物零碎,有富裕者来时还带有随身贵重之物,吵吵嚷嚷地要求招贤馆掌事找地方保管,也有人站在院中商议该到何处去?有人说:“我看只到县府走走就行了,难道真到穷乡僻壤不成?”有人立即应和:“对,反正秦公说是随意走访不做定规嘛。”又有人道:“没有车马,仅这翻山越岭就累死人,能到县府就谢天谢地了。”更有一个士子扬着手中短剑道:“荒山野岭,遇到刺客盗贼如何办?治民在官,看民有何用?”吵吵嚷嚷,莫衷一是。发放钱物的书吏案几前还是冷冷清清,没有一个人开始。

卫鞅向院中扫了一眼,径直走到书吏案前递过刻名木牌。书吏恭敬热情地笑道:“先生稍等。”翻开花名简册浏

韬光养晦,不打没有把握的“战争”。卫鞅城府深似海。

“连见三次”,这个悬念安排得好!

览，却没有找到卫鞅的名字，正在诧异间，景监来到案前吩咐：“这位先生昨夜刚到，尚未住进招贤馆，给先生办理。”书吏点头答应，便给卫鞅发放了一应物事。那是四样东西：一张手掌大的通行令牌，装在一只皮袋里的一千枚秦国铁钱，一双结实的皮靴，一支骑士用的短剑。卫鞅久有孤身游历的经验，早已是一身布衣，利落地收拾好东西，当场换上皮靴，便走出了招贤馆。景监默默望着他的背影，久久伫立在院中。

卫鞅这次没有骑马。他知道，马虽可以代步，但在穷困的山乡，一则是快不了多少，二则是草料负担难以解决。布衣徒步对于他来说，本来就不是新鲜事，而且踏勘的又是一个准备长期扎根的国家，兴奋而愉快，丝毫没有苦不堪言的沮丧情绪。他也没有在招贤馆士子中寻觅同伴，他相信这么多士子中肯定也有刻苦勤奋之人，不会全然是浮躁虚荣之士。即或如此，他仍然愿意孤身而行。在他看来，深刻的思虑是孤独的审视所产生的，大行赖独断，不赖众议。深访山野，啧啧众议只会关注行止妨碍心神，而无助于明澈的思虑。

政权既要龙脉，也要有福地。

卫鞅首先向西。入秦以前，他仔细研读了能找到的一切有关秦国的典籍，对早秦部族的坎坷足迹有了深刻印象，知道偏僻的西陲正是秦国的根本，秦国的根基在西方，在泾渭上游的河谷地带。当年秦部族东进勤王，就是从陇西的河谷地带秘密开进的。秦人本是一个古老的东方部族，从商代开始，奉命西迁，成为殷商王朝抵御西部戎狄的主要力量。殷商灭亡后，秦部族作为先朝遗族被轻视遗忘。秦部族回迁无力，在西部边陲的戎狄海洋里浴血奋战，夺得了泾渭河谷半农半牧。周穆王时代，秦部族出了个驯服烈马且有驾车绝技的造父，秦部族方得在西周王朝初露端倪。周孝王时期，秦部族为周室牧养战马有功，被封了一个不够诸侯等级、只有三十里地的“附庸”小邦，头角终于露了出来。三代之后，戎狄屡犯中原，秦部族重新被起用，首领秦仲被封为周天子的大夫，率领秦部族抗击戎狄，秦部族锋芒再现。却不幸秦仲战死，戎狄退却，秦部族再次被遗忘。

数十年后，周幽王失政，戎狄大举占领镐京，杀死幽王，焚烧镐京，周王朝面临灭顶之灾。太子宜臼也就是后来的周平王，再次想起了戎狄克星秦部族。于是冒险西进，亲自求援。首领秦襄亲率五万剽悍善战的骑兵东进，一战将戎狄击溃驱逐，又全力护送周平王东迁洛阳。秦部族对周王朝的再造大功，终于使它成为继承全部周室王畿的大诸侯国。像这样脱离中原文明，在西部边陲独自发展数百年，即便是当今最强大的魏国，也未必能够做到。唯其如此，秦国的封闭，秦国的孤立，秦国的穷困，秦国屡败于东方而没有灭亡的原因，应该都可以在西部找到踪迹。

重复之笔。

卫鞅正是想到秦国西部老根上，看看能否找到别人熟视无睹的东西。

深谙国情，才能制定对策。史书对商鞅变法记载极简。孙皓晖编出三月之约，让卫鞅到秦地各“基层”“调研”，准备充分后再发力，这一编排的确有说服力。作者在编故事上，出力甚巨，设想甚深，布局能力强大。

依旧是边走边问，风餐露宿，整整十天，才走过了秦国旧都雍城，走到了数百年前秦部族被封为“附庸”的山间盆地。这里再向西走三五十里，便是两山夹峙的陈仓险道，也是当年秦穆公对付戎狄的咽喉要塞。

卫鞅走到陈仓口山巅的时候，正是夕阳将落的时分。茫茫群山的沟沟壑壑均被染成了金色，沟中可见民居点点，炊烟袅袅，山岭石面裸露，一条小河从沟中流过，两岸乱石滩依稀可见。其时正是夏日，山野沟壑却难得看到几株绿树，映满眼中的不是青白的山石，便是一片片的黄土。山沟中时有“哞——哞——”的牛叫声回荡，山岭沟壑倍显空旷寂凉。卫鞅站在岭上遥望，不由沉重地叹息一声。这是他走遍列国，所见到的最为荒凉贫瘠的地方。应当说，这还是老秦人最早的根基之一，肯定还不是最穷困的地方，也就是说，秦国还有更多的穷山恶水，更多的不毛之地。腹心地带的渭水平川他已经大体看过了，那是一种本该富庶的贫瘠。那么这里已经是真正的穷困了，可是竟然还有比这里更为穷困的地方，秦国可真是满目荒凉的穷极之邦啊！这样的国家，要变成漫山苍翠遍野良田遍地牛羊民富国强的强盛之邦，无异于痴人说梦。没有翻天覆地的大志向大动作，休谈秦国富强也。

暮色降临，卫鞅沿着石块夹杂着土块的荆棘小道走下沟来。

这是一个很小的村落，有二三十户人家。秦国的村庄，官称叫作“里”，民人则是说村说里都有。此时山顶还有晚霞，沟中却已经是暮霭沉沉了，可是村中竟然没有一家透出灯光。卫鞅走到一座稍微整洁的小院落前，发现粗大的柴门半掩着，黄泥巴糊成的门额上挂着一个破旧的木牌，隐隐可见“里正”两个大字。卫鞅敲敲柴门上的木帮，拱手高声问：“里正在家么?”话音刚落，一只大黑狗凶猛地扑了出来，汪汪吼叫。

“黑儿，住了!”黑屋里传出一声苍老的呵斥，黑狗立即钉在门边伸出长舌呼呼喘息。黑屋门“吱呀”一声开了，走出一个身形佝偻的老人，边走边咳边嘶声问：“谁?”卫鞅拱手笑道：“里正老伯，我是游学士子，迷了路，想投宿一晚，行么?”老人拉开柴门，上下打量着卫鞅：“黑灯瞎火，能进沟?”卫鞅笑道：“老伯，我是不小心滚下沟的，不是从河边大路进沟的。”老人点头道：“噢，像，像，手脚都有血珠子。来，先进来。黑儿，卧去!”

卫鞅走进院子。大黑狗悄悄地卧在了黑屋门口。老人高声道：“婆子，出来见客。碎小子，去叫人，笼火迎客!”黑屋里连应两声，先钻出来一个光屁股男孩向卫鞅躬了一躬腰，尖声笑道：“远客哩，好!”便蹦出门去了。后边又跟出来一个身着黑布短衣裤的女人，向卫鞅猫腰一躬笑道：“客好。”卫鞅拱手笑答：“主家好。”女人道：“同好同好。客坐。碎女子，茶。”

虽是最粗朴的山野应酬，却也是礼数不缺，看来老里正毕竟见过一些世面。卫鞅拱手一礼笑道：“多谢里正关照。”老人给卫鞅搬过一个木墩：“坐。”卫鞅便坐了下来。老人道：“哪国人?”卫鞅道：“陈国，太远了。”老人点头：“陈国？还好，老秦跟陈国没开过仗。没人骂。”这时一个颇丰满的女孩子光着脚丫，穿着一身补丁摞补丁说不清颜色的短衫裤，捧来一个硕大的陶壶和瓦盆，将瓦盆放在卫鞅脚前，将大陶壶水噗噜噜倒满陶碗，低声笑道：“凉茶。客喝。”卫鞅确实是渴极，端起陶碗，顿觉一种浓浓的土腥味儿夹着干树叶的味儿扑鼻而来，他还是咕咚咚饮尽了，用衣袖搌搌嘴巴笑道：“多谢。”老人嘿嘿笑道："碎女子整的凉茶谁都爱哩。今黑儿就她陪你。"卫鞅一下没听清字音，以为老人夸赞女儿，便也笑道："多谢里正，小女勤劳聪敏，定能嫁个好人家。"老人高兴地笑道："碎女子，客夸你哩。"女孩娇嗔道："听着了。客也好哩。"老人笑道："同好同好，碎女子福气哩。"

"火笼好了！"门外传来男孩的尖叫。

老人起身："走，老秦人有客必迎，热闹哩。婆子，女子，都走。"

山脚下的打麦场中燃起了一堆篝火，火上吊烤着一只野羊。山村孩童们兴奋地从山坡上搬来囤积的枯树枝丢进火里，篝火熊熊烧着，将半个村子都照得亮了起来。偏僻的穷山沟经年累月没有客人，一旦有客，就是全村的大喜之日。无论冬夏，山民们都会燃起篝火举行迎客礼。这是老秦人与戎狄杂居数百年形成的古朴习俗。卫鞅在东方列国游历的时候，从来没有见过主人如此古道热肠地欢迎来客。他很感奋，也很高兴，能见到全村人，对他就是最有价值的地方。虽然是七月夏日，山沟河谷却丝毫不显炎热。村人们在火堆旁边围成了一个大圈子，每人面前都摆着一个粗陶碗，男女相杂地坐着。卫鞅坐在老里正和一个白发老人的中间，算作迎客礼的尊位。老里正黑胖胖的女儿高兴地坐在卫鞅身边。时当月半，天中一轮明月，地上一堆篝火，恍惚间卫鞅仿佛回到了远古祖先的岁月。

"上苦酒——"卫鞅身旁的白发老人嘶哑地发令。老人是"族老"，在族中最有权威，即或是官府委任的里正，在族中大事上也得听他的。

一个瘸腿光膀子的中年男人，提着一个陶罐向每人面前的陶碗里倒满红红的汁液。由于瘸，他一步一闪，一闪一点，便是一碗，极有节奏，煞是利落，引起村人们一片赞叹。顷刻之间，男女老少面前的粗黑陶碗都满了。佝偻的老里正举起陶碗向卫鞅一晃，又转对村人，嘶声道："贵客远来，苦酒，干——"便咕咚咚喝下。卫鞅虽不知苦酒为何酒，但对饮酒却有着本能的喜好，从来是客随主便，见里正饮下，便也举碗道一声："多谢族老里正，多谢父老兄弟。"一气饮尽。刚一入口，酸呛刺鼻直冲头顶，若非他定力极好，便可能要吐了出来，卫鞅一定心神，强饮而下。村人们啧啧擦嘴，交口赞叹："好苦酒！""够酸！""这是村中最后一坛了，藏了八年，能不好？"

族老笑问："远客，本族苦酒如何？"

卫鞅笑道："提神！很酸很呛，很像醋。"

村人们一齐哈哈大笑。族老正色道："醋，酒母生，五谷化，不列为酒，老秦人叫作苦酒。远客不知？"

卫鞅恍然大悟，拱手笑道："多谢教诲。"

老里正笑道："人家魏国，做苦酒用的都是五谷。老秦穷哩，收些烂掉的山果汁水，藏在山窖里，两三年后便成苦酒了。这几年天旱，山果也没得长，苦酒也没得做了。这是最后一坛，八年了，舍不得哩。"

卫鞅听得酸楚，拱手道："素不相识，受此大恩，何以回报？"

"回报？"族老哈哈大笑，"远客入老秦，便是一家人！若求回报，算得老秦？"

蓦然，卫鞅在火光下看见族老半裸的胳膊上有一块很大的伤疤，再听老人谈吐不凡，恭敬问道："敢问老伯，从过军？"

族老悠然笑道："老秦男丁，谁没当过兵？你问他们。"

倒酒瘸子高声道："族老当过千夫长，斩首六十二，本事大哩！"

卫鞅肃然起敬："族老，为何解甲归田了？"

瘸子喊道："丢了一条腿，打不了仗哩，还有啥！"

卫鞅低头一看，族老坐在石头上盘着的分明只有一条腿，破旧的布裤有个大洞，鲜红的大腿根在火光下忽隐忽现。卫鞅心如潮涌，颤声问："官府没有封赏？"

里正粗重地叹息了一声，冷冷一笑："封赏？连从军时自己的马和盔甲，都没得拿回来。光身子一人被抬回来，没婆子，没儿子，老可怜去了。"

一个老妇人呜呜咽咽地哭了起来："我的儿呀，你回来——"

瘸子尖声喊道："老婶子，哭个啥？挺住！给你客说，我山河里百十口人，五十来个男人当兵打过仗，活着的都是半截人，你看！"瘸子猛然拉开自己的布裤，两腿上赫然露出十几个黑洞，"这是中了埋伏，挨箭射的！再看他们。"

男子们默默地脱去破旧的衣衫，火光照耀下，黝黑粗糙的身体上各种肉红色的伤疤闪着奇异的惊心动魄的亮光！村人们掩面哭泣，唏嘘不止。

族老高声呵斥："都抬起头来！哭个甚？这是迎客么？"

村人们中止了哭声，抽抽搭搭地拭泪抬头。

卫鞅已经是热泪盈眶，默默拭去，哑声问道："斩首立功，不能任官，连个爵位也不给？"

族老叹息道："好远客哩，普天下爵位都是贵族的。我等贱民，纵然斩首立功，也只配回家耕田卖苦。能在回来时领上千把个铁钱，泥土糊间房子，就托天之福了，还想爵位？客从外邦来，天下可有一国给贱民爵位的？"

卫鞅默默摇头，无言以对。

里正笑道："说这些做甚？客又不懂。老哥，上肉。"

族老点点头，高声道："咥肉——"

瘸子高兴地跳起来蹦到篝火前，拿出一把短剑，极其利落地将烤野羊割成许多大小一样的肉块。两个赤脚男孩子飞跑着专门往每人面前送肉。唯有卫鞅面前的是一块肥大的羊腿。肉块分定，一位一直默默无言的红衣老人站起，从腰间抽出一把木剑，肃然指画一圈，高声念诵起来："七月流火，天赐我肉，人各均等，合族兴盛——咥肉！"村人们欢笑一声，各自抓起面前的肉块。里正和族老向卫鞅一拱手，"客请。咥！"

卫鞅知道，秦人将吃叫作"咥"。这是极古的一个字，本来发源于周部族。《周易》的《履卦》就有"履虎尾，不咥人，亨"的卦辞。《诗经·卫风》也有"咥其笑矣"的歌词。老秦部族与周部族同源，又继承了周部族的西土根基，周部族特殊的语言自然也就在秦人中保留了下来。周部族东迁洛阳后，悠悠数百年，大受中原风习的渗透影响，反倒是丢失了许多古老的语言风习。这个"咥"字，便成了秦人独有的方言。被东方士子讥笑为"蛮实土话"。卫鞅却觉得这个"咥"字比吃字更有劲力，口至食物便是"咥"，多直接。"吃"字呢，绕一大圈，要乞求才能到口，多憋气。所以他到秦国后，很快学会了这个"咥"字，一坐到案前，拿起筷子说一声："咥！"立即开吃。几次惹得侯嬴哈哈大笑。

此刻，卫鞅也笑着拱手道："多谢。咥！"便在欢笑声中和村人们一起啃起了烤羊肉。卫鞅撕下一半羊腿，递给身旁的里正女儿道："给你，我咥不了的。"女儿粲然一笑，拿过来放在手边。

瘸子尖声喊道："来，山唱一支！"

山民吹起呜呜咽咽的陶埙，一齐用木筷敲打着陶碗唱了起来：

七月流火　过我山陵
女儿耕织　男儿作兵
有功无赏　有田无耕
有荒无救　有年无成

悠悠上天 忘我苍生

陶埙呜咽,粗重悠扬的歌声飘荡在夏夜的山风里,飘得很远,很远。

回到老里正家里,看天上月亮,已经是三更将尽了。老里正只有一座两开间的砖泥屋,显然无处留客。卫鞅对风餐露宿有过锤炼,坚持要睡在院子里。可老里正夫妇无论如何不答应,说吹山风要受凉,硬是要他睡在靠近窗户的墙下。这个位置和老里正夫妇一家仅仅隔了一道半尺高的土坎儿,老里正说,那里是专门留宿贵客的,冬暖夏凉哩。卫鞅虽说不怕清苦,也抱定了随遇而安的主意,但对这男女老少同屋而眠,的确是难以接受。然这些山民朴实憨厚,丝毫不以客人见外,如果拒绝,那是大不敬也。想来想去找不到托词,卫鞅只好在窗下和衣而卧,连日奔波疲劳,竟也呼呼睡去了。

酣梦之中,老秦人们在呼啸冲杀,骤然间尸横遍野,伤兵们凄惨哭号,躺在山村荒野中无人过问,一头怪兽不断地吞噬伤兵,一个美极的女子长衣飘飘,将怪兽一剑杀死,却是白雪!她紧紧抱住自己,解开了自己的衣服,双手在他身上轻轻地抚摩,她真大胆,竟然……卫鞅在奇异的感受中霍然坐起,揉揉眼睛,定神一看,只见里正女儿赤身裸体地趴在自己腿上蠕动着,丰满的肉体在暗夜中发出幽幽的白光。卫鞅惊出了一身冷汗,双手推开光滑的肉体,低声道:“小妹妹,不能,不能这样。”山村少女扑哧一笑:“怕甚?爹教陪你的,你不要我,没脸见人哩。”卫鞅想了想道:“我想小解,跟我到外边院子里可好?”少女笑道:“想尿哩,走。”说着光身子披了件衣服,拉起卫鞅到了院中。

残月西沉,院中一片朦胧月色。卫鞅笑道:“小妹妹,拉片席子陪我说会儿话,好么?”少女高兴道:“好哩,想咋就咋。”拉来一片破席,教卫鞅坐下,自己便偎在他旁边。卫鞅脱下长衫亲切地说:“小妹妹,穿上这件衣服再说话,冷哩。”少女笑笑,穿上长衫包住了自己,又趴在卫鞅腿上。卫鞅笑道:“小妹妹,多大了?”

“十三。客多大?”

卫鞅笑道:“老哩,三十六了。有婆家么?”

“没。村里没有后生,只有老半截人。”

“小妹妹,陪过别的客人么?”

“没。娘说,我还没破身哩。”

卫鞅长长地叹息一声:“小妹妹,想找个好后生么?”

“想。”少女明亮的眼睛涌出了泪水。

卫鞅含泪笑道：“小妹妹，叫我一声大哥，大哥帮你。”

“大，哥——”少女抱住了卫鞅，一声哽咽。

卫鞅不断找各种话题，终于和这个十三岁的山村少女说到了天亮。

清晨，老里正夫妇高兴地给卫鞅做了最好吃的野菜疙瘩，连连说碎女子没有陪好客。卫鞅百感交集，吃完野菜疙瘩，站起来肃然拱手道：“老伯，我乃四海游学的士子，要钱没用，我想给你留下九百铁钱，再盖间房子吧。请老伯万勿推托。”说着便拿出钱袋捧到老里正面前。

“啥？这叫啥事么！不成！”老里正一听，面红耳赤，高声回绝，显然有受到欺侮的感觉。卫鞅无奈，只好收起钱袋，叹息道：“老伯，村里没有年青后生，我想将小妹妹认作义妹，带她到栎阳一个朋友那里做份生计，不知老伯意下如何？”老里正惊讶地睁大眼睛喊道：“碎女子，过来！昨晚没陪客？”少女垂头低声道：“陪了。”里正道：“睡了没？”少女擦着眼泪摇摇头。老里正摇头叹气：“咳，不中用的东西！婆子，你说。”老妇人擦着眼泪道：“客是好人哩，叫碎女子跟他去。”老里正挥挥手道：“去去，在村里也是见不得人哩。”老妇人擦泪道：“碎女子，快给客磕头，叫大哥，快！”少女笑道：“娘，昨晚叫过了。”便跪倒在卫鞅面前叩头。卫鞅连忙扶起：“小妹妹，不用了，跟大哥走。”老里正挥手道：“村人还没起哩，快走。”老妇人道：“走，我送客，送碎女子。”

卫鞅向老里正深深一躬：“老伯，父老始终无人问我姓名。在下实言相告，我叫卫鞅，前往栎阳修学。如果你想小妹了，就到栎阳渭风客栈来找。”

“记下了，走。”老里正抹抹眼泪，背过身去了。

太阳还没有爬上山巅，山沟里尚是蒙蒙发亮。卫鞅牵着山女的手走出了沟口，老妇人在身后遥遥招手。

“大哥，我还没出过沟哩。”

“跟大哥走，长大了再回来。”

第六章　栎阳潮生

一　失望的景监大为惊喜

九月底，卫鞅回到了栎阳。

他从山河里出来后，没有因为身边带着一个小女孩而终止踏勘访秦。这个山村女孩结实敏捷，走路爬山从来不喊累，又是一口老秦土话，倒是给卫鞅与山民攀谈带来许多方便。卫鞅给她取了个直白易记的名字，叫陈河丫，意为陈仓河谷的丫头，好教她永远记得自己的故乡。卫鞅平日叫她河丫，漫漫途中，给她讲述她感到新鲜好奇的所见所闻，倒也带来些许快乐。带着这个小河丫，卫鞅蹚过渭水，翻过南山，在商於山地寻访了一月。尤其对和楚国接壤的武关、峣关做了一番仔细踏勘。走出商於山地，从南山中部的子午谷险道北上，到达蓝田塬，径直北上穿过渭水平川，又沿洛水北上，遍访了已经成为魏国土地的河西之地。九月初，秋风微寒，卫

卫鞅谋政有眼光，为政又亲力亲为，其变法虽有争议，但不能否认卫鞅作为政治家的杰出。今人无论谋政还是为政，都当有政治家的气魄与践行力。

鞅方从雕阴向西南而来，到达秦国的另一块根基之地——泾水河谷。一月之内，沿泾水河谷向东南进入渭水平川，终在黄叶飘落的时候进了栎阳。

这时的卫鞅，已经是黑瘦高挑胡须连鬓破衣烂衫，加上身后跟着一个瘦骨伶仃的小女孩，任谁也认不出这是三个月以前丰姿卓然的名士卫鞅。在栎阳城门，军士拦住盘查，说秦国不准山东难民流入，呵斥他即刻回去。卫鞅默默拿出通行令牌，军士反复端详令牌背面的小字“持此令牌者 招贤馆士子卫鞅”，惊愕无话，跑步去向卫尉车英禀报。车英疾步来到南门，审视令牌，上下打量一番卫鞅，肃然躬身道：“先生受苦了。来人，护送先生回招贤馆。”卫鞅笑道：“多谢将军。我还有些许私事办理。”便径自拉着瘦骨伶仃的河丫走了。

侯嬴见到卫鞅，惊讶得半天说不上话来。一番忙碌，亲自操持，沐浴，修面，换衣，接风，俩人又是羊肉烈酒地畅谈起来。侯嬴告诉卫鞅，招贤馆士子们早就三三两两地回来了，没回来的听说也住在县府查书，听说只有一个叫王轼的走了十个县，已经在栎阳传开了，都说秦公准备重用他。卫鞅倒是没在意，只是说了许多见闻感慨，尤其详细说了在陈仓山河里的经历，请侯嬴收留河丫。侯嬴感慨万端，一口应允。俩人直说到四更，侯嬴再三敦促卫鞅歇息，卫鞅方才作罢，回到房间，衣服也没脱便沉沉睡去了。

第二天正午，卫鞅方才醒来。匆匆用过午饭，他便埋头整理沿途刻记的竹简，将所记诸般数字与各种结论，分项誊清到三十多张羊皮纸上，缝成一册。在公叔府做了五年中庶子，卫鞅对整理简册是娴熟精到的。做完这件最重要的事情，卫鞅驰马出城，来到了城南栎水入渭的河口。他需要冷静地想想，如何对秦公陈述自己的政见和治秦之策。

为山九仞，功亏一篑者多矣。面见国君是最重要的一步，慎之，慎之。

秦公求贤的诚意，卫鞅是不怀疑的。然则，诚意不能等同于治国方略的选择。自古以来，人们对治理国家提出了千百种主张，大而言之，形成传统共识的便有王道治国、道家治国、儒家治国、墨家治国、法家治国几种主流。其中的王道治国是经过两千多年历史延续的成规定制，其最为成功的范例便是西周礼制。这种王道礼制，的确曾经使天下康宁一片兴盛，且儒家道家至今还在不遗余力地为这种王道张目礼赞。春秋战国以来，王道礼制虽然已经大为衰落，但许多国君为了表示自己仁义，仍然坚持说自己奉行王道。秦公如何，能说秦公就一定不赞赏王道么？似乎还没有证据这样论断。而且，秦穆公时期的百里奚正是操得王道之学，那时秦国确实强盛一时，穆公也称了霸，老秦人至今还引为骄傲。秦公求贤令也申明向往穆公时的强盛,信誓旦旦地要恢复穆公霸业。据此推测,秦公如果接受王道治国,似乎也有理由。

道家如何?老子在秦献公时期西行入秦,这也是秦人的一大骄傲。更重要的是,秦献公的确曾想用老子为丞相治国,只不过老子本人坚辞不受罢了。秦献公是目下秦公嬴渠梁的父君,也是继穆公之后最有作为的一位秦国君主。秦公在求贤令中数落了几代祖先,但对父君秦献公却是推崇有加的。他会拒绝父亲曾经很赞赏的道家么?也很难说。至少没有充分的证据说明秦公厌恶道家。再说,来栎阳后,卫鞅还听侯嬴讲过,秦公曾想请百里奚之后裔治秦,而那位老人据说是操道家之学的。

至于儒家和墨家,卫鞅相信秦公不会选择。在诸子百家中,儒家最蔑视秦国,秦人也最厌恶儒家。儒家士子不入秦,几乎是天下皆知。儒家的仁政、礼制、恢复井田制等根本主张,秦国也和列国一样嗤之以鼻。秦公不会看中儒家,至少有两个事实根据。其一,上大夫甘龙就是东方甘国的名儒子弟,权力在嬴渠梁即位后却日渐萎缩。其二,秦国求贤令发出后,曾秘密要求在各国活动的密使,尽可能少的使儒家士子入秦。墨家如何?虽然是天下最简朴最勤奋最巧思最主张正义且最有实际战力的团体学派,但墨家的“息兵”和“兼爱非攻”两点为政主张,在任何一个国家都是行不通的。如果秦公要选墨家,可说最容易,因为墨家曾经在一段时间里以秦国南部大山为学派总院,和秦国大有渊源。

然则法家如何?法家是战国变法的火炬。凡欲强国者必先变法,已经成为战国名士明君的热点话题。然则推行法家之学的根本前提,是国君的决心彻底与否。法行半途,不如不行。楚国的半途变法造成的不伦不类,正是最为惨痛的前车之鉴。秦公熟悉法家么?不熟悉。秦公喜欢法家么?不清楚。秦公能以法家为唯一的治国之道么?更不清楚。卫鞅清醒地知道,推行王道礼制,未必需要国君与主政大臣同心同德,只要国君不阻挠即可。而推行法制,则必须要国君支持,而且要坚定不移的支持,君臣始终要同心同德,否则,法令难以统一,变法难见成效。列国变法的道路,无一不铺满了鲜血。韩国申不害尚只是整肃吏治,已经是血雨腥风了,更何况天翻地覆的彻底变法?像秦国这样的赤贫国家,非强力法制无以拯救,法制推行如排山倒海,激起的回力亦是天摇地动,没有同心同德力挽狂澜的君臣相知,变法者自己就会被混乱的动荡无情地吞噬,谈何强国大志?

如何试探？卫鞅一时想不清楚，但有一点很清楚，那就是不能急躁。

秋风清凉，卫鞅耳边响起一个苍老旷远的声音："计国事者，当审权量。说人主者，当审君情。谋虑情欲，必出于此。士虽有圣智，非揣摩细究，真情无所索之。此，谋之本也，说之法也。错其人，勿与语。此，名士择君之道。慎之，慎之。"

这是老师精研历代名士的成功与失败后归纳的《说君》。当初讲解时，卫鞅似懂非懂，唯强记在心而已。十年之后，当自己历经坎坷曲折而面临艰难抉择的时刻，这段警语却油然浮上心头，使他顿时清凉醒悟——即便有圣者智慧，也当审视君情；要求得君主内心的真正选择，就必须揣摩细究反复试探；"错其人，勿与语"，若国君不是自己所持主张的当说之人，就不要对他陈述自己的真实想法，这是名士选择君主的根本点。那么，自己该当如何试探秦公的真正抉择呢？

太阳落山了，卫鞅打马入城，来到内史景监的小院。

景监对卫鞅一直刻刻在心，多少次，景监都差点儿要对孝公讲出来，想到对卫鞅的承诺，竟硬是生生憋了回去。三个月来，各县不断派人报来士子们在县府的作为——共下秦地的九十九个士子，竟有八十多个滞留县府。他们都有各种各样的合理合法的理由，蹲在县府，搜集浏览所能见到的各种书简，思谋撰写自己的治秦对策。只有十余个士子到雍城附近的山村里看了看，回到县府便叫苦不迭，声称不给肉吃便要回栎阳招贤馆吃饱了再来。令景监感到欣慰的是，有个叫王轼的陈国士子，独身一人跑遍了秦中十县，虽然都在县府周围，但毕竟是深入民间乡野了，实在是凤毛麟角。当景监将王轼的行止禀报给国君时，孝公也很是高兴，笑着对他

战国期间，各诸侯国可选择的治国方略很多。欲为政的谋士们，皆有王道霸道等几手准备，就看各诸侯对哪一样感兴趣。

卫鞅的出场方式，极好地诠释了"名士择君之道"。君择士，士又何尝不择君。

说:“这位先生颇有吃苦之心,回来再看看,若才学见识也可,就给他重任了。”景监实在忍不住,冒出来一句:“君上,定然还有出类拔萃者在后。”孝公大笑:“在后?在哪里?景监啊,我看也就是王轼了。该来的都来了,不来的永远也不会来了。谋事在人,成事在天,上天不让秦国强大,求贤令也就如此而已了。”在孝公的笑声中,景监分明看到了他眼中闪亮的泪光。景监感到揪心,可就是不敢再往下说,万一卫鞅……他不敢往下想,也不愿往下想,憋在心里又着急,只有三天两头向各县催问士子们动向,反复叮嘱不许漏掉一人。奇怪的是,始终没有任何一个县报来卫鞅这个名字,更别说动静了。

看看进入九月,风凉叶落,卫鞅还是泥牛入海,景监的心越来越凉了。他一百个不愿意将卫鞅想成小人,不愿意想到他逃回了魏国。可是,他能到哪里去?深访山野,也不能一个县府都不去啊?出事了?跌入深谷了?恰恰遇上盗匪了?景监更是不信。他知道,卫鞅这种上品名士都是文武兼修的,寻常山险与匪贼也未必奈何得了他。且秦国虽穷,盗匪却是极少,丁壮都当了兵,谁去做盗匪?想来想去,还是不得不想到卫鞅逃回了魏国。景监每每在深夜长长地叹息,想到原本一个身负绝世才华的名士,却是如此一个不重然诺不讲信义的小人,景监的心就阵阵作痛。他无法在心中将卫鞅留下的坚实形象撕成碎片,又无法不相信这泥牛入海的唯一可能。对他这个久在军中的秦人骑士来说,男子汉之间的情义比生命还重要。卫鞅是他生平结交的第一个名士,他敬佩他,本能地相信他,甚至对他不说明理由的要求也无端地接受了。在他心目中,“大义”为士子之根本,不义不节,无耻之尤!一个可敬可亲的名士挚友,在他心中泯灭了,他感到如同自己的生命结束了,自己要垮了,世上再也没有激发人心闪现光华的高风亮节了。伤心欲绝,便觉得招贤馆求贤真是无聊至极,于是也不去管它,天天关在屋中大喝闷酒。吓得小令狐只是悄悄流泪,夜里也不敢睡觉,死死守在房门外挨冻。

今天是九月底,三个月的最后一天,景监特别心酸,天黑时分已经醉倒。

小令狐坐在正房外的台阶上默默流泪。她想,他一定是在官府受了极大的委屈,她要看好他,绝不能让他像妈妈一样剖腹自杀。否则,她将失去最后一个依靠,成为流浪女,成为官奴。小令狐不断敲打自己的头,怕迷迷糊糊睡着了听不见屋里的动静。

猛然,小令狐听见一阵马蹄声,又听见有节奏的“嗒嗒嗒”的敲门声。

小令狐轻手轻脚地走到门后,从门缝中向外张望,只见一个人白衣白马,似乎像是上次来客的身影。不对,那个人白皙风采,如何此人干瘦黝黑?听听声音?对,声音不会变。想到这里,聪明绝顶的小令狐低声问:“谁人敲门?”

“小令狐么?我呀,忘记了么?”门外传来熟悉亲切的声音。

小令狐打开门。卫鞅将马拴在门外石桩上,走进来蹲身抚摩着小令狐头发道:“小妹,我三月前来过,记得?”

小令狐“哇”的一声,扑在卫鞅肩膀上哭了。

卫鞅一惊:“怎么了?内史呢?”

小令狐拉着卫鞅的手,推开正屋的门,一股浓烈的酒气扑鼻而来!景监歪倒在黑乎乎的屋子里呢喃自语:“卫鞅,你,你,骗了我。小人,骗了我!你,为何如此啊?你……”小令狐哽咽道:“他天天如此,吓死我了。”

卫鞅寻思片刻,吩咐小令狐找来一支粗大的蜡烛点亮。他举着蜡烛走到景监身边蹲下,扶起景监高声道:“内史,看看我是何人?”

景监睁开朦胧的双眼:“你……你是谁?君上派来的?”

“我是卫鞅!内史再看看。”

景监听到“卫鞅”二字,顿时一惊,睁大眼睛:“你?你是,卫鞅?”又揉揉眼睛,“不对,干瘦黝黑,有,卫鞅风采?”

“黑”“瘦”二字,又何尝不是穷秦之写照?

“景兄,卫鞅跋涉三月,走遍秦国,安得不黑不瘦!”卫鞅慷慨高声。

像是一声惊雷,景监内心的朦胧阴云顿被炸开,霍然站立,目光炯炯地盯着卫鞅颤声道:“鞅兄,果然是你么?你,回来了?”

“对,卫鞅回来了,整整三月,没有骗你!”

景监仰天大笑,欣喜若狂,满身龌龊酒意一扫而去,张开双臂,竟和卫鞅紧紧地抱在了一起。小令狐看见俩人孩童一般,高兴得咯咯直笑。

伯乐与千里马,相遇相知,痛快。

“小令狐,拿酒来!”景监兴奋地高喊。

卫鞅笑道:“还酒啊？醉得人都不认了。”

“如何不酒？方才,那是醉死,死醉！再酒,那是醉生,生醉!”

卫鞅大笑:“好！苦菜烈酒,就醉生!”

小令狐噔噔噔跑进厨屋,端来两只陶碗笑道:“先喝下去,我再拿。”

俩人接过陶碗“当”地一碰,各自咕咚咚饮下,却又同声大笑。卫鞅道:“好苦酒。”景监道:“酸得爽利！真酒?”

小令狐咯咯笑道:“没酒了。吓得我将酒都倒了。我来煮茶。”

卫鞅笑道:“小令狐好聪敏,以茶醒酒。此刻正当饮茶。”

“还有饭,你们俩都没吃饭,等等就来。”小令狐飞快地钻进了厨屋。

景监兴起,将草席木几搬到了院中。俩人在明朗的秋月下高谈阔论感慨百出,率性讲起了秦人土语,时而大笑,时而叹息,时而兴奋,时而感伤,直到明月暗淡,东方发白。

二　卫鞅两面君　招贤馆大起波澜

秦孝公黎明即起,练剑片刻,埋首书房开始读书。

三个月以来,他对求贤令颁布后的功效产生了很大怀疑。原想东方列国士子们只要进入秦国,一定会被他的诚意感动,会和他同心同德地治秦强秦。他不曾想到,注目于功业的士人竟也会有如此多的世俗之心,怕苦怕穷怕累。从心里讲,作为一个国君,他何尝不想和齐威王一样搞个学宫将这些士子养起来,需要他们的时候请他们谋划,不需要的时候便教他们自由自在地切磋学问,以彰国家文华。可是秦国太穷,哪里有财力做这些锦上添花的事？在一个穷弱的战国,该做的能做的他都做了,甚至不能做的他也勉力做了,诚心诚意,披肝沥胆。

可是他看到的回应却是淡漠的。他从士子们的举止眼光中读到了轻蔑,读到了嘲笑,读到了他们自感降尊纡贵的虚荣和自大。这正是他最不能容忍的。他可以坦然接受任何人对秦国的指责评点甚或是恶意咒骂,但决然不能接受对秦国的蔑视和嘲笑。六国卑秦,不屑与之会盟,他视为莫大国耻,书刻血石以示永志不忘。他想不到的是,连求官做事的士子们竟然也对秦国现出一种满不在乎的轻蔑与嘲笑。当他确定无疑地感受到这一点时，他的心又一次被深深刺伤。为何如此？为何这些将依靠秦国建功立业，要靠秦国给予官职爵位的士人也敢蔑视秦国，蔑视秦国君主？冥思苦想中他恍然大悟，这些士子们将他们自己看作了拯救秦国的恩人，他们将给秦国带来富强，是以有理由蔑视呈现在他们面前的穷困愚昧。果然如此，也就罢了，嬴渠梁的胸襟够宽阔，对大才贤士的狂傲不羁全然可一笑了之。然则随着士子们的访秦作为，他又一次感到了失望。这些人只在县府打转儿，能找到强秦国策？是大才造世的作为么？聊以自慰的，还有一个王轼差强人意，招贤一事不至于难以收拾。名士难求，高人难遇，看来扭转乾坤的桀桀大才真是可遇不可求。说到底，秦国强大还得靠自己。

嬴渠梁决意自己谋划强秦之道，他相信自己的学力不算很差，刻苦修习，纵然不是大才，也是中才，决然不会让秦国在自己手里继续衰落。一个月前，他将书房扩大了三倍，开始让长史公孙贾给他搜集简册典籍，将宫室所能找到的一切务实书籍全部搬到了自己的新书房。从此，他每天夜读两个时辰，早起一个时辰，练剑之后准点读书到卯时，再处理国务。卯时之前，他不见任何人。天天如此，今日亦如此。

孝公有将将之才，此乃自谦，以显其容人之心。

黑伯在书房门口轻声禀报："君上，内史景监求见。"

"教他卯时后再来。"

"内史说，有紧急事体。"

秦孝公无奈地丢开简册："请内史进来。"

景监走进书房，只看见沉沉简册高高低低环绕成巨大的书山，却不见国君身影，惊讶得不知说甚好。他有一个多月没有到国君书房了，不想变化竟如此之大。他不禁高声道："君上，景监参见。"

秦孝公从书山中绕出来，手中还拿着一卷竹简："景监啊，如此高兴？"

"君上，好事，大好事！"

"究竟何事？孩童一般。"秦孝公颇为不悦。

"君上，兹事体大，容臣徐徐道来。"景监虽笑，脸上却冒出了细汗。

"徐徐道来？"孝公不禁一笑，"你也成老儒了？好，就徐徐道来，坐。"

景监长嘘一声，从出使魏国遇卫鞅讲起，讲到卫鞅入秦，讲到招贤馆卫鞅暗察国君，讲到卫鞅访秦的艰苦认真和细致，对卫鞅的才能大加褒扬。

宠臣地位重要。卫鞅因景监入秦，如无景监，卫鞅可能很难获得见秦孝公的机会。

秦孝公很平静地听完景监叙说，淡淡笑道："内史是说，卫鞅是个大才？"

"是。君上，卫鞅入秦，求贤令终有正果！"

秦孝公笑道："莫给求贤令找正果，自古求贤不遇者多矣。内史究竟何意？"

"臣请君上，许卫鞅面陈长策。"

秦孝公点头道："当然。士子如此苦访，可见一片赤诚，有无长策，皆须敬之。就明日，政事堂大礼待之。"

景监激动得颤声道："臣，谢过君上！"

"又非待你大礼，谢从何来？"秦孝公一笑，又一叹，"景监啊，求贤之道，长矣远矣。人有精诚，上天不负。纵无大才，秦国也不会灭亡的。"

景监从国府出来，立即赶赴招贤馆，派出一名书吏给渭风客栈的卫鞅送去一信，叮嘱他务必精心准备一举成功。然后又找到王轼等十余名士子，请他们做好面见君上的准备。最后又安排了其余士子撰写治秦对策的竹简、笔墨、刻刀等一应琐务，方才回家呼呼大睡，安心给明日准备精神。

次日清晨卯时三刻，栎阳城门刚刚染上秋日的金色，四名甲士护卫着一辆牛拉轺车，哐啷哐啷地驶到了渭风客栈门前。景监从车前跳下，肃立门前高声报号：“内史景监，迎接卫鞅先生入宫！”话音落点，一名随行书吏捧着刻有景监官位名号的木牌恭敬进入客栈。片刻之后，卫鞅在侯嬴陪同下出门，互致礼仪，景监恭请卫鞅上车，自己亲自驾车，向国府哐啷哐啷驶来。

短短的路程，景监没有问话，卫鞅也没有说话。

国府门前，已经升任国府卫尉的车英全副戎装，肃立迎候。见牛车到来，高声宣示道：“奉国君令，贤士轺车直入国府——”长剑一举，两列甲士哗然闪开，景监驾着牛车哐啷哐啷驶进了国府庭院，直到政事堂院中停下。

秦孝公和甘龙、嬴虔、公孙贾、杜挚几名重臣，已经在政事堂前等候。见牛车驶到，秦孝公大步上前，亲自来扶卫鞅下车。卫鞅拱手道：“多劳君上。”也没有推辞，搭着孝公的胳膊下了车。旁边的甘龙深深皱起了眉头。

这个“扶”字用得好，礼贤下士，最容易得士人好感。像吴起、庞涓这类将才，不好美色美酒，不喜钱财，只好功名，主上一个“扶”的动作，就可能让他们死心塌地、终生追随，也不是因为一个“义”字，而是因为有人赏识，能助其成就功名。

卫鞅下车，向秦孝公拱手作礼：“在下卫鞅，参见君上。”

秦孝公扶住笑道：“先生辛苦了。请——”扶着卫鞅走上六级台阶，走进政事堂大厅，一直扶卫鞅到君主旁边最尊贵的位置坐下。一行大臣随后坐定，内侍上茶后退出，大厅一片肃然。

秦孝公肃然拱手道：“先生入秦，苦访三月，踏遍秦国荒僻山川，堪为贤士楷模。今日朝会，特请先生一抒治秦长策。”说着站起身来，转向卫鞅深深一躬，“敢请先生教我。”卫鞅座中坦然拱手道：“不敢言教，但抒己见耳。”秦孝公坐回旁边长案前，又恭敬拱手道：“先生不吝赐教。”

卫鞅环视四座，终于将目光注视着秦孝公，不慌不忙开讲：“天下万物，凡有所事，必有所学。治国之道，为诸学之首，源远流长，博大精深。自黄帝以降，历经三皇五帝而夏商周，治国之道虽有变化，然终以王道治国为主流。周室东迁以来，礼崩乐坏，天下纷扰，高岸为谷，深谷为陵，诸侯僭越，瓦釜雷鸣，王室衰落，列国崛起。唯其如此，治国之学亦成众家争胜之势，终于莫衷一是。然细细查究，终无超越王道治国之境界者。”

听到这一通辞藻华丽而不着边际的开场白，景监迷糊起来，不明白卫鞅要如何了结这场隆重的殿对。难道他胸中所学就是这些老生常谈？卫鞅啊卫鞅，我如何老是摸不透你？机会给你了，你没真才实学，怨得谁也？景监再抬头看看场中，甘龙与公孙贾、杜挚频频点头，面露笑容。而嬴虔、子岸与后来的卫尉车英三个将领，似乎直打瞌睡。唯有国君秦孝公平静如常面无表情，只有景监知道，这是国君对最讨厌最无奈的人和事才有的一种冷漠和蔑视。

“敢问先生，何谓王道治国？”秦孝公淡淡地问道。

“所谓王道者，乃德政化民，德服四邦，德昭海内，德息兵祸，以无形大德服人心，而使天下安宁之道也。何谓德？德者，政之魂魄也。对庶民如同亲生骨肉，对邻邦如同兄弟手足，对罪犯如同亲朋友人。如此则四海宾服，天下化一也。”卫鞅语言松缓，面色庄重，俨然一副讲述高深玄妙之大道的神色。

秦孝公闭目养神，似睡非睡。三个将军却是实实在在地睡着了，粗莽的子岸竟打起了沉重的鼾声。秦孝公竟然如同没听见一般。唯有甘龙颇感兴趣，插进来问道：“先生以为，秦国当如何行王道之治？”

卫鞅从容道：“王道以德为本。秦国行王道，当如鲁国，行仁政，息兵戈，力行井田，赦免罪犯。”

秦孝公霍然睁开眼睛，打断话头道：“先生，今日到此为止。后有闲暇，再听先生高论。内史，送先生。”说完，径自撇

互相试探，考验对方的智商。卫鞅第一招碰了个钉子。卫鞅之招数，有四招，帝道、王道、霸道、强国之道。《史记·商君列传》：“孝公既见卫鞅，语事良久，孝公时时睡，弗听。罢而孝公怒景监曰：‘子之客妄人耳，安足用邪！’景监以让卫鞅。卫鞅曰：‘吾说公以帝道，其志不开悟矣。’后五日，复求见鞅。鞅复见孝公，益愈，然而未中旨。罢而孝公复让景监，景监亦让鞅。鞅曰：‘吾说公以王道而未入也。请复见鞅。’”通共见了四次，才得以劝服孝公。

孝公虽怒，但这个怒也许只是策略之一，怒未必是沉不住气的表现。孝公没有即时驱赶卫鞅，说明还有机会。卫鞅也没有因为第一招碰钉子，就洗手不干。这是主上与臣下之间的前期“较量”。

下一堂大臣扬长而去。甘龙想唤回国君，却欲言又止，向卫鞅拱手作礼，便匆匆而去。三位将军也伸着懒腰，打着哈欠揉揉眼睛径自走了。公孙贾和杜挚也跟着甘龙走了。空荡荡的政事堂，只剩下肃然沉思的卫鞅。

景监尴尬得无地自容，再也无心和卫鞅说话，苦笑着拱手道："先生，请了。"

牛车哐啷哐啷地又驶出了国府。到得渭风客栈门前，卫鞅刚一下车，景监便对牛脊梁狠抽一鞭，"驾"的一声，哐啷啷走了。

卫鞅看着景监的背影，摇头微笑着走进渭风客栈。

回到家，景监丧气得直想打自己耳光。这叫甚事？如何能弄成这样？要知道他学的就是这些鸟玩意儿，费那么大劲儿吃撑了？算了算了，不想了，明日还有正事哩，吃完饭睡觉！景监高声道："小令狐，饭来，快点！"

"来了来了。"小令狐捧着木盘顽皮笑道，"哟，一阴一晴，又咋了？"

"小孩子家少问。只对你说，今后那个人再来，就说我不在。"

"哪个人呀？"

"昨晚那个人！知道么？就是他！吃饭。"

小令狐捂着嘴巴不敢笑，嘟囔道："那人很好么，称兄道弟的。"

"好甚？草包！饭袋！猪头！砖头！"景监气得连连乱骂。

从来没见过景监如此孩童般失态，小令狐咯咯大笑得喷出饭来。

景监脸一板，却禁不住也"噗"地一笑："气死我也。"

"嗒、嗒、嗒"，响起熟悉的敲门声。

小令狐做个鬼脸："开不？一定是那块砖头。"

"懂个甚？我还要问他话，开去。"

"说人家是块砖头，还问个啥？"小令狐嘟囔着走了出去。

"吱呀"一声门响，卫鞅笑道："小妹呀，内史骂我了么？"

小令狐向卫鞅做个鬼脸，指指正房悄声道："正骂呢，小心。"

卫鞅笑着走进正房，坐在景监对面："景兄，我特来领骂。"

景监丢下碗筷，"啪"地一拍木几，颤声道："卫鞅啊卫鞅，国君念你辛苦，我景监慕你才华，谁想你竟是个草包，饭袋，猪头，砖头！说出忒般没力气的话来！分明是亡国之道，还说甚治秦长策？那鲁国气息奄奄，是秦国学得么？你呀你，我看也就只能下两盘棋。说到正事,哼,砖头一块,一块砖头!”

卫鞅不禁哈哈大笑,前仰后合,逗得小令狐也咯咯笑得上气不接下气。

“笑甚? 难道你很高明么?”

大笑一阵,卫鞅回过神来认真问:“内史大人,你说我卫鞅千里迢迢,就是为了给秦国讲这亡国之道来了?”

景监一怔:“既然不是,为何忒般没气力?”

“记得访秦之前,你答应我的请求么?”

景监默然点头,眼睛盯住卫鞅。

卫鞅坦然相对:“景兄,请为我再次约见秦公,我知道该说甚。”

景监叹息一声:“好吧,君子一诺,就再信你一次。”

正在此时,门外一阵急骤的马蹄声传来,接着便是“啪啪啪”的拍门声。小令狐急急开门,一个书吏冲进门来高声道:“内史大人,招贤馆士子们闹起来了!”

“所为何事?”景监急问。

“尚不清楚,只是有三五十人吵着要走。”

景监道:“鞅兄,我去了,回头再说。”

卫鞅笑道:“你去忙,我也走了。”便和景监一起出门回了客栈。

招贤馆里一片混乱。

小道消息传得飞快,可见天下八卦皆一般,无分地域,不论贤愚。

士子们将掌事围在中间,吵吵嚷嚷要见国君,否则今夜就离开秦国。掌事连连向士子们作揖,高声道:“诸位先生,不要急,不要急,已经派吏员去请内史大人了。”一个士子高声怒斥:“内史徇私,找他何用? 要见国君!”“对,要见国君!”士子们嚷成一片。景监赶到时,满庭院正乱得不可收拾。景监站上一块石头高声道:“诸位先生,我是内史景监。

有何不平，请对我说。”

一个红衣士子高声道：“敢问内史，一个腐儒能见君面陈，我等何被冷落？”

“内史徇私，举贤无公心，我等要面见君上！”

“王道之说，竟也大礼相待，这是何人荐举？”

“国君不听此等亡国之道，只有内史徇私舞弊，举莠弃良！”

“敢问内史，卫鞅用多少金钱买通了大人？”

“我等实言相告，今夜不见君上，即刻就走！”

“对，求贤令说得好，实则是虚情假意，蒙骗天下！”

景监已经明白，这完全是因为卫鞅今日的失败激起的事端。这些士子原本就是个个自命不凡，访秦回来后更是踌躇满志地熬夜撰写，等待一朝面君陈策。后来听说，有个不住在招贤馆的魏国士子竟然捷足先登，被轺车接进了国府。士子们就议论纷纷，说秦国只瞅着魏国士子，瞧不起别国贤士。一时间，“魏国士子有何了得”的愤然议论弥漫了招贤馆。然则景监已经分头排定了国君对策的次序，也已经分别向士子们说明。所以不满归不满，倒也没出乱子。谁知午后有消息传出，说那个魏国士子是个腐儒朽木，金玉其外，败絮其中，讲了一通不着边际的大话，国君愤然拂袖而去。这一下犹如火上浇油，士子们不约而同地将举荐腐儒的罪责归在了景监身上，越想越不满，便聚相计议，以离开秦国相要挟，提出当夜面见君上。

景监心下明白，向场中拱手高声道：“诸位先生，景监是否徇私枉贤，可以存疑。卫鞅是否有才，可以后观。诸位请见君上，景监即刻进宫禀明。君上勤政敬贤，定然不会怠慢诸位先生。请诸位立即准备对策。”

士子们想不到这个很有实权的内史如此爽快，一时间倒是全场沉默。依许多士子的想法揣测，这个实权内史一定被卫鞅收买了；此等佞臣，不给他金钱，休想过他的关口，和山东六国一样。今日向他提出面见国君，他定然拒绝，然后便闹到国府，扳倒这个黑心内史。但没有想到他竟然一口答应去请国君，却也奇了。有些没有对策或有他情者，竟忐忑不安起来，原本准备借故离开已经将包袱提在手里的人，也顿时尴尬起来。

景监走下大石，对掌事吩咐：“好生侍奉先生们，今夜对策之前哪位先生也不能走。收拾庭院，准备迎候国君。”说完，上马出了招贤馆。

秦孝公正在书房用功，接到景监急报也感意外，稍加思忖，感到这倒未尝不是一个好机会，便向黑伯吩咐了几件事，和景监一起从容来到招贤馆。

招贤馆庭院中已经布置好露天座席。秋月当空，再加上几十盏硕大的风灯，偌大庭院倒也是明亮异常。士子们已经在各自座席上就位，一片肃然安静中透出几分紧张。景监吩咐在前方中央国君长案的两侧再加了六张木案。刚刚加好，甘龙、嬴虔、公孙贾、杜挚、子岸、车英六位大臣便相继来到入座。场面如此隆重，显然大出士子们意料，肃然静场中有人紧张得不断轻轻咳嗽。这时，景监看见卫鞅也来了，坐在最后的灯影里。

秦孝公庄重开口道："诸位贤士访秦辛苦，嬴渠梁先行谢过。秦国求贤，未分良莠前，一体待之。今夜以卫鞅陈策之同等大礼，倾听诸位先生的治秦国策，请诸位先生不吝赐教。上有青天明月，下有国士民心，嬴渠梁是否屈才枉贤，神人共鉴。"

景监向场中拱手道："敢请诸位贤士，先行报出策论名目，以为应对次序。"

士子们相互观察，眼神探询，窃窃私语，一时无人先报。

终于一人站起，布衣长衫，黑面长须，高声道："我乃陈国士子王轼，访秦十县，深感秦国吏治弊端，呈上我的《治秦吏制策》。"书吏接过，恭敬地摆在秦孝公案前。孝公肃然拱手道："多谢先生，嬴渠梁当择日聆听高论。"

一阵骚动，有人站起高声道："访秦有得，呈上我之《秦县记》。"

"吾推崇墨家，呈上《兼爱治秦》。"

"呈上《无为治秦》。"

"呈上《百里奚王道治秦》。"

"呈上《中兴井田论》。"

"呈上《地力之教未尽论》。"

"我是《更张刑治论》。"

一卷又一卷的报出呈上，秦孝公的案前已经堆起了高高一摞。大约在五十卷时，秦孝公感觉还没有听到一个振聋发聩的题目，场中却突然静了下来。

景监笑问："如何，其余先生？"

经常愤愤然的红衣士子霍然站起，手扶长剑，高声道："我乃稷下士子田常，不知秦公对非秦策论可否容得？"自报稷下学宫的赫赫名号与"田"字显贵姓氏，兼腰系长剑神态倨傲，非但使甘龙等几位大臣一脸不悦，就是场中士子，也是侧目而视。秦孝公却是精神一振，微笑答："良药苦口，良臣言悖。如何不容非秦之言？"

“好！这是我田常的《恶政十陈》，秦公愿听否？”

名目一报，场中一片哗然，甘龙等早已经是面色阴沉。面对秦国君臣和天下士子，公然指斥秦国为“恶政”，等闲之人岂能容得？

秦孝公却拱手笑道：“请先生徐徐道来，嬴渠梁洗耳恭听。”

红衣士子田常展开长卷，亢声道：“秦之恶政有十：其一，穷兵黩武；其二，姑息戎狄；其三，君道乖张；其四，吏治暗昧；其五，贬斥私学；其六，田制混乱；其七，不崇孝道；其八，蹂躏民生；其九，崇武贬文；其十，不开风化。大要如此，请秦公思之。”

这《恶政十陈》，几乎将秦国的政情治情悉数罗列，刻薄如君道乖张、蹂躏民生、不崇孝道、不开风化，使座中大臣无不愤然作色。嬴虔、子岸、车英三人同时紧紧握住了剑柄。田常却是坦然微笑，站立场中，似乎在等候着秦国君臣的雷霆怒火。坐在最后灯影里的卫鞅禁不住手心出汗，担心秦孝公按捺不住。他看透此人苦心，定是要在秦国以“不畏暴政”的惊人行动成名于天下。若秦公发作，田常肯定更加激烈，这是“死士”一派的传统，他们不会屈服于任何刀丛剑树。

这时再看秦孝公，却是肃然站起，向田常深深一躬：“先生所言，嬴渠梁虽感痛心疾首，然则实情大体不差，嬴渠梁当谨记先生教诲，刷新秦国，矢志不渝。”

又是大出意料，士子们不禁拍掌高喊：“好！”“秦公雅量！”

十几个士子纷纷站起，呈上手中卷册，高报：“我的《穷秦录》。”

“我的《苛政猛于虎》。”

“我之《入秦三论——兵穷野》。”

“我也有对，《栎阳死论》。”

纷纷攘攘，竟然全是抨击秦国的简册，一卷一卷，堆满了一张长案。秦孝公肃然立于攻秦简册前，一卷卷飞快浏览，悚然动容。他回身对田常等人拱手道：“公等骨鲠之士，请留秦国，以正朝野视听。”

田常哈哈大笑：“秦公欲以我等为官乎？我等痛斥秦国，秦公不记狂狷荒唐已知足矣，岂能留秦自讨无趣？”非秦士子们纷纷应和：“多谢秦公！”“我等当离开秦国也。”“秦公胸襟似海，容当后报！”

“且慢！”秦孝公站上长案，向士子们拱手一周，慨然高声道，“公等对秦国百年以来之诸种弊端，皆做通彻评点，切中时弊。嬴渠梁以为，非秦者可敬，卑秦者可恶。诸位既敢公然非秦，亦当有胆略治秦，精诚之心，何自觉无趣？敢请诸公留秦，十日内确认职守。公等以为如何?”又是深深一躬。

抨击秦政的士子们低下了头，难堪的沉默。突然，田常面色涨红，呛啷拔出长剑走到秦孝公面前。座中子岸一声怒吼：“大胆！”长剑一挥，远处几名甲士跑步上来围住了田常。秦孝公勃然变色，大喝一声：“下去！”转对田常拱手道：“先生见谅，有话请讲。”田常向秦孝公深深一躬，激昂高声道：“田常身为稷下名士，非但做《恶政十陈》，且鼓动同人离开秦国。然则秦公非但不以为忤，反以国士待我。人云，君以国士待我，我当以国士报之。田常当以热血，昭秦公之明！”话音方落，长剑倒转，洞穿腹中，一股热血直喷三丈之外！

由田常之死，可见古代之“士”字，有千钧之重！

“先生——”秦孝公大惊，扑到田常身上。

田常拉住秦孝公的手笑道：“以公之胸襟，图霸小矣，当王天下……”话音未了，颓然后仰，撒手而去。

变起仓促，所有的士子们都感到震惊，围在田常的尸体周围默然垂首。

秦孝公抱起田常遗体，安放到自己的长案上，眼中含泪，对景监肃然道：“先生国士，以上大夫之礼葬之。”

满场士子们庄重一躬：“谢过秦公高义！”

秦孝公向士子们拱手作礼，坦诚真挚而又不胜惋惜：“田常先生去了，诸位勿以先生之慷慨激烈有所为难。愿留则留，愿去则去。留则同舟共济，去则好自为之。秦国穷困，没有高车驷马送别诸君，远道者赠匹马，近道者牛车相送，每位先生赠送百金，以为杯水车薪之助。”

穷秦虽穷，但求贤令明显提升了秦的形象，经商在穷邦，谋政亦在穷邦，经商之道与为政之道相通。田常自戕，为秦的求贤令增添悲壮色彩，为孝公的形象加分，田常虽死犹荣。士子们争相呈计，亦显示出求贤令之公正。卫鞅虽因景监入秦，但若无真材实料，亦无法得君认可。此事写得坦荡。

一个中年士子感动哽咽：“我等离秦还乡，皆因与秦地风习水土不合，其中亦有不堪艰难困苦者。是以我等没有对策可呈，然绝无他意，尚请秦公详察。”

秦孝公不禁大笑："周游列国，士子风尚，入秦去秦，极为寻常。十年后请诸公重游秦国，若秦国贫弱如故，嬴渠梁当负荆请罪于天下。"

"好！"一片激昂，喊声掌声响彻招贤馆。

当南门箭楼上响起五更刁斗时，招贤馆方才恢复了平静。

第二天早晨，景监送走了三十多名东方士子，又将留下的士子们的各种事务安排妥帖，才来到国府晋见秦孝公。时当正午，秦孝公正在书房外间用饭，立即吩咐黑伯给景监送来一份午饭——一鼎萝卜炖黄豆，一盘黑面烤饼。看看国君面前也是同样，景监不禁眼眶湿润起来。孝公笑道："有何可看？咥。"一句秦人土语，景监笑了起来，埋头便吃，泪水却滴到了热气蒸腾的鼎中。匆匆用完，黑伯收拾擦拭了书案，默默去了。孝公笑道："秋阳正好，院中走走了。"景监随孝公来到庭院，正是秋高气爽的时节，院中落叶沙沙，阳光暖和得令人心醉。漫步徜徉，景监一直不说话。孝公笑道："景监，你匆匆而来，就是要跟我晒太阳么？"景监嗫嚅道："君上，招贤馆士子们，如何安置？"孝公大笑："如何安置？昨夜不是说了？至于何人何职，还得计议一番也。内史着急了？"景监忙道："不急不急。"孝公道："不急？那你来何事？"景监脸色涨红，却是说不出话来。秦孝公看着景监窘迫，不禁哈哈大笑："说，不怪你就是。"景监吭吭哧哧道："上次，卫鞅之事，臣，委实不安。"

"有何不安？"秦孝公淡漠问道。

"卫鞅对策，实在迂腐。"

"迂腐的又不是你，不安何来？"

"只是，臣斥责卫鞅，说他给国君讲述亡国之道，他回了一句，臣感意外。"

"他如何回？"

"他说，我卫鞅千里迢迢，难道就是对秦公讲述亡国之道来了？"

秦孝公闻言，默然良久，笑问："内史还想如何？"

"臣斗胆，请君上再，再次听卫鞅一对。"

"既然内史不死心，就再见一次。我看，明日正午，就这院中。"

景监深深一躬："谢君上。"心中顿感宽慰，舒心地笑道，"君上，臣告辞。"孝公叮嘱道："见卫鞅的事不要太操心。田常的葬礼一定要办好。"景监道："臣明白。"兴冲冲走了。到得招贤馆，景监先仔细安排了田常葬礼的细节琐务，确定了下葬日期，然后便向渭风客栈匆匆而来。

卫鞅在招贤馆目睹了田常剖腹自杀，感慨万端，回到客栈竟无法入睡。

他知道，招贤馆波澜皆由他的“失败”对策引起，如果他第一次就显出法家本色，肯定局势要好得多，却试探不出秦公的本心本色，自己往前走就会不踏实。第一次虽然“失败”，却切实感觉到了秦孝公决然不会接受王道的明确坚定。更重要的是，由此引起的波澜使秦孝公在招贤馆淋漓尽致地表现出发奋强秦的心志，真是始料未及。这种用语言所无法试探的内心沟壑，在强烈的冲突面前尽显本色，无法压抑，也无法掩饰。使卫鞅激动的不仅仅是看到了秦孝公忍辱负重决意强国的心志，而且看到了秦孝公在骤然事变面前稳如山岳强毅果断的闪光。既然如此，要不要继续试探？卫鞅凝思默想半日，心中终于明晰起来。

渐入佳境，这也算是兵行险着后的效果。

这时，景监匆匆而来，高兴地向卫鞅说了国君的应诺。卫鞅也很高兴，请景监和侯嬴一起饮酒。景监和侯嬴一见如故，三人直饮到二更时分方散。临走时，景监反复叮嘱卫鞅，一定要拿出真正的治国长策，否则他无法再面见国君。卫鞅带着几分酒意，慷慨应道：“内史勿忧，卫鞅自有分寸。”景监也就放心去了。

第二天正午，卫鞅赶早吃完饭，特意先到招贤馆等候景监用完饭，俩人一起向国府而来。进得政事堂，恰恰秦孝公也是用餐方罢，正在庭院中漫步，见二人到来，便笑道：“嬴渠梁正在恭候先生，这厢请。”来到政事堂后面的空阔庭院，只见树下已经铺好了一张大草席，案几齐备，黑伯正在摆设茶具。显然，秦孝公要在这露天庭院听卫鞅第二次对策。秋日和煦，黄叶沙沙，又逢午后最少来人的时刻，院中一片寂静清幽，正是静心叙谈的大好时光。

秦孝公拱手笑道："前次朝堂人多纷扰，先生未尽其兴。今日嬴渠梁摒弃杂务，恭听先生高论，不知先生何以教我？"

卫鞅从容不迫："君上既然不喜王道，卫鞅以为可在秦国推行礼制。以礼治国，乃鲁国大儒孔丘创立的兴邦大道，以礼制为体，以仁政为用，仁政理民，礼制化俗，使国家里外同心，达大同之最高境界。如此，则国力自然凝聚为一。"

秦孝公不像头次那样一听到底，微笑插问道："儒家主张兴灭国、继绝世、举逸民，其实就是要恢复到西周时的一千多个诸侯国去，先生以为可行么？复井田、去赋税，在方今战国也可行么？"

剽悍之族，往往与儒家难融。

卫鞅辩驳道："儒家行仁政礼制，不以成败论美恶。不修仁政，虽成亦恶。修行仁政，虽败亦美。此乃杀身成仁、舍生取义之大理也。公当思之。"

秦孝公冷冷笑道："大争之世，弱肉强食，正是实力较量之时，先生却教我不以成败论美恶，不觉可笑么？果真如此，秦国何用招贤？"

景监在旁，沮丧至极，只是不好插话，大惑不解地盯着卫鞅，脸上木呆呆的。卫鞅却是不急不躁，没有丝毫的窘迫，从容再道："君上再容我一言。"

秦孝公笑道："无妨，嬴渠梁洗耳恭听。"

"若君上痛恶仁政礼制，卫鞅以为，可行老子之大道之术。老聃乃千古奇才，他的道家之学，绝非寻常所言的修身养性之学，而是一种深奥的邦国大学问。方今天下刀兵连绵，若能行道家之学，则君上定成千古留名之圣君。"

"敢问先生，道家治国，具体主张究竟何在？"

"官府缩减，军士归田，小国寡民，无为而治。此乃万世之壮举也。"

道之无为，乃乌托邦之想。

“还有么?”

“道家精华,尽皆上述。其余皆细枝末节也。”

秦孝公哈哈大笑:“先生之学,何以尽教人成虚名而败实事?这种学问,与宋襄公的仁义道德如出一辙,有何新鲜?一国之君,听任国亡民丧,却去琢磨自己的虚名,一味地沽名钓誉,这是为君之道么?是治国之道么?”说罢站起来一笑,“先生若有精神,就去做别的事,治国一道,不谈也罢。”大袖一挥,径自而去。

景监呆若木鸡,难堪得不知何以自处。想追孝公,无颜以对,想说卫鞅,又觉无趣,只有板着脸生自己的闷气。突然,卫鞅却仰天大笑,爽朗兴奋至极。景监愕然:“你……莫非有病?”卫鞅再次大笑:“内史,我是高兴也!”景监上下端详:“你……高兴?有何高兴处?”卫鞅向景监深深一躬:“请内史与我回客栈共饮,以贺半道之功。”景监心中有气道:“好,我看你卫鞅能搞出甚名目?走!随你。”

卫鞅拉着景监欣然来到渭风客栈,侯嬴高兴得立即摆上肥羊炖和苦菜烈酒。景监闷闷不乐,卫鞅却是满面笑意。侯嬴疑惑地看着两人:“一喜一忧,究竟如何?”景监摇头叹息道:“他又说了一通忒没气力的话,君上拂袖而去。你说你高兴个甚?不是有病么?”侯嬴不禁笑了起来:“先生原本卖药,何以自己有病?”卫鞅大笑举爵:“来,景兄,侯兄,我等先痛饮一爵。”三人举爵饮尽,景监低头不语,侯嬴却笑看卫鞅,等待他说话。卫鞅微笑道:“景兄莫要沮丧,与君上今日一会,大功已成一半矣。”景监蓦然抬头:“大功?你有大功么?”卫鞅笑道:“景兄,你久在官场,但闻国君求贤而择臣,可曾闻臣亦求明而择君?”景监惊讶道:“你是说,你是在选择明君?”卫鞅大笑道:“然也。景兄一语中的。”景监依然一脸困惑:“用亡国之道选择明君?”卫鞅悠然道:“景兄曾扮东方巨商进入魏国,想来对商道尚通。敢问,今一人怀有绝世珍品,当如何寻找识货之买主?”

景监毫不迟疑:“自当示珍品于买主,对其真实介绍,如实开价。”

“若是买主不识货,又当如何?”

“继续等候,或另外寻觅识货买主。”

“整日怀抱珍奇,沿街叫卖?”

“难道还有更好的办法不成?”景监似有不服。

“我有一法,景兄姑妄听之。”卫鞅颇为神秘地一笑,“大凡稀世珍奇,绝不可轻易示人。首要大计,在于选择目光如炬的识货之人,此所谓货卖识家也。试探买家之上乘法

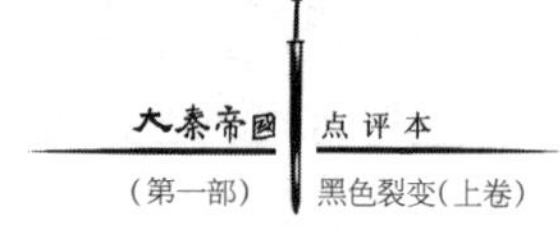

则,先示劣货而后出珍奇,如此则百不差一。景兄以为如何?”卫鞅的口吻,完全是一个老谋深算的商人。

景监还在回味之中,喃喃自语:“先示劣货而后出珍奇?先示劣货?”

侯嬴笑道:“不识劣货,岂能识得绝世珍奇?鞅兄如此精于商计,佩服。”

“鞅有一半殷商之血,略通一二,聊作类比,二位见笑。”

景监猛然拍案,高声道:“好!君择臣以才,臣择君以明,不识货,焉得为明?鞅兄高见,景监茅塞顿开!”

侯嬴道:“那,往前路,该如何走法?”

“这要看内史了,景兄对卫鞅还有信心否?”

景监大饮一爵,长嘘一声:“我就硬起头皮,再来一次。”又猛然醒悟,“哎,先说好,这次是劣货?还是珍奇?”卫鞅和侯嬴同声大笑,景监也大笑起来。

三　肝胆相照　卫鞅三说秦孝公

十月二十日,栎阳城举行了隆重的葬礼,将齐国稷下学宫的名士田常以上大夫的礼遇,安葬在城北高岗上。那一天,招贤馆三十六名士子为灵车执绋挽歌,秦国下大夫以上官员全部送葬。在三丈高的坟墓堆起时,秦孝公亲自在墓前祭奠,并亲手为田常墓栽下了两棵栾树。

葬礼完毕,秦孝公没有回栎阳,带着车英直接到了渭水北岸的渡口。自平定戎狄叛乱后,他还没有巡视西部。这次,他想在严冬到来之前乘船逆流而上,到雍城以西看看。到得船上,秦孝公对车英吩咐:“稍等片刻。”站在船头的车英指着北岸塬坡:“君上,内史来了,两个人。”孝公笑道:“就是等他两个。半个时辰就完,误不了行程。”

塬坡小道上,驰马而来的正是景监和卫鞅。

三天以前,在请准田常葬礼事宜的时候,景监由招贤馆士子又拐弯抹角地提到了卫鞅。秦孝公又好气又好笑:“我说你个景监,是叫卫鞅迷住了,还是吃了卫鞅好处?这个人已经在书房里泡迂了,表面上颇有英风,实则是老气横秋,你还不死心?咄咄怪事!”景监退无可退,就直说了卫鞅那一番“君试臣以才,臣试君以明”的论理和珍奇出手的比喻。秦孝公听了，又是沉默不语。他感到卫鞅此说颇耐寻味，蓦然之间，又觉此人颇为蹊跷，何以每次都能找出让他怦然心动的请见理由？若非有备而来，预谋而发，岂能如此？沉吟有顷，悠然笑道："好，就再见卫鞅一次，看看他揣了多少劣货？"

秋霜已起，渭水两岸草木枯黄。渡口停泊着一条高桅黑帆的官船，遥遥可见甲板上凉棚状的船亭中有长案木几。景监和卫鞅来到岸边，将马拴好，走向官船。景监低声道："鞅兄，我再说一次，君上所以在船上见你，是想到西地察访民情。这次不行，你就只有回魏国了。"卫鞅笑着点点头，俩人便踏上宽宽的木跳板上了船。

车英在船口迎候，拱手笑道："内史、先生，这厢请。"将两人让到船亭坐定。

秦孝公见二人上船，从船舱来到船亭，景监卫鞅一起施礼："参见君上。"

秦孝公笑道："不必多礼，我等边走边说。"转身对车英吩咐，"开船西上。"

车英令下，桨手们一声呼喝："起船……"官船悠悠离岸，缓缓西上。

渭水河面宽阔，清波滔滔，水深无险，端的是罕见的良性航道。要是在魏国，这样的水道一定是樯桅林立船只如梭。可眼下的渭水河面却是冷冷清清，偶有小船驶过，也只是衣衫破旧的打鱼人。茫茫水面，竟然看不到一只装载货物的商船。

卫鞅凝视着河面，发出一声喟然长叹。

秦孝公道："先生两次言王道，虽不合秦国，然先生之博学多识，我已感同身受。嬴渠梁意欲请先生任招贤馆掌事，职同下大夫，不知先生肯屈就否？"

卫鞅仿佛没有听见秦孝公的话，望着清冷的河面，缓缓说道："渭水滔滔，河面宽阔，在秦境内无有险阻，乃天赐佳水也。何以秦据渭水数百年，坐失鱼盐航运之利？关中川道，土地平坦，沃野千里，天下所无，何以在秦数百年，却荒芜薄收，民陷饥困？"

景监一怔，生怕卫鞅又迂阔起来，仔细一听，都在实处，便不再言语。秦孝公则不动声色地沉默着，他想听听这个蹊跷的博学之士还能说出什么来。卫鞅也似乎并没有注意秦孝公和景监的沉默，继续面河问道："秦地民众朴实厚重，又化进戎狄部族近百万，尚武之风深植朝野，秦国却何以没有一支攻必克、战必胜的精锐之师？"

景监高兴插话："先生所问，正是君上日夜所思之大事。先生大计何在？"

秦孝公目光锐利地盯住卫鞅背影，向景监摆摆手，示意不要打断。

卫鞅转过身来正视着秦孝公道："方今天下列国争雄，国力消长为兴亡根本。何谓国力？其一，人口众多，民家富庶，田业兴旺。其二，国库充盈，财货粮食经得起连年大战与天灾饥荒之消耗。其三，民众与国府同心，举国凝聚如臂使指。其四，法令稳定，国内无动荡人祸。其五，甲兵强盛，铁骑精良。有此五者，方堪称强国。而目下之秦国，五无其一。地小民少，田业凋敝；国库空虚，无积年之粮；民治松散，国府控缰乏力；内政法令，因循旧制；举国之兵，不到二十万，尚是残破老旧之师。如此秦国，隐患无穷，但有大战，便是灭顶之灾。君上以为然否？”

秦孝公微微一笑：“如此一无是处，却如何改变？王道？无为？仁政？”

景监看话题已经入港，正在高兴，却听国君话音不对，着急道：“不行不行，那都是亡国之道，先生岂能再提？”

秦孝公摆摆手道：“请先生继续说下去。”

卫鞅神色肃然道：“治国之道，强国为本。王道、仁政、无为，尽皆虚幻之说，与强国之道冰炭不能同器。君上洞察深彻，不为所动，鞅引以为慰。”

“然则如何强国？嬴渠梁却没有成算。”

“强国亦有各种强法。魏国、齐国、楚国，君上以为哪一国可堪楷模？”

秦孝公听此一问，精神陡然一振，目光炯炯道：“先生此言，大有深奥。嬴渠梁平日只为强国忧心如焚，心念尚不及此，敢请先生指教。”

“魏国乃甲兵财货之强，齐国乃明君吏治之强，楚国为地广人众之强。目下正在变法崛起的韩国与齐国相类。”

秦孝公喟然长叹：“与三强不相上下，嬴渠梁此生足矣！”

卫鞅笑道：“然则上述三强，皆非根本强国，不足效法。”

秦孝公感到惊讶了。他在《求贤令》中已经申明，图强的目标就是要恢复穆公时代的霸业，与东方诸侯一争高下。按照这样的目标，达到魏齐楚韩四国的强盛，应当就是满足了。而卫鞅居然说上述三国不足效法，口气之大，当真是蔑视天下。是这个卫鞅不知治国之艰难，还是真有扭转乾坤的大才？他在骤然之间弄不清楚，不妨先虚心听之，于是谦恭地拱手道：“先生之言，使人气壮，尚请详加拆解。”

卫鞅面色肃然，侃侃而论：“前三种强国范式之根本弱点，在于只强一时，不强永远，只强其表，不强根本。魏国在文侯武侯两代是蒸蒸日上，真正强盛，自魏罃称王，魏国便每况愈下。齐国是这一代齐王强盛，之后必然衰弱。楚国则自楚悼王以后，一直是外强中干，不堪真正一击。即或以目下正在变法之中的韩国而言，也是一代之强，甚至不出一代，便会呈衰落之势。此中根源何在？其一，变法不深彻。李悝助魏文侯变法，以废除井田、奖励农耕、兴旺田业为主，疏忽了军制、吏制、爵制、国制、民制之全面变法。齐国韩国则更是粗浅的整军治吏之变法，没有深彻地再造翻新。楚国之变法，因吴起惨死而中途夭折，对旧世族只有些许触动，更休提深彻二字。其二，法令不稳定，没有留下一个国家应当长期信守的铁律。前代变法，后代复辟，根基不稳，必然是兴也勃焉，亡也忽焉。有此两大缺憾，岂能强大于永远？又岂能成大业于千秋？唯其如此，三强四国不足以效法，秦国要强大，就要从根本上强盛！”

《史记·商君列传》载：卫鞅复见孝公，孝公善之而未用也。罢而去。孝公谓景监曰：“汝客善，可与语矣。”鞅曰：“吾说公以霸道，其意欲用之矣。诚复见我，我知之矣。”卫鞅复见孝公。公与语，不自知膝之前于席也。语数日不厌。景监曰：“子何以中吾君？吾君之欢甚也。”鞅曰：“吾说君以帝王之道比三代，而君曰：‘久远，吾不能待。且贤君者，各及其身显名天下，安能邑邑待数十百年以成帝王乎？’故吾以强国之术说君，君大说之耳。然亦难以比德于殷周矣。”帝道、王道、霸道、强国之道，皆是可以选择的治术，但是，“一万年太久，只争朝夕”，所以孝公取强国之道。孝公不寿，大约活了四十四岁。孝公立时，年已二十一矣，二十四年，孝公卒。人生苦短，孝公心急，虽难比德于殷周，但能在有限的时间内复兴缪公之业，为秦统一天下打下最坚实的基础，堪称秦之名君。

秦孝公被这一番江河直下的理论强烈震撼！陡然觉得往昔那笼罩心田的沉沉阴霾顷刻消散，身心枷锁顿时开脱，心明眼亮，坚实舒坦。他站起身向卫鞅深深一躬：“先生一番理论，当真是高屋建瓴，勘透天下，使嬴渠梁拨云见日，忧心顿去。敢问先生，根本强大，将欲如何？”

景监高兴得不知所以，兴奋地用秦人土语喊道：“君上，该咥饭了！咥了再说如何？”

秦孝公醒悟，爽朗大笑：“对，咥饭。黑伯，上酒菜，与先生痛饮一番！”

此时已经是黄昏夕阳，深秋的河风萧瑟寒凉，与君臣四人异常的兴奋热烈全然不同。最开心的是景监，忙不迭地帮黑伯上菜上酒，害得一向整肃利落的黑伯竟手忙脚乱，车英说他帮倒忙，景监却高兴得哈哈大笑。片刻之间，菜上齐：四个大黑色陶盆，一盆肥羊炖，一盆清炖鱼，一盆生拌萝卜，一盆生拌野苦菜，另有一坛秦国的凤酒。君臣四人坐定，秦孝公亲自为卫鞅斟满一爵，而后端起自己面前的大爵：“先生高才深谋，胸中定有强秦奇计。嬴渠梁敬先生一爵，望先生教我。”说完，举爵一饮而尽。卫鞅坦然受了一礼，举爵痛饮，慨然道："国有明君如公者，何愁不强？"

秦孝公叹息道："君无良相，孤掌难鸣。常盼管仲复生，不期而遇。"

"茫茫中国，代有良才，强国何须借代而兴？"卫鞅慷慨傲岸。

景监兴奋道："君上，管仲强齐一代，先生要强秦于永远，气魄何其大哉！"

孝公大笑："说得好！来，再与先生痛饮。"向卫鞅拱手相敬，一饮而尽。

卫鞅一爵饮尽，慨然道："治秦之策，鞅已谋划在胸。这是我访秦归来拟就的《强秦九论》，请君上评点。具体谋划，待君上西巡归来再行陈述。"说着，从怀中掏出一本羊皮纸书恭敬递过。

孝公与卫鞅之长对，足可见作者之思想旨趣。"扬法仰儒"是本书的潜在主题。比之《史记》，此为释史之新见。以实学治国，今日依然可以借鉴。

秦孝公双手接过，未及翻阅便高声命令："车英，掉船回栎阳，改日西巡。"转身对卫鞅拱手道："敢请先生随我回宫，嬴渠梁与先生一抒胸中块垒，做竟夜长谈如何？"

"君上呕心沥血，卫鞅自当披肝沥胆。"

官船掉头东下。秋日短暂，转瞬淹没在远山后面，唯留一抹血红的晚霞，照得河面波光粼粼。秦孝公与卫鞅始终站在船头兴奋交谈，一个说得出神，一个听得入迷。晚秋河风吹起一白一黑两领长衫啪啪作响，二人竟丝毫未觉寒凉。车英为俩人披上棉袍，俩人浑然无觉，时而感慨，时而大笑。

明月东升，官船方才回到了栎阳渡口。船一靠岸，孝公吩咐车英善后，景监通知各县缓行面君，说完便和卫鞅驰马急回。到得政事堂大书房，黑伯点亮四盏纱灯，煮来浓茶。正是秋冬之交，老屋更显寒意，黑伯又打起了木炭燎炉。收拾妥当，孝公便和卫鞅饮茶畅谈。孝公先向卫鞅详细讲述了秦国三百多年的历史、传统与各种礼法，以及目下二十三个县的民生民治，使卫鞅对秦国有了更为扎实的了解。卫鞅也逐一详细介绍了东方各国的变化和军制、官制、民风、国君特点，尤其对魏国为首的六大战国，做了更为详尽的剖析。秦孝公除了少年征战，从未走出过函谷关，对天下大势可说是不甚了了，对各国具体国情更是所知粗疏。卫鞅详尽生动的叙述，第一次在他眼前打开了一片广阔的天地，使他对进入战国六十余年来的天下大势和列国详情了然于胸。秦孝公禀赋极高，边听边想，已经对秦国的落后悚然心惊。

卫鞅讲完，孝公慨然道："先生一席话，领我遍游天下，方知人之所以长，我之所以短。我还想听先生详述列国变法，以开我茅塞。"卫鞅便从春秋时代的新政变法讲起，逐一介绍了郑国子产的田制新政、齐国管仲的经济统制、越国文仲聚集国力的新政、鲁国宣公的初税亩新政、晋国的赐田减税、秦国简公的初租禾等主要新政。卫鞅道："大要而言，春秋三百年，新政围绕田制与税制之变化发生，然皆为粗浅，无一巩固，反倒被新政激起的巨浪吞没。此即推行新政的郑国、齐国、晋国、越国相继灭亡之根本所在。"边听边想，孝公额头上不禁渗出津津细汗。卫鞅又讲述了战国以来魏国的李悝变法，楚国的吴起变法，与正在发生的齐国变法和韩国变法；对变法的内容、特点、嬗变及其结局，都做了鞭辟入里的解说和预测。

此时，已经是红日临窗。黑伯轻轻走进来低声道："君上，卯时已过，该吃点儿啦。"孝公依旧精神奕奕，笑道："酒菜拿来，边吃边谈如何？"卫鞅欣然道："好极，就边吃边谈。"黑伯捧来两鼎萝卜黄豆炖牛肉、一盘黑面饼、一坛酒。孝公吩咐道："黑伯，谁来也不见。你也去吧。"黑伯走出，皱着眉头守在政事堂门口。

刚吃了几口，孝公翻开昨日卫鞅送的《治秦九论》看起来，一入眼便放下了筷子凝神细思。刹那之间，卫鞅眼眶湿润了。如此简朴又如此勤奋的国君，卫鞅确实是闻所未闻见所未见。从昨日午后开始，他胸中积累的学问见识便汹涌澎湃地迸发出来，一夜之间，没有丝毫停滞地呼啸奔泻。他流淌着自己，燃烧着自己。而作为国君的秦孝公，则像空谷沧海，接纳着他无尽的奔流而没有丝毫的满足。闪念之间，卫鞅从这个仅仅比自己大一岁的国君身上，看到了一种远远超越于年龄和阅历之上的成熟与博大。他仿佛生来就是做国君的，处变不惊，临危不乱，慧眼辨才，沉静深远。对于寻常人等而言，拥有其中任何一种品质都是极为难得的了。而他，却如此出色地融这些过人品质于一身，真正是令人叹服。与这个年青的国君在一起，就像与山岳为伍，令人胆气顿生。他静静地看着专注沉思的秦孝公，神思奔放，竟也忘记了吃饭。

须臾，秦孝公抬起头兴奋道："《治秦九论》，字字千钧！来，痛饮一爵，请先生详为拆解。"卫鞅举爵，锵然相碰，俩人一饮而尽。

烈酒下喉，卫鞅精神为之一振道："《治秦九论》乃卫鞅谋划的变法大纲。其一《田论》，立定废井田、开阡陌、田可买卖之法令。其二《赋税论》，抛弃贡物无定数的旧税制，使农按田亩、工按作坊、商按交易纳税之新法。如此则民富国亦富。其三《农爵论》，农人力耕致富并多缴粮税者，可获国家爵位。此举将真正激发农人勤奋耕耘，为根本的聚粮之道。其四《军功论》，凡战阵斩首者，以斩获首级数目赐爵。使国人皆以从军杀敌为荣耀，举国皆兵，士卒奋勇，伤残无忧，何患无战胜之功？其五《郡县论》，将秦国旧世族的自治封地一律取缔，设郡县两级官府，直辖于国府之下，使全国治权一统，如臂使指。其六《连坐论》，县下设里、甲两级小吏。民以十户为一甲，一人犯罪，十户连坐，使民众荣辱与共，怯于私斗犯罪而勇于公战立功。其七《度量衡论》，将秦国所行之长度、重量、容器一体统一，由国府制作标准校正，杜绝商贾与奸恶吏员对庶民的盘剥。其八《官制论》，限定各级官府官吏定员与治权，杜绝政出私门。其九《齐俗论》，强制取缔山野之民的愚蛮风习，譬如寒食、举家同眠、妻妾人殉，等等。此九论为大纲，若变法开始，尚须逐一制定法令，落于实处。"

"人云，纲举目张。有此九论，嬴渠梁已经看见了秦国来日！"

要理解"治秦九论"，可读《商君书》（《商君书》的作者难以定论）。

两人又是痛饮一爵，就着《治秦九论》侃侃问答，不觉已是红日西坠，纱灯重亮。黑伯收拾燎炉点灯时，看见正午的饭竟然原封未动，不禁摇头叹息，轻声道："君上，该用晚饭了。"孝公笑道："好，将这些弄热就行。"黑伯哽咽劝道："君上，歇息吧，三日两夜了。”孝公不悦道：“又有何妨？不要打扰，去吧。”

匆匆吃罢，俩人便围着燎炉一条一条计议。说到最后的纠正民俗时，孝公竟然不了解西部老秦人的陋习。卫鞅便将自己在山河里的夜宿和带出河丫的故事讲了一遍。孝公不禁大为感慨唏嘘，眼中莹然泪光，最后又大笑一番，举酒庆贺卫鞅的深彻踏勘。忘情之间，不觉又是红日临窗。

黑伯心急如焚，百思无计，匆匆到后边庭院禀报了太后，请设法教国君歇息。

太后听黑伯一说，又气又急，抬脚往前院便走，到得兵器厅廊外，想想又停下脚步，派侍女唤来正在晨读的荧玉，吩咐道：“你二哥又发痴了，三日两夜没歇息和人说话。我想他是否遇上了奇人高才？我去未免扫兴。你去看看，送点好吃的，捣乱捣乱，教他们歇会儿。”荧玉顽皮地笑笑，飘然跑去了。

政事堂外的庭院中，守了三天两夜的车英在晨光下边踢腿边打哈欠，打着打着，一下子瘫倒在地上睡着了，长剑压在身下，却照样鼾声大作。荧玉提着棉布包裹的陶罐和小竹篮轻盈走来，发现车英横卧在地，呼噜连声，摇头一笑，绕过车英，来到政事堂大厅，看见里间的大书房门掩着，便轻手轻脚趴到门格上向里张望。

房内，秦孝公与卫鞅各自包着一块毛毡斜依在墙上，中间地毡上铺着一张大图，面前长几上杯盘散乱，二人都是眼睛发红面色发青，神情却是激越兴奋，毫无倦意。荧玉知道二哥脾气，不敢贸然闯进，便悄悄站立偷听，寻觅进去的机会。只听屋内传来一个略显沙哑的声音道：“强兵之本，在激赏于民。劳而无功，战而无赏，必生异心。我在山河里听到老秦人民歌：‘有功无赏，有年无成，有荒无救，有田难耕。’民生怨心，何以强兵？是以要奖励耕战，激赏强兵！”孝公插话道：“别急别急，你将那民歌再念一遍。”沙哑声音道：“我唱给君上听吧。”说着咳嗽一声，低低唱了起来，悠扬悲凉的歌声飞出门外：“七月流火，过我山陵。女儿耕织，男儿做兵。有功无赏，有田无耕。有荒无救，有年无成。悠悠上天，忘我苍生。”

歌声之后，屋内良久沉寂……荧玉被歌儿深深打动，不禁热泪盈眶。只听二哥沉重的一声叹息与低低的哽咽拭泪之声。沙哑声音道：“君上何忧？但有变法雄心，君上将无愧于秦国民众，无愧于祖宗社稷。”二哥坚定深沉的声音道：“嬴渠梁决意变法，请先生为我承担大任。”沙哑声音道：“君上信鞅，鞅万死不辞。然则变法愈深彻，道路愈艰险。鞅悉心推究过列国变法，以为至少需要三个条件，不知君上能做到否？”

“先生但讲。”

“其一，有一批竭诚拥戴变法之士，居于枢要职位。否则，法无伸张，令无推行，行之朝野，便成强弩之末。”

“此点但请先生放心。嬴渠梁当全力为先生罗织力量。”

“其二，真法不避权贵。新法一旦推行，举国唯法是从。即或宫室宗亲，违法亦与庶民同罪。此点庸常之君断难做到。”

“此点在嬴渠梁倒非难事。但讲第三。”

“其三，国君对变法主政大臣须深信不疑，不受挑拨，不受离间。否则，权臣死而法令溃。春秋以来三百余年，凡新政变法失败者，无一不是君臣生疑。若无生死知遇，变法断难成功。”

此时，风儿将门无声地吹开，荧玉悄然走进，站在了二人身后。

秦孝公长嘘一声：“强秦，是我的毕生大梦。为了这个梦，嬴渠梁九死而无悔，万难不足以扰我心！三百年以来，变法功臣皆死于非命，此乃国君之罪也。你我君臣相知，终我之世，绝不负君！”

可惜孝公早死。

卫鞅眼中湿润：“公如青山，鞅如松柏，粉身碎骨，永不负秦！”

两人四手，紧紧相握。中间忽然伸出两爵热气蒸腾的米酒，荧玉含泪笑道：“热酒赤心，天地为证。”秦孝公爽朗大笑：“说得好！小妹来得正是时候，来，干！”卫鞅接过一爵笑道：“为了秦国强大，干！”两爵锵然相碰，各自痛饮而尽。

荧玉凝神打量着卫鞅，脸上露出一种纯真的感动。

四 世族元老们惶惑不安了

栎阳的上层世族迅速传播着一个消息:秦公和魏国士子卫鞅连续密商三昼夜,准备在秦国大动干戈!秦国世族第一次感到了震惊,也感到了恐慌,奔走相告,议论纷纷。

与山东六国相比,秦国世族层的数量和势力都很小,财力和私家武装的规模更小。如果维持旧制,秦国世族对公室国府几乎没有什么威胁。但是,秦国世族有两个突出特点,一是一脉相延数百年,极少有中途泯灭的家族;二是对国家都有值得称颂的功劳,其第一代往往都是大功臣。而东方六国的世族,却在春秋以来的三百多年中历经毁灭与再生,延续百年以上的真正旧世族几乎悉数淹没,代之而起的是新政变法中诞生的新世族,此所谓"高岸为谷,深谷为陵"的权力层大动荡。

秦国不然,立国之前的嬴氏部族原本就是殷商遗落的老世族,在与西部戎狄的长期较量中,世族力量始终是嬴氏部族的中坚,将领官吏层几乎与世族层等同。立国为大诸侯之后,又在历代征战中陆续诞生了许多新世族。由于秦国僻处西域,加之东方各国的蔑视,很少与中原列国紧密融通,国内也就很少发生政权动荡。在秦国的历史上,除了秦孝公的父亲秦献公之前的几次政变动荡,几乎没有大的政变与经济动荡。长期的国内稳定与长期的对外战争,相辅相成,战争强化了稳定,稳定赢得了战争。

这就是一个穷困落后的秦国,何以能长期与东方各国并立的奥秘所在。

由于落后,由于穷困,由于稳定,由于战争,秦国世族和乡野庶民的种种差距,远远不像东方世族与庶民那样天壤之别。秦国世族在战争中的伤亡丝毫不比庶民少,生活上想奢侈排场也没有财货根基。一旦兵连祸结,世族庶民一般艰苦一般流血。所有的世族子弟,都是少年从军,浴血奋战,任何一个家族都可以数出历代成百上千的战死者。这种不大的差别,使秦国世族在山野庶民中有着很深的根基,某种意义上说融为一体也不为过。正是这种相安无事的稳定和谐,使秦国世族和乡野庶民都没有改变现状的强烈愿望。世族中没有分化出东方各国那样的新地主,也没有产生东方那样的士人阶层;庶民虽有怨言和不满,但从来没有发生过几乎同样落后的楚国那样的群盗暴动,或周室洛阳那样的百工起义。三百多年中,秦国朝野没有改变这种"一体穷困,同甘共苦"的愿望。平民如此,世族更如此。

而今，国君在一个外来士子的蛊惑下竟要大动干戈，能不震惊哗然？

最早将这个消息传播出去的，是职任戎右的西乞弧。这个西乞弧，是秦穆公时期名将西乞术的后裔，算得上秦国的名门世族。戎右，是秦国公室护军的将领之一。西乞弧三十余岁，机警异常。他守护国府，连续三天挡回了二十余位大臣，自然知道这三天三夜非同寻常。他第一个找的是他的顶头上司——卫尉车英探听口风。车英职位比他高，也是世族之后，年龄资望和军功却还都不能与他相比，所以说话也没有顾忌，直截了当便问："敢问卫尉，国君和这个白衣士子密谈三天三夜，想让他在秦国变法么？"谁知车英冷冷回答："西乞将军，你想的事忒多，歇歇了。"西乞弧碰了个软钉子，便去找他的"孟西白"圈子说话。

这"孟西白"在秦国可是大大有名，说的是秦穆公的三大名将孟明视、西乞术、白乙丙。此三人曾先后做过秦军统帅，长期共同作战，交谊甚厚，素来是通家之好。三将死后，孟西白三大家族遂成世交，百年以来代代结好，姻缘互通，成了一个联片盘根的世族势力。三大家族中，"西乞"虽是复姓，但老秦人却按照他们惯有的简单说法，喊为"孟西白"。时下孟氏家族的嫡系主人叫孟坼，官居行人，执掌对戎狄联络的外部事务。白氏部族的嫡系主人叫白缙，官居车右，掌秦国的战车兵。由于秦国的战车逐步淘汰，所以三家之中，白缙稍显冷落。西乞弧与孟坼均居相对显赫的要职。

西乞弧先到孟坼府，又派人请来白缙。西乞弧一说消息，孟坼与白缙先还不在意，变法就是变变法令，有何大不了？经西乞弧一说变法的厉害，才恍然大悟，感到不妙。但三人除了骂一通那个卫鞅以外，也不知如何是好。西乞弧机警，提议去见上大夫甘龙，听听他的主意。不消片刻，三人赶到甘龙府，

卫鞅变法，阻力不小。

巧的是长史公孙贾和中大夫杜挚也在甘龙府议事。西乞弧将来意说明，甘龙沉吟半日，却没说话。公孙贾淡淡笑道："国君求贤令已经申明，就是要恢复穆公霸业，能变到何处去？三位无须多虑。"甘龙道："这件事，老秦人都知道了，不要着急，看看再说。"杜挚却粗声大气道："一个魏国中庶子，能成何气候？国君见他，消闲解闷罢了。真的大动干戈，我却不信！"西乞弧轻蔑地笑笑，便对孟坼白缙示意，三人告辞，聚在孟府又饮酒议论到二更方散。

栎阳城各种各样的议论和动态，景监都及时禀报给秦孝公。自从卫鞅与秦孝公昼夜聚谈以来，景监简直高兴得心都要醉了。因为卫鞅而使他产生的委屈、难堪、愤懑，早已经烟消云散。他唯一的担心，就是世族们的这种诋毁，会不会使尚在襁褓中的变法大计窒息？景监是秦国现任重臣中唯一的平民子弟，确切地说，是过早败落在世族倾轧中的世族后裔。他本能地对世族层保持着一定的距离，对他们的动态却是异常地敏感。当他把这些沸沸扬扬的议论和动态禀报给国君时，秦孝公却笑着挥挥手："教他们说去，吹吹风也好。"

秦孝公心中却是有数，和卫鞅彻谈三昼夜，信心大增，原来准备自己苦修自己动手的悲壮，化成了烈烈变法的昂扬情怀。但是，长期锤炼的沉稳性格却使他很是冷静地思索了几日。他不想在没有充分准备的情势下急于动手，他思谋了一个周密的疏导方略，而且决意不让卫鞅过早地在前期疏导中显露锋芒，树敌于元老重臣。当世族层沸沸扬扬地奔走议论时，他开始了不着痕迹的疏导。

孝公的第一个动作，是拜卫鞅为客卿，赐两进院落的宅邸一座。此令一颁，栎阳世族与朝臣大出意外，招贤馆士子则忐忑不安。朝臣世族们原本以为，卫鞅马上就要成为红得发紫的权臣，耀武扬威地立即对他们动手，就像韩国的申不害那

孝公聪明，拜卫鞅为客卿，不犯众怒。

样。孰料，国君才给了卫鞅一个客卿。客卿者，没大没小的一个虚职，对任何官署都不能干预，只能和国君叙谈叙谈罢了。世族朝臣们顿时长长地出了一口气，轻松了下来，觉得这个卫鞅对自己没有任何威胁。杜挚和孟坼几个人晋见秦孝公时，还抱怨国君给卫鞅官职太小太虚，不利于招贤，请国君对卫鞅再升一级。秦孝公淡淡笑道："诸卿贤明，我已知晓。但有大任再说。"出得国府，几人相对大笑，分外畅快。招贤馆士子们不然，一看卫鞅如此赫赫才拜了客卿，自己如何有指望在秦国做官，自然是愁眉苦脸，聚相议论，思谋着要回老家。

然而就在这时，国君却颁下君书：招贤馆所留士人，全部派为县令、郡守和国府官署的实权官吏。最高职位是王轼，做了栎阳令。原先的栎阳令子岸则重回军中做大将。此令一下，朝野又是一片哗然。招贤馆振奋庆贺，世族朝臣却又变得茫然失措。战国初期，县比郡还重要，县令比郡守爵位也高，是国府直辖的最高地方官署。变法前的秦国，除了在陇西戎狄区域和北部荒凉地带设郡以外，腹心地带全部以县为治，而不设郡。所以县令、郡守都是当时十分重要的地方大员，军政一把抓。至于栎阳令，那更是都城长官，非同寻常。这些如此重要的职位，大部分派给了这些外邦士子，世族元老们可是老大不舒服。不舒服归不舒服，嘴里却讲不出。国君花大力气招贤，没有重用那个咄咄逼人的卫鞅，还能不教用其他贤士？令世族元老们沉住了气的还有重要的一点，那就是国君对招贤馆士子们只授了官，而没有授爵。在一个老牌国家，有官无爵的实际含义是临时任职，尚未进入真正的上层世族，一旦罢免，即为平民。

君书颁布三天之后，秦孝公在招贤馆设宴为新任大员们饯行。酒间秦孝公郑重叮嘱，新官上任，不要急于做事，半年之内许静不许动，只准熟悉政务治情督导劝耕，不许擅行新

重用士子也明智，收买人心，笼络人才。

政。这个奇特的命令，引来士子们一片茫然——强大秦国却又不许创新不许做事，却要贤士何用？又想想初任重职，谨慎为是，也无人异议，饯行结束，士子们便各赴任所了。

此信传出，世族朝臣们又是大为宽心，认定国君招贤只是求治而已，并非要拿祖制开刀。就在朝臣世族们虽有狐疑而又无话可说的时日，秦孝公依然天天和客卿卫鞅见面叙谈，却始终没有出人意料的大举动。一个月过去，寒冬来临，又没有战事，进入了老秦人说的“窝冬”期，也就没人再关心这件事了。

一个大雪纷飞的日子，秦孝公来到左庶长嬴虔的府中，密谈了整整一天。

第二天，孝公举行朝会，册封上大夫甘龙为太师，辅助国君承当协理阴阳、融通天地、聚合民心的重任；长史公孙贾升任太子傅，左庶长嬴虔也加太子傅，共同教习太子文武学问；中大夫杜挚升任太庙丞，掌祭祀大礼，职同上大夫。三人原先所辖的“琐碎政事”，分别交于左庶长嬴虔和内史景监，国政大计由左庶长统摄。四道书令一颁布，政事堂中你看我，我看你，不知所以然了。

说起来，秦国素来没有太师这个显贵尊荣的职位，那只是商周两代王室才设置的“百官之首，协理阴阳”的首要大臣，有无实权，视时视人而定。老秦国素来认为那是不着边际的荒诞高位，从未设置。而今国君竟然抬出一个“太师”给了元老重臣，实在莫名其妙！想想却又无法诘难于国君。甘龙本是东方大儒，寻常时动辄来一通老秦臣子们摸不着头脑的高论，让他去“协理阴阳融通天地聚合民心”，倒也是合适不过，况且又是大大升了两级爵位，比上大夫显贵多了，又如何质疑于国君？长史公孙贾的太子傅更重要，历来为学问大臣所争夺，公孙贾本来就是文臣，又能说甚？至于杜

摆上神台，架空权力。

挚，从中大夫一下子升到了上大夫一级，也是非同小可的升迁，不好么？一阵惶惑，大臣们终于一齐向甘龙、公孙贾、杜挚三人庆贺。三人虽是笑意盈盈，却显得颇为尴尬。

散朝之后，孟西白三人在孟府议论了半日。西乞弧说他总觉得这几件事来得蹊跷，认定国君还有举动，说不定还会罢免了他们几个的官职。说得孟拆和白缙惶惶不安。谁知过了几日，秦孝公召集军中将领议事，宣示秦军将领一个不动，每人还晋爵一级。将军们放了心，栎阳又安静了下来。

秦孝公并没有停止他的举动。三日之后，他分别和景监、车英密议了半日。第二天颁布书令，迁景监为长史暂署左庶长府事务；迁车英为栎阳将军。内史迁左庶长府长史，爵位降了一级。卫尉迁栎阳将军，爵位降了两级。新贵贬官，世族元老们忒是快意，却又一次感到了莫名其妙。这俩人虽然遭贬，但迁后的职位却极为重要。是明降暗升？也不对。这两个新贵本来的职位也都是冲要高位，一个掌国府庶务兼领栎阳民治，一个总领国府护军，绝非虚职，似乎谈不上明贬暗升。然二人又无过错，却何以贬官？一时间，朝臣们云山雾罩，纷纷揣测却又莫衷一是，渐渐地又平静了下来。

要不动声色地扫清变法障碍。

这一段日子里，卫鞅的小庭院大雪封门，异常冷清。秦孝公没有来过，景监也没有来过。但令人感到奇怪的是，客卿院落的四周总有三五甲士不断经过，转角隐蔽处，还有钉在那里一动不动的便装武士。栎阳国人悄悄议论，那个院子里的官人肯定是被囚居了，否则哪有如此森严的警戒？这一切，足不出户的卫鞅自然不知道。买菜、造饭并一应琐务，都有国府派来的两个仆人打理，他是整日埋首书房，不是读书，便是谋划，仿佛山中一般。

这日午后，依旧是大雪飞扬，却有人嘭嘭敲门。

仆人开门，卫鞅听得一个熟悉的声音："先生在家否？"侯嬴？对，是他！卫鞅疾步出得书房，来到廊下，见满身是雪的侯嬴提着一个大竹篮走进院子，不禁高兴地大笑："侯嬴兄，想煞我也！"侯嬴笑道："鞅兄做了官，就忘记我这贱商了，怪得谁来？"卫鞅笑道："客卿也算官么？"说着接过侯嬴手中的大竹篮，耸耸鼻子："好香，定是秦酒羊肉！"侯嬴大笑："没错。大雪窝冬，不痛饮一顿说不过去。"卫鞅便将竹篮递给仆人吩咐道："加加火拿到书房来。"老仆人恭谨应诺，连忙到厨下去了。侯嬴走进书房低声问："说话方便么？"卫鞅揶揄笑道："如何不方便？这是我的府邸。"侯嬴摇头道："如何外面有暗岗？还有兵士巡查？"卫鞅一怔，想想心下明白，爽朗笑道："没事儿，只管痛饮。"说话间老仆人已经将热气蒸腾的炖肥羊捧来摆好，又将烫好的酒壶用棉布包裹，斟好两杯，轻步退出。侯嬴微笑点头："看来，给你这个客卿派的仆人倒还够格。"卫鞅笑道："我是没管，这都是国府分派。来，先干一杯！"俩人端起面前冒着热气的陶杯叮当一碰，痛饮而下。侯嬴困惑道："秦国从来不给上大夫以下的官员配官仆，你这客卿，职同上大夫？"卫鞅大笑："客卿者，没大没小也，礼遇有加，也不为过。"侯嬴道："没有实权执掌么？"卫鞅摇摇头："没有。"侯嬴沉吟道："鞅兄，招贤馆士子们都做了县令郡守。秦公和你畅谈三日三夜，栎阳国人皆知，却给了个有名无实的客卿，究竟是何道理？"卫鞅思忖有顷道："侯兄，我与秦公披肝沥胆，引为知音，我卫鞅愿与这样的国君终生共事。至于用我为何职，何须虑之。给如此一个国君做谋士，也是人生一大快事也！"

侯嬴又斟满一杯，共饮而尽："你就听任摆布？"显是颇有不解。

卫鞅又是哈哈大笑："侯兄差矣！我观秦公绝非举棋不定之人，更非斡旋无能之主。然为人君者，有寻常人所不能体察的难处，凡事须给他一个疏导的余地。既为知音，若连此点都不能理会，急吼吼求官，岂非大煞风景？"

"你还有信心？"侯嬴认真问。

卫鞅点点头，斟满两杯："来，不要辜负了烈酒苦菜。"

一杯饮下，侯嬴从怀中掏出一个铜管："白姑娘给鞅兄带来一信。"

卫鞅眼睛一亮，惊喜地接过铜管打开，抽出一卷展开，却是一方白丝，上面是白雪秀劲的小字："自君别去，倍加思念。秦国诸事，大略知之，虽多曲折，然必有成。唯念君者，孤身自理，清苦有加，无以为助，刻刻挂怀。愿君保重，以慰我心。"白丝左下角，画了一只展翅飞翔的鸿雁。

卫鞅看得眼睛湿润，举杯一饮，良久无话。

侯嬴喟然一叹："白姑娘用心良苦，若有不察处，鞅兄莫要上心。"

卫鞅默默地递过白绢，侯嬴犹疑着接过，看后笑道："知鞅兄者，唯白姑娘也。来，为鞅兄有如此红颜知己，干！"

卫鞅举杯饮尽，慨然道："侯兄稍待，我书一信给她。"

侯嬴笑道："正当如此。三日后白姑娘便可看到。鞅兄只写。"

卫鞅走到旁边书案前，拿出一方羊皮纸，提起鹅翎却是感慨万端，含泪下笔，竟觉字字艰难。写完后在火盆上稍一烘烤，墨迹干尽，卷起来装进原来的铜管递给侯嬴。侯嬴一摁管头的铜豆，管盖"当"的一声扣紧，笑道："这是白氏特制的密管，一管一法，最为保密。"卫鞅笑道："那就烦劳侯兄送给她了。"侯嬴道："方便得很，反正客栈每旬都要回魏国进货，你有事，随时找我便是。"卫鞅高兴，俩人将一坛秦酒在侃侃叙谈中饮了个尽干，直到暮色降临，大雪稍停，侯嬴方才离去。

苦恋。

整个冬天，秦孝公都在忙碌，每隔几日总要和左庶长嬴虔、长史景监、栎阳将军车英、栎阳令王轼会商，要么就是单独和其中的一位密商。唯独和卫鞅没有见过一次。窝冬的朝臣们也几乎忘记了客卿卫鞅这个人。

五　政事堂发生了尖锐对立

转眼冰雪消融春暖花开。三月初三，秦孝公举行完一年一度例行的启耕大典，笑着对参加大典的朝臣们道："明日朝会，议定今岁大计，诸卿各做准备。”这也是每年启耕大典后的第一次隆重朝会，官员们称为“春朝”，是朝臣们特别看重的年首朝会。

这天晚上，景监来到了客卿卫鞅的小院落。卫鞅正对着书房墙壁上的大图出神，见景监来到，微微一笑：“久违之客，必有大信，是么？”景监一言不发，从怀中摸出一支宽宽的竹板。卫鞅接过一瞥，只见竹板上赫然四个大字——明朝廷争。卫鞅拊掌大笑：“好！又一个启耕大典。”景监笑道：“一冬蜗居，鞅兄冷清否？”卫鞅道：“秦公教我养精蓄锐，安得冷清？”景监感慨：“知君上者，唯鞅兄也。”卫鞅却笑道：“知卫鞅者，唯君上也。”景监道：“鞅兄上路，真让我欣慰。想起去冬，时觉后怕也。”卫鞅不禁大笑，景监也大笑起来。

第二天早晨，政事堂早早生起了四个径直六尺的大燎炉，红红的木炭火使阴冷的大厅暖烘烘的。春寒料峭中赶来的朝臣们，进得大厅直喊好暖和，搓搓手便脱去皮袍，坐在自己的位置上与左右谈笑。杜挚笑问公孙贾：“太傅大人，那个位子谁坐啊？”他指的是中央国君长案稍下的两张书案，一张显然是太师甘龙的座席，对应的另一张何人？太子傅公孙贾没有坐，左庶长加衔太子傅的嬴虔也没有坐，还有谁能如此尊贵？有些人原本没注意，杜挚一问，恍然大悟，顿觉蹊跷。再一看，栎阳将军车英全副戎装肃立在政事堂门口，外面大院中两队甲士盔明甲亮，持矛带剑，整齐威武。朝臣们你看我，我看你，都觉有些异常。除了嬴虔、景监、王轼几个人默然静坐外，竟都是忐忑不安。

正在这时，门外内侍高声报号：“客卿大人到——”

众人一惊，哄嗡议论声大起。除了国君偶然为之，朝臣们进政事堂都是自己进来便是，哪有隆重报号的？哪个客卿有如此气魄？仔细一想，秦国只拜了一个客卿，不是卫鞅，还有何人？议论之中，但见卫鞅一领白袍，头顶三寸白玉冠，从容走进政事堂。内侍总管黑伯亲自引导卫鞅在那个空闲的尊贵位置上坐下。一时间，朝臣们骤然安静，面面相顾，脸色很是难看。

又一声报号：“君上到！”话音落点，秦孝公已经走进政事堂，惯常的一身黑衣，与卫鞅适成鲜明对比。令朝臣们惊讶的是，从来不在朝会上带剑的国君，今日腰间竟然挎上了那支铜锈斑驳的穆公剑。隐隐约约的，朝臣们觉得将有大事发生，几个月来扑朔迷离的疑团将要在今日揭破了。

秦孝公走到中央长案前就座，环视大厅道：“诸位卿臣，秦国《求贤令》发出已经一年，入秦贤士历经坎坷，已经各任其职。秦国求贤，不为虚名，而为强国。何以强国？唯有变法。客卿卫鞅,对本公提出了变法强秦之方略。念及变法乃国家大计,须得上下同心君臣一体,是以举行今日朝会,商讨议决。列位皆秦国文武重臣,须得坦诚直言。”

政事堂一片安静,朝臣们低头沉思,甚至连寻常时日遇到困惑便相互目光询问的举动也没有了。半日,还是甘龙咳嗽一声,打破了平静。

甘龙在升为太师以后,极不是滋味。他看得很清楚,这是要把他“赐以尊荣,束之高阁”。非但对他,连和他声气相通的公孙贾、杜挚也如法炮制。将他们手中的实权拿掉,必然是为了转移给另外一批新人。如果说这种权力转移在此之前还显得扑朔迷离,升升降降不太清楚的话,今日则已经完全清楚,就是准备全部转移给卫鞅。甘龙以他久经沧桑的敏锐嗅觉,已经完全看准了这一点,决然不相信卫鞅永远都是客卿。这使甘龙感到了一种悲凉,一种被抛弃了的屈辱。因为这种升迁贬黜,都是在他毫不知情的情况下做出的。就本心而论,如果国君与他真诚商议,他告老辞官又有何妨?再说变法大计,他竟丝毫不知,难道国君就认定他不拥戴变法?甘龙虽是儒家,然也是秦国老臣,岂有不希望秦国强大之理?这一点给甘龙的刺激比前一点更甚。一个任何实权都没有的太师,再加上大政决策不能事先与闻,岂非真正的做了摆设?虽然悲凉,虽然屈辱,但甘龙毕竟久经沉浮,老到至极。他心中明白,强风乍起,若迎头而上,必然会被彻底吞没。这时候,长草偃伏是避免身败名裂的最好生存之法。然则,又不能一副冷漠状,将内心不满显露出来,要有度,该说话时仍然要说话,对自己的升迁贬黜浑然无觉,方为上乘。眼见无人讲话,甘龙觉得对他这个万事不管而又凡事可议的太师正是机会。

“敢请客卿,先行宣示变法方略,可否?”甘龙只有这一句。

然则这一句话,就把被动变成了主动,也缓和了政事堂微妙的僵硬气氛。秦孝公看了卫鞅一眼,微微点头。卫鞅便向全场拱手道:“君上,列位大人,秦国贫弱,天下皆知。欲得强秦,必须变法,舍此无二途。秦国变法之方略为:奖励农耕以富国,激赏军功以强兵,统一治权以正吏,化俗齐风以聚民。此四项之下,各有若干法令保其实施。列位大人以为然否?”

太子傅公孙贾对甘龙的心情和对策以及场中情势非常清楚,见卫鞅说完,便问道:“不知旧法弊端,难以变法。敢问客卿,秦国传统治道,弊在何处?”

此一问正中卫鞅下怀,不假思索便道:“秦国旧制,弊有其三。第一,以王道为本,杂以零碎新政,民无以适从。秦在立国之初,对周室礼制王道略加变通而治民。穆公时以百里奚治国，力行德治，又引进旧楚国若干法令。秦简公时行‘初租禾’新政，摈弃旧制，然时日无多，又恢复旧制。献公即位，欲行新政，然战事迭起，无暇以顾。时至今日，秦国仍是春秋旧制，距离战国新法差距甚大。这种旧制，只能治民于小争之世，而不能强国于大争之世。”

“此说真乃稀奇古怪！”新任太庙令杜挚一拍面前木案，愤然作色道：“秦法之弊若此，百里奚何以助穆公称霸诸侯？”

卫鞅很是冷静：“百里奚治秦，全赖一贤之力临机处置，无法令规制为后世遵守。此乃人治，绝非法治。是以穆公百里奚之后，秦国陷入四代混乱而沦为弱国。敢问太庙令，若百里奚有法可守，何以秦国百余年不能振兴穆公霸业，反倒尽失河西之地，从函谷关退缩到栎阳？”这番话诘难犀利，毫不忌讳地指责秦国朝臣视为神圣的秦穆公与百里奚，论理却是堂堂正正，政事堂大臣们虽愤然尴尬，却无言以对。杜挚气得呼呼直喘，硬是说不上话来。

“第二弊呢？敢请高论。”公孙贾悠然笑问。

卫鞅道：“秦国旧制第二弊，法无要领，奖罚不明。世族有罪不罚，庶民有功不赏。农人耕有余依然贫困，军士战有功依然无爵。如此，奋勇为国之正气如何激扬？”

“啪！”一人拍案而起，众人一看，却是戎右将军西乞弧。他愤然高声道：“客卿一派胡言！秦国如何有功不赏？在座文臣不论，单说武将，哪一个不是一刀一剑有了战功方做将军？若有功不赏，景监一个骑士能做到内史长史？车英一个千夫长能做到卫尉和栎阳将军？”

“然也！”行人孟坼站起激昂道，“以臣看来，不是有功不赏，而是无功有赏！王轼无尺寸之功，竟取代战功累累的子岸将军，做了栎阳令。招贤馆士人有何功劳？都做了县令郡守！”

“还有，你卫鞅有何功劳？拜了客卿，派了官仆，还竟与太师比肩而坐！无功受禄，反倒诋毁秦国，是何道理？”这直指卫鞅的，是车右将军白缙。

政事堂气氛骤然紧张，且完全脱离了正题，将矛头对准了卫鞅乃至《求贤令》颁布以来的秦孝公。甘龙公孙贾肃然沉默。杜挚则忍不住一脸笑意。孟西白乃功臣之后，秦国显赫的军旅家族，三人齐出发难，非同寻常。秦孝公却是不动声色，丝毫没有对孟西白三人的突然发难表露出喜怒。倒是左庶长嬴虔嘴角抽动，显然感到愤怒。景监见西乞弧公然拿自己和车英做挡箭牌，内心愤愤不平，却也知道不是自己说话的时候，目不转睛地盯着卫鞅，生怕他无言以对。最紧张的是新任栎阳令王轼，第一次见到这种激烈尖锐的朝堂较量，尤其是自己也成了箭靶，额头不禁渗出细汗。

就在满朝目光齐聚到卫鞅身上时，卫鞅突然一阵仰天大笑，从座中站起朗声道："卫鞅所谈，乃秦国旧制之弊端，孟西白三位何以顾左右而言他？国家法令，一体同遵，方为法制公平。正因了诸位世族后裔有功便赏，方显得农人有功无赏、军士有功无爵之荒诞。世族有功便赏，岂能等同于庶民有功便赏？三位以世族之利比庶民之害，以世族之得比庶民之失，不觉荒唐过甚么？此种说法，对秦国旧制弊端视而不见，何异于掩耳盗铃乎？若孟西白三位能说出庶民有功而加爵受赏，卫鞅自然拜服。此其一。"卫鞅话锋一转，"至于说卫鞅等人无功受禄，则大谬不然。武士阵前杀敌为功，文士运筹治国亦为功。天下为公，国家官署爵位，唯有才有功者居之。秦公《求贤令》昭明天下，与强秦之士共享秦国，小小客卿何足道哉！"一席话义正词严，坦率辛辣。政事堂一片肃然，孟西白三人面色通红。

公孙贾仿佛没有听见方才一个回合的较量，平静问道："敢问客卿，秦国法制第三弊若何？"

卫鞅也仿佛没有发生过方才的争辩，接道："秦国旧制，无聚民之力，无慑乱之威，此为第三弊也。何谓聚民慑乱之威？法令一统，令行禁止，有罪重罚，有功激赏，公正严明。如此则官吏无贪，庶民无私，国家兴亡，匹夫有责，人人奋勇立功，个个避罪求赏，朝野形成浩然正气，则国家不怒自威。秦人厚重坚韧，若元气养成，则必将大出于天下！"

"好！"左庶长嬴虔拍案而起，"先生之言，大长秦人志

剑拔弩张，就是要引出"大出天下"这句话。在"大出天下"的面前，无人会有异议。保守如甘龙、公孙贾、杜挚，也不能对"大出天下"这句话提出异议，没有什么比"授命于天"更有说服力。可见卫鞅入秦之前，做过充分的功课。

气！舜帝当年赐给我嬴氏祖先皂游[①]时，就曾预言，嬴氏一族必将大出于天下。不想竟在千年之后被先生讲出，大大吉兆也！秦国强大，必将应在先生之手。诸位以为如何？”

“好！吉兆！”话音落点，政事堂一片激昂的喊声。

卫鞅的这句话，是流传在老秦人中间的一个久远的部族神话。说的是嬴秦先祖大费与大禹共同治水有功，舜帝隆重赐给嬴氏部族以皂游大旗，并预言“尔族后将大出天下”。多少年来，这个故事在嬴秦部族中代代流传，人人坚信舜帝的预言终有一朝会变成真的。“大出天下”这句话，几乎是老秦人相互鼓励的一句神秘誓言，和“赳赳老秦，共赴国难”那句话一起，构成了秦人的精神支柱和献身传统。卫鞅此言一出，左庶长嬴虔心念电闪，立即将它生发至神圣的誓言和神秘的启示，谁能不觉得振奋？谁又能在久远的部族精神面前不昂扬呼应？

峰回路转，秦孝公没想到如此突然变化，竟将激烈对峙瞬间就融会在了一种壮烈久远的誓言中，不由低声自语：“天意也。”仔细思忖，却又微笑道：“如此吉兆，自当庆贺。然大出天下，终须一步一步做来。客卿方才所述变法大计，诸位尚须仔细计议才是。”见又是片刻沉默，秦孝公看着甘龙笑道：“今日朝会，事先未与太师及诸位大臣商议，为的就是一体同商。不知太师以为变法大计如何？”

甘龙见国君委婉解释，心中稍觉舒坦，显得很沉重地说：“变法事大。变得不好，国无宁日。越是大变，越是多有利害冲突。以秦国时下而论，不变法犹可为之，一旦变法，朝野动荡，若有战事，只怕有亡国之危。况且，圣贤治国，法度宜静不宜变，民风宜古不宜今。因循旧制是稳定之道，官吏熟悉旧规，民众安心旧习，此为万古之道。不求自安而求自乱，老臣委实不解客卿之意。”

卫鞅心下明白，这才是真正的开始，他从容微笑道：“太师饱学之士，何以出此世俗之言？庸人安于世故，学人溺于所习。若守此心态，今日犹在三皇五帝时也。太师当知，夏商周三代不同制，春秋五霸不同法。世生变，变生强，强则进。治国之道，贤勇者创法立制，庸碌者因循守旧。创新者生，守旧者亡。秦国因循旧制数百年，守出了富，还是守出了强？抑或守出了土地？”

---

① 皂游（liú），皂，黑色；游，通“旒”，旌旗上的飘带。因嬴氏祖先大费助大禹治水有功，故舜禹赐大费黑色旌旗、黑色飘带以与黑色圭玉相配。

“非也。”公孙贾淡淡地说，“太师之意，一旦变法，朝野动荡，削弱国家战力，若有战事，必有亡国之危。客卿对此作何应对？”他巧妙地将守旧创新的话题，引到谁也难以承担罪责的兴亡前途上来，显然是一个严重的挑战。

卫鞅不假思索道：“其一，变法所生之动荡，是利害冲突，法令得当，可迅速平息冲突稳定国人。此短暂动荡不是国家内乱，不会导致国家战力瘫痪。恰好相反，变法可在短时间内迅速增强国家战力。其二，东方六国在逢泽会盟的分秦图谋瓦解后，燕赵两国忙于抢夺中山国，韩国齐国正在变法，楚国忙于防范南部蛮夷作乱，魏国忙于迁都大梁。鞅可断言，至少三年内不会有大举攻秦的战事。其三，即或万一发生不测之危，新法奖励农耕激赏军功，只能使庶民奋勇赴战，何有削弱战力之虞？再者，列国变法，无一不强。何以秦国变法，诸位却生出削弱国力之虑？惧战乎？惧变乎？”

此一问，锋芒直指讳莫如深的变法利害，加之前三条坚实的剖析，甘龙和公孙贾顿时觉得尴尬起来。

突然，“啪”的一声，杜挚拍案而起，戟指卫鞅愤然道：“卫鞅，你拿不出办法却污人之心，岂有此理？古人云，不得百利不变法度，工不十倍不换器具。你要变更秦法，究竟能给秦国带来多少好处？还不是士人游说，惑众谋官，却让我秦国承担亡国风险！变法不成，你拔腿溜走，破烂摊子谁来收拾？！”

政事堂气氛骤然紧张。杜挚昂昂而立，甘龙公孙贾面无表情地沉默，孟西白三人脸色铁青，似乎准备随时扑上来手刃卫鞅。言尽于此，卫鞅已觉没必要讲话，他泰然自若地站在那里，蔑视地看着杜挚。政事堂无人说话，显然都在等秦孝公裁断。然秦孝公也是肃然沉默，一点儿说话的意思也没有。

左庶长嬴虔拄着那把须臾不离的长剑，缓缓站起来走到杜挚面前，冷冷笑道：“太庙令，一个大臣，以小人之心，猜度国士胸怀，岂不怕天下人耻笑？先生以强秦为己任，冒险入秦，栉风沐雨，苦访秦国，拳拳之心，令人泪下。你能做到么？在座诸位，谁能做到？谁到过山野荒村？谁能与民同宿？谁又走遍了秦国的关隘要塞？说呀，有谁能如此？！如此国士高风，岂是拔腿溜走之辈？我等生为老秦子孙，不思图强雪耻，却将烂污之水泼向先生，以求苟且偷安，良心何在？”嬴虔粗重地喘了一口气，狠声道：“我要正告诸位，天赐先生于秦，乃我秦国之福，乃我秦国大出天下之吉兆！论政归论政，谁敢无端中伤先生，我嬴虔这把长剑第一个不饶！”话音落点，锵然拔出长剑，白光一闪，杜挚面前的木案"咔嚓"断为两半。

杜挚吓得面色发青,站在那里愣怔着不敢动弹。朝臣们也被嬴虔的凛然威势震慑,面红心跳,没有一个人讲话。谁都明白,嬴虔作为国君庶兄、三军统帅兼握有实权的左庶长,他的实力几乎就是秦国一半的力量。且嬴虔自少年时代就是秦军著名的猛士,性格深沉暴烈,平日里极少发作,而一旦发作,从来是霹雳雷暴般敢作敢为且不计后果。谁都知道的是,在和魏国的一次激战中,他的侄子不听号令丢失营寨,他大发雷霆,一剑砍下了侄子头颅,又连杀三个千夫长,方才那一剑没劈向杜挚,已经是杜挚万幸了,谁还愿意撞这个雷神的火头?

这时,公孙贾面色庄重地道:"左庶长之言,使我愧疚振作。公孙贾以为,客卿所述大计确实不差,秦国臣子当全力支持变法。"

甘龙咳嗽一声,嘶哑着声音道:"变法自是好事,何有反对之理?"

杜挚一看,连忙惶恐笑道:"杜挚失态,向先生赔罪。身为老秦子孙,杜挚当洗心革面,拥戴变法。"

政事堂所有大臣同声呼应:"臣等拥戴变法。"

秦孝公肃然从座中起身,环视政事堂一周道:"既然诸位大臣没有异议,本公决意在秦国变法。"说着走下台阶,穿过朝臣列座的甬道,来到政事堂大柱后面的木屏前站定。大臣们尚在愣怔,黑伯上来拉开了木屏,屏后赫然现出一座石刻,石上显然有大大的血字。大臣们原本没在意这道新增年余的屏障,毕竟,殿堂修葺是经常的。然此刻木屏拉开,大臣们却惊愕了,一时纷纷从座中站起,来到刻石前。但见巍然矗立的大石上紫红的两个大血字——国耻!触目惊心之下,大臣们深为震撼,一片肃然默然。

国耻面前,再无话说。

秦孝公指着刻石："诸位，这座国耻刻石，是老秦人与老秦国的耻辱标记。为再造秦国，本公在这座国耻刻石前与诸位立誓：同心变法，洗刷国耻，若有异心，天地不容！"

大臣们奋然同声："同心变法，洗刷国耻，若有异心，天地不容！"

秦孝公道："自今日起，本公拜卫鞅为左庶长，主持国政，推行变法。嬴虔改任上将军。"说完，从黑伯手中接过摆有左庶长大印的铜盘，向卫鞅深深一躬，双手捧到卫鞅面前。卫鞅庄重地向秦孝公深深一躬，接过印信铜盘。秦孝公又解下腰间长剑，环视群臣道："这是先祖穆公留下的镇国金剑，号令所指，违抗者斩无赦。本公今日将此剑赐予卫鞅力行变法，凡坏我变法大计者，虽公室宗亲，依律而行，依法论罪！"说完将金剑"嗒"的一声横搭在卫鞅手中的大铜盘上。

大臣们第一次看到国君如此深沉激烈，一片沉寂，唯闻喘息之声。

卫鞅捧着印剑铜盘，慨然高声："卫鞅受君上重托，当舍生忘死，推行变法。秦国不强，誓不罢休！"

大臣们仿佛惊醒过来，齐声呼应："秦国不强，誓不罢休！"

六　奇特的故事震动了秦国民众

三月二十，风和日丽，南市比平日里热闹了许多。

南市，是栎阳南门内城墙下的一处农牧货品交易大市。就实说，只是一片较为开阔的广场罢了。市场入口处有一个木栅栏大门，门额中央斗大的两个黑字——南市。进得大门，帐篷罗列，人头攒动，牲畜、山货、农具、皮具、陶器、土布、蔬菜、五谷等自发地混杂在各个破旧的大帐篷下。偶有鲜亮簇新的皮帐篷，门口大牌上写"只卖不换"四个大字者，是东方列国商人的帐店。只有少数衣着整齐的国人进出这种大帐，使用铜钱铁钱或刀币买货。农人牧人们大多是走进秦国商人和国府官商的破旧帐篷，以物易物，或用狩猎得来的一张野羊皮换几个陶罐，或用几个鸡蛋换半篮葵菜，或用一匹土布换一只母羊。不过，大多数人都是用各种东西换粮食和农具。秦人农谚云："三月赶集，五谷农器。"收获大忙的五月即将来临，农夫之家一年的存粮也到了瓮底，春耕用坏了的农具也急需更新或修补。不换点儿粮食，不修补更新农具，收种大忙时如何有空闲来办此等事体?

南市不是稳定的商业街市。秦人叫它作"大集",上市交易叫作"赶集"。所谓"集",便是长期约定俗成,定期在某地集中交易的一种简单市场。战国初期,由于秦国落后穷困,举国没有一个稳定的商业都会,而只有每座县城定期交易的集市。即或是国都栎阳,也主要依靠集市进行交换,日常的街市倒是分外冷清。由于是国都,南市大集便成了秦国最大的集市,十天一次,逢十便是集市。逢集之日,不但是城内国人的大事,而且是方圆数十里乃至方圆百里的农夫猎户牧人的盛事。三月二十的大集,恰在五月大忙之前,更是加倍热闹。从早晨开始,远远近近的老百姓便络绎不绝地拥进栎阳城南门,到正午时分,集市中已经是人山人海了。

这时,市场中心的官坊面前出现了一阵小小的骚动,许多人赶过来看热闹。

官坊,是官府悬挂告示的一面青石墙,一丈余宽,八九尺高,外有一圈木栅栏。寻常时日,官府有关市易的各种命令文告便张挂在石墙上,旁边守着两名书吏,专门给人们念诵讲解。到得日暮集散,书吏收起文告,下个集日再行张挂。对于一些头脑精明的农牧猎人和略略识得几个大字的栎阳国人,南市官坊是他们特别在意的地方,每次逢集,都要先在官坊前转转看看,心里有底了再去买卖。今天,官坊没有张挂任何文告,自然也没有人围观议论。

正午最热闹的时分,官坊前却来了一小队兵士。他们将抬来的一根粗壮的木椽靠在官坊上,便守护在官坊两边一动不动。一些逛集的闲人觉得奇怪,便站在外面指指点点。正在这时,一个黑衣小吏走进栅栏,站在平日讲读文告的石礅上高声道:"农牧猎工商人等听着:奉左庶长卫鞅大人命令,谁人能将这根木椽扛到北门,国府赏十金!看好了,这是十金!"小吏摇晃着手里的皮钱袋,当啷当啷的金饼撞击声清脆悦耳。

木栅栏外"哄"的一片笑声,许多买卖完毕的市人也围了过来。人们你看我,我看你,嘻嘻哈哈笑个不停。一个身着蓝衫的东方小商人高声笑问:"官府也来凑热闹?想卖这根破椽么?"

"想得好!这根木椽最多十个布钱,如何要十金?"有人跟着大喊。

黑衣吏摇着钱袋:"不是卖椽!是悬赏搬木椽,谁扛到北门,赏十金!"

"哄——"人群又一次哄笑起来。一个瘸腿老人高声道:"上阵杀敌断了腿,都不赏一个钱。搬一根木头就赏十金?哄老实人哩不是?"

“嗨，还不明白？官府想叫集市兴旺，凑热闹哩。赏金好吃难克化。”

“对对对，十金能盖一片房子哩，人家当官当兵的为何不搬？骗人骗人。”

“官府上次说减少田赋，都没减，有个甚信头！”

市人越聚越多，纷纷议论，只是没有一个人上前扛那根椽。正在此时，一队甲士护卫着一辆牛车驶到木栅栏外。车上跳下三个人来，为首的是左庶长卫鞅，紧跟的是栎阳令王轼，最后是一个捧着木盘的书吏。市人们见此阵势，知道是大官来到，不敢再肆意哄笑，渐渐安静下来。进入官坊栅栏，原先的黑衣吏向卫鞅低语几句，卫鞅看看王轼，王轼点点头，踏上石礅高声道：“秦国父老兄弟、列国客商们：我是栎阳令王轼，为昭国府信誉，目下，扛这根木椽的赏金增加到三十金，无论谁扛到北门，即刻领赏，绝不食言！诸位看，这便是赏金。”回身一指书吏捧着的木盘，揭去红布的木盘中码着一排金饼，在阳光下灿灿生光。

人群一片哄哄嗡嗡的低声议论。有人神秘地对左右说：“这个栎阳令，便是招贤馆那个东方士子。上任没做一件事，能信他么？”有人说：“如何不能信？人家是大官哩。”有人便冷冷笑道：“大官？国君都朝三暮四不算数，他说了能算？”有人附和道：“不信你试试，包准白辛苦。”

眼见议论纷纷，却是无人上前，卫鞅一脚踏上了石礅道：“秦国民众、列国客商们：我是左庶长卫鞅，总领国政。以往国府号令多有反复，庶民国人不相信官府，是以秦国的事情办不好。从今日开始，官府说话一定算数，一是一，二是二，决不更改！为表官府诚意，今日徙木立信，谁将这根木椽搬到北门，即刻赏五十金。这是秦国官府今岁的第一道命令。”

“啊——赏金又长了！”

人群开始骚动起来，激动和兴奋的情绪开始弥漫，但还是将信将疑，三五成堆地相互议论。这时，人群中出现了侯嬴的身影。他是商人，每集必来采买客栈的日用物品，而且都是市中高潮来买，每次办完货也必然来官坊前看看有无新文告。今日中市，却意外地遇见了这场奇异的热闹。侯嬴一直站在场外人群中观看，及至卫鞅王轼到来，他已经明白了其中之理。自去冬大雪之后，他再没有见过卫鞅，今日看见他卫士牛车而来，便知他今非昔比。可他仍然没有想到，卫鞅竟然成了总领国政的左庶长。卫鞅的讲话他听得明白，心中兴奋激动，决意暗中帮他一把。侯嬴知道，秦人厚重憨朴，即或相信，也很少有人出这个风头，更别说对官府信誉素来疑信参半。他悄悄在人群中游挤察看，一对爷孙模样的山农引起了他的注意。爷爷是个白发苍苍的老人,身背隐隐散发出草药气息的竹篓,篓中有一杆粗糙的白木秤。身边少年却是虎头虎脑,布衣赤脚,右手拿着一柄铁铲。侯嬴看出这是南山中的药农,除非有贵重药材出售,他们极少赶这种大集。他们挤在这里,纯粹是看热闹见世面。

布衣少年扯扯老人的衣襟:“大父,我去试试。”

“碎崽子!知道个啥,官府能给你钱?”老人摇头。

“大父,你的病……”

“静静待着!甭给我惹祸。”老人低声呵斥。

这时,卫鞅见没有动静,又高声道:“列位以为搬木容易,不值五十金,没有人相信,对么?卫鞅正告列位,官府信誉,千金万金也买不来,为官府立信,理当赏赐!从今以后,官府言必信,行必果,庶民相信国家,国家令出必行,秦国才能变样。目下,我再增加赏金。谁人徙木北门,赏金一百!”一招手,身后书吏将满当当一盘金饼举起转了一圈。

人群又一次掀起波澜,哄嗡之声大起,相互推对方上去一试。

侯嬴微笑着走近老人:“老人家,何不让小兄弟一试?”

老人摇摇头:“小孩子家搬了算数么?官家又该说要大人才算哩。”

侯嬴:“既是立信,自当是童叟无欺,小孩子更算啦。可小兄弟能搬动么?”

老人谦恭地笑笑:“这小子,一把牛力气。”

多么朴实的心。

少年低声道:“大父,那我就去了。不给钱,就当耍子一趟。”说着撞开人群高喊一声:“我来扛!”

人群骤然安静下来,看着场中。少年布衣褴褛,赤脚长发,黝黑结实的肌肉一块块鼓在破衣外面。他走到粗粗的木椽前,左右打量思忖。

卫鞅:“小兄弟,你想搬?”

少年目光闪闪:“咋?不算数?”

卫鞅摇头:“不。我怕你搬不到,到北门可要二里地。吃过饭了么?”

少年摇摇头:“不吃饭也搬了。官家真给几个钱,我大父,就有救了。”微有哽咽,向卫鞅深深地躬了下去。

卫鞅眼睛一潮,扶住少年,面向众人道:“国府立信,童叟无欺。列位随这位小兄弟到北门做证,看他领赏金一百!”

“国府立信”,可谓大事。上自国家下至个人,因信而立,因信而活,以信为一国精神之根本,则国家有望。卫鞅在变法之初,先徙木立信于闹市,大才!作者大书此事,妙不可言。

话音落点,少年一弯腰,粗长的木椽已经轻松上肩,稳稳神便走出木栅栏。栅栏外的人群哗地闪开一条通道,卫鞅一行紧随其后。这一下惊动了整个栎阳南市,人们丢下买卖,挤成了夹道人墙,裹着扛木少年向城中拥进。街中行人也被惊动吸引,终于形成了沿街两道厚厚的人墙,中间只留下一条小道。人们随着少年的步子向前涌动,万人空巷,肃然无声。走到街中大约一半路程,一位白发飘飘的老妇人端了一大碗米酒拦住少年道:“碎娃啊,喝,喝了再搬。娃一片孝心救大父,官府不给钱可是没良心哟!”少年高声道:“多谢婆婆。我不喝,也不歇,万一官家给钱,我也心安哩。”说话间,毫无喘息费力之相,引来市人一片赞叹。

“这碎娃天生牛力,从军准定一员虎将!”

“有孝心,有志气,少见的后生!”

“走稳,看——就到北门了!”有人向少年高喊,提醒他不要功亏一篑。

北门箭楼遥遥在望,有人高喊:“马上到城门了,行了——”

扛木少年高声道:“不,官家没说门内门外,扛到北门外,教官家没话说!”

“有志气！就看官府了！”满街一片赞叹呼喝。

少年大步如飞，直到吊桥外的平地上才停下来，将木椽“咚”地栽到地上，抱椽而立，紧张地看着卫鞅一行。人们全赶到了北门外，黑压压望不到边，却没有一个人说话，都紧紧盯着一路徒步跟来的卫鞅。此刻，卫鞅那一身白衣在遍野黑色的秦人中分外显眼。卫鞅也没有说话，看看少年，走到书吏面前揭开大盘上的红布，亲自双手捧起，郑重地托到少年面前。少年紧张地眨眨眼，轻轻地摇摇头。卫鞅坦率地看着少年，真诚地点点头。少年将木椽交到军士手里，迟疑地向前几步，在破旧的衣襟上擦擦手却不敢伸出。猛然，少年扑地拜倒，久久不能抬头。王轼上前扶起少年。少年泪流满面哽咽道：“大人，我，只要十金，大父就有救了……”

卫鞅双眼湿润，郑重道：“小兄弟，不行。官府立信，说一百金就一百金，岂能食言自肥？他日国强民富，百金之数何足道哉！拿上，小兄弟有功，救爷爷，盖房子，置地。”

少年恭敬地向卫鞅三叩，站起来双手接过大盘，捧到白发老人面前。老人泣不成声，扑地向卫鞅拜倒：“左庶长大人，教我的孙儿跟你从军吧。小民信你了，教他去报国。他父亲，我儿子，在少梁大战中死了……”

卫鞅扶起老人：“老人家，教小兄弟到县府从军，立军功有爵！”

“立功有爵？”老人惊讶地睁大眼睛，“庶民能有爵位？我儿子杀死了十个魏狗方死，如何啥也没有？”

卫鞅：“老人家，那是旧法，秦国马上要变法！”

老人嘶哑地笑道：“如此说，这法是得变了。变了法，我等贱民也能光宗耀祖，是么？”

“对！老人家，正是这样。”卫鞅大声回答。

这一番对话，场中听得清清楚楚。人们眼见少年拿到了一百赏金，对这位白衣左庶长的话自然信任有加，他说要变法，能有假么？人群高兴地一片欢呼：“说话算数，官府万岁！”卫鞅摆摆手，人们平静下来。卫鞅站上一块大石高声道：“父老兄弟们，秦国从明日开始，要实行变法了。你们会陆续看到官府颁布的新法令。这些新法，是要大家勤于耕作，勇于征战，有功便赏，有罪则罚；官员世族犯法者，与庶民同罪。今日徙木立信，就是要大家明白，官府说话是算数的，颁布的新法令必须忠实执行。守法有功者赏，违法有罪者刑。这就是强秦变法！只要秦国上下同心，官民同心，十数年之内，秦国就会富裕起来，强大起来！”

全场一片欢呼："官府万岁！变法强秦！"还有人高喊了一句："左庶长万岁！"众人如梦方醒，立即奋力高喊："左庶长万岁！"一时大海波涛般连绵不绝。众人兴奋的喊声中，卫鞅一行已经悄悄地离开了。

随着三月二十栎阳大集的结束，左庶长徙木立信的故事迅速传遍了秦国山野村庄。

"一个老药农的小孙子，扛了一根椽子，从左庶长手里得了一百金！"还有比这种故事更能激起穷苦庶民好奇心的么？人们络绎不绝地赶到南山里的商於山地，看老药农爷孙，听少年和老人讲述那迷人的梦幻般的故事。后来，有人还看到了老人盖的房子，看见县令为老人战死的儿子立的功德石刻。一传十，十传百，官府的信誉便在这神奇的口碑中树立了起来。再后来，人们就只有听老人一个人讲故事了。听说那个少年已经从军去了。

变法讲究的是令行禁止。信字很重要。这一场戏设在市井闾巷，口耳相传的速度飞快，好事坏事都能传千里。《史记·商君列传》："令既具，未布，恐民之不信己，乃立三丈之木于国都市南门，募民有能徙置北门者予十金。民怪之，莫敢徙。复曰'能徙者予五十金'。有一人徙之，辄予五十金，以明不欺。卒下令。"卫鞅比孙子、吴起、申不害高明的地方在于以赏赐明志。孙子、吴起、申不害以罚杀明志，民不得不从。卫鞅之治，秦民最初觉得不便，后觉得大悦。区别甚大。孙皓晖在这里将五十金追加为百金，更刺激。搬木的少年，又可成一奇人，小说写得奇巧。全依史书，小说便不好看。小说家说事，可不按常理。对于小说，最有趣味的，不是现实的真实，而是虚构的真实。

第七章 瓦釜雷鸣

一 左庶长开府震动朝野

秦孝公并没有轻松起来,他忙的是另一番事。

卫鞅虽然已经明确做了左庶长,成为总摄国政的大臣,但卫鞅如何行使权力,才最有利于大刀阔斧的变法?这是国君要框定的大事。目下,他的第一要务,就是要把卫鞅的这个变法作坊建立起来,使之立即投入运转。去冬大雪天的时候,秦孝公就想透了这个最关键的环节,决意仿效东方列国,使卫鞅成为开府治国的丞相。丞相开府治国,这是进入战国后东方列国的普遍新法。所谓丞相开府,就是丞相建立相对独立的权力机构,全权处置国家日常政务,国君只保持军权、官吏任免权和大政决策权。国君和开府丞相的这种分权治国,在战国时代达到了最高程度,也是中国古典政治文明的最高水准。丞相开府治国的实际意义是,国家战车由一马驾驭变成了两马驾驭,治国效率与国家生命力明显增高。像魏国、齐国这样的东方大国,国王之所以能全力在外交和军事上斡旋,就是因为国家日常政务由开府丞相全权处置。丞相治国权的稳定带来的另一个好处是,避免了国家由于君主年幼或昏聩无能而产生的迅速衰落与政权颠覆,大大有利于国家稳定。

但是，对于落后的秦国来说，这是一件很新又很难的事。

长期的马上征战，秦国的权力机构从来都很简单。早秦部族时期，是直接的军政合一。一个最高头领加左右两个庶长，便是全部最高权力。立国之后虽然官署多了些，但与东方大国相比，依然带有浓厚的简单化与笼统化。即或在春秋最强盛的那一段——秦穆公时期，秦国的官制也没有摆脱传统的军政合一，权力结构的划分依然很是简单笼统。在这一点上，秦国与早期周部族有很大的不同。周人出了个圣人级的领袖，这就是周文王。他对发达的中原殷商文明不是排斥，而是靠拢吸收，使周部族在作为殷商西部诸侯的时候，就在官制民治方面与殷商王朝的中央政权保持着大体上的同一性。没有这样的基础，就没有后来另一个圣人级领袖——周公旦全面制定《周礼》的可能。也就是说，周部族在诸侯国时期，已经做到了与中原发达文明保持大体同步，已经完成了国家权力结构方面的基础准备。而秦部族一直在死拼硬打，一直没有出现建立基础文明的圣人，所以在成为诸侯国三百余年后，依然保留着简单落后的官制，保留着落后的治国方式。

整个春秋时期，秦国的官制很简单，名称也很怪诞，这一点与楚国大体相当。国君称为“伯”，实际上是“霸”的意思。执政大臣称为“庶长”，先后曾经有过大庶长、左庶长、右庶长等不同设置。掌军事的大臣为“威垒”与“帅”。掌国君护卫的将军为“不更”，掌外事的大臣为“行人”，等等。唯一的例外是秦穆公将百里奚的官职定为“相”，大约因为百里奚是东方士子而用了一个东方执政大臣的名称。从此以后，“相”这个职位在秦国一直没再出现过，直到秦孝公时期，执政大臣仍然称左庶长。秦献公时期，有了“大夫”的设置，但职权依旧很模糊。譬如甘龙是上大夫主政，同时又有一个执政的左庶长，事权自然就多有纠葛。

秦国没有设过丞相，也从来没有过由一个大臣独立开府来行使权力的先例。长期征战，闭锁关西，秦国朝野长期孤陋寡闻，对重臣开府治国所知甚少，也很难理解。相反，对开府的另一面——分权倒是更为敏感。在贵族和庶民的眼中，都觉得这是在和国君分庭抗礼，大有叛逆之嫌。秦国既往的治国大臣，只有秦穆公时代的百里奚和秦献公时期的上大夫甘龙，稍稍有一些“开府”的影子。实际上，也就是八九个文吏加上主政大臣自己而已，只能办些粮草赋税赈灾济民之类的具体事务，军国大事还得由国君决策调遣。这种“开府”，和东方大国的丞相开府在权力、规模和政务效率上远远不能相比。

秦孝公很想从卫鞅变法开始，改变秦国官制的落后状况。

他很明白，由于诸多原因，卫鞅在官制变革方面肯定有所顾忌，尤其在国府上层的官制变革方面不好彻底放开手脚。若没有他这个国君出面为卫鞅打开局面，在秦国这样一个落后的军政国家，卫鞅将很难展开彻底变法。孝公本来就是个胸怀开阔、志向远大的青年英杰，自与卫鞅促膝长谈，对天下大势列国变革了然于胸后，雄心大起，决意与卫鞅这样一个乾坤大才共同驾拉秦国这辆锈蚀的战车。秦孝公是自信的，丝毫没有想到大臣开府对国君的威胁，更不会想卫鞅会成为威胁。目下，秦孝公想的做的都只是一件事，增大卫鞅权力，使卫鞅成为与他共同治国的总政大臣，而不是秦国传统的左庶长，尽管传统左庶长的权力已经很大了。他思虑周密，既要扎实地达到实际目的，又不想国人疑虑。反复揣摩，孝公采取了“重实轻名”的方略——在名义上尽量沿用老秦国旧称，在实际上则一定做到像东方大国一样的治国方式。

秦孝公没有册封卫鞅为丞相，而仍然封他为左庶长。这是秦国沿用了几百年的官名，原本就是最有实权的大臣职务。秦国两个庶长中，左庶长为首，右庶长次之。春秋时期，秦国的左庶长是上马治军、下马治民的军政首席大臣，非嬴氏公族不得担任。进入战国，秦献公将治民的政务权分给了上大夫甘龙，左庶长协助国君统军作战并总管军务。但在朝野国人的心目中，左庶长依然是最重要的军政大臣。去年冬天，秦孝公将甘龙升为太师，将甘龙的治民政权回归到左庶长嬴虔手里，为的就是给卫鞅执掌大政铺路。当卫鞅从嬴虔手中接掌左庶长权力的时候，事实上已经是与东方列国的开府丞相具有同等权力的大臣了。

但是，这种大权并不意味着事实上已经成为东方列国那样的开府丞相。丞相总理政务的要害是开府设立权力机构，仅仅有个人权力而没有开府，就无法全面处理国家事务。开府的根本之点是配备属官，其次是建立府邸。这两件事对于目下的秦国来说，都很不容易。

去年冬天，秦孝公已经给卫鞅准备好了两个忠实能干的助手——景监和车英。这两人原来的官位是内史和卫尉，配给卫鞅的左庶长府，显得位置太高，朝臣侧目，卫鞅也不容易接受。当秦孝公坦率地说明这一点时，景监和车英慷慨表示，愿意自贬官职做卫鞅的属官。于是，有了去年冬天大雪时分景监被迁为长史、车英迁为栎阳将军的一幕。

秦孝公的方略是，景监做左庶长府的领书，车英做左庶长府的执法尉。这两人虽然都是军旅出身，却具有不同的才能特点。景监有政事才能，虑事周密且很有担待，出使魏国和洛阳，已经隐隐然有了大臣风范。他做领书，可以为卫鞅挑起所有琐细繁杂的事务重担。车英则对军旅事务具有很高的天赋，又是一个机警勇猛的剑士。他做左庶长府的执法尉，非但可以给卫鞅提供军旅变法的诸多谋划，更重要的是，卫鞅具有了一支得力的执法力量。这两个干员做卫鞅的左膀右臂，卫鞅的左庶长府就有可能成为一个构架轻巧而又具有最高行政效率的变法作坊。

名号不重要，最重要是有实权。锋芒太盛，不易成事。做出实绩，名号就水到渠成。

南市大集上徙木立信的消息迅速传开，秦孝公比谁都高兴。卫鞅做事，总是别出心裁，一举打开局面。像给国家树立信誉这样的大事，谁能想到用如此便捷的方式去完成？然则仔细一想，却发现这是一个极具匠心的奇妙点子。老秦人十有八九不识字，淳厚而又愚朴，若是出一篇慷慨激昂的文告，一定是既读不懂又记不住，最多是在士子吏员中间流传罢了。而今由左庶长这样的大臣出面，做一个活生生的故事，万千庶民眼见为实，众口传诵，谁不相信？

诸事就绪，秦孝公带着景监和车英来到卫鞅的小院子。

夜色沉沉，暖中带凉的春风中散发着微微潮湿的泥土气息。君臣三人都很高兴，秦孝公抬头望望天空：“老天爷也信守节气，谷雨将至了。”话音落点，天上一阵隆隆雷声，漫天细雨沙沙而下。景监车英一齐拍掌大笑：“好！风调雨顺，好年景！”秦孝公爽朗大笑：“左庶长徙木立信，老天爷谷雨立信，天人合一啊！”车英一指前方道：“君上，左庶长没睡。”秦孝公一看，前方黑沉沉夜色中唯有那座熟悉的小院子里灯光闪烁，感慨叹道：“左庶长睡觉早着呢，走。”

客卿小院笼罩在茫茫雨雾里，清静无声。景监上前轻轻敲门。院内传来老仆人沙哑的声音:“谁?”景监低声道:“我,景监。”老仆人拉开木门,让进景监,却见国君在后,慌得忙不迭要躬身行礼。秦孝公摇摇手道:“免了免了。左庶长忙甚?”老仆人道:“一直在书房里,晚餐还没用哩。”秦孝公没有说话,径自大步向亮着灯的书房走来。

轻轻推开书房门,秦孝公愣住了。偌大的书房里堆满竹简,码成一座一座比人还高的小山,小山上挂满了写字的布条,一张书案夹在书山中,是仅有的容身空地。卫鞅手里拿着一支长大的鹅毛翎,正在竹简小山中转悠忙碌,对敲门开门浑然无觉。

秦孝公默默注视一阵,轻声笑道:“先生,该用晚餐了。”

卫鞅恍然回头,见是秦孝公站在门口,忙小心翼翼地从竹简小山中绕了出来,拱手道:“参见君上。”秦孝公指着竹简小山道:“这一座座书山,都是经典么?”卫鞅笑道:“经典已经收起来了。这是第一批新法令,草本。”秦孝公惊讶默然。他知道,这一定是卫鞅一个冬天昼夜辛苦的结果。看着卫鞅清癯泛黑的面孔和红红的眼珠,孝公一把拉起卫鞅的手:“走,先咥饭,后说话。”来到客厅,景监已经吩咐厨役将重新热过的饭菜搬来,是一陶罐羊肉,一小盘苦菜,一爵米酒。秦孝公笑道:“你先咥饭,我等暂候片刻。”又对景监车英二人笑道:“我们到先生书房看看。”就和二人出了客厅。

卫鞅匆匆吃了几块羊肉和苦菜,将一大爵热腾腾的米酒大口饮尽,用清水漱了漱口,吩咐老仆撤下饭具,起身要来书房。却不想秦孝公三人又到客厅,景监笑道:“不出君上所料,左庶长咥饭也忒快了。”卫鞅笑道:“快久了,慢不下来,如何是好?”孝公笑道:“以后尽给左庶长羊骨头,看他还快得起来?”四人大笑一番。卫鞅拱手道:“臣请君上,对第一批法令过目。”孝公笑着摆摆手:“法令的事有你,不急。今日专议左庶长开府一事。”卫鞅道:“开府头绪太多,一时难以就绪,还是先做事要紧。”孝公道:“老秦民谚,磨锄不误耪地。开了府名正言顺,做事更快,还是先开府。左庶长有何想法,尽管道来。”卫鞅沉吟道:“臣之本意,想一年后再议此事。”孝公道:“却是为何?”卫鞅道:“一则,急切间难以找到精干的属官。二则,国府正在艰难时刻,新建府邸也不合时宜。三则,秦国朝野是否接受东方人做开府大臣,尚需时日方得清楚。”孝公大笑:“天翻地覆,三则小事何足道哉!”说着扳起手指道,“先说第一桩。我今日给你带来的这两位,可算满意?”

卫鞅大是惊讶:“景监? 车英? 给我做属官,岂非贬黜两位新锐大臣?”

景监笑道:“左庶长何时有了世俗之见? 不接纳我这个领书?”

车英则肃然拱手道："执法尉车英，参见左庶长。"

"君上？这……"卫鞅一时间感到困惑。

"左庶长啊，如果合适，就不要推托了，他们都想跟你长一番本事也。"孝公爽朗一笑，"景监做左庶长长史，总领事务。车英做执法尉，配备甲士两千，兼领栎阳将军护卫左庶长府。如何？"

刹那之间，卫鞅心潮奔涌，默然有顷，拱手断然道："臣，谢过君上。"

"再说第二桩。景监之意，将招贤馆改做左庶长府邸，如何？"孝公笑问。

景监接道："招贤馆暂无他用，将来需要时再建，左庶长意下如何？"

卫鞅笑道："有何不可？自然好极。"

秦孝公一拍掌："既然如此，景监车英筹备，一个月内左庶长开府理事。"

"臣下遵命！"景监车英齐声应命。

"再说第三桩。朝野臣民的任何风浪，嬴渠梁一身承当，左庶长放手变法便是。变法强秦，生死相扶。左庶长莫要忘了这句话。"

有此大义，才是真正的情意中国。

"变法强秦，生死相扶。卫鞅不敢相忘。"

君臣四人的笑声融进无边无际的绵绵春雨之中。

四月里的一个晴朗日子，招贤馆改造的左庶长府竣工了。

高大的石坊中央镶嵌着四个斗大的铜字——开府总政。石坊左右石柱各悬红木大牌，右边镌刻"天地有道"，左边镌刻"律法无私"。进得石坊，是一个新拓的方圆十余丈的车马场，分东西两区整齐排列着数十根拴马石桩。车马场尽头是府邸大门,已经由原来的小门拓宽为三开间的红木大门。中间正门宽阔,可容轺车直接进入,门额镶嵌四个大铜字“左庶长府”。左右两道偏门稍窄,供寻常官员人等出入。进得大门,迎面一道巨大的青石影壁,上面镌刻着一头威猛怪异的独角法兽——獬豸①。影壁后面是原来的招贤馆场院,目下变成了一片方砖铺地的小院子。坐北向南的正面是一座六开间大厅,厅门正中三个斗大的铜字——国事厅。大厅东西各有两排九开间的厢房,每间房门口都挂着一块木牌,分别写着田土曹、赋税曹、市曹、工曹、军曹、法曹、吏曹、出令曹、功曹等各色名目。每个门口都站着两个威武英挺的长矛甲士,国事厅大门口则有四名甲士,使整个院子充满威严肃杀的气氛。大院子西边有一个小偏院,原来是招贤馆士子们住的一片小房子,目下改造成了卫鞅的起居住所。

这两个院子连在一起,便是秦国的新任左庶长开府理事的府邸。这座府邸虽然不大且只有两进,但在秦国却是最大的官邸,在狭小简朴的栎阳城堡中,这座府邸简直就与国府秦宫相差无几。虽然是在一个月里匆匆赶修出来的,粗犷简朴,但其赫赫威势已经使栎阳国人大为震惊了。在栎阳大集上见过卫鞅的人,纷纷在店铺、饭馆、客寓或街巷邻里,激动神秘地向人们讲述那个白衣左庶长的“天人贵相”和言谈举止的气魄。一时间,卫鞅在栎阳国人的口中变成了一个神奇的天上星宿。有能人甚至说,卫鞅是周武王的开国丞相姜尚转世,国君派金令箭使者在渭水河谷追回来的。栎阳国人的这种传闻议论,迅速弥漫到了一座座县城和山野乡村。秦国庶民被各种传言搅得兴奋异常,心里暖烘烘的,都觉得老秦国要变了,庶民百姓将神奇地富裕起来,秦国也将神奇地强大起来,所有欺负秦国的东方大国都将被打得一败涂地。

这些弥漫朝野的神奇传闻,卫鞅和他的开府班底不知道,秦孝公也不知道,或者说,他们紧张繁忙得无法知道。一个月来,景监和车英全力以赴地筹备开府,景监要遴选各司一职的十八名属官和二十名书吏,还要将国君书房的有关典籍和卫鞅带来的典籍,以及长史、太史两大国府书房的秦国史料集中起来,建立一个包括东方各国法令典籍在内的大书房。车英则除了遴选两千甲士外,更要全力督建左庶长府的修葺改造。卫鞅则埋首整理第一批法令,完成一件,呈送秦孝公一件,经常是君臣二人通宵达旦地商议法令和实施步骤,仿佛又回到了初次畅谈时忘我忘形的时光。

---

① 獬豸(xiè zhì),传说中的异兽,亦称神羊,能辨曲直,见人斗即以角触不直者。

眼看将近五月农忙，秦孝公决意选在四月底举行左庶长开府大典。

孝公没有多少繁文缛节，倒是小说家的行文，有“繁文缛节”之嫌。变法讲究权威，府邸就得讲究规矩，许多的权威乃至神秘，就是从规矩中传递出来的。礼坏乐崩，不利于权威的建立。

这一日，天蒙蒙亮，车英亲自率领三百名长矛甲士开到左庶长府，除了府内护卫，剩余的二百多名甲士全部在石坊内外排成两列，中间形成了一个长长的甬道。景监和所有的属官书吏也全部到齐，各守其职。秦孝公本来要景监做今日的司礼大臣，可是景监却提出请太师甘龙做司礼大臣。秦孝公想了想恍然醒悟，不禁对景监的练达成熟连连赞叹。景监自己昨天已经搬进了左庶长府内的一间小屋，和属官书吏们忙碌地整理缮写，一直到四更方得歇息。五更鸡鸣，景监离榻梳洗，又和络绎不绝赶到的属官书吏们忙起来。看看卯时已到，景监快步来到大门口迎候。

太阳刚刚照亮栎阳箭楼，大臣们或骑马或步行，纷纷来到石坊外按照序次排成两列。

将近卯时，一辆破旧的牛车哐啷哐啷驶来，车上坐着白发苍苍一身大红吉服的老太师甘龙。到得石坊下，甘龙在牛车上打量一番威势赫赫的府邸，脸上毫无表情。景监快步迎上，拱手躬身道：“左庶长府领书景监，参见太师。”甘龙点点头，淡淡笑道：“内史大臣，别来无恙？”景监一闪念，知道甘龙有意呼出自己原来的高位，却仍然恭敬笑道：“景监无才，只做得属官。太师请。”上前伸手扶甘龙下车，却发现甘龙非但坐了一辆破旧不堪的牛车，而且车厢板竟然连草席也没有铺，大红吉服竟然坐得皱巴巴一片灰土。甘龙明明有一辆秦献公特赐的青铜轺车，也是秦国大臣中唯一的一辆青铜轺车，为何今日偏偏乘了这辆破旧不堪的牛车？待得扶下甘龙，景监的布袍大袖顺势一掸，甘龙吉服上的灰土已经大半干净。甘龙沙哑地笑道：“垂垂老矣，轺车站不得，只有坐这牛车了。”一句话，便将理由说得顺理成章。待到仆役将牛

以车示不快。

车赶到车马场中，大臣们惊讶得一阵小声哄嗡。今日朝臣们都是新衣骏马，以示喜庆。这辆破旧的牛车在衣着簇新的人群和威势赫赫的府邸衬托下，显得分外寒碜，让人看了心中分外不是滋味。一时间，大臣们好像生了虱子，浑身不自在起来，扯扯衣服，拽拽衣襟，咳嗽着东张西望。

“国君驾到！”执法尉车英一声高呼，全场不禁愕然。

一辆青铜轺车缓缓驶来，六尺车盖下肃然坐着黑衣秦孝公和白衣卫鞅。君臣并乘一车，这是上古尊贤的最高礼遇，寻常人们从传说中听到的，大约也就是周文王为姜尚拉车八百步的故事。但春秋战国以来已经三四百年，可是没有一个国君在正式的典礼场合与大臣同乘一车。在秦国变法的当口，这种礼遇宣示的内涵是谁都清楚的。一时间，全场鸦雀无声，竟忘记了参见国君的起码礼节。还是太子傅兼领上将军嬴虔带头高呼：“参见君上——”大臣们才醒悟过来，纷纷躬身拱手，参差不齐地行起礼来。秦孝公却仿佛没有看见，先行跳下车来整整衣冠，然后肃然拱手作礼：“先生请。”伸出双手，扶住正要下车的卫鞅踩到地上。

就在朝臣们又一次愣怔的时候，担当司礼大臣的太师甘龙骤然高声宣呼：“开府大典起行——君上携左庶长入府！”

大臣们又一次莫名其妙起来，相互观望，不知如何呼应。在他们收到的大典礼仪中分明没有这一项，大家在石坊外迎候国君与卫鞅，完全是无意自发地表示一种喜庆，正式大典是安排在庭院内开始的。如今甘龙突然宣呼大典起行，人们不禁茫然起来，嘴里没词儿，脚下黏糊，竟不知如何挪动。景监一直在机警观察，见此情状，立即向石坊门内的乐手们一挥手低声道：“奏乐。”等得钟鸣乐动，大臣们顿时自如起来，按照惯常礼仪一齐高呼：“恭请君上，携左庶长入府！”

秦孝公始终是一副浑然无觉的庄重，听得乐声，一拱手道：“先生请。”伸出手来握住卫鞅的左手，俩人从容地从甲士甬道中并肩进入石坊大门，又穿过车马场进入庭院。朝臣们在甘龙、嬴虔、公孙贾三人之后排列跟进，秩序井然。

进得庭院，甘龙出列宣呼：“君上昭告上天——”

秦孝公走到备好的三牲祭案前深深一躬，展开一卷竹简高声念诵：“昊天无极，伏唯告之：秦国贫弱，图治求贤。开府变法，顺乎民心。祈祷上苍，佑我臣工。国强民富，永念上天。秦公嬴渠梁三年四月。”

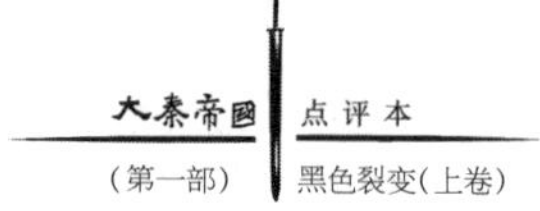

群臣齐声跟随："国强民富，永念上天！"

甘龙："左庶长昭告大地——"

卫鞅走到祭案前深深三躬，展开竹简肃然念诵："大地茫茫，载德载物。我心惶恐，伏唯告之：鞅受君命，开府治国，唯苦唯艰，无怨无尤；皇天后土，佑我庶民，百业兴旺，永念大德。秦国左庶长卫鞅，再拜大地厚恩。"

大臣们参差不齐地跟随着念了最后两句："百业兴旺，永念大德。"便又茫然起来。这祭祀天地，原本是国君才有资格举行的大礼。卫鞅作为臣子，与国君共祭天地，本来就已经是别出心裁的惊人之举了，大臣们虽然事先已经知道，但在细节上不知如何应对。按照国君祭祀天地的惯常礼仪，参加的大臣肯定是跟随宣呼最后两句。卫鞅祭地，很多人本来就心中别扭，还有一些人则不知该不该跟随，于是就出现了犹犹豫豫参差不齐。只有公孙贾特别清醒，非但立即跟随，而且喊声特别响亮。他注意到国君的祭辞中明确提了"开府变法"，卫鞅的祭辞中却没有一个字涉及变法。他感到了这种精心安排的礼仪后面，隐藏着秦孝公和卫鞅山岳般不可动摇的心志。昭告天地，意味着变法和开府这两件大事已经得到了上天的认可，谁若反对，便是逆天行事。在这种时候，无论心中如何想，都必须做出最热烈的呼应。老太师甘龙不也一板一眼地做了司礼大臣么？孟西白不也亦步亦趋么？

正在公孙贾琢磨其中滋味的时候，甘龙沙哑苍老的声音又响了起来："祭祀完毕，君臣进入国事堂——"

依然是秦孝公和卫鞅携手并入，数十名官员随后整肃跟进。进得国事堂，秦孝公坐进正中长案前，卫鞅肃立在长案左手，三级台阶下群臣各自就座。甘龙在长案右侧高声宣呼："太子傅兼领上将军嬴虔，宣示国君开府书令——"

嬴虔大步走上台阶，展开竹简宣读："秦国欲强，秦人欲富，非变法无以建功。变法之途，非开府无以立威。今命左庶长卫鞅为开府大臣，总摄国政，力行变法，所颁府文谓之令。另任景监为左庶长府领书，总领属官书吏；车英为左庶长府执法尉兼领栎阳将军。自即日起，左庶长卫鞅即行开府。秦公嬴渠梁三年四月书。"

嬴虔的声音本来就特别的低沉浑厚，加之他咬字又重，在有些许回音的大厅念来，隆隆响过，仿佛铁锤在山石上凿出来一个一个大字，清晰有力。大臣们听得明明白白，卫鞅的左庶长府简直就是第二个国君府，生杀大权在握，竟成了七大战国中最有威势的仪式很重要，代表权力的授予。

"显赫又孤立"，极为符合卫鞅的处境。卫鞅曾说："论至德者不和于俗，成大功者不谋于众。"（《史记·商君列传》）世有庸众、乌合之众，这"大多数"成为主宰现代社会的力量，在现代社会，要"不谋于众"，几乎已成为不可能完成的任务。现代未必尽好，古代未必尽坏。曲高者和寡，这是卫鞅的处境。赏罚并施、恩威并重，于是成为施行政令的主要手段，这中间，没有说服的过程，只有威慑的过程，一旦权力丧失，便山崩地裂，救无可救。

《史记·商君列传》："令民为什伍，而相牧司连坐。不告奸者腰斩，告奸者与斩敌首同赏，匿奸者与降敌同罚。民有二男以上不分异者，倍其赋。有军功者，各以率受上爵；为私斗者，各以轻重被刑大小。僇力本业，耕织致粟帛多者复其身。事末利及怠而贫者，举以为收孥。宗室非有军功论，不得为属籍。明尊卑爵秩等级，各以差次名田宅，臣妾衣服以家次。有功者显荣，无功者虽富无所芬华。"这明显是集中力量办大事的做法，树立集权的威信，打破个人对宗族的依赖，建立个人对国家的忠诚。雷海宗的评判颇有道理："商鞅的政策可分析为两点。第一，是废大家族。所以二男以上必须分异，否则每人都要加倍纳赋。第二，是公民训练。在大家族制度之下，家族观念太重，国家观念太轻，因为每族本身几乎都是一个小国家。现在集权一身的国君要使每人都直接与国家发生关系，所以就打破大家族，提倡小家庭生活，使全国每个壮丁都完全独立，不再有大家族把他与国家隔离。"（雷海宗：《中国文化与中国的兵》，长沙：岳麓书社，2010年，第59~60页。）商鞅之令，对理解秦国、秦朝历史极为关键。商鞅之举，无一不是在削弱个人、地方群体对抗中央的力量，让国家变得强大，但个人、贵族、宗族变得顺从。商鞅变法，从根本上改变了贵族社会。其功过是非，千古难有定识，今天作者似乎要为他做结论了。

开府总政权臣。

国事厅安静极了，粗重的喘息声清晰可闻。大臣们似乎感到紧张，却又说不清为何紧张。

"左庶长出令——"甘龙的沙哑嗓音又响了起来。

卫鞅白衣玉冠，白丝束发，在一片黑色的秦国大臣中显赫而又孤立。他从容走出道："卫鞅秉承天意君命，开府变法自今日开始。第一批法令十道，五道立即颁发实施，五道夏忙后颁发实施。立即颁发的五道法令：《农耕奖励法》《军功授爵法》《编民什伍连坐法》《客栈盘查法》《私斗治罪法》。上述法令，除立即快马传送各县外，一律在栎阳城门与南市张挂，公之于众，举国同行。领书出令。"

景监早已经做好准备，闻言高声答道："遵命！"一挥手，两名书吏抬进一张宽大的长案，上面码满了捆好的竹简。长案刚刚在中央摆好，景监又一声高宣："特使领令！"十六名劲装使者一声答应，整齐地走进大堂。

"北地特使——"

"雍州特使——"

"陇西特使——"

"郿县特使——"

"商於特使——"

……

景监一个一个地将捆扎好的竹简分发给十六名特使。特使们双手捧着竹简一个一个走出大堂。庭院里整肃排列着三人一组的十六组铁甲骑士，每组护卫一个特使奔赴秦国郡县。

快马流星，旬日之间，秦国的二十三县并三郡活跃了起来，动荡了起来。

二　疲民与贵族竟有了愤怒的共鸣

变法牵涉太广，犯众怒。凭“疲民”二字，可知孙皓晖所下的功夫甚巨，所涉猎的书籍甚多。据唐代司马贞之《史记索隐》，商君所提到的怠者，即“《周礼》谓之‘疲民’。以言懈怠不事事之人而贫者，则纠举而收录其妻子，没为官奴婢，盖其法特重于古也”。商鞅之法，军国化的倾向非常明显，但这也是大争之世要想“大出天下”的不二长策。

就像一道道霹雳闪电，新法令震动了秦国的城堡乡野！

上至栎阳卿大夫，下至隶农村汉，无不认为这是匪夷所思的大变，搅得秦国鸡犬不宁，人人别扭。就说《什伍连坐法》和《私斗治罪法》，将城堡里的国人和乡村里的农人，一律编为“保”和“亭”，十家一保，五保一亭。如果仅仅是这种编民入制，人们说说也就罢了。最重要的是连保连坐，使人惶恐不安。保内一家犯罪，其余九家必须立即共同举发，若不举发而使罪犯逃匿，则十家同罪连坐，一并惩治。如果一保有人违法犯罪，其余四保也得迅速举发，否则就是五保连坐。也就是说，五十家内任何一人犯罪，都有可能导致四十九家连坐惩治。人们必须时刻睁大眼睛，注意邻里是否违法犯罪，并且得经常相互提醒各种法令规定，以避免陷入连坐灾难。如此提心吊胆，老秦人如何忍受？

秦国的民风是最令人头疼的。莫说山东六国大摇其头，就是老秦人，也对自己骂骂咧咧大不以为然。可真要动真格改了，老秦人更是骂骂咧咧火冒三丈。

秦国地处西陲，农牧相杂，尤其是泾水渭水上游的陇西河谷草原地带，更是以牧业为主。就是腹心地带的关中平原，也有大量从游牧部族转化不久的农耕人口。自古以来，西部的民间风习便狂野好斗，动辄为一件小事，在田间地头打得头破血流，进而引起家族斗殴、村落打斗，甚或部族仇杀。蔓延日久，村落、部族、家族间极少没有血仇者。这些相互仇恨的部族子弟在军旅中，甚或在战场上，也经常寻衅私斗，宁可为了义气或仇恨帮助正在私斗中的恩人友人,也不愿赶赴战场上救援勇敢杀敌的兄弟。还有与西部戎狄部族杂居的老秦人,更是剽悍狂野,只认热血义气,从来不知规矩律法为何物。茫茫草原,幽幽河谷,经常为争夺水草耕地打成了世代血仇。偶然有仇家子弟在草原落单,立即会被仇家毫不留情地杀掉。这里的老秦人和戎狄部族都信奉"以血换血,以命换命"的复仇方式,除非强力与战争,几乎任何法令都难以伸展到草原河谷的好勇斗狠之中。秦穆公时代,为了防止戎狄作乱,便将臣服于秦国的许多戎狄部族半强制地迁移到地广人稀的关中,与农耕的老秦人村落杂居。

大势是稳定了,但久远的民风却是无法改变的。戎狄聚居的村落,就像他们在草原争夺水草一样,与老秦人的村落争夺着水渠,争夺着地界。年复一年,非但老秦人与戎狄部族多有仇杀,就是戎狄部族之间,老秦人之间,也有着各种各样的私斗血仇。一有机会,仇人间便大打出手,死伤无算。

在当时的华夏大地上,没有一个邦国的民风像秦国这般浓烈的私斗风习。就是同样被中原轻蔑嘲笑的"南蛮"三国——楚、吴、越,也没有秦国的民间私斗这般普遍,这般酷烈。秦人自诩"人皆勇士",可东方列国却嘲笑秦人"怯于公战,勇于私斗,诚为恶习"。

秦国官府对这种民风历来是"民不告,官不究",睁一只眼,闭一只眼。一则是无法可治无可奈何,一则是大战不断要依赖民众从军血战,无力去细致地究诘这些私仇纠纷。秦国只有一个铁的法则:但有兵戎战事,须得人人争先,一致对外,否则杀无赦。也就是说,只要民人不抗赋税、不拒从戎,官府一般不去理会民间仇杀。

遍访秦国乡野,卫鞅对这种私斗风习感触极深。他把这种现象称为"强民弱国"。民风强悍而国家衰弱,根源正在于私斗。要肃清这种恶风,将秦人引导到为国家荣誉而死战的正道上来,就要彻底禁止私斗,培植一种勇于公战的庶民精神。卫鞅为此专门写了一篇《弱民》,向秦孝公提出"民弱国强,民强国弱。有道之国,务在弱民"的总方略。所谓弱民,一则指弱化庶民的野蛮不法习俗,二则指民众在国家法律面前处于弱小地位,必须尊奉法律从而不敢触犯法律。所谓强民,就是那种蔑视法律敢于犯法的刁民。弱民,就要使民众厚道朴实,奉公守法。故此,弱民则民众守法,强民则民众乱法坏法。这就是"朴则弱,淫则强"的道理。这种深彻的甚至是冰冷的论证,征服了秦孝公,使这个年轻清醒的国君看到了凝聚秦人的希望,决意支持卫鞅从根本上改变秦人的精神风尚。

为此，卫鞅做了精心谋划，决定变法从治乱立威开始。

立信之后，也要立威。

他在开府之日颁布的第一批五道法令，全部是围绕“弱民”治乱展开的。《私斗治罪法》，首先严厉禁止一切私人斗殴。也就是说，一切私人仇杀斗殴都是违法犯罪行为，一切纠纷都应通过官府依据法令裁决，而不能私相仇杀解决。《什伍连坐法》则确保一切私斗犯罪者不被隐藏、不能逃匿，得以严厉惩处。《客栈盘查法》则在于防止仇杀犯罪者和东方密探的藏匿。也就是说，任何罪犯在秦国都将难以藏身。因为这两部法令规定“告奸者与斩敌首同赏，藏奸者与降敌同罚”。也就是说，举发一个犯罪者和在战场上斩杀一个敌人功劳一样，赏爵位一级；藏匿一个犯罪者和投降敌国一样，都是死罪。很显然，国家新法明确地将私斗犯罪当作大敌，要彻底肃清。《农耕奖励法》和《军功授爵法》则是培植正气，激励民众去争取国家荣誉，辛勤耕耘，奋勇杀敌，建功立业，光宗耀祖。

这五道法令颁布的时机，恰恰在五月大忙之前，既不影响农事，又将对年年夏忙必然发生的村落部族间为争水争地而引起的大量私斗仇杀，给以迎头震慑。卫鞅的法治主张是，顶风立威，新法才能站稳脚跟，法令的尊严要在治乱中确立。

但是，这五道法令几乎全部改变了秦人的生存传统。它等于要人们对既往的恩怨仇恨一概泯灭，走上一条以法律为行动准绳的道路。无论是城堡国人，还是乡野农夫，都感到被一条巨大的绳索捆住，浑身不自在。对邻里村人的仇恨不能任意报复了，快意恩仇的日子将不复存在，杀了人不能逃匿，没有官府的验身画像简，连客栈也不能住；恩人犯罪要举发，仇人立功要庆贺；一切纠纷都要告官，弱肉强食要变成公平相处，争水争地要听凭官府裁决……这一切，对快意恩仇随心所欲的老秦人来说，简直别扭得要死。

法之威严开始显露，法与传统，法与日常生活积习的斗争也拉开了序幕。

按照新法，一切都要颠倒过来，如何不感到别扭？岂能不大发怨声？

山野农夫们如此，栎阳城里的国人也是如此。所谓国人，说的是居住在都城及都城领地的工匠、商贾、市人和农夫。在这几种人中，称为“百工”的工匠地位较高，商人则地位较低，自由农人地位居中。但在战国时代，商人远不像后来那样被称为“贱商”而大加抑制，只不过没有工匠那样受人尊崇罢了。因为工匠绝大部分是官府经营的作坊的技师，是典型的“国人”，而商人则绝大部分是私人业主，官府对待他们自然有高下之分。

都城国人对法令的怨言，主要在“惩疲”法条。所谓惩疲，就是惩治懒惰懈怠和不务正业的游手好闲分子。《周礼》称这种人为“疲民”，所以，惩治这种人的法令称为“惩疲”。卫鞅颁布的奖励军功、奖励农耕的法令中同时规定，对这种“疲民”给予严厉惩罚：无论农工商人，凡是因为懒惰、懈怠而贫困者，一律罚为官府奴隶，男人做苦力，女人做仆婢；凡是有业不操而游手好闲者，一律罚为官府奴隶，强迫劳动；凡罚为奴隶者，夫妻不得同居，家人不得同事一主。更严厉的一条是，主犯家长一生不能恢复为自由籍的平民。

增疲民之恨。厌憎懒惰的执政者，商鞅算是开了一个严厉惩治的先河。

对于这种惩罚，忠厚勤劳的人们自然不会反对，也不会有怨言。但忠厚勤劳者一般都谨慎怕事，影响力较小。大发怨气的是各种疲民。这些人刁钻强悍，通常专门靠欺压良善、敲诈商贾、偷鸡摸狗、抢劫财物为生。还有一种“富疲”，由于家道富裕不缺钱财，便不事劳作，逃避兵役，专门游荡四方，做游侠式的好汉。这种人有威望有能力有武功，影响力很大，是疲民之最。更有一种家道中落的“士疲”，识得字，读得书，偏偏吃不得苦。文不是文，武不是武，或整日在市人中摇唇鼓舌评判是非，或在官府吏员中传播道听途说的各种流言，或帮着“富疲”出谋划策蹭饭吃。这种“士疲”对惩治疲民的法令骂得最为刻薄尖酸，说惩疲法令是“蛇蝎心肠，有损阴德”，是“老妪当家，阴气到顶”，等等等等，不一而足。

除了庶民国人中的怨言，上层也是一片怨气，大不安宁。

商鞅奖励军功，打乱上层社会的稳定结构，动摇了懈怠贵族的立身之本，自然招来痛恨。但对于善战勇战之士，商鞅之令，有诱惑力。以军功立，说到底，就是要培养忠于国君的新鲜力量，老朽老矣，“老而不死是为贼”，国家要兴旺，就必须要将“老朽”架空。出此法令，不仅需要大智，亦需大勇。

卫鞅的第一批法令中，也包括了对宗室贵族的惩治，即所谓惩治“贵疲”。宗室贵族，就是国君（国王或国公）所在的部族。按照千百年来的传统，这种人是天生的贵族，做事不做事，立功不立功，都照样是世袭的高等级爵位，从国库中领取极为优厚的俸禄，享受包括高车骏马、大片府邸在内的各种特权礼遇。几乎所有人都认为这是天经地义的，没有什么不合理的，因为他们是王公贵族，他们的享受是无法被剥夺的。可是，《军功受爵法》却横空出世，赫然规定：取缔世袭爵位制！凡宗室贵族，如果没有军功或其他大功，不得取得爵位；两年无军功者，除去贵族籍；一旦除籍，贵族就是庶民，原由国家提供的各种特权一律剥夺，享受的国库器物一律没收，附属仆佣一律归官府，其家人与其他人口（如庇居亲戚），不得在府邸、田产、车马、衣食各方面享受原来贵族待遇；现有爵位的贵族，包括家人在内，必须严格按照家长爵位的高低等级定衣食住行，不得以财力雄厚或其他背景而有丝毫僭越。这样做，就是要造成“有功者必使显贵，无功者，虽富而不得芬华”的现实，鼓励人们为国家立功。

这种法令对秦国的宗室贵族来说，真是匪夷所思。

改革必将触动利益阶层，有时，触动利益比触动灵魂还难。古今皆然。

三皇五帝以来，贵族纵然无功，最差也是个等级较低的世袭贵族。何曾有过没有功劳就会被开除出贵族阶层的怪事？说到底，那时的贵族毕竟还是国家骨干，想为国家立功者也不在少数，而且确实有许多建立大功的贵族人物。寻常时日，正派的贵族也会认为，为国家建功立业是完全应当的。可是有了这道法令，有功的贵族们便认为这是蔑视宗室贵族，刻意限制贵族，感到尊严受到了大大伤害。那些无功也无能、整天混日子的“贵疲”，则惶惶不安，大骂卫鞅是挖秦国的老根，是吃里爬外的小人，新法是“害人恶法”。

有怨气的宗室贵族便秘密串通，来找宗室贵族中最有地位的嬴虔。

在宗室贵族中，嬴虔非但曾经是大权在握的左庶长，目下依然是太傅和事实上的上将军，更重要的是，嬴虔还是先君秦献公的长子，是最显赫的宗室贵族大臣。如果嬴虔也反对这种侮辱宗室贵族的“恶法”，贵胄们就可以再求见国君诉说委屈，形成气候，卫鞅的法令就很有可能被取缔，甚至卫鞅本人也极有可能翻船。可是，当这一群老老少少在暮色中陆陆续续来到嬴虔府邸门前时，府中家老却出来说，太傅身体不适，不能见客，教他们早早回去。朝野上下谁都知道嬴虔是个睁硬眼的厉害角色，闻言不敢停留，都灰溜溜地走了。

此刻，孟西白三人却正在嬴虔府中诉苦。

嬴虔对卫鞅变法是全力撑持的，甚至可以说，没有嬴虔的全力配合，卫鞅要在秦国立足，变法要纳入正轨，都会是极为困难的。但嬴虔以为，变法就是整顿吏治、废除井田、训练军队，等等。他忙于军务，也没有时间去与闻新法内容，确实未曾想到变法会是如此的彻底，竟然对宗室贵族也毫不留情。更重要的，是他觉得变法是国君与卫鞅的事，他无须多管，管多了也不好。及至第一批新法令颁布，朝野轰动，他才认真看了看，想了想。从本心讲，他认为这些法令都是对的，但心里总有一丝隐隐的不快，也觉得这些法令总有些许不对味儿。想来想去，是觉得法令太严厉，尤其是对宗室贵族太无情，教他心里觉得不舒服。虽然如此，嬴虔毕竟是个头脑清醒的人物，他决意不干预变法，立即找来家人严厉叮嘱，不许一人在外面议论新法，否则决不留情。

嬴虔刚刚安顿好家人，孟西白三人便联袂而来。因为三人都是将军，而嬴虔又是事实上的秦军统帅，来嬴虔府原本也不奇怪。然则嬴虔从来不在家中会见将领和大臣，事先更没有约见孟西白三人，心中便知三人有事外之事。偏偏嬴虔沉得住气，礼仪寒暄仆役上茶之后尽问一些军旅之事，绝口不提栎阳国事。孟西白三人说了半个时辰还找不到转移话题的机会，心中暗暗着急。恰在这时，家老来报，说有宗室老少十余人在府门外求见。嬴虔冷冷回答：“教他们回去。就说我身体不适，不能见客。”家老出去后，孟坼谨慎地小声问：“敢问太傅，是否我等干扰了宗室会聚？”嬴虔淡淡笑道：“我素来不在家中见族亲和臣子，他等应当知道。”此话一出，等于告诉三人应当告辞了。西乞弧勉强笑笑，“我等久坐，也该告辞了。”嬴虔立即站起身来拱手道：“未完之事，来日官署计议。恕不远送。”

三人悻悻出来，你看我，我看你，摇头叹气，半日无话。来到西乞弧府中，孟坼沉吟道：“仔细想来，我倒觉得公子虔大有文章。”白缙叹息道：“有何文章？连我等开口的机会都没有，明白是卫鞅一党。”孟坼摇头笑道：“非也非也。君知其一，不知其二。这公子虔素来是个强硬坦荡的人物，若真如你言，铁心赞同新法，还不将我等严词训斥一通？岂容我等静坐一个时辰？想想。”西乞弧猛然拍掌笑道：“着啊！如何迷了这一窍？今日秦人，谁不谈新法？公子虔回避，明白是有疙瘩！只是，只是不便于说罢了，对么？”白缙高声笑道：“顿开茅塞！对，是这个道理。”

三人同声大笑，觉得心情特别舒畅。西乞弧吩咐摆酒，三人开怀痛饮起来。

孟西白三家虽说不是宗室贵族，然而却是百年功臣贵族。虽说他三人有功劳，不存在除籍，然其家族安能没有平庸之辈？更不说三族百余年来与宗室贵族相互通婚结亲，形成了盘根错节的血缘联结。这些宗室贵族中的无功受禄之辈，和三族可是荣辱相连，这些“贵疲”求其设法，他们岂能坐视不理？再说，他们从一开始就视卫鞅为异类，眼见其气焰大长，今后也很难重用他们这些贵族，心中又岂能安宁？想来想去，他们觉得先找嬴虔探探风向最好，如今对风向有了如此判断，岂能不开怀大笑？

整个四月，流言飞走，怨气弥漫。勤劳宽厚的国人庶民本来拥戴变法，对新法令的奖勤罚懒从心底里赞同。但是，在漫天飞走的流言怨气面前，也觉得新法过于严厉。像私人打架要惩罚苦役，路边倒点儿柴火灰要砍脚断手，量地亩时每步超过六尺要砍掉四个脚趾等等，宽厚勤劳者也觉得大不方便。谁都有无心之错，可是新法令连改正错失的机会都不给你，一旦有错就行刑制裁，轻则苦役，重则刑治，不死便伤，一生都要留下耻辱的烙印。心念及此，老实人也觉得胆战心惊，纷纷跟着埋怨起来，谁也看不见新法将对他们带来的根本好处。

朝野山乡，底层上层，穷疲富疲士疲贵疲们第一次有了自发的共鸣，同声相应，同气相求，对新法骂骂咧咧，对左庶长卫鞅恶毒诅咒。老实人不自在，疲民们不服气，各种怨气漫无边际地流淌开来。一时间，新法陷入了人人侧目千夫所指的尴尬境地。

私斗一节，写得极为到位。作者对乡村风土极为熟悉。乡人斗殴，常因鸡毛蒜皮之事而起，上下游的水界，通常也能引发族斗惨剧。

三　老秦世族顶风仇杀

进入五月，正是农家大忙的时节。

渭水平川的农夫们，一边要收割大麦、小麦，一边还要种下谷子、豆子、荞麦，同时抽空在菜园栽下夏葵菜。这时，人忙、地忙、牛马忙，整个田畴一片紧张活跃。但令人揪心的是，这个季节也是私斗最高发的季节。争地、争水、偷盗庄稼、抢劫牲畜、催讨债粮，以及趁着忙乱报复仇家等，无一不是大起争端的茬口。每逢五月，各国间的战争也都基本停止，官府都全力以赴地督导农事，解决各种突发的争端和私斗。秦国的五月，更比东方国家紧张。以实际而言，秦国还是井田制，八家一井，共用水渠水井。非但井内八家有争地争水和承担公田劳力多少的纠纷冲突，而且井与井之间也经常有争地争水的冲突，牵扯两井十六家，动辄便发生群殴械斗。再者，秦国的村落氏族制还相对完整地保留着，一有冲突便是举村举族出动，如同一场小型战争。但最重要的还是民风使然，对私相血斗习以为常，甚至引以为荣，经常会因为小小争端而大打出手。

所以，秦国的五月，历来是内部最繁忙最紧张和最混乱的时节。

卫鞅其所以将第一批法令选择在三月底四月初颁布施行，目的之一，也想对五月大忙的混乱产生震慑作用。有了新法，再加上新任命的拥戴变法的县令，应该是比往年稳定些许。可是，谁也没有想到，大规模的混乱与暴力械斗还是发生了，而且来得那样突然和暴烈。

更令人震惊的是，这场大规模的私斗仇杀，恰恰发生在赫赫有名的郿县。

关中平原的渭水北岸有一座城堡，是郿县的县城。郿县东距栎阳六百余里，西距陈仓三百余里，正在渭水平原西部的最肥沃地段，是秦国最有名的大县。但是，郿县的赫赫大名，并不仅仅是因为地处沃土，在地利方面，郿县毕竟还不如关中东部更为宽阔平坦，还稍逊一筹。郿县的威名，在于它是秦国的“名将之乡”。秦穆公时代的三大名将——孟明视、西乞术、白乙丙都是郿县人。孟西白三族的嫡系虽然居住在都城栎阳，但郿县留下的旁支家族在百余年间繁衍生息，也形成了庞大的势力。三族鼎立，几乎就是大半个郿县。郿县的其他人口，很大一部分却是陇西戎狄贵族的后裔。秦穆公时，担心戎族死灰复燃，接受了大谋略家由余的主张，将戎狄上层贵族一律迁到关中定居。顾忌到戎狄部族狂野好武，其他地方无力制约，便将大部分安排在了这个赫赫名将之乡、具有浓厚尚武之风的郿县，和老秦人花插杂居。百年过去，这些戎狄贵族虽然变成了农人庶民，但桀骜不驯的品性和剽悍好斗的风气却没有丝毫的减弱。在郿县的二百多里地面，他们和孟西白三族一直恩怨纠葛，私斗不断。小至邻里斗殴，大至举族大打，几乎从来没有停止过。

新法颁布，郿县人倒是紧张了几天。但旬日之间，嘲笑和怨气便大长起来，两大势力均对新法嗤之以鼻，聚相议论，大是不满。戎人族长醉醺醺地大笑：“不教男人打架么？就像不教女人生崽一样！”孟族老族长孟天仪则微笑着对族人们说：“当年，老祖先就是打出来的硬汉子。戎狄野种就认打，越是打得痛快，他越服气！怕甚新法？没事。秦国再变，还能翻得过穆公老规矩？”

五月二十三，郿县终于爆发了一场惨烈的民间械斗。

孟族聚居的九个村庄都在渭水北岸，分别叫孟一里到孟九里。人们将这一带叫孟乡。孟乡的土地方圆三十多里，有一条引渭水渠贯穿了九个里的土地。孟乡九里旱涝保收，全靠了这条大水渠。这水渠是秦穆公时的贤臣百里奚主持修建的，叫百里渠。因为大将孟明视就是百里奚的儿子，孟族就是百里氏的后裔，所以历代秦公都特许郿县孟族聚居在百里渠两岸。那时候，关中西部是秦国的轴心地带，都城雍州在郿县西边百余里，这条大渠是秦国在春秋时代修建的唯一水利工程。百里渠干渠全长大约不到四十里，流出孟乡地段便东西分流为两条支渠，向西的支渠伸展到雍城，向东的干渠伸展到斄县。孟乡处在总干渠地段，分流渠口便在孟九里的田野中。戎狄移民都住在东支渠两岸，也有八九个里，常常因用水和孟乡恶斗。郿县官府虽有渠吏，但也无法制止孟乡在天旱时堵渠强行截水，更无法制止戎狄移民聚众抢水。今年夏天，恰遇干旱，土地不灌溉便要干种，干种就要大大减收，这是农家谁都懂得的道理。

作者很了解农村。

中华民族的历史就是一部治水史，又何尝不是一部争水史。

这时候，水比黄金还贵重。

五月二十三的深夜，麦收刚完，月明星稀，孟乡人堵住了干渠通往东支渠的渠口，除了给西支渠放过去一股细流外，全部将渠水引到孟乡各里的小毛渠中。按照官府规定和民间用水习俗，灌田历来是先下游，再上游。往年虽然也遇天旱，但渭水河道水量并不减少，孟乡人还不甚着急。今年忒怪，旱情倒未必有往年严重，渭水河道的水量却是大大减少，虽然说不上干涸，也是看得见河槽大石了。不知哪里传来的流言，说秦国变法有违天道，上天要大旱三年！孟乡人着了急，便抢先动手堵了干渠截水。

下游的戎狄移民在田头渠口眼巴巴守候了半日，不见渠中一滴水花。戎狄族长虎茅大起疑惑，支渠漏水也不能一干二净啊？决口也该有个响动啊？巡渠女人没有回报，分明是还没有水。但是，孟族毕竟是大族，也不能无端寻衅，事情要先弄确凿。于是，虎茅派出六十余名精壮男子沿渠道上巡，查看究竟，迅速回报。

四更时分，巡水队伍一直走到总干渠口，才发现是孟乡人堵了渠口。戎狄丁壮不由大怒，呼喝一声便上前开挖渠口。守在干渠口的孟乡百余名壮汉岂能容得？头人一声口哨，抡起手中锄头、铁耒和棍棒扑将上来拦截，于是开打。混斗半个时辰，戎狄巡渠人寡不敌众，死了六个，人人带伤，只得逃回去报信。

戎狄族长虎茅一见抬回来的六具尸体，怒火中烧，长发都竖了起来，大喝一声：“吹号聚兵！给我上——”顿时，凄厉的牛角号呜呜地响了起来，一长两短，响彻夜空。这是戎狄人的死战号角，是发动全体精壮上阵的特殊信号。刹那之间，各个戎狄村落骚动起来，男女老少一齐出动，举着猎刀、匕首、棍棒、锄头呼啸而来。族长虎茅带领一百多名有马有刀的丁壮勇士，呼啸一声，向西方孟乡狂风暴雨般卷去。随后的一千余人喊杀声大起，跟在马队后面呼喝怪叫着蜂拥西去。

一场惨烈的缠斗在总干渠外的田野上展开。

孟族九里已经做好了准备，一千余人集结在渠岸背后，摆成了一个大方阵凭险防守。孟西白三族是老秦人，青壮年多数从军征战，在家耕耘者多是老人、妇女和少年。戎狄人则是两丁征一，尚留有一部分精壮人口。两族相遇，各自都有引以为荣的尚武传统，加上新仇宿怨，竟是分外眼红，比两军肉搏更为惊心动魄。戎狄的先锋马队一个猛冲越过渠岸，杀入孟西白的老少阵营。担任“总帅”的孟族老族长一声呼哨，渠岸后的老少们呼喝四散。戎狄马队的大半，扑进了刚刚挖出来的陷坑。围上来要斩尽杀绝戎狄骑士的孟族老少，却被陷坑外面的马队狠命阻拦劈杀，搅作一团，恶斗起来。后来的戎狄人也蜂拥呼叫，拼命冲上干渠大堤，和守在渠堤上的孟族老少们混战起来。

一时间呼喝遍野，惨叫不断。孟族人虽然多是老少女人，却有老秦部族的阵战章法，总是十余人一个圈子，里外护持，相互照应着群斗戎狄。戎狄虽多有精壮，还有数十骑士，但历来是单个冲杀狠斗，一时竟显不出优势。双方混战撕缠大半夜，就在天快亮的时候，混战的人群终于踩垮了干渠大堤。

秦人之斗狠性格，可见一斑。

商鞅早预见到私斗对国家的害处。

“哗——”大水卷着数尺高的浪头，扑向两岸死死纠缠

荧 玉

狠斗的人群。

"快——跑——"孟族"总帅"嘶声大喝。

"啊——吹号！撤啦——"虎茅举着弯刀拼命吼叫。

但是，已经来不及了。酣斗撕扯的人群，你挡着我，我绊着你，抱在一起的又害怕放开对手反遭暗算，相互死死揪住对手不放……及至泥水大浪猛烈卷来，想要喊一声也来不及了。大水淹死的，泥巴呛死的，掐压窒息死的，受伤流血死的，尸横遍野，死人无算。比黄金还要贵重的五月之水，却漫无边际地流淌成了一片汪洋。

侥幸逃出的些许人马，隔着一片汪洋烂泥，犹自对骂不休。

四　七百名罪犯一次斩决

商鞅大开杀戒。赏了之后，必然是罚。"一百金"能吸引眼球，得到民之"敬"。罚，杀戮，能让民"畏"，使民不得不守，不得不从。

太阳出来时，郿县令赵亢带领一班县吏赶到了孟乡干渠。看着这触目惊心的场面，赵亢脸色铁青，二话没说，飞马奔赴栎阳。

赵亢是秦国招贤中应召的唯一一个秦国士人，为人方正，饱读诗书，和兄长赵良齐名，都是家居云阳的名士，人称云阳双贤。虽然兄弟俩都是没入过孔门的儒家名士，处世却是大大不同。赵良志在治学修经，远赴齐国稷下学宫求学去了。赵亢却是奋力入世，要为秦国强大做一番功业。秦孝公招贤，赵亢欣然而来。任命官职时，秦孝公派赵亢做了要害的郿县县令。赴任半年，无甚大事，只是熟悉县情，等候新法令颁布。赵亢无论如何想不到，新法颁布伊始，便有人以身试法，闹出天大的事来。孟西白三族和戎狄移民，哪一边都关系到秦国安危，他如何能擅自处置？

正午时分，卫鞅正在书房用餐，听说赵亢紧急求见，二话没说，一推鼎盘便来到政事厅。听完赵亢的紧迫禀报，卫鞅略一思忖，断然命令："车英，带二百名铁甲骑士，即刻赶赴郿县。"车英领命，去集合骑士。卫鞅便吩咐赵亢进餐，自己到书房做了一番准备。卫鞅出来时，赵亢已经霍然起身，府门外也已经传来了马队嘶鸣。卫鞅一挥手："走。"匆匆大步出门。赵亢惊讶地问："左庶长，这就去郿县？"卫鞅冷冷道："迟了么？"赵亢嗫嚅道："不，不给君上禀报么？"卫鞅凌厉的目光扫了过来："凡事都报君上，要我这左庶长何用？"说完大步出门，飞身上马，当先驰去。车英的马队紧随其后，卷出西门。赵亢思忖片刻，上马一鞭，急追而来。

太阳到得西边山顶时，马队赶到了孟乡总干渠。卫鞅立马残堤，放眼望去，暮色苍茫，四野汪洋，水面上漂浮着黑压压的尸体，鹰鹫穿梭啄食，腐臭气息弥漫乡野。孟乡九里所在的高地，全变成了一座座小岛。

卫鞅面色铁青，断然命令："郿县令，即刻派人关闭总干渠！"

赵亢答应一声，飞马奔去。

太阳落山时，渭水总渠口终于被堵住了。晚上，卫鞅在郿县县府接连发出三道命令。第一道，命令赵亢带领县城驻军步卒二百人并沿岸民众，立即抢修渠堤。第二道，命令车英带领铁甲骑士，星夜到戎狄聚居区缉拿所有罪犯，不许一人逃匿。第三道，命令各县将新法颁布三个月期间，公然聚众恶斗的罪犯全部押解到郿县。赵亢、车英和信使们出发后，卫鞅心潮难平，灯下提笔疾书两信，吩咐快马使者即刻送往栎阳左庶长府。

此刻，秦孝公正在庭院里练剑，稍稍出汗，便回到书房埋首公案。

新法颁布三个月，他案头的简册骤然增加，全部是朝野城乡通过各种渠道直接送给他的民情密报。他认真仔细地阅读揣摩了这些密报，感到了一种不寻常的气氛在弥漫。这些密报能直接送给国君，而不送给总摄国政主持变法的左庶长卫鞅，本身就意味着对新法令的轻慢和不满。密报者背后的意图很明显，国君是被权臣蒙蔽的不知情者，罪责是外来权臣的，国君应当出来废弃恶法安抚民心。秦孝公警觉地意识到，变法能否成功，目下正是关键。密报所传达的"民意民心"，虽然是一种叶公好龙式的惊恐，但也是一个危险的信号——变法的第一个浪头，遇到了疲民裹挟民意的骚动逆浪，如何处置，关系到变法成败，其中分寸颇难把握。秦孝公没有把这些密报和自己的判断告知卫鞅。

他相信，以卫鞅的洞察力，不可能不知道这些弥漫朝野的流言。他要看一看，卫鞅如何评判目下的大势，如何处置这场民意危机。如果卫鞅没有处置这种普遍危机的能力，秦孝公倒是愿意早日得到证明，以免在更大的危机来临时因信任错失而造成灭顶之灾。毕竟，卫鞅没有过大权在握的实际阅历，掌权之后能否还像论政时候一样深彻明晰，还需要得到验证。正因为这样，秦孝公深居简出，丝毫没有过问变法的进程。

无孝公之明，就无卫鞅之变法。

目下，秦孝公埋首书房，就是要谋定一个善后之策，以防万一。

"君上，左庶长府领书大人求见。"黑伯在书房门口低声禀报。

"景监？让他进来。"秦孝公有些惊讶，景监在夜半时分来见，莫非有大事？

景监疾步走进，拱手道："君上，郿县三族与戎狄人大肆械斗，死伤无算，左庶长已经赶去处置。这是左庶长给君上的紧急书简。"

"为何械斗？"秦孝公问。

"孟西白三族堵了干渠，戎狄人争水，故而大打出手。"

"准备如何处置？"

"左庶长决断尚不清楚。想必给君上的书简里有禀报。"

秦孝公打开手中铜管，抽出一卷羊皮纸展开，但见酣畅淋漓的一片字迹：

卫鞅拜会君上：郿县私斗，乃刁民乱法与秦国痼疾所致耳。臣查，其余郡县亦有乱法私斗者三十余起。治国之道，一刑，一赏，一教也。刑赏不举，法令无威。乱民不除，国无宁日。臣拟对犯罪乱民按律处置,无计多少。本不欲报君上,朝野但有恶名,臣一身担之。然法令初行,君上当知,臣若有不察,请君上火速示下。臣卫鞅顿首。

秦孝公思忖有顷,问道:“依据新法,此等私斗,该当何罪?”

“回君上,纠举私斗,首恶与主凶斩立决,从犯视其轻重罚没、苦役。”

“首恶与主凶有多少?”

“详数景监尚难以知晓,推测当在三百名以上。”

“从犯?”

景监踌躇道:“臣大体算过,仅郿县双方从犯,就在三千人以上。加上其余郡县,大约五千人不止。”

秦孝公沉默了。假若这是一场战争,就是死伤上万人,也不会有任何人说三道四,也不会有任何人沮丧动摇。可这是刑杀,是国法杀人,三五十还则罢了,一次杀数百名人犯,这实在是旷古未闻。三家分晋前,韩赵魏三族联合擒杀智伯,一次杀智伯家族二百余口,天下震惊。然则,那是和诸侯战争一样的部族集团间的战争,人们并没有将它看成刑杀。要说变法刑杀,魏国的李悝变法、楚国的吴起变法、韩国的申不害变法,都没有数以百计地斩决罪犯。秦国这样做会带来何等后果?秦孝公第一次感到吃不准。但是,不这样做,后果则只有一个,那便等于在实际上宣告变法流产,秦国回到老路上去,在穷困中一步步走向灭亡。这是秦孝公绝对不愿走的一条路。两害相权取其轻,这是古人的典训。前者有可能带来的动乱风险与亡国灭顶的灾难相比,自然要冒前一个风险,而避免后一个灾难。卫鞅敢于这样做,也一定想到了这一点。目下,他需要知道

固然是害怕亡国,也可以说是开始敬畏法。

的是国君的想法。

“景监,你有何思谋?”秦孝公猛然问。

景监也一直在沉默,见国君问他,毫不犹豫地回答:“臣以为,变法必有风险。风险与亡国相比,此险值得一冒。”

“好。说得好。我等不谋而合。”秦孝公微笑点头,走到书案前提起铜管大笔在羊皮纸上一阵疾书,盖上铜印,卷起装入铜管封好,递给景监道:“景监,作速派人送给左庶长。如果能离开,最好你到郿县去,左庶长目下需要帮手。”

“臣遵命。”景监接过铜管,转身疾步而去。

日上三竿,景监已经赶到郿县。卫鞅正在县府后院临时腾出的一间大屋里翻阅户籍简册,见景监风尘仆仆地走进,惊讶笑道:“正想召你,你就来了。先坐。”转身吩咐仆人上茶上饭。景监未及擦汗便从怀中皮袋掏出铜管:“左庶长,这是君上的书简。”卫鞅接过打开,两行大字扑入眼中:

左庶长吾卿:疲民乱法,殊为可恶。新法初行,不可示弱。但以法决罪,毋虑他事。嬴渠梁三年五月。

卫鞅长长地舒了一口气,将羊皮纸递给景监。景监一看,兴奋地说:“君上明察,左庶长可无后顾之忧了。”

卫鞅淡淡笑道:“后顾之忧何尝没有?”这时仆人捧进茶饭摆好,景监匆匆用饭。

卫鞅道:“领书暂且留在郿县几日,这是一场大事,需周密处置,不留后患。”

景监道:“我已经将栎阳府中的事安置妥当,左庶长放心,我来料理杂务。”

卫鞅道:“今日最要紧的,是会同赵亢,理出罪犯名册。”说话间景监已经吃罢,两人秘密商议了半个时辰,便分头行动起来。

两天之后,决堤的大水在炎炎赤日下迅速消失在干涸的土地里,大路小路更是干得快,除去多了些坑坑洼洼,几乎和平时没有两样。

赵亢和车英已经分别将孟西白三族和戎狄移民的械斗参与者,全部押解到县城外的临时帐篷中。景监和赵亢分别带领一班干练吏员,对械斗罪犯进行清理,按照主谋、主凶、死人、伤人、鼓噪,将人犯分为五类分开关押,一一录下口供。这件事做了整整三天。三天中，外县的私斗罪犯也纷纷押解到郿县。一时间，县城四门外的官道上军卒与罪犯络绎不绝，加上一些哭哭啼啼跟随而来的老人、女人与孩童，临时关押罪犯的渭水草滩如赶大集一般。郿县人恐惧、紧张而又好奇地纷纷赶来看热闹，有些精明人乘机摆起了各种小摊，专门向探视者卖水卖饭卖零碎杂物，外国商人则专门卖酒卖新衣服。穷人探监，要吃要喝。富人探监，则要给关押者买酒浇愁。自忖必死者，亲友族人还要给置办新衣。

旬日之间，草滩帐篷外生意兴隆。尤其是外国商人的酒和新衣，分外抢手，价钱直往上蹿。孟西白三族在秦国树大根深，戎狄移民也是战功卓著，外县敢于顶风私斗者，也个个不是易与之辈。各方说情者神秘地来来去去，轺车、骏马每日如穿梭般往来郿县小城，使郿县人在惊讶之余又大开眼界。

卫鞅清楚地知道外面的种种热闹，却不闻不问，只是专心致志地在县府中翻阅罪犯口供和各县有关记载。凡是赶来求见的宗室贵族、勋臣元老、陇西戎狄首领、地方大员等，非但见不到卫鞅，连景监、车英也见不上。

景监委派的三名书吏专门接待这些人，所有的礼物都收，所有的书简都留下，所有的说辞都用一句话回答："一定如实禀报左庶长。"十天之中，贵重礼物和秘密书简已经堆满了一间专门的房子，看守的吏员们简直不敢相信，穷困的秦国如何能突然冒出如此多的奇珍异宝？

第十三天，卫鞅走出了书房，打破了沉默。他下的第一道命令，就是取缔渭水草滩的临时集市，将一切商贾尽行清理。当日午后，渭水草滩又成了炎热的旷野。第二道命令，是派赵亢征发五百民夫修筑刑场。第三道命令，派车英紧急将所部两千铁甲骑士全数调到郿县听候调遣。第四道命令发往秦国所有郡县，命令各县县令率领全县所有里正和族长，三天后赶到郿县。第五道是密简，飞马送往栎阳国府。

随着使者的快马飞驰，秦国朝野又弥漫出浓厚的惊恐、疑惑和各种猜测。有人说，天候不祥，左庶长要大开杀戒了。有人说，犯罪的主谋都是富人，还不是杀几个穷人完事。更有人说，左庶长收了难以计数的奇珍异宝，人犯们一个也没事。国府内外安静如常，国君也没有以任何形式召集朝会议事，好像秦国从来没有发生过什么一样。栎阳的上层贵族们则保持着矜持的沉默，对变法，对郿县发生的一切都缄口不言，看看平静的国府，相互报以高深莫测的微笑。

炎炎七月，郿县小小的城堡活似一个大蒸笼。中夜时分，卫鞅走出书房，唤出景监车英，三骑快马出城，在渭水草滩反复巡视。遍野蛙鸣淹没了他们的指点议论，直到一轮又大又圆的明月在遥远的西天变小变淡，三人才回到城中。

早晨，朝霞刚刚穿破云层，郿县城四门箭楼响起了沉重的牛角号，呜呜咽咽，酸楚悲怆。人们从打开的四座城门争先恐后地拥出，奔过吊桥，向渭水草滩汇聚。田野的大路小路上，都有人手上举着白幡，身上披着麻衣，腰间系着草绳，大声哭号着呼天抢地跌跌撞撞地赶来。渭水草滩上的低洼地带，两千铁甲骑士单列围出了一个巨大的法场，将所有赶来观刑的人群隔离在外围。但四野高地上的庶民们却如鸟瞰一般，看得分外清楚。铁甲骑士之内，七百名精选的行刑手红布包头，手执厚背宽刃短刀，整肃排列。法场中央一个临时堆砌的高台上，坐着威严冷峻的卫鞅。景监车英肃然站立在长案两侧。长案前两排黑衣官吏，则是从各郡县远道赶来的郡守县令。高台下密密麻麻排列的一千余人，则是秦国所有的里正和族长。所有人都沉默着，偌大的法场只能听见风吹幡旗的啪啪响声。

郿县令赵亢匆匆走到高台前低声禀报："左庶长，人犯亲属要来活祭。"

卫鞅道："命令人犯亲属远离法场，不许搅扰滋事，否则以扰刑问罪。"

赵亢又匆匆走到法场外宣示左庶长命令。法场外的罪犯亲属们第一次露出了惊恐的神色，垂头瘫在草地上无声地哭泣着。历来法场刑杀，都不禁止亲友活祭，如何这秦国新左庶长连些许仁义之心都没有？未免太无情也。其余看热闹的万千庶民也都一片寂静，全然没有以往看法场杀人时的纷纷议论。人们在如此巨大的刑场面前，第一次感到了

情、理、法三位一体，在中国从来以情为核心。夺情有时比枉法更令人恨，而卫鞅无所惧，大丈夫也。

国家法令的威严，感到了这个白衣左庶长的强硬与无情，竟全然不若人们原先议论想象的那么软弱，竟敢摆如此骇人的法场！忠厚的农夫们想起了三月大集上的徙木立信，不禁相顾点头，低声叹息："咳，也是自作孽，不可活。"

太阳升起三竿时，景监高声下令："将人犯押进法场！"

车英一摆手中令旗，两千骑士让出一个门户，一队长矛步卒分两列夹持着将长长的人犯队伍押进法场。人犯们穿着红褐色的粗布衣裤，粗大的麻绳拴着他们的手脚，每百人一串，缓缓蠕动着走向法场中央。四野高地上的民众鸦雀无声，他们第一次看见如此成群结队的"赭衣"，第一次看见战场方阵一般的红巾短刀行刑手，每个人的心都不禁簌簌颤抖起来。赭衣囚犯们再也没有了狂妄浮躁，个个垂头丧气面色煞白。最头前的是孟西白三族的族长和二十六个里正，以及戎狄移民的族长们里正们。他们都是六十岁上下的老人，一片须发灰白的头颅在阳光下瑟瑟抖动。他们中的每一个都曾经在战场厮杀过，为秦国流过血拼过命。直到昨天，他们还对晚年的生命充满了希望，相信栎阳会有神奇的赦免，相信秦国绝不会对孟西白这样的老秦人和穆公时期的戎狄老移民大开杀戒，不相信一个魏国的中庶子能在秦国颠倒乾坤。

此刻，当他们从一片死一样沉寂的人山人海中穿过，走进杀气弥漫的法场，他们才第一次感到了这种叫作"法"的东西的威严，感到了个人生命在国家法令面前的渺小。当他们走到濒临河水的草滩上，面前展现出一片密密麻麻的木桩，每个木桩上都写着一个名字，名字上赫然打着一个鲜红的大钩时，他们油然生出了深深的恐惧，双腿发软地瘫在草地上。在战场上的刀光剑影中，他们每时每刻都有可能血溅五步，变成一具尸体，但是没有一个人感到畏惧，没有一个人想到退缩。照民谚说，人活五十，不算夭折。而今六十岁已过，死有何惧？人同此心，心同此理。但是却没有一个人能克服这种恐惧，能自己站起来。

两个兵卒将为首的孟氏族长孟天仪，夹持起来靠在木桩上。老族长似乎终于明白过来，白发苍苍的头颅靠在木桩上呼呼喘息。突然，他挺身站起，嘶声大喊："秦人莫忘，私斗罪死耻辱！公战流血不朽！"喊罢纵身跃起，将咽喉对准木桩的尖头猛然跃起斜扑。只听"噗"的一声，尖利的木桩刺进咽喉，一股鲜血喷涌飞溅！孟天仪的尸体顿时挺挺地挂在了木桩上。

刹那之间，孟西白三族的人犯一片大号，挺身而起，嘶声齐吼："私斗耻辱，公战不朽！”纷纷跃起，自撞木桩尖头而死。

喊声在河谷回荡，四野山头的民众被这闻所未闻见所未见的刑场悔悟深深震撼，竟然冲动地跟着喊起来：“私斗耻辱！公战不朽！”喊声中夹杂着一片哭声，那是圈外人犯亲属们的祭奠。

悔悟比杀人更有震撼力。

变起仓促，景监大是愣怔。卫鞅点头道：“临刑悔悟，许族人祭奠，回故里安葬。”

景监顿时清醒，高声宣示了卫鞅的命令。围观民众哗地闪开了一条夹道，孟西白三族剩余的女人和少年冲进法场，大哭着向高台跪倒，三叩谢恩。

卫鞅冷冷道：“人犯临刑悔悟，教民公战，略有寸功。祭奠安葬，乃法令规定，卫鞅有何恩可谢？今后不得将法令之明，归于个人之功，否则以妄言处罪。”

法场的万千民众官吏尽皆愕然。不接受称颂谢恩，还真是大大的稀奇事情。此人是薄情寡义，还是执法如山？一时谁也不敢议论。

薄情寡义与执法如山本就一体两面，看后人以什么角度来理解而已。

“开始。”卫鞅低声吩咐。

景监命令：“人犯就桩，验明正身——”

车英在人犯入场时已经下到法场指挥，一阵忙碌，驰马前来高声报道：“禀报左庶长，七百名人犯全部验明正身，无一错漏！”

卫鞅点头，景监宣布：“鸣鼓行刑！”

车英令旗挥动，鼓声大作，再举令旗：“行刑手就位！”

七百名红巾行刑手整齐分列，踏着赳赳大步，分别走到各个木桩前站定。

“举刀——”

“唰”的一声，七百把短刀一齐举起，阳光下闪出一片雪亮的光芒。

"一，二，三，斩！"

七百把厚背大刀划出一片闪亮的弧线，光芒四射，鲜血飞溅，七百颗人头在同一瞬间滚落在绿油油的草地上。四野高地上的人山人海几乎同时轻轻地"啊——"了一声，就像在梦魇中惊恐地挣扎。蓝幽幽的天空下，鲜红的血流汩汩地进入了渭水，宽阔的河面漂起了一层金红的泡沫，随着波浪滔滔东去。炎炎烈日下，血腥迅速弥漫，人们恶心呕吐，四散逃开。

以徙木立信，以杀人立威，以不受恩立公，卫鞅开的好局。

一只黑色的鸽子冲上天空，带着隐隐哨音，向东南方向的崇山峻岭飞去。

五　哑巴武士做了贴身护卫

回到栎阳，天色已黑了下来。卫鞅稍事整理，立即去见秦孝公。

国府很安静，很空旷，一片清爽，全然没有夏日的燥热烦闷。月上城楼时分，庭院里洒满月光。院中石案上，铺着一张大图，秦孝公正在图上摆弄几个不同颜色的木头人，时而皱眉，时而点头，反复摆弄，痴迷一般。郿县大刑场朝野震惊，他却没有去郿县，也没有离开栎阳。一个月里，他没有会见任何朝臣，一直把自己关在书房庭院里琢磨有可能出现的各种变化。他的静处不动，用意很深。一则，他要和这场空前的大刑杀保持表面上的距离，以防万一出现不测，他好出面收拾局面。二则，他要看一看，没有他的出面，卫鞅处理危局的才干究竟如何？三则，他要仔细掂掂，秦国民众对改变旧制实行新法的承受力究竟有多大，变法还能不能按照原有力度往前走。四则，他要给朝野一个印象，没有卫鞅在栎阳，国君不会对国事发出任何命令。这些用意之外，他也希望栎

秦孝公城府之深，常人难以想象。与其说孙皓晖对秦洞若观火，倒不如说他对当下格局洞若观火。知人，尤其知政治家、政客。秦孝公才称得上是韬光养晦，卫鞅不过是孝公的马前卒。

阳的宗室贵族元老勋臣们对他的意图纷纷猜测，疑惑不定，延迟和淡化所有可能的上层骚乱。政治如同用兵，有时候也是一种“诡道”，需要权谋机变，胜利是唯一的目标。关键时刻制造扑朔迷离的局面，从而迷惑潜在的敌人，是度过危机的高明谋略。但是，制造扑朔迷离的权力拥有者自己却需要极度的清醒，绝不能陷入自己制造的迷雾之中。归根结底，政治的胜负是需要实力较量的。秦孝公在一个月里，精心揣摩的一件事，就是预防卫鞅不可能抵挡的那种普遍动乱。他用短剑削出一堆小木人，涂上各种颜色，在秦国大图上反复摆置，预想出有可能出现的种种动乱方式，以及可以采取的各种平息方略。

月亮很亮。他对着地图上的木人，陷入深深的思索。

“君上，左庶长求见。”黑伯低声禀报。

“噢？左庶长？他回来了？快请。”秦孝公笑笑，终于回过神来。

卫鞅匆匆走进：“臣卫鞅，参见君上。”

秦孝公笑道：“左庶长辛苦了。黑伯，上茶。月色正好，就在这儿说。”指着一个石墩，“坐，比草席凉快多。”自己也在另一个石墩上坐下来。

卫鞅坐下，看看石案上地图上的木人阵势，沉吟道：“君上，有迹象么？”

“没事。我是做万一之想。说说郿县事。”

卫鞅喝了一盏茶，便从孟西白三族和戎狄移民争水说起，详细讲述了械斗原因和经过以及死伤人数，又讲了审理人犯中“接受”的礼物，一直说到法场上孟西白三族人犯的悔悟与自杀，最后道：“君上，一次刑杀七百人犯，确实是旷古未有。臣也忐忑不安。然则孟西白族人的悔悟，使国人深为震撼，臣亦感到意外。有此一条，足以说明邪不胜正，罪不抗法，国人不会由此而动荡。”

秦孝公长嘘一声：“国人庶民好办，我担心的是栎阳，是宗室庙堂。”

“君上，臣之见恰恰相反。”卫鞅笑笑，“只要民众稳定，拥戴新法，宗室庙堂的作祟势力再大，也翻不了大船。”

“何以见得？”

“国家之根本在民众，国家之力量亦在民众。只要民众守法自律，庙堂蟊贼就没有力量兴风作乱。纵然作乱，也可从容应对。君上以为然否？”

秦孝公沉吟道：“宗室贵族和元老勋臣都有封地，封地内的民众都是依附隶农，素来以宗主号令是从，安知他们没有力量？”

“君上所虑极是。下一步就是要剥夺宗主贵族的这部分力量，教所有的民众都直接听命于国府，让任何叛逆都无所施展。”

“噢？请道其详。”秦孝公有些兴奋。

“废井田，开阡陌，除隶籍，改封地，此所谓釜底抽薪也。”

秦孝公沉默品味有顷，拍掌笑道：“好！连接得好。冬天以前能铺开除籍、夺地这两件大事，秦国就度过了倾覆之危。左庶长再说说仔细。”

卫鞅便将第二批法令的内容、目标及推行办法说了一遍，秦孝公又提出了许多应该注意的民情国情，俩人商议到三更天方散。临走时秦孝公反复叮嘱，要卫鞅专心致志地操持变法大计，不要为宗室庙堂的骚动分心，这种事有他一力支撑。

回到府中，卫鞅吩咐景监即刻清理在郿县“接受”的奇珍异宝，送到秦孝公书房。景监刚刚出门，仆人来报，说门外有故人求见。卫鞅感到诧异，自称故人，莫非侯嬴？出得大门外一看，月光下站立者正是侯嬴。卫鞅拱手笑道：“月夜故人，果是侯兄。走，进去说话。”拉起侯嬴的手就走。侯嬴笑道：“鞅兄莫忙，原是我要请你去做客。”卫鞅笑问：“有事么？”侯嬴揶揄笑道：“没事就不去了？”卫鞅爽朗大笑：“哪里话来？走。”回头对府门卫士头领吩咐道：“领书回来，就说我出去办件事。”便和侯嬴一路笑谈而去。

到得渭风客栈，侯嬴吩咐摆酒。热气腾腾的秦地肥羊炖一上来，卫鞅就兴奋搓手，连连叫好。侯嬴吩咐道：“还有凉拌苦菜，不要忘了。”黑衣仆人点点头，轻步退出。卫鞅一瞥，笑道：“侯兄，他就是我第一次来栎阳，在客栈门口见到的那个武士？”侯嬴一笑：“鞅兄好眼力，是他。”卫鞅道：“是个哑人？”侯嬴点点头：“没错。一个身怀绝技的哑人。”卫鞅叹道：“真是难为他也。”说话间酒菜上齐，侯嬴举爵道：“来，为鞅兄一鸣惊人，干！”卫鞅举起酒爵，却不禁笑道：“一鸣惊人？侯兄是说一杀吓人吧。”侯嬴噗地笑了：“也是，确实吓人一跳。”卫鞅揶揄道：“还别说，也吓了我一大跳。”两人同声大笑，“当”地一碰，一饮而尽。卫鞅夹了一口苦菜咀嚼，赞道：“还是苦菜烈酒，见得本色。”侯嬴喟然一叹：“本色自然好，却谈何容易？”

卫鞅：“侯兄，你是有事对我说？”

侯嬴：“对，受人之托也。这是白雪姑娘的信，前日送来。”

卫鞅惊喜地接过铜管，启封打开，抽出一卷白绢，熟悉的字迹顿时跳跃起来。白雪此时言情，缓解血腥杀戮之紧张气氛。这是小说家对节奏的调节。不过，此时尚未进入"书同文"的时代，强调其书法风格，似乎有点蹊跷。

的字不是寻常女儿家那般娟秀娇小，却是挺拔飞动，峻峭清奇，等闲名士也难以望其项背。每每看见白雪的字迹，卫鞅就仿佛看见白雪活生生地站在他面前说话一般：

兄台如面：渭水大刑，震动天下，君当缜密思虑，谨慎应对。我在安邑甚好，常在涑水河谷闲住。盼能早日赴栎阳与君相聚。思君念君，此情悠悠。白雪手字。

卫鞅沉默良久，抬头道："侯兄，上次我已带信，请小妹过来的……"

侯嬴叹息道："白姑娘有心人。她说，变法初期不能扰你心神。"

卫鞅举爵大饮，慨然一叹，却是无话。

"我看，明年夏秋时光，白姑娘差不多可以来了。"

卫鞅点点头："那时，变法当可以立于不败了。来，侯兄，再干。"

侯嬴放下酒爵："哎，鞅兄啊，我也赶到郿县去看了大法场……我想到了一件事，你的身边要有个贴身护卫。"

"贴身何用？"卫鞅笑道，"车英的两千骑士足矣，贴身护卫岂非蛇足？"

"不然不然。"侯嬴摇头，"执法权臣，万民侧目。这个古训不能忘记。鞅兄力行变法，重刑惩恶，此中生出的明仇暗恨，当真是层层叠叠。譬如郿县大刑中斩决了三十余名疲民游侠，这些人与列国游侠剑士皆有交谊。此等人本无正业，可以耗费终生，处心积虑地复仇扬名，防不胜防。铁甲骑士可以当大敌，却不能防刺客。而权臣之患，不在正面大敌，恰在背后冷箭。鞅兄须听得人劝也。"

卫鞅沉默有顷，沉吟问道："莫非侯兄要……给我一个贴身护卫？"

"对。我正是要给你举荐一个武士。"

"是那个——黑衣哑人？"卫鞅目光炯炯。

侯嬴大笑："鞅兄啊，鞅兄，和你说话真是省力，想听听他的故事么？"

卫鞅点点头："好，先干一爵再说。"

俩人各自大饮了一爵热酒，侯嬴掷爵一叹，感慨地说起了一段奇遇。

十八年前，侯嬴奉白圭之命，在楚国收购竹器向魏国运输。

有一天，他来到郢都官市，寻访一个手艺极高的竹器工匠。曲曲折折，不意走进了郢都"人市"。那时，中原各国虽然也还有官奴、私奴和隶农，但官办的奴隶市场早已经消失了。尤其是魏国，李悝变法前三年，奴隶市场便被取缔。侯嬴在中原还真没见过买人卖人的"人市"。郢都的"人市"很大，在城角一片旷野里，和秦国栎阳的南市大集差不多。各种奴隶分别被拴在粗大的麻绳圈里，任人评点挑选。侯嬴从市人的谈笑中得知，楚国"人市"买卖的奴隶，绝大部分是贵族私家军队攻破"山夷"部落得到的战俘。战胜贵族在战俘面颊上，烙下一个自己家族特有的标记。如果买去的奴隶与所标明的能力体力有较大差距，或者是个病人，则买主可以凭奴隶烙印找到卖人的贵族退换或退钱。

侯嬴漫步过市，却被一顶帐篷门口的叫卖声吸引。一个管家模样的胖子大声吆喝着："快来买家奴啦，不是山夷，是叛逆罪犯啦——"过往贵族纷纷拥进帐篷，侯嬴也跟了进去，想看看是何等罪犯竟上了人市。进得帐篷，只见木桩上拴着一男一女和一个少年。管家拧着男人光膀子上的肌肉高声道："列位请看，这男奴的肉像石头一样啦，食量大，力气大，足足顶半头水牛啦！买回去耕田护院，一准没错的啦。"说完又一把扯开女奴胸前的白布，揉摸着女人的胸部高声吆喝："列位再看这母货啦！又肥又白，奶子又大，识得字，能干活，还能陪床啦！"说着掀开女人的粗布短裙，亮出女人丰满修长的大腿和浑圆雪白的屁股，啧啧赞赏，"来，看看，摸摸，有多光！前后上下由着主人，保你乖得像一只母狗啦！"说话间气喘吁吁，口水滴到了女人的大腿上，伸手一抹，"啪"地在女人大腿上拍了一掌，笑问周围，"如何？够味儿吧？"有人喊道："那个小东西，有何长处？"管家忙不迭走到少年面前，掰开少年嘴巴道："这个小东西当真宝货啦！割掉舌头的活工具，能听不会说，任凭驱使啦。列位请看，有牙无舌，不假啦！"便有人高声问："开价几何?”管家气喘吁吁道:“便宜啦,三连买,五百金! 单个买,每个二百金!”便有逛市的贵族纷纷凑上前去,摸摸捏捏,评头品足讲价钱。侯嬴看着,觉得心里老大不舒服,悄悄挤出了帐篷。

两个月后的一天,侯嬴在郢都外的山林里踏勘竹源,却突然听见林外传来尖锐的女子喊声。侯嬴疾步走出竹林,只见山坡上的茶田里,一个衣饰华丽的贵族正在从背后强奸一个女奴,女奴脖颈和双手都拴着铁链,趴在地上不断呼救。旁边两个被铁链拴在树上的奴隶,愤怒地呼喊挣扎。仔细看去,却正是那天在人市上遇见的三个奴隶。

侯嬴怒火中烧,冲到茶田,一剑刺死了那个作恶的贵族,又解开了拴在树上的男人和少年。三人一齐跪在地上哭喊谢恩。侯嬴扶起他们,将手中的钱袋递给男子道:“这是二百刀币,你们拿上,逃到深山里安家去吧。”男子连连摆手,咬牙沉默。女人哭道:“客官不知,我夫君本是楚国将军,只因在攻打山夷时放走了几百名战俘,被令尹判罪,全家没入官奴。如今烙上了官印,逃到哪里都是死路。只求客官带走我的小儿子,给将军留个根苗!”说罢,搂着少年放声大哭。少年嗷嗷怒吼,将铁链在石头上摔得当啷乱响。侯嬴向男子深深一躬:“将军宅心仁厚,可愿跟我侯嬴到魏国去?”男子沉重地摇摇头:“我一走,族中剩余人口就会被斩尽杀绝。谢过客官了。我姓荆,小儿叫荆南。此生无以为报,来生当为客官做牛做马。”侯嬴含泪拱手道:“荆将军放心,侯嬴定保荆南无忧。”

夫妇二人再次向侯嬴跪地三叩,站起身来,相互拥抱,一起向山石上猛力撞去。侯嬴不及阻挡,眼见二人鲜血飞溅,当场死去了。奇怪的是,那个脚上拴着铁链的少年却没有哭喊,站在那里像一块石头。侯嬴想挖个土坑埋葬了将军夫妇,少年却拉住他的手默默摇头。侯嬴恍然大悟,罪犯奴隶逃亡,举族要受杀戮,留得尸体,可保族人无事。侯嬴不禁惊叹少年的机警聪敏,二话没说,拉起少年就走。

在一个信得过的铁工作坊里,侯嬴为小荆南取掉了脚上的铁链,又将他化装成一个女孩子,才随着运送竹器的车队回到了安邑。

卫鞅感慨叹息:“一个人殉,一个奴隶,害了人间多少英雄?”

“这个小荆南天赋极佳。我一直将他带在身边,教他剑术,教他识字,任何一样,都是一遍即会。在安邑第二年的夏天,当时他只有十三岁。有一天夜里,他正在庭院练剑，却突然失踪了。留下的只有一个竹片，上面写了四个大字——借走荆南。你说奇也不奇？”侯嬴饮了一爵热酒，又慨然道，“十二年后，也就是五年前，荆南居然找到了栎阳城这座客栈。我从他的比画中知道，原来是一个老人带他到一座神秘的大山中修习剑道。十二年后，老人认为他已经学成，就让他到秦国找我。我问他这个老人是谁？他只比画是个好人。你道奇也不奇？”

卫鞅思忖有顷：“寻常游侠不可能。据我所知，天下以如此方式取人者，大体只有两家，鬼谷子一门，墨家一门。”

“鞅兄以为，究竟何门？”

“墨家。大约不错。”

“何以见得？”

“鬼谷子一门，文武兼修，政道为主，极少取纯粹的武士。墨家则不然。虽然真正的墨家弟子，也都是文武兼修。但墨家却有一支护法力量，叫非攻院，专一训练剑道高手。荆南更接近墨家这个尺度。”

侯嬴哈哈大笑：“墨家是个学派，要这护法队伍何用？”

卫鞅摇头感慨：“侯兄所言差矣！墨家可是非同寻常，与其说墨家是个学派，毋宁说墨家是个团体。自老墨子创立墨家，以天下为己任，以兼爱非攻为信念，主张息兵灭战、诛杀暴政、还天下以和平康宁。如果仅仅是一种学派主张，也还罢了。墨家的特立独行处，在于他不求助于任何诸侯或天子，而是依靠自己的力量息兵止战，消灭暴政。墨家的入室弟子非但满腹学问，且个个都是能工巧匠，个个都有布防御敌的大将之才。就是非攻院的习武弟子，也个个都是剑道高手。更令天下学派望尘莫及者，墨家法纪严明，人人怀苦行救世的高远志向，粗食布衣，慷慨赴死，留下了无数可歌可泣的业绩。墨家能够横行天下，不受任何邦国制约，反倒使许多好战之国视为心腹大患，凭的不是学问，而是实力。你说，如此一个团体，能仅仅将他当作学派看待？”

“如此说来，荆南你是要了？”

“他为人如何？”

“深明大义，忠诚可靠。几年来一直是客栈和白姑娘的联络人。”

卫鞅思忖有顷：“好，也有助于墨家了解秦国变法的实情。我推测，墨家早已经瞄上秦国了。”

"何以见得?"

卫鞅笑道:"墨家是天下有名的反暴政者,岂能对渭水刑杀无动于衷?"

侯嬴揶揄道:"看来天下还真有狗逮耗子的事。"

卫鞅大笑:"好！将荆南请来。"

侯嬴啪啪啪连拍三掌,一个黑衣大汉推门而入,对侯嬴深深一躬,比画了一个手势,肃然站立。侯嬴道:"荆南,这位先生,是秦国左庶长卫鞅。你去做他的贴身护卫,如何?"荆南闻言,流露出钦佩的眼光,一阵手势,向卫鞅深深一躬,脚跟一碰,啪地站直身子。侯嬴道:"他说,愿为大人效力,誓死追随。"卫鞅拱手笑道:"壮士不怕我是暴政恶吏?"荆南满脸涨红,一阵比画,喉头中低沉地呜呜哇哇。侯嬴道:"他亲自看过了渭水法场,杀的都是为害一方的恶人。他如果是你,也要杀这些犯罪的坏人。"卫鞅慨然一叹,拱手道:"多谢壮士,日后烦劳你了。"刹那之间,荆南眼中闪烁出晶莹泪光,扑地跪倒,咚咚咚三叩,从怀中掏出一块白布,双手递给卫鞅。卫鞅抖开,只见上面赫然写着一排血字——"秦国将废奴除籍真假?"

卫鞅认真地点点头。荆南嘴角一阵抽搐,突然放声大哭了。

井田和奴隶,旧秩序的根基,贵族社会赖以存在的根基。要改变这些旧秩序,不容易。

六　两样老古董:井田和奴隶

进入九月,秦国又沸腾了起来。

往年,秋收过后再种上麦子,就一天天冷了。白茫茫的一片秋霜过后,秦人就进入了漫长的窝冬期。直到来年二月,人们才从土窑里茅棚里瓦房里的火炕头走出来,度春荒,备春耕。通常年景，这小半年没有战事，没有徭役，没有劳作，几乎就是整个国家的冬眠期。那时候的人，活得简约，凝重，洒脱。一切大事，都是从春天开始，到秋天结束。夏日酷暑，冬天冰雪，人们就蛰伏下来，极少在手脚不舒展的时候做大事。也因为这一点，孔夫子才把他记载的历史大事命名为《春秋》。于是就有人说，那时的人，还不知道一年分为四季，只知道春秋两季。其佐证之一，就是在古书上找不到夏天和冬天的事情。烦琐细冗的后人忘记了，那时候的天象观测已经能发现天上的大部分星体并记载下来，还能发明二进制的《周易》八卦，历法已经能把一年确定为三百六十五点二五日，如何能对一年仅有的四次气候变化浑然无觉？

说到底，是后人忘记了先民的睿智和雍容大器——蛰伏之期，何足道哉！

秦人的蛰伏传统，却被卫鞅的新法令搅乱了。因为在冬天来临之前，秦国要全面推行新田法。有什么能比土地更揪人心的？土地非但是农人牧人的安身立命之本，就是宗室贵族和勋臣元老也有自己的封地和依附的隶农，国家官府也有山林水面和耕地，许多商人和工匠也有祖先留下来的土地。推行新田法，重新分配土地，朝野上下真正是奋激起来了。比起第一批法令颁布后的骚动和怨气，这次要平静许多，却也深刻了许多。人们从渭水法场看到了国府变法的强硬决心，开始真正相信新法令的威严了。最要紧的是，勤劳忠厚的农人牧人和国人，都感到了惩治疲民和私斗治罪后骚扰绝迹，村族邻里大为安定的好处，从内心开始真正地拥戴变法了。春夏间甚嚣尘上的朝野怨声，随着秋季的到来，渐渐平息了下去。推行新田法，民众更多的是兴奋和忐忑不安，封地贵族则更多的是忧虑。

对于卫鞅的左庶长府，秋天是个更忙碌的季节。

废除井田而推行新田制，是全部变法的轴心环节，也是变法成败的根本基石。全府上下从八月便开始紧锣密鼓地筹备，国府各官署的吏员在左庶长府穿梭般出出进进，信使探马流星般往返于栎阳和各郡县之间。卫鞅的书房彻夜灯光。国事厅里，景监带着文吏班子昼夜连轴转。面对这千古大变，要做的事情是太多了。

井田和奴隶，是两样老古董。从五帝最后一个的大禹到春秋战国，三千年以来，井田制和奴隶制一直巍然矗立，是古典华夏社会框架的泰山北斗，是中央王室和诸侯国家的柱石。井田制和奴隶制共生共存，井田制是奴隶制的框架，奴隶制是井田制的依附。

要明白这两样老古董，得先说说井田制。

“始作俑者”，本义为贬，不妥。

井田制的始作俑者，是治水的大禹。远古之时，华夏大地是洪水时代，气候湿热，百川横溢，大大小小的河流山溪，都是盲无目标的相互冲击流淌，在山原大地上搅成了无数个巨大的漩涡。遍地汪洋，人们仓皇地逃离茅屋、城堡和土窑，躲避到高高的山洞和树林中去。农耕、放牧、制陶和狩猎的土地，全部沦为水乡泽国。如果不能驯服洪水，整个华夏大地上的先民就会倒退回茹毛饮血的远古之世，与林间百兽争生存。幸运的是，当时的部落联盟首领是伟大的舜帝。舜没有被洪水吓退，而是决然命令他的助手禹担负起治水的使命，而以秦人部族首领大费为禹的辅佐。禹，是一个寻常人无法想象的治水天才。他抛弃了祖祖辈辈“遇水土屯”的堵截治水法，发明了“疏导水流，尽入大海”的伟大方略。他说服逃到高山上的部落首领，请他们的族人自带干粮干肉，和他一同疏导洪水。十三年栉风沐雨，三过家门而不入，禹的两条大腿上磨起了厚厚的老茧，治水的民众也死伤了千千万万，终于使百川入海，洪水被制服了。

禹的伟大业绩人人传颂，天下都叫他大禹。这时候，舜帝老了，大禹做了先民们争相拥戴的首领。大禹建立了第一个国家，国号是“夏”。

洪水消退，大地显露出来。洪水挟带泥土，填平了沟沟壑壑，冲积出大片平原土地，一望无边，平平展展。人们从山林中走出来，争相占领肥美的土地，厮杀拼打，乱得不可收拾。可是，大禹是第一个开邦君主，坚定果敢，没有在混乱和争夺面前退缩，而是决意建立一种能使人们和谐共处的耕作秩序。他发明了一种耕作方式，叫作井田制。就是在广袤平坦的肥沃平原上，将土地划成无数个“井”字形的大方块，每八家一“井”，中间一块土地是公田，由八家合力耕种，收获物上缴国家。八家唯一的水井，在公田中央位置。人们每天清晨前来打水，顺便就在井边交换剩余的物品。八家田地（一井）的周围，是灌溉的水渠和道路。十井一里，十里一社，人们在平展展的田野里组成了互不侵犯的相望里社。那时人口不多，大大小小的冲积平原划出的方方正正的井田，足够当时的人口居住耕耘了。

那时，井田制是一种伟大的发明。它把零散无序的农人们组织在一个框架里，使他们同心协力耕作，抵御灾害，和谐相处，收获的东西也越来越多。然而也有抢掠成性的部族不守规矩，仍在依靠暴力杀戮，抢夺其他部族井田里的粮食、牲畜和财产。大禹就在会稽山大会诸侯（部族首领），公然杀了不守井田规制且会盟迟到的防风氏，宣布建立永远不解散的军马，专门对破坏井田秩序的部族进行讨伐。

从此，井田制真正站稳了脚跟。

列位看官留意，平民农夫（自由民）分得的井田，只能耕种，不能买卖或做任意处置。用后人的话说，就是“国有私耕”。《诗经》说“普天之下，莫非王土。率土之滨，莫非王臣”，说的正是井田制时代的人地关系。国王在需要的时候，可以没收平民农夫的耕田赐给别人。在平民犯罪时，更是理所当然地没收田产，甚至包括将犯罪者及其家人也没收为官府奴隶。也就是说，土地的处置权在中央官府。平民耕种的井田，永远不可能像真正的私有财货那样转让和继承，自然更谈不上自由买卖。

井田制还有一个孪生的制度，就是奴隶制。

那时候，国王、诸侯（部族首领）和大小族长，都拥有大片土地，这就是私家井田。这种私家井田，主人对土地虽然也没有名正言顺的最终处置权，但比平民仅有的耕作权大大进了一步。只要豪族主人（领主）不犯罪，不招天子讨伐，不在战争中失败，这些土地实际等同自己的私有财产，可以转让、赠送甚至买卖。有了土地，就得有人耕种。国王、诸侯和族长，就把战俘、罪犯以及因各种原因依附于他们的穷困庶民，强力安排在自己的土地上耕耘。这些劳作者便是奴隶。“奴隶”一词，春秋战国已有，只不过不常为人用罢了。《后汉书·西羌传》记载了一个春秋秦国的奴隶逃亡故事，开首云：“羌无弋爰剑者，秦历公时，为秦所拘执，以为奴隶……羌人谓奴为‘无弋’，以爰剑尝为奴隶，故国名之。”这个无弋爰剑，便是无数的奴隶之一。奴隶主只给耕耘者留下仅够生存的物品，收获物必须全部上缴土地主人。国王和大大小小的诸侯、族长及其家人，正是依靠从这些“奴隶井田”和自由农夫的公田缴来的收获物，维持着军队、官吏和舒适富裕的生活。官私井田的劳动者奴隶，也叫作隶农。他们没有官府承认的自由民身份，官府“料民”（户籍登记）也不登记他们入册。他们的身份只存在于豪族主人（领主）的“奴籍”之中。来源于战俘和罪犯的奴隶，脸上还烙有或刺有主人家族特有的徽记，即或脱逃，也无处容身。世世代代，奴隶们只能在主人的井田里无偿劳作。奴隶耕作的私家井田与自由民的井田，唯一的不同是，私家井田的中央只有水井而没有公田。千百年下来，井田制和依附在井田制上的奴隶制，已经成为密不可分的一个整体。就土地数量而言，自由民耕作的（有公田与自耕田之分的）那种典型的井田，所占有的土地数量，远远少于由隶农耕种的私家井田。后来，私家井田渐渐地获得了国王认可，被称为“封地”，也就是封赐给贵族的个人土地。

这种被强力禁锢于井田中的耕作奴隶（隶农），是奴隶制的最主要部分。

另一种奴隶，是劳工奴隶。这种奴隶分为官府奴隶和家庭奴隶，来源也是战俘、罪犯家属及穷困沦落者。官府奴隶除了做仆役外，就是在官府工程做苦役。

又经过了殷商六百多年，西周东周六百余年，随着人口增多，商品交换的发达，土地质量恶化以及频繁的战争、政变等等因素，自由民的土地越来越少，隶农依附的私家井田越来越多，社会重新出现了人欲横流的无序争夺，井田制已经是千疮百孔了。这时候，一些官吏家族用强力掠夺、金钱买卖、没收罪犯等手段，巧取豪夺了大量土地，成为许多诸侯国的新兴地主势力。另有一部分大商人也用金钱买得了大量土地与依附奴隶，同时成为新兴地主。新兴地主占有大量土地与人口，日渐主宰了许多诸侯国的政权，对“王权——井田——奴隶”这种旧的存在方式形成了巨大的威胁。新兴地主要创造出私家政权的基础，就要不断扩大自由平民的数量，就要使土地成为可以流动的财富。而旧的王权要维持自己存在的基础，就要使“民不得买卖”的井田制固定下来，使流动的土地重新变成凝固于井田框架的“王土”，否则，天下便不能安宁。

这种大争夺导致了长期的大动荡，导致了连绵不断的杀伐征战，天下大乱了。

于是，诸多有识之士提出了各种救世主张。儒家坚定地主张恢复井田制，孔子直到孟子，儒家奔走天下数百年，为此不懈呼吁。道家的老子提出了“小国寡民”“鸡犬之声相闻，老死不相往来”的返古主张，事实上也赞同恢复井田制。

新出现的地主贵族和法家人物，却极力反对回到古老的井田制。他们主张废除井田制和隶农制，建立一种更能激发农人勤奋耕作的新田制，建立一种能够使新地主依靠财富自由扩大土地的新土地制度，这就是“民得买卖”的土地私有制。

然则，说归说，吵归吵，真正动手实现新田制的，却只有魏国李悝变法所推行的半新半旧的“五成田制”。李悝只在自由民耕种的井田和魏国的公室井田上实施了“田得买卖”，废除了封地隶农。对魏国境内举足轻重的旧贵族的私家井田，仍然保留着封地（私家井田）和隶农。其他像楚国、齐国、韩国、赵国或多或少的变法，都没有超过魏国的限度。燕国和秦国两个老牌诸侯国，更是没有对旧的井田制作任何触动。剩余的三十多个小诸侯国，更谈不上废除井田制了。

事实是，直到秦国变法，井田制事实上没有在任何一个国家真正地彻底废除。

而今，卫鞅要在秦国彻底废除井田制，随之必然结束奴隶制，如何能不引起朝野震动？如何能不引起依靠封地养尊处优的贵族们的惶恐不安？

七　白氏老族长搬动了大靠山

事情还是从郿县生出来的。这次是白氏部族领头。

说起白氏部族，在栎阳做将军的白缙一支是嫡系正宗。但这正宗嫡系的白氏，人口却很少，只有三百余口。在秦献公以前，所有的白氏旁系都居住在郿县，人口逾万，整整二十三个大村（里）。秦献公东迁栎阳，将郿县的孟西白三族老秦人各迁往东部一半，形成了“西白”与“东白”，其他两族也一样。在孟西白三族中，白氏部族的传统最为勇武厚重，在秦军中有许多中下级将领和军吏，老秦人甚至流传有“无白不成军”的说法。另一面，白氏部族又很擅长农耕，对侍弄土地有特殊的禀赋。有人说，白氏部族是农神后稷的传人，天生的种田人。无论在郿县，还是在秦东，只要在白氏族人居住的地面上发生了和土地耕耘有关的大事，历来离不开白氏部族的参与。

旁系白氏部族有两个族长，一个是“西白”的白龙，一个是“东白”的白虎。年青时候，白龙白虎都是秦军中赫赫有名的千夫长。在秦献公时期，和魏国争夺龙门要塞的激战中，白龙断了一条右臂，白虎断了一条左腿，不得不离开军旅。倏忽二十多年过去，俩人都成了白发苍苍的老族长。白龙处世狡黠精细，白虎则憨猛粗率。上次孟西白三族和戎狄移民争水恶斗，白龙大不以为然，说是“挺着脖子往刀口上送，张着大嘴往风头上呛”,不主张和新法令硬上。结果虽然拗不过孟族和西乞族以及本族人众的嚷嚷,派出了一百来人参与“作战”,但都是女人和少年,他自己也没有去。虽然当时大大得罪了两族人众,但在渭水大法场后,孟族和西乞族的老族长都在法场上悔悟自杀,唯一留下来的白龙,便赢得了族人极好的口碑,隐隐然成了郿县孟西白三族的轴心。

然则,白龙却变得郁郁寡欢起来。当初,他不主张和戎狄移民械斗,并不是拥戴新法,而是觉得风头不对。渭水大法场之后,他感到新法太严酷,心中老大不是滋味。如今又要废除井田封地,他无论如何是忍不住了。

废井田,改变所有制,权力重新洗牌。既得利益者与将得利益者,会有殊死的斗争。

这得说说井田制的废除方法。

井田制下,农户各家的房子都在自己的田里,分散居住,遥遥相望,才有所谓的“鸡犬之声相闻,老死不相往来”之说。官府所谓的“里”与民人口中的“村”,指的只是一个治理区域,而没有集中的居住地。废除井田则要来一番大折腾。首先,农户(不管是自由民还是依附隶农)要从井田里搬出来,在不能耕种的山坡或荒滩集中盖房子居住。一拆一迁一盖,对农人来说,都是了不得的大事。其次,井田中原来的庄基地和原来的田界以及原来的车道、毛渠道,都要开垦出来合并成耕田一并分配,合起来叫“开阡陌”。虽然,后世大儒朱熹考据“开阡陌”之“开”为开买卖之禁,而不仅仅是开渠开路。然在变法之初,开渠开路开田界还是最主要的。原先分散在田中居住,各家的院子和打谷场都很大,占了很大一部分可耕地。私田之间,地界很宽很高,几乎和小路一样,也占去了一部分可耕良田。更占地的是纵横田间的车道。春秋和战国初期的战争是车战,战车又是农家自造(每十户或更多,出一辆战车)。所以在田野里必须留出战车道路。更有大规模车战碾出的道路和毁坏的田野。这些又占去了许多良田。如今要农人搬出田野，以里为单元集中居住，将田中的车道、地界、庄基场院和废弃的渠道统统开垦出来，变为良田重新分配。这样，一方面是节省土地（集中居住的村庄占的是荒地），一方面是大量增加土地。一正一反，秦国的土地资源便大大丰富起来。但是这一拆一迁、集中成村、开垦路界、重新分地，人力财力大折腾，引出的利害冲突可当真不少。

白氏部族的不满，尚不在这些表面冲突之中。

以孟西白三族在乡间之间的势力与影响，他们不会担心在拆迁聚居和重新分配中折损了自己的物事，他们的好田好地不会因为新法而减少，反而会增多。他们都是殷实的老族农家，寻常农户在拆迁搬家中的艰难对他们并不构成威胁，也伤不了他们的元气。白氏部族的不满，不在寻常农家的这些琐碎担忧，而在他们的特殊地位将在新田制中失去。

郿县的孟西白三族，都是贵族血统的自由民，向来被秦国公室当作“国人”对待，其地位本来就与依附隶农不可同日而语，甚至与普通的自由民也有很大的不同。白族的最特殊之处在于，在孟西白三族中，唯有白族是太子封地。太子封地，是秦国在春秋时期的传统做法——太子一旦明确，无论其年长年幼，都有一块储君封地。这种封地与权臣豪族的封地不同：一则，农家庶民不改变原来的自由民身份或隶农身份（豪族领地的农人大多是依附隶农），譬如白氏部族被确定为太子封地，但依然是显赫的自由民；二则，太子对封地民众只有象征性的治权。也就是说，既不像豪族领地那样的完全治权，也不像寻常土地那样完全归郡县官府治理。太子府向郿县封地派出的常住官吏只有一个，而且不管民治，只管督导农耕和收缴赋税；三则，太子封地享有许多农人不可企及的特权。最简单的一点，若逢天旱，百里渠的渠水便要首先保证太子封地的农田浇灌。如果县令执行不力，或有与封地抢水之类的事端发生，封地的常住官吏就会立即上报太子府，给予严厉惩治。夏天抢水与戎狄移民械斗时，白龙其所以比较冷静迟缓，也是因为白氏部族从来没有感受到缺水对他们的威胁。

如今，卫鞅的新法令非但要废除井田，而且要取消公室贵族的封地——新法令规定，公室贵族必须对国家有大功方能封爵封地，不能仅凭贵族身份享有封地。这样一来，太子的封地自然要被取消，白氏部族作为太子封地所享有的特权也将随之烟消云散。白龙心里很别扭，觉得这新法令处处透着一股邪乎劲儿，硬是和体面人家过不去！

眼看着白氏家业和老祖先创下的部族荣誉要在新法令中沉沦下去，自己也要成为白氏部族最没出息的一代族长，窝火得吃不下睡不着，几天不说一句话。

这“识得字”很重要。

八月头上，老白龙准备了一份特殊的乡礼，带着族中一个识得字的先生，赶到了栎阳。

“老族长，到栎阳见谁？”将到栎阳，细长胡须的先生小心翼翼地问。

“多嘴。到时自然知道。”

走上头路线，是这个民族民众的“共识”，因为“地路”总是走不通的。

进得栎阳，天色傍黑。白龙走马向国府偏门径直而来。细胡须先生惊讶得合不拢嘴，看来，老族长要走“天路”了。

“老族长，”细胡须先生压低声音道，“是否先见见当家的白将军？”

白龙默默地摇摇头，下马拴马，走到门前对守门军吏拱手道：“郿县白龙，求见太子，相烦将军通禀。”军吏笑笑：“太子封地的白族长啊，请稍待。”便匆匆进门去了。细胡须先生没想到老族长如此体面，简直和栎阳朝臣一般，又一次惊讶得张大了嘴巴合不拢。顷刻之间，军吏出来拱手道：“白族长请。”白龙一拱手，大步进门。细胡须先生背着青布包袱也匆匆跟了进来。

太子府很小，只是栎阳国府的一个三进四开间的偏院。太子正在第二进的书房里听太子傅公孙贾讲解《尚书》。军吏禀报白龙求见，太子皱皱眉头道：“带他去见总管，公孙师正在讲书。”公孙贾却笑道：“是封地族长，太子还是见见，讲书无甚耽搁。”太子便道：“既然如此，教他进来。公孙师无须回避，也帮我听听。”公孙贾拱手笑道：“臣遵命就是。”

白龙是第二次见这位太子了。第一次是五六年前初封地时的“赐封”晋见，那时太子才六七岁。白龙只知道太子叫嬴驷，是新任国君的唯一的儿子。但就是那短短的一次礼仪性的晋见，白龙已经对太子留下了很深的印象。白龙的第一感觉是太子不像个年仅六七岁的孩童，他举止得体，说话清楚，竟然还问了白氏部族的人口、地亩和收成年景。白龙事后感慨万端，直说："龙种就是龙种！"就因了这特殊的好感，白龙在每年两次上缴五谷赋税时，都要给太子特备一份少年王子准定喜欢的礼物，或是一张良弓与一壶好箭，或是一只上好猎犬。有一年是一把戎狄人用的锋利匕首，太子高兴得直说白老族长好。在这种极少见面却又慢慢渗透着的一种好感中，白龙和小太子之间，好像有了一种忘年的神交。白龙委托封地官吏请太子恩准的一些变通，几乎是有求必应，没有遭到过一次拒绝。白龙觉得这个太子少年世故，胸有城府，做事比大人还有主见，确实有王者气派。倏忽五年不见，太子该当没甚变化。

"郿县封地族长白龙，参见太子——"白龙匍匐在地，大礼三叩。他是一介庶民，和太子天地之别，就选择了这种异乎寻常的礼节。

"白老族长，快快请起。几年不见，族长老了许多也。"

"屈指五年，太子却是长大了，一身英气，老朽高兴也。"

"老族长请坐。上茶。老族长远道而来，有事就说，说完了用饭。"

白龙坐在长案前虽显局促，却也教人觉得实在可靠，一拱手慨然道："也没甚大事，几年不晋见太子，心中老大不安。此来栎阳，买些许农具，顺便拜见太子，带来三张貂皮，给太子冬天做件皮衣，遮挡风寒。"话音落点，细胡须先生忙打开青布包袱，恭敬捧上三张制好的貂皮。太子接过笑道："呀，如此雪白细软！我还真没见过这等上好的貂皮。公孙师，你看看。"公孙贾接过抚摩一番，赞叹道："毛色好，做工细，上等皮子也！"白龙笑道："这是老朽去年冬雪天，在阴山下猎得的。胡人说，此等貂皮化雪于三尺之外。老朽不知真假，请太子试着穿。"太子高兴地笑起来："好！今冬狩猎不怕风雪了。"公孙贾点头道："白族长终归是老秦人，老封地，事事想着太子，难得也。"白龙长嘘一声，只是低头不语。

公孙贾打量着这个陌生老人，心中一动："老族长啊，新法分地，郿县进展如何？白族长分了几多好田？"

"对，老族长，说说，分了几多好地？"太子也兴致勃勃。

却不料老白龙"噢——"的一声痛哭起来，嘶哑呜咽，凄惨酸楚，那一只断了胳膊的空袖管也在簌簌抖动。少年太子嬴驷慌得无所措手足，蹲在老人面前连连道："老族长莫哭，莫哭，有事尽说，有事尽说。"公孙贾叹息一声："老族长，你是太子府的自家人，有太子替你做主，哭个甚？说也，赋税重了？"太子笑道："那还不易？太子府明年减半收。我这太子府，吃不了恁多粮食。"

老白龙抹抹眼泪，摇头哽咽："太子哪里话来？白氏千户，做了太子封地，是天大的幸事。老秦人，谁个不想给太子府多贡点物事？老朽所哭，为的是不能再给太子效犬马之劳了，这条路，走到头了。"

"却是为何？"太子惊讶，脸骤然涨红起来。

公孙贾淡淡笑道："太子忘了？新法要取缔公室封地。"

"取缔公室封地？太子封地也取缔么？公孙师，我如何不知？"

"国君有令，只给太子讲书，暂不给太子讲秦国新法。"公孙贾拱手回答。

太子怔怔地站着，一时没有话说。

白龙痛心疾首："郿县和华山的孟西白三族，原本都要做太子的封地。这新法邪乎，竟要取缔公室封地，还要抢走先君穆公赐封给功臣的养生田！天理何存哪！男女老少都害怕，都请做太子封地哪！太子不为老秦人做主，老秦人就完了……"说着说着，声泪俱下。

太子焦躁，在书房中走来走去："这，这，是新法？我听君父说，秦国要变法，这就是变法么？岂有此理！老秦人如此苦楚，那个卫鞅，不知道么？"

公孙贾默默摇头，沉重叹息，却是一言不发。

太子猛然站定，慷慨激昂："老族长，本太子未奉君命，封地还是封地，谁也不能动！"

"孟族，西乞族，也一样可怜。"老白龙泪流满面。

"那是增加封地，我要禀明君父再说。"

就这样，老白龙扛着太子这把"尚坊剑"回到了郿县，招来族人一说，举族欢呼雀跃。消息传开，孟族西乞族立即呼应，一面上书国府请做太子封地，一面拒绝拆迁房屋，稳稳地按兵不动。孟西白三族抗命，其余稍有根基的家族也闻风即停，郿县的新田制推行顿时瘫了下来。三天之内，华山西边的孟西白三族也立即效法，非但上书请为公室封地，而且赶走了县令派来的分田县吏，做得更为明目张胆。

所有的人都怀着一个心思，有太子为老秦人说话，一个卫鞅又能如何？

太子卷入，意味着商鞅的变法遇到更大的阻力。

八 渭水刑场对大臣贵族开杀了

事情一出，先急坏了郿县令赵亢。

也是马前卒，炮灰级人物，死得最快。

赵亢本想在秦国变法中大大作为一番，治好郿县，为儒家名士争得荣耀，免得天下人说只有法家能变法理民。但是，夏天的渭水大法场，使他一下子跌进了冰窖里。夜里睡觉，梦中老是刀光鲜血人头咕噜噜滚到脚边，悚然醒来，也是大汗淋漓心惊肉跳。一个月下来，他觉得新法令森森然令人畏惧，对变法的热忱情怀竟渐渐由陌生而冷漠起来，不知不觉地对“仁政”、对“小国寡民”的闲散恬淡油然生出向往。赵亢开始后悔自己入世做官，更后悔贸然卷入变法，对兄长赵良选择的稷下学宫倒是分外怀念了。然则，如何退却？能向国君上书，诉说自己的害怕和后悔？那岂非令天下人笑掉大牙？反复思虑，赵亢觉得唯一的办法是先拖上一段时日，然后以有病为由上书告退，万一国君不允，就请迁个清庙文官，脱离变法，日后再徐徐图之。心意一定，赵亢对推行新田制就淡漠起来，公事派给几个县吏去做，自己整日价在书房里埋头不出。谁想，就在这时候郿县出事了。

县吏们流星般赶回县城禀报，等待着赵亢的决断。赵亢一下子慌了手脚，急得团团乱转。他知道，这个时候出事，那个杀伐严厉的左庶长卫鞅决不会给他好看。万般无奈，赵亢带着一班县吏连夜赶到了太子封地白乡。

等了约莫一顿饭工夫，老白龙才“拜见”了县令大人。

赵亢温言悦色地问起事情的起因,白龙却只有硬邦邦的两句话:“功臣赐田,太子封地,谁也休想动!”赵亢再说,白龙干脆板着脸一言不发。赵亢急了,厉声道:“老族长,你就不怕左庶长的大法场!”白龙冷笑:“老秦人流了那么多血,再多流点儿,又有何妨?”赵亢顿时僵在当场无话,想想不能硬逼,便软语相求,让白龙念在一方安危上,不要和新法令顶牛。磨了半个时辰,白龙慢腾腾道:“县令大人,不是我白龙不办。这是太子封地,我得见太子手谕,你说是不?”赵亢道:“有太子手谕,你就动?”白龙淡淡点头:“那是自然。”赵亢一拱手:“告辞。”

一出白乡,赵亢带了一名县吏,飞马向栎阳赶来。

卫鞅的左庶长府,早已经知道了郿县抗法、分田瘫痪的事。景监着急,请命赶赴郿县。卫鞅沉思半日,却摆手道:“事大宜缓,且看看再说。”卫鞅对废除井田制的艰难早已想透,在秦国这样的老牌诸侯国,进行如此千古大变,若一帆风顺,他倒是会觉得奇怪,有障碍阻力,他丝毫也不觉奇怪。但事情从太子封地生出来,他倒确实没有想到。太子正在少年,如何能对封地如此敏感执着?后边肯定有难以说清的人和事。

卫鞅感到不解的是,事发三日,郿县令赵亢如何不见动静?上次争水械斗,赵亢虽然未做直接处置,却也立时飞马赶来禀报请命,这次却如何声息不闻?难道赵亢正在断然处置,要等平息了此事再禀报不成?反复思忖,卫鞅打消了这个念头。他对赵亢虽知之不深,却也有一种基本的评判。初见赵亢,他觉此人聪敏热诚,闪烁的目光中却总是透出一种谨慎和优柔,对争水械斗事件的处置,也确实证明此人缺乏杀伐决断。指望他去撞击孟西白三族和太子封地这样的大山,肯定是不可能。那么,赵亢作为县令,究竟在做何事?为何对他这个总摄国政推行变法的左庶长没有个回说?

这时,景监轻轻走进来,说赵亢到了太子府,和太子一起去晋见了国君,君上请左庶长立即到国府去。卫鞅既感到惊讶,又感到好笑。这个赵亢,径直找到太子,岂非将事情搅得更纷繁?国君储君都搅进来,国家没有了一种超然于冲突之外的力量,岂能保持最终的稳定?看来,这个赵亢还真是个有几分呆气的儒生。

卫鞅没有停留,立即策马赶往国府。

秦孝公已经听完太子和赵亢的陈述,冷若冰霜地坐着,一句话也不说。他最生气的是太子嬴驷,稚气未脱,竟然鼻涕眼泪地请求保留太子封地,还要将孟西白三族全部扩大进来。还有那个秦国的贤士县令赵亢，非但不反对，竟然也主张保留太子封地，以稳定老秦人之心。这算得个变法县令么？还有一层，既然是县令推行变法，为何不向左庶长府禀报政事，却径直找到太子和国君这里来？变法大事，政出多门，全无秩序，岂非大乱？一个是少不更事的太子，一个是胆小怕事的儒生，一个鼻孔出气，合起来添乱！秦孝公第一次感到了怒不可遏，但还是咬咬牙强忍住自己，若没有赵亢这个县令在当面，他可能早已经对太子大发雷霆了。

孝公气得有理。

“臣卫鞅，参见君上。”

直到卫鞅进得书房，秦孝公始终面如寒霜地肃然端坐，一言不发。太子和赵亢站立两旁，局促忐忑，不知如何是好。见卫鞅到来，秦孝公点点头正色道：“左庶长，郿县令赵亢与太子所请，乃变法大事，交你依法度处置。”说完，起身拂袖而去。

卫鞅略一思忖，已知就里，淡淡问道：“敢问太子，所请何事？”

太子被父亲冷落，大为尴尬，满脸涨红，期期艾艾道：“没，没，没甚。我自会对公父说。你，不用再问了。”

卫鞅微微一笑：“赵亢，你是国府命官，如何讲说？”

赵亢已经从秦孝公冷若冰霜的沉默中预感到不妙，自然不敢像太子那样拒绝回答，拭拭额头上的冷汗，拱手答道：“启禀左庶长，郿县三族上书，请做太子封地。下官禀报太子，以为若不取缔太子封地，可保秦国安稳。”

“三族上书交于何人？”

“在，在下官手里。”

“你该当禀报何处？”

“该，该报左庶长府处置。”

“然则，你却报送何处？”

作者写人物对话，简洁、有戏。

“报送，报送了太子。下官以为，事关太子……”赵亢已经是大汗淋漓。

卫鞅正色道：“太子乃国家储君，尚在少年，素未参与国政，更未与闻变法。你身为大臣，不力行法令，反擅自干扰太子，为抗法者说情，又越权扰乱君上，可知何罪么？”

赵亢沮丧恐惧，看了太子一眼，低头咬牙，死死沉默。

“左庶长，今日之事，乃嬴驷所为，与县令无关！”太子着急，亢声揽事。

“兹事体大，须依法论处。二位请。”卫鞅平淡冷漠。

“到何处去？”太子急问。

“左庶长府。”卫鞅淡漠冷峻。

“卫鞅，你好大胆！竟妄图拘禁储君？”太子面红耳赤，声音尖锐。

正在此时，顶盔贯甲的车英大步走进道：“国君有令，太子须到左庶长府听凭发落，不得违抗。”

太子狠狠地瞪了卫鞅一眼，腾腾腾疾步出门。到得院中，却被荆南嘿的一声拦住。太子正要发作，荆南抱剑一拱，伸手向旁边的一辆黑布篷车一指。太子“咳”地一跺脚，跳上篷车。赵亢拭拭额头汗水，也匆匆碎步走出来钻进篷车。车英一摆手，已经在篷车驭手位置就座的荆南一抖马缰，篷车辚辚驶出国府。卫鞅换乘甲士马匹，随后赶出。

来到左庶长府，卫鞅对景监一阵吩咐，两人分头行事。景监将太子请到卫鞅书房，为其讲解变法缘由和新法令的内容。卫鞅则将赵亢带到政事厅，讯问抗法事件的详细经过和赵亢的政令举措。一个时辰后，卫鞅结束讯问，来到书房。太子一副专心听景监讲解法令的样子，目不斜视。卫鞅正色命令：“景监领书，将太子留左庶长府十日，研习新法，十日后考校。”景监答应一声遵命，拱手道：“太子，请到小书房。”

商鞅是真想成就一番大事业，否则，不会对太子无礼。聪明如商鞅，不会不知道，几十年后的江山，必是太子的。商鞅虽死，其智勇不可否。

太子惊讶万分，锐声道："如何？尔等敢软禁太子？！"卫鞅拱手道："太子尚未加冠，却擅自干政，臣代君上执法，不得不罚。"说完大袖一甩，径自出门。景监拱手道："太子，左庶长是在保护你，其中深意尚请太子细察。"太子冷冷一笑："保护？哼！走。"便径自出门。景监将太子安顿在备好的一间小书房，又安排好护卫和仆役，方才匆忙地去见卫鞅，也顾不得太子老大不悦。

暮色时分，卫鞅带着全副班底并一千名铁甲骑士，飞驰郿县。

秋风一起，大地一片苍黄。树叶飘落，遍布井田的民居疏疏落落毫无遮掩地裸露在田野里。按照卫鞅的变法部署，现下本该是忙忙碌碌的拆迁、整田和分田了，田野里也自当该是热气腾腾了。但是一路所见，除了栎阳城外的田野里有动静外，所过处一片冷清，秋风掠过旷野，触目尽是苍凉。

马队奔驰在井田的车道上，卫鞅觉得特别不是滋味。他没有料到赵亢作为一个秦国名士，作为一个大县县令，竟是如此懦弱。也没有料到太子作为国家储君，竟是如此的幼稚冲动。然他心中十分清楚，这两个人都不是兴风作浪者，他们的背后肯定有更为阴鸷的人物。对于变法过程所能遇到的种种阻力，卫鞅都做了周密的预想，他不但精细地揣摩了各国变法失败的原因，而且在魏国亲自经历了官场的种种阴谋沆瀣①，自然不会将掀翻旧制的变法看成唾手可得的美事。虽然他不能预料，阴谋和阻力在秦国将以何种形式出现，但是各种基本的应变方略他是有准备的。对目下的"抗田事件"，卫鞅虽然感到了沉重的压力，却丝毫没有惊慌，他有自己独特的处置方略。

进得郿县城，卫鞅吩咐车英立即在县府外的车马场搭筑一座幕府。

这幕府，本来是军中统帅在战场上的统帅部。县城有官府，再搭幕府颇显蹊跷。车英不解，对景监使个眼色，意思是提醒卫鞅不必多此一举。景监却摆手道："搭，左庶长自有用场。"车英不再犹豫，令旗一摆，一队甲士片刻之间便将幕府搭起，二十辆兵车一围，一座辕门帅帐顿时现出。卫鞅又吩咐景监在辕门口竖起一块两丈余高的木牌，大书"左庶长卫鞅力行新田制幕府"。大牌一立，旗帜招展，甲士环列，一片威严肃杀的气氛顿时弥漫开来。

---

① 沆瀣（hàng xiè），宋朝钱易《南部新书》中说，唐代崔瀣参加科举考试，被考官崔沆录取，有人嘲笑他们："座主门生，沆瀣一气。"后用来比喻臭味相投的人勾结在一起。

卫鞅进入幕府大帐，立即吩咐景监率一班文吏进入县府清理民籍田册，并立即发一道紧急公文到栎阳东部的下邽，命令下邽县令立即押解东部孟西白三族的族长，火速赶到郿县。东去特使出发后，卫鞅又命令车英带六十名甲士，即刻前去白氏田庄。

白氏族人居住在平原地带。郿县的平原主要在渭水北岸，五六十里宽。孟西白三族就占去了三十多里宽的地面，其中白氏一族地土最广，约占三族的一半。白龙身为族长，和六个儿子都有田籍，七家井田共占地将近五千亩。白龙一人的“大井”，就有田八百多亩，清一色的临渠水田。但是，白龙的庄园却建在大儿子的井田中，没有占用最好的水田。这片庄园占地五六亩，瓦屋二十余间，居住着白龙一家三代八十余口，算得上农家罕见的大家庭。白家能够劳作耕耘的人口不过十来个，却如何种得如此多的土地？

这就得说说自由民和隶农的关系。

西周和春秋时期，公室的领地和贵族的封地，都直接由奴隶（隶农）耕作，贵族和公室、王室直接管理，直接收获。那时候，自由民和奴隶没有直接关系，自由民占有的土地数量不大而且必须自己耕耘，直接向官府缴纳赋税（实物徭役多钱币少）。后来，商品交换的活跃，大大改变了各个诸侯国新贵族，觉得直接管理大量奴隶在广袤田野上耕作的旧方法太过笨拙，管理吏员众多且效率不高。就有许多新贵族施行新法，将封地土地分散委托给富有耕作经验的自由民，同时也将原来的奴隶（隶农）分配给自由民，由自由民督导管理隶农耕耘，贵族直接从自由民收取应该得到的“租税”。战国初期，这种形式在东方国家已经比较普遍，一些大诸侯国变法后，许多隶农也变成了自由民。但在秦国，还延续着自由民管辖隶农的老式井田制。这时的秦国，几乎所有的可耕田都分割在自由民名下。官府只承认自由民的“田籍”（分田占田的资格）。官府和贵族分派给自由民的奴隶（隶农），只是劳动力，只在“地主”的土地上劳动。于是，自由民都成了大大小小的“地主”，拥有或多或少的奴隶（隶农）。

白龙是自由民中的显赫人物，父子七人各有一井，每井有八家隶农，白家共拥有五十六户隶农。尽管有隶农耕耘，但白氏家人依旧勤奋。每天日出，白家的男女老少都走出庄园，到白龙划定的“家田”里去劳作耕耘。白龙则带着掌事的大儿子到处走动，查看田野，督促隶农耕耘。日落时分，则聚家同食。成年男子一屋，妇人一屋。所有的三十多个小儿，却都在两棵固定的“大树”吃“板碗饭”，堪称奇特的一景。这两棵“大树”，是两块又长又厚的木板，板上每隔两尺镶嵌一个铜碗，白氏家人叫作“板碗”。每到饭时，几个儿媳将饭菜用大盆抬出，分到每个板碗里。“咥饭！”掌厨的二儿媳一声令下，守在院子里的三十多个孩子，便按照年龄大小与男女次序，快步走到自己的板碗前开吃，直至吃完，没有一个孩童敢说话。即或旁边有客人观看，孩童们也没有人张望。仅此一端，老白龙的治家声望便大大有名。晚饭后，则是合家计议农事和白龙处置族中事务的时候。三年前，白龙已经将家中农事交由长子掌管，将家务交由夫人和次子掌管，自己主要处置族中事务，对家事农事只是偶然过问便了。

变法以来，白氏部族平静有序的生活，被完全打乱了。

以往，辛勤的农人们的白日都交给了田野，几乎所有的家事族事都放在晚上找人。但自从《田法》颁布以来，登白氏门者络绎不绝，尤其是白龙从栎阳回来，天天都有人聚来问讯计议。

今日从晌午开始，族中六十岁以上的老人便都聚到了白龙家，一直说到日落还没有结束。白龙的主意挺正，一再说就是秦国全部推行新田制，孟西白三族也还是太子封地。可那些族老却总是忧心忡忡，说着听来看来的各种传闻和事实，心下老大的不安。最令人沮丧的是族中老巫师竟期期艾艾叹息着说：“孟西白三族，兴旺了百多年，气数衰了，不能硬挺也。”此话一出，族老们更是一片沉默，忧郁地瞅着白龙。

骤然间，白龙火气上冲，独臂一挥：“不能挺也要挺！守不住祖业，我白龙无颜面见祖宗！”

突然，一阵急骤的马蹄声传来，屋中老人不约而同地站了起来。他们都曾经是身经百战的军中老卒，从马蹄气势，便知来者是铁甲骑士。白龙微微冷笑：“一身老骨头，慌个鸟！”话音落点，马蹄声已经逼近。白龙长子飞跑进来道：“父亲，国府铁骑！”白龙冷冷道：“打开庄门。”

庄门打开时，马队已经从纵横田野的车道上飞驰到白家门外的打谷场。车英一摆手中令旗，马队迅速列成了一个小小方阵。车英下马，一招手，前排六名甲士也纵身下马，跟随车英走进庄园。绕过高大的砖石影壁，车英一怔，只见二十多个白发苍苍的老人怒目站立在院中，分明便是一个步卒拼杀的小方阵。白龙的长子站在老人阵外，紧张得无所措手足。车英仿佛没看见眼前的阵仗，从斜挎腰间的皮袋中摸出一卷竹简展开，高声道："奉左庶长令，缉拿白龙归案。白龙何人？出来受绑！"

变法中，疲民好对付，难对付的是这些元老级人物。

一个老人拨开挡在他身前的几个老者，昂然走出："老夫便是白龙，走。"车英一打量，只见面前老人白发披肩，长身独臂，一脸无所畏惧的冷笑，便知确实是白龙无差。车英一挥手，身后甲士便上前拿人。

"不能拿人！"白龙身后的老人们一声大吼，四面围住了车英和六名甲士。

"如何？白氏族老们要抗命乱法？"车英冷冷一笑。

一个老人高声喝问："你只说，为何拿人？"

"老族长乃太子封地掌事，没有太子书命，谁敢缉拿?!"又一个老人大吼。

车英冷冷道："白龙身犯何罪？到左庶长幕府自然明白。族老们再不让开，车英就要依法诛杀抗命乱民了。"

"杀吧！怕死不是白氏后人！"老人们一片怒吼，围了上来。

"退下！"老白龙面色涨红。他心中清楚，一旦与官府弄出血战，太子想出力维护也不行了，没有太子，白氏族人纵然鲜血流尽，又如何挡得官府行事？他一声大喝，"一人做事一人当，知道么？谁再胡来，白龙立即撞死！"

也算是有担当的人。

在老人们沉默愣怔的瞬间，白龙伸手就缚，赳赳出门。

马队远去时，身后庄园传来一片哭声和吼叫声。

次日深夜，下邽县令也押解着东部孟西白三族的族长到达郿县。卫鞅审问了三位族长，三人对上书请做太子封地供认不讳，而且对废除井田制和隶农制大是不满，同声要求面见国君，辩诉冤情。接着，卫鞅又审问了白龙，白龙只说一句话："此事请太子说话。"便再也不开口。卫鞅冷笑，也不再多问，吩咐押起人犯，便来到后帐。景监正在后帐整理郿县田籍，见卫鞅进来，拍拍案头高高的一摞竹简道："田籍就绪，单等分田到民了。"

"景监，此次抗田的要害何在？"卫鞅突兀发问。

景监沉吟有顷："要害？自然在白龙抗命。"

"不对。要害在国府，在官员。"

"左庶长是说，在太子？在郿县令？"

"对。没有大树，焉有风声？乱民抗命，岂有如此强硬？"

景监似乎从卫鞅冷峻的口吻中感到了事态的严重，犹豫问道："难道左庶长准备将太子、县令作为人犯处置？"

卫鞅踱步道："太子是国家储君，又在少年稚嫩之时，没有蛊惑之人，岂有荒唐之事？太子背后当还有一个影子。"

"正是，我亦有同感。查出来，一起处置，解脱太子。"

"行法论罪，得讲究真凭实据，不能仅凭揣摩与猜度处置。"

"左庶长未免太过拘泥。维护太子，大局当先，何须对佞臣讲究法度？"景监第一次对卫鞅的做法表示异议。

卫鞅目光炯炯地盯住景监，沉默有顷，肃然道："足下之言差矣。查奸不拘细行，此乃儒墨道三家与王道治国之说。他们将查奸治罪，寄托于圣王贤臣，以为此等人神目如电，可以洞察奸佞，无须具体查证罪行。究其实，没有真凭实据便治人于死罪，此乃人治。法治则不然，法治必须依法治政，依法治民，依法治国。何谓依法治政？就是对国家官员的言行功罪，要依照法律判定，而不是按照国君或权臣的洞察判定。依法判罪，就要讲究真凭实据，而不依赖人君权臣的一己圣明。此乃人治与法治之根本不同。"

"如此说来，法家治国，要等奸佞之臣坐大，而后才能论罪？尾大不掉，岂不大大危险？"景监很是不服气。

"不然。"卫鞅淡淡一笑，"只要依法治国，奸佞之臣永远不可能坐大。原因何在？大凡奸佞，必有奸行。奸行必违法，违法必治罪，何能使奸佞坐大？反之，一个人没有违法之奸行，于国无害，于民无害，又如何能凭空洞察为奸佞？"

"能。人心品性，足可为凭。"

卫鞅面色肃然，一字一字道："法治不诛心，诛心非法治。请君谨记。"

景监笑道："那就是说，法家不察人心之善恶，只看言行之是否合法？"

“对也。”卫鞅微笑道,“人心如海,汪洋恣肆,仅善恶二字如何包容?春秋至今四百余年,天下诸侯大体都是人治。贤愚忠奸,多赖国君洞察臣下之心迹品性而评判。对臣下国人随意惩罚杀戮,致使人人自危,一味讨好国君权臣,而荒疏国事。为官者以揣摩权术为要务,为民者以洁身自好为根本。国家有难,官吏退缩。作奸犯科,民不举发。政变连绵不断,国家无一稳定。究其实,皆在没有固定法度;赏功罚罪,皆在国君权臣的一念之间。晋国之赵盾乃国家干城,忠贞威烈,却被晋景公断为权奸灭族。屠岸贾真正奸佞,却被晋景公视为忠信大臣。致使晋国内乱绵绵不断,终于被魏赵韩三家瓜分。假若晋国明修法度,依法治政,安有此等惨剧?”

景监默然,显然已经明白了卫鞅的想法,只是一下还脱不出笃信明君圣贤的旧辙。叹息一声道:“那,就等,等他们自己跳出来再说。”

卫鞅看着景监沮丧的神情,爽朗大笑道:“说得好!法治就是后发制人。景监兄但放宽心,真正的复辟奸佞迟早会跳出来,你摁也摁不住。新法颁行,没摁住私斗吧?照样有人顶风犯罪。《田法》颁行,没摁住白龙吧?请君拭目以待,不久便有更大的物事跳出水面!”

“你是说,法网恢恢,疏而不漏?”景监做了一个合围手势。

卫鞅哈哈大笑,景监也大笑起来。

第二天,卫鞅下令关押赵亢。当车英率领武士到赵亢的小院时,赵亢惊讶莫名,愣怔得半天说不出话来。自卫鞅到达郿县,赵亢便奉命将一应公事交给了景监,软禁在县府后院的家中思过。赵亢的从政豪情已经消磨净尽,准备此间事情一了,便学大哥赵良的路子,到稷下学宫去修习学问。至于这次风波,他也有接受处罚的思谋准备。在他看来,最重的处罚就是贬官降俸,告示朝野。自古以来,刑不上大夫,秦国自穆公百里奚以来,有王道仁政的传统,根本没有重罚过一个官员。像郿县令这样的首席地方大臣,更不会有刑罚之虞。所以赵亢想的完全是另外一回事。他担心国府仍然会让自己留任郿县,陷在这个是非之地不能自拔。自己毕竟是秦国名士,想隐居游学谈何容易?三天以来,他思虑的中心是如何辞官归隐。今晨卯时,他肃然坐于书案前,开始按照几日来的构思提笔写《辞官书》。方得写完,一阵沉重的脚步声,车英带领武士进了庭院。

“尔……尔等,意欲何为?”铜笔“噗”地掉在地上,赵亢才回过神来。

“奉左庶长命,缉拿赵亢归案。”车英展开一卷竹简高声宣读。

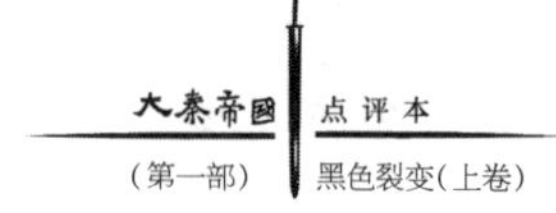

“且慢且慢。”赵亢摆摆手，“将军莫非搞错，本官乃郿县令赵亢！”

车英强忍住笑意，冷冷道：“丝毫无错，正是缉拿郿县令赵亢。”

赵亢半日沉默，终于指着案上的羊皮纸道：“请将本官之《辞官书》交于左庶长。赵亢不做官足矣！何罪之有？”说完，昂首就缚。

卫鞅拿着赵亢的《辞官书》沉思良久，亲自来到关押赵亢的石屋。

赵亢对于卫鞅的到来丝毫不觉惊讶。在赵亢看来，就算是国君，见了他的《辞官书》表露的高洁情怀，也会尊敬有加，又何况卫鞅？他见卫鞅只身前来，并没有前呼后拥，不禁从破席上坐起，淡然一笑：“左庶长，在下去意已定，不要挽留。赵亢，不是做官的材料。”卫鞅也是淡淡一笑：“赵亢兄，卫鞅不明白你言下何意？”赵亢一怔：“如何？你不是来挽留我？”卫鞅道：“为何要挽留你？”赵亢释然笑道：“那你是要放我走了，如此更好，赵亢先行谢过。”卫鞅摇摇头收敛笑容：“为何要放你走？”赵亢真的惊讶了，茫然问道：“那……你来却是做甚？”

卫鞅当真是又气又笑，揶揄道：“来拜望你这个秦国贤士也。”

“既知敬贤，何故差人缉拿，斯文扫地！”赵亢昂然挺胸。

卫鞅不禁大笑：“赵亢啊赵亢，你当真不知自己是戴罪之身？”

“赵亢追慕圣贤，敬祖畏天，知书达理，洁身自好。纵然无能从政，亦是有所为有所不为而已，谈何戴罪之身！”赵亢面色涨红，理直气壮。

骤然间，卫鞅犀利的目光直视赵亢，冷冷道：“好一个追慕圣贤，敬祖畏天，知书达理，洁身自好，有所为有所不为。可惜，你赵亢不是一介儒生，不是在学宫讲书。你是秦国的县令，是自认名士来报效国家的官员。在你管辖的县境内，国法难行，政令不通，疲民滋事，贵族乱政，食国家俸禄的赵亢，你却到哪里去了？”

赵亢觉得这种申斥有辱尊严，不禁怒火上冲：“足下之法悖逆天理，唯知杀人，赵亢岂能俯首听命？”

卫鞅哈哈大笑：“如此说来，足下这个儒家名士是有意抗法了？”

“正是。左庶长如何处置？”赵亢昂头望着屋顶，喉头不断抖动。

卫鞅沉默有顷，长嘘一声，平静地道：“赵亢，卫鞅知道你是儒生本性，不想对你讲说法家治国的道理。然则，你我都是国家官员，各司其职，都得忠实地行使自己的权力，否则便亵渎了这顶玉冠。卫鞅今日前来,是想告诉你,按照秦国新法,你是死罪。”

“如何如何?你再说一遍!”刹那之间,赵亢面色苍白。

“按照秦国新法,你是死罪。”

“自、自古以来,礼、不下庶人,刑、不上大夫……”

“三代不同礼,五霸不同法。刑上大夫,自秦国变法始。”

赵亢像霜打了的秋草一般,低下了高傲执拗的头颅,额头上冒出了涔涔细汗。死罪!对他不啻是一个晴天霹雳。他做梦也想不到,自己身为秦国名士,秦国首席县令,三代贵族之身,会仅仅因为同情抗田就要被斩首。他之所以对卫鞅不以为然,是内心始终认为卫鞅即或是总摄国政的左庶长,也不敢擅杀大臣,至少要禀报国君。而国君绝不会突兀地改变秦国倚重贵族的传统,一定会害怕招来“杀贤”罪名而挽留他,至少也会教他平安地归隐山林。此刻震惊之下,他神奇地清醒起来,惊诧自己何以忘记了招贤馆那段日子里耳闻目睹的无数故事,国君与卫鞅意气相投,举国相托,立誓变法,又怎能阻挠卫鞅依法治吏?渭水草滩一次斩首七百余人,国君尚鼎力支持,不怕担“暴君”恶名,如何能为他赵亢一个县令变了章法?猛然,赵亢心念电闪,想到了杀一个像自己这样的贵族名士出身的县令,可以震慑贵族反对变法的气焰,而绝不会激起国人的动乱。安知卫鞅不是处心积虑地寻找这样一个警世钟?自己硬邦邦地撞上来,人家岂有不敢杀之理?

赵亢深深地懊悔,长嘘一声:“早知今日,何必当初?”两行眼泪断线般滴答下来。

“大仁不仁,大善不惠。赵亢兄尽可视卫鞅为刻薄酷吏。”卫鞅一拱手,转身大步出门。

自嘲之语,却成后人定论,悲夫!

“且慢！”赵亢猛然醒来，颤声招手。

卫鞅转身，冷冷问：“还有事么？”

赵亢泪流满面：“能、能否教我见长兄赵良，最、最后一面？”

卫鞅不假思索：“不能。举国同法，庶民人犯何曾见过家人？”

赵亢顿足捶胸：“卫鞅，你好狠毒！上天，会惩罚你！”

卫鞅哈哈大笑，扬长而去。

两天后，渭水草滩的刑场又一次堆成了人山人海。这次，庶民们已经没有了上一次的恐惧，人人都在兴奋地议论着十三名人犯。上次刑杀的七百名人犯中，大多数还是庶民百姓，而这次待死之人，却都是秦国赫赫有名的显贵族长。最令庶民们激动不已的是，县令赵亢也要被斩首。赵亢赵良这两个名字，秦国人老早就很熟，在落后闭塞的秦国，赵良赵亢兄弟二人简直就是凤毛麟角般珍贵耀眼。尤其是云阳百姓，遇见生人总喜欢说：“我乃云阳人，赵良赵亢那个县。”初遇之人也就特别地肃然起敬，将面前的“云阳人”看作知书达理的王化之民，有话好说，有生意好做。赵亢做了郿县县令，郿县人比云阳人还骄傲，动辄便是：“有赵县令变法，郿县日子一定好过！”想不到的是，变法开始将近一年，郿县却成了一锅疙瘩粥，大族械斗，东西争水，目下又分不动土地，日子不但没有好过，反而死了许多人，使郿县成了“杀人刑场”的同义语。

杀一儆百。剽悍如老秦人，也被商鞅压服。

郿县人心冷了，怨言也骤然多了，期盼变法带来好日子的庶民隶农们更是变得愁眉苦脸。对赵县令救星般的赞颂也越来越少了。郿县人原本将赵亢当作百里奚那样的贤臣，渴盼他能像传说中的百里奚那样到民间嘘寒问暖，处置纠纷，解民倒悬。可是，郿县人既没有见到这个“百里奚”，也见不到外县那种热热闹闹的变法气象，死水一潭，竟还贴进去那么多人命！

终于，庶民们的崇敬期盼，变成了言谈间的冷漠嘲笑和嗤之以鼻。“人家是官身贵人，如何能替蝼蚁庶民说话？”“变法？变个鸟！赵县令都害怕白氏。”“再变下去，郿县就要死光了。”“百里奚？我看是白日死！”几个月过去，郿县流传开了一支童谣，唱道：

月亮走小　百里不遥
点下几日　秋草如刀

流传之初，谁也弄不懂童谣唱的甚事。但是，深信“小儿天作口”的秦国人朦朦胧胧地觉得郿县将有大事发生，是祸是福，谁也料不定，人人都在惴惴不安。如今，左庶长要将这赫赫大名的县令问斩，郿县人可是炸开了锅！他们想起了那首神秘的童谣，顿时觉得明明白白。那“月亮走小，点下几日”不就是赵亢的名字么？那“百里不遥”，分明是说这个假百里奚不会长远。“秋草如刀”，不就是在秋天来临时杀赵亢么？

人们在纷纷议论中，不禁惊叹冥冥天意。

正午时分，渭水草滩一阵尖锐的号角，赵亢、白龙和十一位抗田族长的头颅喷溅着鲜血，滚到了黄绿色的秋草上。人山人海的渭水草滩，爆发出前所未有的一片欢腾。

哨声隐隐，又一只黑色的鸽子冲上蓝天，飞向东南方的苍茫大山中。

第八章　政侠发难

一　黑色鸽子飞进了神农大山

天高云淡。一只黑色的鸽子带着劲急的哨音，飞过秋草枯黄的渭水平原，飞过南山，飞进沟壑纵横的绿色苍茫之中。山山水水缓慢地向后退去，黑色鸽子像永远不停的箭镞，向着东南疾飞。

这是大河水系和长江水系之间的万千群山。这片群山在渭水南岸的百里之遥拔地而起，横空出世，形成第一道高峰绝谷，时人叫作南山，后人称为秦岭。天下水流从这道南山分开，北面的河流绝大部分流入黄河，南面的河流绝大部分流入长江。这南山便成为大河流域和江水流域的分水岭。古人将四条独立入海的大川称为“四渎”，就是河（黄河）、江（长江）、淮（淮水）、济（济水）。“四渎”的主要支脉为“八流”，分别是渭水、洛水（黄河支脉），汉水、沔水（长江支脉），

秦岭，古代南北的分界线。

以闲笔来舒缓叙事的节奏。

颍水、汝水、泗水、沂水(淮水支脉)。这“四渎八流”是具有神性的大水,其他河川不能与之相提并论。其所以如此,原因有两个:一是这“四渎八流”都源出名山,河出昆仑,江出岷山,济出王屋,淮出桐柏。“八流”中的沂水最小,而且先流入泗水再流入淮水,是支流的支流,但因为它发源于神圣的泰山,所以跻身名水之中。二则是,“四渎八流”流经的区域都是王化文明区域,楚国岭南的几条大川因在蛮荒山野,所以不能进入名水。在“四渎八流”中,最大的自然是黄河长江。古人为了表示对这两条大川的敬畏,采用了独一无二的称谓,黄河叫“河”,长江叫“江”,其余河流一律叫作“水”。天下只有一条“河”,一条“江”。说到“河”字,那一定确凿无疑的是黄河,说到“江”字,则确凿无疑的是长江。

在古人的观念里,山是水的生命之源,山水相连,山生水,水养万物。茫茫苍苍的群山是天地的支柱,是一切生命的阳性之根。山将水分割开来,框定起来,鬼斧神工般雕出惊险奇绝的峡谷险滩千尺飞瀑,将万千的生命姿态赋予本无定性的流水。水将山拥抱起来,描绘起来,使层峦叠嶂的群山长青苍翠,虎啸猿啼,鸟鸣花香,多姿多彩地矗立在天地之间。名山大川相依存的地区,必生出天地灵气,孕育出超凡人物,流播着瑰丽的故事。

黑鸽子飞进的这片茫茫大山,北挽黄河,南拥长江,从西北到东南横亘千里,人迹罕至,是天地元气最为充沛的隐秘之地。当先民们还在穿兽皮食野果的时候,有个被呼为神农氏的奇人,在这片大山中尝遍百草,不但发现了许多可吃的野果,还采集奇异的灵草灵花当作药材,年年月月的治病救人。神农氏牛头人身,一步一步地从南山进入这片无名群山,踏遍了这片大山的每一个山头每一道峡谷,回到人群送药的时候还要教人们耕种。为了登山采药,他发明了挖土的耒和耜。他将这两种工具传授给人们,使先民们能够开垦荒地耕种庄稼,不再忍饥挨饿。年复一年地跋涉奔波,神农氏终于累死在这片莽莽苍苍的群山之中,再也没有回到人们中间。先民们从渭水出发,进入南山,在这片无名大山中寻找了多年,也没有找到牛头人身的神农氏。先民们都说,神农氏尝完了百草,采完了药材,教会了人们耕作,人间的事办完了,一定是回天上歇乏去了。

从此,这片茫茫青山就叫了大神农山。

先民们看见这片茫茫青山,就想起了牛头人身坚韧博大的神农氏。先民们怕惊动神农氏的长眠,相约从此不再踏进这片青山。成千上万年时光流去,这片青山就变成了人迹罕至的茫茫林海。淡淡白云下，秀峰迭起，刺破青天。林木萧森，离离蔚蔚，峡谷峻绝，水流如带，全然不见人间烟火，唯闻长风掠过林海的隐隐涛声。在这淹没一切的茫茫绿色中，没有人能够分清方向，没有人能够走出走进这片无垠的山海。

然则，那只黑色的鸽子依旧顽强地飞向茫茫青山的深处，碧蓝的天空，响彻着嗡嗡嗡的哨音。猛然，均匀的嗡嗡哨音变成了尖锐的长啸，鸽子像一支黑色的箭镞，冲向一座高峰的后面——一道绿色的峡谷豁然展开，半山腰露出了一片黄色的屋顶。黑色鸽子绕屋顶飞翔了一圈，“嗡——”的一声，俯冲而下。

飞鸽传书，显示出墨家的神秘。

就在鸽子嗡嗡嗡绕着屋顶飞翔时，院中走出了一个长须黝黑的中年人，身着粗短布衣，赤着双脚。他走到墙边，伸手拍了一下镶在墙体中的一块圆石，笼罩屋顶的铜网带着轻微脆亮的金属声缩了回来。之后，他向天上打了一个响亮的呼哨，飞翔回旋的黑色鸽子便“嗡——”的一声扑棱棱落了下来。黝黑的中年人亲切地笑了：“焦明，来，先吃点儿喝点儿。”说着在院中一块很干净的方砖上撒下一把谷子，摆上一盅清水。“焦明”却只是咕咕叫着，不断地拍打右翅，不去啄谷饮水。中年人笑道：“焦明莫急，我来取信。”说着抱起鸽子，从它右腿下解下一个小竹管，打开一看，中年人骤然变色：“焦明，有大事，我要去禀报大师兄了。”鸽子咕咕两声，点点头，自顾啄米饮水去了。

中年人刚刚走开，空中一只苍鹰长鸣一声，箭一般俯冲下来扑向鸽子。黑色鸽子在苍鹰长鸣时便警觉抬头，苍鹰俯冲时，鸽子“咕——”的一声尖叫，嗖地扑进墙上的石窟中，不断发出“咕咕、咕咕”的锐急叫声。苍鹰一扑不中，倏忽展翅，飞出院子在蓝天中盘旋等待。一个布衣少年闻声冲出，怒喝一声:“何方饿鹰,竟敢闯我墨家禁地?看箭!”怒喝间,手中的小小弩机一扬,一支短箭带着尖锐的啸声疾冲蓝天。苍鹰一声长唳,坠向茫茫林海。少年自言自语:“苦获兄啊,你怎的忘了关上天网?”说着一拍墙上圆石,屋顶的铜网锃锃展开,遮住了碧蓝的天空。少年转身笑道:“焦明莫怕,出来。”黑色鸽子扑棱棱飞出,对少年咕咕咕叫了几声,又低头啄米,安详如故。少年笑道:“焦明,焦明,师姐给你取这个名字,说你是五方神鸟之一也,怕甚来?我去找师姐来看你,啊。”说完,疾步走进了院子深处。

片刻之后,一个布衣少女匆匆走来:“啊,焦明回来了。”鸽子兴奋地拍着翅膀,咕咕几声,飞进少女的怀中。少女抱着鸽子,抚摩着光滑闪亮的黑色羽毛,柔声道:“焦明,是从秦国回来么?”说着伸出右手向西北方向一指。鸽子咕咕两声,伸头看着少女。正在这时,那位少年匆匆走来:“玄奇师姐,大师兄请你速到议政堂。”少女答应一声,放下鸽子笑道:“焦明,姐姐走了,乖乖吃。”便匆匆走了。

玄奇自从和大父在韩国分开,在安邑依靠墨家据点暗中掩护卫鞅去了秦国,便到齐国去找大父会合。爷孙俩在临淄逗留半年,原想将逃离魏国的孙膑设法秘密运送到秦国去。不想孙膑断肢伤残后身心元气大伤,客居大将军田忌的府邸养息,田忌对孙膑敬如上宾,一时间根本无法着手。春去秋来,玄奇要回墨家总院,劝爷爷一起到山中盘桓歇息,颐养天年。百里老人却执意要留下,等待机会说动孙膑去秦国,说这是他一生为秦国办的最后一件大事,完了立即到神农大山中来。爷爷曾是鬼谷子一门的要人,与孙膑有同门之缘,在齐国又多有故旧,相信自己一定能完成心愿。玄奇也不再勉强爷爷,独自跋山涉水,回到了神农大山的墨家总院。一年多来,她对秦国的消息知道得很少,只在临淄听说秦国已

真相未必如此,但能突出秦国寻找将相之才的决心。事实上,孙膑也走不动了。

经开始变法，而且势头很是凶猛，杀了许多人。她挂怀着秦国变法，但她更是挂怀着烙在心头的嬴渠梁。从齐国归来，她很想选择从函谷关入秦，再由南山进入神农大山这条路，顺便在栎阳看看他，以了浓浓思念。然则，临淄的墨家客栈却给她带来巨子的命令，必须尽快回到总院，有大事要做。玄奇像所有的墨家子弟一样，对墨家的事业忠诚无二，对巨子的命令绝对服从。一接到传讯，她立即改道从齐国入楚，从丹水径进神农大山。匆匆归来半月有余，她的老师，也就是墨家巨子，却没有见她，代替巨子处置日常事务的大师兄禽滑釐也没有交代任何急务。

钜子。

玄奇颇为纳闷，风风火火地召她回来，何以却动静全无？后来又在总院遇到许多派往外地的师兄师弟，才知道巨子召回了在外活动的全部骨干弟子，却没有接见任何一个人。隐隐约约地，玄奇觉得一定有非同寻常的大事要做。她知道，在墨家的历史上，只有数十年前援助宋国抵御楚国入侵的那一次，提前一个月集中了全部三百名墨家弟子，由大师兄禽滑釐率领，星夜奔赴宋国守护。老师巨子则只带了三名少年弟子，径到楚国郢都和发明云梯的公输班较量攻防谋略。那一次，墨家全面胜利，老师战胜了公输班，弟子们则将守城战术传遍了弱小国家，非但挽救了宋国，而且大大灭了好战大国的气焰。那一次，墨家名扬天下，被天下诸侯呼之为“政侠墨家”。

那时候，玄奇还没有出生，但每每听到这段动人的故事，就感到热血沸腾不胜向往。这次，难道也有了那样千载难逢的机会？玄奇一直在暗自揣摩，这次的对象是哪个国家？反复比较，玄奇认定是魏国。魏国的上将军庞涓非但残害自己的同门师弟孙膑，而且穷兵黩武，妄图吞掉卫国、薛国，甚至企图吃掉中山国和韩国，伙同大国瓜分秦国。魏王大兴土木

战国之战，既有国力之间的战，亦有学术派别之间的战。儒与墨，皆为当时显学。《韩非子·显学》称：“世之显学，儒、墨也。”写战国秦朝历史，无法回避墨家的存在。孙皓晖写墨家，既强调其组织的严密性，也强调墨派侠义的一面，把握住了墨家的核心特征。《淮南子·要略》：“墨子学儒者之业，受孔子之术，以为其礼烦扰而不说，厚葬靡财而贫民，服伤生而害事，故背周道而复夏政。禹之时，天下大水。禹身执蔂垂，以为民先，剔河而道九岐，凿江而通九路，辟五湖而定东海。当此之时，烧不暇撌，濡不给扢，死陵者葬陵，死泽者葬泽，故节财、薄葬、闲服生焉。”《史记·孟子荀卿列传》：“盖墨翟，宋之大夫，善守御，为节用。或曰并孔子时，或曰在其后。”墨相对于儒，入世手法更激进。墨家是苦行僧式的极端理性主义，而儒家则是市民阶层的世俗理性主义。

兴建大梁王宫，劳民伤财，赋税大大加重。那个新任宰相公子卬更是贪财受贿的膏粱子弟，使魏国变得腐烂不堪。这些作为，墨家称之为“恶政”，比“暴政”更甚。按照墨家“诛暴去恶，兼爱非攻”的道义准绳，那是丝毫不能容忍的。要在以往，墨家早就出动了。也是老师年高，墨家在进入战国以后有所收敛，才没有对魏国动手。但玄奇也知道，老师一直在寻找重振墨家正道的时机。震慑像魏国这样的强国，能为天下伸张正气，能大灭恶政与暴政的气焰，何乐而不为？要诛杀庞涓、公子卬和魏王，玄奇的第一个念头，就是主动请命，为天下除去这帮恶政之徒。

听到大师兄召唤，玄奇的心中猛然一动，心中闪着纷纷乱乱的念头，疾步向山腰的议政堂奔来。

墨家总院是神农大山中的一座秘密城堡。自老墨子成名时算起，愚公移山般经营了四十余年，才形成了完整的规模。这座城堡在这千山万壑的茫茫林海中确实小得难以发现，但实际的房屋数量，却也抵得上小诸侯国的一座三里之城五里之郭。这座城堡依山而建，每边石墙长一里，内中共有八百六十四间房屋，六十四口水井，四百多亩耕地和许多个秘密石洞仓库。墨家子弟足不出城，即可以在这里永远生存下去。墨家崇尚百工之术，老墨子和每一个弟子都是第一流的工师算师，将城堡建得坚固实用而且机关密布，等闲大军也休想接近。这座城堡的每一构思都有实用意义上的讲究。高处房屋的屋顶全部涂成黄色，是为了分布在天下的一百多只信鸽能在茫茫林海中准确找到落点。屋顶之下，全部涂成绿色，是为了迷惑能够纵蹿跳跃的猿猴山猫等野兽。整个城堡的院落屋顶全部拉起铜网，是为了防备空中的猛禽袭击信鸽与猎犬。城堡内的所有房屋都用山石砌成，尽量建在树丛或山岩之下，除了坚固和冬暖夏凉的好处，就是隐蔽。在高处看，除了用做信鸽落点标志的几座黄色屋顶，很难发现大片的房子。重要的所在，则都设在有密道通行的石窟。

玄奇要去的议政堂，是墨家的核心重地之一，是一座极为隐秘的宽敞山洞。

玄奇到达时，墨家的“子门”四大弟子已经全部到齐，只差她这个最小的“子门”师妹了。墨家子弟的排行辈次与天下学派大不相同。寻常学派或者剑士门派，辈次严格，师承关系按照血缘关系类比排列，分为师祖、师爷、师父、学生几代，同门旁系则称师叔祖、师叔等，一个学派就是一个严格有序的家族序列。墨子兼爱天下，所有求学的子弟不分辈次，一律互称师兄师弟，全部墨家只有墨子一个被称为“老师”。学生的辈次排列按照地支分为子、丑、寅、卯四个梯次，分别称为子门、丑门、寅门、卯门。梯次的划分不按照进入墨家的先后和受业的顺序，而是按照学生的才能特长与职守划分。“子门”弟子很少，均是文武工三方面造诣很高的资深弟子。“丑门”弟子以修文和辩物（即后人说的科学）为主，都是些有奇思妙想的特异之才。“寅门”弟子以兵学（不是单纯的剑术武功）为主，是墨家实行“非攻”防御和诛灭暴政的主要力量。“卯门”则全部是少年弟子，边耕耘边修习，长大后视其特长分别列入各门。墨家的四门弟子之外，还有一个“虎门”，全部由因为各种各样的原因无法读书识字但又必须收留的特异人物组成，这些人不列为墨家的正式弟子，但必须接受墨家严酷的训练，人人都有精湛的剑术和搏击术。这些虎门弟子是神农大山的险道关隘与墨家总院的主要守护力量，实际上就是墨家的一支私家武装。所有这些弟子（包括虎门非正式弟子），都没有身份上的尊卑之分，但有极为严格的法纪服从，互称兄弟姐妹而不失令行禁止。

这种独有的爱心与理想，独有的平等精神与结构风貌，极大地凝聚着激励着所有的墨家弟子。他们热爱墨家，为了墨家的信念与理想，人人都准备随时献身。时人评说“墨家子弟，皆能赴火蹈刃，死不旋踵”！这种献身精神，是天下所有学派都望尘莫及的。

在墨家子弟中，玄奇是“子门”的唯一女弟子。玄奇的父亲和秦国的绝大多数青壮年一样，死在了年年都有的战场上。母亲也和绝大多数秦国女子一样，不到三十岁就累死在桑麻田中。从三岁开始，玄奇就跟着大父在王屋山中的“鬼门”山庄生活。但是，鬼谷子一门从来不收女弟子。玄奇六岁时，爷爷跋山涉水，将她送到了神农大山的墨家门下。爷爷说，墨家最适合将人锤炼得自立于天地之间，且墨家又有“卯门”少年院，生活起居上也不用担心。那时候，老墨子秃头上的一圈白发已经霜雪一般，没有人能够说清他的年岁。念及和爷爷的忘年之交，老墨子才破例收了这个秀丽聪敏的小女孩儿。在墨家的十二年中，玄奇显示出非凡的天赋与刻苦勤奋，对墨家经典、各种技能以及兵学剑术，均有上乘的修习造诣，仿佛墨家的一切都天生地与她的好恶相合，竟使她孜孜不倦如鱼得水。她的天赋与品性深为老墨子所欣赏，破例将她列在“子门”，成为墨家年青一代的重要人物。

先行到达的墨家四大弟子是禽滑釐、相里勤、邓陵子、苦获。墨家事务由这四人主持，已经有了十余年的时间。见玄奇匆匆进来，苦获笑道：“小师妹，就等你了，快坐。”玄奇答应一声,坐在了最末位的石墩上。

“三位师弟,玄奇师妹,今日有要事相商。”首座弟子禽滑釐已经五十余岁,睿智威严,素来不苟言笑,此刻肃然道,“三月之前,秦国在渭水草滩刑杀七百庶民。今日,焦明从秦国飞回,带来的消息是,秦国又在渭水斩决十二名族长和郿县县令赵亢。这是天下进入战国以来,最大数量的暴政杀人。主刑杀人者是秦国的左庶长卫鞅。此人号称变法强国,实则蒙蔽国君嬴渠梁,推行霸道暴政。此等震惊天下之大事,发生在墨家眼前,诸位以为,该当如何处置?”

邓陵子性急,禽滑釐话音落点已经面色通红,一口楚语短促尖锐:“以变法之名,行杀人之实,当是暴政无疑。暴政必杀啦!此乃墨家救世之准绳。不用商议,立即派虎门剑士诛杀卫鞅!”

“莫急。”宽厚稳健的相里勤悠然一笑,“墨家尚同。要‘同’,就要议,不议如何得‘同’?当初三家分晋后,魏国李悝率先变法,也有弊端,杀了不少人,然毕竟是强了国富了民,给天下带来了极大变化。也就是从那以后,老师决意对列国变法取审慎对策,不轻易将变法杀人做暴政对待。为此,我墨家多年不出山行做。今卫鞅在秦国变法,本是好事,第一次杀了七百人,我墨家也没有轻率出动,而是派了十余名精干弟子去细致打探。这次送回的消息,非但又杀害十三族长,而且还有一个县令赵亢。这赵亢乃秦国云阳名士,其兄赵良是稷下学宫唯一的秦国士子。赵氏兄弟素有贤名,民间口碑极好。杀得此人,足以证明卫鞅变法大有暴虐邪恶处。上次所杀七百余人的详情,苦获师弟,你谨细,说说。”

苦获嘴唇厚阔,永远拧着眉头,似乎总是在愁苦地思虑:“卫鞅第一次杀的七百人,有三百一十三人乃孟西白三族之庶民与戎狄移民,二百一十六人乃三族隶民,一百零一人乃国中疲民,四十人乃游侠剑士,三十三人乃各族族长,二十一人乃族中巫师。共杀七百二十四人,确为滥使刑杀,震惊天下。这次又杀了秦国名士赵亢和勤耕不辍的白氏族长。此等暴政酷吏,即或变法成功,也是涂炭生民,用庶民的鲜血浇灌自己的功业,必须给予严厉惩戒!否则,墨家之兼爱天下就是空谈。”苦获一字一板地说来,肃杀痛心,场中一阵沉默。禽滑釐点点头,问:“玄奇师妹,你对秦国甚为熟悉,有何见地?”

“玄奇师妹,如何?病了?”相里勤关切问道。

玄奇面色苍白，愣怔着不说话，见相里勤发问，猛然惊醒过来，脱口道："不会！绝不会如此！他如何能行暴政？定然错也。"

关心则乱。

"玄奇师妹，你说如何？谁出错了？"禽滑釐正色问。

玄奇默然了。她知道墨家子弟探事的传统和法纪，那是绝对不允许出错的。可是，说秦孝公推行残害民众的暴政，她是决然不会相信的。秦孝公是国君，卫鞅变法如果滥杀无辜，他岂能不知？知道了又岂能允许？如果他知道而且也不反对，那就一定另有隐情。然则，墨家探事子弟带回的消息证据确凿，她能说什么？将近一年，她一直在齐国，对秦国的情况确实不甚了了，能仅仅用自己的信任推翻探事子弟的证据么？自然不能。然则，秦孝公与卫鞅是暴君酷吏么？绝不可能。一时间，玄奇心乱如麻，强自镇静道："玄奇以为，秦国刑杀之事定然另有隐情，尚须再查，不宜轻动，请四位师兄详察。"

禽滑釐道："玄奇师妹，是否暴政，墨家素来看事实。你所言隐情，乃是一种臆测，如何能改变查核过的事实？"

邓陵子锐声道："玄奇师妹，是否你自己心中有隐情？秦国目下是任何人都敢杀，连巫师、游侠都杀。更可恨者，连最穷苦的隶农都杀！墨家兼爱天下，如果不为庶民苦难伸张正气，我墨家有何面目面对这'政侠'二字？墨家向来不徇私情，师妹当自省才是啦。"

"邓陵子，且莫如此讲话。"相里勤平静地笑笑，"要'尚同'就必有争议，玄奇师妹纵有私心，也不至于为暴政张目，无非要查清楚罢了。现既已查清，玄奇师妹也会和我们一样的。"

苦获硬邦邦道："事不宜迟，当尽快动手，灭暴政气焰，为怨民张目。"

玄奇急得面色通红："不然。若诸位师兄皆持此论，玄奇提请老师定夺。"

四人一怔，一时沉默无言。墨家事务多年来已经由四大弟子处置，事后只对老墨子禀报结果。但老墨子当初交出权力的时候立下定规：一、子门首席弟子禽滑釐只是主掌事务，不称巨子，墨家巨子仍然是他本人。二、参与议事的任何一人若对决策提出异议，必须禀报他裁定。也就是说，子门弟子们对大事的意见只要一致，就可以不经过墨子，意见不一致，则必须经过老墨子。

多年以来，第一次出现此等情况，四大弟子不禁惊讶沉默。

禽滑釐沉吟有顷道："好，就交由巨子定夺。日暮之后，到尚同坊会合。"

二　老墨子愤怒了

神农大山中的秋日忒短，晌午饭刚过一个时辰，茫茫山林就暗淡下来。

墨家讲究节用苦修，即或财货富有，也生活得异常简朴。墨子和子弟们一样，一天只吃两顿饭。第一顿叫"早饭"，在早晨的辰时，日头爬上山顶的晨练之后。第二顿叫"晌午饭"，在未时太阳西斜之际。晚上叫"喝汤"，不算作正餐，只供给耕田、采药、习武和职司防卫的虎门弟子。有大的全体性行动时，则所有人都有晚汤。目下正常时日，玄奇没有必要喝汤，太阳落下西山之后，便向总院城堡最深处的尚同坊而来。

尚同坊在山根，是老墨子会见弟子议论大事的山洞。所谓"尚同"，就是崇尚同一。见诸实践，就是追求统一。这是墨子的十大主张之一，用之于山洞命名，寓意着这座山洞是弟子与老师达到同一主张，从而统一行动的地方。随着老墨子年高隐退，墨家弟子们已经很少在尚同坊议事了。玄奇在神农大山十二年，只在这里和老师见过三次。当然，她作为老墨子晚年唯一的亲授弟子，一年中总能见到老师几次。但在这里和老师见面与在书房和老师见面大不相同。在书房解惑，老师是一个慈祥的老人，但在尚同坊议事，老师就变成了坚刚严厉的"巨子"。每逢在尚同坊议事，玄奇便忐忑不安，觉得这里最缺少墨家的亲和，连老师在内，每个人都冷冰冰的。将近山洞，她又一次心跳起来，总觉得心里不踏实，但一想到老师的明睿深邃和博大胸怀，又一下子坦然起来，步子也不觉轻快了。

尚同坊原先是个滴水的岩洞。墨家建城，那些通晓百工的弟子，在墨子指导下将这座阴暗潮湿的滴水洞进行了大改造。非但神奇地解决了滴水，而且凿出了几条通向山体外的风洞光窗，干爽山风浩浩涌入，日间还可以照到一两个时辰的阳光。数年之后，这座山洞便成了干燥舒适的一个所在。最奇妙的是，这座山洞流进来的风中充满了浓郁的绿树山花的清新香味儿，竟是山中其他任何地方也没有的。谁走进这里，都要情不自禁地做一番深深的吐纳。为了这个奇妙的好处，四大弟子一致认为应该将老师的书房建在此处，有利于老师延年益寿。老墨子却哈哈大笑道："老夫兼爱天下，岂能独享上天所赐？"于是这座山洞做了尚同坊，平日里谁都可以来，身体衰弱的弟子，还可以搬到尚同坊隔开的小间里养息。

此刻，执事子弟已经将石墩在洞口的岩石平台上摆好。按照墨家的"节用"规矩，凡有山月，便不可掌灯。今夜秋月高悬，明澄清澈，自然便成了月下议事。玄奇第一个到来，她看了看石墩位置，便将一个自己带来的绵垫儿铺在了老师的石墩上。正在收拾的少年执事弟子笑道："玄奇姐姐，我知道你会带来的。我等要铺上熊皮垫儿，老师准定要骂要扔。只要你铺上，老师皱皱眉头也就坐了。真没法也。"玄奇笑道："老师年高，石墩冰凉，略微衬衬最好。熊皮太烧，老师尚健旺，坐不得。这个绵垫儿干脆留下，我不参加议事时你就给老师铺上。"少年高兴道："好也！听玄奇姐姐的。我去请老师了。"便一溜小跑走了。

离尚同坊一箭之地的一座小竹楼里，一个老人正凝望着天上的月亮沉思，一动不动，仿佛伫立在那里的一座铜像。良久，老人一声沉重的叹息。

"老师，师兄师姐已经到了尚同坊。"少年弟子跑来轻声禀报。

"知道了。"老人转过身来，"走。"

"老师，请穿上这双布履，很软的。"少年蹲下来为老人穿鞋。

"忒烦。老夫一生打赤脚，小子不晓得？"老人笑骂。

"玄奇姐姐说，秋霜冰冷，脚下要暖和一些。"

"又是玄奇姐姐，小妮子！难道老夫的秃顶也要戴上绵冠不成？走也，休要啰唆。"老人一边笑骂，一边下楼，竹梯竟然毫无声息。下得竹楼，老人赤脚走在石板道上，脑后一圈长长的白发衬着红亮的秃顶，大袖飘飘，步履轻快，竟没有丝毫的老态。

这个老人，就是名震天下的墨子。

春秋以来，有两个名声若日月的"子"使天下人扑朔迷离，一个是鬼谷子，另一个就是这个墨子。所谓扑朔迷离，一是没有人能够确切地说清他们是何方人氏，二是谁也不知晓他们活了多大年岁，三是他们都有天下人所不能理解的诸多特立独行处，多被人骂为"贱行乖僻"。

先说这一，鬼谷子生身生地虽然朦胧，毕竟还限定在中原哪一国人的争论上。这墨子不然，尽管有人说他是宋国人，在宋国做过大夫，也有人说他是鲁国人，在鲁国儒家求学多年。但更多的人认为，他根本不是华夏子民，而是来自西方异国的怪人，甚或有人说墨子根本就是天外来客！这是因为他生得与中原人迥然有异，高鼻深目，身材高大却又略有佝偻，天生秃顶，一生赤脚。儒家的孟子最恨墨子，一骂他"无父"，二骂他"摩顶放踵利天下"。"无父"是骂墨子生身不明，终身无家，自己无生父，也不做人生父。"摩顶放踵利天下"，骂的是这个秃顶(摩顶)没有别的本事，就是凭着一副异相与一身苦行施小惠于天下。言外之意，是骂墨子没有正经的救世主张。首座弟子禽滑釐气愤孟子刻薄，请老师自陈身世以正视听。墨子大笑："圣者以言行立于天下。吾生于何方，与大道何干？"竟是不予理睬。后来，墨子无意中对苦获说了一句："吾乃北方之鄙人也。"只此一句，言犹未尽，却不再说了。究竟是北方何地何国？戎狄？匈奴？还是华夏？谁也不知道。

天生异人。

再说这二，鬼谷子与墨子都在春秋中后期和战国初期有频繁作为，谁也说不清他们活了多大年岁。鬼谷子的知名弟子主要在战国初中期，还可以大体上说个八九不离十。墨子则几乎无从说起。他在儒家与孔子的孙子子思同门修习，不满儒家的迂阔复古，与儒家子弟们激烈论战，使孔门三盈三虚，声名大振，旋即自创墨家学派，长期在列国奔走推行。这该当是春秋中后期的事儿，到战国初期，已经有将近百年，墨家已经是天下显学了。孟子是子思的学生的学生，子思已经不在人世了，儒家的孟子已经成了风云名士，可与子思的学生同门修习的墨子竟然还有蛛丝马迹。说老墨子还活着吧，经常是十数年不见动静，这在战国大师级的名士中几乎不可能做到。可说老墨子死了吧，又常常在人们完全无法想象的时候突然地闪现——有些事是只有老墨子才能做出来的。久而久之，老墨子就变成了神龙见首不见尾的神秘人物，谁也说不清楚他的生灭踪迹。有人说墨子早死了，有人说他还很健旺地活着，还能活一百年。就是身边的弟子，也没有人能说清他的确切年岁。

这三就更是说不清楚。鬼谷子与墨子，都有世人难以理解的奇特主张和行为。鬼谷子崇尚法制、权谋与兵学，认为只有这些强力神秘的东西才能消灭人的恶性。他诋毁一切迂阔无用的儒家道家阴阳家，门下弟子不是治国大才就是军中上将，前者如李悝，后者如庞涓孙膑以及后来大名赫赫的苏秦张仪等。墨子则不然，他仿佛生来就有悲天悯人的襟怀，痛感庶民的无尽痛苦，对治国弄权那一套很是冷淡，所有的学问都为了拯救贱民。他提出了救世的十大主张：兼爱、非攻、节用、节葬、尚贤、尚同、敬天、明鬼、非乐、非命。这十大主张都是为了穷苦的贱民和辛辛苦苦不得志的贤者。十大主张中，兼爱是根本，是太阳，其余的都是兼爱生发出来的星辰枝叶。墨子非但这样说，也实实在在地这样做。不娶妻，不生子，布衣赤脚，粗茶淡饭，自耕自食，风餐露宿，带着弟子奔走列国，教庶民百姓百工之术，制止强国对小国弱国的刀兵欺凌。贵族名士骂他的所作所为是“贱人之行”，是“无父之徒”，极尽刻薄。但墨子从来不为所动，坚韧不拔的身体力行，人格学问竟像泰山北斗一般矗立起来，名振列国，天下景仰。追随墨子的弟子越来越多，墨家的势力也越来越大。而且这些弟子都是忠心耿耿，一声令下，赴火蹈刃，死不旋踵。鬼谷子的怪异，在于惊世骇俗的多种高精尖学问，不是治一学而成大家，而是治多学皆成大家。这在天下诸子百家中绝无仅有。墨子的怪异，则在于终其一生与世俗强权格格不入，胸怀经天纬地之才而甘为贱人苦行，不做官更不求官，风风火火地奔走全部为的扶弱救困；兼爱天下，蔑视强权，却在墨家内部搞出一套权威分明的“巨子”制；巧思巧工，连著名工师公输班都自叹弗如，却又崇信鬼神怪异……端的是庞大博杂得理不出头绪。这样的流派，诸子百家中更是绝无仅有。

然则，无论多么不为天下人理解，数十近百年间，墨家无可置疑地成了天下诸侯谁也不敢小视的一支力量。有人说,墨家是天下的“政侠”,是超然于所有国家之外的正义力量。强悍的大国纵然有战车铁骑,可是对那些无处不在无孔不入的墨家剑士也畏惧三分。天下之大,唯墨家敢于仗剑而起,血流五步,而使天下缟素!这对一切邪恶的力量都是一种极大的震慑。春秋战国之世,大国提起墨家就摇头,小国提起墨家却赞美不止。暴虐国君说到墨家就额头冒汗,贤明国君说到墨家就坦然舒畅。

虽则如此,进入战国,老墨子还是深居简出,诛暴利剑轻易不出鞘了,墨家大队也极少开出这座神农大山。三十多年,天下关于墨家的神奇故事渐渐少了起来。有人说墨子早已经死了,墨家也散伙了。流言传入深山,老墨子哈哈大笑,但依然隐居大山纹丝不动。

老墨子踏着月光,走得很轻快。他很瘦,很高,头很大,宽阔的前额和那片红亮的秃顶连成了一片广阔的智慧高地,一圈霜雪般的白发在高地边缘银丝闪亮,恍若红色岩石上永不解冻的冰雪。他的步幅很大,一双大赤脚片踩在冰冷的青石板上,发出与穿鞋者一模一样的清晰坚实的脚步声,可知他脚上的老茧有多厚。玄奇有次笑问:“老师脚上的老茧,有大禹腿上的老茧厚么?”老墨子大笑:“大禹只磨了十三年,股茧何足道哉!老夫脚茧,唯刀币可比耳!”

当墨子走到尚同坊外的时候,已经远远看见了等候在月下的弟子们的身影。弟子们也已经听见了老师的脚步声,一齐在岩石平台上遥遥拱手:“子门弟子恭候老师。”老墨子大手一扬:“多日不见,想尔等小子也。”一阵大笑,山鸣谷应。

玄奇快步走来,扶着墨子走到中间石墩前。老墨子看看石墩上的绵垫儿,又看看玄奇,摇摇头却没说话,便坐了下去。执事的少年弟子在背后偷偷向玄奇做个鬼脸,玄奇不禁“嗤”地笑了出来。老墨子回头一瞪眼,少年弟子连忙便跑,玄奇和禽滑釐几个哈哈大笑,老墨子笑骂道:“小子好没出息。”瞬间笑容敛去,缓缓道,“何事?说。”

禽滑釐拱手道:“禀报巨子,卫鞅在秦国名为变法,实则大肆杀戮。我等议定诛暴救秦。玄奇师妹提出异议。呈请巨子裁决。”

“玄奇,说说你道理。”老墨子淡淡缓缓。

玄奇从石墩上站起拱手道:“禀报巨子,玄奇以为,卫鞅乃法家名士,嬴渠梁乃发奋之君,他们君臣不会乱施刑杀,其中定然另有隐情。望巨子详查定夺。”

“玄奇,你清楚卫鞅?清楚嬴渠梁?”老墨子半闭的眼睛陡然睁开,锐利的目光从深邃的眼眶中射出，仿佛能穿透人的五脏六腑。

“禀报巨子，玄奇在魏国安邑见过卫鞅，其人举止方正，论政极有见地，是以玄奇曾助他逃出魏国。秦国新君嬴渠梁，玄奇随大父见过两次，其人发愤图强，求贤若渴，决然不是昏暴国君。请巨子详查定夺。”

老墨子微微冷笑：“玄奇，尔语音颤抖，面色泛红，辞色偏激，何曾有墨家子弟论政定暴之公允心境？从实说，尔之论断，有无隐情？”

“老师，不，巨子。”玄奇骤然慌乱起来，脱口而出，“他决然不是暴君！不会滥施刑杀！”

老墨子声音一沉：“玄奇，你对申不害、韩侯，也会如此论断么？”

“禀报巨子，玄奇不清楚申不害与韩侯，不敢贸然评判。”

“玄奇，”老墨子冷冷道，“小小年岁，就有了机心？尔与大父，在韩国和申不害谈论三个时辰，何以不敢贸然评判？”

玄奇大感意外，一时语塞，竟说不出话来。

“再说，尔为何对秦国新君如此坚定，竟不顾墨家查实的消息？”

玄奇本想将自己对嬴渠梁、对卫鞅、对秦国的了解和想法向老师细细讲说，也相信老师会像教诲学问时一样耐心听，认真想。万万没有想到一开始就让老师觉得不对味儿，将自己陷于尴尬困窘。关心则乱，智慧的玄奇心乱如麻，后悔自己没有冷静地准备说辞，也后悔自己忘记了老师在作为“巨子”断事时和作为“老师”解惑时是截然不同的两个人。此时此刻，说自己和这个新任国君有渊源么？万万不能，那样非但会在墨家被定为“私情枉法”的大罪，而且会给他帮倒忙，使事情不可收拾。那么，如何解释自己明确坚定的评判？看来只有将错就错，好在自己并不违背良心，不是为一个真正的暴君开脱。心念及此，玄奇抬头看着老师，明明朗朗道：“回巨子，对秦国新君的评判，乃弟子亲自勘察所得，当否，尚请巨子决断。”

邓陵子冷笑道：“勘察？玄奇师妹，你对申不害难道就没有勘察啦？”

老墨子大手一挥：“邓陵子休得多言。论事焉有诛心之理？”

禽滑釐拱手道：“弟子以为，秦国之事当重事实。玄奇师妹与秦国素有渊源，且在栎阳见识过秦国新君，持有异议不足为奇，现已尚同，巨子不必追究。”

“好！禽滑釐襟怀，尔等当作楷模。”老墨子爽朗大笑，又骤然收敛，肃然道，“秦国暴政,老夫略知。我墨家三十余年收剑封刀,意在观天下变法之效。目下韩国、秦国、齐国都在变法,然均以杀戮为变法手段,不去触及根本。墨家要让天下知晓:靠杀人变法者,天理不容。墨家要给天下一个警示。尔等以为,当从何入手?”

“从秦国入手!”四大弟子异口同声。

墨子面色肃杀:“正是如此。秦国起于戎狄,长久征战,本多暴戾之气。若以变法为理由,杀戮过甚,这个国家就会走上邪路,庶民就会永无宁日。不给秦国以血之告诫,秦国君臣就不会珍惜庶民性命。尔等说说,该当如何告诫秦国?”

禽滑釐:“弟子之意,当由邓陵子师弟率神杀剑士三十名潜入栎阳,取卫鞅首级。由苦获师弟率虎门勇士二十名,将嬴渠梁擒来总院,由巨子给予教诲。另由弟子与相里勤师弟率墨家剑阵,在陈仓峡谷接应。”

“大师兄部署甚善,敢请巨子定夺!”邓陵子很是激奋。

老墨子凌厉的目光盯住玄奇:“邓陵子一路,当由玄奇率领。其余可也。”

玄奇看着老师,惊讶愣怔着说不出话来,猛然一头栽倒在地上。相里勤惊叫一声,上前扶住玄奇:“苦获,快,银针!”

老墨子脸色骤变,大袖一甩:“成何体统?让她醒来见我!”大步而去。

老墨子显然很愤怒。他虽然将墨家的日常事务交禽滑釐率子门弟子处理,但最重大的决策和最重要的权力仍然掌握在自己手里。其所以如此,并非墨子以权术之道治理学派,而是基于非常实际的考虑。一来是自己并没有年迈力衰神志不清。二来是唯恐弟子们在大行动中有失洞察而损害墨家的信仰。三呢,则是墨子对自己的骨干弟子们不很满意。虽说禽滑釐几个大弟子也算久经风雨,但在胸怀气度学问技能以及品德修养方面,总是缺少一种大师风范。这一点,墨子倒是佩服自己的宿敌儒家,孔子之后竟然出了个孟子,将濒临绝境风雨飘摇的儒家硬是挺了起来,在战国时期仍然成为天下显学。自己身后眼看是没有这样的大才,墨子心中总是有些空荡荡的。对于墨子而言,没有妻子,没有儿子,完全不是何等了不得的大事。但在毕生开创的正义大业上没有一个理想的继承者,却是一种深深的遗憾。

墨子相信天道鬼神,认为这些冥冥之中的意志,总要在人世寻找一种防止人群颓废堕落的力量,这种力量就是自己和自己创立的墨家。墨家的正义之剑之所以所向无敌,从根本上说,是天道的意志,是鬼神的力量。上天其所以选择墨家,那是因为墨子具有超凡的天赋品性和学问技能，他所倡导的主张能够代上天言道，能够代鬼神辨明人世间的善恶恩怨，能够坚如山岳般的惩恶扬善。

墨子没有父亲，母亲是遥远北方的大山里的一个女人。在墨子的记忆中，母亲独居大山，一生都没有见过一个男人。有一年春天，女人到山中砍柴，累倒在清泉边的山石上，梦见一只黑色的大鸟飞入怀中，醒来时已经生下了一个男孩儿。母亲给他取名"乌"，因为他是黑鸟的儿子。母亲说他生下来就是只有一圈头发的秃头，脚很大，脚茧厚得教人吃惊，就像一个沧桑跋涉的老头儿。墨子记得自己长得惊人地快，六岁时已经成了一个身高五尺的少年。幼小的他，内心总是隐隐约约地觉得自己应当离开大山，应当向南边去，竟整天怔怔地望着南天发呆。八岁时，健壮的母亲竟然莫名其妙地死了，无疾而终，仿佛到人世来就是为了生下这个儿子。墨子在山腰密林挖了一个土坑，埋葬了母亲，就漫无目标地向南方流浪。记不清走了几年，墨子终于到了繁华富庶的华夏中原。

在大河南岸的宋国，一个小吏收留了这个怪异的小流浪者，让他做家里的仆人。

小仆人在收拾书房竹简时，竟觉自己对竹简上的字似乎隐隐约约都认识，等主人回来一问，竟然念得大体都对！小吏大惊，视为天人，立即举荐给宋国君主。于是，小仆人"乌"就做了宋国的太庙小吏。"乌"觉得自己的名字不好叫，自己给自己改名，将"乌"变做"墨"为姓，取名为"翟"，意思是深山里飞出的一个长尾巴的野鸡。从此以后，中原就有了墨翟这个人。三年以后，墨翟辞官挂冠，出游鲁国，在孔子的后辈儒家门下求学。那时候，墨翟才十八岁。可是这个秃顶赤脚高鼻深目的青年，却惊动了所有的儒家弟子。他好像延续了一种未知的智慧，对艰深博大的儒家学问过目不忘，一通百通。一年之后，墨翟开始向儒家挑战，驳斥儒家学派的荒谬虚伪守旧迂阔。儒家子弟轮番上阵，却不能抵挡。即使孔子的孙子子思，在与墨翟的论战中也败下阵来。天下学子闻名而来，大会鲁国，却都尽在听墨翟论学，使儒家丢尽了脸面。儒家子弟群起声讨，墨翟愤而离开儒家，到处讲学，几年内便创立了自己的一套墨家学说。

天下名士无不惊异，一个不到三十岁的后生学子，如何竟能提出非饱经人生忧患而不能提出的许多高深命题和主张？更重要的是，墨翟提出的这些主张，个个击中人世苦难的要害，每一个命题都焕发出绚烂的光芒，给劳苦庶民和饱受蹂躏的人世，活生生呈现出一张救世的风帆。更令天下学子汗颜者，墨子非但言论惊人，行动更是惊人。他是天下学派宗师中唯一拒绝入仕而苦行救世的一个。布衣粗食，扶危济困，诛杀酷吏，消灭暴政，使兼爱的光芒普照苦难的人生——这种境界，这种精神，这种意志，这种品性，这种力量，是天下任何学派都不能望其项背的。

天下名士尊墨翟为墨子，推墨家为天下显学。

当然，墨子也不是没有敌人。除了儒家处处刻薄恶毒的咒骂——墨子对那些刻薄言辞从来报以轻蔑的大笑——也还有稳健有力的正面敌人，这就是法家。法家是战国时代一支最有实力的正面力量。他们认为，墨子的主张与行为乖张偏激，只能拯救人世的小苦小难，而无法使庶民实实在在的富裕，无法使国家实实在在的强大。与其竭尽心力帮助弱国防止侵略，何如法家全心全意地使弱国强大？与其一点一滴地扶危救困，何如法家推行变法而使国富民强？墨家是扬汤止沸，而法家是釜底抽薪。这是法家最有力的驳斥。更重要的是，法家反对墨家无视国家法制的侠义行为，认为墨家对变法潮流是一种悖逆，是一种褊狭的扰乱，根本上与儒家的迂阔倒退没有两样！

墨子可以轻视儒家，但是不能轻视法家。法家学子素来敬重墨子，从来没有一个法家名士对墨子进行过人身攻击。法家讲的是理，儒家骂的是人。假若墨子不是一个超凡的哲人，他也许会在法家的变法潮流和宏大立论面前自甘隐退。然则墨子不是这样，法家的发难，丝毫没有动摇墨子。从心底说，墨子也认为法家是匡正乱世的支柱，但是墨家守定的是人世间另一道警戒线，要“兴天下之利，除天下之弊”，要诛灭的是一切邪恶残暴，包括法家变法中出现的邪恶和残暴。人的恶性会从所有的竞争缝隙挤出来，自然包括法家变法这样的潮流。早期的李悝变法和吴起变法，都在邪恶的鲜血中失败，李悝退隐，吴起惨死。能因为魏国楚国变法，就抹杀两国变法中的残暴么？近几年韩国的申不害变法、齐国的齐威王变法、秦国的卫鞅变法，都充满了杀戮。韩国杀了几乎所有的权臣，齐国更是用大鼎烹煮官吏；秦国最甚，竟大肆杀戮平民农夫甚至最为苦难的奴隶！如此暴行，能因为他们是变法而一笔勾销么？天下没有变法固然不行，然则没有抑制变法暴行的霹雳力量更不行。没有墨家，没有墨子，天下暴君酷吏岂非要甚嚣尘上？

老墨子没有糊涂。他静观变法三十年没有出山，在于他期望天下变法能够以兼爱天下的博大胸怀去做，能够给天下带来平和康宁。可是，他最终失望了。且不说变法中的血腥暴行，就是变法后的强国，也没有变成温和自重的国家，他们依然在穷兵黩武，在频频用兵，在吞灭一个又一个小国弱国！假如变法不能给天下播撒爱的种子，反而使刀兵争夺更为穷凶极恶，变法之正义何在？如今，秦国这样一个具有好战之风的国家，又开始了杀人变法，即或他强大了，也只会给天下带来更多的灾难。

对于这样的残酷变法，墨家不应该给予惩戒么？

往远处说，墨家和秦国还是有些渊源的。在春秋诸侯蔑视秦国的年代里，只有道家墨家不将秦国做另类看待，照样入秦游学。尤其是墨子将根基扎在神农大山中时，曾经从秦国的南山商道运输了许多砖石、铁器与粮食进山。当时秦国虽然很穷，但对于墨家还是很敬重的，只要墨家有要求，秦国关卡从来都是顺利放行。秦国虽然不够强大，但是山东诸侯也奈何不了秦国。所以墨家也没有将秦国作为必须援助的小国弱国对待，长期以来，双方都保持着一种和谐的相处，井水不犯河水，谁也没有给谁带来过麻烦与不快。

老墨子的愤怒，在于他感到，秦国变法似乎完全忘记了墨家铲除暴政的力量，竟然敢如此大规模地严刑杀戮！是可忍，孰不可忍？骨干弟子们的反应也似乎太迟钝了一些。

老墨子本来在一个月前就看到了秘密弟子单独给他送来的密报，他没有动作，就是在等待禽滑釐他们的反应，想考校一下骨干弟子们对这件大事的反应能力。结果差强人意，老墨子老大不高兴。尤其是他最钟爱的女弟子玄奇，竟然为秦国暴行辩护，匪夷所思也。

老墨子站在小竹楼上，仰望中天圆月，不禁浩叹一声。

三　黑篷车主与神秘的工匠

函谷关东来的官道上，一辆两马驾拉的黑布篷车不紧不慢地辚辚行进着。

这辆车没有驾车的驭手。车旁一个俊秀少年，骑着一匹神骏的红马，手中一条马鞭，偶然在岔道口指点一下驾车的白马，并不时笑着对车中说几句话，显得兴奋而好奇。看看前面左手就是华山，少年笑道："公子，前面就是华山了。快看，好高吔！"车中一阵笑声："往前走，南山更高了。"少年笑道："如此平展展的田野，怎的都是荒地？"车中一声叹息："这是魏国的客地，来来往往都是打仗，谁愿来种田？"少年问："客地？如何叫客地?”车中人回答:“就是占别人的土地,自己顾不上治理。”少年笑道:“呀,明白了。这莫非就是秦国的河西之地?”车中人笑道:“你个小丫头,还有明白的时候?”少年嘘了一声笑道:“哎,姐姐,可不敢叫我丫头,小心人家听见。看,前边有人了。”只见车篷布中间稍稍张开,车中人显然向外望了一眼:“谁是姐姐?自己小心。奇怪,好热闹。”少年道:“狩猎?不像。耕田?也不像。秋收都完了,这么多人在田野里吵吵嚷嚷做甚?”车中人道:“打马,到前边看看。”少年噘着嘴:“算了,还是赶路要紧,你不着急了?”车中人拍拍车厢板:“已经到了秦国地界,如何不看?急甚?”少年做个鬼脸笑道:“好。主人不急,我急甚来?”说完一扬手中马鞭,少年坐下红马与两匹驾车骏马大跑起来。

片刻之间,已经到了纷纷攘攘的地头。马车停稳,少年下马,警惕地四周张望,不断下意识地碰碰腰间的短剑。车中走下一个俊拔的布衣青年,一方白巾绾着长发,站在地头饶有兴致地打量起来。

时已秋日黄昏,收割干净的田野极目无垠。原先井田里星星点点的民居竟然神奇地消失了,唯有残留的庄园杨柳,使人想到这里昔日的炊烟。井田之间又宽又高的“封疆”(田界)也没有了。更令人惊奇的是,田野中纵横交错的“阡陌”全部消失,都被开垦成了耕田,新翻的黄土踏上去特别松软。这种田间小道,纵的叫“阡”,横的叫“陌”,是专门用来供战车通行的。春秋以来,刀兵连绵,几乎没有不打仗的国家,所以这兵车阡陌是官府最看重的。农人要不留,战车来了横行田野,庄稼种了也是白种,所以无论多么需要土地,兵车阡陌是任谁也不敢动的。车道交错,占田极多。后来的《商君书》中有一篇《算地》,说田间道路加上星罗棋布的民居,占去了十分之四左右的耕地。虽然如此,谁也不能动,虽然车战已经被淘汰,但那些纵横交错荒草摇摇的车道却依然盘踞在田畴之中,将珍贵的土地分割成无数零零碎碎的小块。即或是最发达文明的魏国,也还保留着田畴中的废弃车道。如今在秦国,没有了封疆阡陌,平展展的良田一望无际,岂能不令人惊奇?

白巾青年大感新鲜,索性走到田野去看。身后少年紧张得一溜碎步跟了上来。

田野中散布着布衣褴褛的男女老幼。精壮男人们大多围在一名黑衣小吏周围,女人们则或聚或散地啧啧议论,总角小儿们则在松软的新土中追逐嬉闹。白巾青年走到青壮男子们聚拢的地方,只见那个黑衣小吏对着三个白发苍苍的老人高声道:“记准了,六尺一步,百步一亩,不准丝毫有差!左庶长新法:步过六尺者罚,亩过百步者刑!诸位

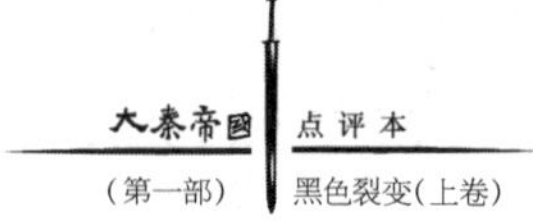

都是族中长老，素有公平人望，若有虚假，新法不容！”

一个老人拱手高声道：“我等晓得，左庶长执法如山，谁敢触法？”

一个青年男子高声问：“敢问王廥夫，每个户主可是五百亩？”

“对。”黑衣小吏王廥夫颇为矜持地一挥手，“开始，分地！”

人群一片欢呼雀跃，小儿们赶来围住一个老人拍手齐喊：“走啊！走——”老人神色肃然地整整衣襟，双手抱拳向上天深深一躬，挺直身板，右手“啪啪”敲了两下膝盖，终于抬起了右脚。随着老人的右脚起落，小儿们高兴地数起来：“一，二，三……”大人们则屏着呼吸跟着老人往前走。白巾青年也随着人们一步一步地向田野深处走去。人群后边，两名壮汉手扯麻绳拉成一条直线跟在老人身后，另有十几个青壮年手执铁铲沿麻绳堆起一道长长的田埂，算是新的“封疆”。终于到了地头，又有一群男人女人在田埂顶端立起了一方大石。

步丈土地的老人对着石碑高声念道：“地主——黑老六！地数——五百亩！”黑衣吏一挥手：“记定了，五百亩！黑老六！”人群哗然拍掌高喊：“自家的地！老六万岁！”一个粗黑的壮年人向人群后兴奋招手：“暮旦妈，快点拿来啊！”一个浑身补丁的女人挎着一个竹篮子从人群后挤出来嚷道：“谁能想到，咱这黑斑髤[①]，还占了个鳌头！”众人不禁轰声大笑。

白巾青年注意到粗黑的黑六额角有一块肉红色的大伤疤，心念一闪，笑着问身旁一个后生：“敢问，这‘黑斑髤’为何物？”

青年笑得直流眼泪：“这黑斑髤么——何物？就是这，看见了么？”使劲地拍拍脑袋。

白巾青年疑惑道：“髤，就是头？”

后生摇头晃脑地学着斯文口气：“然也。”

白巾青年仍然不解：“那，黑斑髤呢？莫非头上生了黑斑？”

后生使劲憋住笑点头：“差不多，就是说这人背运倒霉。他呀，原先是官奴，你没看见他脸上那块烙疤么？你不懂秦人土话？哪国人？”

白巾青年却笑指田野道：“快看，敬天了。”

精瘦黝黑的黑老六和挎竹篮子的女人，已经跪在了地头石刻下，身后还并排跪着两

① 髤，秦地古典方言，读上声，至今关中方言仍将头叫作“髤”。

男一女三个少年。粗壮的女人从竹篮子里拿出两碗红色方肉和两碗染红了的鸡蛋,递给黑六。男人恭敬地捧着粗糙的陶碗,轻轻放到石前松软的土地上,又接过女人递过来的三支香点燃,小心翼翼地插到松土里,而后抱拳向天高声呐喊般道:"上天哪,上天,黑家九代为奴,给人当了三百年牛马。今日,我黑六有自己的地了,五百亩！天哪,天,你老人家有好生之德,差遣左庶长秦国变法,奴人有了自由身,穷人可吃饱穿暖咧。求上天赐福左庶长大人寿比南山,永作农人的守护大神哪!"一番嘶喊,黑六泪流满面了。女人颤声高喊:"磕头！拜地！地神呀,年年保佑好庄稼!"一家五口连连叩头。田中农人们感慨唏嘘,喜极而泣,哭成了一片。

翻身。救世主。

白巾青年神色肃然,两行热泪涌出,滴落在脚下松软的黄土中。

一个老人高声道:"今日乃我里大喜之日,晚来行社火大礼！县吏王大人和这两位小哥,乃逢喜贵客,务请到里社同喜!"说完,向三人深深一躬。

众人齐喊:"大喜同喜！来者有席！大喜同喜！来者有席!"

白巾青年深深一躬:"天地翻覆,理当与父老共庆。"身后少年皱着眉头,却也忙跟着深深一躬。

秋夜,山脚下的一座茅亭边燃起了几堆熊熊篝火。

这是新建的望华里,十个"井"的农户搬进了这座新村庄,八十户人家,腾出了井田中的六百多亩耕地,新居占用的土地是山脚下新开垦的荒地。那时候的亩分为大亩和小亩,大亩二百四十方步,大约相当于后来的九分地;小亩一百方步,大约相当于后来的半亩地。秦国商鞅变法开始时,采用的是东方诸侯传统的百步亩,直到定都咸阳后,才改制为二百四十步大亩。这是后话。这个新村的东南就是险峻的华山，白日里华山的巍峨青峰清晰可见，所以被命名为望华里。村中的十井八十户农人，都是原来孟西白三族的隶农。新法规定：隶农除籍分地成为新自由民后，须得与原先的宗主户分开，各自集中建里。其所以如此，是为了尽可能地避免无谓的歧视偏见与冲突，尽可能地消灭村族械斗的根源。这些昔日的隶农除去了隶籍，有了自己安身立命的土地财富，又和宗主户分开村落居住，身心在陡然间完全摆脱了束缚，获得了自由，第一次尝到了挺直腰杆做人的味道，其兴奋激动之情自然要狂放地发泄出来。

篝火周围摆了十多张长大木几，没有油漆，还是粗糙的木质本色。几前坐着村中的老人、县吏和作为贵客的白巾青年，以及那位始终拿着马鞭的少年。木几上摆着装酒的大陶罐，一碗方肉，一碗苦菜。木几外围，层层叠叠坐着望华里的男女老幼三百余口，十多人一圈，每圈中间有两碗菜一罐酒，总角小儿们在篝火间窜来窜去地嬉闹着。精瘦的黑六坐在长大木几的最边缘，显得很是局促。

木几中间的一个白发老人向县吏、贵客和黑六点点头，拍拍手，全场顿时安静下来。老人苍老沙哑的声音在夜空回旋："父老兄弟姐妹们，今日变法三喜：望华新里落成，土地重新分过，我等成了自由民！来，我等为此三桩大喜，先干这一碗了！"说着端起面前的陶碗和邻座白巾青年"当"地一碰。

"干！"全场轰然笑叫，叮叮当当碰起来喝下去。

老人一抹白须，慨然道："这社火大会，一来为了庆贺，二来为了交代一下公事。新法按一里一治，不再是一族一治。同里可以多姓杂居，族长不再是官府认可的吏员。村社公务今后就由里正办理了，我这族长从今日起，也就退隐了。王大人，请你委任里正吧。"

黑衣县吏站起来高声道："奉下邽县令之命，委任黑六为望华里里正，推行官府新法，依法治理民事！"

"彩！"全场拍掌欢呼，"黑六万岁！"

黑六满脸通红，站起来连连向场中抱拳打躬，使劲清清嗓子道："黑六蠢材，以往是个黑斑脎，斗大字不识半升。官府抬举，赶我这黑斑脎上阵，只好奉命。我望华里分为八甲连保，每甲十户。日后八个甲长要多操心，村人须得严守新法，不然，官府要连坐治罪哩。我望华里是新民里，大伙都是刚刚脱籍的泥猴黑斑脎，一定要争光！"

一个老人高声道："里正放心，左庶长法令严明，孟西白三族族长都被处了斩刑，谁还敢以身试法?"

一个女人大声说:"只要日子好,犯法吃撑啦!"

众人大笑,乱纷纷喊彩喊好。黑六长胳膊一抡:

"好,舞社火了!"

"舞社火了——"众人一片欢呼,年轻的姑娘后生们笑着跳着,在篝火上点燃了事先准备好的松木火把,高高举着成群结队地跑向村边,小儿们也笑闹着窜前窜后,一片童声嚷叫,围绕新村的小道顿时成了一条火龙,一条欢笑的河流。很快,所有女人和壮年男子也都加入了社火行列,漫山遍野地挥舞着火把,手舞足蹈,粗犷热烈地跳了起来,放开嗓子满喉而吼,山野间充满了狂野的呐喊。

留在篝火边的老人们则点起了三炷香,各自拿出乐器,凝神地奏起村社歌谣。那乐器只是最简单的陶埙和竹篪[①],也是民间最基本的两样乐器。然而在月色清冷的秋夜旷野,却显得饱满而激烈,凄婉而悠长。《诗经》云"如埙如篪",说的就是埙篪合奏的音乐境界。陶埙呜咽低沉,如泣如诉。竹篪清亮悲怆,如慷如慨。埙篪合奏,刚柔相济,将秦人秦风那种酸楚激昂的愤激情怀淋漓尽致地表现了出来。乐声中一个老人敲着瓦片,席地高歌:

皇天后土　育我子民
狐兔硕鼠　啐我苦心
背卧黄土　求我天神
灭却狐鼠　富我大秦

农人们深沉地唱和着:"灭却狐鼠,富我大秦……"

白巾青年听得泪光莹然,慨然长叹:"入得秦地,方知埙篪之个中三昧也!"主持社火开场的老人不禁问道:"后生啊,看你是个山东读书人。你说,魏国变法几十年了,庶民百姓有秦国这光景么?"白巾青年摇摇头:"老人家,魏国是蛇蜕之变,秦国可是龙腾之

---

① 陶埙(xūn),陶土烧制的一种吹奏乐器,形状为椭圆体,上面有六个或六个以上音孔。竹篪(chí),一种竹制管乐器,形状像笛子。

变，不能比也。”老人哈哈大笑：“说得好！秦国这龙头，就是左庶长！”白巾青年不禁摇头低声笑道：“老人家，可不敢这样说，犯忌也。”老人倔强地梗着脖子：“咋？犯甚忌？那是你们山东六国人的小肚鸡肠。我大秦左庶长说了，秦法诛行不诛心。懂么，年轻人？”白巾青年一怔，喃喃自语：“诛行不诛心。好，说得好，有长进。”又抬头笑道，“老人家，左庶长对老百姓好，老百姓也要对左庶长好，是么？”

“那还用说？”

“既然如此，不能给左庶长帮倒忙也。”

“帮倒忙？别急，我想想……你这后生想得蛮深，可是要去栎阳？”

“想去看看。”

“可是要去求官？”

白巾青年一笑：“做不了官，做生意。”

“做生意好啊。我秦人眼看日子就要好起来了，你等就将山东的好东西多运过来些。针头线脑啊，桑麻粗布啊，盐啊铁啊的。老秦人实诚，不会亏生意人。”

白巾青年大笑起来：“好啊老爹，我记住了，一定给你送来！”

次日清晨，那辆篷车离开了望华里。一上官道，少年甩响了马鞭，两马展蹄车行辚辚，向西疾驰而来。暮色时分，行至骊山脚下，西北方向的栎阳城已经遥遥在望。这时，骑马少年笑道：“公子快看，那是秦国骑兵么？好怪！”

车篷布掀开，白巾青年向骊山看去，只见大约一里之外一支马队从南边的山塬上飞下，马上骑士背负短剑身姿矫健，骑术显然十分高超，只是没有头盔铁甲，而且都是黑白两色的布衣，在秋日暮色中显得很是怪异。眼见马队倏忽间飞进了骊山谷中，白巾青年大皱眉头：“这不像军中骑兵，倒像游侠一般。然则，哪有结队成行的游侠？”说话间已经跳下车来，“莫慌，稍微等等看。”少年笑道：“晓得了。”便将内侧马匹的肚带解下来，做出修理的样子摆弄着。白巾青年则悠闲地踱步，眼睛却没有离开那道山谷。

片刻之后，只见山谷中断断续续地走出来二三十个挑担之人，最后是一辆咣里咣当的牛车。一出山谷，这些人便分散到不同的田野小道，从不同方向朝官道走来。白巾青年目光闪烁着低声道：“沉住气，照旧。”挑担者们陆续走上了官道，有人挑着干柴，有人挑着草药，有人挑着兽皮。他们都穿着黑粗布衣，擦着汗光着脚各自从篷车旁匆匆走过，没有一个人看白巾青年和少年一眼。

最后那辆牛车咣咣当当驶来时，赶车者拱手笑问："先生何故停车？可否要我帮忙？"白巾青年连忙拱手回答："马肚带断了，足下可修得？"黝黑的赶车人笑道："常年赶车，小事一桩。小哥，我来看看。"走到少年面前，拿过马具肚带一打量笑道："这八成新的肚带，如何能断？小哥会不会驾车？"少年低头："刚学会。""难怪。"黝黑汉子利落地从怀中摸出四根铁钉在口中抿抿，又从随身皮袋中摸出一个小铁锤和一块牛皮，将肚带在路边一块青石上铺平，用牛皮包住断口，当当当将四根铁钉钉实打平，递到少年手里："好了。我走了。"白巾青年拱手笑道："看足下做工，如同工师般神妙，佩服佩服。"黝黑汉子笑道："多承褒奖，我本来就是铁工。好。你们走。"白巾青年问："足下可是到栎阳做农具生意？不妨同行。"黝黑汉子道："我是受雇给人送货。牛车忒慢，先生自管走了。"说罢，牛鞭一扬"嘚"的一声吆喝，牛车咣当咣当地走了。白巾青年望着牛车汉子的背影沉思有顷，说声："走。"便上了车。少年上马一扬马鞭，车马辚辚而行，直到栎阳城外才赶上牛车和挑担者们。

白巾青年向车篷外一瞄，脚下一跺，篷车进了栎阳东门，直奔渭风客栈。

跺脚，此乃女子态。如果没有"女扮男装"这一传统招数，小说家简直没法写女子行走"江湖"了。

侯嬴正在焦急不安。五天前，安邑捎来书信，说白雪姑娘马上要到栎阳，一是先不要告诉卫鞅，二是就住在渭风客栈。侯嬴知道白雪办事向来准点准时，便准备好房间等候。按照路程，昨日就该到达，何以今日天色已黑还不见踪迹？侯嬴本想到左庶长府告知卫鞅，想了想，决定还是等等再说，今夜要是不到，那便一定要去找卫鞅。正在庭院愣怔沉思间，猛然听得门外车轮之声，大步走出，却见一辆篷车已经停在门口，马上少年笑盈盈问："足下可是侯嬴大哥？"有此一问，车中不是少主白姑娘还能有谁？侯嬴连忙拱手答道：

“在下正是侯嬴。白姑娘，请。”

车中走下白巾青年：“侯兄，别来无恙？”侯嬴笑道：“一切尚好。白姑娘真教我认不出来了。请。”白巾青年笑道：“路途方便，岂有他哉。”便跨进了高高的青石门槛。

侯嬴领着白雪穿过两排宽敞整齐的客房，来到后院，又拐进一个圆门，来到一座僻静的跨院。但见小小庭院，三间精舍掩在黄叶萧疏的树木之中，石墙石门，坚固隐蔽，幽静非常。侯嬴拱手道：“白姑娘，栎阳不比安邑，只有这处小地方了。”白雪笑道：“多好啊！我还想不到你有如此幽雅的小院。他在这里也住过么？”侯嬴道：“正是，卫鞅兄在此住过三个月。河丫，快来见过白姐姐。”

“哎，来了。”精舍中一声清脆的答应，一个干净整齐的布衣村姑跑了出来，手中还拿着抹布，脸上红扑扑两团红晕，没说话先甜甜地一笑：“大哥，白姐姐是哪个？”侯嬴指着白雪道：“这位是白姐姐。”村姑天真地笑道：“哟，好漂亮的大哥哥，是姐姐么？”说着一躬到底，却是男子礼法。白雪、侯嬴与少年一齐大笑起来。白雪笑道：“这位是梅姑姐姐，也见过了。”村姑嗤地一笑：“梅姑姐姐？这是甚叫法？”又是一躬到底。白雪梅姑被村姑的天真憨漫逗得乐不可支，白雪笑问：“她是侯兄雇用的丫头？”侯嬴笑道：“不是。她是卫鞅兄访秦时带回来的一个小村姑，家穷养不起，刚来时和泥猴一般，名字也是卫鞅兄取的，叫陈河丫。”白雪感动得眼眶一红，抚摩着小河丫的头发：“河丫，跟着大姐。大姐教你不再受苦。”河丫咯咯笑道：“我要回去了。老爹捎话来，我家有地了！大姐到我家住去，好么？”白雪笑道：“好啊，一定去。”

说话间已经到了掌灯时分，河丫已经将房子收拾得妥帖干净，梅姑又利落地摆置好随身带来的一应物事，小庭院便成了温馨幽静的闺房。吃饭前，白雪将侯嬴叫到一边，悄悄说了路上的奇遇，两人商议一番便吩咐开饭。饭后分头稍事准备，侯嬴便和梅姑换了装束，飞出了客栈。等了片刻，白雪也换了装束，出得客栈，向左庶长府悠然而来。

四　荆南突然失踪　刺客突然出现

左庶长府灯火通明，依旧一片忙碌。

抗田风波平息后，新《田法》在秦国势不可当地推行开来。贵族们一片沉寂，听任摆布。卫鞅却从这种沉寂中嗅到了一丝异味儿，几天来反复思虑，想捕捉到事情的症结。这天晚饭后，他将自己关在书房里，反复在墙上挂着的新法条幅前踱步思索回顾，想找出那种异常感觉的根子。思索良久，他的双脚还是钉在了《田法》下面。他觉得好像清晰了一些，可是始终抓不准那个点。这种感觉使卫鞅不禁扑哧笑出声来，想起了自己在山中修习时有几次身上发痒，将身上抓得大片大片红，可就是找不准那个“痒根”。一旦找到，只消用指甲轻轻一摁，轻微的一阵疼痛，身上的奇痒就海水退潮般荡然无存。可是你假如找不到那个“痒根”，就是将全身抓破也无济于事，痒还是痒。目下就是要找这个“痒根”，而且还不能乱抓。那个“痒根”往往是身上一个不起眼的小红点儿，虽然不是大伤口，可引起的全身不宁丝毫不亚于一个伤口和一场病痛。变法给秦国带来的这种异常气息，就是那种怪痒。可是，这个“痒根”究竟在何处？刑杀太重？不是。那是疼痛。赏功过烈？不是。那是眩晕。隶农除籍？不是。那是舒畅。抑制贵族？也不是。那是憋气。究竟在何处？

猛然，卫鞅脑海里一道闪电划过！他蓦然醒悟——对，是封地！

在秦国取消封地，而且以郿县风波为契机，先行取缔了太子的封地，这件事有点儿过头？对，是有点儿过头。将封地制度彻底取缔，本意是将世袭贵族养尊处优的基础连根拔除。然则，却给整个贵族和未来的功臣以无处着落的空荡荡的感觉，功劳再大，也就是爵位、官职与俸禄，还能有什么不朽的标记？再说，对国君好像也有一种激赏乏力的感觉。秦公颁布《求贤令》时，曾明确告白天下：“宾客群臣有能出奇计强秦者，吾且尊官，与之分土。”自古以来，拥有一方土地，非但是人臣极致，也是君王激励国人奇士的最有力手段。如今，秦国的封地制度如果彻底取缔，在这战争连绵刀兵不断需要激赏功臣的战国时期，究竟好不好？完整保留封地制，自然不可能，那无异于回到诸侯制。但彻底取缔，似乎也太早。对，这里分明是“痒根”。既然如此，只消轻轻一摁可也。

如何“一摁”？卫鞅凝神有顷，爽朗大笑一阵，回头走向书案。

突然，卫鞅发现书案有异。紧走两步，仔细一看，竟是一支短箭钉在书案上。箭头下还带着一片白布，扯出一看，上面分明画着一柄短剑刺进一个白衣人的胸膛，下面还有四个大字——暴政必杀！卫鞅惊讶地四面打量，窗户、屋顶都没有发现异常，想不出什么人能够在什么时候将这短箭射进来？猛然，他心中一动，快步走出，廊下却不见了荆南。平日任何时候，只要卫鞅在书房，荆南都守在书房廊下。卫鞅赶出来，也正是想教荆南看看这样东西的来路。如何荆南突然不见了？卫鞅感到情境异常，却也没有丝毫惊慌。他知道，这种刺客依靠人多势众是防不住的，除非你永远躲在万马军中。他没有召车英和景监，重新走进书房，将书房门大开，灯烛全部点亮，对着书案上的白布短箭沉思起来。

"暴政必杀"——从这四个字看，刺客不是寻常的游侠，而是对变法刑杀有激烈仇恨的人或团体。这种人在秦国只有三种，一是秦国的孟西白族人和疲民游侠，二是上层贵族，三是赵亢之兄赵良。然仔细一想，又都不大可能。孟西白三族虽有数百人和几名族长服刑，但三族均是老秦之民，虽好勇斗狠，却素来没有游侠暗杀的习俗，他们宁可公开决斗。秦国的游侠？自从数十名挑唆私斗者服刑之后，其余都被收缴兵器做了良民。目下他们都分了大片土地，兴高采烈地忙于整田，没有迹象要替犯法的游侠复仇。上层贵族虽有仇恨，但目下变法还没有从根本上触动他们的利益，谁有足够的仇恨心理来出头组织如此公然暗杀？好像一个都没有。赵亢之死，倒是有可能招致游侠复仇，他毕竟是秦国名士，其兄赵良又是稷下学宫的名士，在齐国多有交游。但是赵亢赵良兄弟都是儒家学人，素来与游侠格格不入，游侠剑士也素来蔑视儒家，两种人素不搭界，何能有一批本领高强的侠者为其复仇？

疑案。

那么，是秦国之外的力量么？可秦国之外有何种力量呢？是期望秦国变法失败的山东六国派出的刺客么？不大可能。山东六国虽说早想置秦国于死地而瓜分之，但那只会通过正面的战争较量去完成，而不会采取谋杀手段。战国以来，大国君主和执政大臣历来崇尚阳谋——正面的实力较量，历来蔑视阴谋——背后暗杀别国君主和大臣。所以战国以来近百年之间，大国的内乱政变与杀戮，比春秋时代已经大为减少。一个国家以暗杀颠覆另一个国家的事，还从来没有发生过。大家都在憋足劲儿强国变法增长实力，谁也没想着以暗杀对手而取胜。魏国在忙着整军迁都，韩国忙着变法练兵，齐国忙着整顿吏治，赵国燕国忙着争夺中山国，就是最没有生气的楚国，也忙着吞并岭南的山夷苗蛮。再说，山东六国确实还在嘲笑蔑视秦国的变法，谁也没有认真地将秦国的变法看成未来的威胁。此等情势下，哪个国家会花大力气做这种贻笑天下的勾当？如此说来，还有别的力量注视着秦国变法？何等力量呢？卫鞅心中闪过天下一个一个的学派团体，心中突然一顿，莫非……

正在此时，屋顶一阵极轻微的咯咯响动。卫鞅眉头一挑，快步走到庭院中的没遮拦处伫立不动。此时正当月初，没有月亮，夜黑如漆，秋风呼啸，卫鞅随风抖动的白色长衫分外显眼。卫鞅注目屋顶，已经看见两个极模糊的黑影伏在屋脊。他的右手轻轻搭在腰间，依旧一动不动地站着。

突然，屋脊上的两个黑影暴起！黑暗中只听一片尖锐的啸声，数不清的短箭从四面八方向卫鞅飞来。

瞬间之际，卫鞅腰间的素女剑正欲展开，却见一个黑色斗篷的身形从后飞出，扑入箭雨，剑光大起间短箭纷纷落地。黑色斗篷一个翻身，一只大鹰般飞上屋顶。此时屋顶已经有四个黑色身影打在了一起，显然有人拦住了刺客。待黑色斗篷飞上屋顶，只听一声尖锐的口哨，两个黑影凌空而去。

卫鞅在院中拱手道："何方朋友帮忙？请到屋中一叙，卫鞅尚要请教。"

屋顶飘然飞下一人，另两人却倏忽不见。卫鞅拱手道："请屋内叙话。"来人也不作声，默默跟随卫鞅走进书房外间。灯下，来人揭去面上的黑纱，卫鞅惊讶笑道："侯嬴兄，你如何也成了大侠？"侯嬴微笑："不是白姑娘，我岂能赶巧？"卫鞅一怔："你说白雪？她到栎阳了？"侯嬴点点头："她就在客栈，你去么？"卫鞅笑道："这还用问？走。哎，侯嬴兄，荆南失踪了。"侯嬴一惊："失踪了？何时？"卫鞅道："大约一个时辰。"侯嬴沉吟有顷道："先去客栈。这事我来查。"说着俩人出了书房。来到庭院，卫鞅道："侯嬴兄稍待。"到旁边的政事厅对景监交代了一番，和侯嬴匆匆出门。

栎阳城本来不大，卫鞅二人大步匆匆，片刻便到。

小庭院外，侯嬴说他要处置几件急务，告辞先去了。卫鞅伫立在小门外，不禁思绪万千，敲门的手竟然迟迟停在半空。倏忽之间两年多了，他只接到过白雪托侯嬴转来的两封信，无限的思恋都被繁忙紧张的公务深深压在了心底，即或在更深人静的时分，他也是伏案辛劳，想国事多想白雪少。当他倒头睡去的时候，往往已经是鸡鸣五更，疲劳至极，连做梦的机会也没有。他唯一能做到的，便是左手长时间地抚摩在腰间那把柔韧的素女剑上。他知道白雪一定会来，但无论如何没有想到，白雪会在这个危险的关头来到栎阳。他自己被那个神秘的团体当作暴政酷吏盯上了倒也不当紧，白雪要被裹进去可就麻烦了，她要是有个三长两短，那比他自己出事更令他难以忍受。他多想白雪永远留在自己身边甘苦共尝，但又不忍心她为了他而生出意外。以白雪的性格，她知道自己所爱之人有危险，一定是舍身排解，可是，这次卫鞅面对的绝不是游侠之类的独行剑士，而是一个具有霹雳手段、高超技能、坚定信念和博大学问的诛暴团体。这个误会能否澄清？卫鞅自己能否安保无恙？连卫鞅自己也说不清楚。当此之时，白雪和自己在一起，的确有很大风险。

“笃！笃！笃！”卫鞅终于敲门了。

小门“吱呀”一声开了，梅姑兴奋地叫道：“姐姐！卫，大人来了！”

卫鞅一笑：“乱叫。这里有大人么？”便往里走去。

白雪已经匆匆迎了出来。黑暗中，两个身影紧紧抱在了一起，久久没有分开。梅姑抹着泪水跑进屋里去收拾了。良久，白雪放开了卫鞅：“瘦多了，胡须也有了。走吧，进去说话。”拉着卫鞅走进了自己的卧房。

白雪的卧房布置得精致舒适，明亮的烛光下洁净异常。一面大铜镜立在中央，挡住了背后帐幔低垂的卧榻。一柄短剑横置在榻前的剑架上，剑架后是两个堆满竹简的书架，书架与剑架中间是一方书案。除了铜镜和红色的帐幔，屋中充溢着浓浓的书卷气息，丝毫没有匆匆来去的临时居所的那种草率痕迹。

“没想到，这地方经你一收拾，竟如此惬意。”卫鞅赞赏地点头。

白雪红着脸笑道：“这是我在栎阳的家，岂能草率？坐，这儿。”说着在卧榻上拿过一个暄软的绵垫儿靠在书案旁的书架上，摁着卫鞅的肩膀让他靠着绵垫儿坐在厚厚的地毡上，“如何？可惬意？”

“妙极。比我那书房舒适多也。”卫鞅靠着书架，伸直双腿，身心顿时放松。

白雪跪坐在卫鞅对面，抑制不住的柔情写满在红扑扑的脸上：“给你说也，我慢了两天，是在路上被变法分田的喜庆景象给吸引住了。秦国乡野开了锅似的，热闹忙碌极了，山摇地动一般。隶农将你当天神般敬，富人说你劳民伤财草菅人命，可知晓么？我的左庶长大人！”

卫鞅笑了笑：“变法之难，难在起始。一两年内，骂声必多。目下有赞有骂，比我所预料的还好一些。你说，变法究竟变甚？说到底，还不是改变旧的利害关联，建就一种新的利害关联？隶农得益最大，自然最高兴。富裕农户尚未得益，自然怨骂。你且拭目以待，三年以后，秦国朝野定将对变法刮目相看。”

“何用三年？我在路上就刮目相看了！”白雪激动地拍手赞叹，又长长地出了一口气，“几多屈辱，几多弯路，你终于在这个穷国，扎实地迈出了第一步。一路上，我常常忍不住自己的泪水，我，真为你高兴……”白雪忍不住扑到卫鞅肩头又哭又笑。

卫鞅紧紧搂着白雪，抚摩着她长长的黑发，心中也是一阵异常的激动。只有在白雪面前，他那不苟言笑的冷峻才会不翼而飞，才是一个本色的男人，高兴了就想大笑，悲伤了就想流泪。那是因为她那温柔细腻而又明晰的女儿心总是像潺潺小溪，能够渗透到他心田的沟沟壑壑，激起他的豪情，挽起他的悲伤，点燃他的心灯，化解他的失落，使他情不自禁地现出内心的本色。当热热的泪水涌出眼眶时，内心淤积的阴暗和绷紧的心弦顿时溶化了松弛了。白雪滚烫的脸颊贴在他的耳根，同样滚烫的泪水在他的脸上涌流着，和他的泪水交汇在一起，温热的泪顺着他的脖颈流向胸前和心头，就像一只无形的手在神奇地抚摸他的四肢百骸，使他物我两忘。

轻微的一声响动，梅姑放下了一个铜壶，轻轻带上门出去了。

两人终于分开。卫鞅揉揉眼睛笑道：“呀，这就叫温柔乡吧，几要醉了。”

白雪嫣然一笑：“快，来一碗热酒。”轻柔地将铜壶中的热酒斟进陶碗，双手捧给卫鞅。卫鞅接过，一饮而尽，啧啧道：“好酒！来块凉面巾。”白雪咯咯笑道：“啊，昏头了。等等。”起身从外间拿进来一方浸过凉水的面巾，跪在卫鞅面前为他轻柔地擦拭，而后又擦擦自己的脸，掠掠散乱的长发，将面巾摺进书案上的铜盘中，移坐案前斟茶。

“小妹，你和他们，方才都到我那里去了？”卫鞅笑问。

白雪沉吟有顷，点头“嗯”了一声。

“你在路上发现了他们？”

白雪点点头，又“嗯”了一声。

“你觉得是哪个路数？”

白雪摇摇头："一下看不出来。但，我觉得绝非寻常的游侠剑士。"

"对，绝不是寻常游侠。"

"你知晓来路？"白雪惊喜道。

卫鞅摇摇头："不能确定。我有一种预感，墨家神杀团出山了。"

白雪大大惊讶："墨家？你从何推断？这可是太教人想不到了。"

"听我说。其一，瞄着变法，警语是暴政必杀。就是说，这暗杀，不是冲着一己仇恨来的，而是为了诛灭暴政权臣。普天之下，这样的团体焉有第二家？其二，荆南失踪。侯嬴兄当初对我讲荆南的身世和经历时，我就想到了荆南有可能是墨家的门外弟子。若是寻常游侠，荆南岂能毫无抵抗？其三，暗杀时机。目下国君正在西部巡视，我在栎阳独当国政，正是分而治之的时机。这种谋划与魄力，寻常游侠和团体决然没有。我断定，十有八九是墨家所为。你看，这是他们的警告袖箭。"卫鞅将书案上的带着白布画的短箭递给白雪。

白雪接过箭画端详："发现这袖箭，距离刺客出现有几多辰光？"

"不超过一个时辰。"

白雪笑道："还真有气魄，暗杀还先下战书，不愧是兼爱之心也。如此说来，当是墨家无疑了。你打算如何应对？"

"这是飞来横剑，应对方略我还得想想。我眼下要说的是你。"

"我？说，教我做甚？赴火蹈刃，死不旋踵。"白雪念着墨家誓词笑答。

"你必须立即离开栎阳，回安邑等我。"卫鞅没有一点儿笑容。

"如何？我回安邑？不！"白雪惊讶得骤然高声。

"听我说，小妹。栎阳目下很是危险，依墨家的能力和缜密，渭风客栈一定是监视之列。尤其是今晚，你们狙击了他们的第一次攻杀，他们不久一定会发现你们。墨家虽讲兼爱天下，但对行动中的扰乱和对手却从不手软，历来如此。我了解墨家。非但你必须离开，侯嬴兄也必须离开，渭风客栈暂时关闭。"

"那你，你也逃出栎阳城么？"白雪淡淡笑问。

卫鞅哈哈大笑："岂有此理？秦公托国于我，我岂能退避三舍？我还要看看，墨家究竟有何种高明手段。"

"那我为何要离开？就因了些许风险？"

“你如何就不明白?”卫鞅着急起来,“你在栎阳,我不得几头分心么?万一你有个闪失,我……”

白雪见卫鞅如此为自己着急,心中一阵热流,思忖有顷,淡淡笑道:“好,我走,明天。”

“小妹。”卫鞅长长的一声叹息,“其实,我何尝想让你走啊!”

“我晓得。我走。”白雪嫣然一笑,“可是,今天晚上,你不能走。”

卫鞅笑了:“交换么?好,我今天不走。”

白雪轻轻抱住卫鞅,在他耳边悄声道:“在这儿稍等片刻,我安顿一下上路的事就来。”说完,轻盈地转身走出了卧房。

秋深凉如水,风停了,细细的霜花开始降落。白雪来到侯嬴屋中,侯嬴和梅姑正就着燎炉议论晚上的神秘刺客。白雪来到,说了卫鞅的主张,两人都很不高兴。白雪低声说了一个主意,两人又兴奋起来。三个人秘密计议了一个时辰,方才散了。

回到卧房一看,白雪不禁笑了。卫鞅手中握着一卷竹简,背靠着书架坐地,却是沉沉地睡去了。白雪拨亮了燎炉,伏身轻轻抱起卫鞅放到了帐幔之中。听得栎阳城楼上的刁斗声已经是三更四点,白雪打来一盆热水,脱去了卫鞅的衣服,轻柔仔细地为他洗脚擦身。一切做完,白雪又收拾好自己,轻轻地坐在了卫鞅身边。

灯下,她端详着经常出现在她梦中的这副面孔——他黑了,瘦了,下颔的胡须也留起来了。两年有半,一个姿容挺拔的年轻士子,脸上竟然刻下了深深的沧桑忧患。看着看着,白雪的热泪情不自禁地涌流出来,断线似的掉到卫鞅的脸上。

卫鞅醒来了,猛然抱住了白雪……

五　墨家剑士受到了意外袭击

日上东山,栎阳城四门进进出出,一片忙碌景象。

变法开始以来,尤其是推行新田制以来,老秦人似乎忘记了节令。往年霜降一过,田野精光,就进入了漫长的窝冬期。早晨开城,除了几拨外国商旅,农人几乎无人出进。目下可不一样了,早城未开,已经有人牵牛执耒成群结队地在城门洞等候出城。巳时一过，又有络绎不绝的女人孩童提着陶罐竹篮出城送饭，或有牛车不断地拉着从田中砍伐的树木进城。太阳落山，人们才依依不舍地离开土地，陆陆续续地回到城里。栎阳令王轼已经将城门开关的时间改了三次，国人还是埋怨开城太迟闭城太早。王轼无奈，禀报左庶长府。卫鞅下令，改为五更开城二更关城，简直只差几个时辰便是昼夜开城了。这在刀兵不断的战国，可是惊人的早开晚闭，除了魏国安邑、齐国临淄，栎阳便是第三家。国人们喜气洋洋，忙忙碌碌地收拾整治自己的土地，准备来年春天挣个大年成，竟是出城更早，回城更晚。农人一振作，城内工匠商贾也忙了起来，东西有人买了，农具、铁器、粗盐、布帛等需要量大增。工匠们要扩大作坊，商贾们要扩大铺面，外国商人要进来开店，秦国商人要出去采购。如此一来，栎阳城整日整夜地有人要出出进进，一个小城堡热闹非凡，生气勃勃。左庶长府直接下令王轼，昼夜开城。

这可是天下独一份，哪个国家也不敢做的事。卫鞅却笑着说："当年吴起尚说，固国不以山河之险。况乎今日？况乎变法之世？"

在川流不息的人群车马中，一辆篷车辚辚出城，赶车的依然是那个骑马少年。

城内的渭风客栈挂起了"屋漏停宿"的大木牌，大门紧紧关闭了。一个身穿黑色布衫的中年人牵马从偏门走出，翻身上马，从容出城。

篷车驶向栎阳城南的河谷，又辚辚进入河谷南面的山林之中。秋野山冈，树木萧疏，眼界很宽，却难以看清这片岩石嶙峋的山谷。篷车在隐蔽处停了下来，少年下马笑道："吔！好去处，谁都找不见。"篷车里一阵笑声，走出一个白巾青年笑道："又不是做贼，怕人找见么？"少年做个鬼脸："我才不怕，有人怕。"白巾青年笑道："小妮子！快看看，侯大哥来了没有？"少年一纵身飞上了一方高高的岩石，手搭凉棚一望："来了，侯大哥骑术蛮高也。"白巾青年笑道："侯大哥本领你还没领教过，二十年前就是著名剑士了。"少年跳下岩石："那就好，我们三个就行了，何必再找人？"白巾青年板着脸道："做事要的是成功，不是逞能，明白？"少年吐吐舌头笑道："明白，公子大哥。"

但闻林外马蹄声响，一个黑衣骑士已经从林间小道飞上山头林中。到得岩石后面下马，从容拱手道："公子到了。"白巾青年笑道："侯大哥，挺快。先将我们的车马安顿下来。"黑衣骑士道："不难。当年我修这个货仓大着呢，你们来看。"将马拴到一棵大树上，领二人来到小山头背后。山头背后是阳面，一片树林在错综零乱的岩石缝隙中生长出来，枝蔓纷披，灌木丛生，覆盖了这片嶙峋嵯峨的岩石山头。

“这儿有甚呀?”少年的马鞭抽打着枯黄的草梢。

黑衣人笑道:“别急,跟我来。”绕过几块山石,来到一个低洼避风的山坳,拨开山体的一片灌木,一个山洞便显露出来。“跟我来。”黑衣人走进山洞,白巾青年和少年跟着进入,发现山洞里空荡荡一无物事,只有暖烘烘的干燥气息和脚下的败草枯叶,怎么看也是一个空荡荡的寻常山洞。“侯大哥,这就是货仓么?”少年惊讶。黑衣人没有答话,走到洞底,刨开脚下的乱草,在一块大石上连跺三脚。片刻间,只见山洞尽头的大石轧轧分开,一个宽阔的洞口顿时显现出来!

“侯大哥,用心良苦也。”白巾青年点头赞叹。

“姑娘有所不知,白公在世时,要求开在每个诸侯国的店面,都必须有隐蔽的秘密货仓,既能就近储存货物,又能防止被战乱洗劫。我学白公。后来打仗不停,不再扩大商事规模,这货仓也就用处不大了。”黑衣人颇有感慨。

“不,用处照样大,目下秦国可是大商机来了。”白巾青年兴致勃勃。

“姑娘有心商机?”黑衣人颇是惊喜。

“我不是经商材料。我是说,侯兄可以在秦国大做一番了。”

黑衣人大笑:“好,过了这一关再说。”

“哎,侯大哥,里边储存水和食物了么?”少年急迫地问。

“有。还有喂马草料。战乱一起,这里便是我们的藏身之地。”说着,黑衣人前行走进,白巾青年与少年也跟进洞中。只见主洞宽敞,有十丈方圆,洞中间是石桌石凳,角落里是拴马桩与马槽。主洞四周有六个封闭的小洞,显然便是真正的货仓。黑衣人指着小洞道:“小洞只有两个储存货物了。昨夜我已经将另外几个小洞重新收拾,可做安歇之地。这洞中冬暖夏凉,唯有水源稍稍不足。”

“好。我们将车马藏在这里,好生休憩一番,晚上做事。”

片刻后,三人出了山洞,绕过山头,将篷车马匹赶进了山洞。

入夜,山风呼啸,三个黑影飘上山头,掠过栎水,向栎阳城南门而来。夜不关城的栎阳,初夜时分正是商旅进出频繁的时候,三个黑衣人在服饰各异的列国商人中毫不起眼,顺利入城。三人陆续来到渭风客栈,悄无声息地从偏门进去了。

三更时分,夜深人静,三个黑影飞出客栈,分头急速地消失在狭长的小巷里。

栎阳北门里的铁工作坊，最近热闹了起来。

这是栎阳官府唯一的铁工作坊，也是秦国最大的铁器制造所。其余的六家铁工作坊都是私家开设，是那种一个师傅带两三个徒弟的小工匠作坊。三年前，秦孝公即位时，由于六国封锁，生铁奇缺，栎阳的私家铁作坊几乎全部关闭，唯一的官府铁坊也只有二三十个铁工在维持。变法一年后，形势大变。一则是六国各自内急，顾不得秦国。二则六国商人唯利是图，纷纷拥入需求量大增的秦国。栎阳城的铁工作坊便首先振兴起来。兵器、农具、菜刀这三样基本商品竟总是供不应求。官府铁坊广求铁工，私人铁坊也重新起火，搜求铁工。但是，铁工作为战国时代最宝贵的"百工第一才"，各国都尽力搜罗，要想大批招募，真是谈何容易。就在栎阳令王轼百思无计的时候，三天前，忽然陆续来了十几个山东六国的铁工。上炉试手，在辨器、锻铁、淬火、锤工几方面竟然都是良工。王轼大喜，下令全部接纳，俸金从优。奇怪的是，说没有一个没有，说有竟然就都有了。几家私家铁坊也都相继收下了三两个手艺不错的工匠。王轼本想将这些人一体掳到官府铁坊，怎奈私家铁坊也是国人百工，新法又激励百工立功，官府不能与他们争利过甚，只好忍痛割爱。

殊不想，这些技艺纯熟的铁工，正是墨家的神杀剑士。

邓陵子很是机警聪敏，这次率队下山，谋划得非常精细。第一步，根据秦国极需要铁工的实际，利用墨家子弟的百工之长，名正言顺地立足栎阳。第二步，进入栎阳的当晚，向卫鞅发出警告，进行第一次试探性暗杀。第三步，在栎阳城人心惶惶之际，多方出击，一举斩获卫鞅首级。邓陵子知道，暗杀卫鞅是墨家震慑天下暴政并重振雄风的关键所在，也是自己建功立业成名于天下的关键所在，一定要快捷干净地体现墨家的霹雳手段。他对玄奇的脆弱很是蔑视，也很是高兴。这个小师妹本是老师的钟爱弟子，在墨家可谓出类拔萃的后起之秀。谁能想到，她竟在最重大的"辨恶除暴"的关节点上与老师相违。假如不是老师震怒，惩罚了玄奇，剥夺了她带队斩杀卫鞅的资格，邓陵子还只能做接应后援，冲不到第一阵来。目下，由他对付卫鞅，苦获师弟擒拿嬴渠梁，相里勤带队后援接应，这才是墨家最有力的搭配。谁都知道，墨家从来都将最危险的暗杀权臣的行动作为首功的。这次，邓陵子无疑是墨家重新出山的剑锋，是崇尚死难的墨家的最大荣誉所系，邓陵子岂能不热血沸腾？

想不到的是，栎阳的情势并不像他们在山中想象的那样脆弱，那样民心怨愤，那样一击成功。第一夜出击,两名弟子便碰到了强硬对手。后来探查,秦国国君嬴渠梁竟然也不在栎阳。苦获便带着他的一队剑士,秘密离开了栎阳西去。邓陵子对苦获离去而失去配合力量,非但没有感到沮丧,反而有一种大功独建的豪情。他想,栎阳的民心民情没有必要报告老师,否则,老师也会以为他和玄奇一样善恶不辨。他和几个骨干弟子秘密计议停当,准备先行探察清楚左庶长府的详细情形和卫鞅的出入行止,再伺机一击成功。

铁坊的劳作是辛苦的,每天晚上初更才能结束一天的锻造锤打。之后,家在栎阳的老铁工们冲洗之后便回家去了。客籍铁工们吃完官饭,便在作坊大屋里倒头睡觉。官府的三名铁坊吏锁上大门,清点器物,登录铁器,完毕也便回家睡觉去了。这时候,铁作坊大院里一片宁静,只有铁工们悠长粗重的鼾声。

三更刚过,邓陵子在黑暗中霍然睁开眼睛,轻轻地吹了一声口哨。屋中"铁工"纷纷在黑暗中坐了起来。奇怪的是,所有坐起来的人,都照旧打着粗重悠长的鼾声。

"三人留守。其余人出发探察,四更尾须全部回来。"邓陵子轻声命令。

打着鼾声的人影迅速起身……猛然,一声低沉的犬吠从院中传来。

"躺下!"邓陵子觉得怪异,铁坊的寻常犬哪有如此的叫声?

刚刚起身的剑士立即迅速地回到卧榻上躺下,满屋鼾声大起。邓陵子断定,这是铁坊吏员的夜间巡查,会很快过去。

突然,关得严严实实的窗扇上"砰"的一声大响,屋顶也似乎有轻微的喀喀声。邓陵子心念电闪,已经认定绝不是铁坊吏员的巡查响动,而是有了对手。他位置正靠窗户,翻身跃起,拉开窗扇,一眼看见一支短箭带着一片白布钉在厚厚的木窗扇上,有两寸余深,箭杆尚在微微颤动。他拔下短箭,关上窗户,低声命令:"点灯!"

烛光下可见白布上清晰的八个大字——扰政乱法,作速离秦!

邓陵子骤然变色,急迫命令:"天地剑阵,务除强敌!出门!"

墨家子弟是在和强国军旅的对抗中锤炼出来的,素来有团体行动的极高素质。每个剑士非但是单独的剑道高手,而且有结阵而战的军事传统。"二人出行,必有配置。三人出行,必有阵法"是墨家的行动法纪。凡三人以上者,墨家子弟必结阵而战,从不像江湖游侠那样追求单打独斗。在墨家的理念中,任何行动都是作战,而不是个人决斗,必须最快地消灭对手。现下之所以有十三人在栎阳的官府铁坊"做工",而私家作坊则是三三两两，为的就是在这里保持最强的“天地剑阵”。天地剑阵，是按照天干地支搭配作战的一种步战结构。墨家子弟甚至在骑兵冲锋的汹涌波涛中，也能依靠这小单元阵法结成孤岛岿然不动。墨子年老之后，天地阵法由禽滑釐一代不断完善，成了墨家十余人攻防的基本阵式。十二人出战，一人留守，是邓陵子早就谋划好的应急对策，只是想不到这么早就要突然使用。

大门无声地骤然闪开，十二条黑影箭一般连续冲出，眨眼之间便在院中站成一个锥形的阵式，每人手中的剑竟然长短不一。邓陵子站在锥形的底边中央，向屋顶拱手道：“何方高朋？敢请现身答话。”

话音方落，四面屋顶上陡然树林般立起一道人墙黑影。

一个弟子低声道：“报师兄，二十三个。”

邓陵子冷冷笑道：“尔等为暴政张目，究竟受何人差遣？”

屋顶一个粗哑的声音也冷笑道：“天下大事，并非墨家所能包揽。事关善恶是非，庶民祸福，我门为何管不得？”

邓陵子厉声喝道：“天下何时冒出一个管大事者？从实说！尔等意欲如何？”

“尔等必须立即出城回山。否则，我门将诛灭乱法刺客。”声音磨刀石般粗粝。

“诛灭？”邓陵子哈哈大笑，“天下真有不自量力者也，请吧。”

“放箭！”随着屋顶粗粝的怒喝，四面火箭齐发，道道蓝光尖厉地呼啸着向院中疾射。不等邓陵子发令，墨家剑阵自行发动，剑光霍霍，将蓝光箭雨纷纷击落，没有一个人受伤。虽则如此，那带磷燃烧的火油箭却极难熄灭，许多被打落击飞钉在门户窗扇上，将门窗燃烧起来。夜半秋风正猛，不消片刻便引得大火四起。

屋顶黑影齐声高喝：“墨家杀人放火喽——快来看也——”倏忽散去，屋顶上没有了一个人影。

邓陵子气得连连跺脚怒喝：“卑鄙小人！焉敢以正道自居?!”内心却很清楚，大火一起，官府必然派兵前来救火拿人，屋顶喊声又点明了墨家，岂能再隐蔽下去？对方明明是逼自己离开栎阳，仓促间却想不出留在栎阳的办法……必须撤出！否则，墨家弟子落入秦国官府被押上刑场，赫赫墨家颜面何存？心念电闪间一跺脚大喝，“撤出栎阳！我自断后！”

墨家法纪严明，令行禁止。邓陵子一声令下，墨家弟子全数飞上四面屋脊，四面散去。邓陵子已经听见街中人喊马嘶，知是秦军开来，情急间一剑砍断左手食指，在土墙上大书几字，飞身而去。

惊心动魄。

这铁工作坊本是要害所在，大火一起，满城惊慌。栎阳令王轼首先率领一百名甲士赶到。正在救火间，铁工坊官吏与铁工们也急急忙忙地赶到。片刻之后，卫鞅和景监也飞马赶来。大火扑灭，清点器物，丝毫无损，只是客籍铁工们全不见了踪影。

突然，有人喊道："墙上有字！"

卫鞅疾步向前，火把下可见黄土墙上紫红的大字——墨家无过，恶政有报！

墨家出手，突出乱世的凶险。

卫鞅思忖有顷，向王轼淡淡笑道："明告国人，无须惊扰。"

王轼会意，不再布置查究缉拿，只是专心督促重建铁工坊。好在铁料铁器与一应工具炉具没有任何损失，房屋盖好便一切正常。三五日之内，栎阳城又恢复了生气勃勃的状态。

六　陈仓河谷的苦行庄园

秦国西部的官道上，一队骑士放马奔驰，为首将军正是车英。

按照卫鞅的推测判断，墨家一定要分兵袭击国君。秦孝公此次西巡，只带了三名卫士，如何能对付墨家剑士的突然攻杀？卫鞅心急如焚，命令车英带一百名精锐的铁甲骑士星夜赶赴西秦，保护国君。车英兼程疾驰，追过杜邮、废丘、郿县、虢县、雍城，还是没有追上秦孝公。雍城令说，国君一路西行，在虢县只住了一个晚上，天不亮便起程西进，没有说去何处。车英熟悉秦孝公的禀性，推测他肯定要去陇西巡视，马不停蹄地向陈仓方向赶来。

陈仓，原本是一片山的名字，扼守在关中、陇西、汉水地区的三岔口上。古人说，黄帝曾在这里建都，当时叫陈。后来黄帝与炎帝在阪泉大战后东迁而去了，数千年沧桑，这里又回到了莽苍荒野。渭水东来，越过陈仓山便进入了渭水平原的狭长脖颈。汉水地区要北上，也必须先越过大散岭，再越过陈仓山，才能进入渭水平原。而从渭水平原无论是去陇西还是去汉水，陈仓山都是必经的咽喉之地。西周时期，陈仓山和大散岭是扼守巴蜀和西部戎狄的重要关隘。当时只在大散岭建了散关，一并守卫大散岭和陈仓山。传说的老子要出关西入流沙，被关令尹喜强留请著书，因而写下了不朽的《道德经》。那个关，便是散关。周平王东迁洛阳，秦国成为渭水平原的主人后，由于汉水流域大部分属楚国土地，所以大散岭的散关依旧是重要隘口。而陇西本是秦人的老根基，所以扼守在陇西与渭水平原脖颈处的陈仓山倒一直没有建立关隘，而只有一座驿站。通常商旅之行，都是在陈仓驿站养足精神，而后或西出陇西，或南下散关入楚入蜀。

车英预料，在雍城与陈仓之间大体可以追上国君。他下令疲劳难行的马匹缓行，自己带领三十名快马骑士先行全力追赶。将近陈仓山，遥遥可见两山夹峙的古道中正有三骑身影。

“君上——慢行——”车英放喉高喊。

山风迎面呼啸，前行者不可能听见后面的呼喊之声，依旧向谷中走马而去。

正在此时，一声尖厉的山鹰鸣叫，两岸山头扑下一群黑色身影，向谷中三骑凌空袭击。车英大吼一声：“箭队冲杀！快！”一声凄厉的牛角号声，三十骑铁甲骑士以车英为箭头，狂飙般向山谷卷来。

前行三骑正是秦孝公嬴渠梁和他的两名卫士。进入陈仓山，他正在仰望两岸险峻的山势，猛然听见山鹰怪叫，心中一紧，腰间长剑已经拔出。几乎就在拔剑的同时，两边山头的人影在黑白交错中已经凌空飞下，霍霍剑光夹着一片绳网迎头罩来。秦孝公少年从军，久经沙场，是秦军中智勇双全的名将，眼光一扫，便知强敌已将前后上三路封堵严实，最大危险是头顶的剑击与绳网。电闪之间，他采用了战场上骑兵惯用的抵抗手段，身体一伏，机警地贴着马腹滑到马下。身后的两名卫士已经从马背飞身跃起，两支闪亮的阔身短剑迎住了空中的剑光绳网。只听两声沉闷的低哼，鲜血飞溅，两名卫士像石板一样跌落在地！此刻秦孝公已经飞快贴紧了战马右侧，那匹神勇异常的彤云驹嘶鸣跳跃间，已经紧紧靠住了北面的山体。秦孝公飞身纵跃到一块大石后面，彤云驹则死死挡在大石前站立嘶鸣，用那双铁蹄不断踩踏冲上来的黑白身影。虽然如此，凌空飞来的强敌似乎根本没有看在眼里，两条灵动的绳钩贴地飞出，“咔”地搭住两只马蹄猛力一扯，彤云驹顿时轰然倒地。几乎就在同时，十余个黑白身影大鹰般越过战马围住山石，一声齐吼：“生擒暴君嬴渠梁！”

生死关头，秦孝公热血沸腾，大吼一声，飞身突刺，一个黑白人顿时被洞穿胸膛，倒地死去。抽剑之际，身形一蹲，躲过了头顶身后扑来的身影，随即一个急转身，长剑迎面划出一个圆弧。强敌飞身后退，一齐大喝：“嬴渠梁弃剑受缚，饶尔不死！”秦孝公嘶声大喝：“赳赳老秦，有死无降！”跳下大石，挥动长剑，直冲强敌圈中。

正在此时，谷口响起暴风骤雨般的马蹄声，车英率领三十名铁甲骑士赶到。

高处一声大喝：“撤！”黑白身影倏忽消失在山石密林中无踪无影。

“君上——”车英飞身下马，一个纵跃到了秦孝公面前，“君上可有剑伤？”

“没有。”秦孝公犹自望着山林，眉头紧紧拧在一起。

“君上，请勿在险地停留，当速回驿站定夺行止。”车英面色仍很紧张。

“好，回驿站再做计较。”秦孝公回头看看两名卫士的尸体，吩咐道：“运回驿站交虢县令妥为安葬，赐爵一级，家人免劳役赋税三年。”车英答应一声，命令将卫士尸体驮上战马，迅速保护秦孝公回到陈仓驿站。

陈仓驿站虽然不大，但由于位在要塞，所以建得像一个小城堡，十分坚固。一百多间房子靠山建成梯次形，护墙大门全部由巨石砌成，平时住客，战时驻兵，实际上起着关隘盘查的作用。驿站丞五十余岁，老兵出身，虽然做了小吏，依然穿着一身破旧的盔甲，腰系一支阔身短剑，雄赳赳地向秦孝公施礼：“陈仓吏山石头参见君上！”秦孝公笑道：“山石头，在你这儿歇息一晚。”“是！陈仓吏遵命！”山石头雄赳赳前行领路，“君上请跟我到上正大屋！”

上正大屋，便是最高处的一排正房，眼界开阔，用矮矮的石墙圈成了一座小院子。孝公住下。车英便在山头和小院内外布置好隐蔽的甲士，又安置好其余骑士轮换就餐喂马，以防突然袭击。一切安顿就绪，车英来见秦孝公。

“车英，你是如何赶来？”孝公仍然在思忖今日的怪异袭击。

“禀报君上，墨家在栎阳对左庶长行刺未遂，左庶长派我昼夜兼程赶来保护。”

“行刺？”秦孝公面色微变，“如何知晓是墨家？”

车英将荆南失踪和卫鞅的推断说了一遍，秦孝公冷笑道：“看来墨家动了杀机，要将我和左庶长做暴君酷吏铲除了。车英，你以为该当如何？”

“君上，墨家剑士，防不胜防。唯一的办法是，剿灭其根基以绝后患！”

秦孝公摇头笑道：“不能。墨家天下显学，义剑诛暴，兼爱救世，乃近百年来天下正义之旗。秦国出兵剿灭墨家，且不说能否成功，大军一动，秦国就将激怒天下，自取其辱。” 识大局。

车英醒悟：“此举不可行，君上便当速回栎阳，增加精锐护卫，防备墨家再度袭击。”

秦孝公缓缓踱步道：“此事当真难办。对秦国变法，墨家显然误会极深。墨家素来坚忍不拔，绝不会因为一次失败而罢手。兵来将挡，双方必有死伤，旧恨新仇屡屡纠缠，变法局面就有可能反复，有可能引起大局动荡……为今之计，只有一条路可走。”

“敢问君上何计？”

“我亲赴墨家，澄清误会，釜底抽薪，安定大局。” 有大勇。

“君上，不可！”车英急迫道，“墨家本来就要擒获君上，君上身系国家根本，岂能自投罗网？请君上修书一封，臣做特使前往墨家，务必澄清误会！”

秦孝公摇摇头：“此事唯有我亲自前往，无人可以替代。”

“君上——”车英哭喊一声，伏地叩头不止，“万万不可，秦国不能没有君上。教我去，纵然粉身碎骨，车英不辱君命！”

秦孝公扶起车英，感慨叹息："车英啊，你忠肝义胆，我岂能不信？然墨家素来以神明裁判自居，唯以老墨子学说为生杀准绳，从不听外人辩解，任何人做特使都会适得其反。你还有更重大的使命，回栎阳保护左庶长。"

"臣不能回栎阳。臣纵获罪，也要跟定君上！"

"车英，你我都是老秦人了，这块土地上渗透了我等祖祖辈辈的鲜血。能使秦国强大，谁舍弃生命都不足惜。如今秦国变法图强，绝处逢生，正在关键时机。目下，秦国的生命在何处？秦国的灵魂在何处？你应该知道。秦国不能没有左庶长，不能没有变法！如果需要做牺牲，首先当是我等老秦子弟。荆南失踪，左庶长处境更危险，谁能说荆南不是墨家斥候？左庶长是秦国新生之厚望，你一定要回栎阳，一定要保护左庶长安然无恙！"秦孝公深沉激昂，没有回旋的余地。

"君上，你孤身去闯墨家，臣如何放心得下？"

"车英，"秦孝公轻松地笑了笑，"墨家虽然自负霸道，但毕竟讲理。看今日阵势，他们并未一力死战，一定要杀死我，倒像是要俘获我……我去墨家，虽则危险，然若处置得当，也不会即刻就有杀身之祸。你放心回栎阳去了。"

车英默默地低下头，大滴的泪水断线似的掉到脚下。

第二天清晨，少有的晴朗天气。在陈仓驿站外的岔道口，秦孝公与车英分手，带领两名新卫士向西南大山中进发。秦孝公谋划的路径，是越过大散岭从汉水进入神农大山。他虽然不知道墨家总院确切位置，但他对神农大山却并不陌生，那里是秦楚接壤的连绵群山，他曾经三次跟随公父去巡视要塞，三次从神农山腹地穿行。那时候，墨家的故事使他感到神秘，为此也对那片莽莽群山生出了敬意。

要到大散岭，须得走出陈仓山小道。这是一条在山腰蜿蜒的傍山古道，虽是浓浓秋色，两边山头却也是苍黄中渗着青绿，道边小溪淙淙流向渭水，山谷中一片幽静。秦孝公走在一前一后两个卫士中间，不断观察着四面山势。

突然，山腰传来一阵清亮的女声山歌，在山谷中悠悠回荡。秦孝公不禁驻足倾听，那歌声仿佛从天外飞来，在空谷中缥缈回旋，令人回肠荡气：

生人莫要恋乐土噢
乐土原有千般苦啊

何日天下兼相爱也
抛却矛戈共耕织哟

孝公听得入神，却又微微一怔，手搭凉棚极目山原，竟没有发现一个人影。他觉得这声音似乎在哪里听过，却又想不起来。猛然，他心中一动，放喉歌唱：

莫道乐土千般苦
甘泉原从苦中出
若得天下兼相爱
犹是日月两聚头

山悄悄，寂静无声，山腰传来一声缥缥缈缈的叹息，却再也没有清亮的歌声了。

一种怅然若失的心绪突然涌上秦孝公心头。他茫然四顾，青山杳杳，了无声息，不禁轻轻一叹，顺着山道继续前行。突然，一声短促的尖叫，山腰传来一阵异响。

两名卫士飞身跃起，将秦孝公掩在一块大石后，长剑飞快出鞘。此刻只见山上土块石块哗啦啦滚下。秦孝公在大石死角抬头观察，只见石子土块激起的尘雾中一个身影翻滚而下，显然是有人失足摔落。山坡陡峭，兼草木衰落无可阻挡，那身影竟翻翻滚滚向下跌落。秦孝公眼疾身快，从大石下一跃而起，冲上山坡，抱住那个在陡坡上翻滚的身影。两个卫士也立即冲上山坡，从身后拥住秦孝公站稳。

到山下小道，秦孝公将那人放到大石上，一个卫士便给伤者擦拭脸上的灰土血迹。孝公看着山上，想着方才的歌声，心思迷茫。

“君上，是个女子！”卫士惊讶地叫道。

孝公回身一看，不禁惊怔得说不出话来——眼前伤者露出了秀丽苍白的脸庞，长发散乱，不是玄奇却是谁？她身上穿着从中间分为黑白两色的粗布衣，布靴绑腿上还插着一支短剑——孝公一眼看见，那就是自己赠给玄奇的护身剑！

卫士低声道：“君上，是墨家女杀手，小心！”挡在秦孝公身前，对另一个卫士道：“保护君上，这个我来对付。”孝公恍然醒悟，正色摆手道：“退后。我认识她。”说着俯下身来，“水！”接过卫士递过的水袋，右臂揽起玄奇，给她慢慢喂水。

女子睁开了眼睛，迷蒙喘息："方才，谁在唱歌儿？"

"玄奇妹妹，是我！看看，我！"

玄奇身体轻轻一颤，凝目注视，惊讶地"啊"了一声，一下子昏了过去。

孝公情急，轻轻摇着玄奇呼唤："玄奇妹妹，玄奇妹妹，醒醒……"

玄奇苍白的脸庞上涌出了两行泪水："不要，不要见你。你，快回栎阳。"

孝公压抑着酸楚，将玄奇的身体靠在山石上放正，平静地笑道："玄奇妹妹，睁开眼睛，看看我。一别三载，山水未改也。"

玄奇睁开眼睛，冷冷道："世无不动之物。你速回栎阳，无须多言。"

秦孝公淡淡一笑："我不回栎阳。我要到神农大山，找墨家总院。"

"你，你说甚？"玄奇骤然变色，红潮涌上了苍白的脸庞。

"我要去墨家总院。"孝公一字一顿。

瞬息之间，玄奇恢复了平静冷漠："嬴渠梁，山外有山，我劝你回栎阳去。"

"不越高山，无得通衢。纵然失足，此心无憾。"

"嬴渠梁，世间大事，不逞口舌之辩。"

"无口舌之辩，不足以明公理，正是非。"

"一身之难，不足以填沟壑。一忍之勇，可以育山川。"

"士有不忍之辱，国有不避之难。"

玄奇沉默了。突然，她抱住孝公痛哭失声，身体颤抖得像秋风中的落叶。孝公轻轻拍着她的肩膀，理顺她散乱的长发："小妹，你是从来不流眼泪的。来，对我说说，你现下在做何事？要去何方？"

"也许，有一天你会知道。"玄奇拭去了泪水。

"小妹，我现下就想知道，我到五玄庄不知多少次了。"孝公着急起来。

玄奇明亮的眼睛扑闪扑闪的："你可愿意一个人跟我走？"

"好，走。"秦孝公说着站了起来，向两个卫士吩咐道，"你们两个回陈仓驿站等候。"便来搀扶玄奇。

"君上不可！"两个卫士急切道，"她是墨家……万一有诈……"

"不许胡言。你们知道她是谁么？"秦孝公正色呵斥卫士。

玄奇笑道："两位宽心。墨家除恶，严禁骗杀恶行，你们的国君不会有事。"

两个卫士无奈地拱手领命，看着秦孝公扶着玄奇向山腰小道走去。

到得山顶，玄奇遥指山谷："看，那里，是我的家。"

孝公顺玄奇所指望去，但见两山之间一条小河流过，河畔一片小小谷地。秋色清爽，草黄叶落，一间茅屋孤零零坐落在萧疏之中，茅屋四周的篱笆竹墙影影绰绰。不远处的草滩上有一匹红马在悠闲地吃草，时而长嘶一声，山鸣谷应。

"玄奇，你真是世外高人也。"

玄奇没有笑："走，下去看看。不用扶了，没摔伤。"

两人顺着一条经年踩出的羊肠小道下山。玄奇默默前行，孝公默默跟随，二人一路无话。到得谷底，但见小道旁收割后的谷茬已经枯黄，旁边几畦菜田却是青绿葱葱。孝公笑问："这是秋葵还是萝卜？"玄奇揶揄道："四体不勤，五谷不分。说了能记住？"孝公笑笑不再言语。将到茅屋，却见一株桑树已经是绿色将尽树叶金黄，树下放置了一个大木盆，盆中沙沙有声。孝公惊讶笑道："霜降已过，尚能养蚕？"玄奇回头笑道："此乃寒蚕。你又如何晓得？"孝公感慨，又见茅屋前面的土墙上整整齐齐地挂着铁铲药锄木耒连枷等一应农具。茅屋前的一片土地压磨得光滑平整，边上有一垛摞得很整齐的谷草。孝公知道，这肯定是打谷场了。

"吱呀"一声，玄奇推开茅屋小门："请，国君大人。"

孝公笑笑，走进茅屋。小屋中明明亮亮，几乎没有任何陈设。东墙边一张竹榻，榻柱上挂着一支皮鞘已经黑红的阔身短剑。榻侧一个小小的木台，放着一把普通的木梳。榻前一张本色无漆的粗制木几，上面是几摞竹简。这些东西只占了一个小小角落。中间却是一个石桌，一片白布苫盖着一张古琴。没有女儿家必备的铜镜，也没有华彩的衣物，整个屋子空荡荡冷清清的。

孝公一路留心，进屋打量，此时已经是眼眶湿润了。玄奇似乎没有觉察，从陶罐里倒出一木碗清水："河中活水，喝。"孝公接过木碗，咕咚咚饮尽。玄奇坐到竹榻上，却看着孝公不说话。

"小妹，大父何处去了？"孝公的声音有些颤抖。

"爷爷云游四海，我也不知此刻他在何处。"

"小妹，倏忽一别，如此生分，世情原也淡薄也。"孝公一声叹息。

"你，是用卫鞅为左庶长变法了么？"玄奇突然问。

孝公惊讶,却又高兴:“是,你知道了?”

“是否在渭水草滩一次刑杀七百三十六人?”

“是,你也知道了?”

“是否杀了名士赵亢?是否毁了民居数十万?是否还要准备焚烧民间《诗》《书》?你说,是也不是?”玄奇疾言厉色,一连串追问。

孝公点点头,笑容已经从脸上隐去:“玄奇,都是事实,但不是你说的味道,也不是墨家所说的暴政。”

玄奇嘴唇青紫,牙关紧咬,突然泪如泉涌,趴在小台上饮泣道:“嬴渠梁,你为何要如此做?为何呀?难道变法就一定要如此么……”

孝公走到竹榻前扶着玄奇的双肩:“小妹,不要伤心,许多事都要慢慢说。你若信得嬴渠梁,就给我一个说话的机会,好么?”

玄奇回身,猛然抱住孝公,吞声饮泣不止。孝公心中一阵酸楚,大滴泪水滚落在玄奇乌黑的头发上。玄奇觉察,抬头仰望着那张诚实痛苦的脸庞,止住了哭声。她伸手为孝公拭去泪水,轻柔细致,明亮的眼中一片体恤。孝公却是心中潮涌,猛然抓住她的双手,脸庞伏在她小小的温热手心,强忍哭声,泪如泉涌,浑身颤抖。玄奇将孝公的头紧紧抱在胸前,轻声道:“想哭就哭,有我陪你,不怕。我甚都对你说,甚都说,哪怕杀了我……”

天色将晚时分,两人终于平静了下来。玄奇详细讲述了墨家要对秦国动手的经过和自己受惩罚的原因,末了道:“老师斥责我大事迷乱,不堪大任,罚我在这里自省三年,同时探察秦国有无改弦更张。我今日上山采药,听得有人和歌,声音似很熟悉,一个不慎,脚下踩空,滚了下来。谁想果然是你。”孝公也说了秦国变法、卫鞅遇刺、自己遭到袭击等事,叹息一声道:“我最担心的是卫鞅。秦国不能没有卫鞅,不能没有变法。”

“莫得担心。墨家子弟在栎阳受到了意外袭击,大约鬼谷子门人有意阻挠。老师见冬天将至,已经命令邓陵子撤回大山,来春再进栎阳。至于对你这个暴君,苦获一击未中,料你还要去陇西,正准备第二次捕获。怕不怕?”

孝公爽朗大笑:“捕获?我正要送上门去也。老墨子也忒小瞧嬴渠梁了。”

玄奇笑道:“你真的不怕在墨家生出意外?”

孝公肃然:“墨家子弟为了学派信念,尚死不旋踵。嬴渠梁肩负一国正道,岂能逃避风险苟且偷安?”

玄奇在孝公脸上轻轻亲了一口:“我从开始就知道,你是头秦川犟牛!”

秦孝公哈哈大笑:“你,不也是个墨家犟妞?”却将“妞”念成了“牛”,使一口温婉官话的玄奇不禁笑得前仰后合。

秋月已上东山,玄奇在茅屋里做了野菜饼和米菜羹。孝公生平第一次如此贴近地看女子下厨,见玄奇围着粗布围裙,又显得明艳本色,不禁一股温暖涌上心头,暗自感慨隐居田园的愉悦洒脱,自己却偏偏无缘。片刻之间,青绿的野菜面饼和金黄的米菜羹摆在了木几上,孝公胃口大开,吃喝得啧咂呼噜,声气大作。玄奇笑得不亦乐乎:“我的国君大人,你慢点儿好么? 馋相!”拿面巾轻拭他额头汗水。孝公高声道:“再来一碗!”理直气壮俨然夫君。玄奇拍拍他的头:“吆喝甚? 村汉一般。”孝公慨然道:“村汉好啊,一个老妻三间屋……下边甚来着?”玄奇咯咯笑得弯腰蹲在地上,眼中闪着晶莹的泪光,上气不接下气:“冬来,火炕,春来……”却不再说了,转身盛羹。

“哎,这春来如何?”

玄奇悠然一叹:“春来哭啊。”

孝公笑道:“这词儿不好,春来哭甚?”

“暖阳阳,饿断肠。不哭么?”

孝公恍然叹道:“是了是了,难怪孔夫子没有将它编进《诗》里。”

玄奇揶揄道:“村汉好么?”孝公默然一叹。

吃罢晚饭,明月已到中天。玄奇领着孝公在河谷漫步。孝公猛然问:“小妹,你一个人如何在这里维持生计? 能自食其力?”显然,这个问题一直搁在他心头。

玄奇笑道:“做国君就是蠢。给你说,每一个墨家子弟,在总院之外都有一个自立的小田园。这小田园必须是自己亲手开垦,一则做在外游学的根基,二则是总院在各国的伸展根基。这片河谷小园,是我在三年之间断断续续开垦的。你来看,这里是我的谷田,小十亩,足够吃。这里是菜田,大约一亩,也够了。山上,还有取之不尽的药材野菜。”

“那还有衣服、农具、其他所需器物呢?”

“换呀。拿我不用的东西到集市上换。”

“你拿甚换? 家徒四壁,有用不上的物事?”

玄奇笑笑,“我的国君,你还真得好好学学也。你看,这是两株桑树,那一株细小的是女桑,那株高大的叫柘桑。记得孟子的话么?”

孝公恍然笑道:“啊,孟子曰:五亩之宅,树之以桑,五十者可以衣帛矣。”

“如此便是了。”

“话虽如此,可这两株桑树,究竟能做甚物事?我终不明白。”

玄奇咯咯笑着:“你也就是问我。”掰着指头诉说起来,“听好了:三年桑枝,可以做老杖,三钱一支。十年桑枝,可做马鞭,一支二十钱。十五年干枝,可做弓材,一张弓两三百钱。做木屐,一双百钱。做剑柄刀柄,一具十钱。二十年老桑,可做轺车良材,一辆轺车,可值几多,晓得么?”

孝公惊讶道:“轺车一辆,万钱左右也。”

“是啊,桑树还可做上好马鞍。桑葚则可食可卖。我那株柘桑尽皆宝贝,柘桑皮是药材,也还是染料,能染出柘黄色丝绸。柘桑叶喂蚕,其丝异常细韧,可做上好琴弦,清鸣响彻,胜凡丝远矣。凡此等等,岂不能换来等闲日用之物?那株女桑更宝贵,不对你说了。”玄奇一口气说来,珠玉落盘般脆亮。

孝公不禁感慨叹息,“我只知公室之桑,由国后于春三月沐浴而种,可丝衣。竟不知桑树有此等诸多用途,何其蠢也!”

玄奇大笑道:“蠢蠢蠢!蠢哥哥!”拉着孝公双手,“想不想听我奏琴?”

“好!我正想听听柘蚕丝做的琴弦。”

玄奇高兴地搬出古琴,安放在谷草垛旁的一块青石上,又恭敬地燃了一炷香插在琴前香炉里,坐正身子,轻拨琴弦,一阵清亮浑厚的琴声便在谷场中荡开,典雅旷远。玄奇望着圆圆的秋月,轻声吟唱:

陈仓河谷兮渭水之阳
养育斯人兮慰我肝肠
女桑柘桑兮齐我百物
禾田菜园兮做我谷仓
淙淙流水兮琴声泱泱
山月皎洁兮与诉衷肠

松涛呜咽兮入我梦乡
青灯黄卷兮流我时光
今欲别去兮谁为惆怅
女儿依依兮恋我陈仓
恋我陈仓兮永莫相忘
衣食父母兮山高水长……

琴声戛然而止，缥缈的余音在山谷久久回荡，孝公不禁听得痴了。

符合现代读者的趣味，儿女情长，痴男怨女。